山東大學中文專刊

關德棟文集

第七册　子弟書叢鈔

關德棟　著

國家圖書館出版社

“百本張”鈔本戳記

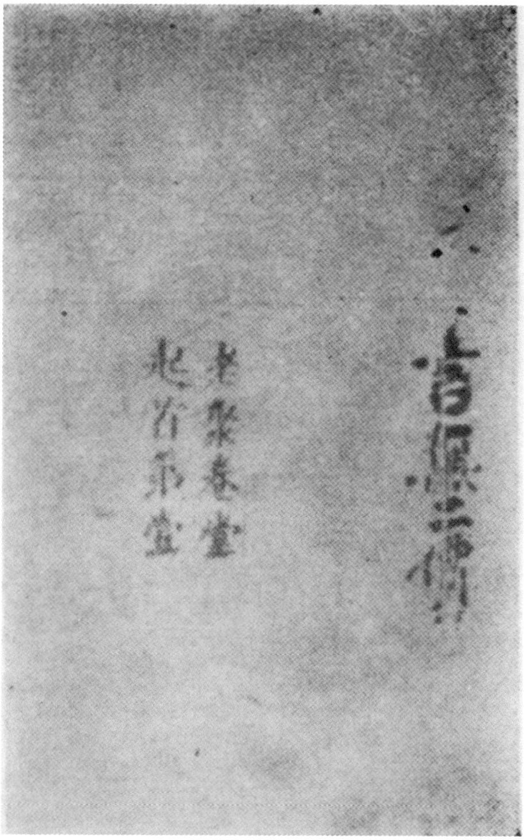

“老聚卷堂”鈔本戳記

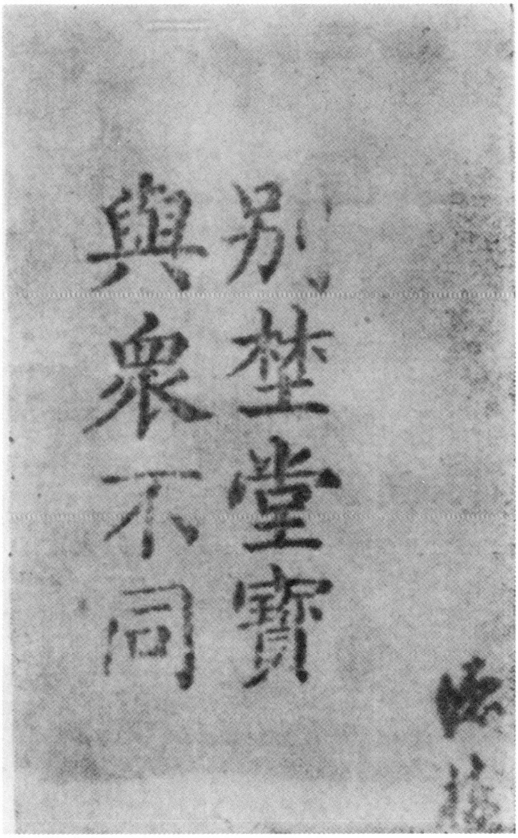

“别野堂”鈔本戳記

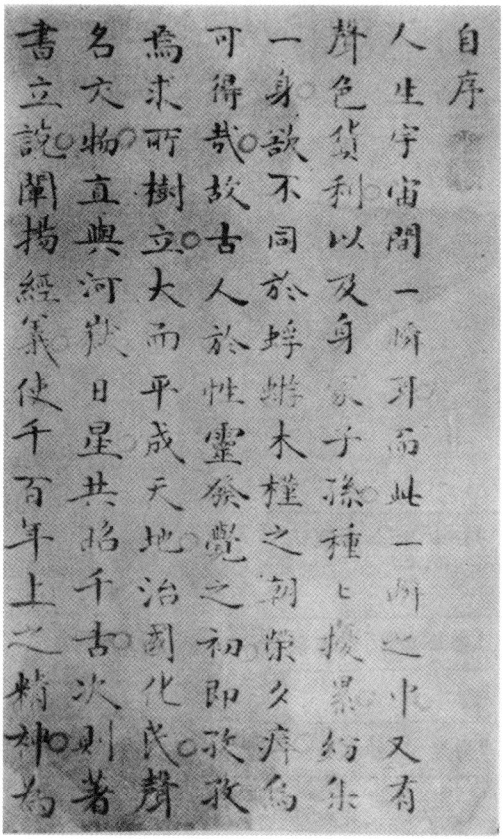
自序
人生宇宙間一瞬耳而此一瞬之中又有聲色貨利以及身家子孫種種擾累紛集一身○欲不同於蜉蝣木槿之朝榮夕瘁烏可得哉○故古人於性靈發覺之初即欲致為求所樹立○大而平成天地治國化民○聲名文物直與河嶽日星共昭千古○次則著書立説○闡揚經義使千百年上之精神○為

《書詞緒論》顧琳自序之一

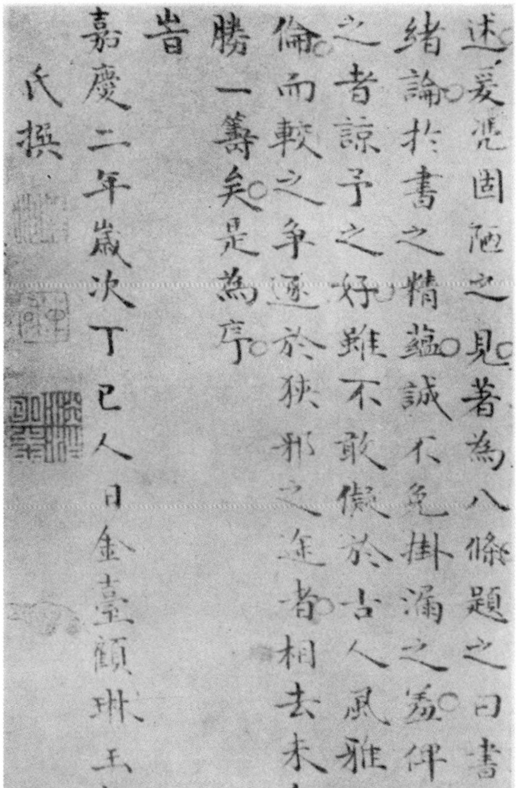
述。爰憑固陋之見。著為八條。題之曰書詞緒論。於書之精蘊。誠不免掛漏之譏。俾觀之者諒予之好。雖不敢儗於古人風雅之倫。而較之争逐於狹邪之途者。相去未免勝一籌矣。是為序。

旹

嘉慶二年歲次丁巳人日金臺顧琳玉林氏撰

《書詞緒論》顧琳自序之二

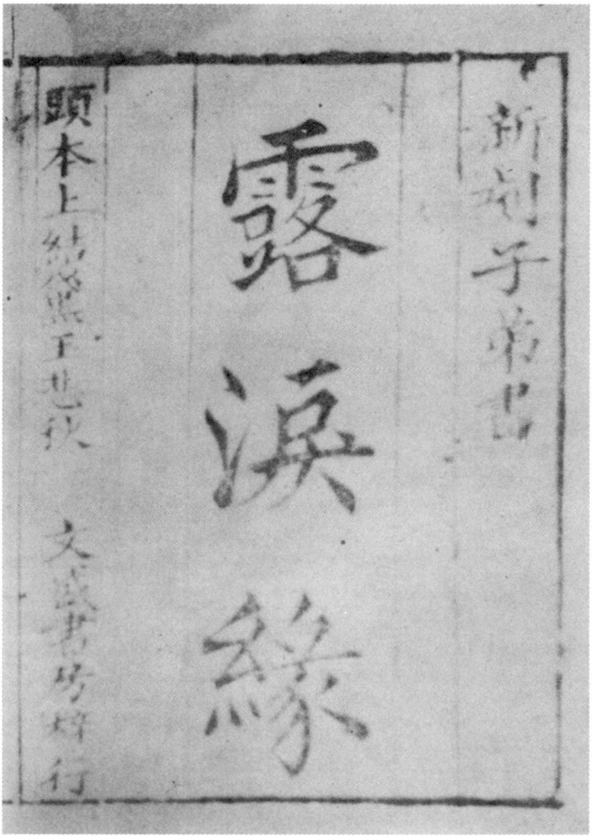

文盛書房刻本《露泪緣》題葉

泰山堂刻本《千金全德》题叶

經義堂刻本《孟姜女哭城》題葉

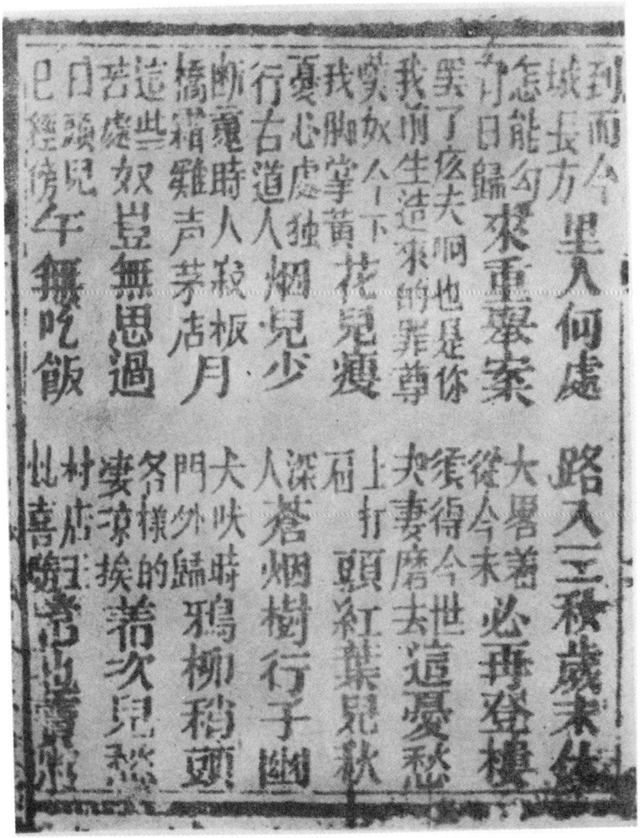

到而今城長方里人何處
怎能勾有日歸來重聚案
既了孩夫咽也是你
我前生造來的罪尊
嘆奴今下我脚掌黃花兒瘦
憂心虛獨行右道人烟兒少
斷魂時人殺板橋霜雞声茅店月
這些奴若處豈無恩過
日頭兒已經傍午饑吃飯
路入三秋歲末休
大暑著從今末必再登樓
須得今世夫妻磨去這憂愁
上打頭石紅葉兒秋
深人蒼烟樹行子幽
犬吠時門外歸鴉柳稍頭
冬樣的凄涼換着次兒愁
村店[illegible]也喜[illegible]

經義堂刻本《孟姜女哭城》第六葉下

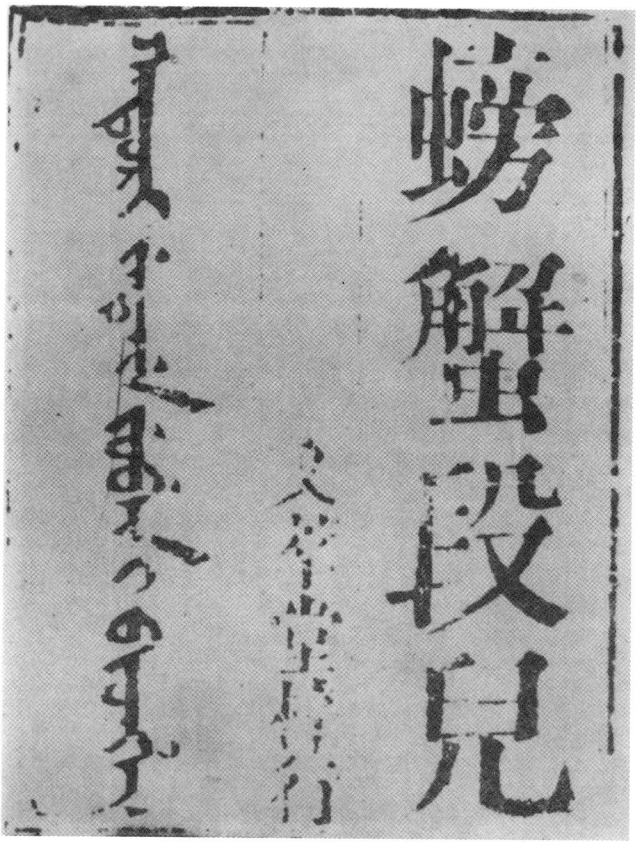

文萃堂刻本《螃蟹段兒》題葉

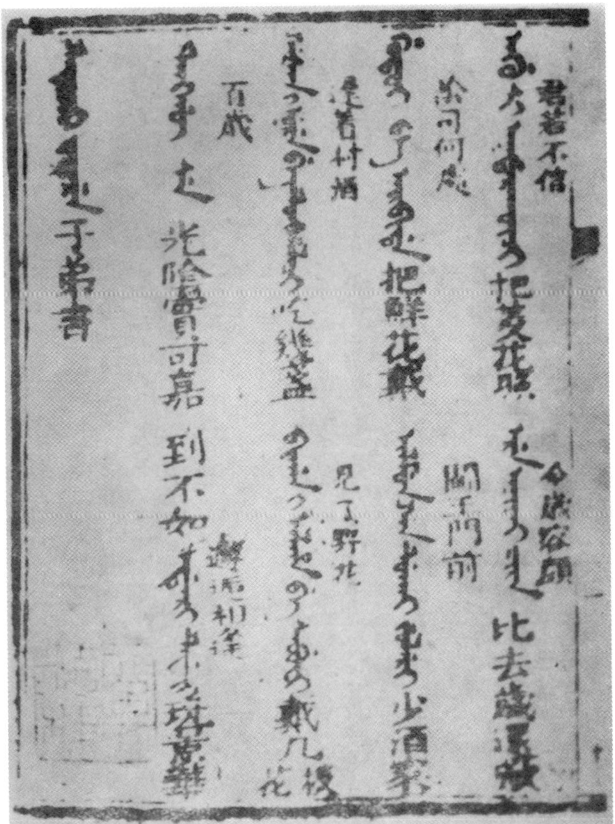

文萃堂刻本《螃蟹段兒》首葉

新学弟書

得鈔傲妻

裕文齋梓行

裕文齋刻本《得鈔傲妻》題葉

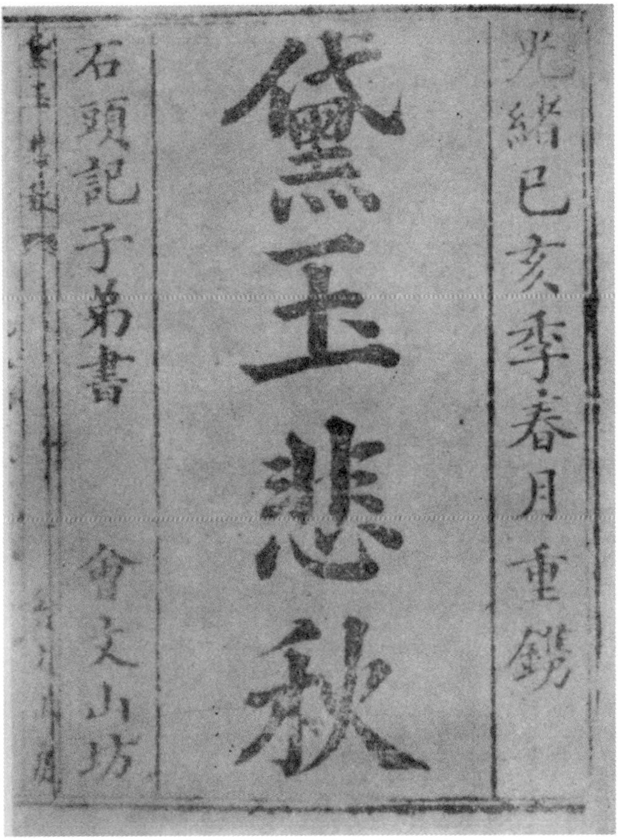

會文山坊刻本《黛玉悲秋》題葉

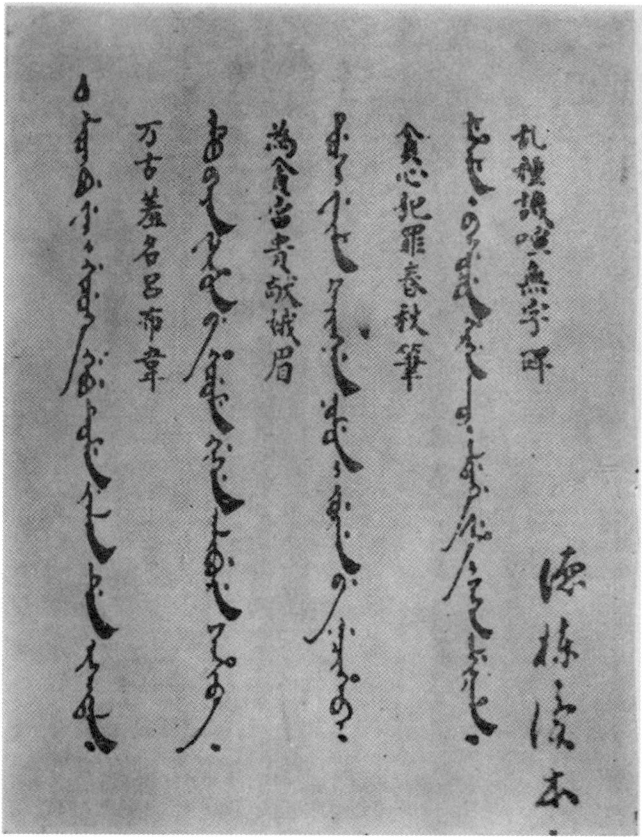

德國科隆大學東亞研究所圖書館藏鈔本

滿漢合璧《尋夫曲》(擬題)首葉

目　録

附　録

《子弟書叢鈔》序

趙景深

讀了關德棟和周中明合選的《子弟書叢鈔》前言和評語，我非常佩服，覺得他們倆試圖用馬列主義來評價子弟書，并對每篇寫了評語，指引讀者應該注意哪些方面的思想性和藝術性，這對讀者很有幫助。顧琳的子弟書論《書詞緒論》是罕見的書，作爲附録，尤爲本書生色。

我也很喜歡子弟書。據説唱腔東調近於弋腔，西調近於昆曲。以前傅惜華所保存的子弟書，曲譜衹有三段，還没有板眼。不像昆曲保留有較爲詳細和衆多的曲譜，大部有工尺和板眼，那就隨便多少年也亡失不了。看來現在會唱子弟書的人恐怕極爲罕有了。好在子弟書是以詞句佳妙見長的。乾嘉間百本張等書攤有抄本出售，售價低廉。情節悲壯的，還注明“苦”字；近於諷刺的，還注明“笑”字；英雄豪邁的，還注明“硬書”。聽衆大約先看了子弟書，再去聽唱。當時又出了幾個名角，如瞽人王心遠、趙德璧之屬。有些篇目文字確實寫得非常好，這就使子弟書轟動一時了。後來京音大鼓、梅花大鼓等把子弟書改得通俗一些，如《長坂坡》《白帝城托孤》《黛玉悲秋》之類，那就更加普遍流傳了。最近我發現專印大鼓的學古堂印了《孟姜女尋夫》“離鄉”“入夢”二回、《雙生貴子》四回以及《西厢子弟書詞》(“紅娘寄柬”“鶯鶯降香”

“紅娘下書”），大約也是將子弟書改唱爲京音大鼓或梅花大鼓的。

我是較早將子弟書寫在《大鼓研究》（實在正編祇能名爲《京音大鼓研究》）補編裏的。我最得意的是我寫的那篇序。我曾説過，1935 年，鄭振鐸編《世界文庫》，列入羅松窗的《東調選》和韓小窗的《西調選》，使羅松窗和韓小窗能與塞萬提司、果戈理、巴爾扎克、托爾斯泰、高爾基等輩并駕馳騁。這意思是説，鄭振鐸是將子弟書和外國作家的著作一同刊入《世界文庫》的。

現在我想講下面兩點意思：

第一點，我希望今後中國文學史裏能讓子弟書也占一席地，不僅祇是北京大學 55 級 1959 年本《中國文學史》裏面略有敘述。過去我們常説“唐詩宋詞元曲”是詩歌的頂峰，元曲應該是指散曲説的。因爲元代雜劇是戲曲，不是詩；祇有散曲纔是詩。我特别同意陸侃如和馮沅君所編的《中國詩史》，唐詩、宋詞、元曲以下，明代注重小曲，清代注重與子弟書略有近似的八角鼓，選了《秋聲賦》和《風雨歸舟》。子弟書雖然大多以中國明清小説、戲曲爲題材，但它究竟不是小説、戲曲，而是叙事詩。中國叙事詩過去著名的祇有《孔雀東南飛》和《木蘭詩》，現在子弟書這類叙事詩却是大量的，其中好多篇杰作并不比《孔雀東南飛》和《木蘭詩》遜色。

第二點，我要説的是子弟書雖然大多以明清小説《三國演義》《水滸傳》《聊齋志異》《紅樓夢》和戲曲《牡丹亭》《長生殿》爲題材，但這些子弟書并不祇是明清小説、戲曲的翻譯和復述，而是光輝燦爛的再創造，大多數是采取一段情節作細緻的刻劃，并賦予新的生命。其他還有些社會生活的反映，也不僅祇是個人的悲嘆，而是同國家的命運聯繫起來歌唱的。當然，這些作品有些不免有時代的局限，我們不能拿現代的眼光去衡量它們，但如果以清代乾嘉年間及其以後的標準來看，就可以看出它們是當時所能寫出來的最好的作品。從子弟書有書會,參加這書會的大半是潦倒文人(如做侍衛和長隨的人)來看,倒很像元曲的作者。

最後,我認爲《子弟書叢鈔》的兩位編者不僅選材嚴格,所選的大都是有很好或較高的思想性或藝術性,而且附有簡單提示和評語,又詳加注釋。初稿完成後,他們倆還常加以修訂,最後纔定稿。例如,初稿《追信》是作爲無名氏來處理的;後來查到作者原來是梁霜毫,就將《追信》從後面無名氏的行列移前到有名字或筆名的行列裏去。又如,原來的目録上有韓小窗的《芙蓉誄》和雲田的《探雯换襖》,由於《探雯换襖》思想性不强,就寧可將雲田的筆名連同他的作品除去,一點也不覺得可惜。從這兩點來看,就可以看出編者編寫此書的嚴肅態度,因此我樂爲寫序。

1979 年 7 月 1 日

前　言

“子弟書”是我國滿族曲藝。清代乾隆至光緒年間，它在北京及東北地區盛行達一個半世紀左右[①]。其作品甚多，清道光年間，奕賡曾用近二百種子弟書的篇目，編成了一本《集錦書目》。清道、咸以後至光緒年間，北京抄賣曲藝、戲曲脚本的“百本堂”[②]，又編了一本《子弟書目録》，收有二百九十三種；至光、宣年間，“别埜堂”所編的《子弟書目録》，也收有一百六十種。這些僅是子弟書中的一小部分。據楊慶五的《大鼓書話》記載，韓小窗一人就寫了“脚本五百餘支”。可見子弟書在當時極受歡迎。據清代無名氏的子弟書《石玉昆》記載，當年説唱子弟書時，書場内“過千人”，座無虚席，還有“多少人出入如蜂擁”，“紛紛出入因無座”。但儘管聽衆很多，大家却無不聚精會神，“滿堂中萬籟寂寞，鴉雀無聞，但顯他指法玲瓏，嗓音嘹亮，形容瀟洒，字句清新，令諸公一句一誇，

① 據清顧琳《書詞緒論》嘉慶二年(1797)李鏞序説：“辛亥夏，旋都門，得聞所謂子弟書者……”辛亥爲乾隆五十六年(1791)，子弟書的開始盛行，當在乾隆年間。

② “百本堂”：即所謂“百本張”的堂號。據愛新覺羅・奕賡的《逛護國寺》子弟書説：“至東碑亭百本張擺着書戲本，他翻扯了多時望着張大把活云：‘我定抄一部《施公案》，還抄一部《緑牡丹》，亞賽石玉昆。’”可知道、咸年間“百本堂”的主人號張大。他除抄賣曲藝、戲曲脚本以外，也抄賣小説。

一字一贊,衆心同悦,衆口同音”,收到了“驚動公卿誇絶調,流傳市井效眉顰”的巨大藝術效果。可惜這麽豐富的民間曲藝遺産,後來却逐漸湮没無聞了。一九三五年鄭振鐸主編《世界文庫》,曾選收羅松窗、韓小窗作的子弟書十一篇,作爲世界文學名著,首次公刊。經後人逐步整理研究,至一九五四年,傅惜華編著《子弟書總目》,共著録公私所藏子弟書四百餘種、一千數百部,但由於其中絶大多數均屬罕見的手抄本,刻印本很少,因此今天一般人還很難對它作全面的瞭解和研究。爲了使這宗民族文學遺産不致被湮没,同時能讓更多的人瞭解它的真相,我們特從大量的手抄本或刻印本子弟書中,選編了這本《子弟書叢鈔》。

由於子弟書傳本罕見,資料缺乏,這給研究工作帶來一定的困難,以致人們長期以來對子弟書的評價,存在着一些分歧。如在解放前,有的研究者認爲:“所謂‘子弟書’,是指八旗子弟的所作。八旗子弟漸浸潤於漢文化,游手好閑,鬥鷄走狗者日多,遂習而爲此種鼓詞以自娱娱人。”①有的乾脆説,它是由大鼓書於乾隆時“被貴族的八旗子弟改造爲子弟書”的②。解放後,有的研究者仍認爲子弟書乃是“爲貴胄‘子弟’(“子弟”是以臣下身分供奉當時宫廷的)所欣賞、提高,以至編寫、演奏”的。“作者多爲市民階層以上的人物,生活圈子狹隘,寫不出當時生活中的矛盾來。”③甚至研究説書史的專著,也説子弟書“是清代乾隆時滿洲貴族就鼓詞改造出來供士大夫階層一種新興的曲藝”④。一句話,他們認爲

① 鄭振鐸:《中國俗文學史》下册,作家出版社 1954 年版,第 402 頁。
② 葉德均:《宋元明講唱文學》,古典文學出版社 1957 年版,第 67 頁。
③ 高季安:《“子弟書”的源流》,《文學遺産》增刊,第一輯,第 337、338、341 頁。
④ 陳汝衡:《説書史話》,作家出版社 1958 年版,第 225 頁。

子弟書是滿洲貴族文藝,它不僅掌握在剥削階級手裏,而且是“掌握在這一階級的上層”,專爲“滿足他們欣賞的要求”的。照此看來,子弟書似乎應該在掃蕩之列了。

作品的客觀實際,是我們對它進行正確評價的根本依據。實事求是地研究子弟書這宗滿族文藝遺産,不僅對於我國曲藝、詩歌創作和小説史、戲曲史的研究,都有直接的幫助;而且對於我國歷史學、民俗學和民族文化的研究,也提供了一份十分珍貴的資料。事實上,衹要我們能認真閱讀子弟書的大量作品,要對它作出公正的評價,也并不是很困難的。收藏子弟書的專家傅惜華,早在一九三九年寫的《子弟書考》一文中就説:“子弟書之價值,不在其歌曲音節,而在其文章。詞句雖有時近於俚淺,婦孺易曉,然其寫情則沁人心脾,寫景則在人耳目,述事則如出其口;極其真善美之致。其意境之妙,恐元曲而外殊無能與倫者也。”①不過傅氏的這段評論,實係搬套王國維對元雜劇的評論而來②。王國維對元劇尚有詳盡的剖析,而傅惜華對子弟書本身的思想藝術評論,則語焉不詳。一九五九年北大中文繫 55 級編的《中國文學史》,曾盛贊:“子弟書在内容上極爲豐富多彩。它與彈詞、鼓詞相比較,在題材范圍上要廣泛得多。”“子弟書就總的傾向説是值得肯定的。無論就其思想和藝術來説,都有很多可取之處。我們還應該更細緻地做一些工作,使它很好地爲今天服務。”③所以,正確地

① 傅惜華:《曲藝論叢》,上海文藝聯合出版社 1953 年版,第 98 頁。

② 王國維説:“然元劇最佳之處,不在其思想結構,而在其文章。其文章之妙……寫情則沁人心脾,寫景則在人耳目,述事則如其口出是也。”見《王國維戲曲論文集》,中國戲劇出版社 1957 年版,第 106 頁。

③ 北京大學中文系 55 級集體編著:《中國文學史》第四册,人民文學出版社 1959 年版,第 37、40 頁。

瞭解和評價子弟書,歷史早已向我們提出這個要求。

子弟書是滿洲貴族文藝嗎?

否。它是道道地地來源於滿族中、下層人民間的文藝。據清光緒二十九年(1903)曼殊震鈞所著《天咫偶聞》記載:"舊日鼓詞有所謂子弟書者,始創於八旗子弟。其詞雅馴,其聲和緩,有東城調、西城調之分。西調尤緩而低,一韵縈紆良久。此等藝,内城士夫多擅場,而瞽人其次也。然瞽人擅此者,如王心遠、趙德璧之屬,聲價極昂,今已頓絶。"[①]這裏除指出它在音樂上的特點以外,還説明了子弟書是八旗子弟創造的,參加創作的不僅有封建文人,還有民間藝人("瞽人")[②]。所謂"八旗子弟",并不等於就是貴族子弟。滿洲户口,皆以八旗編制,在旗内既有民族上層的貴族,也有民族中下層的平民和兵丁。因此,我們既不能把八旗子弟籠統地都説成是貴族子弟,也不能把創始於八旗子弟的子弟書説成是貴族文藝[③]。

跟變文、彈詞等其他民間文藝一樣,子弟書由於産生於民間,在封建社會被認爲是不登大雅之堂的文藝。它的作者絶大多數屬於無名氏,即使有極少數能够考查出姓名的,其生平事迹也都湮没無聞。僅此一點,也可證明子弟書的多數作者的階級地位是低下的,絶不該一概歸之於貴族。今天能考查出署名的子弟書作

① 曼殊震鈞:《天咫偶聞》,卷七,光緒三十二年(1906)刊本。

② 子弟書作者,往往均能演唱,并有"書社"的組織。見清顧琳的《書詞緒論》。

③ "子弟"一詞的涵義不僅用指年輕一輩人,其實也是宋、元以來談伎藝的習慣用語。如元代燕南芝庵著《唱論》説:"凡歌之所忌,子弟不唱作家歌。"這裏"子弟"即指業餘的歌唱家。

者，計有三十餘人，共寫有近百篇作品①。這些作者的生平事迹，絕大部分雖然已無法考查，②但從他們在作品中透露的情况來看，充其量不過是從封建統治階級中分化、跌落下來的，或者本來就是窮愁潦倒的失意文人。如《侍衛論》的作者在結尾時説："我鶴侣氏也是其中過來人。"説明他充當過侍衛。鶴侣氏遺留下來以侍衛爲題材的子弟書，今所知者有《侍衛論》《老侍衛嘆》《少侍衛嘆》《女侍衛》等四種。經考證，他就是清宗室愛新覺羅・奕賡，爲莊襄親王世子，於道光年間曾任侍衛六年，著有《佳夢軒叢著》。他自然是個貴族子弟了。然而他這種貴族地位，也"好景不長"，當他寫子弟書的時候，已是過着"柴濕竈冷粟瓶空"的窮愁生活（見他所作《孟子見梁惠王》結尾）。又如文西園在他所作《先生嘆》結尾中説："文西園窗前閑譜《先生嘆》，生感慨一頂儒巾誤少年。"可見他本人不過是個窮教書先生而已。再如漁村在《劉阮入天台》開頭説："漁村山左疏狂客，子弟寫編破寂寥。"他以狂放不羈的"疏狂客"自居，顯然也是個不合時宜、不願跟封建統治階級同流合污的人了。

退一步説，即使有真正貴族八旗子弟參與了子弟書的創作，我們也不能僅僅根據個别作者的階級成分來劃分文藝性質，而必

---

① 子弟書作者可考的約有：韓小窗二十一篇，羅松窗十篇，奕賡（即鶴侣）十六篇，煦園、文西園各六篇，芸窗、竹軒各五篇，符齋、張慎儀、漁村、虬髯白眉子各二篇，藹堂、西林、洗俗齋、恒蘭谷、叙庵、雲田、韞櫝、哈溪釣叟、孔素階、滄海、張松圃、虬松、二酉、梁霜毫、蕉窗、雲崖、閑齋、古香軒、河西隱士、竹窗各一篇。

② 愛新覺羅・奕賡《逛護國寺》子弟書中，評子弟書作品時提到的作者有羅松窗、韓小窗、芸窗、竹軒、文西園、漁村、西林等人，并説："這些人俱是編書的國手，可稱元老。"

須以作品的思想傾向,來判斷作品是屬於那個階級的文藝。曹雪芹可算是道地的貴族八旗子弟出身,然而他創作的《紅樓夢》,却是非常富於民主性精華的優秀小説。我們怎么能僅僅因爲子弟書"始創於八旗子弟",就斷定它是"爲貴胄'子弟'所欣賞、提高,以至編寫、演奏"的呢?何况這種所謂"貴胄子弟"據説還是專門"以臣下身分供奉當時宫廷的"。如果真是這樣,那子弟書豈不成爲腐朽透頂的宫廷御用文藝了嗎?顯然這種論斷是不符合客觀實際的。我們認爲:封建文人包括一些封建貴族子弟參加子弟書的創作,這正好表明在封建社會末期階級分化異常劇烈的時代,子弟書這種來自民間的文藝形式,具有特别强的吸引力。他們的參加,可能給子弟書帶來不少封建糟粕,但他們有較高的文化素養,這對於子弟書的藝術成就來説,未嘗不是個提高因素。

現在,我們可以從這本《子弟書叢鈔》中看出:子弟書的思想傾向大部分是積極的、健康的,它在不同程度上揭露了封建社會的腐朽和没落,反映了當時被壓迫人民的願望和要求。因此,它不僅是我們研究文學史、歷史和民俗學的一宗可貴資料,而且也是一般讀者可以從中得到一定教益的通俗文藝作品。總之:它比較深刻地反映了封建社會處於没落時期的許多特點。例如:

第一,子弟書對於封建統治階級的罪惡本質,作了比較深刻的揭露。如韓小窗的《草詔敲牙》,借明代燕王篡位的歷史故事,揭露封建最高統治者,"逞强梁,搶州奪縣殺黎庶"。當燕王篡位後,强令方孝孺爲他草擬詔書,遭到方孝孺的嚴詞拒絶,結果,方遭到"十族共滅,禍及師生""共斬首八百七十三名口"的慘禍。這對封建暴君的殘酷,是個多麽令人怵目驚心的揭露!《大戰脱空》直接取材於當時社會現實,充分反映了封建社會末期高利貸盤剥的嚴重和階級分化的劇烈。窮的窮得一無所有,富的富得"山門内黄金鋪地，白玉爲磚”，“兩邊俱種摇錢樹”，“聚寶盆放在正中間”。“鄧通山的真人”不僅自己是個大財主，動用武力爲其它債主逼債，而且還“帶領三千討債鬼”，把一個窮得一無所有的名叫無耻者，壓在萬斤重的石碑下，妄圖叫他“永世千年不把身翻”。揭露反動統治階級罪行的作品，幾乎每個時代都有，但像子弟書這樣尖鋭潑辣，淋漓盡致，這樣嬉笑怒罵，當面痛斥，這樣憤恨欲絶，毫不留情，確實并不多見。

第二，子弟書對於封建社會末期世道人心的險惡，倫理道德的腐敗，作了有力的鞭撻。如韓小窗的《樊金定罵城》，寫薛仁貴東征榮歸，位居高官，不認受苦二十年的前妻和親生子，遭到他前妻樊金定在城頭痛罵。薛仁貴與樊金定本是患難夫妻，爲什么却忘本變質了呢？這顯然是由於他爬上了封建統治階級的地位所致。這類作品在當時感人至深。因此，稍後的古香軒又寫了《續罵城》，繼續對薛仁貴進行痛斥，目的在“報仇雪恨，以慰忠良”“唤醒那千古忘恩負義郎”。又如無名氏的《連升三級》，寫書生王名芳赶考回鄉，途中投宿旅店，因他衣衫襤褸，飽受店主奚落諷刺，使居草房。後來當報録人送來今科王名芳高中的喜報，店主又馬上跪在他面前請罪，竭盡阿諛逢迎。作品以此辛辣地諷刺了“翻云覆雨情不定”“可嗟世上易炎凉”“但逢身有金銀器，都令人凝冷熱腸”的醜惡社會現象，淋漓酣暢地揭露了封建社會末期的炎凉世態，使人感到“人和人之間除了赤裸裸的利害關係，除了冷酷無情的‘現金交易’，就再也没有任何别的聯係了”①。這正是封建社會面臨瓦解、没落的徵兆。

第三，即使寫愛情婚姻題材，也突出了暴露封建統治階級罪

① 馬克思、恩格斯：《共産党宣言》。

惡的政治内容。子弟書中描寫愛情婚姻題材的作品相當多,但它跟當時盛行的才子佳人作品往往不同。它主要不是歌頌郎才女貌,宣揚一見鍾情,描寫偷香竊玉,而是着重反映愛情婚姻的政治思想基礎,揭露封建統治階級的罪惡。這類作品不是把人們引導到沉醉於卿卿我我的談情説愛方面,而是把矛頭指向破壞愛情婚姻幸福的封建勢力。如作者通過《奇逢》《七夕密誓》《驚變埋玉》《馬嵬驛》《聞鈴》《錦水祠》等作品,把愛情放在國破家亡的社會背景之中來描寫,實際上是以愛情上的悲歡離合,來增强人們對國破家亡的憤慨和憂傷之情。《百花亭》中的百花公主,愛的不是才子而是英雄,江海俊所以愛上百花公主,又是爲了借她的力量來達到清除禍國奸臣的政治目的。《桃洞仙緣》《劉阮入天台》,看上去是描寫人與仙女的自由愛情婚姻,實際上寄托的却是"誤入仙源是避秦""從此後把富貴功名皆看破,不作名繮利鎖人"的理想。《合鉢》《祭塔》等揭露的是宗教勢力對愛情婚姻的殘暴破壞。《僧尼會》寫的是一對小僧尼的自由戀愛,揭露的却是"老和尚性最慳貪心更毒",逼得小和尚不得不逃下山來;小尼姑也同樣是如此。反抗利用宗教進行階級壓迫和剥削的共同鬥争和命運,把他倆緊密地結合在一起。《魂辯》中的李慧娘對自由愛情的熱烈追求,實際上是對"奸相欺心施暗計"的血泪控訴和强烈反抗。奸相賈似道不僅害死了她,還圖謀再害死她的情郎。因此,作品最後説:"李慧娘芳魂一點成佳話,賈似道朽名千載至今留。"

特别值得稱道的是,子弟書中還塑造了一系列巾幗英雄的形象,熱烈地謳歌了她們憂國愛民、不惜獻身的崇高精神。《盗令》中的歌姬張紫艷,獲悉東方望向王爺楊齡私進讒言,要謀害英雄秦瓊,她便仗義勇爲,捨身盗令救秦瓊,以自己的犧牲來换得秦瓊逃出虎口,目的是"願將軍以蒼生爲念尋真主,太平旗捲萬方兵"。

這裏張紫艷與秦瓊的愛情不過是個故事綫索；實際描寫和歌頌的，主要是張紫艷“救得將軍存烈膽，顧不得花殘月冷捐身軀”的堅强不屈意志和勇於鬥争的獻身精神。《雪艷刺湯》也竭力描寫“這雪姬一腔節烈横鐵膽”，她利用洞房花燭夜，把湯賊灌醉，親手刺死了謀害她親夫、妄圖霸占她爲妻的奸賊。無名氏的《祭姬》，更盛贊雪艷“不惜香軀酬大義”的行爲，説：“堪笑那終日營營流俗輩，半生碌碌利名場，高爵厚禄誇鄉裏，像簡烏紗立朝廊。太平日居然慷慨談忠孝，患難時各顧身家盡躲藏。似那樣背義忘恩抱頭鼠竄，應笑死仗義從容的雪艷娘！”《盗令牌》的作者也説：“慷慨原是男子氣，俠腸偏是女孩家。”封建統治階級宣揚男尊女卑，可是封建統治階級的腐朽没落，倒使人們看到了婦女的“俠腸”，而把希望寄托在她們身上。子弟書中所反映的這些觀點，正好和封建傳統思想相對立。

第四，我們還可以從一些子弟書中看到：在腐朽衰落的封建社會内部，正在孕育着民主主義思想的萌芽。子弟書的作者當然不可能給没落的封建社會找到出路，但是，由於他們中的多數的地位是處在封建社會的底層，跟廣大被壓迫的人民，特别是跟城市市民群衆保持着密切的聯係，因此在子弟書中就必然或多或少地反映了廣大人民群衆美好的理想、要求和願望，反映了他們要求擺脱封建統治的民主主義思想的萌芽。《訪賢》主張“自古國家必用賢，用賢方享太平年”。它要求建立“君臣原一體，股肱耳目寄朋良”的民主平等關係：“你我交情起貧賤”，“貧賤之交不可忘”，“朕雖身貴爲天子，手足的交情意更長”。其他如《追信》《飛熊夢》《大力將軍》等，也都從不同的角度，宣揚了要求發揚民主、任用賢才的政治主張。儘管在當時不根本改變封建制度的條件下，這種政治主張不過是個空想，然而，這種以民主平等的精神任用賢才,造福於國家和人民的美好願望,却至今仍閃耀着它的光采!

在根據《紅樓夢》改編的《晴雯撕扇》《品茶櫳翠庵》《雙玉聽琴》《史湘雲醉酒》等子弟書中,則着重反映了賈寶玉、晴雯、史湘雲等追求個性解放的思想性格。特别是史湘雲,在《紅樓夢》中,她身上雖有豪爽潑辣、不拘封建禮教的一面,但她總的思想傾向還是維護封建正統觀念的,因而在勸誘賈寶玉要走仕途經濟的道路時,遭到賈寶玉的當面奚落,弄得她很下不了臺。然而在子弟書《史湘雲醉酒》中,則突出了史湘雲性格中積極的方面。她不顧"那些見不慣的姑娘們笑掉了牙",不怕人們議論,反對"一味的扭扭捏捏","裝模作樣",這正是作者反對封建禮教的虚僞性,向往民主、自由的思想反映。

這種民主思想,在有的子弟書中還發展到對農民起義的同情和贊頌。如《坐樓殺惜》,作者把梁山農民起義的原因,歸結爲"世亂荒荒民不寧""奸臣當道賢臣退""臣佞君昏灾禍逢",滿腔熱情地頌揚梁山起義爲"天罡地煞降群雄"。儘管子弟書的作者不可能從根本上打破封建思想的樊籬,但是,他們寄希望於降賢才,寄希望於農民革命的"群雄",這種初步的民主主義思想,在那黑暗腐朽的封建王國中,畢竟能給人們帶來一綫光明。

第五,對民族間的團結友愛,子弟書也作了由衷的熱情贊頌。如竹軒的《查關》,借劉唐建"北行沙漠",梭羅宴查關的戲曲故事,寫蒙古族姑娘與劉唐建的純真的愛慕之情。著名的"滿漢兼"《螃蟹段兒》,通過一個屯居的滿族青年和漢族妻子的一件日常生活上的喜劇性小故事,熱情地歌頌了民族團結友愛。這種在其他文藝作品裏鮮少抒寫的内容,反映了我國各民族相互間早經自然融洽起來的時代特色。

子弟書在思想内容方面的以上五個特點，當然不是“貴族文藝”所能具備的。對於這些民主性的精華，對於我國文藝中這宗寶貴的民族遺産，我們如果弃若敝屣，那就簡直是對祖國文化的犯罪。

當然，子弟書跟其他傳統文藝一樣，也存在着不少封建性的糟粕。如對忠孝節義等封建倫理道德的頌揚，對聖君賢相、忠臣孝子、節婦烈女的贊美，對功名富貴的羡慕，對女色甚至色情的追求，在不少地方確實表現了城市小市民和封建文人庸俗低級的情趣。這種封建糟粕，不僅存在於一些基本傾向較壞的作品中，而且也程度不同地羼雜在那些基本傾向較好的作品中。我們必須經過自己的具體分析，嚴格批判，去蕪存菁，纔能吸收其帶有民主性的精華。

“‘子弟書’作品大都是寫歷史故事的”，“寫不出當時生活中的矛盾來”。這是對子弟書的又一種誤解。實際上現存四百多種子弟書作品中，寫歷史故事的衹占一小部分，充其量不到百分之二十。其餘大部分是根據戲曲、小説和民間傳説改編的；直接取材於現實生活的，也約占到百分之二十左右。作品題材的沿襲性，在我國文學史上是個突出的現象。我國著名的《三國演義》《水滸傳》《西游記》等長篇小説，都是根據歷史故事和民間傳説加工創作的。著名的戲劇作品，如王實甫的《西厢記》來源於唐代傳奇小説《鶯鶯傳》和金董解元的《西厢記諸宫調》，湯顯祖的《牡丹亭》來源於宋元話本小説《杜麗娘慕色還魂記》，洪昇的《長生殿》來源於唐人的詩歌、小説《長恨歌》、《長恨歌傳》。至於根據這些著名小説、戲劇改編的各種民間文藝，那就更如珠縈翠繞，争奇鬥艷，不勝枚舉了。難道我們可以籠統地説這些作品都是“寫歷史故事”和“寫不出當時生活中的矛盾來”嗎？其實，任何文藝作品即使寫歷史故事，也不可能是爲寫歷史故事而寫歷史故事的，它們是借歷史故事作爲反映現實生活矛盾的一種特殊手段。正如馬克思所説："使死人復生是爲了贊美新的鬥争，而不是爲了勉强模仿舊的鬥争；是爲了提高想象中的某一任務的意義，而不是爲了回避在現實中解决這個任務。"①事實上，子弟書的作者也説得很明白，他們所以要改編一些歷史故事，并不衹是要用子弟書這種曲藝形式把它們簡單地移植過來，而是要"借筆生端"(《一入榮國府》開頭作者自述)，"舊曲翻新"(《劉阮入天台》開頭作者自述)，"借題寫意"(《劉高手治病》開頭作者自述)。因此子弟書决不是"寫不出當時生活中的矛盾來"，而是非常廣泛、突出地反映了封建社會末期的社會風貌，寫出了各種矛盾鬥争非常尖鋭複雜的時代特點。

説子弟書是"八旗子弟漸浸潤於漢文化"的結果，這不僅帶有大漢族主義的偏見，而且也不符合歷史事實。子弟書作爲滿族文藝，它大量取材於我國的歷史故事和各種小説、戲劇、民間傳説，本身就生動地説明漢滿本來就是一家人，在文化傳統上一貫具有統一性和普遍性，是中華民族光輝燦爛的古代文化的共同開拓者和發揚光大者。子弟書作爲多民族的我國文化寶庫中的瑰寶，是民族文化相互交流、吸收和融合的結果，是我們整個中華民族的驕傲。

子弟書是"游手好閑，鬥鷄走狗"的八旗子弟，"遂習而爲此種鼓詞以自娱娱人"的嗎？不錯，任何文藝形式都要求有一定的娱樂性，要求能够給人一種藝術美感的享受。子弟書這種文藝形式，也有"自娱娱人"的作用，但娱樂性并不是它的唯一目的。固

① 馬克思：《路易・波拿巴的霧月十八日》，《馬恩全集》，第八卷，第123頁。

然，在有些子弟書的開頭或結尾，作者是説過"消午倦""閑破悶""聊自慰"一類的話，但這主要是反映了作者寫作時的苦悶心情。正如别林斯基所説："創作并不是消遣，藝術作品并不是閑暇或嗜好底果實；它得使藝術家勞心勞力。"①漁村在《劉阮入天台》的開頭，也説他寫子弟書是"把那舊曲翻新不憚勞"。有的作者還明確地寫明自己的寫作目的，是"要警起那憐香惜玉的人"(《葛巾傳》結尾)，"借筆頭寫他的苦樂、冷熱生涯"(《厨子嘆》結尾)，"勸世人，人家美色莫强求"(《胭脂傳》結尾)，"爲醒痴迷於噩夢，趁餘閑，故將筆墨寫英雄"《《柳敬亭》結尾)，"激勵那千古的仁慈俠烈腸"(《千金全德》結尾)。這些都直言不諱地説明，作者的目的是要拿起子弟書這種文藝武器，達到"警起""諷刺""表揚""激勵""勸世""醒世"等等政治目的。而且我們大家知道：在階級社會裏，世界上也不可能存在着純藝術的脱離政治而"自娱娱人"的文藝。

子弟書的創作目的，雖然不是專門爲了"自娱娱人"，然而它確有較高的藝術性，這倒是值得我們借鑒的。這主要有下列幾點：

敘事委婉曲折，情文并茂，這是子弟書藝術成就的特色之一。如《鳳儀亭》是根據《三國演義》第八回"王司徒巧使連環計，董太師大鬧鳳儀亭"改編的。在《三國演義》中，突出的是王司徒如何"巧使連環計"，貂蟬女不過是連環計的一個工具。子弟書則突出了貂蟬女機智卓絶的形象。《三國演義》中的貂蟬約吕布相會於鳳儀亭，僅寥寥數語，表示"'此身已污，不得復事英雄，願死於君前，以明妾志'。言訖，手攀曲欄，望荷花池便跳"。語言平淡，人

① 别列金娜選輯：《别林斯基論文學》，新文藝出版社 1958 年版，第 52 頁。

物感情的發展不够豐滿。而子弟書《鳳儀亭》則把貂蟬與吕布的談話，連用了三十二個排比句，從“可憐我”到“恨祇恨”，又從“惱的是”到“惟望你”，層層反復排比咏嘆，把問題的是非曲折、利害得失，訴説得透徹入骨，扣人心弦，使貂蟬這個人物形象熠熠光輝，光采奪目！這種藝術手法，確實是值得稱道的。

寫景狀物富有詩情畫意，令人心馳神往，這是子弟書藝術成就的特色之二。我國古典小説、戲曲和民間説唱文藝的短篇作品，一般都善於以故事情節取勝，不太着力於細緻地寫景狀物。而子弟書在這方面，則有所發展。如關漢卿的歷史劇《單刀會》，對於景物的描寫祇是“大江東去浪千叠”，“水涌山”等簡單的幾句，畢竟顯得空泛，不能給人以具體的實感，而所用的字句和意境，也是因襲了宋代詞人蘇軾的《念奴嬌·赤壁懷古》。子弟書《單刀會》同樣是對景物的描繪，却充分發揮了民間藝術家驚人的創造才能。它用長達三百餘字的篇幅，描寫關羽如何“昂然虎坐船頭上”，把青天形容爲“碧湛湛”，把太陽描繪爲“紅拂拂”，把“巍聳聳的高山”比喻爲“叠翠的盤”，這是多麼地形象化！而從“一望四野天連水”，到“月映長江萬丈潭”，描繪得又是多麽氣勢雄偉、景色醉人！寫景狀物，目的還是爲了寫人。作者筆鋒一轉，感慨“青山緑水依然在，千古英雄被土漫”，把那奔騰不息的江水，比作“好似那英雄的血一般”，撫今追昔，以景抒情，更加詩意深邃，沁人心脾。清道、咸以後至光緒年間北京抄售子弟書的百本堂所編《子弟書目録》裹，在《單刀會》篇目下特别注明：“内有觀水。”可見《單刀會》中對“觀水”的景物描寫，在當時是很著名的，其吸引力之大，以致書商都要利用它以廣招徠。

對人物内心世界的刻劃，嫵媚細膩，激情充沛，是子弟書藝術成就的特色之三。“刻劃人物，重要的又在於揭示人物的内心世界——思想和感情。人物的動作、發展、結局，都是來源於這一點。"①子弟書對於人物内心世界的刻劃，可以説達到了如聞其聲、如歷其事、如臨其境、如見其肺腑的境地。如《合鉢》中寫白娘子被迫離别丈夫和小兒時，"正然追訴從前事，哇的一聲懷中哭醒了小兒男"，她内心"恰好似刀絞揉腸剜肺肝"，"就如那萬箭攢心烈火燃！"中間一字一泪，令人不由得不跟白娘子一起"痛斷肝腸把肺腑煎！"作品成功地刻劃了人物的内心世界，使人感到這不僅是白娘子一個人的悲痛遭遇，而且也反映了舊社會千家萬户被逼得妻離子散的共同感受。

語言的清新明麗，鋪陳排比，是子弟書藝術成就的特色之四。子弟書的語言既比較典雅，又十分通俗，有民間口語的詼諧生動，又有文學語言的流暢醇美。如《訪賢》寫宋太祖雪夜訪問賢相趙普，敲門的時候與門官張全問答的叙寫，不僅所用詞匯如"莫裝佯""趙大郎""不通行""體篩糠"等等，都是民間生動活潑的口語，而且人物性格刻劃得栩栩如生。天子的禮賢下士，門官張全的倚官仗勢，出言不遜，通過犀利幽默的對話，使人感到妙趣横生，人物形象歷歷在目。至於鋪陳排句，在子弟書中更是屢見不鮮。它顯然是汲取了我國民歌慣用的藝術手法，猶如濃墨重采的繪畫，讀後令人心曠神怡！

此外，子弟書上承唐代的"變文"、明清的"彈詞""寶卷"和直接發展於北方的"鼓詞"。在藝術形式上還具有它自己的特點：首先是篇幅短小精悍。一般的彈詞、鼓詞，篇幅都很長，如鼓詞《封神演義》的車王府鈔本，長達二百二十册，至少要幾個月纔能説完。而子弟書一般的衹有一、兩回或三、四回，幾十句到幾百句，

① 曹禺：《看話劇〈丹心譜〉》。

十回以上的很少，最長的如演吕蒙正故事的《全彩樓》，也衹有三十二回。其次是它韵律優美動聽。子弟書不像彈詞、鼓詞有説白部分，它是完全用韵文寫的，每兩句叶韵，每回限用一韵。韵目爲北方戲曲通用的“十三轍”。因此閑園的《金臺雜俎》説它“詞婉韵雅，如樂中琴瑟”。再次是它句式自由靈活。雖然也以七言爲主，但不像彈詞、鼓詞那樣呆板地一大堆七言平列，而是在七言以外可以根據文義添加襯字，有的一句多達十九個字①使作者的思想可以得到充分自由的表達，從而使作品也更能表現得生動活潑。

子弟書在藝術上自然也是有缺點的。主要是有的作品思想和藝術境界不高，往往跳不出封建傳統觀念的束縛，擺脱不了一些迂腐消極的思想感情和低級庸俗的藝術趣味。在語言上，也有過於典雅古奥或流於俚俗不堪的句子。子弟書本身是封建社會的産物，不可避免地會受到封建統治階級的思想影響，使民主性精華和封建性糟粕互相羼雜。但是，衹要我們以批判的眼光來看待它，是不難滌除其污垢，使它顯出煒煒光澤的。

這本《子弟書叢鈔》就是根據以上這些認識選輯的。它是一本資料性的書籍，所選作品，主要以政治上没有大的害處，而在内容和形式上又具有一定的特色爲原則。由於子弟書現在傳世者，大部分是鈔本，在長期傳唱、傳抄過程中，字句往往多有變異，我們這裏衹能擇善而從，對可以用别本校對的，一般均作了校勘；校勘記因參考意義不大，爲了避免繁瑣，不另注出。但對字句中明顯的錯字誤寫，則均予以改正。對所選作品的排列次序，則大體上先分有作者姓名的作品和無名氏作品爲兩編，然後每編盡可能

① 北京大學中文系55級編的《中國文學史》中説子弟書一句最長的有十四個字，這顯然是由于他們未看見還有十九個字一句的子弟書，本書已選入。

再按故事題材、時代先後歸類排列。對作品的内容，多數也作了簡要説明，個别詞語還作了必要的注釋，以便參考。

子弟書自清乾隆間興盛以後，有關它演唱情况的記載，比較稀見。在部分子弟書作品中，如《鴛鴦扣》《絃杖圖》《絶紅柳》等雖也直接有所反映，但都不過是一些片斷描述，想由此比較全面地瞭解、研究這種藝術形式，顯然是不够的。爲此，我們特别將現在僅有的一種子弟書專著——清顧琳的《書詞緒論》，按原稿本標點公刊，附録於本書後面。顧琳生於乾、嘉時代，書成於乾隆末年，當時正是子弟書盛極一時的時候，書中比較全面地論述了子弟書的藝術，有一定的參考價值。

這本《子弟書叢鈔》的初稿，是在五十年代編成的，在選輯和以後修訂補充中，曾得到鄭振鐸、阿英、傅惜華和其他許多同志的具體幫助，并承波多野太郎教授和嵇穆（Martin Gimm）教授惠贈有關滿文子弟書的資料供參考；這次出版，趙景深教授又在百忙中看過全稿并爲它作了序，謹此一并表示感謝。

由於我們水平的限制，這書編選得還不很完善，可能還存在着不少錯誤和缺點，希望同志們批評指正。

一九七九年二月

翠屏山二回（選録）

羅松窗

第一回

雪月風花固可憐，奈何月缺與花殘！
千年長恨英雄賤，萬古難消紅粉冤。
鐵筆欲留俠烈傳，松窗故寫翠屏山。
望君莫笑愚多事，願作人間醒世言。
大宋徽宗國政偏，蔡京、童貫掌威權。
蠶食四海黎民怨，蜂起八方盜寇添。
最是梁山多好漢，廣招天下有名男。
不講那宋江、晁蓋梁山事，演一回楊雄、石秀翠屏山。
楊雄祖貫河南郡，在薊州，隨任伯兄作府官。
因兄病故，流落薊州爲押獄，拳棒渾身武藝全。
知府憐他是好漢，特用了劊子手的頭兒作領班。
衹因他面貌微黄，雙眉八字，鬚髯五綹，鳳目朝天。
因此上，人稱綽號“病關索”，薊州一帶有名男。
爲人義氣心胸敞，作事疏忽酒量寬。

妻兒貌美芳年幼，　小字兒巧雲本姓潘。

模樣兒風流，骨格兒俏，　小脚兒周正，指頭兒尖，

半路兒失節，從頭兒改嫁，　一家兒和順，兩口兒投緣。

使唤着迎兒，雖小多伶俐，　倒是個隨心順意的小丫環。

岳翁潘老兒無妻子，　也住在女婿家中，把門户看。

這一日，楊雄城外決人轉[1]，　相識們慶賀在衙前；

花紅彩緞無其數，　衆人勸酒正歡然。

有一個，守城軍卒名張保，　綽號兒"踢殺羊"慣打拳，

無賴專交破落户，　若非酗酒便詐錢。

常恨着，楊雄本是流來户[2]，　到在薊州體面寬，

因此上，帶領一群無耻輩，　特找楊雄生事端。

"踢殺羊"，撥退衆人偏拱手，　斜楞雙睛歪帶冠，

説："大喜楊雄多彩幸，　特地今朝會會尊顔。"

楊雄説："且請大哥來飲酒。"　張保説："特向尊兄來借錢。"

楊雄説："曾無與足下交錢鈔，　今朝且住，另日再言。"

張保説："你詐得百姓許多財物，　小弟沾光，分所當然。"

楊雄説："此乃朋情抬愛我，　你無故發刁壓派咱。"

張保説："大家兄弟呆甚麽臉！"　破落户一齊放搶鬧成團。

楊雄纔與衆人打，　不提防，張保劈胸抱了個嚴，

後有二人封住手，　好漢着急難動彈。

眼看着，禮物財帛奪了個净，　楊雄發作怒衝冠。

不言好漢在着急處，　來了個路見不平的俠烈男，

慌忙放下枯柴擔，　向前來手提張保，摔在一邊。

楊雄得便把威風抖，　拳起脚飛閃電般。

張保爬起來不動手，　緊跟着拿包袱的三人溜烟。

楊雄趕去奪包袱，
好漢還在街頭似猛虎怒掄拳。
從旁邊，轉過二人忙勸住，
一人便替把柴擔。
三人相讓把酒樓上，
立時酒保列杯盤。
好漢說："多感二兄憐小弟，
怕我生灾惹禍端，
又蒙賜酒優相待，
小弟於心甚不安。"
二人說："四海之内皆兄弟。"
英雄帶笑訴根源：
"賤名石秀，在建康府，
自幼無端好耍拳，
'拼命三郎，人送的號，
隨叔父販馬爲生在外邊。
因叔病故消折本，
流落在薊州，苦挣打柴錢。"
那人道："尊兄何不到江湖上，
尋一個下半世的榮華，快樂幾年?!"

第二回

石秀說："小弟并無别本領，
那討榮華屬到咱?
學了些無用閑槍棒，
遮不住風雨，擋不住饑寒。"
那人說："方今天下，無非如此，
這時候認真是枉然！
朝廷閉塞，權臣當道，
苦殺了迂老兒，庸庸講聖賢。
可憐黎庶如牛馬，
終朝每日，耙壟耕田。
粒粒黄粱，滴滴紅血，
滋膏盡屬污吏貪官。
歌兒舞女是良人的子，
肥馬輕裘是百姓的錢。
小弟有個相識因口氣，
心中忿怒上梁山，
這如今，論秤分金銀，换套穿衣服，
今聞得朝廷不日便招安。
大家博得一官半職，
勝你我飄零湖海一身閑。"
石秀開口微一嘆，
說："引進無人是枉然。"
那人說："壯士真心如肯去，
不才相薦有何難?"

石秀説:"小弟未曾輕拜問,何公幹? 二位官人到此間。"
那人説:"小弟戴宗,號'太保'。"石秀聞聽帶笑言:
"聞得江湖人稱'神行太保',甲馬[3]莫非就是貴官?"
"太保"聞言,説:"不敢。"又指那人向石秀言:
"此位是'錦豹子,楊林多義氣,大家結拜上梁山。"
戴宗叫楊林取出銀十兩,贈石秀手頭使用,作盤纏。
説話間,一伙差人哄然而入,戴宗、楊林各訝然,
乘空而逃,無曾别石秀,原來是,楊雄帶領衆三班。
衆衙役,聞聽楊雄與人厮打,飛奔前來欲助拳。
進酒樓,楊雄見石秀忙握手,説:"一路尋兄,聞兄在此間。"
款待公差先散去,二人對飲細盤桓。
問罷姓名分長幼,石秀二十八,楊雄他長一年。
叙罷了,二人結拜爲兄弟,楊雄邀石秀轉家園,
唤巧雲説:"出來會會石家兄弟。"潘氏從簾縫裏邊可望外觀。
一見英雄心大喜,説:"這般個好漢,怎的這樣貧寒?"
忙向鏡中照了照粉面,又從頭上整了整雲鬟,
掀開箱子,换了换衣服,先於簾下露了露金蓮。
走出來,比乍放蕊的花兒還裊娜,到人前,比纔出嫁的女子更新鮮。
石秀向前説:"嫂嫂請坐!"推金山,倒玉柱,拜倒婦人前。

説明:

作者羅松窗是清代子弟書早期的大作家,生平事迹不詳。鄭振鐸主編的《世界文庫》,在《西調選》中收入他的子弟書作品六種。今天尚能見到的羅松窗子弟書共約十種。本篇全文二十四回,此係據清代百本張鈔本,選録前二回。在這裏,它揭露"大宋徽宗國政偏,蔡京、童貫掌威權,蠶食四海黎民怨",謳歌楊雄的

“爲人義氣”，表彰石秀是個“路見不平的俠烈男”，把無端尋衅的無賴張保，打了個“拳起脚飛閃電般”。在患難相助的共同鬥争中，楊雄與石秀結爲兄弟，投奔梁山，參加農民起義軍。作者對封建腐朽政治表示了强烈的不滿，對人民所受的慘重剥削寄予了深切的同情。如説：“朝廷閉塞，權臣當道，苦殺了迂老兒，庸庸講聖賢。可憐黎庶如牛馬，終朝每日，耙壟耕田。粒粒黄粱，滴滴紅血，滋膏盡屬污吏貪官。歌兒舞女是良人的子，肥馬輕裘是百姓的錢。”因此“心中忿怒上梁山”。從第三回起至二十四回，主要是描寫懲處奸夫淫婦，積極意義不大，故予略去。整個故事係根據《水滸傳》第四十四回“楊雄醉罵潘巧雲，石秀智殺裴如海”敷演而成。此外，明代沈自晋有《翠屏山》傳奇，清代高腔、皮黄戲及川劇、湘劇、徽劇、漢劇、秦腔、河北梆子等，均有此劇目。

注釋：

①决人轉：决人，指殺死囚犯。轉，歸來。即執行處决犯人後歸來。

②流來户：外來户，非本地土生土長的人。

③甲馬：印有神像的紙張，誦經禮懺時作爲神位供奉。又稱“馬子”。《天香樓偶得》：“俗於紙上畫神佛像，塗以紅黄彩色，而祭賽之，畢即焚化，謂之甲馬。以此紙爲神佛憑依，似乎馬也。”戴宗即以此而稱“神行太保”。《水滸傳》第三十八回説他：“把兩個甲馬拴在兩隻腿上，作起神行法來，一日能行五百里。”

莊氏降香二回(選録)

羅松窗

第一回

春復秋兮秋復春，　春花秋月往來輪，
花開別院流鶯語，　月照孤營戰馬吟。
樓角誰家題少婦，　天涯何處盼征人?
閑時偶拈松窗筆，　寫一段，莊氏燒香拜月文。
佳人正嘆凄凉景，　早有那，辦事的丫鬟跪在塵。
説:“禀夫人，香几寶鼎安排定，　請奶奶虔誠頂禮把香焚。”
佳人脱去胭脂套，　尖尖玉指整衣裙，
輕移弱體臨花氈，　雙并金蓮立錦裀。
手拈白檀與紫降，　輕點金爐細細焚。
月影燭光，香烟繚繞，　花馨人氣，瑞靄繽紛。
這佳人，雙膝款款亭前跪，　弱體輕輕拜在塵，
未吐鶯聲先嘆氣，　櫻桃裂綻小朱唇，
説:“弟子翠瓊莊氏女，　上告昊天大帝君。
祇因爲，奉天承運唐天子，　翦惡除奸救庶民，

萬國清平多瑞慶，　八方寧静少烟塵，
五穀豐登民樂業，　四時風雨物含春。
不承望，河北的番王劉黑闥，　無端造反起欺心；
因此上，大唐天子興人馬，　問罪征賊伐不仁。
又誰知建成、元吉爲元帥，　我兒夫，身爲前部領三軍，
兩奸王，素與我兒夫多不睦，　他兄弟若有私心，就禍事臨。
怕的是，軍令無情王法重，　他若要官報私仇，就坑死人。
望蒼天，保護我兒夫羅士信，　不遭羅網禍離身，
掃滅烟塵除大患，　無灾、無難轉家門，
母子、夫妻重見面，　這就是皇天、佛祖再生的恩。
我兒夫，赤膽忠心扶社稷，　修身竭力孝娘親，
忠孝雙全懷大義，　哎！天哪！他是人間有用的人。
留得他，常扶聖主懷忠義，　留得他，同與奴家盡孝心。
想蒼穹，既產英才必當大用，　切休辜負我夫君。
萬一他，合該命裏灾星照，　小翠瓊，願將賤體代夫君。
保佑他，早早歸來兒拜母，　奴就死，作個舒心舒意的魂。
天哪！念奴閨閣蒲柳質，　奴非斗膽冒蒼旻，
實因情急，出於無奈，　不過是，一點痴呆妄想心。
赫赫皇天恩浩蕩，　可憐奴，草木無知的小婦人。
我兒夫，奉天之命隨龍降，　從十三、四歲，就掃烟塵。
渴來曾飲刀頭血，　百戰疆場萬死身。
兩條眉鎖江山恨，　一片憂懷社稷心。
論全功，四海干戈猶未定，　言盡孝，七旬慈母現今存。
大器良材須盡量，　我兒夫，他未滿三八，纔過二旬。
想翠瓊，有也不多，無也不少，　焉足較量未足云。

保佑他，速平河北完臣節，急轉家門盡子心。
願天公，稽察羅門宗共祖，忠孝傳家直到今，
代代寒門出孝子，朝朝羅姓有忠臣。
《易》有云：‘積善之家，必有餘慶。’[①] 望蒼穹，洪恩廣布到寒門，
不求功賞增爵禄，但願征服造反的臣。
也不用，風吹鼉鼓山河動，也不用，電閃旌旗日月昏。
衹要那，一封降表歸王化，衹要那，兩國軍民盡感恩，
人唱凱歌無血刃，鞭敲金鐙罷烟塵，
報馬捷音來鳳闕，將軍待詔謁金門，
素體戎裝兒見母，妾與將軍解戰裙。
那時節，小夫妻一對深深拜，答報昊天上帝的恩。
叫翠瓊粉身碎骨，奴情願，哎，天哪！單照奴家一點真。
從今後，夜夜焚香明妾志，朝朝齋戒見奴心，
一體家常穿布襖，終身吃素不開葷，
齋僧道，厨下樽節奴的分例[②]，濟貧寒，庫中支使我的金銀，
粘補橋梁修寺院，莊嚴佛像塑金身，
誦殘貝葉經千卷，坐破蒲團月一輪。
翠瓊若有欺心處，自有神天鑒妾的心。”
佳人語罷，深深的拜，偷彈了幾點，傷情兩泪痕。
小玉冰琴攙弱體，這夫人，四肢無力少精神。

第二回

輕移弱體欄杆靠，梅影披離照滿身，
泪横秋水呼天嘆，愁帶春山對月顰。

"想人生,月缺、月圓何時了,
可憐緑鬢紅顔女,
想翠瓊,正在芳年十九歲,
況奴家,從不沾花去問柳,
除問安,奴影兒無沾飛絮雪,
都祗爲,兒夫一去無消息,
你看那,天上的牛郎與織女,
一年一度纔相見,
恰似奴,離别兒夫將一載,
喜織女,欲會牛郎還有日,
使翠瓊,求天告地哀明月,
想嫦娥,獨守蟾宫無數載,
一身清净無凡累,
弟子翠瓊多愚笨,
度翠瓊脱離苦海,超凡界,
念奴家,不知罪坐何條律,
牽腸挂腹奴的夫婿,
婆婆年老羅通幼,
望嫦娥,保護我兒夫歸故里,
弟子塵緣他日盡,
冰琴見夫人對月頻嗟嘆,
奉請夫人歸綉户,
無語的佳人憐明月,
靠久欄杆冰玉腕,
前有宫燈雙引路,

消磨今古换光陰;
盡作銀頭白髪人。
就禁架③一身憔悴直到今。
終日垂簾緊閉門。
雖有夢,脚踪兒未染落花塵。
纔有這,天涯目斷對行雲。
隔住銀河兩岸分,
兩夫妻,會少離多嘆死人。
隔住山關兩地分。
嘆奴家,何時纔見我良人。
月兒呀!你何不憐憐小妾身。
終年深閉廣寒門,
冰爲肝膽玉爲心。
求仙娥,收奴作個小門人,
願隨鳳輦捧金輪。
一片身心似火焚,
怎捨百年結髪的恩。
可單靠無知的小婦人。
急轉家門完妾心,
魂靈兒飛入廣寒門。"
説:"有稟夫人夜已深,
怕的是,風吹了貴體,凍着夫人。"
怎奈那,譙樓更鼓已深沉,
手扶小玉慢回身。
後隨侍女密如雲,

兩旁邊，冰琴、小玉攙弱體，
下瑤階，真是花前月下的人。
月映蛾眉迷月魄，
花迎杏臉醉花魂，
步月觀花歸錦户，
冷蕊疏枝點綉門。
這佳人，款入蘭房床上坐，
紅梅暖帳軟簾分。
奶娘抱過小公子，
夫人帶笑又傷心。
接過羅通懷内抱，
説：“兒啊！竟還未睡等娘親。”
羅通笑語把娘親哄，
夫人長嘆兩眉顰。
説：“幼子不知人意懶，
詭態多端會哄人。
你的娘，心神不定魂靈兒乍，
你的娘，身體難持鬼病兒侵。
衹因你父去明關歸未卜，
雁杳魚沉少信音。
這些時，百折柔情頻入夢，
這些時，一些水米怕沾唇。
教你娘，空對姣兒無笑口，
從你父一去，無處不傷心。
你的娘，一腔幽怨千般語，
奈我兒幼小無知，難對你云。”
奶娘一見夫人慘，
慌忙接去小官人。
這佳人，情緒懨懨身怯怯，
朦朧杏眼睡昏沉。
斜倚香肩扶鳳枕，
未卸殘妝入夢魂。
小冰琴，取一領香衾遮玉體，
這小玉，除幾隻釵環綰墨雲。
二人伺候床前立，
忽見夫人慢欠身。
這冰琴，低囀鶯聲把夫人禀，
説：“安歇了罷，奶奶！夜已深。”
佳人慢閃秋波看，
見緑窗前竹影斜横，月色新。
吩咐冰琴同小玉：
“你二人去睡罷，夜已深。”
雙鬟説：“夫人且請寬衣服，
鳳枕鸞衾香已熏。”
佳人説：“小玉垂下紅綾帳，
待奴親自解衣裙。”
雙鬟奉命垂鴛帳，
二人歸寢暫休云。
佳人斜靠鴛鴦枕，
玉體安眠翡翠衾，

一聲長嘆雙眉鎖，　　夢入陽臺睡正沉。
因陶情，莊氏降香權暫演，　　閑來時，再摹羅成托夢的文。

説明：

此作係據清代烏絲欄鈔本。第一回開頭詩篇第七、八句稱："閑時偶拈松窗筆，寫一段莊氏燒香拜月文。"説明作者是羅松窗。這篇《莊氏降香》全篇共六回，寫唐代羅成（羅士信）出征，平息河北的藩鎮割據。其妻莊翠瓊登樓眺望，降香禱告，渴望其丈夫早日平安歸來。前三回寫登樓，後三回寫降香。這裏所選的是最後二回。原來第五回開頭没有詩篇，現將第一回開頭的詩篇移入，以明作者對於全篇的寫作意圖。此作通過莊氏對於其出征丈夫的深切懷念，一方面竭力想把羅士信塑造成爲一個忠孝的完人，另一方面却反映了羅士信的出征給他妻子所帶來的巨大的痛苦，從這一個側面表現了人民群衆對於封建割據戰爭的無比怨恨。作品對於莊氏思夫的感情，描繪得頗爲細膩、真切、動人。

注釋：

①"《易》有云"句：《易經》上説："積善之家，必有餘慶；積不善之家，必有餘殃。"意思是：做了好事的人家，必然恩澤及其子孫，反之則必然給子孫帶來遺殃。

②樽節：節省。分例：個人名下應得享用的規定。

③禁架：猶言承擔，負擔。

尋　夢三回

羅松窗

第一回

嬌懶佳人春睡長，
一聲鸚鵡韵凄凉，
無端驚起陽臺夢[①]，
怪煞平分銀漢郎；
亂耳黄鶯徒婉囀，
撩人粉蝶自張狂，
擁衾未捨離香榻，
情思昏昏是麗娘。
這佳人，自從一夢梅花下，
每在胸頭思玉郎，
懶向花前題俏句，
羞從鏡裏細梳妝。
瘦腰兒，瘦比從前瘦，
芳容兒，芳改舊時芳，
心繫兒，千思萬縷愁無限，
嬌病兒，何事懨懨眉捲揚。
暗嘆道："痴人兒自古痴情重，
我這傻女兒，偏多這傻心腸；
至使奴一夢難留花片片，
終身定約幻茫茫，
巫山夢遠人何處？
楚雨雲遥妾斷腸。
恨當初，不該午夢留春睡，
勾惹起，無限相思這一場；
到而今，寂寂閑庭人冷落，
昏昏情緒病凄凉。
一片羅幃孤綉枕，
半床錦被冷牙床，

寶鏡兒連朝誰照面，
金爐兒幾日未焚香，
鬼病兒一味昏沉,情思迷亂，
瘦身子幾摺寒衾,但覺浸凉。”
這佳人,慢推綉枕擁衾坐，
渾身無力怕臨妝。
没奈何,勉强梳洗紗窗下，
强伸玉體换衣裳；
軟怯怯,慢披綉襖把牙床下，
喘吁吁,輕攬春香出了綉房。
閃秋波,但見幾株弱柳垂朱户，
睁杏眼,唯看一片紅桃罩畫廊。
黄鶯兒,啼出嚦嚦傷心韵，
粉蝶兒,何事雙雙惹斷腸。
這佳人,俏立花陰低粉頸，
悶倚欄杆泪幾行。
小春香,俏性靈心能會意，
朱唇輕啓唤姑娘，
説:“小姐呀！花陰已上欄杆也，
不早了,咱們也應該赴學堂。
别惹的先生哏哆②我，
那陳最良却是一個陳不良，
吆三喝四能作勢，
酸文假醋慣捏腔，
終朝哭喪着臉,噘着嘴,到象與誰來嘔氣，
吹着鬍子,瞪着眼,胡充那家的山大王。
哭喪棒,是青竹板一塊，
打人的手,還不准人家搪一搪。
走罷,喲！娘哦！别要連累了我，
他又説:‘丫頭家貪睡,不請你姑娘。’”
病佳人一轉秋波眉兒一蹙，
説:“煩死人！一個女孩兒家,進的是什麼學堂?
老爺多事把先生請，
無故的不學刺綉,學念文章。
念這些雅、頌、國風何處用?
縱學得滿懷錦綉,也衹平常。
空把那‘關關雎鳩’終日講，
最難評是‘淑女窈窕’,後半章。”
春香催道説:“走罷,小姐！
好好兒的不去讀書,把什麼思量?”
小姐説:“看奴舉動還趔趄③，
那有精神去念文章?
春香哦:你告稟先生説奴告假，
衹説是小姐昨夜受了凉。”
春香説:“罷喲！姑娘又來治我，
衹顧你懶去讀書,却教妾搪。

夫人知道豈饒我？　我這嫩皮肉，那裏禁得竹板子量。
走罷！喲？姑娘看先生動氣，　敢則的小姐不怕，我又遭殃，
不説你偷懶逃學告謊假，　衹説奴勾引姑娘把學業荒唐。"
小姐説："奴家真個心不爽，　告遭病假有何妨？"
春香笑説："不知姑娘害的是什麼病？　奴家到有個海上方[4]，
雖有一味天仙子，　少一味治相思的牽牛郎。"
佳人駡説："賤臉的丫頭，無個羞耻，　在奴的跟前胡言亂道，總不提防，
難爲你也痴長了十幾歲，　全不知，地厚天高短共長。
一個女孩兒家，也説得出口，　且問你什麼叫相思，什麼叫郎？
信口開合無道理，　眼大[5]心粗任張狂。
還不下跪麼？真真是要討打，　也無個怕懼，逞你的剛强。"
羞答答，春香帶愧輕輕兒跪，　戰兢兢的無語、低頭泪兩行。
説："念奴偶爾撒嬌失了嘴，　小賤人一時多嘴不提防；
自知道自己的不是，從今改，　望小姐恕妾無知，饒過春香。"
這也是主子憐奴才，縱了性，　倚仗着小姐惜愛，嘔姑娘。

第二回

佳人息怒恕春香，　丫鬟輕起説："謝姑娘！"
小姐説："你到書房稟師父，　衹説奴帶病擁衾未下床。"
春香領命出小院，　輕移蓮步繞迴廊。
暗笑道："姑娘懶把學堂入，　却和奴家遭什麼殃！
無故的罰奴身子矮了一半，　我春香又不曾失禮溺了床。
分明説着心裏病，　却打醫生藥投簧[6]；

臊搭訕，到說人家無羞耻，　羞變怒，摟頭一下反巴掌。
不知他雙鎖眉頭愁何事？　頻頻的嗟嘆爲着那樁？
還說人無了個女孩兒的模樣？　你看他憔悴形容，那象姑娘？”
小春香，走至書房窗下立，　說：“我何不看看先生作什麼勾當？”
取金釵，刺破窗欞偷眼看，　見先生，憑几正自看文章。
暗笑道：“這老頭兒，想要學梁灝[7]，　苦苦的讀書，還要赴科場，
那樣嘴巴骨，永朝永夕是那條腸子，　熬乾了眼，這世裏休想金榜把名揚。
待你姑娘要你一要。”　小春香躡足潛踪進書房，
走至先生身背後，　强憋着笑，却給先生個冷不防，
將扇兒，輕輕打在頭巾兒上，　先生驚說：“這是誰？”見是春香，
說：“好一個大膽的丫頭，又無個道理。”　春香笑說：“見頭頂兒發光，敢要娶個師娘。”
最良說：“小姐如何不至此？”　春香說：“請問先生，可見過茶湯？”
最良說：“惟你獨來，因何故？”　春香說：“師父要用飯，我吩咐厨房。”
先生怒說：“皮臉的丫頭，真淘氣，　問北說南象瘋狂。”
春香帶笑說：“實告訴你罷，　我家的小姐姑娘受了凉，
因此上，病擁紅衾獨自睡，　差奴告假到書房。”
最良說：“既是如此，暫准假，　明朝病愈，要入學堂！”
春香說：“曉得了，何勞囑咐！”　一轉身，笑嘻嘻風跑到綉房。
見佳人，也斜杏眼呆呆立，　小春香，朱唇慢啓叫姑娘：
“小姐呀！那老頭兒真是嘔氣，　一味胡纏渾似羊。
他說：‘暫准今日假，　明朝必要到書房，
再要推脱來告假，　打春香，還要罰跪與姑娘。’”

小姐說:"先生不情,學生纔成器,　催我讀書,也是該當。
但不知老爺、太太梳洗否?"　春香說:"没聽打點,想未升堂。"
小姐說:"在父母的跟前,久缺定省,　你隨奴問安,東院看看爹娘。"
病佳人,强伸玉體扶春姐,　慢款金蓮,出離了畫廊。
俏步香階行幽境,　輕出小院到中堂。
侍女慌忙接小姐,　珠簾欣起待姑娘。
見雙親說:"父母連朝安康否?"　夫人驚說:"孩兒因何把臉瘦黄?"
春香說:"小姐忽然心不爽,　因而告假未入書房。"
老爺說:"既然有恙,何須多禮,　我的兒,身子單薄看受了凉。
快些兒去罷,好生將養;　春香,仔細扶侍你姑娘。"
俏佳人,問安已畢出朱户,　見庭中,無限春光惹麗娘。
佳人一怔呆呆立,　渾身無力倚春香。
半晌發呆一聲嘆,　說:"最關心緒是春光。"
偏是佳人愁無計,　怎禁艷色腦心腸?
"奴不免閑步花園,把心散散,　痴心尋夢認仙郎。
春香啊! 你扶奴到花園裏去　難消遣,這病兒昏昏,怕入綉房。"

第三回

小春香,手扶佳人推朱户,　入花園幾陣輕風百卉香。
這小姐,欲至巫山尋俏夢,　要到陽臺雲雨鄉。
環佩輕敲竹子徑,　金蓮慢款杏花廊,
眼角兒留神,特恐竹枝兒挂,　杏臉兒加意,提防柳條兒傷,
綉鞋兒,露珠兒濕透難移步,　袖衫兒,風絲兒吹入緑霓裳。

脖頸兒發酸嫌釵重，
膀稍兒無力恨衫長。
衹見那，萬紫千紅都開遍，
蒼松翠柏各舒芳。
轉雕欄，挨到湖山下，
見亭軒緊閉屏門，另樣凄凉。
但見些千行弱柳垂金綫，
幾樹梨花鬥玉妝，
木蘭緊靠荼蘼架，
杜鵑紅滿曲欄傍，
綠竹陰籠松亭子，
紅桃夾岸小池塘。
落紅滿地花集錦，
晴雪一天柳絮狂。
院静風輕飛蝴蝶，
金堂水暖戲鴛鴦，
翠館蕭條鸚鵡唤，
畫閣無人燕繞梁。
風景依然還照舊，
却去了昨朝入夢的郎。
這佳人，尋夢多時無氣力，
牡丹亭上倚紗窗。
喘吁吁，手托香腮呆呆看，
意昏昏，眼望園林細思量：
“昨朝夢入桃源境，
與那生繾綣相逢太湖傍，
到而今，尋來尋去，全無影響，
纔信這夢寐無憑竟荒唐。
枉使奴身來至此，
傻賤人，如何這樣傻心腸！
便訪遍，十二欄杆何處覓？
反添奴，一種情腸雪上霜。
至使我人兒未遇，病兒反重，
情兒未散，意兒更長。
全因我心中有個瞎影子病[8]，
纔使這有意春風悶麗娘。”
小春香見佳人無語頻吁氣，
説：“姑娘啊！今歲春光比去歲强。
你看那，百花開放如錦簇，
竹柳烟籠似翠妝，
草滿香階鋪綠茵，
蜂蝶紛飛過粉墻，
綠波鴨睡被人驚起，
巧鸚鵡一見梅香，唤點茶湯。
惟有牡丹可惡的狠，
見姑娘，也不吐蕊，也不發香。”
佳人嘆説：“牡丹雖是花之王，
他若占却春光，便不是花王。”
春香説：“花也待時，分個次序，
因知人事不可勉强。

姑娘啊！園内風寒，回去罷，
仔細夫人進綉房。”
意遲遲的佳人移蓮步，
軟怯怯的小姐攙春香；
冷凄凄，步回無人徑，
喘吁吁，慢繞緑池塘。
走的他，面似桃紅紅過耳，
一身香汗汗沾裳。
忽見那，芍藥闌邊梅花盛，
直亭亭獨逞嬌姿，燦爛非常，
佳人倚樹把梅花看，
説：“樹兒嚇！何事無情，先泄了春光？

可憐你，空有容顔獨自守，
好似奴，無限幽思是一人當；
何須你，埋怨東風生愁態，
自有奴，死後魂靈在你傍。
但與你，酸酸楚楚同一處，
誰把那，死死生生挂心腸。”
佳人一嘆出花苑，
春姐相攙進綉房。
從此病卧凄凉帳，
終日懨懨懶下床。
要知小姐離魂事，
松窗自有妙文章。

説明：

此作係據清代鈔本。取材於明代湯顯祖的《牡丹亭》傳奇第十二齣《尋夢》，增入春香代爲請假，戲謔塾師陳最良的情節。作者着力刻劃了丫鬟春香的質樸、爽朗、純真、可愛；杜麗娘對愛情既熱烈向往而又百般掩飾，充滿着内心的痛苦。作品細緻入微、凄楚感人地表現了封建禮教對青春少女的無情摧殘。

注釋：

①陽臺夢：楚國宋玉《高唐賦》：“昔者先王嘗游高唐，怠而晝寢，夢見一婦人，曰：‘妾巫山之女也，爲高唐之客，聞君游高唐，願薦枕席。’王因幸之。去而辭曰：‘妾在巫山之陽，高丘之岨，旦爲朝雲，暮爲行雨，朝朝暮暮，陽臺之下。’旦朝視之如言，故爲立廟，

號曰朝雲。”因此,後世稱男女歡會之所爲陽臺、高唐、巫山,又稱男女歡合之事爲雲雨。

②哏哆:申斥的意思。由滿語 hendu 而來。

③趔趄:形容猛烈向後退要跌倒的樣子。

④海上方:猶言海上仙方;方,藥方。

⑤眼大:北京話語詞。猶言眼高,藐視一切的意思。

⑥藥投簧:用藥對症。

⑦梁灝:宋代雍熙二年進士。傳説梁灝爲考科舉,一直考到八丨二歲纔及第,因此他成爲歷史上熱衷於科舉功名的典型。

⑧瞎影子病:由憶念而産生幻想的心理病態。

百花亭四回

羅松窗

第一回

滿園春色滿園香，　安西王府後月榭雲廊。
竹徑松棚天作畫，　桃霞杏粉雁成行。
幾點姣雲閑水墨，　一輪麗月小紗窗。
有個百花亭，百花亭在百花深處，　百花公主在百花亭上設着百花床。
江繼雲私訪遭擒更名海俊，　與安西王參贊軍機住在浙江。
風流名士爲謀士，　按院江郎作海郎。
公主喜英姿如臨風玉樹，　王爺誇國器是架海金梁。
有個疤啦鐵頭一點兒不服他作將，　滿心裏衹要自爲王。
每每的爭功偏落後，　遭遭兒奪寵不能强。
因此他曉夜尋思要殺海俊，　這一日詭計謀成，要害棟梁。
爲賞花，筵前灌醉了參謀將，　令人抬於百花亭上，放在公主的牙床。
鐵頭的心腹親隨纔退去，　早有個奉命的宮娥出了畫廊。

手提着綉紅紗燈，身佩着青鋒寶劍，
來查百花亭子，過萬柳池塘。

走進來，見龍鬚鈎挂團花帳，
鳳衾中有個粉潤紅姣帶酒的玉郎。

放下燈籠重新看了看，吃驚道，
說："我親兄弟何到此醉卧龍床？"

原來這宫娥名唤那右花，是江郎的姐姐，
被擄隻身到此鄉。

這佳人着急不敢高聲兒叫，
用手連推，見繼雲坐起，嘴内嘟囔。

說："慢待了，公公！我明朝奉請，
再合你賞月觀花醉一場。"

猛睁睛，見四壁金珠龍蟠鳳立，
一亭錦翠月影燭光。

見個人，緑鬢烟環，花容月貌，
彩裙寶劍，綉帶宫妝。

緊立在身邊，低呼："兄弟！"
參謀說："哎呀，是姐姐右花娘！

我是江繼雲，更名海俊。"佳人說："不好！
你看宫燈對對，過了松粉游廊。

那壁厢宫女兒排班，是公主來了，
這百花亭是百花公主的綉户蘭房。"

參謀說："怎樣？"佳人說："怎樣？"
兩個人魂靈兒唬碎，體戰神慌。

那公主花照錦艷香澹蕩，
月明玉佩韵叮噹。

一步步堪堪欲到花亭上，
花亭上唬壞了更名的海俊和右花娘。

小將軍情急往床下躲，
江右花衹得垂手立在前廊。

百花女款上花亭歸寶座，
宫女兒拜罷平身列兩旁。

見貴人玉腕輕摇說："爾等散！"
有那謝恩的彩女各回了房。

百花亭衹剩下右花女，
還有床下的才子和座上的姣娘。

戰兢兢參謀聽得宫女兒散，
從床兒下閃目悄悄兒的往外張[1]。

見亭上夜沉人寂静，　窗前燭影月輝煌。
瓶養奇花陳玉案，　書開錦套對銀缸。
玉案前銀缸下金交椅上，　坐着位天香國色的公主娘娘。
見他束髮冠，着玉攢珠，珠明玉潤，　金抹額，龍頭鳳尾，鳳舞龍翔。
剪絨纓，似一朵榴花，紅艷艷的動，　雉鷄翎，如雙分錦帶，細條條的長。
窄袖袍，翠絡金絲，金輝翠麗，　小坎肩兒，堆花砌錦，錦簇花芳。
八寶環，鵝黄縧，佩青虹劍，　越顯得英風蓋世，壯烈非常。
又見他，鳳目娥眉，天然的正大，　仙容貴象，一味的端莊。
身似松兒英耀俏，　骨勝梅花凛洌香。
公主書，參謀看怔，　忘神處，有一天的歡喜，無半點驚慌。
暗思量："向日隨操不敢仰視，　今細看，巍巍儀表，不愧赫赫天潢。
我繼雲是狀元，百花是公主，　真乃是玉貌雄才女，文修武備郎。
誠所謂：梧桐枝上雙鸞鳳，　桃花浪裏錦鴛鴦。
況貴人素常恩待有千般重，　大料是，前世姻緣纔兩意香。
應是區區多造化，　故投公主的俏心腸。"
小將軍尋思到得意處，　竟忘了置身於何地，衹顧喜氣洋洋。
情絲兒牽惹姣模樣，　魂靈兒繚繞俏紅妝。
猛然見公主推書拔寶劍，　冷颼颼，青虹出鞘，映着燭影兒飛光。
小將軍一驚欲死在床兒下，　見貴人把霜鋒遞向右花娘。

第二回

百花院子百花新，
百花亭上夜沉沉。
月色燈光三尺劍，
绿鬢紅顔兩個人。
右花説："皇姑天然的生性巧，
愛詩書坐月講書文。"
右花説："方纔公主讀何傳？"
皇姑把青虹入鞘，説："《白頭吟》。"[2]
右花説："這篇文字我曾讀過，
奴婢時常的笑古人。
那相如不過貌美情深，惟通翰墨，
并不能撥天轉地，衹會彈琴。
因文君不辨英雄托大事，
故向個懦的書生，錯寄了身。"
百花女含笑點頭説："會心人也！
每逢那女兒般的男子，都無多大的經綸。
可也難説，奈何天下的英雄少？"
右花説："乾坤之大，何地無人？
就是公主時常誇的海俊，
據奴睄，便是詩書中的壯烈，將帥裏斯文。
武庫詞宗學成蓋世，
身威貌秀，别樣的超群，
况且，那老練深沉，光明磊落，
今年至大有二旬。"
公主説："花名册上他十九歲。"
右花説："合公主同庚，不知是幾月生辰？"
公主説："他是當世的英雄奴敢許，
非是我偏情，真有九分。"
右花帶笑説："好可怎麽樣？
奈老王爺總不長不短的悶殺個人！
鵲橋不向青天架，
教隔銀漢的織女、牛郎空作近鄰。"
百花女朱唇慢啓低低兒啐，
桃花兒紅暈，柳葉兒青顰。

說：“鬼嘴的丫頭，又嗽人來了！”
右花說：‘誰嗽公主！這是一輩子的婚姻。”

皇姑嘆說：“終身大事誰不曉？
奴是個女孩兒家，難道羞人答答去對父云？

衹得聽天由命，隨時罷了，
也愁不得，錯過這擎天捧日的人！”

這公主懨懨情緒一聲嘆，
無窮幽怨滿芳心。

斜托香腮扶玉案，
偷彈了幾點爲難的兩泪痕。

右花見皇姑不語，神思倦，
便不敢多言，驚動貴人。

出花亭悄立瑶階下，
背地裏暗暗歡喜，說：“造化呀，繼雲！”

這時候趁着公主伏几睡，
就該悄悄兒的溜出來，還鬧斯文。

江右花着急在窗外轉，
且說小將軍因公主憐才，他在床下消魂。

聽公主蘭香口内多情的話，
句句兒撩人，字字兒真。

得意處，見右花輕退皇姑睡，
衹剩下一窗月照海棠陰。

暗思量：這多時也受够了風流罪，
待吾出去罷，相思雖害，到省的耽心。

衹可惜鵲橋咫尺空回首，
少不得向枕上、衾邊夢兒裏尋。

從床兒下慢慢的出來，纔站起，
見公主輕舒玉臂把柳腰伸。

要跑的參謀脚步重，
驚醒了春風夢裏的海棠魂。

百花女把玉案一推拔寶劍，
鶯聲兒都唬岔，連問：“是何人？”

亭子上月朗燈明無處躲，
俏將軍來回顧影，進退無門。

事到至急忙跪倒，
知公主的性格兒姣烈，眉皺就殺人。

百花女手挽錦袍，斜提寶劍，
轉香軀，俏步兒飄飄似一片雲。

趕向前，玉腕高揚金釧響，
劍光冷照月華新。

俏參謀慌忙爬起往旁邊躲，重跪倒説：“千歲的天恩，是小臣。”

公主説：“你是誰?”參謀説：“海俊。”皇姑細看果是將軍。

早已就消磨寶劍英雄氣，挑動深閨女兒心。

假含嗔説：“你夜闖宫幃何事也?”海俊説：“爲重大的軍情，纔擅入禁門。”

插寶劍，歸座的皇姑説：“豈有此理！着了事就這等慌張，好個孟浪人！

可是我問你：幾時前來?”參謀説：“久矣！曾聽得皇姑金口言及微臣。”

公主大驚，眉頭兒一皺。參謀叩首説：“千歲施恩！”

百花女紅透香腮花朵兒醉，姣顔弱體柳條兒春。

宫袍袖掩宫妝面，寶座上羞壞了多情的玉美人。

俏參謀識破皇姑的芳意軟，他便磕頭碰地獻殷勤。

公主説：“冒冒失失唬人一跳，險被我迷迷惚惚劍碎了身！”

海俊説：“不才何幸邀天眷，千歲垂恩恕小臣。”

百花女俏心兒一動情思兒蕩，美皇姑笑對風流小將云。

第三回

從來俠女愛英雄，况海俊美如珠玉，志似鵾鵬。

這公主憐才欲共鴛鴦譜，奈父不開孔雀屏。

人静夜深，宫漏迢迢一片月，香風細細百花亭。

含羞道：“將軍請起，冰凉的地，慢慢的説前來所報甚軍情?”

海俊磕頭説：“臣該萬死，并無軍情，另有屈情。

疤啦鐵頭累累的欺臣，蒙皇姑作主，是千歲隆重微臣，他無限不平。

賞花計,醉臣多半是蒙汗酒,	他令人不知,怎樣送進我花亭。
天憐念,公主來時臣唬醒,	無奈何,躲在飛龍床下,蘭麝香中。
今奏明,不但陷臣,連皇姑都陷矣,	臣便死,也作個形端影正的小魂靈。”
公主説:“原來這等,赦卿無罪!”	海俊見事兒順手,他更假意傷情。
泪盈盈説:“草芥微臣應分死,	蒙公主天恩海量,再造重生。”
公主説:“罷了麽,將軍!休抱怨!	等着我必替將軍辨理明。
免禮罷,將軍!我必殺太監。”	俏參謀謝恩叩首慢把身平。
公主説:“將軍請回。”參謀説:“遵命。”	他垂手躬身一步兒不行。
公主問:“你還有何話説?怎麽欲言又不語?	活脱兒[3]是個女孩兒的景况,那象個英雄!
你此去,向花亭繞到梅亭北,	棋畫樓再奔玉樓東。
到是怎麽樣?要説呀,不説就去罷!	夜深了,看這梅花横艷,月兒斜明。”
參謀控背説:“臣”,他忽然又不語,	故意兒遲疑了半晌,俏語低聲。
説:“臣海俊一自操軍隨鳳駕,	終霄魂夢近芳容。
公主是玉葉金枝,臣乃草芥,	自料那連理花開未必能。
方纔在床下幸聞公主的旨意,	臣方敢誠恐誠惶在駕前奏明。”
公主含羞垂玉頸,	俏臉比桃花兒粉潤,比李花兒又紅。
低聲兒道:“人家閨閣閑時話,	誰料將軍暗裏聽。
君既有心於小女,	奴豈無意向尊兄。
我一片女兒之情與君同轍,	小百花願將大事托付英雄。”
海俊説:“雖蒙公主垂青眼,	臣不免一片狐疑總不明。”

公主説:"我一言既出,終身定矣,
倘日後迫於父命遭他變,
我將這微物贈君爲表證。"
海俊接來忙拜倒,
參謀拜罷平身立。
專等你紅絲早定百年事,
海俊説:"公主隆恩是天寬地厚,
臣倘或有一句兒欺心,一字兒假,
公主説:"事今已定,將軍請!"
公主説:"看有人來哟,别衹是磨蹭!"⑤
又被那,鳳衾綉枕的姣香兒艷,
皇姑無可答言語,

請貴人,玉體要勞乏,就歇歇兒罷,
看看這溶溶夜色溶溶月,
若辜負,貌姣風柔花艷麗,
皇姑正色端然坐,
衹爲你蓋世英豪,當今才子,
此便從權,已非經道,
將軍的謀略奴深曉,
參謀説:"禮所無,情之所必有,
可憐這今宵一團香氣花明月,
好公主！你若不開恩憐憐海俊,
臣海俊萬分無奈求公主,

一個女孩兒親口之言豈虛情?
百花女惟將一死報明公。
伸玉腕,從柳腰解下劍青虹。
説:"謝千歲盛德,洪恩與天地同!"
公主説:"我從今心似玉壺冰④。
莫教我,白頭空守一花亭。"
爲臣的誠意,海誓山盟。
衹教天誅地滅、神鬼不容。"
俏參謀不語,搭訕剔案上的燈。
參謀笑説:"奈臣衹愛這個花亭!

薰得臣,透骨温柔都無了力行。"
參謀説:"今夕是何夕? 看看那户外的三星!
那牙床兒,臣温存了半晌,大概還和融。
細細花香細細風。
豈不教今宵風月笑風月無情!"
低聲道:"非禮勿言,非禮勿行。
所以我花亭贈劍,月夜訂盟。
何堪再誤,另有别情。
你博古通今,難道連大義不明?"
聖以時,强如聖以清。
滿座清風我合卿。
可教我,强咬着牙兒怎麽行?
望皇姑,暫了海誓與山盟。"

俏參謀一笑輕輕兒摸玉腕，　見貴人柳眉低翠，杏臉飛紅。

第四回

玉人兒，月似精神花似顔，　在百花亭花亭月夜，月下花前。
花争顔色，花枝兒愧，　月比精神，月影兒慚。
最可愛，風流奪盡芝蘭秀，　又憐那，凛冽偏同冰雪寒。
把個鐵硬的將軍情似醉，　奈那玉絮的皇姑不受憐。
公主説："這般光景君要怎樣？"　海俊笑説："襄王春夢繞巫山。"[6]
公主説："什麽是巫山？什麽是夢？"　海俊奏請皇姑，説："咱悄悄兒的言。"
情濃時，忽見貴人的顔色變，　眼横秋水，眉鎖春山。
氣忿忿，宫袍一抖香軀立，　説："好一個能文的才子，善武的英賢！

自説你鴻鵠志在雲霄外，　誰知你蝴蝶心迷花柳邊！
自説你是敦倫盡性超群客，　誰知你是敗化傷風不義男！
把我響叮噹冰肝玉膽貞節女，　竟作没來由野草閑花下賤看！
辜負奴一片痴心兩個眼，　天哪！叫我終於何處，怎是個收緣？"

這海俊倒退。輕輕兒向公主跪，　見貴人身歸寶座，氣象威嚴。
斜扶着玉案，看也不看，　倒背着銀燈，然也不然。
這參謀一天高興如冰解，　滿面羞慚似火煎。
磕頭站起輕回手，　解下了寶劍青虹合八寶環。
説："臣海俊奉還此劍辭千歲，　這是臣失於自揣，故取憎嫌。
公主是半刻天恩隨口的話，　臣不該，死認作百年結髮的緣。
公主是巍峨珠玉的多才女，　怎肯把落魄風塵的俗子憐！

異日裏大開翡翠屏中雀，豈不會另選梧桐樹上鸞？
公主呵！你雖然心狠將臣弃，小海俊若負却了皇姑自有天。
臣情願獨宿今生，種來生的連理，鰥居一世，結百世的良緣。
公主呵！你莫管微臣死與不死，臣便死，大料着皇姑憐也不憐。
魂靈兒再來罷，臣今去也！”俏將軍一步兒還没行，就兩泪漣。
這公主鳳目呆呆呆了半晌，說："君哪！你分明是一片鐵心肝！
冷話兒句句如刀戳人的肺腑，把女孩兒親口許的婚姻，算順口的言。
小妾托君如火熱，將軍待我似冰寒。
你祇説明了：是誠意弃奴，奴好接劍，何難我斷頭瀝血，明志於君前。
美皇姑哭聲兒姣軟，似春鶯兒醉，泪珠兒亂灑香腮，是帶露的蓮。
海俊說："逆料人心，把臣屈死，臣不過在公主跟前是自愧的言。"
急忙忙重向身邊懸寶劍，說："别哭了，窈窕的玉體當不起悲殘。
好公主！千錯萬錯，臣之錯也。小海俊説話不周，恕臣在少年。"
公主說："我爲難却不怕君相弃，我睄你也不象個無情少義的男。
祇爲你，兩眼呆呆在奴的臉上，一心迷戀在我的身邊，
奴一個女兒家，肐就着眉頭兒⑦睄君的邪派，呆憨着臉蛋子，受你的胡言。
不如我三尺劍絶了三寸氣，省的有一絲的苟且，一輩子羞慚。"
海俊說："祇因仙子消魂的貌，引動了愚夫尋夢的緣。
見千歲立意全節，情同皓月，使末將問心自愧，難對青天。
我合你地久天長，連心透骨，又豈在一時半刻，枕上衾邊。"
公主喜說："將軍此論奴深願。"海俊從身邊解下個玉連環，

向貴人恭恭敬敬雙手遞。	說:"這是半絲兒紅綫,定咱百歲的姻緣。"
公主接來,參謀倒退,	說:"臣去也。貴人保重罷,我再請金安。"
無奈何的皇姑,衹得把將軍送,	到宫墻下,又囑咐了多情無數的言。
挐翠柳,狠着心的海俊將墻兒越,	踏殘花,灑着泪的皇姑,把亭子還。
原來江右花聽得事妥,參謀告了退,	就先躲到緑柳院北,紅杏樓南。
進花亭服侍貴人歸寢畢,	他就安歇了,心中暗替兄弟喜歡。
這公主玉體懨懨情默默,	香夢和酒氣,温存在那床帳間。
次一日,尋事先殺了疤啦太監,	費唇舌,又勸天倫順了大元。
假海俊回朝交旨,奏明此事,	元太祖在龍樓降詔,叫兩姓把婚聯。
說不盡,女貌郎才,夫榮妻貴,	無了箋,暫寫百花亭上緣。

說明:

《百花亭》又名《百花點將》,是羅松窗的代表作。鄭振鐸曾選入所主編的《世界文庫》。此係據别野堂鈔本,與《世界文庫》文字不同。作品取材於明代無名氏作的《百花記》傳奇。主要描寫百花公主與青年將軍江海俊花亭贈劍,月下訂盟的愛情故事,歌頌了"禮所無,情之所必有""倘日後迫於父命遭他變,百花女惟將一死報明公"等寧死不屈地反封建禮教的鬥争精神。同時還揭露了有個名叫疤啦鐵頭的太監,以陰謀詭計陷害"棟梁"江海俊,經過江海俊向百花公主訴屈,結果"殺了疤啦太監";江海俊與百花公主也終於"夫榮妻貴"。作品故事緊張,情節曲折,人物感情細膩,波瀾起伏,真實動人。惟作者雖有“禮”與“情”對立的反封建禮教的思想萌芽,却跳不出郎才女貌、夫榮妻貴的封建俗套。

注釋:

①張:望,張望。

②《白頭吟》:原係樂府楚調曲名。據《西京雜記》載,司馬相如將聘茂陵人爲妾,卓文君作《白頭吟》以自絶,相如便停止娶妾。這裏借此表示對堅貞愛情的向往。關於文君的故事,可參看本書《露泪緣》篇注㉗。

③活脱兒:活像真的一様。

④玉壺冰:鮑照有“清如玉壺冰”的詩句,王昌齡有“一片冰心在玉壺”的詩句,皆取高潔的意思。

⑤磨蹭:糾纏拖拉。

⑥襄王春夢繞巫山:相傳楚襄王游雲夢,他的臣子宋玉向他解説先王的故事。説先王曾游高唐,怠而晝寢,夢見一婦人,自稱是巫山之女,願薦枕席。後世以此含蓄地表示對男女幽會私情的向往。參閲本書《尋夢》篇注⑥。

⑦肐就着眉頭兒:皺着眉。

七夕密誓二回

羅松窗

第一回

鵲橋將逢七月七，佳會連年不了期。
天上星辰情寞寞，人間天子語嘶嘶。
多情自合私心解，私誓寧容小婢知。
最堪思，此宵相會長生殿，千古風流第一痴。
楊玉環自從被選宮中去，君王賜浴華清池。
衹因他妙體靈心，善於笑語，鬧得那三郎①鍾情，心意顛倒迷離。
每日家不是花間尋妙景，便於亭下咏新詞。
解語花間天不夜，春宵一刻千金值。
這一日，風景依稀秋色到，金風微動處，疏烟入暝時。
已落梧桐一二葉，暫開桂子兩三枝。
檻外寒蛩鳴唧唧，閨中兒女語妮妮。
呀！銀河倒影，今夕何夕？原來是天上星妃會佳期。
這節令，閨中陳李浮瓜日，乞巧懸針作戲時。
衆宮女無拘無束閑戲耍，拈花鬥草逞頑皮。

趁秋光秋景兒添秋興致，
長生殿中李三郎身歌坐，
説："妃子呀！今宵佳景誰知得？
他也是在天之星宿，昭諸天象，
想此時，自然訴説別離况，
還衹怕良宵節虛度，
可想他，盼佳期眼欲穿、心欲斷，
牽牛總不能成征夫怨，
怎及你我相偎傍，
咱二人情重衹合天下少，
"逆料人心皆似此，
"我不過有感牽牛女，
我豈是那無情之輩，
連理枝，豈容又生連理，
你今既然疑惑我，
到不如，趁着人静更深候，
但願百年相偕老，
"願衹願生生世世爲夫婦，
倘若是平陽歌舞新承寵[③]，
那時節，空叫我望斷銀河水，
豈不叫牛女兩人相竊笑，
迴首同心人何在，
三郎説："芳卿之言多差矣，
那一個仰邀我寵幸？

天淡云間雁過時。
目視那楊氏阿環，心曠神怡。
笑牛郎今夕與織女會夫妻。
反不如人間夫婦，相傍相依。
難免傷心泪兩啼。
叙别離，相依無奈又悵别離。
盈盈一水恨相思。
織女也還須化望夫石[②]。
形影相隨，　刻不離。
真果是，恩義心腸總不逾。"
莫不成，疑儂薄幸果如斯？"
誰想芳卿意念歧。
芳卿何故太多疑。
咱二人，心心相印不須提。
我總然剖膽明心，也難解疑。
我與你明心盟誓，世世夫妻。
决不能於中途弃却芳姿。"
無負今宵七夕時。
明月空懸不耐思。
還恐怕，鵲橋無路接天梯。
難熬的歲月有誰知。
空剩下，泪濕衣衾不住啼。"
你進宫後，粉黛三千，我却戀過誰呢？
厚待過誰人你自管提！

我把你當作心肝，當成肺腑，不僅是，鍾近於肌膚、供養在眼皮。
好芳卿，你既然同我厚，始亂終弃，於禮非宜。”

第二回

秋色長空淡靄時，晚風斜拂緑楊枝。
蟬聲五夜疏而咽，蟲語三更慘更急。
寒星照耀天街外，斜月迷離殿址餘。
寂寞更無人氣息，夜深也，正是佳期密誓時。
李三郎手携太真腮帶笑，說：“此時正是訂盟之期。
咱兩就此完密誓，今宵也可解卿疑。”
楊玉環說：“今宵完什麽誓？何須更起這心思？
儂不過是有感白頭嘆，怕的是紅顔易老，恩愛遇移。”
楊玉環眉蹙春山低粉頸，半晌開言氣太息。
說：“這話衹須今日個[④]訴，也不是今日見情口頭詞。
怕不就奢華去後紅顔老，久則生厭，另選嬌姿。
和他人魚水全偕鸞鳳倒，將我的心情弃之如遺。
那牛郎，雖則一年一相見，恩義牽連總如一。
人生鍾情難以長久，將來難免長門掩泪啼。”
李三郎聽罷，陡然變色，下床忙將玉腕提。
說：“呀！芳卿今日何若此？言語之中意太急。”
說罷的楊妃，秋波斜盼，垂頭不語理羅衣。
李三郎說：“夜深已是三更鼓，更不必叫内侍宫娥他等知。
就在此樓上爲香行密約，正是上帝神佛查照時。

自今後，誰有二心神人共鑒，　但願世世夫妻永不離。
園中也有雙飛蝶，　花下豈無連理枝？
山外關關比翼飛鳥，　河中漾漾比目游魚。
我二人自從爲誓後，　夫婦相隨亦如之。”
兩個人就在殿内成其密誓，　羅幃共入，親愛之極。
“近前來，今宵不僅學牛女，　管叫鵲橋常設河東西。
咱二人自可成其密誓，　今生有畢日，來世無會期。
我的心情非爲今夕，　你如何還蹙黛眉低？
難道説，我往日的情腸皆錯用，　真令人無限情思付之太急！”
楊妃帶笑説：“言之太甚！　往日的心思妾盡知，
此時不過是戲言耳。　君王何故語言急，
我不是知心誰能解事？　同心相印本非虚。
既欲今宵成密誓，　請君王説訴密誓的言詞。”
却不料造物忌完，山川缺陷，　驀地間，漁陽戰鼓起須臾。
遍地干戈連塞北，　連天旗幡指帝畿。
鬧得個，似玉如花的美貌妃子，　馬嵬坡下葬香軀。
雨淋鈴夜將蜀地入，　君王長恨掩泪啼。
念佳人，絶世傾城今何在？　真所謂：慕伊形容不見伊！
蜀道歸來心傷往事，　命方士海外仙山訪妙姿。
你果然得遇太真仙子，　重致意，三郎七夕密誓詞。
直到那鴻都道士覆主命，　纔曉得，七夕私盟總是痴。

説明：

此作係據清代别野堂鈔本，又題《鵲橋盟誓》，簡稱《鵲橋》。取材於清代洪昇的《長生殿》傳奇。鄭氏編《世界文庫・西調選》中的《鵲橋》與此題材相同，而故事情節、語言殊異，實爲别本。

《七夕密誓》寫的雖然是君王李三郎與楊貴妃的愛情故事,但它却吸收了民間的傳説,寄托了人民的理想:“那牛郎,雖則一年一相見,恩義牽連總如一。”“願衹願生生世世爲夫婦,無負今宵七夕時。”作品結尾寫到由於安禄山叛亂戰爭的爆發,楊玉環葬身馬嵬坡,李楊的堅貞愛情遭到毁滅。“君王長恨掩泪啼。念佳人,絶世傾城今何在?真所謂:慕伊形容不見伊!”這就由對真摯愛情的歌頌,進而發展到對毁滅幸福生活的不義戰争的控訴。

注釋:

①三郎:唐玄宗李隆基的小名。

②望夫石:據《幽明録》記載,武昌北山有望夫石,其形狀如站立的石人。相傳過去有女子爲盼望在外從役的丈夫歸來,於山上久立佇望而死,其形體遂化爲石。望夫石的傳説,反映了人民群衆對封建制度下夫妻不能團圓的强烈控訴。

③平陽歌舞新承寵:唐代詩人王昌齡有“平陽歌舞新承寵,簾外春寒賜錦袍”的詩句,指衛子夫本來是平陽公主家中歌女,因爲得到漢武帝的寵愛,而當上了皇后。

④今日個:今日。

齊陳相駡一回

韓小窗

良善原從天性發，　皆因習染玉生瑕。
士尚虛文多迂腐，　民學匪氣近油滑。
酸儒開口，無非之乎者也，　土包行事，不過摔打砸刺。
小窗無事閑潑墨，　寫一段齊陳相謗，酸匪嚼牙。
孟子説：齊人有一妻還有一妾，　終日裏飽食酒肉醉歸家，
自誇道説，“高朋貴友將我請。”　妻疑心説：“門前從未見顯達。”
忽一日，妻偷至郭外，有上墳者，　見良人乞餘不足，又顧而之他；
妻歸告妾相對泣，　那不知底的齊人入室，照舊的把腔拿。

又有個不盡人情的陳仲子[①]，　在於陵，忍饑受餓，妻子績麻，
這一日，偶到城中來看母，　正遇人將肥鵝饋送到兄家。
仲子曰：“惡用此鶃鶃者[②]爲哉真可笑。”　母烹鵝，仲子食之味甚佳。
其兄自外來説：“此即鶃鶃之肉也。”　陳仲子心煩面赤出而哇。
氣悶行來到城外，　恰遇着帶酒的齊人醉眼花。
仲子低頭不防備，　猛覺得肩頭一碰，膀稍兒發麻。
猛抬頭，見是一個黑漢子，　見他草帽子齊眉，一臉的鬍麻；
披着個汗塌兒[③]把胳膊露，　青筋怪肉滿疙瘩，

胸膛兒前，兩個鬼臉兒齊叠暴[4]，
心窩兒上，一撮子黑毛亂扎煞[5]。

褲脚兒脱落在襪口兒外，
蝴蝶夢[6]一雙裉舊的藍鞋，在足下撒拉[7]。

西幌東歪攔去路，
亂嚷道説："誰敢平白的碰了咱？

哦！原來是你這醋瓶子。
你和我文縐縐的胡充聖人家，

疑惑着你腦榼兒上帶着頂方巾子，
穿着件藍衫把你美殺！

大寬的街道，你往人身上走，
戴着個眼鏡兒，混充假瞎。

未曾碰我也該打聽打聽，
誰若是湯[8]我根汗毛，我把他的頭髮拔！"

陳仲子一見忙説："奇哉，怪也！
吾未見冒犯於人，反怪人差，

出言不遜，無理之甚，
送你到兵馬司[9]中，打而且枷！"

齊人説："你提的是喧鬧哇，打在我的窨兒裹[10]，
要是打官司，還得成車家的找給我二十字兒錢[11]，

有許多有字號的朋友[12]也見不過我去，
何况你這晚秧子、膘桶、哏怎子、嘎雜[13]！"

仲子曰："誠然是齊東野人之語也，
我陳相公從來不解這亂喧嘩。"

齊人説："你交情有限，就别出來鬧，
混篡酸文，好叫我肉麻。"

仲子曰："你不明道理，不通人性，
獸語、禽言可笑殺。"

齊人説："你把苗語擱開，合我説些好的，
太爺前，你要鬧糟糕[14]，我把你的醋罐子砸！"

仲子曰："野哉，斯人斯語也！"
齊人説："你咬文咂字，裝在套褲裹攄殺[15]。"

仲子曰："你不曉尊卑，活畜類！"
齊人説："你是個甚麼東西！混充球尜[16]。"

仲子曰："你不通文理，實實的可笑。"
齊人説："你酸文加醋，真真的肉麻。"
仲子曰："你目無法紀，真該死！"
齊人説："你刨一個真龕兒[17]，來問一問咱。"
氣急的仲子將拳攥。
齊人説："你攥着個小拳頭兒作甚嗎？
説真了罷！太爺的跟前哪是你的打？"
仲子曰："我打你不動，我拿指甲把你來摔。
但衹愁，傷你父子的遺體，又怕冒風而死。"
齊人説："你紙錢兒樣的朋友，到底薄啦[18]，
就便是剌口子見紅[19]，也滿不要緊。"
仲子曰："誰合你講理？哎呀，我好害乏[20]。"
二人正在難分解！
來了個挂搭僧人把數珠兒[21]拿，
口念："彌陀如來尊者，
哎！救苦救難觀世音菩薩。"
走進前來向齊、陳問訊[22]説："因何故？
一言半語何必喧嘩！
你看彌勒我佛總是開口笑，
爲什麽自惹煩惱切齒牙？
四大皆空，何有你我？
六根清净，氣自何髮？
相公避酒客，非爲錯也，
施主讓斯文，亦不算差。
彼此忍耐丢開手，
若不然，走向街前喝我個茶[23]。"
仲子、齊人説："再擾！"
三人分手各歸家。
忽然間，風雷大作雨驟至，
陳仲子還慢慢的摇擺，把酸態拿，
説："寧可濕衣，不可亂步。"
他還款款而行，把舊路兒察。
長夏無聊消午悶，
寫小段匪酸小像，迷目盤牙。

説明：

作者韓小窗，事迹無考，僅知是滿族人，清代嘉慶、道光年間

(約當十九世紀上半葉)的子弟書大作家。他創作的子弟書最多,據現今所知,共有二十一種。奕賡在《逛護國寺》子弟書中說:“論編書的開山大法師,還數小窗得三昧。”鄭振鐸在《世界文庫》中,曾專門爲他編有《東調選》,收録他的子弟書五種。此係根據清代别野堂鈔本。清代百本張《子弟書目録》著録,注稱:“笑。一回。”作品開頭引用“齊人有一妻一妾”的故事,緣於《孟子·離婁下》,本篇取材於清代高腔戲《罵齊》。着重揭露、諷刺的是“士尚虚文多迂腐,民學匪氣近油滑”。作品塑造了一個頭戴方巾,“文縐縐的胡充聖人家”的陳仲子,通過齊人的口給予痛罵:“你咬文咂字”,“你酸文加醋,真正的肉麻。”最後作者還特别描摹陳仲子的醜態爲明明“風雷大作雨驟至,陳仲子還慢慢的摇擺,把酸態拿,説:‘寧可濕衣,不可亂步。’”這對那些爲統治階級效勞,墨守成規,故作酸態的封建文人,是多麽辛辣的嘲諷!

注釋:

①陳仲子:即陳仲,又稱田仲。戰國時齊人。出身貴族。因耻食不義之禄,避兄離母,逃居在外,以勞動爲生。爲人“上不臣於王,下不治其家,中不索交諸侯”(《戰國策·齊策》)。孟子、荀子都對他有所批評。見《孟子·滕文公下》《荀子·非十二子》。

②鶃鶃者:即鵝。鶃鶃,鵝的叫聲。

③汗塌兒:小褂。

④疊暴:墳起、凸起的樣子。

⑤扎煞:張開的樣子。

⑥蝴蝶夢:清代流行的男短靴,天藍色幫,靴尖處鑲有黑雲頭;有緞製、布製各類。

⑦撒拉:來自滿語sara“令伸展”的借譯詞;這意思是指拖拉。

⑧湯：微觸及的意思。

⑨兵馬司：清代京師掌管社會治安、民刑事的官署。

⑩打在我的窨兒裏：意思是説“正巧找到我這吵架的能手了。”“打”，來自滿語 da“刮到；找到”的借譯詞。“窨兒”，是來自滿語 jar“衆人喧嘩争吵聲”的借譯詞。

⑪二十字兒錢：北京土語，即兩吊錢。

⑫有字號的朋友：所謂“有字號”，又稱“有萬兒”，即與封建官府有勾結的地痞流氓之類。

⑬晚秋子、膘桶、哏怎子、嘎雜：都是北京土語駡人的話，意爲譏諷陳仲子是新闖市面的雛兒晚輩。

⑭鬧糟糕：北京土語，搗蛋胡鬧的意思。

⑮裝在套褲裏攄殺：駡人的話，意思是説“裝模做樣”。

⑯球尜：駡人的話。

⑰你刨一個真龕兒：你製做一個真工的佛龕。

⑱紙錢兒樣的朋友，到底薄啦：紙錢兒爲北京舊俗送葬時沿途向空中扔撒的用極薄白紙鑿製成錢形的冥物。這句是歇後語，用作比喻爲人的淺薄。

⑲剌口子見紅：劃破皮膚裂開流出血。剌，割開，劃破。

⑳害乏：極疲乏。

㉑挂搭僧人：雲游乞食的游脚僧。數珠，念珠。

㉒問訊：僧人合掌敬禮。

㉓喝我個茶：清代北京茶館林立，下棋品茗，聽書聆曲，拉縴説事，排解糾紛，皆匯聚於茶館。這裏以喝茶表示和解。

長坂坡二回

韓小窗

第一回

古道荒山苦相争，　　黎民塗炭血飛紅。
燈照黄沙天地暗，　　塵迷星斗鬼哭聲。
忠義名標千古重，　　壯哉身死一毛輕。
長坂坡前滴血汗，　　使壞將軍趙子龍。
劉玄德投奔江陵，藏鋒養鋭，　　不提防在當陽路上遇追兵。
戰重圍，刀槍林内君臣失散；　　踏荒郊，在喊殺聲裏世子飄蓬。
糜氏夫人懷揣[1]阿斗，　　身隨夜色，泪灑秋風。
被箭傷，從半夜昏絶荒草地，　　祇有呼吸氣一絲未斷到天明。
夫人死去重蘇醒，　　那嫋娜的身軀冷似冰。
忽聽得，身邊秋蟲聲語唤，　　又覺得，腿上箭傷陣陣疼。
慢睁杏眼，見那流螢亂舞，　　挺酥胸，纔知阿斗在懷中。
落葉兒堆滿，渾身冰凉的露水，　　渺茫茫，見殘星兒未散，月影兒斜明。
軟怯怯，身軀亂戰，夫人坐起，　　見寒烟壓地，衰草横空。

塵埋翠袖湘裙冷，
血染弓鞋透襪紅。
伸手向懷中摸了摸公子，
見他紋絲兒不動，閉口無聲。
糜夫人驚魂變色留神看，
原來小阿斗自己哭乏，自己睡濃。
這夫人面對嬌兒說：“醒來罷。”
見公子小手兒輕舒，眼慢睜，
看着人眉頭兒一蹙，嘴唇一咧，
小臉兒向懷中亂拱撞酥胸。
夫人痛道：“我的心肝醒，
兒敢是要乳吃麽？你那小肚兒空。
嘆衹嘆，苦命冤家挨上餓，
也不知你那甘氏親娘在何處飄零。”
糜夫人緊攬公子心凄慘，
小阿斗象探孽兒[2]一般總不哼。
這時節，輕烟薄霧天將曉，
樹梢山頂日已紅。
又見那，血水溝邊烏鴉叫，
死人堆裏亂箭折弓。
破帳房，鑼、鼓、旌旗堆滿地，
有幾個無鞍戰馬，亂跳嘶鳴。
糜夫人眼望沙場心痛碎，
看光景，難保皇叔死共生，
大料着甘氏夫人無了命，
也不見糜竺、糜芳合簡雍，
三弟張飛無音信，
莫非亂軍中，戰死常山趙子龍？
他君臣倘然都喪曹賊手，
我一婦人無立錐之地，扶養孤兒衹怕不能。
這夫人想到其間無非一死，
又看看懷中阿斗泪盈盈。
嘆他父飄零半世唯此子，
一滴骨血未成丁。
今日裏，我若全節兒必死，
到黄泉，怎見劉門祖共宗？
這夫人正自爲難低頭落泪，
遥望見，忽有賊兵在草地行。
這夫人勢急難顧傷痕重，
咬銀牙，手扶墳頭立起身形。
見路旁有一所民房，被曹賊燒毁，
衹剩了半堵土墻可以藏形。
抱孩兒，一步一昏掙扎着走，
嘆夫人爲扶孤的誠意，强挨着疼，
來到了黄土墻邊，井臺兒上面，
見脚踪兒血染蓬蒿滿地紅。

這夫人傷痕作痛，攢心透骨， 喘吁吁的氣短難接，腹内空。
顫嬌聲，汗流粉面秋波閉， 低玉頸，釵墮黄金雲鬢鬆。
恍惚惚，眼中似有旌旗影， 喘吁吁，耳内猶聞戰鼓鳴。
身危力盡逢絶地， 忽聽一聲喊，原來此處隱身形。

第二回

寶劍神槍帶血腥， 玉鎧銀袍被土蒙；
放開兩眼乾坤窄， 一點丹心天地明。
糜氏身藏枯井畔， 趙雲馬到土墻東，
見夫人懷揣阿斗低頭坐， 慘凄凄，蓬頭垢面，减却芳容。
趙子龍忙下雕鞍，戳槍拴馬， 撩袍跪倒把禮行。
連叩首，說："主母受驚，公子無恙， 這都是趙雲之罪，下將無能。"
糜夫人悲喜交加，說："皇叔在否？" 子龍說："闖出重圍，奔了正東。"
夫人說："國家之幸，乃天下之幸也。" 又問："誰同去？"子龍叩禀："有翼德相從。"
糜夫人點點頭兒說："將軍少禮。" 趙雲站起把身躬：
"請夫人屈尊貴體，騎臣的馬， 千萬闖陣時，把公子緊攬，莫心驚。"
夫人說："將軍步戰？"英雄說："正是！ 但憑臣滿腔熱血，一點愚忠。
快請夫人速速上馬， 臣趙雲敢拚一死，保駕回營。"
糜夫人一聲長嘆雙垂泪， 說："到今朝，信兒夫所見的明，
難爲他一雙俊眼識人物， 趙子龍真與兒夫膀臂同。"

軟怯怯四肢無力，夫人跪倒，
說："此一拜非拜將軍，是拜你的忠！"

勇將軍大驚，跪倒將頭碰。
這賢人聲音兒凄慘，血泪飄零，

悲切切，手指着懷中，眼睄虎將，
說："可憐這懵懂無知小幼童，

嘆他父半世膝前無兩個，
今日我把千金重擔托付公，

他小命兒生死、存亡都在你，
望將軍半全忠義，半積陰功。

感宏恩，豈但在玄德一人而已，
我劉門中，祖宗在黄泉也感盛情。"

趙子龍痛碎雄心唯頓首。
糜夫人站起身來，把綉帕兒鬆，

將阿斗從懷中抱出托掌上，
芙蓉面緊對公子，心内疼，

說："我的兒，咱母子今朝緣分滿。
小冤家可別想娘親咧，也別認生，

不許哭，孩兒！若把你天倫見，
就說爲娘的罷了麽！冤家你說話又不能。"

向忠良說："我今朝將阿斗交付你，
大料着，將軍不用我細叮嚀。

但衹是馬撞人衝，刀槍又無眼，
要留神顧公子的性命，保自己的身形。

我孩兒氣脉微薄，筋骨兒嫩，
那掩心甲也不可勒緊，也別太鬆。"

子龍說："求夫人上馬懷揣着公子，
臣方好單槍步戰，踏賊營。"

夫人正色說："將軍差矣！
我一婦人被傷且重，怎能隨行？

而况奴不能乘騎，將軍又用馬，
一條槍，難道百萬軍中去跑着戰征？

趙將軍，你救一個阿斗，强如千百個糜氏。
這孩兒是劉門之中接續後程。

想人生百年，大限終須死，
我今朝死爲之幸，亡故的分明。

你與我多多拜上皇叔駕，	叫他體天心，時時念念於蒼生。
三尺劍，净掃烟塵，把國賊盡滅，	一隻手高托紅日，將炎漢重興！
趙將軍切記於心，抱吾兒去罷！”	勇忠良不接公子，勸主母同行。
烈賢人把哭啼的嬰兒，狠着心放下，	轉香軀，身投枯井，魂斷幽冥。
烈賢人既然取義歸天去，	葬蛾眉，蕭蕭洛水，冷冷西風。
聲價兒，良玉精金，言行并美，	浩氣兒，青天紅日，忠義雙明。
趙子龍用槍推倒土墻，將井蓋上，	闖重圍，救阿斗，與劉備相逢。
閑筆墨，小窗泪灑托孤事，	寫將來，千古鬚眉愧玉容。

説明：

《長坂坡》係據清代的刻本，又題《糜氏托孤》。寫趙雲於長坂坡救劉備之子阿斗的故事。取材於明代羅貫中的《三國演義》第四十一、四十二回。此作描摹趙雲的忠勇，糜夫人的義烈，淋漓盡致，生動感人。糜夫人就義前囑咐趙雲：“你與我多多拜上皇叔駕，叫他體天心，時時念念於蒼生。三尺劍，净掃烟塵，把國賊盡滅，一隻手高托紅日，將炎漢重興！”這就把托孤救阿斗的兒女情長，上升到“時時念念於蒼生”、挽救國家興亡的高度，在一定程度上寄托了人民的理想。

注釋：

①懷揣：猶言揣在懷中，藏在胸前衣服裏。

②探孽兒：北京話懂事的意思。

賣刀試刀二回

韓小窗

第一回

鏡裏乾坤別樣清，一枝斑管助幽情，
每羡古人文綉虎，自慚拙手技雕蟲；
閑筆連朝題粉黛，小窗今日寫英雄。
且説那未入梁山的“青面獸”，先時落魄住在京城。
嘆楊志爲打點功名，把錢財費盡，衹落得一場歡喜一場空。
高俅不用名門將，這英雄坐吃山空漸漸窮：
行李出脱還了飯帳，衣衫典當把店錢衝。
這一天英雄無奈將刀賣，皆因他從昨朝餓到今日天明。
天漢橋，從日高站到晌午錯[1]，那有人來問一聲。
時逢火雲幾點三伏景，烈日一輪六月中。
這豪杰陣陣心慌如冒火，騰騰怨氣透長空。
對寶刀雙眉緊皺將頭點，説：“你和我今朝此處是一般窮。
你也曾，頭摇陣上三軍懼，今落得，光冷街前百姓輕；
我也曾，忠肝義膽作男兒事，今落得，低首攢眉與乞丐同。

想起來，全是高俅奸賊害了我，　費盡我的錢財，教我事不成。

俺楊志與其餓死在長街上，　倒不如刀剁了奸賊，把怨氣平。”

英雄正自心發恨，　忽見滿街上人跑，亂烘烘，

衹唬得，金輪碾轉車如水，　衹唬得，玉轡連摇馬似龍。

鬧吵吵，一片人聲説：“不好，　快跑罷！老虎發威往這壁行。”

楊志説：“錦簇簇的城池，那裏來的野獸？”　挺彪軀，擎刀的好漢看分明，

見橋下來了個稍長漢，　街西一幌到街東，

故意的，把嗓子憋着沿路兒唱，　英雄不懂什麽是《南園吃大葱》[2]。

衆人跑，他一溜歪斜隨後趕，　佯瘋詐冒手拍胸，

説：“倒不和我們好咧，那麽一跑，　二太爺是鷹嗎？碰見的時節動就不能。

説真了罷，天漢橋一帶没個朋友，　全見不起與國同休的牛二祖宗。

講攬個子，敢説是個腦兒賽[3]，　提闖光棍，得找他媽的羅漢銅。

老牛苦哈哈可是乾棒子骨[4]，　小字號地動山摇没毛大蟲[5]。”

那一個有公鷄翎兒的，來揪我一把？　二太爺老馬學躥，咱們共件事情。”

嘴裏駡罷多時，翻身往橋上走，　英雄見草帽兒齊眉，蓋着眼睛，

土黄布中衣，土黄布的襪子，　土黄汗塌兒兩袖拖羅[6]，把脖鈕兒鬆，

土黄布的鞋兒飛薄兒的底，　青珠兒綫砌[7]滿了穿花半翅蜂。

平抽子[8]足够裝的下錢十吊，　雖然鼓，走道兒[9]不沉裏面像是空。

大十三[10]的扇子如半喇破傘，　草帽兒上拴着個死螞螂[11]。

不多時，堪堪[12]臨近把橋頭兒上，　顯出他千般的討厭，那一種賊形。

見他頭大、脖粗如恨虎，　鼻塌、嘴咧是個渾蟲。

皆因他茶前酒後常挑眼，　所以纔眼眶子成年不斷青[13]。
腮幫子一鼓，賊鬍子乍，　眼珠子一瞪，血絲兒紅。
滿嘴裏混唚嚼毛[14]，連聲冷笑，　平白的扎煞着鼻翅子把眉擰。
走近前，向落魄的英雄乜斜醉眼，　説："你是誰？拿着把腰刀，瞪着眼睛。
我知道了，插着草標兒想來是賣，　我瞧瞧這刀的樣兒，大有邊楞[15]，
刀頭兒冒高，妝修的得賀[16]，　站住者，你準是偷了來的，别望我充！"
楊志説："此乃灑家家傳的兵器，　賣寶刀衹爲出於無奈，濟濟貧窮。"
牛二説："别管他，便宜咱就買。"　好漢回答説："賤不能，
滿錢實價三千貫。"　牛二聽説，眼望英雄叫愣葱[17]，
説："你要多少錢？"英雄説："三千貫。　衹爲我這寶刀不與俗刀同。"
牛二説："什麽是寶刀？怎麽樣的寶？"　無奈何，屈着心的楊志訴説分明：
"我這口刀，千錘萬煉折磨就，　最出奇，驚人之處有三宗：
頭一件，衝鋒打仗搪兵刃，　斬鐵、削鋼敢剁銅；
第二件，鋒刃奇快，吹毛能過；　第三件，殺人不帶血光紅。"
"青面獸"話未説完，潑皮冷笑，　他這裏一聲大叱，眼望英雄。

第二回

天漢橋邊烈日中，　一人豪横一人容，
慢道英雄真懦弱，　須知牛二假威風。
楊志自誇刀是寶，　牛二衹當鬼吹燈[18]，

說："老牛就不信這羊上樹[19]，
一個鐵打的鋼刀怎麽剁銅？"
楊志說："信與不信憑尊駕。"
破落户把眉頭兒一挑，瞪英雄，
說："我瞧你人頭子雖怯，讁勁大[20]，
别要在二太爺跟前鬧硬充。
必須和你較量、較量，
要想攥[21]咱不能、不能。"
楊志說："公既疑心，何須較量！
失陪罷！"忍事的英雄要往橋下行。
牛二惱，兩手扎煞攔好漢，
滿嘴裏噴人酒氣凶。
說："你不是賣的麽？想來我買不起？
必是見老牛破狼破虎的窮了個生疼。
剁不開銅鐵，揉了你的眼，
買不起鋼刀算我鬆。"
"青面獸"見涎纏的醉漢言不遜，
忍着氣說："足下消停聽下情：
這口刀價高，衹恐君難買。"
破落户手打着鼻梁子，瞪着眼睛，
說："你題的是錢哪，滿不要緊，
就是鼓樓三堆，也算不了捆葱。
動什麽動，我不是打澇[22]一定是買，
跑什麽跑，你要想抽勾兒[23]萬不能。"
忙到那酒肆之中，磨[24]錢一百，
大叉步[25]象惡鬼、凶神，往橋上行。
將錢文一落兒放在橋翅兒[26]上，
向英雄說："剁罷，朋友！這不是銅。"
早有那過往之人瞧熱鬧，
一個個都遠遠的圍着，皆因怕横蟲。
無奈何的豪杰把袍袖挽，
一揚手，閃閃霞光映日明，
冷清清，風聲響處霜鋒落，
響叮噹，刀剁銅錢兩下裏崩。
鬧吵吵，四面多人齊喝彩，
牛二說："真是他媽的野事情！"
楊志說："尊駕可知此刀的好處！"
牛二說："有門兒，嚇我一個人兒的怯把兒。

來、來、來，咱們再試試吹毛過。”	楊志說：“不能從命，我還要登程。”
潑皮不語，揪下自己的頭髮，	把賊毛一把遞給英雄。
“青面獸”帶怒接來横在刀上，	一口氣，吹的青絲兩斷過飄零。
四壁廂，衆人喝彩齊誇好，	惡牛二，緊皺賊眉把鼠眼横。
說：“再没有你們這麽陽性[27]，	這也值得那麽一聲。”
衆人不語怕牛二，	潑皮有意搶鋼鋒。
對好漢說：“這全無來由，也合不着陽氣[28]，	我瞧瞧怎麽殺人不帶紅。”
楊志說：“誰敢殺人把刀試驗？”	牛二說：“你既然發賊[29]，就不該把我應。”
楊志說：“不然你去尋條狗，	待灑家剁了，你看個分明。”
牛二蠻纏說：“没講下殺狗，	誰要是不敢殺人，算他狗攮的屣[30]。”
“青面獸”眉皺濃烟，心攛烈火，	說：“你這厮出口就傷人，好不順情！”
惡牛二，捽袖脱衣掖扇子，	說：“哦！你腦門子寬寬兒的，倒象個鬥蟲[31]。”
瞪眼擰眉瞅好漢，	摇頭晃腦駡英雄。
楊志惱，手起一拳，潑皮栽倒，	怪嚷道：“很好！哥哥兒，你打了祖宗。”
扒起來重撲好漢說：“散不開了！”	一回手，把糟鼻子拍破，抹的滿臉鮮紅。
趕向前，手揪着好漢拿羊頭[32]碰，	撕破了楊志的衣衫，響了一聲。
英雄大怒揪牛二，	潑皮不住的駡英雄，
說：“二太爺脖子上没拴着老虎，	這不是刀麽？難道竟爲剁銅？！”
破落户駡的着實，賭的更緊，	“青面獸”正是連朝的怨恨，滿肚

子的不平。

向牛二説:"灑家要殺,早殺了你。" 潑皮冷笑説:"屣攮的東西,你不能!"

"青面獸"大叱一聲揮利刃, 衆人嚷説:"大漢刀劈了没毛大蟲!"

這楊志刀似飛霜,排頭兒剁, 那牛二,賊身血濺半橋通紅;

再不去向仁義的親戚將眼瞪, 再不去向老實的朋友把眉擰。

地方兵,在天漢橋上拿凶手, 好楊志,挺身認罪在公庭。

衆百姓爲好漢給東京除了禍害, 都替他打點[33]官司,把罪案輕。

配大名,充解差,失陷了生辰綱, 因逃難,和魯達相會拜賓朋,

先在那二龍山上稱杰俊, 後在那忠義堂前注美名。

因午悶,故遣斑管驅倦鬼, 畫一幅黔驢[34]小照,滌蕩閑情。

説明:

此作係據清代百本張鈔本。取材於《水滸傳》第十二回下半回:"汴京城楊志賣刀。"寫楊志落魄於東京開封,被迫出賣祖傳寶刀,潑皮牛二借買刀尋衅,一定要殺人試刀,迫使楊志把他一刀殺了。牛二實際上是騎在人民頭上的一霸,因此廣大群衆"爲好漢給東京除了禍害"而感到歡欣鼓舞。作品從牛二這樣的潑皮竟能横行於京都,使老百姓敢怒而不敢言;而像楊志這樣勇於爲民除害的英雄,却反而走投無路,不得不身陷囹圄這個側面,反映了封建社會的黑暗。

注釋:

①晌午錯:過了正午;正午之後。

②《南園吃大葱》:北方市井傳唱的小曲名。

③腦兒賽:很好的意思。賽,滿語 sain,“好”的省譯。

④苦哈哈:苦漢子。哈哈,滿語 haha,“漢子”“男人”的借譯詞。乾棒子骨,北京土語,意思是説“没油水”。

⑤大蟲:老虎。没毛大蟲,意思是説雖然不是有毛的真虎,但却像老虎一樣凶狠。

⑥拖羅:來自滿語 tule“顯露於外”的借譯詞,這裏有垂散的意思。

⑦砌:一種細密縫紉的方法;或作“緝”。

⑧平抽子:脹起的樣子。這是來自滿語 ping seme“膨脹”的借譯詞。

⑨走道兒:走路。

⑩大十三:一種十三根股子的大折扇。

⑪螞蠑:蜻蜓之類的昆蟲;或作“螞螂”。

⑫堪堪:猶言行將。

⑬青:這裏指青傷。

⑭混嘐嚼毛:猶言胡柴,胡説八道。

⑮邊楞:器物質地良好、適用的意思。“邊楞”來自滿語 benlen 一詞。

⑯得賀:滿語 dehe“精製”的借譯語,一般指金屬製品。

⑰愣葱:鹵莽的呆漢。

⑱鬼吹燈:形容騙人的胡説。

⑲羊上樹:羊本不能上樹,這裏是指不可能辦到的事情;也含有不肯聽從的意思。北京土語。

⑳怯:鄙陋。讕勁,争論的精神。

㉑攮:進行欺騙。

㉒打澇:北京土語。買東西没有誠意,但却作出想買的樣子,

叫打滂。

㉓抽勾兒:猶言脱鈎,意思是説逃走。

㉔磨:北京土語。指用軟的手段而强行勒索。

㉕大叉步:猶言大踏步。

㉖橋翅兒:橋欄杆兩頭向外開展的部分。

㉗陽性:指人性格的坦白、率真、外向。

㉘合不着:犯不上、用不着的意思。陽氣,逞能得意的神態。

㉙發賊:疑懼的意思。

㉚㞞:俗謂精液。這句意思指悚懼。

㉛鬥蟲:蟋蟀。

㉜羊頭:北京土語。打架用頭撞人,叫撞羊頭或碰羊頭。

㉝打點:托人關照、疏通。

㉞黔驢:出唐代文學家柳宗元《黔之驢》的寓言。意謂黔(貴州省的簡稱)驢無技,終被虎吃掉。這裏以牛二喻黔驢。

得鈔傲妻二回

韓小窗

第一回

因何地産雪花銀，	天意分明鼓勵人；
不經愛富嫌貧事，	怎長争名奪利心。
英雄氣短是錢財的氣短，	夫妻情深是柴米的情深。
閑筆墨小窗追補“馮商嘆”①，	寫一回得鈔傲妻世態文。
常峙節自從拜認了西門慶，	家道依然是徹骨貧。
這一日，晚間悶對妻兒坐，	小屋兒裹，瞧來無處可舒心。
照愁容，破壁燈昏人寂寂，	添秋色，蓬窗月淡夜沉沉。
牛氏説：“明朝又是無柴米，	難爲你散淡逍遥還静坐着養神！”
峙節無奈説：“可叫我怎樣？	少不得耐守把些活路尋。”
潑婦説：“我知道怎樣？我叫你怎樣？	你問我，我的常爺，你可問住了人。
齜着大牙，瞪着眼睛，等南來的雁，	若是這麽，奈何我實在的不能，
少對着我來云！死塌塌坐在炕頭兒上把活路兒找，	除非是活路兒自己找上門。”

常峙節半晌無言將頭點，
說："蒼天絶我，命裏該應。"
潑婦冷笑說："這天也就奇怪，
怎麽單絶尊駕，就不絶別人！
別人是真有心胸、興家立業，
能將手藝掙金銀。
哪是你養命之源，心胸手藝？
哪條兒不該你受貧！
這也是常姓門中祖宗的德行，
積下這四通八達[②]的好兒孫！
自己無能應該現眼，
絶不該苦拔苦拽又說親。
想媒婆子就是那無常鬼，
活把我拉入酆都地獄門。
好漢子凍死餓死無的怨，
我的爺是哪世裏的冤仇帶累人！"
這潑婦起先不過連說帶嚷，
到後來叫地嚎天兩泪淋，
說："娘啊，你叫了我去吧，你拉了我去吧！
有靈聖，死後別留這孽障根！"
峙節無奈低着聲兒勸，
怕她那撕臉的喉嚨，嚎醒了四鄰。
說："待等明朝我去將人找，
或者還可以挪借數兩銀。"
婦人說："連自己的女人還不能養贍，
打哪條腸子還滿處裏交人。
終日裏打成陀羅、煉成塊[③]，
甚麽大爺咧，把弟咧，鬧了我個頭昏。
不過是吃點子瞅眼食，喝鍾便宜酒，
借着虚體面，充回假斯文。
總是我這傻女人應該坐監，無的怨，
回府時，三更半夜接駕開門。
這如今秋風兒到處收朋友，
你和我泪眼愁眉在炕上蹲。
十弟兄據你說來人人義氣，
哪一個探探頭兒上過門？
天明了你去將人找，
拿過來没的就是數兩銀。
我看你跑的匆忙了，說的天花墜，
未必能一箭上垛，借的分文。"
這婦人一壁裏說着，一壁擦眼泪，
說："天明了你去把誰尋？"

峙節無奈說那西門慶，　潑婦說："指着一棵樹兒也吊死了人。

請問聲，他若直說不借，你何言答對？"　常峙節眼看着妻子，手捏着衣襟，

說："也衹好……"潑婦接言："必是再作道理。"　常峙節忍氣吞聲不敢云。

潑婦說："是呀，不是？"峙節不語，　不住的搭訕着撥燈，身靠着門。

惡牛氏重整潑聲哭的更慟，　那條聲音，恰似牛吼驢鳴，磣不可聞。

越勸越號，越央越嚷，　那光景，若是不哭除非有現銀。

常峙節恐怕人知失了體面，　衹落得兩眼呆呆的看着婦人；

無奈何，將身放倒頭朝裏，　顧不得破席土炕冷難禁。

愁漠漠，縮肩綣腿雙合眼，　慘凄凄，悔心喪氣咬牙根。

那婦人哭到了個十足，無甚氣力，　住聲後，叨叨數落有一個時辰。

好容易格外施恩，聲氣兒小，　常峙節似犯人遇赦，慢翻身。

瞧了瞧殘燈未滅，婆娘睡了，　紙窗兒上似暗還明，月影兒西沉。

躡足潛踪溜下炕，　到院内見蕭蕭四壁冷森森。

秋風兒，亂擺葛衣輕如落葉，　露氣兒，冷凝小院濃似白雲。

蹈霜華，悄悄行出荒草徑，　臨秋色，輕輕開放破柴門，

到街前，思前想後愁千種，　望天涯，似有如無的月兒一輪，

說："此一去西門若是不肯將銀借，　我峙節寧死溝渠，再也不受貧！"

第二回

那是冤家怎是恩？　人面高低總爲銀。

冷語摧殘懷惡婦，　熱心周濟感西門。
去時節，寒烟曉月眉頭兒蹙，　喜歸來，暖日清風面目新。
都衹爲，懷内揣雪銀數兩，　常峙節前後就如同兩個人。
這潑婦正坐房中忽聽人擊户，　無好氣，顳裏顳頇[4]開大門。
峙節邁步往裏走，　頭兒不抬，眼皮兒不撩，話兒也不云；
婆娘隨後將房進，　見丈夫，手掏懷内，滿面含嗔，
響亮一聲扔在炕，　白花花耀眼争光兩錠銀。
這潑婦，恰似那病人吃了投簧的藥[5]，　你瞧她，打丹田裏立竿見影的就長起了精神，
說：“我的爺，天有多早你就去了，　也該叫我一聲兒好關門。
清早起大概凉罷，這風兒纔住，　我說你很該日頭高高兒的再去找人。
這一趟，大諒來回也算不很近，　你瞧瞧，跑的撲頭蓋臉都是灰塵。”
這潑婦一壁裏說着，一壁裏撣，　一壁裏撣，一壁裏瞧着炕上銀。
說：“相公坐下，你歇歇兒吧！　難道說也不乏麽？你是個鐵人？”
峙節無語窗前坐，　那潑婦手推破褥，滿面含春，
說：“你坐上些兒冰凉的炕；　你往這麽來，這塊兒還比那塊兒温。”
常峙節手拈髯鬚佯不理，　那婦人一味的柔和，臉也不沉：
又見她，打火撥灰多靈便，　添柴弄水有精神。
不多時盆兒擦净，鍋兒燒滚，　舀半盅兒水，聲氣兒乖滑[6]，陪着笑兒云。
說：“你喝些熱水壓壓寒氣。”　常峙節總不接杯，臉對着門。
那婦人自知情虧與理屈，　爲銀子，把素日潑刁化作了塵，

羞答答，眼含痛泪把茶盅兒放下，
又打點洗臉盆和那舊手巾，
送至跟前垂手立，
欲言不語手整衣襟。
峙節嘆氣將頭點，
説："柴米夫妻果是真。
昨夜晚，薄我的言詞那等刻苦，
今日個，待我的光景這等殷勤。
賢娘子小心服侍何緣故？
不過是，我常某身邊有兩錠銀。"
峙節偷眼瞧妻子，
見婦人低着頭兒滿泪痕，
半晌搭訕説："你喝茶吧！
一會兒擱的凉，冰牙又得去温。
昨夜晚着急也爲的是大家過日子，
叫你知道銀錢中用，好收心。
故此纔説督你的話，
你就認真的生氣，好個濁人。
况夫妻倆，語錯言差有甚麽要緊，
一個爺們家，這也值的記在心！
便是拙妻我槍戳雨點[7]，
直説一陣，何苦來咂嘴摇頭往死裏尋！
倘若氣出灾合病，
甚麽好，身子秧裹秧腔[8]是個酒糟透了的人。
望相公，凡事還從寬處裏想，
休要在這一條腸子裏苦搜尋。"
常峙節一腔鬱悶眉雙鎖，
對妻子，二目呆呆似冰鎮了心。
"想當初，我豐衣足食，你隨着手兒轉，
到如今，我家業蕭條，你改變心。
今日有銀子，居然是個賢良婦，
將來無銀子，依舊還是個夜叉神。
反反復復無定準，
細思量，銀子原來會傲人。"
峙節點頭長嘆氣，
把銀子兩錠拿來雙托掌上存，
瞧瞧白銀看看妻子，
瞧瞧妻子又看看白銀。
説："骨肉情腸全是假，
夫妻恩愛更非真。
誰能够手内有這件東西在，
包管他，吐氣揚眉另是個人。"
忽轉念：妻子逼我，西門贈我，
他兩個，一個爲仇，一個作恩；

無銀子,能使至親成陌路, 有銀子,陌路都堪作至親。
常峙節而今打破迷魂陣, 從此多添勢利心。
普天下困苦艱難的人不少, 一個個,大概皆因是自己貧!
峙節一聲長嘆纔將銀放下, 無奈何,窗前梳洗,强打精神。
婦人服侍團團轉, 慢商量,買柴糴米置衣襟。
説話兒句句瞧着峙節的臉, 行事兒條條體貼丈夫的心。
小窗氏,筆端怒把雷霆震, 欲唤醒:今古鴛鴦夢裏人。

説明:

此作係據清代裕文齋刻本。故事取材於《金瓶梅詞話》第五十六回上半回“西門慶周濟常峙節”。描寫封建社會末期人與人之間的關係,包括夫妻關係,都赤裸裸地爲金錢所支配。“無銀子,能使至親成陌路,有銀子,陌路都堪作至親。”説明封建的倫理道德已經窳敗,逐漸爲反映商品經濟的金錢關係所代替。作品對人物内心世界的刻劃,頗爲傳神、細緻、逼真,委婉動人。

注釋:

①馮商嘆:馮商,相傳是宋代的一位慷慨好施、廣積陰德的人。因爲他常以金錢救助人,便得到好報,晚年得子,即馮京,長大後連中三元,成爲丞相的女婿。《宋史》有《馮京傳》,其父馮商事見於羅大經的《鶴林玉露》及姚庭若的《不可不可録》。明初沈受先的傳奇《三元記》,就是寫的這個故事。

②四通八達:原指道路通暢,這裏用作反語,意思是説無活路。

③打成陀羅煉成塊:意思是説,一伙人像打陀羅似的終日團團轉地粘在一塊兒鬼混。

④顢裹顢頇:不知好歹,心裹不高興的樣子。

⑤投簧的藥:見本書《尋夢》篇注⑥。

⑥乖滑:乖巧油滑。

⑦槍戳雨點:北京土語,意思是厲害話説不到點子上。

⑧秧裹秧腔:北京土語,意思是指身有宿疾,需要慢慢細心療養。“秧”,來自滿語 yangšan,“少年多病”。

續鈔借銀二回

韓小窗

第一回

世態炎凉最警人，
閑將筆墨點迷魂。
趨炎須盡逢迎態，
附勢豈無諂佞心！
友義朋情渾似假，
夫恩妻愛也非真。
無端冒昧把前文續，
欲寫出猫鼠同眠一類人。
常峙節，一心去找西門慶，
他一頭兒走路，一壁裏尋思，
說："常言道：'擒虎容易告人難。'這話不假，
何况他居移氣，養遺佐[①]，那樣驕人！
萬一間，他硬着臉不肯將銀借，
我和他異姓别名也不算親，
倒不如，繞個灣兒便中取勢，
去把那會幫襯的伯爵應二尋。"
他思想着，轉身岔路忙忙的走，
來到了伯爵的門首，見静悄無人。
拍着門環，叫聲："應寶！"
說："好孩子嚇，太陽待出來了，還不開門。
你的爹醒了麼？你去快稟！
就說常二叔特地前來叙叙寒温。"
應伯爵隔門聽見，知有事，
故意的問："是誰呀？大清早起就敲門。"

常峙節聞聲答應説:"是小弟。
哥呀！懶龍伸腰了麽,太會温存。"
伯爵説:"天氣凉凉的,又無什麽事,
又搭着昨朝酒醉,有點子頭暈;
常兄弟休怪失迎,我這裏纔洗臉,
略薄的等待一會兒就開門。"
峙節説:"哥！你不必羅嗦,休客套,
我和你是何等的交情,如何比外人!"
伯爵説:"也罷了,捨下不方便,
現而今你嫂子的病勢料你知聞。"
常峙節一聞此話忽然醒悟,
暗説道:"不好了,竟是我失神!
三朝未賀,我還欠他的份子[2],
應花子最愛撇清[3]:不是個人。
一會兒他若嗔心使小性,
豈不把大事耽擱,就坑壞了人。"
常峙節已經叫門又難回去,
反覺得,萬慮千愁攻上心:
"哎呀,好狠哪！潑婦真萬惡,
逼得我進也無路,退更無門。"
悶沉沉,躊躇了半晌,得了個主意,
摸了摸腰内的體己,幸有數十文。
正思量,嘩啷一聲門開放,
出來了慣會逢迎附勢人。
常峙節迎着作揖,公然道喜,
説:"欠情了,哥呀,我可不是人!
皆因爲一時手窄,衣殘帽破,
怕衹怕,玷辱了尊顏,纔來登門;
今日是,竭誠陪罪邀大駕,
到鋪中,沽飲三杯少盡心,
望仁兄就請移步休推却,
我還有要緊的言詞向你云。"
伯爵説:"今朝有事難從命,
改日閑時再叙心。"
常峙節一把拉住説:"豈有此理!
是怎的了？就這樣的幹人[4]!"
應伯爵纏他不過,衹得依允,
叫應寶好生看家,要關上門。
他二人肩靠肩兒進了酒肆,
常峙節就足躬的讓坐,一味的殷勤。
伯爵説:"一向窮忙,未得見你。"
峙節説:"襤褸單寒,總未出門。
我想着:愛我如兄必見諒,
也搭着拖欠的多了,摘借無門,

還望你……"他羞口難開復咽住，
搭訕着不住的把酒斟。
遲疑了半晌，一聲長嘆：
"嗐！不説罷，一會兒回家他又動嗔。"
羞怯怯的説："小弟的事兒哥也猜的到，
不過是借光兒去找大官人。"
應伯爵一邊吃酒，一邊聽話，
聽到此，把眉兒一皺，臉兒一沉。
説："求人的事兒你且慢講，
象那種財主的脾氣也難認真；
那西門素日雖説偏待我，
也不過席前、酒後一時的新。"
常峙節倒抽凉氣黄了臉，
衹急得雙膝着地，泪珠兒淋。
他戰兢兢説："今日已到十分地，
我的爺喲！柴米全無，可把那個尋？
這如今，小弟無能全仗你，
我常某平素不是喪心的人。
倘若是，借重臺光得到手，
些微的謝禮，還可以盡心。
人非木偶天良在，
似這等救命的深恩，敢不報君？"
應伯爵一聞有謝，心就活動，
一伸手，拉起同盟一拜的人，
説："常兄弟！休怪愚兄説此話，
你瞧瞧，近來的世界那是義氣人？
况且他現理刑廳多榮耀，
怕的是，就有閑飯，也不應酬閑人；
承台愛，拿我當人求到我，
也講不是涎皮賴臉的且試試新，
望梅止渴，畫餅充饑，我也全不管，
'成也蕭何，敗也蕭何'[⑤]，你要自思尋。
仗着我兩片嘴皮子，一張不害臊的臉，
看你的造化如何，且去走一巡。"

第二回

莫怪人生偏愛銀，
開門七事靠何人？

祇因柴米夫妻事，費盡交游市井心。
滿眼恓惶非泪淺，一番趨奉見情深。
憑誰指點炎凉態，試看得銀這段文。
且説那峙節、伯爵出了酒肆，他二人一同前去找西門。
來至門前朝裏走，繞回廊，竟進書房的小院門，
正碰見玳安兒獨坐游廊下，他那裏，呆臉朝天看巧雲。
應伯爵走到跟前呼孩子，説："大官人可在家麽？你必知聞。
在家時，就煩通報休魯莽，就説：'會凑趣的伯爵來伺候官人。'"
這玳安兒一面站起，一面打量，見伯爵脅肩諂笑，賣弄精神；
常峙節縮肩拱背，垂頭喪氣，穿一件百結鶉衣，還露着脚跟。
勢利的豪奴微冷哂，説："没空兒罷！現有東京的貴客臨；
應二叔或者可以先進去，屈尊罷，常爺！你可略沉沉[⑥]。"
常峙節羞忿難當又無其奈，祇好説："我這破爛形容也難見人。"
應伯爵得意洋洋誇聲："很好！調停的果然有禮可人心。
老常啊，事款則圓，須耐性，那裏能，一屜的包兒會飽人。"
應花子説着轉身先進去，獨剩下峙節悶悶的自出神。
颯颯金風吹敗葉，泠泠白露點蒼茵，
恰遇着，天邊雁過聲嘹嚦，常峙節對景凄凉欲斷魂。
冷清清形影孤單，有誰瞅睬，眼睁睁日上瑶階，還無信音。
好容易盼見玳安兒來説"請見"，還不知事體如何喜共嗔。
欠身形，滿腹狐疑低頭邁步，到庭前，含羞帶愧拜見西門。
那西門之乎者也[⑦]還了個半禮，未曾讓坐，先問原因，
説："何事嚇？清晨就有這般的興，莫不是，又有奇事來告聞？"

致,

應伯爵借着口氣就搭脚,
祇爲着常兄弟現有燒心的事,
眼前來秋氣兒早凉,秋風兒乍冷,
房租兒一月一月出不上,
可憐他時乖運蹇,山窮水盡,
往常間,受哥的恩惠人也不少,
我的哥!救人須把急時救,
又道:"是自己的事兒,自己還不講?"
常峙節唯有作揖頻嘆氣,
應伯爵復又插言呼:"兄長!

說:"哥呀!無事如何早上門?
我的哥,你先前許過他數兩銀。
怎禁得單衫兒不暖,單被兒不温?
當票兒一張一張手内存。
幸虧有仗義疏財的你一人。
何况他到底是攀高附驥的人!
這把弟,素日還算有良心。"
把常峙節用神情兒一領,笑對西門。
一語全無滚泪痕。
那俗語兒說是:'許過人時就盼死人。'"

西門慶原要支吾説没有,
無奈何,裝腔作勢把雙眉皺,
半晌開言,説:"非忘記,
也罷了!既然許過,也說不得了,
他原是寄來托我將人買,
叫:"玳安兒,你就進去對你娘講,
"我也不留了,想來都有公忙的事。"
喜孜孜毛腰施禮説聲:"慚愧!
倘若我將來僥幸熬個出頭日,
説着玳安兒將銀遞,
應伯爵連連告退説:"我也去也。"
慌張張跑到門外叫聲:"常兄弟!

看光景,若是駁回就未必動身。
故意兒搔首低頭出了會子神。
近前來手頭兒甚緊,教我怎盡心?
幸而有東京纔寄來的數兩銀。
且拿去罷,待我從容再還捨親。"
就說我要那翟家的一封銀。"
常峙節就流水一般的站起拜謝西門。
今日恩德似海深,
一重恩報九重恩。"
常峙節接來辭謝就出門。
祇見他,匆匆的邁步就趕出了門,
你可瞧見了,今日虧了哪個人?"

峙節說："油嘴的花子，是我的造化，
借不借、幫不幫，總在西門。"
應伯爵就氣的冷笑，連說："罷！罷！
常峙節呀！爲人天理要良心，
不虧我花言巧語將他打轉，
愁他不風乾起了[8]你還勞神！"
峙節說："謝儀在此。也值得這樣？
你連句頑笑話兒也不懂了，好個下作人！"
應伯爵煞住惡聲忙舉目，
見峙節，手内托出半錠銀。
他就心回意轉腮含着笑，
口内虚辭把手伸，
接過來拱手告别說："休怪！
治事罷，賢弟！恕我心昏。"
這峙節神定心安，春風滿面，
步履如飛返故林。
不多時來至家門，急轉念，
聽了聽門内的妻子，摸了摸懷内的紋銀。

說明：

此作係據清代百本張鈔本。百本張《子弟書目録》稱："《得鈔傲妻》，連《續鈔借銀》，四回。"作者在本篇中也說："無端冒昧把前文續，欲寫出猫鼠同眠一類人。"可見這是《得鈔傲妻》的續篇。但從它所取材的《金瓶梅詞話》第五十六回"西門慶周濟常峙節，應伯爵舉薦水秀才"的故事情節來看，《續鈔借銀》的情節是補寫常峙節外出借貸的經過，應在《得鈔傲妻》的一、二回之間，并非續篇。唯坊間鈔印的，都各自獨立成篇。本篇與《得鈔傲妻》不同的是它在細緻入微地揭露世態炎凉的同時，還反映了常峙節生活的極端貧困。他"衣殘帽破"，"穿一件百結鶉衣，還露着脚跟"，"眼前來秋氣兒早凉，秋風兒乍冷，怎禁得單衫兒不暖，單被兒不温？房租兒一月一月出不上，當票兒一張一張手内存"，他借貸無門，不得不低聲下氣地求人，爲了借幾兩銀子，除了對債主要“一重恩報九重恩”之外，還要給引見的幫閑應伯爵以“半錠銀”的“謝儀”。這對封建社會末期慘重的階級剥削，是個有力的揭露。

注釋：

①居移氣，養遺佐：意思是説處於有錢有勢的地位。

②份子：舊風俗對親友婚喪所送的禮金。

③撇清：虚僞地表示清白。如《醉醒石》第一回“那裏有不要錢的人？這是人面前撇清的話兒。待他做出來，便見分曉。”

④幹人：府吏、當差的。如《水滸傳》第二回：“次日，寫了一封書呈，使個幹人送高俅去那小王都太尉處。”這裏是指公幹忙。

⑤成也蕭何，敗也蕭何：諺語。漢朝韓信由於蕭何推薦，得到劉邦重用；後來又由於蕭何的計謀，致被吕后殺掉。因此諺語説韓信是成也蕭何，敗也蕭何。意思指韓信的成敗，皆取决於蕭何。

⑥略沉沉：稍等一等的意思。

⑦之乎者也：這幾個字是文言虚字。這裏形容虚僞應付。

⑧風乾起了：意即挂在旁邊，不予理睬，如同腌貨挂起來風乾一樣。

一入榮國府四回

韓小窗

第一回

小窗酣醉欲狂吟，
忽見新籍佇案存。
漫識假語皆虛論，
聊將閑筆套虛文。
有若無時無還有，
真爲假處假偏真。
誰言作者多痴想？
足把辛酸滴泪痕！
暫歌一段《石頭記》，
借筆生端寫妙人。
有個村農年尚幼，
王狗兒祖貫鄉居是此處人。
覓偶結姻劉氏女，
生下了子女成雙兩個人。
子名小板多懵懂，
女喚青兒最可人。
小夫妻，日無他計家消索，
凄凉苦困受清貧。
到後來相倚岳母劉姥姥，
老孀居，是個世態叢中歷過的人。
因憐愛女殘冬苦，
這一日，故向嬌生女婿云：
“眼前現有生機會，
你夫妻仔細思量再理論。
這城中現有一族豪華富，
他與王家係内親，
如今何不將他懇。
倘若是，憐念族中苦困人，

那時節，咱們好把殘冬過。
但衹是，吾婿言談蠢又村，
女兒却又年輕小，
怎麼露面抛頭去見人。
必須我捨着老臉親身兒去，
到那裏，苦告哀求把就理云。”
閤家主意相商妥，
次日個，携同小板兒便來尋。
一直竟奔榮國府，
遥望見，朱户金釘穩獸門。
正門兒雖設長關閉，
角門兒出入有行人。
兩凳上，坐滿華服人無數，
俱是個，忝胸叠肚笑顔顰，
指南話北閑設論，
八語七言把話評。
一番勢利多嚴肅，
大家子風氣不同尋。
老孀婦搭訕蹭到了角門首，
未語開言面帶春。
説：“有禮了！借仗大爺們給俺通個信，
特來府上望候一個人。”
那些人聞言不睬仍談論。
有一個攬事的家人把話云：
“找誰的？且在那墻角一畔兒等，
不許在這裏嘮叨瑣碎人！”
板兒説：“尋找姑媽周奶奶，
他本是太太的陪房，我們的内親。”
那人道：“周家不在前邊住，
過墻角，順着墻跟往後尋。”
老孀居無奈抽身把墻角過，
一路行，不多時就到了後門。
行人來往頻出入，
買賣集聚亂紛紛，
成群打伙兒童戲耍。
劉姥姥上前細問與小兒們，
説：“此處有個姓周的，你可曉不曉？
哥兒，你若知道就對我云。”
小人説：“周家現有十數個，
不知你可找的是那個人。”
姥姥説：“他本是陪房來到此。”
小人説：“陪房周不在家，已出了門，
曾聞得上頭使往江南去；
周大孀現在家中是個樂人，

府中一切無他的事，
若問他家是這個門。”
説話間，一直領到周家的院，
説：“大嬸子，有人在外特來尋。”
周瑞的妻子出户，抬頭纔一看，
就看見了劉家的老婦人。
連忙讓進房中去坐，
叙了些近年別話，語諄諄。
老孀居又將來意説了一遍，
周家的會意，含春帶笑云：
“這府中一概傳言我都不管，
另有專職回事的人；
你今既來將吾找，
少不得，委曲破例帶你去云。
近年來，全係鳳姑娘司家務，
二奶奶賞罰公平得衆心，
年紀雖小行事兒準，
舉止兒安祥，性情兒温，
説話兒有深、有淺知輕重，
諸凡事，知苦、知辛憐下人。
出調的更比當年俏，
身量兒，不高、不矮却合均。
兩宅上下皆欽敬，
老太太愛似明珠，掌上的珍。
如今你我將他見，
祇怕還料有些便宜未可云。
但祇他，飯後餘暇稍閑片刻，
除此外，別無暇際[①]在家存。
如今先去將他見，
倘若遲些枉費神。”
説話間，二人携手出庭院，
笑笑説説近了後門。
至到廳廊簾前，安住了劉姥姥，
自己來先回平兒，把就裏云。

第二回

且説那，輕盈體態的王熙鳳，
百媚千嬌一女娥。
這一日，侍奉賈母晨飯後，
自歸房，蓮步輕移出了後閣，
圍隨着丫鬟、侍女人無數，
到簾前，高打簾櫳立候着。
媚佳人纔入暖閣歸坐位，
樂鐘兒八下，叮噹倒有辰刻還多[②]，
小丫鬟，高擎茶盞在旁邊立，
玉船盤，龍鳳茶缸，是銀蓋合。

俏佳人接過茶杯方入口，說："你們總不留心，這是怎麽話說！

曾説過，這茶已被濕潮氣，總叫我諸處勞神費唇舌。

快去罷，急急另合平兒去要，將這個，賞給丫頭們隨便兒喝。

來一個，再去前邊將爺請，問一問：早飯不吃却是爲何？"

小丫鬟去不多時回來禀，說："爺說了，叫奶奶先吃罷，不必等着，

目下書房有客至，在外相陪有話説。"

這佳人聞言吩咐說："傳飯！"一霎時，幾個僕人捧進了飯盒，

炕桌兒面前安排妥，擺下了：牙箸銀叉、羹匙是鈿螺，

盒蓋兒高擎銀火碗，小碟兒，熱炒馨香菜樣兒多；

皆是山珍與海味，正居中，還設白銀鹿肉鍋。

一色匀合茶米飯[3]，器具精製世罕得。

飯單兒斜尖扣在胸膛兒上，把裙襖衣衫都總一概遮。

萬籟不聞人止嗽，片刻的工夫，就徹下了飯桌。

小丫鬟一旁侍立聲息兒悄，嗽口盂兒在掌上托，

扶侍佳人纔嗽了口，俏平兒，高擎香茶燕尾蘿。

這佳人，飯後吃茶無了事，將小匙兒手爐以内把灰活。

自說道："既有人來，何不去請？"猛抬頭，面前已見一村婆，

便向周家的含笑道："既進房來何不早說？

這老人家可是與奴何等輩數？你須細講我纔明白。

奈因我出嫁之時年尚幼，所以的，一概親戚我不曉得。"

周家的帶笑回言說："稱姥姥。"百媚的佳人機便兒[4]多，

笑嘻嘻迎頭拉住劉家婦，叙談套話口似開河。

老村婦入室早已看花了眼，衹是個東瞅西望，咂嘴兒吐舌。

見佳人，端然正坐在炕沿兒上，渾身俏麗勝嫦娥：

内穿着，大紅洋蓮紗緑襖，
上套着，混犬杭藍皮襖兒薄，
寬袖兒，邊捲桃紅三藍顧綉，
内襯着，衣袖層層數件多，
皮裙兒，厢金嵌翠南紅緞，
風毛兒，刀斬斧齊却未磨，
皮領兒滚圓海龍[5]尾，
手拍兒，南綉金黄腋下脱落[6]，
小毛兒紫貂新巧昭君套，
飄帶兒，釘翠元青有二尺多；
雲鬢堆鴉烏又亮，
密紬兒紫色斜尖勒了個得，
大花兒一朵旁邊帶，
鮮水仙數朵，攢成嵌鳳挖，
墜鈎兒，赤金鈿翠雙如意，
玉珠兒，翡翠叮噹巧配合；
俏龐兒，嫩似梨花姣帶雨，
柳眉兒，淡描浮翠似嫦娥，
粉鼻兒，端莊垂拱把瓊瑶倚，
媚眼兒，無塵秋水漲横波，
珠唇兒微點桃花片，
烟袋兒斜含，把玉牙兒露着；
尖尖玉笋描而秀，
細細腰肢瘦且得，
戒指兒，攢珠嵌寶新花樣，
手溜子，圓背雕花玉色兒白，
赤金洋鏨指甲套，
俏腕兒金釧叮噹配玉鐲。

第三回

老孀居看畢佳人心緒亂，
貯目呆呆少話説，
全不懂玉人所道皆何語，
一味的强笑摇頭口念佛。
逗的佳人祇是大笑：
“請坐罷！從容慢慢的再把話説。”
周家的又與姥姥偷送目，
怕的是，村語胡言的了不得。
這鳳姐命給吃食與小板，
丫頭們，捧進新攢一果盒。
老孀居纔欲開言忽又怔，
見挂鐘兒在壁，就悶殺鵝，
上築着木樓金繞眼，
下繫長絲墜秤鉈，

來回不住咯噹咯噹的響，又聽得響唍如鐘震耳朵。
自思未見這稀罕物，不由的眼似鱉鷄往後挪，
痴呆半晌方言語，無奈纔勉强帶笑把話説：
“今來府上無别事，爲的是在姑太太跟前暫且對挪。”
聽話的佳人回笑道：説：“近年苦况自知覺，
雖然外面揚聲勢，内裏空虚了也了不得。”
二人正自閑談論，但聞得，報事云牌一下磕。
丫鬟進内忙通禀：“東府裏的蓉爺立等着。”
佳人吩咐説：“着他進見。”小大爺，盡瘁鞠躬進了綉閣，
請安已畢旁邊站，慢把來言細禀白。
此時難壞劉姥姥，坐不安來立不合，
百般妝作撇村調，掩掩遮遮不快活。
鳳姐説：“此人非是别家者，他係吾侄兒却不礙得。
那邊衹管歇息坐，你這老人家坐着，却也使得。”
賈蓉復向佳人道，帶笑開言把話説：
“明朝那府裏請生客，實在的陳設屏風俱不合，
暫借嬸娘那架玻璃罩，借設中堂擺列着。”
熙鳳回答説：“已壞，也没見人家有物，就要來磨，
難道説，王家物件都精巧妙！?”賈蓉説：“知道是外祖家中的嬸子得，

嬸娘若不把屏風借，叫侄兒素手空回必要受責。”
一壁裏笑着，一壁裏跪，炕沿以下他把身矬。
無奈的佳人説：“傳出話去，令平兒好生仔細派人去挪。”
又説道：“借是我借，着他拿去，倘若是弄壞了，提防我要責。”
言畢賈蓉連應：“是！嬸娘所諭的謹遵着。”
俏佳人猛見賈蓉的衣和帽，俊俏的身材打扮的得：

紅絳色一裹圓的羊皮襖，
上套着元青氈面云狐挂，
卧兔時興前後衢，
帽纓兒頭横菊花頂，
緞靴兒三直半衢家中的樣，
佳人看畢復言講，
難道你家常皮襖衹一件？
倘然若被風吹體，
厢邊花樣却是二則，
領袖兒俱是直毛道兒活，
三水貂皮樣兒狠得；
飄帶兒二尺來長背後拖；
圓底兒時興下面坡。
説："蓉兒嚇！偏偏惟你鬧的得，
怪冷的天，故意抛輕穿的這麽薄；
提防着，又要頭疼個了不得。"

第四回

蓉哥笑説："無防礙，
上身兒却是白狐倒暖活。"
言畢蓉哥兒抽身出房去，
這鳳姐又從窗内唤蓉哥。
侍兒檐下接聲兒唤：
"止步罷！蓉爺！"蓉哥應着
回身後進房兒内，
柔弱的佳人又没有話説。
沉吟半晌向蓉哥道：
"也罷，此話當人却講不得，
如今你且回家去，
酉正[7]再來對你説。"
蓉哥領命方出户，
這會子，就悶壞了孀居似楞鵝。
帶笑的佳人呼姥姥，
老孀居不住的點頭口内念佛。
佳人説："今蒙你不弃相看望，
不時的常來走走却礙何？"
劉氏説："但欲常來恐耻笑。"
佳人説："誰敢多言把你笑説。"
又説道："現成便飯你用些罷，
若要妝假可使不得。"
令丫鬟領到厢房屋内去坐，
又吩咐給姥姥要飯莫耽擱。
就命周媳相陪伴，
周媳婦謝飯，步出了綉閣。
鳳姐説："周姐，你來，我問你話：
太太方纔是怎麽樣的説？"

周家的向前低聲悄悄道：
"太太說：任憑奶奶自斟酌。
他祖上曾作京官十數載，
老太爺因慕同宗把一姓合，
并非王氏嫡親派。"
鳳姐說："如此說來這就怪不得，
你且陪他吃飯去，
此事我自有定奪。"
這佳人斜推靠枕把平兒喚：
"看一看鐘表之弦剩的不多，
到前邊拿着推把兒三針表，
日晷上對着快慢却如何。"
平兒領命前邊去，
少刻回來把話稟說：
"日晷鐘表全都對了，
惟有這大挂鐘兒慢的不多。"
說話間早已姥姥吃畢了飯。
玉人兒請過孀居復又說：
"你今來看多承愛，
怎麽好叫你空回理不合，
幸而有太太拿來銀數兩，
原是給跟我的丫頭們去作活；
暫將此項聊爲贈，
實然的，刻下拮据的了不得。
莫嫌微小旋留下，
望念親戚勿怪薄。"
令平兒將銀付與姥姥手，
老孀居看見白銀笑呵呵，
連說道："多謝姑奶奶！"將銀揣懷內，
笑嘻嘻又是說來又是念佛。
這鳳姐立起身來說："少禮！
如今我有事不能陪着。"
輕移玉體往前邊去，
周家的帶領着孀居已出了綉閣。
俏平兒相送在廊兒下，
客套話兒說了許多。
大家作别出門去，
周媳婦暗怪孀居老村婆。
行來一路無多語，
到家中，面帶微嗔細細說：
"也没你這老人家説話鹵，
輕重深沉也不曉得，
你侄兒長，你侄兒短，不自量！
若是那嫡派的蓉爺可怎麽着？
那纔是他親侄子輩，
你要是這樣說來理不合。
爲甚麽見面全然顔色變？
怎麽你偌大的年紀説話拙？"

姥姥説:“見了姑娘深慕愛,所以的一派深言顧不的説。”
二人又講了些閑言語,劉姥姥告辭歸家好快活。

説明:

本篇又題《一入榮府》。取材於清代曹雪芹《紅樓夢》中劉姥姥一進榮國府的故事。作品反映了“苦困人”與“豪華富”兩個階級的貧富懸殊,揭露了榮國府這個封建貴族大家庭的奢侈、豪華和衰朽。作者描繪人物形象、心理、性格,細膩入微,栩栩如生,給人以如臨其境,如見其人,如聞其聲,如觀其形的真情實感。但由於作者的階級偏見,把王熙鳳美化成“俏麗勝嫦娥”的“佳人”,把劉姥姥則貶爲“貯目呆呆”的“楞鵝”;正是這種階級偏見,使作品對揭示封建貴族的階級本質及其必然衰朽的歷史趨勢,較《紅樓夢》原作遠爲遜色。此作係據清代百本張鈔本。

注釋:

①暇際:猶言閑空、閑時。

②辰刻還多:辰時是上午七時至九時,“樂鐘兒八下”,正是辰正,故説:辰刻還多。

③茶米飯:老米飯。老米作淡茶色。

④機便兒:機靈。北京話一作“機靈便兒”。

⑤海龍:滿語 hailun,“水獺皮”的借譯詞。

⑥脱落:一作“拖羅”,參閱本書《賣刀試刀》篇注⑥。

⑦酉正:下午六時,意即傍晚。

寶釵代綉一回

韓小窗

偶步怡紅小院西，
恰逢郎睡正濃時，
心痴易露忘情處，
技癢難防不自持。
自喜小窗依枕綉，
誰期隔户有人知。
此一回柔情醋意真難寫，
笑老拙怎比《紅樓》的筆墨奇。
這一日寶釵偶赴怡紅院，
但衹見花陰正午日遲遲；
湘簾不動人聲静，
銀蒜[1]低垂晷影移。
進房來，見寶玉床頭酣午夢，
襲人在床側把蠅驅，
拿一方兜肚把花兒綉，
一見寶釵笑嘻嘻，
站起身來忙問好，
薛寶釵一見兜肚，説："花樣新奇。
依我説，何必這等細緻！
兜肚不同外面的大衣。"
花襲人手指寶玉説："是我們爺用，
若不然，誰還這等費神思！
他的脾氣兒真真古怪，
稍省點工夫，他也是不依。"
又説道："恰好姑娘來的凑巧，
我到外面要去取件東西。"
説罷，襲人把蠅刷遞過，
薛寶釵挨身坐下，把麈尾輕持。
拿起那未完的兜肚留神看，
連誇獎道："花兒做的有生機。"
這佳人一壁裏揮麈一壁裏綉，
他一時的高興，就忘了嫌疑：

纖手兒不離肩左右， 俊眼兒時注面東西；
脖頸兒壓麻輕輕兒墊起， 斗蓬兒蹬下款款的拉披。
分明是阿姐心情好， 倒象是丫鬟伴枕席。
這佳人代綉驅蠅是出於無意， 不堤防窗外有人看了許多時。
林黛玉約定湘雲來尋寶玉， 他二人，雙携玉腕蓮步輕移。
進門來見，丫鬟睡去簾未捲， 就走到茜紗窗下，暗去偷視，
見寶釵在寶玉的床沿上坐， 好一似年少的一對小夫妻。
黛玉一見飛紅了臉， 點手兒低聲叫："雲兒！"
湘雲聽見悄悄也來窺看， 暗暗的猜透了顰兒小意思。
急忙抽身説是："回去罷， 等一等寶哥哥醒了再來不遲。"
這黛玉一味狐疑嗤嗤冷笑， 説："今日纔見道學先生漢官儀[②]；
他平日端莊，寡言寡笑， 你看看，恭恭敬敬把蠅子驅。"
湘雲説："你太多心，别此想， 這不過是偶然湊巧莫狐疑。
姐弟間，脱略形骸[③]人人都有， 你且莫嘴快笑人痴。"
他二人説説笑笑回房去， 寶釵這裏衹管代綉未曾知。
忽聽得寶玉床頭説夢話， 唧唧噥噥的吐微詞，
説的是："金玉良緣我不信， 我衹曉得姻緣是木石；
麒麟佳配，我也不知道， 衹知我的配偶有靈芝。
僧道的言詞我不管， 我衹説，太虚幻境的夢兒奇。"
還有些别樣言語含糊不真切， 把一個聽話的佳人生了疑。
纔想到：適纔代綉失了檢點， 倘或有人瞧見，定笑我情痴。
又想到：僥幸没被顰兒見， 他要瞧見，必然造作傳奇。
列公啊！他不過偶爾無心忘了避忌， 姊妹看見可就動了心疑。
思量那兄弟異席别於六歲， 纔知那制禮周公是萬世師。

説明：

此作係據清代百本張鈔本。取材於曹雪芹的《紅樓夢》第三十六回“綉鴛鴦夢兆絳芸軒，識分定情悟梨香院”。寫薛寶釵代襲人替賈寶玉綉兜肚的故事。作者的立足點没有曹雪芹站得高，作品的結尾竭力鼓吹“思量那兄弟異席别於六歲，纔知那制禮周公是萬世師”，但由於它對人物的描寫突破了作者自己的這種封建陳腐觀點，連薛寶釵自己也不能不承認：“適纔代綉失了檢點，倘或有人瞧見，定笑我情痴。”事實無情地暴露了她這個“道學先生”的虚僞面貌。文筆相當細膩、生動，較之《紅樓夢》原著，别具特色。

注釋：

①銀蒜：即簾押。鑄銀爲蒜形，用以押簾。

②漢官儀：指漢代頒布的封建禮儀制度。漢代衛宏撰有《漢舊儀》一書，專記西漢典禮規則，此書常被人誤傳爲《漢官儀》。

③脱略形骸：任性無拘束的樣子。

芙蓉誄一回（選録）

韓小窗

秋風秋雨滿梧桐，
咫尺即成千裏闊，
霜天月冷聞孤雁，
紙帳蘆簾人病後，
王夫人聽信了讒言，把晴雯攆，
戰兢兢，慌忙掙扎把床下，
一件件，衣裙鞋脚來穿好，
昏沉沉，剛移蓮步覺頭暈，
撲騰騰，肝氣上衝心亂跳，
急忙忙，欠身手按着小鬟的背，
顫巍巍，勉强移步到廊下，
嫩生生，花枝招展將頭叩，

凄惶惶，拜罷了夫人拜寶玉，
一汪汪，慟泪盈腮不敢落，
體顫顫，渾身發抖身無主，
怔柯柯，立在了庭前如木偶，

凄惻歸來恨萬重。
百年惟有一心從。
茆舍燈昏泣晚蛩。
不堪回首憶怡紅。
這佳人，明知緣盡不能停，
羞慚慚，强打着精神整病容；
亂篷篷，萬縷烏雲用帕蒙。
虚飄飄，四肢無力，他體酸疼，
渾瞪瞪，金星亂冒眼朦朧，
喘嘘嘘，暫時歇息把神寧，
委屈屈，王氏的跟前把禮行。
嬌怯怯，説："多蒙素日的重恩情。"
目耽耽，眼瞧着公子面皮兒青。
慟煎煎，滿口哭聲不敢哼。
冷厮厮，遍體篩糠體似冰，
呆呆呆，走近了寶玉的跟前，似啞聾。

惡狠狠，忍慟含悲他舒玉體，
慘戚戚，傷情的公子來攙起，
意殷殷，要往上房謝賈母，
氣昂昂，吩咐："去將行李取，
羞慘慘，佳人衹得將房進，
紅綺綺，掀開了錦帳，亞似[1]刀剜膽，
一個個梳妝盒兒，無心取，
一幅幅，秋紋替把被囊兒裹，
一面面，襲人替把菱花放，
跳鑽鑽，小鬟去把面盆取，
一對對，粉盒油瓶堆滿地，
忙促促，老媼搬物如梭快，
悲凄凄，睹物的佳人心内慘，
悶懨懨，離情滿腹不能講，
氣撲撲夫人，仍在廊前坐，
慘淡淡公子在旁垂手站，
咯吱吱强咬銀牙，移玉體，
一步步，渾身亞似千金重，
悵怏怏，滿懷難捨情公子，
撲簌簌，戚慘的眼中流慟泪，
雕零零，佳人出了怡紅院，
一隊隊園中的姊妹來相送，
哭啼啼，頓時拜别到園外，
昏暈暈，玉體斜横草榻上，

悲哀哀，强咬着銀牙把禮行。
戚慘慘，佳人禮罷進中庭，
怒衝衝夫人説道："不勞情！"
急速速，快些兒收拾，莫要消停！"
恨悠悠，走到了床前不勝情。
晶瑩瑩，拿起了菱花，如同刀刺胸。
一捲捲針綫包兒，懶怠擎。
一樁樁，麝月忙將箱櫳兒盛，
響噹噹，他安心跌碎了鏡青銅。
笑嘻嘻，又將净桶放堂中。
一叢叢，頭繩腿帶幾多重。
光油油，案上床中一掃兒平。
泪漣漣，拜别三人不敢停，
步姗姗，小鬟攙手到堂中。
一行行侍兒，環立列西東，
寂默默望着佳人，泪點兒零。
悲切切回視情郎，嘆幾聲。
慢延延，半晌纔將蓮步行。
怏悵悵，心中不忍别怡紅。
號啕啕，大放悲聲好慘情！
羞答答，見了族中的嫂與兄。
咨嗟嗟人人感嘆恨難平。
一雙雙，手扶着哥嫂到家中，
軟癱癱，渾身發倦四肢兒疼，

鬧轟轟，祇覺耳鳴頭又暈，
飄蕩蕩，不覺靈魂離了竅，
慌匆匆，一心要把情郎找，
喜孜孜，忽然迎面見公子，
意佯佯，同入園中觀仔細，
芳芬芬，千嬌百媚迎人面，
一瓣瓣花片，飄揚飛碎錦，
來往往池内游魚，戲碧水，
叫咋咋，梁間燕舞呢喃語，
曲彎彎，離架蔓藤盤古柏，
重疊疊，凉亭水榭臨幽渚，
笑盈盈，雙雙正把怡紅進，
威凛凛，迎面花妖把路阻，
雄赳赳，對準了天庭朝下落，
忽悠悠，猛然夢裏來驚醒，
朦朧朧，半晌寧神睁鳳目，
刷拉拉，籬外風摇敗葉響，
明皎皎，斜日穿窗照瘦影，
幾星星榻上的塵砂，浸泪眼，
静悄悄，夢中公子何方去？
路茫茫，怡紅從此人千里，
飄颻颻，素日痴情隨绿水，
幾處處應候寒蛩鳴户外，
寂寥寥，惟聞隔院砧聲弄，
鬧吵吵，兄嫂聲喧門外去，

悶沉沉，霎時伏枕睡朦朧。
步蹌蹌，跨出了房門走似風，
路迢迢，不分南北與西東。
絮叨叨，離情暢叙帶歡容。
燦爛爛，青紅叠翠甚怡情。
錦簇簇，萬紫千紅遍地横，
幾絲絲柳條，上下舞輕風，
一攢攢園中浪蝶，鬧花叢。
嬌滴滴，林内鶯梭百囀鳴。
彎曲曲，隔墻薜荔繞蒼松。
叠重重，霧障雲屏接碧空。
嘶琅琅，忽聞喊叫似雷霆。
光閃閃，無情棒在手中擎，
咕咚咚，佳人跌倒在陷人的坑。
汗津津，渾身濕透冷如冰。
蕭瑟瑟，四壁凄凉好慘情。
忒楞楞，疏櫺亂舞紙條鳴，
冷搜搜，凉風入户掃愁容。
一縷縷梁間的蛛網，釣悲胸，
孤單單，依然獨自嘆凋零。
泪潸潸，茅舍新增恨萬重。
虚渺渺，夢中好事逐西風。
一群群感時旅雁，唳長空。
凄凉凉，祇有檐前鐵馬鳴。
冷清清，一人獨對苦零丁，

一種種新仇舊恨，難回首，　萬千千別緒離情，塞滿胸。
幾陣陣，思前想後無情緒，　恨漫漫，惟求即早赴幽冥。

説明：

此作係根據清代刻本。其第五回開頭的詩篇第七、八句爲："小窗筆寫風流況，一段春嬌畫不成。"因此可認定係韓小窗所作。這裏所選爲第三回"慟別"。全作共六回，其餘是：第一回補呢，第二回讒害，第四回贈指，第五回遇嫂，第六回誄祭，均已略去。此作把《紅樓夢》中有關晴雯的故事，實際上都已囊括包舉在内。這回着重叙述了晴雯與賈寶玉的情誼，"别緒離情塞滿胸"，控訴了王夫人等對晴雯的迫害，"凄惻歸來恨萬重"。在形式上幾乎每句都采用重叠的襯字，顯得尤爲哀婉凄惻，藝術特色突出，别具一格。

注釋：

①亞似：猶言亞賽，可以相比。

黛玉悲秋一回（選録）

韓小窗

大觀萬木起秋聲，漏盡燈殘夢不成；
多病衹緣含熱意，惜花常是抱痴情。
風從霞影窗前冷，月向瀟湘館内明。
透骨相思何日了？枕邊惟有泪珠盈！
孤館生寒夜色暝，秋聲凄凄不堪聽。
人間難覓相思藥，天上應懸薄命星。
病久西風侵枕簟，夢回殘月滿窗櫺；
玉人腸斷三更後，漏永燈昏冷翠屏。
一寸眉心鎖幾重，釵環怕整鬢蓬鬆。
黄花恰比形容瘦，秋雨不如泪點溶。
薄命凋零知有分，相思解釋嘆何從！
斷腸最是瀟湘館，露冷霜寒泣暮蛩。
薄命從來離恨宫，芳心不與世情同。
落花收入荒墳内，佳句抛殘烈炬中。
秋作凄凉搜户牖，月將慘淡照簾櫳。
醒來人在瀟湘館，泪比湘江一倍濃。
金陵春色美無窮，黛玉的丰姿迥不同。

生成的，傾國傾城人難比，
祇無奈，多病多愁體不寧。
更兼他稟性兒孤高，心性兒冷，
舉止兒端莊，心地兒聰明，
針工兒習熟，活計兒巧，
書卷兒博通，詩賦兒能；
吃虧了模樣兒風流，身體兒弱，
心思兒仔細，氣質兒清。
祇落得，形容兒瘦怯，情思兒倦，
茶飯兒懶餐，病勢兒增；
漸漸的夢魂兒顛倒，精神兒減，
粉臉兒香消，衣帶兒鬆。
到秋來，時光兒蕭條，柔腸兒斷，
風月兒凄涼，愁緒兒縈。
可憐他，早喪了高堂父和母，
又無有同胞，弟與兄。
接在這母舅家中，撫養大，
外祖母愛如明珠，掌上擎。
閑來時，或同姊妹談書史，
或共丫鬟習女工，
便與那表兄寶玉同居住，
從小兒不分彼此似同生。
自從那，大家搬入園中去，
瀟湘館緊對着怡紅小院中。
這寶玉，嬌痴習慣多情愛，
脾氣兒一會糊塗，一會明。
有時節，殷勤體貼過於留意，
有時節，傯憽歪纏太不近情。
嘔的人，哭也不是來，笑也不是，
惱也不成來，好也不成。
時逢正是九秋景，
氣爽天高萬里晴，
眼看着，滿城風雨重陽過，
這姑娘，節氣兒交時病勢增。
祇見他，菱花羞對朱唇兒淡，
粉黛慵施，鬢髮兒蓬，
好模好樣的，眉頭兒皺，
無緣無故的，眼圈兒紅。
有一時，臨波顧影還自言自語，
有一時，問着十聲九不應。
不知他，終朝悶悶因何故，
誰曉得，每日懨懨主甚情？
這一日，園中的姊妹未來造訪，
日光兒午後，倒也清明。
林黛玉獨自房中無情緒，
唤丫鬟："隨我到門前略一行。"
説話間，紫鵑扶定輕輕走，
雪雁跟隨慢慢行；
主僕們慢慢的步出瀟湘館，
呀！這一種凄涼迥不同：

瀟灑灑，碧落天空雲織錦，
纖葳葳，三徑菊花開燦爛，
韵琤琤，隔院秋聲驚午夢，
枯乾乾，荷蓋反披爲敗葉，
香馥馥，芬芳尚有岩前桂，
重叠叠，山經秋雨十分翠，
急煎煎，雲外歸鴉投遠岫，
寂寞寞，往來那有雙飛蝶，
一陣陣，天際驚寒排旅雁，
細條條，數株衰柳無情緑，
佳人對景頻嗟嘆，
暗想想，幼時讀過《秋聲賦》[1]，
眼前一派凄凉景，
纔知道歐陽作賦文詞妙，
想三春，郁李夭桃濃淡淡，
到後來，牡丹鬧罷石榴放，
又誰知，韶華有限悠然去，
霎時間，秋來夏去繁華盡，
看起來物有盛衰，時有寒暑，
老天哪，發生長養爲根本，
何不叫日往月來，人不老，
豈不是，無思、無慮極樂世，
爲什麽瀟灑的西風如利剪？
可惜哪！秋聲兒一起群芳兒落，
接連着雪花兒飄飄，堅冰兒凍，

静蕩蕩，雲山霧斂雨初晴，
碧森森，千竿竹葉顯青葱，
呼喇喇，臨窗老樹起悲聲；
軟怯怯，海棠憔悴剩殘莖，
冷凄凄，零落還留井上桐，
碧澄澄，水共長天一色青，
亂紛紛，亭邊落葉舞西風。
静悄悄，上下不聞百囀鶯。
幾處處，空庭應候鬧秋蟲。
叢簇簇，一片楓林乍惹紅。
他身子倚靠欄杆，愁緒增。
果然是物老悲秋古今同。
似這等衰草寒烟，好慟情。
怪不得宋玉登高，感慨重[2]。
流鶯舞蝶鬧轟轟。
荷花兒敗後海棠紅。
晚景無多一旦空。
露冷霜寒草木零。
就猶如月有盈虧，人有死生。
既然春夏，何必秋冬！
又何妨風吹雨潤，草長青！
到成個，不凋、不謝廣寒宫。
憑陵[3]的霜氣似雄兵？
把那些，萬紫千紅一掃空。
祇弄得，地老天荒閉塞不通。

怨衹怨，東君[④]一去全不管， 恨衹恨，青女[⑤]飛霜主甚情？
又想道："氣至三春依舊暖， 花逢二月又重生，
獨有這人生斯世，無多景， 老去何從轉妙齡？
最可嘆，逝水年華光苒苒， 如梭日月勢匆匆，
青春虛度難留住， 緑鬢消磨去不停。
黄泉一去無歸路， 還不如，草木逢春枯又榮。
似我這浮生好比花間露， 病體還如風裏燈。
回首紅顔能幾日， 已到了落葉歸秋路途窮。
漸覺得，秋風重來身體重， 時候更來顔色更。
這便是，一朝春盡紅顔老， 眼看着，花謝人亡兩不逢。
想春時，痴情似我悲花落， 把花片兒收來，在土内封；
那時節，我身一旦隨花損， 也不知何人將儂用土蒙？"
佳人越想柔腸斷， 止不住嬌聲兒嗚咽，泪珠兒傾。
這黛玉，羞花閉月，姿容絶代， 落雁沉魚，艷氣獨鍾，
衹這一番哀怨悲秋意， 感的那，無情景物也傷情。
動摇摇樹枝兒，顫如點首， 撲通通，烏雀高飛，似不忍聽。
忽然間，園中一陣西風緊， 吹的他，喘嗽吁吁把使女憑，
急忙忙，一同回轉香閨内， 這佳人，四肢無力少精神，
懨懨睡卧牙床上， 不覺得，心思困倦睡朦朧。
偏這日，寶玉閑中來看病， 急匆匆，步入瀟湘館院中，
進門來，衹見那些乳母、丫鬟廊下坐， 滿院中，蒼蒼竹影翠陰籠。
紫鵑説："姑娘散悶方纔睡， 請進去，二爺仔細莫高聲。"
痴公子，點頭會意朝前走， 雪雁兒輕輕揭起綉簾櫳。
進房來，珠圍翠繞難言盡， 另有那一種的清香，往鼻内衝。
暖閣内，佳人睡卧頭朝裏， 房兒内，寂然鴉雀不聞聲。

這公子，床頭對面輕輕坐，
悄悄的細驗病形容：
見佳人，頭邊斜倚着鮫綃枕，
身上横搭着舊斗篷；
柔氣兒，一陣兒嬌吁，一陣兒嗽，
細聲兒，一會兒呀喲，一會兒哼；
綉鞋兒，一面兒遮藏，一面兒露，
纖手兒，一隻兒舒放，一隻兒横；
小枕兒，一邊兒墊起，一邊兒靠，
書本兒，一卷兒抛西，一卷兒東：
烏雲兒，一半兒蓬鬆，一半兒繞，
孤拐兒[⑥]一個兒白來，一個兒紅。
真個是，神游洛浦[⑦]三秋水，
夢繞巫山[⑧]十二峰，
病容兒捧心的西子差多少？
就是那，妙手丹青難畫描。
不堤防，窗前鸚鵡將茶唤，
房兒内，西正交了六下鐘。
霎時間，佳人晝寢忽驚醒，
不覺得，弱體輕舒把倦眼睁。
見寶玉，無言獨自旁邊坐，
反惹得佳人意不寧。
本待要起身陪坐，又嬌無力，
枕頭上指頭兒輕按，俏眼兒朦朧。
命紫鵑，床上重新鋪坐褥，
唤雪雁，案頭潔净洗茶鍾。
低聲道："適纔睡盹失迎候，
貴人哪！今日刮來是什麽風？
昨日個，清晨早起往何方去？
可是怎麽了，要會會尊顔都不能。"

寶玉説："連朝有事，未來看你，
我却時時懸挂在心兒中。
今日裏，破了工夫兒特地來探問，
多有疏慢了，莫怪愚兄！
這幾日，午後的發燒可曾少止？
夜間的咳嗽，可曾輕鬆？
身軀兒，可比從先强與弱？
飯食兒，或比先前减與增？
送來的茯苓，用過了無有？
拿來的燕窩兒，吃過不曾？
配的那丸藥，可是那一料兒好？
尋的那秘方兒，到底是那樣靈？"
佳人説："勞動你前來，多承挂念，
我這病勢兒，更比先前一倍兒增。
參苓兒服過無其數，
燕窩兒吃過了好幾封，
秘方兒試盡無有應驗，
孽病兒延纏，何日兒安寧！

發燒時，五更已後方纔減，
咳咳兒，一夜何曾略住聲。
神氣兒焦勞成弱症，
夢魂兒顛倒甚虚驚，
待要去觀花，我心中又懶，
提起了吃粥，我頭都是疼。
眼看着緑紗窗下，奴將要辭去，
病骨兒不日掩埋黄土坑。
這幾年園中的往事，都不堪回首，
再若是和你們講賦吟詩，萬不能。”

佳人説到傷心處，
由不得，潑梭梭泪珠兒往下傾，
一雙雙恰似珍珠兒落，
一滴滴猶如秋露兒零。
霎時間，點點滴滴無歇止，
把一條手帕兒，沾透了好幾層。
這寶玉，硬着心腸忙解勸，
心兒中，萬轉千迴不勝情，
説："大事無妨，何至如此？
你把那煩惱憂愁暫止停，
我勸你藥也要吃，病也要養，
爲什麽自己熬煎，把自己坑？
茶飯兒也要勉强着進，
身體兒也須掙扎着行。
早些兒歇息，休熬夜，
厚些兒穿衣，莫着風。
想吃什麽，説知璉二嫂，
要什麽東西，告訴愚表兄。
寂寞時姐妹跟前常走走，
散散悶，强如睡卧在房中；
若是睡壞了脾氣，多添了病，
叫我心中豈不疼！”
説話間，痴郎久坐憨情動，
不住的嘻嘻微笑眼迷縫，
一壁裏搭訕説話，朝前凑，
他把那玉腕雙携，不放鬆，
説："外面的菊花兒都開過了，
真個是，紫配着黄來白配紅，
咱們倆何不前行同去玩賞，
也别要辜負了秋芳，太寡情。”
使性子的佳人忙躲閃，
登時間，嬌羞氣惱面通紅，
説："走開罷！那邊給我斯文坐！
我病體弱，出去受不得外邊的風。
剛剛的睡醒，你又來纏我，
我知道你是我命中生來的魔難星。

似這等，拉拉扯扯成什麽樣？
也不管人家手腕子發酸，骨節疼。

動不動有人無人的動手動脚，討人嫌，更比從前説話兒瘋。
知道麼？一年小、二年大，你也該把脾氣兒改，何苦呢？傳出去倒惹別人好説不好聽。
還有句言詞奉勸於你：二爺好歹別當這話耳邊風，
誰似你，終朝衹和女孩兒一處兒耍？從未見一個胭脂貼在爺們嘴上紅。”
一席話，把寶玉的高興全掃盡，衹落得，悶悶低頭不作聲。
半晌道：“姑娘近日特也太傲，動不動將人冷的似冰。
有一時好意前來親近你，誰想你，每到其間和我把氣生；
有一時，我偶爾疏忽失照應，你又説什麼狠心咧，無義咧，哭個不停。”
黛玉説：“本來你的心腸大比從前改，自有那上好的人兒，在你的心中，
什麼金咧，玉咧，我也全然不懂，又是什麼冷咧，香咧，我都記不清。
請罷！二爺你可往那高處裏走，何苦把有用的精神，在此處扔？
耽誤了時候，到屈尊了你，反惹的好人兒埋怨，你也不能安寧。”
説的個，公子情急衹發怔，他的那委屈煩難填滿胸。
欲待要忍住不言，撂[9]開手，可惜我一片衷腸未得明；
欲待要分證[10]幾句，將情訴，又怕他病久的人兒把氣生。
罷罷罷！暫時躲避由他去，等他的怨氣兒消時，再來辯明。
主意兒一定，將身起，他這裏，步出了瀟湘，回轉了怡紅。
林黛玉見他不語，佯長去，更覺他寂寞無聊，怨氣生：
“我不過幾句兒頑話，白傲[11]你，怎麼就認真的把氣來生？

細想來，我的情意兒都依舊，委實是，他把心腸大變更。
莫不是從今真個丢開手，天哪！怎麼一旦之間，就這樣的薄情！”

這佳人，掩面悲啼聲哽咽，直哭到黄昏已後，秉上燈。
忽聽得，悠悠晚寺鐘聲起，又見那，淡淡窗欞竹影横。
佳人坐起推窗看，要看一看今宵的月色明。
但衹見，斜月當空光燦爛，竹影滿地碎玲瓏，
金風颯颯霜葉冷，銀漢迢迢夜氣清。
何處寒砧頻搗練，誰家玉笛暗飛聲，
雲外秋賓千里雁，長空月白一天星，
階前唧唧秋蟲鬧，檐下錚錚鐵馬鳴。
對月的佳人，反把愁鈎起，倚窗兒，頻頻嗟嘆望蒼穹，
説：“月兒呀！你經行天下千萬里，普照人間萬種情。

你衹該，梨香院内添佳景，楊柳池塘趁晚晴；
你衹該，舞樂歌筵催勸酒，瑶臺錦砌待懸燈。
似我這幽齋寂寞秋窗冷，爲什麽，偏向愁人特地明？
他這裏，自言自語煩傷感，身背後，走過了丫鬟問一聲。
紫鵑説：“遲眠貪看窗前月，衹恐怕，坐久身招檐下風。
姑娘呵！夜氣兒侵人須躲避，到還是關嚴了門户，放下簾櫳。”
雪雁説：“藥兒煎好有一劑，粥兒也熬得，略進一盅。
從朝至暮還未沾水米，再若是淘碌[12]着身子，可了不成！”

黛玉説：“吃什麽粥來服什麽藥？就是那，妙藥仙丹也不靈。
這病兒，堪堪挨不到重陽節，咱主僕分離，眼下赴陰曹，
有一件要緊的事托付你，臨時休忘我叮嚀：

書案上抄寫了一部詩詞稿，我死後，你倆拿來用火焚；
女子吟詩原非本等，留着他，反惹俗人議論生，
不如焚去到也乾净。我平生最厭人稱才女名。
更可憐，世上伶仃誰似我，說起來，鐵石人聞也泪淋。
幼年間，慈母歸西拋弱女，接連着，先君捐館喪南京，
剩了個無倚無靠煢煢的女，一家兒，死別生離一散空。
衹落得，孤身飄泊投親眷，到而今，無定的形踪似轉蓬。
雖說是外祖的家中，如同自己，到底是異姓的人兒，差一層。
人見我美食、暖衣居富貴，誰知我，暗中多少費調停？
行事兒須知深與淺，說話兒須辨重合輕，
縱有那煩難，却向何人訴，也衹是泪眼偷彈，午夜中。
眼兒前，誰是我同胞姊與妹？那是我一母弟合兄？
這屋裏，衹有你們和兩乳母，大伙兒甘苦同知，着意兒疼。
實指望，耳鬢廝磨長聚首，又誰知，西風兒送我入幽冥！
幾年間，無什麽好處休埋怨，你們的甘苦勤勞，我豈不明！
再者，我死後你們身無主，也無非將來分散各房中。
這園中，那位姑娘是好說話？呆丫頭，還當是我麽，那們個發瘋！

少不得寧心、耐性加仔細，還要你，早起遲眠習女工。
不必時常思念我，人生聚散似浮萍；
盂蘭會[13]，常把紙錢兒送，清明節，多將黃土掤[14]。
有一時，月明人静黄昏後，你向那籬下花前，喚我幾聲。
這便是主僕數載的恩和義，我雖然死在黃泉，目也瞑。”
二使女一面悲啼，一面勸，說：“姑娘呵！如何說到這般凶！
夜氣兒寒凉，早些安息了罷，譙樓已經鼓三更。

且把那閑愁撇去寬心養，為何把精神耗費損花容？
耐心兒調養終須好，豈有這麼樣的人兒，無後程？”
此一時，寧國府中人浩浩，大觀園内月溶溶。
西院中賈母，年高安歇早，前邊的鳳姐，歸家理事情，
藕香榭迎春賭勝，棋聲兒遠，秋爽齋探春觀畫，夜燈兒紅，
蘅蕪院寶釵，獨自拈針坐，稻香村李紈，訓子把書攻，
梨香院女樂，遥傳簫鼓韵，櫳翠庵尼僧，敲動木魚兒聲。
對門就是怡紅院，他那裏一派喧嘩，笑語聲，
衹有這，凄凄切切瀟湘館，主僕們，愁眉泪眼對銀燈。
最可嘆，秋蟲兒也似知人意，四壁裏唧唧，同聲哭月明。

説明：

此作係據清代槐蔭山房刻本。作者根據《紅樓夢》中對林黛玉形象的塑造，着重刻劃了林黛玉追求自由愛情而不可得的極端痛苦："透骨相思何日了？枕邊惟有泪珠盈！"突出了她性格特徵中多愁善感、傷春悲秋的一面。這裏固然也表現了她對黑暗的封建社會的不滿："瀟灑的西風如利剪，憑陵的霜氣似雄兵。"抒發了她對封建世俗的憤懣："縱有那煩難，却向何人訴，也衹是泪眼偷彈，午夜中。"但是，在她那執着的追求和滿腔的憤懣之中，充滿着憂愁傷感的消極情緒，使她這個叛逆性格深深地打上了没落階級的烙印。

注釋：

①《秋聲賦》：宋代著名文學家歐陽修的作品。

②宋玉登高感慨重：戰國時代楚國詩人宋玉的作品《九辯》中説："悲哉！秋之爲氣也，蕭瑟兮草木摇落而變衰。憭栗兮若在遠

行,登山臨水兮送將歸。”

③憑陵:有所依恃而欺凌人。

④東君:傳説中的司春的神。

⑤青女:傳説中的霜神。據《淮南子》記載,至秋三月,青女乃出,以降霜雪。

⑥孤拐兒:顴骨,顔面骨。

⑦神游洛浦:相傳宓犧氏的女兒宓妃,溺死在洛水中爲神。魏曹植作有《洛神賦》。洛浦,即洛水之濱。這裏比喻想象中的情侣相會。

⑧夢繞巫山:比喻對男女愛情的向往。參閲本書《尋夢》篇注①。

⑨撂:丢。

⑩分證:分辯。

⑪傲:嘔的意思。

⑫淘碌:消蝕。

⑬盂蘭會:舊俗常在陰曆七月十五日結盂蘭盆會供養諸佛,請求解救衆生的苦難。

⑭掤:培壅。

露泪緣十三回

韓小窗

第一回　鳳謀

孟春歲轉艷陽天，
甘雨和風大有年，
揚幡彩盛迎人目，
火樹銀花慶上元。
訪名園草木回春色，
賞花燈人月喜雙圓。
冷清清，梅花衹作林家配，
瀟湘館，金谷繁華結熱緣。
薄命的紅顏林黛玉，
他本是，絳珠仙草降凡間，
生在那靈河岸上無人管，
多虧了神瑛侍者用心專，
每日裏，他把甘露瓊漿親灌溉，
纔能够修煉成形，做了個女仙。
衹因爲，侍者深恩未曾圖報，
心兒中耿耿，難忘這一段緣。
恰遇着神瑛侍者該出世，
托生在賈府做了兒男。
絳珠仙女塵心動，
早來到警幻仙宫法座前，
說:“我受了侍者洪恩天樣重，
願托生美女去填還，
要將我長流不斷痴心泪，
補報他甘露慈悲幾萬年。”
托生在林府作了小姐，
和寶玉姑表姻親骨肉連。
這黛玉，從小兒椿萱早喪無倚靠，
寄居在舅母家中倒也相安。

這賈母心疼外孫女，愛惜如珠在掌中懸。
叫他和表兄寶玉同居住，他兩個，寸步不離在一處玩；
後來了薛氏寶釵雙姊妹，再添上史湘雲與邢岫烟，
連本家迎春姊妹人三個，又有那李紋、李綺并李紈。
自從這寶玉搬到花園住，大家各占了一所好庭軒。
這正是，蒼天有意憐才女，把一群國色天香，都聚在大觀園，
興起了海棠詩社輪流會，美景良辰樂事全。
這寶玉，女孩兒隊裏偏和氣，就是在那些婢子叢中也耐煩；
雖然和衆人情意都好，偏和那黛玉相親相近更相憐。
但衹是，天生怪性終難改，一會兒多情，一會兒難纏；
那黛玉，性又孤高面又冷，心又多疑話又尖。
背地裏不知流了多少泪，漸漸的形容瘦損病懨懨。
這寶玉，因爲失了通靈玉，自言自語象是瘋癲。
没奈何，賈母把他搬到上房去，要替他衝喜除灾，把姻事完。
想黛玉，雖然有才又有貌，衹怕他，福分輕薄身子單，
不及寶釵福分好，向姨媽當面求親禮數全。
選定了良辰并吉日，佳期不遠，就在眼前。
花氏襲人是寶玉妾，心地明白，見事兒寬，
見寶玉定下這親事，老大的擔驚，心裏爲難，
没奈何纔向王氏夫人稟，説："太太恕我狂愚，纔敢進言。
太太看二爺到底和誰好，薛姑娘、林姑娘誰合他更有緣？"
夫人笑説："我那裏知道。"襲人説："事到如今，我也不敢瞞，
他與林姑娘真不是尋常的好，兩個人，同心合意這幾年，
口裏不説，心裏都有，是二爺定下的姻緣并蒂蓮。
我是他貼身服侍家生女[①]，有甚麽參不透的巧機關，

恐怕他事不隨心添了病，
天大的干係，叫我怎承擔！”
王夫人當下没了主意，
回明了賈母更心煩。
忙請了當家的鳳姐來商議，
到底他，巧變靈機不費難。
定下了一條換斗移星計[②]，
趁寶玉病體痴迷正好瞞。
此時衹説是娶黛玉，
到臨時，蓋頭遮定美紅顔。
照常拜堂與合巹，
還要借林姑娘丫鬟是紫鵑，
教他把新人攙扶定，
那寶玉，却認得是他屋裏大丫鬟。
衹要一時將他哄過，
扶入羅帳兩團圓。
從不見銷金帳裏變了卦，
鴛鴦枕上又起波瀾；
况薛妹妹姿容，本不在林妹妹下，
他兩個向來情意也纏綿；
再要往死裏追求這件事，
衹説是：老爺定下的姻親誰敢攔？
看來衹有這一着穩，
包管了好事完成，不得會翻。”
賈母點頭説：“是很好，
鳳丫頭的詭計可瞞天，
就依他方法兒辦了去，
但衹是，不可泄漏這機關。
快吩咐各房使女丫鬟輩，
叫他們把薛字兒休提，要謹言。”

第二回　傻泄

仲春冰化水生波，
節近花朝天氣和。
輕暖、輕寒時令好，
乍晴、乍雨賞心多。
杏花村裏尋芳酒，
好鳥枝頭誦雅歌。
怪衹怪，青青柳條偏多事，
無端的泄漏春光可奈何！
林黛玉，痴心妄想成連理，
風聞的話兒，不甚明白，
也不好在人面前明打聽，
衹落得，自己腹内暗定奪：
想我與寶玉同居這幾載，
相待的情兒也不薄，

任憑我冷言冷語，全不惱，
必是我前生種下的良緣分，
但不知，舅舅、舅母肯不肯，
既是疼他的心太甚，
左思右想拿不定，
到不如，訪尋姊妹們閑談叙，
獨自一人出了瀟湘館，
轉過了沁芳亭，又到紅香圃，
遥望着：一個女孩兒在坡上坐，
走進前來仔細看，
這不是老太太房中傻大姐，
爲着何事在此哭鬧，
忙問道："丫頭！你哭到底因何事？
莫不是主子生氣責罰了你？
那丫頭傻頭傻腦，他全不理，
林黛玉又是可憐，又是好笑，
傻大姐，這纔舉目抬頭看，
説："姑娘呀！你説叫人氣不氣，
黛玉着急説："你快快直説罷！
大姐説："方纔我也是一句無心的話，
我姐姐不知爲何生氣就打我，
打得我火星直爆，金花兒滚，
黛玉説："你這個丫頭真是傻，
還衹管冬瓜茄子胡拉扯，

我越是挑飭[3]，他越是柔和，
這一段姻緣定無挪[4]。
老祖宗心下是如何？
自然要碰着他心眼，叫他快活。
萬轉千回怎捉摸？
還可以解散幽懷驅睡魔。
小脚兒步步行來，蓮瓣兒挪，
忽聽得，哭聲隱隱在山坡，
嚎啕痛哭，泪兒滂沱，
面貌形容仿佛認得，
生來心性蠢而拙，
就裏情由，叫我摸不着，
有什麽委屈衹管對我説。
莫不是大丫頭們，把你折磨？"
説："人家的委屈，你怎麽會曉得？"
説："快快的明言，我替你撕羅。"[5]
認得是林家姑娘纔住了數落[6]，
這樣的冤枉，怎麽忍得？"
不必嘮叨且轉彎抹角。"
同那些姐姐們閑撈磕[7]，
巴掌掄圓[8]在臉上擱，
到如今，還是嘴巴子生疼不敢摸。"
到底是爲什麽事兒？總不明白。
嘔的我心煩，誰合你耐磨！"

大姐說:“方纔也不是爲的别的事, 爲的是二爺親事起了風波。”
黛玉聞言嚇了一怔, 連忙問:“二爺的親事怎麽着?”
大姐說:“薛大姑娘常叫慣, 過了門再叫姑娘使不得。
我姐姐聽見就打我, 還罵我:多嘴亂嚼舌。”
傻大姐的言詞還未説了, 把一個黛玉,頓時着了魔。
又問道:“此事你聽見是誰講? 多咱的日子,誰是媒婆?”
大姐說:“老太太自去求親事, 親上作親,未用媒妁,
看定了出月初三,一定娶, 前日個,過禮行茶還有大果盒。
收拾的洞房真好看, 畫閣天宫景致多。
我前日跟了他們去閑逛, 見了一個世面,心裏快活,
到那時,我帶姑娘去瞧熱鬧, 聽得説,還有南來的小伴婆。
但衹是,那個爺們不娶媳婦, 那一個姑娘不出閣,
忽喇巴兒的[9]不許人提一句, 弄鬼裝神不知爲何。”
林黛玉,聽了一句怔一句, 霎時間,魂散魄飛氣要脱,
悶沉沉,閉口無言,咕嘟了嘴, 喘吁吁,怒氣填胸,低了項脖,
怔呵呵,面上黪青,没了顔色, 撲通通,心中亂跳顫哆嗦,
直鈎鈎,兩眼無光天地暗, 鬧烘烘,兩耳生風打旋磨[10],
惡狠狠,滿腔怒氣高千丈, 軟瀰瀰,一捻身軀往下矬。
恰便似,一聲霹靂真魂喪, 恰便似,亂箭攢心把肉割,
一天好事,成了畫餅, 幾載幽情,付與南柯[11],
同林鳥兒,被風吹散, 比目魚兒,教浪打脱。
傻大姐,全没有個眼色觀風勢, 他還要,絮絮叨叨把委屈説,
林黛玉,那裏還聽見他説的話, 一轉香軀,把蓮步兒移挪。

第三回　痴對

季春和煦正良辰，萬卉芬芳鬥艷奇，
溱洧彩蘭傳鄭女[12]，山陰修禊想羲之[13]。
神女生涯原是夢，情人愛慕總成痴。
桃花流水依然去，怕衹怕，劉阮重來路已迷[14]。
林黛玉，無心中聽見這一句椎心話，萬種柔腸，也沒處去施，
一心心衹要尋寶玉，也不覺自已有病在身軀，
邁步如飛走的快，那裏管着苔滑倒路高低。
恰遇着，紫鵑正把姑娘找，遥見他隻身獨自苦奔馳，
體態形容真詫異，神氣張遑行步急，
往常間，輕盈弱體態無力，還要我攙扶，纔把小脚兒移，
說："你此時要往何方去？"這樣荒張委實奇。
忙喚道："姑娘站住！我來了，慢慢走，仔細提防地下泥。"
這黛玉，一點真魂離了竅，任憑他叫喚總不知，
一直走進了上房去，紫鵑姐，連忙追趕，氣喘吁吁。
說："姑娘呀，什麽事情這樣要緊？也不怕勞碌了身子又生疾。"
誰知他，不見不聞如同木偶，全然不理，走進了門間，
正逢賈母躺中覺，兩廊下一群小婢，都是頑皮，
大家低聲說是："姑娘，你來了，老太太方纔躺下沒多時。"
林黛玉那有心情問閑事，直奔到二爺房間，進了卧室。
此時寶玉將纔睡起，花襲人一旁侍候，把玉手携，
見黛玉猛然掀簾進了房内，精神恍惚，不似平時，

忙讓道:"姑娘請進房裏坐,
紫鵑站在背後忙擺手,
不知道這般做作,因何緣故,
見黛玉,默默無言坐在椅上,
衹説道:"寶玉,你爲什麼事病?"
這一個,没精打彩衹發楞,
對坐了半日,并無一語,
驚壞了旁邊雙侍女,
再若是停留半刻不走散,
襲人説:"今日外邊天氣冷,
倘若是受了風寒添了病,
妹妹呀,你不如服侍他回家去,
要不是,我就和你同送去,
紫鵑姐點頭會意説:"很是,
姑娘呀,咱們倆回家罷,
這黛玉,眼不轉睛看着寶玉,
那寶玉,也不相留也不送,
出了門,姑娘在前,丫鬟在後,
一直趕到了瀟湘館。
一句話提醒了林黛玉,
一跤跌倒苔階上,
粉臉焦黄,没了人色,
神魂兒昏昏,閉了雙目,
紫鵑慌慌張張説:"這是怎樣了?
必要鬧到這步田地方纔罷手,

二爺方纔正把你來提。"
花襲人心中驚疑,展轉費尋思,
又不便明言,細問虚實。
眼瞧着寶玉氣長吁,
寶玉説:"爲的是林姑娘,誰不知!"
那一個,似醉如痴笑嘻嘻,
恰好似,木雕泥塑兩神祇[15]。
兩個人,摸頭不着暗着急:
還怕他,説出不好的亂言詞。
我看你姑娘身上未添衣,
少不得服藥又要延醫。
也讓他養養精神,好好將息。
怕二爺時常呼唤,不敢輕離。"
一早至今,何曾進點飲食。
這時候你也該午睡養神思。"
也不寒喧,也不告辭;
直成了一對痴人共着迷。
脚不點地尚嫌遲,
紫鵑説:"够了,也有到家時。"
真魂歸竅,定了神思。
哇的一聲,口吐鮮紅血染墀,
柳腰歪倒,軟了四肢,
游氣兒剛剛剩了一絲。
任憑好勸歹勸總不依,
想必是,使盡了精神血氣虚。"

伸雙手,要把黛玉攙扶起,
怎奈我骨軟筋酥力不支,
最嫌他軟癱熱化他不動,
手指着心頭,一步兒也難移,
忙喚道:“雪雁,你同來攙扶起。”
慢慢的輕挪,扶進了內室,
掀開了錦被,放好了綉枕,
牙床上睡倒了病西施。
衹見他,無語低頭惟落泪,
精神怯弱費支持;
叫着他不應,問着他不理,
又象是明白,又象是痴。
紫鵑説:“人參煎煎接接氣。”
雪雁説:“粥兒熬香醒醒脾。”
黛玉摇頭説:“全不用,
從今後,服藥煎參總不提。”

第四回 神傷

孟夏園林草木長,
樓臺倒影入池塘。
佛殿繁華香火盛,
名園富貴牡丹芳。
梅雨怕沾新綉襪,
踏花歸去馬蹄香。
就衹是,聞到酴醿花事了,
玉樓人,對景傷情暗斷腸。
黛玉回到瀟湘館,
一病懨懨不起床:
藥兒也不服,參兒也不用,
飯兒也不進,粥兒也不嘗;
白日裏,神魂顛倒偏思睡,
到晚來,徹夜無眠恨漏長;
有時節,五内如焚渾身熱,
有時節,冷汗枯煎又怕凉;
瘦的個,柳腰兒無有一把,
病的個,粉臉兒更帶焦黄;
咳嗽不斷,鶯聲兒啞,
嬌喘難停,粉鼻兒張;
櫻唇兒迸裂,成了白紙,
珠泪兒乾枯,塌了眼眶;
孽病兒那堪連日的害,
怯身兒怎禁不時的傷。
自知道病體兒支不住,
小命兒活在人間,也不久長。
暗想道:“自古紅顔多薄命,
誰似我,孤苦伶仃更堪傷?!

纔離了襁褓，就遭不幸，
椿萱見背，弃了高堂，
既無兄弟，又無姊妹，
衹剩下一個孤魂兒受凄凉。
可憐我，不出閨門一個弱女，
奔走了，多少天涯道途長！
到京中，舅舅家裏留居住，
常言道，受恩深處便爲鄉；
雖然是，骨肉至親身有靠，
究竟是，依人籬下氣難揚。
老太太雖然疼愛我，
細微曲折，怎能周詳？
况老人家精神短少兒孫衆，
那裏敢持寵撒嬌，象自己的娘。
舅舅、舅母不管事，
賓客相待，也衹平常。
鳳姐姐，他偏諸事想得到，
也衹是礙不過臉面，外面子光。
大嫂子爲人正直，却無偏向，
改不了好好先生道學腔。
園中的姊妹雖然合我好，
怕的是，人多嘴雜惹饑荒[16]。
丫頭婆子們更難打交道，
饒是我那樣謙和，還有人說我狂。
自存身分，纔免人輕賤，
使碎了心機，纔保得安康。
終日裏，隨班唱喏[17]胡思混，
還不知，葉落歸根在那鄉？
這叫作，在人檐下隨人便，
衹落得，自己酸甜自己嘗。
更有那寶玉表兄與我親近，
他和我自小兒同居在一房，
耳鬢厮磨，不離半步，
如影隨形，總是一雙。
雖是他，性情偏僻拿不定，
他那些，軟款温柔盡在行。
世間上，那裏尋這樣風流種，
易求無價寶，難得有情郎。
我和他年庚相仿，他大我一歲，
就是評才論貌也相當，
口裏雖然不曾說破，
暗中會意，各自參詳。
他也曾，借古言今把衷腸露，
他也曾，參悟機鋒把啞謎藏；
我幾番變臉生嗔拿話堵，
他總是和顔悦色照平常。
我因此，一點芳心注定他身上，
滿擬着地久共天長，
誰料他，魔病迷心失了本性，
事到了臨頭，没了主張。

聽了那傻大姐的一番話，　分明把一團熱火，化了個冰涼。
可憐我，幾載幽情成了逝水，　一場痴夢付與黄粱[18]。
欲待要合他親質證，　問他：爲何負義昧天良？
話到了舌尖難開口，　女孩兒家重的廉耻與綱常，
况他那瘋魔病體痴呆樣，　那能够辨得皂白與青黄！
事已至此，不能回挽，　到惹得旁人説短長。
寶姐姐素日常説和我好，　誰知他作了催命鬼，竟是惡魔王！
他如今，鴛鴦夜月銷金帳，　我如今，孤雁秋風冷夕陽；
他如今，名花并蒂栽瑶圃，　我如今，嫩蕊含苞委道旁；
他如今，魚水合同聯比目，　我如今，珠泣鮫綃[19]泪萬行；
他如今，穿花蛺蝶隨風舞，　我如今，繞砌蟲吟怕夜長。
難爲他，自負賢良誇德性，　生生占了我的好鸞凰，
有何面目重相見，　命不如人，還要什麽强！
罷罷罷！我也不必胡埋怨，　就讓他，庸庸厚福配才郎。
細思想，無聊賴衹有破着一死，　填滿了前生孽債也應當。”
林黛玉，一夜無眠思量遍，　似這般萬緒千條，怎不斷腸！

第五回　焚稿

仲夏薰風入舜琴，　女兒節氣是良辰。
忘憂萱草宜男佩，　如火榴花照眼新。
青青艾葉懸朱户，　裊裊靈符插鬢雲。
泪羅江，屈原冤魂憑誰吊，　衹留下：《天問》《離騷》與後人。
黛玉病體看看重，　紫鵑服侍甚殷勤，
也明知，心病須將心藥治，　又不敢明言，教他動嗔。

一旁侍立低聲兒勸，說："姑娘呀！自從得病到如今，
精神兒漸短，身軀兒漸瘦，這些時水米未曾到嘴唇，
愁眉泪眼總哭不够，就是那鐵石人聞怎樣禁！
你不信，自拿鏡子照照看，這模樣兒，竟比當初另是個人。
竟不知，病根兒從何處起，斷不是暑熱風寒外面侵；
自己的心事誰知道，問着你半句全無，衹是出神。"
黛玉說："我并没有關心事，多半是年月逢灾，惡煞臨。
日深一日，我那裏還望好，聽天由命，挨過光陰，
我活在世間上，實在没有趣味，到不如，眼中不見耳不聞。"
紫鵑說："姑娘，你這說的是什麽話？你别要信口開合憂死人，
老祖宗何等疼愛你，看你如同掌上珍，
若是有一差二錯，意外的事，却教他，白髮高年怎樣禁！
一家哥嫂合姊妹，那個不爲你張羅費盡心；
更有那二爺寶玉着急的很，每日個請安問好不離門。"
黛玉一聽見提寶玉，由不得怒氣兜上心來把臉一沉，
說："這些人兒，你都不必提起，誰是我知疼着熱的親！"
紫鵑說："姑娘，你不可太執性，自己的身子值千金；
况且你林門又無後，留下你，還是一脉相連骨肉根，
萬事皆輕，一身爲重，姑娘啊！你原是知書識字的人。"
黛玉說："從今後你再休提書和字，這一件東西最是誤人，
念了書，偏生出多少的魔障，認得字，便惹動無限的情根。
古人說：'窮秀才工詩'原不錯。又道說：'書能解愁'未必真。
悔當初，萬不該從師學句讀，念什麽唐詩，講什麽漢文？
想幼時，諸子百家都曾念過，詩詞歌賦也費盡了苦心。

到如今，詩與書盡作了閨中的伴，筆和墨都成了骨肉親。
又誰知，高才不遇憐才客，詩魔反被病魔侵。
到不如，一丁不識的庸庸女，他偏要鳳冠霞帔做夫人。
細思量：還是不學的好，文章誤我，我誤青春。
既不能，玉堂金馬登高第，又不曾，流水高山遇賞音[20]。
女孩兒筆迹，怎教男兒見？到臨了，惹得旁人起笑唇，
不如將他銷毁盡，把一片刻骨鏤心，化爲灰塵。
我一卷詩稿在那書案上。”叫紫鵑：“取來放在這枕邊存。”
勉强掙扎將身坐起，細細翻開墨迹新，
一篇篇，錦心綉口留香氣，一字字，怨柳愁花漬泪痕。
“這是我一生心血結成字，對了這墨點烏絲怎不斷魂！
曾記得，柳絮填詞誇俊逸，曾記得，海棠詩社鬥清新，
曾記得，凹晶館内題明月，曾記得，櫳翠庵中譜素琴，
曾記得，持蟹重陽把詩酒賦，曾記得，吊古談今把五美吟，
到如今，奴身不久歸黄土，他也該一例化灰塵。”
又教紫鵑將帕取，見了帕，如見當初贈帕的人。
想此帕，原是寶玉隨身帶，贈與我珍重題詩，暗寫心，
無窮的心事都在這二十八個字，圍着這字，點點斑斑都是泪痕。
這如今，綾帕依然人心變，回思舊夢，盡是浮雲。
命紫鵑：“火爐之内多添炭，把這些詩帕、詩篇一齊焚。”
紫鵑着急説：“這真是可惜了！”黛玉説：“你這個痴丫頭，那裏知道我的心！

我將聰明依舊還天地，煩惱回頭認本真；
香奩艷句銷除盡，不留下怨種愁根誤後人。”

第六回　誤喜

季夏炎威大火流，　北窗高卧[21]傲王侯。
凉亭水閣紅塵遠，　沉李浮瓜[22]暑氣收。
花影慢移清晝永，　棋聲驚醒夢魂幽。
愛蓮花，高情雅韵同君子，　誤認作，連理雙枝效并頭。
寶玉原説是娶的林黛玉，　暗中歡喜，解了憂愁，
精神兒踊躍，身子兒健，　心地清明，傻氣兒收，
瘋魔病症好了一半，　數着日子，盼着河洲[23]，
"想我木石姻緣今已定，　再休提金玉聯姻賦好逑，
林妹妹自來不是凡間的種，　他本是絳珠仙宫第一流。
看了他，眉鎖春山藏秀氣，　正配我，細軟霜毫用意鈎。
看了他，眼横秋水無塵垢，　正配我，青眼相看格外留。
看了他，宜嗔宜喜多情態，　正配我，惜玉憐香繞指柔[24]。
看了他，文成珠玉繽紛落，　正配我，筆走龍蛇富唱酬。
我爲他，心事都憑詩帕贈，　他爲我，泪珠常傍枕邊流。
我爲他，似淡還濃不露意，　他爲我，欲言又止半含羞。
我爲他，温家玉鏡[25]留爲聘，　他爲我，韓壽聞香[26]不許偷。
我爲他，未把琴心通卓女[27]，　他爲我，肯將簫韵引秦樓[28]。
這如今，阿嬌已向金屋貯[29]，　不亞如新得佳人字莫愁[30]。
人間樂事無雙美，　往日思量一筆勾。"
這寶玉，少年公子呆情性，　那知道换日偷天的巧計謀。
那一日，鳳姐進房來問病，　要探探口氣，試試他心頭，
説："二爺連日病體可曾大愈？　好打起精神配鳳儔。"

寶玉説:"托庇連朝身子好,
謝姐姐時常記挂,替我擔憂。"
鳳姐説:"人逢喜事精神爽,
怪不得你喜笑顔開樂不休。
把林妹妹娶來好不好?"
寶玉説:"窮秀才誰不思想作狀頭。

但是他,怎的連日未見面?
我要和他當面訴情由,
也叫他,心生歡喜除了病,
他知道,指日佳期定解愁。"
鳳姐説:"二爺的話兒真是好笑,
到底你傻氣呆情尚未收,
誰家新媳婦,肯見新郎面,
難道他貴體千金不害羞。"
寶玉笑説道:"我真是傻,
總因爲話在心頭,就不自由。"
鳳姐説:"老爺要替你完親事,
又怕你瘋魔未退,病根留。"
寶玉回説:"無妨礙,
我這幾日心地寬舒,少怨尤。
但衹是,我一個心已交給林妹妹,
要等他拿來還我,纔能把心收。"
鳳姐聞言,不由忍不住的笑,
説:"等你林妹妹來時,當面合他求。

迎親過門就在明早,
你還是這等糊塗,信口兒謅。
我有一言囑咐你:
到那時,你乖乖兒的少要魔頭,
老太太的年高,老爺的事碎,
莫教他老人家喜裏又添憂。"
寶玉回言説:"我知道。
任憑你吩咐,我怎敢牛[31]?"
鳳姐回身去見賈母,
説:"這事兒纏手又撓頭,
看他的病體雖然痊癒,
衹提起林字兒,就象蜜裏油,
有説有笑一團兒高興,
出來進去好象個活猴。
雖然暫時將他哄過去,
衹恐怕,當場要露楦頭,
打破了燈罩兒看如何是好?
兀的[32]不是一天好事變成愁。"
賈母説:"千思萬算没好計,
全仗你隨機應變使智謀。"
鳳姐説:"老祖宗且把寬心放,
到臨時,衹好鵲巢裏面目暗藏鳩,

憑着我這張説地談天的口，管教他，天孫織女會牽牛。”
到次日，正是吉日良辰候，這寶玉，衣冠齊楚逞風流。
天尚未明就盼花轎，望眼巴巴問不休。
鳳姐説：“娶親原是要時辰好，選定的是紅鸞天喜照秦樓。
但衹是，我昨日的言詞須要謹記，做兒孫的孝順當先，是第一籌。
世間上不如意事常八九，隨緣隨分，莫要追求，
多生歡喜，少生煩惱，且落得，自占便宜暖白頭。”
這鳳姐話中有話藏深意，那寶玉聽不出來，衹是點頭。
這鳳姐叫林家的速到瀟湘館，唤紫鵑快來聽令，切莫遲留。

第七回 鵑啼

孟秋冷露透羅幃，雨過天凉暑氣微。
七夕年年牛女會，穿針乞巧滿香閨。
海棠花濺佳人泪，萬木秋生楚客悲，
最傷心是杜鵑枝上三更月，聽了那一派啼聲，怎不皺眉！
紫鵑原是賈母隨身婢，心腸兒向熱有能爲，
後撥在黛玉房中聽使令，主僕倆，事事同心處處隨。
自從黛玉身染病，留神仔細在暗中窺，
參透他心事爲的是寶玉，滿望着京兆揮毫代畫眉。
自那日，聞風泄漏回家後，細看他，形容景象已全非，
病勢兒，過了一日深一日，弱體兒，哭了一回軟一回。
又不敢明言，衹好暗裏勸，常把那保身養病善言規。
要把這光景來告知賈母，偏遇着，那邊有事不敢回。
那一邊爲着寶玉娶親事，人人都往熱竈上煨，

那有工夫來到瀟湘館，
回想道：姑娘當日身子好，

到如今，一病看看人待死，
可見平日那些面子情兒，都是假，
若提起二爺寶玉更可恨，
我當初，不過錯說了一句話，
這如今，生巴巴的變了卦，
到那時，更有何顔來見我，
紫鵑正自傷心感，
慌得個紫鵑没了主意，
猛想起李紈爲人好，
况孀居，定然不到新房去，
這李紈，慌慌張張跑到瀟湘館，
他已是，人事不知昏過了去，
正哭之時林家的來到，

二奶奶差我前來呼唤你，
這紫鵑，又是傷心又是氣，
說：“二奶奶！你這番做作，這又是何苦？
還衹管趕盡殺絶，往死裏擠，
我也估量着這裏難久住，
且等到事情出了，我再搬出去，
况那邊不少人伺候，
爲何單單兒的指名來叫我？

要一個人影兒全無冷翠幃。
姐姐長妹妹短，叫的也不知誰是誰；

鵓鴿兒，衹揀着旺處飛。
好叫我，怒氣填胸泪暗垂。
素常的様子瞞得了誰，
就惹得，覆地翻天鬧了個黑，
公然負義把心虧。
我看你，怎生的翠繞與珠圍！
林黛玉一陣昏迷勢更危，
這時候夜盡更深，教我去告訴誰？
大奶奶心地公平没是非[33]，
叫小丫鬟稻香村去請一回。
見黛玉，低聲相唤，用手輕推，
這衆人，亂亂哄哄鬧成一堆。
唤一聲：“紫鵑姐姐！你少要傷悲，
新人將到，要你相陪。”
那裏還有好話兒回，
也不想想，病人已是到垂危。

一味的强梁霸道，顯你施威。
衹是他氣還未斷，就把命來催。
那時節，分散存留，聽你指揮。
能幹的、聰明的有一大堆，
我知道什麽是個合巹杯？

我若是忍心害理抛了他去，
你教他，洗面穿衣却靠誰？
實説罷！我今朝斷不能離此地，
就把我粉身碎骨，也不皺眉！
我一輩子不會服上水[34]，
錦上添花從不肯爲。
别處的繁華富貴由他去，
我情願，守我姑娘這靈幃。
想那邊，樁樁高興人人樂，
夾上我這不吉利人兒，實難奉陪。
再有相逼，我就破着一死，
正好同我姑娘一處歸。
姑娘呀！你生來命中真是苦，
到這時節，還把命來追！”
這紫鵑，眼瞅黛玉肝腸斷，
就是那鐵石人聞也慟悲。
林家的説：“上命差遣不由己，
姑娘的言語，叫我怎敢回？”
那李紈用手指着叫林家看，
説：“你瞧瞧，這般光景，也太難爲。
本來這裏，除了他還有誰可靠？
也怪不得心裏着急萬事灰。
我看他兩個人，竟象親姊妹，
講什麼主僕名分有尊卑。
難爲他赤膽忠心單爲主，
讓他把大事完全心願隨。
這纔是歲寒方知松柏茂，
隆冬始顯傲霜梅。
正氣真堪羞粉黛，
忠誠直可愧鬚眉。
我有個方法兒兩全其美，
何不教雪雁，替他走一回？”
林家説：“這事奴家擔不起，
大奶奶吩咐，又怎敢違？
不如我先帶了雪雁去，
且到二奶奶前，將此情由細細的回。”

第八回　婚詫

中秋十五月輪高，
月下團圓樂更饒。
金莖玉露空中落，
桂子天香雲外飄。
嫦娥應悔偷靈藥，
弄玉低吹引鳳簫。

怕衹怕,龍鍾月老將人誤,
兩下裏錯繫紅絲,惹恨苗。
林家的把雪雁帶來見鳳姐,
少不得,將瀟湘館的光景又重描,
說:"林姑娘病勢已到垂危候,
大奶奶那裏,無人把夜熬。
紫鵑姐,難以分身來此地,
衹好叫,雪雁前來替一遭。"
鳳姐說:"到底不如紫鵑好。
也罷了!今日權將他代庖。"[35]
吩咐些攙扶新人小心的話,
雪雁答應,偷把洞房瞧。
衹見那,珠絡銀燈光色燦,
香焚寶鼎篆烟飄,
五彩懸門多喜氣,
紅氊鋪地一條條,
賓相插花披紅錦,
樂工擊鼓奏笙簫;
真個是,富貴人家新氣象,
專等那,織女天孫渡鵲橋。
進房來留神看寶玉,
但見他,無邊喜色上眉梢,
面容兒紅潤,精神兒爽,
笑語兒香甜,意氣兒豪;
暗想他:"當日和我姑娘是多麼好,
怎麼就得了新人,忘舊交?
'痴心女子負心漢',
古語原來不差分毫!"
不多一時花轎到,
鼓樂喧天,人語嘈嘈。
衹見伺候的女人,將轎簾掀起,
雪雁兒手扶新人,緩步氈條,
先拜天地後拜祖,
喜的個老太太樂滔滔。
公婆跟前行了大禮,
新人交拜把琴瑟調,
這寶玉,偷眼忙把新娘看,
偏礙着,蓋頭罩定美人嬌。
旁邊攙扶的丫鬟是雪雁,
心内躊躇,不住的拿眼瞧,
說:"爲何不見了紫鵑姐?
那是他心腹人兒漆與膠,
平時不肯離一步,
爲何迴避在今朝?
莫不是,爲他原是吾家婢,
莫不是,屬相逢衝不許瞧。"
行禮已畢,扶入綉户,
少不得,坐帳交杯把俗套學。

寶玉說："妹妹的身子，可曾大好？　祇怕今朝行禮又煩勞。
教我把蓋頭與你親揭起。"　鳳姐說："二爺爺，你暫且消停，莫心焦。"
這寶玉性急那裏忍得住，　連忙的，要揭開紅羅看阿嬌：
"呀！好奇怪！不是林家妹妹同羅帳，　分明是薛家姐姐在藍橋。"[36]
猛然間，見了這一驚真不小，　說："我的林妹妹呢？怎麼找不着？"
鳳姐說："老爺還在外間坐，　莫要胡說把氣淘。"
這寶玉驚疑不定，没了主意，　急忙把襲人拉到裏面問根苗，
說："床上坐的是誰？你告訴我。"　襲人說："你也太嘮叨，
成日家耳鬢厮磨，天天見面，　爲什的今朝不認這丰標？
寶姑娘啊！二奶奶啊！總是他人一個，　你不信？再去移燈仔細瞧。"
寶玉說："原說是娶的林黛玉，　爲什的平空掉了包？"
襲人說："老爺的主意誰敢拗？　嫌林姑娘命短福又薄，
不如寶姑娘福分好，　兩姨的兄妹作了鳳鸞交。"
寶玉聞言驚破了膽，　恰便似，一聲霹靂振雲霄，
頓時面上變了顏色，　怒氣衝天，有萬丈高。
果然又犯了瘋狂病，　亂語胡言信口兒嘲。
一聲聲要到瀟湘館，　一心心要將林妹妹瞧；
又說："我這病爲他，他爲我，　咱兩個性命相連，就在今朝，
這事兒若是他知道，　又不知怎樣哭嚎咷！
林妹妹啊！想來總是我誤了你，　任憑你咒罵怎能逃？
到不如教我和他見一面，　辨明了心事，兩下裏好開交。"
又說道："我也不久在人世，　一點真魂早已消，

到不如也把我送到那邊去，咱們倆，同心相連也好訴心苗，
就是你們照看、服侍也容易，到將來，一雙枯骨同葬荒郊。
這是我傾心吐膽的真實話，你們要把我的遺言，緊記牢！”
他這裏，洞房花燭生奇變，不料那，瀟湘館内魂魄也飄颻。

第九回 訣婢

季秋霜重雁聲哀，菊綻東籬稱雅懷。
滿城風雨重陽近，一種幽香小圃栽。
不是淵明偏愛此，也衹爲，此花開後少花開。
到夜來，幾枝疏影横窗上，恍疑是，環佩魂歸月下來。
瀟湘館病倒了林黛玉，門兒寂静掩蒼苔。
賈母在那邊料理迎親事，各樣張羅撂不開。
這一日，聞他病到垂危候，親來瞧看外孫女孩，
衹見他，氣息懨懨身不動，説：“一病緣何就這樣衰？”
這黛玉，杏眼微睁定了一會，勉强支持略把頭抬，
低聲説：“老太太，你可白心疼了我！我死後，你千萬休將我挂懷。”
兩句話，未曾説完，氣又噎住，心兒中，萬語千言衹是説不上來。
賈母説：“兒呀，你好好養着罷！人生誰没有個病和灾。”
老人家，痛急傷心忍不住，撲簌簌泪滚珍珠，落滿腮。
教衆人，好勸歹勸纔回房去，吩咐把後事快安排。
姊妹們，大伙兒都來看望，那黛玉，眼也不睁，口也不開。
直等到，更深夜静人都散，纔向那，紫鵑悄悄訴情懷。
説：“你我相依這幾載，同心合意兩無猜，
自從我得了這個冤孽病，難爲你時時相守不離開，

難爲你，知輕識重隨人意，
難爲你，軟語柔情解悶懷，
難爲你，體餓問飽，隨着手兒轉，
難爲你，早起遲眠，耐着性兒挨。
眼皮兒，終夜何曾對，
眉頭兒，終朝展不開，
萬種温存，千般體貼，
就是那骨肉親人，也趕不上來。
我不幸今朝和你分手，
就死後，你也不必太悲哀。
想人生，離合悲歡都是假，
各奔前程，各自寬懷。
祇要你，安身守命得了好處，
我在那九泉之下，也笑顔開。
從今後，你一衝的性兒休要使，
心眼兒要細，嘴頭兒要乖，
但不知將來派你到何房去，
祇怕那，別的姑娘你服侍不上來。”

黛玉説到傷心處，
紫鵑的珠泪滚滿腮，
説：“姑娘！你何等恩待我，
我盡心伺候也應該。
你若是身子有個好和歹，
教我這一腔熱血向誰灑！
天地深恩，不曾圖報，
就是那結草銜環[17]也稱不了心懷。
我勸你，把那些閑愁閑悶都擱起，
安心調養少悲哀，
萬一蒼天可憐見，
豈不是月落重升花再開？
再和你，手摩鸞鏡調香粉，
再和我，代挽盤龍整玉釵，
再和你，尋花小徑持紈扇，
再和我，并坐紗窗刺綉鞋，
再和你，添香侍立觀古畫，
再和我，步月隨行踏翠苔，
再和你，春朝早起摘花朵，
再和我，寒夜挑燈鬥骨牌。
那纔是奴家的真造化，
我情願終身修佛去吃齋；
若教我重新伺候別人去，
別説是羞臉難招，就是心也下不來。”

黛玉説：“痴丫頭，你休要妄想，
你看看，我這一副孽形骸！
我還有一言囑咐你：
我本是江南籍貫，住在秦淮，
你將來還送我到南邊去，
把我這幾根枯骨，向墳土埋。”

紫鵑點頭說："是，奴謹記。
斷不能教你環佩香歸冷夜臺[38]。
但祇是，姑娘的心事奴知道，
總爲這一事關心起禍胎。
寶二爺何等相親近，
也指望配合雙雙，把鸞鳳諧。"
黛玉說："你休聽旁人閑言語，
這個長、那個短，混編排；
我從没有一點關心事。"
紫鵑說："這又何妨，我還看不出來！"

黛玉正然還要講話，
一陣昏迷痰往上塞，
喉中哽噎說："好！寶玉……"
三個字之外，就聽不明白，
香魂艷魄飄然去，
這時候，正是寶玉娶寶釵。
一邊拜堂，一邊斷氣，
一處熱鬧，一處悲哀；
這壁厢，愁雲怨雨遮陰界，
那壁厢，朝雲暮雨鎖陽臺；
這壁厢，陰房鬼火三更冷，
那壁厢，洞房佳氣一天開。
衆人忍不住悲聲放，
把一個紫鵑哭的，死去又活來。

第十回　哭玉

孟冬萬卉斂光華，
冷淡斜陽映落霞。
小陽春氣風猶暖，
下元節令鬼思家。
那裏尋，桃花似火三月的景，
祇剩下，霜葉紅於二月花。
瀟湘館，重翻千古蒼梧案[39]，
吊湘妃，竹節成斑泪點雜。
寶玉娶親犯了病，
昏憒顛狂勢更加，
不茶、不飯人懶見，
行哭、行笑性難拿。
賈母耽心添愁怕，
王夫人背地裏泪如麻。
多謀的鳳姐，没了主意，
會哄的襲人，也少了方法。
惟有寶釵心細，他深明理，
暗想道："此病原爲那人發，

成天家瞞哄着,也不成事,
到惹得終日鬧波渣[40]。
盡着性兒讓他哭一個够,
叫他把鬱悶全舒,纔去得病芽。”
含笑道:“你這幾日神昏亂,
我知道你想的是林妹妹,是要見他。
實告訴你罷!前日我過來那一晚,
他已是一命染了黄沙。”
寶玉聞言驚破了膽,
説:“果然是真?你莫要哄咱!”
寶釵説:“我豈肯撒謊將他咒,
現在守孝的靈亭還在家。”
這寶玉哎喲了一聲跌在地,
半晌還魂强掙扎,
立刻要往瀟湘館,
學一個宋玉招魂[41]把怨氣發。
進園來,那裏還象當年景,
由不得百感心中泪如麻。
但衹見:竹梢滴露垂清泪,
松影濃陰帶晚霞,
庭前空種相思豆,
砌邊都是斷腸花,
老樹無情飄落葉,
幽林有恨啼噪鴉,
欄杆十二依然在,
但不知倚欄的人兒,在那一答[42]。
進了門,黛玉的靈柩當中放,
白布靈幃兩邊搭,
香焚玉爐燃素燭,
案列金瓶插紙花,
有幾個零落的丫頭,將孝守,
有幾個龍鍾老婦,也披麻。
那一種凄凉景況,真是難得看,
也顧不得燒香與奠茶,
“想來都是我誤你,
把你這一條小命兒枉糟蹋。
我生平衹看上了你人一個,
任憑是那傾國傾城莫浪誇。
細思量你豈是人間種,
定是那王母宫中萼緑華[43]。
我愛你,骨格清奇無俗態,
我喜你,性情幽雅厭繁華,
我羡你,千伶百俐見事兒快,
我慕你,心高志大好把人壓,
我許你,高節空心同竹韵,
我重你,暗香疏影似梅花,

我嘆你,嬌面如花,花有愧,	我賞你,丰神似玉,玉無瑕,
我服你,八斗才高行七步[44],	我愧你,五車學富手八叉[45],
我聽你,緑窗人静棋聲響,	我欽你,流水高山琴韵佳,
我憐你,椿萱凋零無依靠,	我疼你,斷梗飄蓬那是家,
我敬你,冰清玉潔抬身分,	我信你,雅意情深暗浹洽[46],
衹因你,似有若無含啞謎,	我衹得,半吞半吐種情芽。
我并没有一言半語相挑逗,	爲的你是天上仙人,不敢褻狎。
滿望着,恩情美滿成佳偶,	衹因爲父母之命,不敢争差[47],
也衹是,命中注定無緣分,	恨當初,月老紅絲[48]不向一處拿。”
問紫鵑姑娘:“詩稿今何在?	給於我,盥手焚香細評跋。”
紫鵑説:“姑娘的詩稿早已自己焚化了。”	寶玉説:“哎呀!可惜了一片好精華!
雕龍綉鳳成了灰燼,	戛玉敲金作了泥沙。
也衹爲,知音不把鍾期遇,	因此上,憤碎琴仿伯牙[49]。
苦衹苦,直到臨終未能見面,	恨衹恨,滿懷心事不能達。
到今日,我萬語千言你聽見否?	妹妹呀!你在那九泉之下,還要詳察。
從今後,我却醒了魂中夢,	看破了世事無非是鏡裏花。
不久夜臺合你重相聚,	好合你地府成雙勝似家。
這段情,直哭到地老天荒後,	我的那怨種愁根永不拔。”
衹哭得月暗星稀,没了氣色,	雲愁雨泣掩了光華。
恰便似,頽唐一慟悲秦女[50],	抵多少,斷腸三聲過楚峽[51]。

第十一回 閨諷

仲冬瑞雪滿庭除，冬至陽生氣候舒。
酒香不問寒深淺，漏永誰知夢有無。
水仙花放黄金盞，心字香焚白玉爐。
綉幃中，柔情軟語低聲勸，好一幅，寒夜挑燈仕女圖！
寶釵原是個閨中秀，不戴方巾一丈夫。
自從與寶玉成親後，因爲他病魔未退費躊躇，
也知道，此病原因黛玉起，痛極傷心氣不舒。
常把良言相解勸，要將他引歸正路指迷途。
這一日，寶玉又提起傷心事，短嘆長吁泪滚珠。
寶釵説："我有句衷情話兒告訴你，這幾日看你的精神又恍惚，
飯兒也不食，茶兒也不飲，學兒也不上，書兒也不讀，
悶沉沉，終夜不睡常開眼，呆呆呆，白日象糊塗。
你是個讀書明理的奇男子，智慧聰明蓋世無，
怎麽這點兒你就看不破，何必定要在女孩兒身上用工夫！
自古道：人生不如意事常八九，誰能够件件稱心事事舒？
乾坤尚且留缺陷，就是那古聖先賢那個願足？
你的心事奴可知道，爲的是，林妹妹身亡方纔忍不住哭。
我想他，定是仙人謫下臨凡世，到如今，游戲人間限滿足，
回首重歸極樂地，返本還原到了蓬壺[52]。
空留下你千秋萬載歌長恨，要尋那，九轉還魂大約無。
若論他才華學問誰能够比，就是那態度風流又那個如？

怪不得常住在你心坎兒上，　也算你，高明眼力教人服。
真個是曾經滄海難爲水，　除却巫山總是俗。
就祇是，事已成空人已死，　那曾見，落花返樹又重蘇？
我勸你，及早回頭尋彼岸，　枉費了精神，一毫益處無。”
寶玉說：“我也明知是無益事，　由不得展轉心中自反復，
已往的事兒，焉能瞞你，　我合他，心裏相親外面疏，
到如今，飄然長往，撇了我去，　教我這萬緒千條，總說不出。
可憐他，臨死也不曾說一句知心話，　怎不教我肝腸寸斷，泪眼模糊！”
寶釵說：“爲人那個没心事，　也要分個輕重别個親疏。
老祖宗看你如性命，　說什麼懷中美玉，掌上珠。
太太祇生下你人一個，　慈母的深恩分外篤。
老爺指望你登金榜，　顯親揚名把大事圖。
一家兒所靠惟有你，　你想想，你這一身關係豈輕忽？
就是咱兩人，也是天作配，　幾輩子修來纔做眷屬，
終身仰望非同小可，　巴不得，你一舉成名振帝都。
誰想你，不思上進把功名取，　竟終朝打不開這個悶葫蘆。
料我這一輩子，也没有甚指望，　枉費了心機，你辜負奴。”
寶玉說：“兒女夫妻都是假，　富貴功名盡帶俗，
我要把迷關打破歸仙道，　一切凡心盡掃除。”
寶釵說：“你又說的是什麼話？　我笑你空讀聖賢書。
攻乎異端，必爲身害，　你自誇明白，我說你糊塗！
我雖是婦人女子無有遠見，　然而這些道理也聽得熟。
從古及今誰是成仙者？　又那個有長生不老術？
虚無寂滅，不過是口頭禪語，　莫認錯旁門，倒誤了正途。
治國安邦，纔是正道，　承先啓後，方是大儒。

父母的膝前，要你孝養，祖宗的統緒，要你接續。
論道德，堯、舜與孔、孟，講文章，韓、柳共歐、蘇[53]，
說功業，漢有蕭、曹、唐、李、杜[54]，談道統，周、程一脉到張、朱。"[55]
寶玉含笑說："難爲你，你竟是個道學先生會講書。
從今後，我割斷閑情歸正務，我一心上進又何如？"
襲人在旁聽，說："是彀了！虧奶奶妙藥仙丹，把二爺的病除，
奶奶說的都是好話，就是小妾無知，也佩服！"
寶玉說："一個嘴不够，又添上一個，你們大伙兒商量，來作弄吾！"

第十二回　證緣

季冬萬物盡凋零，臘月流傳節令同。
東厨祭竈香烟滿，除夜辭年酒味濃。
百草新芽還未吐，萬花春意已潛生。
松、竹、梅歲寒三友非凡品，須向那，三島蓬萊問姓名。
寶玉因爲失了通靈玉，終日昏昏在睡夢中，
幸遇着和尚將玉送，身安心泰纔得康寧。
這一日，似睡不睡朦朧過去，頓覺身如一葉輕，
耳邊忽聽得說："和尚來到。"前廳相見，携手同行，
遥望着，一座牌樓在荒郊外，猛回頭，再尋和尚渺無踪。
但衹見，翠柏蒼松雲氣護，竹陰滿地彩霞籠，
異鳥珍禽難問種，琪花瑶草不知名，
真個是，一點紅塵飛不到，洞天福地，不與世間同。
細看那，牌樓上匾額高懸四個金字，"真如佛地"寫得分明，

旁邊一幅長聯對,	鳳篆龍章是玉琢成,
左邊是:過去未來,莫謂聖賢能打破,	右邊是:前因後果,須知親近不相逢。
寶玉的靈機忽然一動,	説:"我正要把因果明一明。"
恍惚間,遇見殉節的鴛鴦姐,	一轉眼,又衹見夭亡的秦可卿,
又衹見,屈死的晴雯不改前生樣,	又衹見,當家的鳳姐還是舊時容,
猛然間,耳邊又聽見人索命,	那尤三姐,怒目攢眉把劍兒横。
暗想道:"他們原來都在此,	却怎麽不言不語象是無情。"
慌張張又走進了一重殿,	金碧輝煌瑞氣濃。
進了殿,千座神橱當中列,	一卷卷,寶册文,書錦套蒙,
仔細打開從頭看,	都是些古詩古詞題咏精。
第一篇,却是一根釵兒一根帶,	以後的,半是朦朧半分明。
上寫着"金陵十二釵"五個金字,	還有那,隱語微言也記不清。
這寶玉正觀錦册胡思想,	忽聽得,窗外有人唤神瑛,
分明説:"林妹妹叫你,快去罷!"	不由得笑喜顔開爽氣生,
好象是,一個宫妝打扮的仙家女,	又聽得説:"妃子有命,即便同行。"
寶玉説:"妃子却是何人也,	我知道誰是神瑛敢冒名?"
仙娥説:"不必多説!隨着我走,	包管你前果後因齊證明。"
這寶玉,心内胡疑跟隨定,	又見有,白石欄杆繞數重,
留神看,欄杆内種着一株草,	半是青青半是紅,
飄飄蕩蕩隨風舞,	裊裊婷婷向日明。
問仙姑:"此草果叫何名栽種此?"	説:"這是絳珠仙草化精英,
衹因爲,受了神瑛侍者栽培惠,	特下凡塵了這一段情。
這如今,心願已完,歸了原處,	你看他,得意欣欣更向榮。
快走罷!仙妃久候休遲慢。"	不知不覺又來到一所瓊樓玉宇

巾。

命寶玉站立檐前留神聽宣召，
等請了仙妃遺旨再來迎。
這寶玉，屏氣低頭垂手立，
猛聽得，珠簾高捲喚神瑛。
定雙睛，往這珠簾裏面留神看，
但衹見，一位端莊幽静美仙容，
和黛玉的體態形容，并無二樣，
由不得，驚喜悲哀，感動了七情，
叫一聲："妹妹呀！你在這裏，想煞了我，
我爲你肝腸斷絶，幾乎命歸陰。"
一句話兒未曾説完，
忽聽得，使女旁邊喝一聲，
説："這裏是仙府清嚴地，
那許你凡間濁氣擅來衝！
再不走，定叫黄巾力士將你錘打。"
這寶玉，魂飛魄散往外行，
一回頭，正遇着和尚到，
説："這是何方，求你醒愚蒙？"
和尚説："你到此心中覺悟否？"
寶玉説："弟子凡胎那得明！"
和尚説："册子上的詩詞你須謹記，
那都是，微妙天機你别當輕。
林黛玉，他原是絳珠仙草臨下凡世，
你本是神瑛侍者下托生，
也衹爲，要把那瓊漿甘露恩情報，
纔都到人世紅塵走一程。
又誰知，造定你兩人没有姻緣分，
衹將那情字填還，就復了真形，
并那些夫妻兒女牽連債，
實從這孽海情天早配成。
到如今，誰是寶玉，誰是黛玉？
認得了本來面目總成空。"
這寶玉當下大悟，歸了本性，
纔把那些露泪姻緣，歷歷認清，
説："謝吾師當頭棒喝，把迷途指，
我情願撇下家園，從你修行。"

第十三回 餘情

三年逢閏歲華接，賞心樂事喜重叠。
天公有意留佳景，人世從新賀令節。
囊有餘錢增氣概，家有餘慶衍瓜瓞[56]。
文章要有餘不盡方爲妙，越顯得煞尾收場趣味別。
寶玉情鍾林黛玉，入骨的相思總不歇，
想他那，國色天香是人裏鳳，心高志大是女中杰。
論聰明，迴文織錦[57]添奇巧，比才調，咏絮銘椒[58]遜敏捷，
那一條兒不叫人想念？真個是傾國傾城占了個絶！
這如今，一朵名花香氣謝，一輪明月素光缺，
剩下了紫鵑姐姐孤零的很，這些時，淡掃蛾眉瘦了好些，
直似那失巢的鳳雛經雨困，離群的孤雁受風斜。
但祇是，生成的是一個難纏的種，也象他姑娘的性兒各別。
我幾番着意温存，另眼的相看，他到把眼皮兒搭撒[59]，把嘴兒撅。
到如今，想來心中還記恨我：却不該，把他的姑娘情意撇。
他那裏知道，我的心裏事，我口裏難言，祇往肚裏逼，
不如趁此時更深夜静尋他去，就祇怕他冷語侵人，把我拒絶。
那紫鵑，自從黛玉身亡後，孤魂兒一個自傷嗟，
回想道："我姑娘當日恩典如山重，從不會下眼相看，把貴賤別，
我就是粉身碎骨也難補報，不承望大數難逃，我的心力竭。
到如今，泰山已倒將誰靠，也是娘兒們造定該遭這一劫。
叫我這一腔熱血向誰訴？萬種深愁祇往肚子裏噎。

就分在怡紅院中聽使令，
況寶玉性格從來拿不定，
這如今，他宴爾新婚琴瑟美，
因此上，烏雲亂挽懶梳洗，
怨氣填胸低粉頸，
不但女伴兒隊中，也没有來往，
閉門兒情思昏倦惟尋夢，
那一晚，關門獨自房中坐，
衹見他，没精打采把簪環兒卸，
爐烟兒未滅，剩了一寸，
忽聽窗外脚步兒響，

細聽聲音果然是寶玉：
衹聽得外邊低聲兒將姐姐叫，
紫鵑問道："當真有什麽事？
竟不提防人來看見不雅相，

寶玉説："姐姐不必胡思想，
你本是嬌花含嫩蕊，
我實在有句衷腸話，
好姐姐，你快些開門，放我進去，
紫鵑説："你真有話，明朝再來講，
寶玉説："我也没有别的説，
我衹問，你姑娘臨終時可曾提我？
我要把我委曲冤情，向你訴訴，
紫鵑説："這樣的話兒，我也聽慣，
有什麽心腸再往上巴結？
饒是那樣的情兒，還腦後撇。
比不得還當是先前的那個二爺。"
脂妝慵施罷盥櫛，
泪痕不斷滿眉睫。
就是二奶奶跟前，也不去迎接，
直睡到花陰轉砌，日影兒西斜。
恰正是黄昏以後，起更的時節，
少魂失智，將裙襖兒叠，
蠟花兒未剪，點了半截。
説："這時候還有誰來？想必又是二爺。"
"這冤家，此時到來是什麽情節？"
説："開門來，讓我房中歇一歇。"
也不管這早晚，外面風寒露氣結，
知道原無礙，不知道的又説我心邪。"
我知你，冰比清來玉比潔，
我豈肯學作狂蜂與浪蝶，
要問你個明白，我就心願歇。
你看，霜華滿地，已經濕透了鞋。"
這時候，我也要安歇。"
爲的是萬恨千愁在心上叠，
有什麽言詞與我永訣？
也免得怨氣時常在心内逼。"
姑娘在日，你曾説過好些。

半夜三更有什麽要緊？你還是真傻，還是裝呆？”
二人正然閑門口，那麝月手提着燈籠，把二爺來接，
說：“這是什時候，你還站在此，也不怕霜重苔滑暗裏跌。
從不見紫鵑姐姐的心太狠，任憑他百般央告，衹拿話噎[60]。
真是一個有情，一個無義，鐵石心腸與人各別。”
紫鵑說：“我再三苦勸，他偏不理，還衹管絮絮叨叨，説不斷絶。
到惹得旁人抱怨我，這是何苦!”急的直是跺了跺綉鞋。
麝月説：“快走罷！我勸你不必多留戀，從今後，早把念頭歇。
二奶奶不放心，纔差我來叫你，你不看那斗轉星移，月影兒已經西斜。”

説明：

此作係據耕心堂清鈔本。此作主要是根據《紅樓夢》第九十六至九十八回的故事情節敷衍而成。作者在對封建包辦婚姻的罪惡進行血泪斑斑的控訴的同時，還對封建末世那種“人人都往熱竈上煨”“平日那些面子情兒，都是假”等等炎凉世態，作了辛辣的嘲諷。描寫委婉真摯，感情凄楚動人。但最後作者把寶黛的愛情悲劇，歸結爲“也衹是，命中注定無緣分，恨當初，月老紅絲不向一處拿”，顯然是爲封建統治階級開脱罪責的宿命論觀點，是違背曹雪芹原著的精神的。

注釋：

①家生女：家奴生的女兒。

②换斗移星計：即“掉包兒”，暗中掉换的詭計謀。斗，星斗。

③挑飭：即挑剔。如《紅樓夢》第九十七回："今日過來回姨太太，就是明日過禮罷，衹求姨太太不要挑飭就是了。"

④無挪：又作"無那"，意爲無奈。如《西厢記》第二本第三折〔甜水令〕曲："我這裏粉頸低垂，蛾眉頻蹙，芳心無那。"

⑤撕羅：應付、解决。如《紅樓夢》第九回："就鬧到大爺跟前去，連你老人家也脱不了的，還不快作主意，撕羅開了罷！"

⑥數落：數説，嘮叨。

⑦撈磕：説閑話，聊天。

⑧掄圓：極力伸張手臂加以旋動，即用巴掌一再往臉上打耳光。

⑨忽喇巴兒的：忽然。如《紅樓夢》第十六回："我説呢，姑媽知道你二爺來了，忽剌巴兒的打發個屋裏人來，原來是你這蹄子鬧鬼！"

⑩打旋磨：原意是比喻有所求時的一再糾纏，這裏是形容聽到意外消息後而震驚的精神狀態。

⑪南柯：唐李公佐作《南柯太守傳》説：淳于棼夢至槐安國，國王把女兒嫁給他，任命他爲南柯太守，享盡榮華富貴，顯赫一時。後與敵戰而敗，公主亦死，遂被遣回。醒後見槐樹南枝下有蟻穴，即夢中所歷。此處"付與南柯"即付之一夢的意思。

⑫溱洧：《詩經・鄭風》中題爲《溱洧》的詩，描寫鄭國溱洧兩河，春水涣涣，男女在岸邊歡樂聚會的盛况。

⑬山陰修禊想羲之：晋代杰出的書法家王羲之，在他的《蘭亭集序》中説："暮春之初，會於會稽山陰之蘭亭，修禊事也。"修禊，爲該地的一種民俗，每逢三月上巳（三月三日），采蘭水上，以祓除不祥。

⑭劉阮重來路已迷：劉晨、阮肇誤入天台，與仙女成婚，返回

人間後，再想上天台，但已找不到路。詳見本書《劉阮入天台》篇。

⑮神衹：神像。

⑯惹饑荒：猶言鬧矛盾，惹麻煩。

⑰隨班唱喏：隨班，跟班、值班。唱喏，舊時男子所行的一種禮節，即在對人作揖的同時出聲致敬。這裏是以隨班唱喏喻按俗套行事。

⑱黄粱：唐沈既濟《枕中記》説，盧生在邯鄲客店中晝寢入夢，歷盡富貴榮華。夢醒，主人炊黄粱尚未熟。這裏用以喻痴心追求的美好理想迅即幻滅。

⑲鮫綃：傳説中鮫人所織的綃。這裏指名貴的薄紗巾。

⑳流水高山遇賞音：《列子・湯問》："伯牙善鼓琴，鍾子期善聽。伯牙鼓琴，志在登高山，鍾子期曰：'善哉！峨峨兮若泰山。'志在流水，鍾子期曰：'善哉！洋洋兮若江河。'"賞音，賞識自己的知音人。

㉑北窗高卧：《晋書・陶潛傳》："夏月虚閑，高卧北窗之下。"後因以此喻高枕安卧，隱居不仕，拒絶爲當權者效勞的人。

㉒沉李浮瓜：曹丕《與朝歌令吴質書》："浮甘瓜於清泉，沈朱李於寒水。"後以"浮瓜沉李"爲消夏之樂事。孟元老《東京夢華録・是月巷陌雜賣》："都人最重三伏，蓋六月中别無時節，往往風亭水榭，峻宇高樓，雪檻冰盤，浮瓜沉李，……通夕而罷。"

㉓河洲：《詩經・關雎》："關關雎鳩，在河之洲。窈窕淑女，君子好逑。"因此這裏以"河洲"喻婚配成對。

㉔繞指柔：劉琨《重贈盧諶》詩："何意百煉剛，化爲繞指柔。"原爲自喻英雄失志，俯仰由人。這裏指爲愛情而百依百順。

㉕温家玉鏡：相傳是一種寶鏡。晋代温嶠曾用玉鏡臺作聘禮。

㉖韓壽:晋代人,姿容長得很美。賈充的女兒看中了他,偷了皇帝賜的西域奇香送給韓壽。賈充將女兒左右的奴婢叫來拷問,最後不得不把女兒嫁給了韓壽。

㉗琴心通卓女:漢司馬相如以彈琴挑逗卓文君(時卓文君新寡)的情思,使卓文君私奔相如,結爲夫婦。

㉘簫韵引秦樓:秦穆公女兒弄玉嫁蕭史,弄玉居樓上,蕭史教她作鳳鳴和吹簫。後果引來鳳鳥,蕭史乘龍、弄玉跨鳳飛升而去。

㉙阿嬌已向金屋貯:阿嬌,美女名。漢武帝劉徹,初封膠東王。《漢武故事》:"(膠東王)數歲,長公主嫖抱置膝上,問曰:'兒欲得婦不?'膠東王曰:'欲得婦。'長主指左右長御百餘人,皆云不用。末指其女問曰:'阿嬌好不?'於是乃笑對曰:'好! 若得阿嬌作婦,當作金屋貯之也。'"

㉚莫愁:古女子名。

㉛牛:執拗。如《紅樓夢》第一百十七回:"他既是心裏這麽着的了,若是牛着他,將來倘或認真尋了死,比出家更不好了。"

㉜兀的:這的意思。

㉝没是非:意思是説没偏心,不生事。

㉞服上水:指拍馬屁,向上爬。

㉟代庖:《莊子·逍遥游》:"庖人雖不治庖,尸、祝不越樽俎而代之矣。"故這裏以"代庖"指代理他人的職務。

㊱藍橋:在陝西省藍田縣東南,世傳其地有仙窟,即唐裴航遇雲英處。參看本書《石頭記》篇注⑬。

㊲結草銜環:結草,據《左傳·宣公十五年》載,春秋時代晋國的魏顆,没有遵照其父魏武子臨死前的遺言,要他父親的遺妾殉節,而是根據父親初生病時的意見,將她出嫁了。後魏顆與秦人杜回打仗,見老人結草把杜回絆倒,遂俘獲杜。夜夢老人説:"余,

而所嫁婦人之父也。爾用先人之治命,余是以報。"後因以"結草"爲受恩深重,死當報恩之意。銜環,據《後漢書・楊震傳》李賢注引《續齊諧記》載,東漢楊寶救了一隻黄雀,夜有一黄衣童子銜白環四枚相報,謂當使其子孫潔白,位登三事,有如此環。後楊寶子、孫、曾孫果皆顯貴。故今多以銜環與結草同用作報恩之喻。

㊳夜臺:墓穴。《文選・陸機〈挽歌〉》:"送子長夜臺。"李周翰注:"壙墓一閉,無復見明,故云長夜臺。"

㊴蒼梧案:蒼梧本係山名,在今湖南寧遠縣。世傳舜南巡,崩於蒼梧。舜妃湘夫人望蒼梧而泣,灑泪沾竹成斑,因名斑竹,亦名湘妃竹。這裏因林黛玉號瀟湘妃子,又瀟湘館前多栽竹,故用以喻林黛玉之怨恨,亦將泪竹成斑,重演舜妃蒼梧故事。

㊵波渣:本梵語危害的意思,這裏作折磨、苦難解。

㊶宋玉招魂:宋玉是戰國時楚國的著名詩人,《招魂》相傳是他爲悼念屈原而作的詩篇。

㊷一答:一帶的意思。或作"一搭"。

㊸萼緑華:古代傳説九嶷山中的仙女。

㊹八斗才高行七步:晋宋之際的著名詩人謝靈運曾説:天下才有一石,曹植獨占八斗。曹植在他哥哥曹丕威逼下,以步行七步的短暫時間,作成了一首譴責曹丕不顧兄弟情義的詩。這裏是用曹植的才華比喻林黛玉。

㊺五車學富手八叉:五車學富,指學問淵博。《莊子》:"惠施多方,其書五車。"手八叉,指才思敏捷。《全唐詩話》説:温庭筠才思艷麗,工於小賦,每入試押官韵作賦,凡八叉手而八韵成,號稱温八叉。

㊻浹洽:和洽。

㊼争差:猶言争執。

㊽月老紅絲：古代傳説，認爲男女婚姻係由月下老人用紅絲連係在一起所成。

㊾伯牙鍾期：伯牙：春秋時著名琴師。鍾期：即鍾子期，伯牙好友。伯牙鼓琴，志在高山流水，鍾子期聽而知音。鍾子期死，伯牙因世無知音，憤而碎琴絶弦。

㊿秦女：三國魏左延年作有《秦女休行》樂府歌辭，寫秦氏女名休，燕王之妻，爲宗族報仇，殺仇人於市中，因被囚繫，後逢赦得釋。這裏以此比喻善良女子的不幸遭遇。

51斷腸三聲過楚峽：《世説新語・黜免》："桓公入蜀，至三峽中，部伍中有得猿子者，其母緣岸哀號，行百餘里不去，遂跳上船，至便即絶。破視其腹中，腸皆寸寸斷。"《水經注》中亦記載有"巴東三峽巫峽長，猿鳴三聲泪沾裳"的漁民歌謡。這裏是以此比喻極度悲痛。

52蓬壺：蓬萊仙山之一，其形如壺狀，故名。參閲本書《緑衣女》篇注①。

53韓柳共歐蘇：指唐代的韓愈、柳宗元和宋代的歐陽修與蘇軾父子，他們都是著名的文學家。

54蕭曹唐李杜：指蕭何、曹參、唐蒙、李固、杜喬，他們都是漢代杰出的文臣武將。

55周、程一脉到張、朱：周，指周敦頤；程，指程顥、程頤；張，指張載；朱，指朱熹。他們都是宋代著名的理學家，提倡維護封建道統。

56瓜瓞：指祖先世代相傳的恩澤，如瓜瓞綿綿不斷。

57迴文織錦：據《晋書・列女傳・竇滔妻蘇氏傳》稱竇滔妻蘇蕙善屬文。滔被徙流沙，蘇蕙爲迴文旋圖詩以贈滔。詩中字句，迴環往復，讀之皆可通。故後世即以"迴文織錦"比喻女子之多才。

⑱咏絮銘椒：咏絮，據《晋書・列女傳・王凝之妻謝氏傳》，晋代才女謝道韞，有一天雪驟下，其叔父謝安問：這像什麽？安兄子朗説："撒鹽空中差可擬。"道韞説："未若柳絮因風起。"安大悦。後因以"咏絮"形容女子才思敏捷。銘椒，西晋文學家成公綏著有《椒華銘》，其人以聰明著稱。後因以"銘椒"指人的才華出衆。

⑲搭撒：垂下來。

⑳噎：這裏指用言語頂撞人。

緑衣女二回

韓小窗

第一回

杏花初放柳條青，最好年華是妙齡；
多把春風添笑臉，少將愁鎖挂眉峰。
千般世態千般幻，一場熱鬧一場空；
太平是福休言富，安樂值錢莫怨窮。
這些時，小窗春暖無一事，寫一段《聊齋》的故事遣遣閑情。
有一個于生名璟，益都人氏，風流蘊藉，無所兒不能；
雖然在黌門隊裏稱文士，却不是，拘泥、固執、酸軟的書生。
好静讀書在醴泉寺，要聽那平地春雷第一聲。
梅花紙帳書滿案，芸窗燈火夜三更。
這一晚，正向燈前把書文看，忽聽得，有女子的聲音指打窗欞。
這書生，掩卷出門向階前立，見苔痕滿地露泠泠，
静悄悄幾簇花陰，一天月色，亂紛紛一墻竹影，四壁松聲。
門掩白雲深寺院，山空殘夜冷春風，
月明人静鐘聲遠，露重花香蝶夢輕。

暗想道：“如此凉宵那裏來的女子？”
一回頭，見燈影兒窗前，有個人兒行。
書生驚訝連聲問，
説是：“誰呀，半夜三更到廟中？”
女子回言説：“是我，
特意前來拜望先生。
你看看這寂寂的花陰，迢迢的良夜，
溶溶的月色，淡淡的春風；
有多少緑紗窗裏人如玉，
是咋的，你獨自燈前苦用功？”
于生時下發狂性，
就讓進了書房，全不管那古寺妖邪狐媚精靈。
那女子，進門慢向燈前立，
真乃是，玉秀蘭香，有出世的風情。
緑襖兒着身，袖口兒高捲，
長裙子托地，碎褶兒千層，
一綰的頭兒，雙分雲鬢，
横彆着白玉，斜栽着芙蓉。
模樣兒，生成自然的秀氣，
身子兒，萬種風流畫不成。
他那玉貌花容真無見過，
就是比上花枝，也是頭一層。
年紀兒不過十八、九，
十分的俏麗，透着聰明。
舉止兒温柔，説話兒雅，
骨格兒窈窕，神氣兒清。
纖手兒半按半抬，扶着書案，
細腰兒如酸如懶，靠着圍屏。
依稀似笑還非笑，
恰似那解語的花香綻春亭。
却不是群玉在山頭見，
今日裏會向瑶臺月下逢。
驚喜道：“花開上苑纔三月，
春滿書齋幾萬重。
誰從花裏尋仙子，
我先向書中會玉容。”
向佳人不敢輕狂，作揖到地，
説：“何勞仙駕到我齋中。”
那女子慢向床前深深的回拜，
説：“驚動了，我特地前來會會高明。”
秀士回言説：“豈敢，
特請光臨還怕不能。”

女子含春説:"先生請坐, 我無故的前來,實在不恭。
皆因是愛慕斯文,特來拜訪, 還恐怕誤你千金一刻功。"
書生應道:"何妨礙, 但是我鄙陋無知,有負盛情。"
女子説:"一見如故,何須客套, 到不要有這秀才習氣,與那世道的俗情。"
一壁裏説着,他一壁裏笑, 一壁裏笑着,又看書生。
説:"這廟内無人,誰與你作伴? 你孤身獨自,可還有個書童?
我看你這書房中到也乾净, 就祇是你孤鬼兒似的,豈不冷清!"
書生説:"要不然,姑娘你就住下, 不過是梅花紙帳,黄卷青燈。"
女子聽説無言語, 半晌低頭把臉一紅。
這書生趕着搭訕説:"好不好? 我是實心實意,并無虚情。"
那女子眼看着書生説:"什麽叫實心實意? 你打量人家都傻,就是你聰明?
我到是好心前來與你會會, 什麽梅花咧,紙帳咧,又是什麽黄卷青燈。
象這些個話兒,我全然不懂, 辜負你一片的痴情,一片的至誠。"
站起來説:"夜已深了,我該回去," 這書生一把拉住他那小手兒難騰。

第二回

情多情少總情緣, 莫把情緣使自纏;
情夢夢情情是夢, 月圓圓月月非圓。
緑衣女子情生幻, 白面書生幻化禪。
不斷情絲夢不破, 能教夢破見青天。
雖然一段空花事, 有多少痴情破夢難。

那女子滿臉嬌羞說："別拉我，
不早咧，聽聽這外面有幾更天。
也有個生不熟面不熟，你就留住下，
你瞧瞧這巴掌大的床兒，我替你好爲難。
還不鬆手麽，哎喲！好没作樣！
拉拉扯扯的，看撕了衣衫。
我看你軟弱斯文，怎麽這樣的强暴，
也不管人家身子兒單薄，往死裏纏。"
公子搭訕着拉向懷中坐，
把一個擔風擔月女子，可就如醉如綿。
喘吁吁說："哎喲！看有人來了。
你快撒手罷，那門兒還未關。
也有這麽樣的留人麽，我從没見過，
敢則是春到梅花子都不酸。"
他二人，柳遮桃映争春色，
桃花已被柳絲兒纏，
公子此時情已醉，
魂靈兒早已上了巫山。
那女子一陣喘吁，一聲咳嗽，
見那案上的燈花兒，結成了并蒂蓮。
果然是魂游洛浦三千里，
夢繞巫峰十二山：
一個是浴水的鴛鴦藏淺沼，
一個是得香的蝴蝶偎花間。
情投意合成雙美，
雨態雲情另一天。
從此後，夜去夜來無虚日，
燈前月下兩情歡。
這一夕，在燈前對坐提起音律，
說到了艷曲清歌，妙不可言。
公子誇獎說："實然高雅，
可羨你把自古的風流獨占全。"
一伸手，輕携玉腕挨身坐，
說："就求把贈我的詩兒唱一篇。
你看這天街月色無人管，
我和你可比蓬萊[1]第一仙。"
這佳人慢囀嬌音，如泣如訴，
那小嗓子兒不粗、不細、不軟、不堅。
纔然唱畢，就扶在了肩上，
說："不好了，這小鹿兒[2]突突的亂跳，膽戰心寒。

祇怕是我和你的緣分今宵盡。” 一扶身就倒在了懷中那泪珠兒如泉。

公子輕扶說:“怎麽樣了? 想必是夜静心空,受了些兒寒。
你且在我身邊歇歇兒罷, 等我去拿件衣兒與你穿。”
女子摇頭說:“不用。” 站起來,蓮步忙移立階前。
書生也心酸説:“等我送你; 若不然就在這裏住下,有什麽礙難。”

女子不語低頭走, 有千般的離恨,萬種的愁煩。
出了門轉過回廊,還不撒手, 又過了小院的鑽山房數間。
回身說:“你别送了,回去罷。” 一鬆手,急趲蓮步過了墻灣。
書生返步纔要走, 忽聽得女子的悲音,叫的可憐。
書生時下唬了一跳, 跑過了墻角往四下裏觀:
静悄悄,四顧無人烟漠漠, 冷清清,一身樹影月涓涓,
細聽時,聲音却在檐頭下, 恍忽忽却象女子的聲一般。
抬頭細看說:“真奇怪!” 羅網上見一個蜘蛛,把小蟲兒纏。
折了個枝兒輕輕的挑下, 他猶自嚶嚶如訴如言。
回手來,連忙把那蜘蛛打死, 手托着蟲兒把舊路還。
來到書齋擱在了案上, 見他渾身絲繞動轉難。
拿了個針兒輕輕的挑, 撥去了蛛絲仔細觀:
原來是一個碧緑的蜂兒,奄奄待死, 他渾身亂戰甚可憐。

蘇醒了多時,方能行走, 在書案燈前把兩翅兒扇。
望書生如悲如訴不飛去, 爬上了小硯池兒,把墨汁兒銜。
下了硯臺來回的走, 口含着墨汁兒篆花箋。
横竪勾提輕輕的細畫, 寫成個“謝”字在桌前。
又向書生,將前足兒一頓, 活象是拜别的樣子不能言。

這書生纔要伸手，飛出窗去，
祗落得二目呆呆，一聲長嘆，
見桌前的字迹分明在，
怎麽就依稀似夢真成夢，
這書生一點痴情，生出了幻境，
惟剩下餘香滿榻，燈影兒將殘。
冷清清一簾斜月，曉色輕寒。
肩上的啼痕泪未乾。
爲什麽恍惚如禪不是禪。
我寫向窗前，作了妙談。

説明：

此作係據清代别野堂鈔本。因清代聚卷堂鈔本第一回第五、六句寫明："這些時小窗春暖無一事，寫一段聊齋的故事遣遣閑情。"故定此曲爲韓小窗作（别野堂鈔本將"小窗"曾誤作"竹窗"，已校改）。此篇取材於清代蒲松齡的《聊齋志異》卷五《绿衣女》，叙于生在醴泉寺夜讀，忽有一女子前來調情，遂同居，過着"可比蓬萊第一仙"的理想的幸福生活。然而却因爲這女子是绿蜂幻變的，被檐頭蛛網纏住，奄奄待斃，經于生救醒後，便拜謝飛出窗外。這是以神奇的浪漫主義手法，歌頌了對自由愛情的向往和追求，揭露了封建勢力對婦女的殘酷迫害，令人感到寓意雋永，情趣盎然。

注釋：

①蓬萊：相傳在渤海當中有蓬萊仙山，上住仙人，長生不老，以黄金白銀爲宫殿，萬物及禽獸都是白色。這是人們幻想中無比幸福的仙境。

②小鹿兒：對心臟形象化的俗稱。

千金全德八回

韓小窗

第一回

風塵寄迹嘆飄蓬，　且說高懷德失時落魄，似困虎蟄龍。

已經結髮妻亡故，　祇有盤頭女桂英。

借銀兩，多蒙竇公恩義重，　做經營，怎奈愛女又年輕。

因此豪杰難出外，　少不得江南貿易遣高童。

誰知他一去三年音信杳，　高懷德，他養命安身眼看着就不能，

心頭志，捧日擎天難解餓，　手中槍，攪海翻江不擋窮。

奔不上穿衣吃飯家務事，　又欠着義債恩錢竇府情。

饑、寒、債，人生苦害這三宗病，　就便是英雄到此，也就未必英雄。

忽一日，懷德在街前看見招賢的榜，　那狀元的黄金寶印，就打動了英雄。

說："這是咱出頭的日子今來到，　愁祇愁，有個累手姑娘叫我怎樣行。"

嘆英才，思量難去愁千種，　這豪杰事到着急，把心一横。

說:“罷了麽,天! 我也説不得了,也疼不來了。”
高懷德頓起功名念,撇開這父女情。

不多時,歸來家下將門叫,
高桂英聽得是父的聲音,纔答應了聲。

啓柴扉,英雄入院將門閉,
進茅屋,孝女垂簾秉上了燈。

桂英説:“爹爹纔向何處去?
那竇府中差人來要賬,可到了門庭,

那個人,這遭的話兒比前番的緊,
他説:錢不見還人也不見,好不通情!”

懷德説:“我有何顔面將他見?”
桂英説:“日久天長,難道躲會子不成!?

可是爹爹呀,不但難還這恩義的債,
我纔瞧了瞧,那柴枝兒燒盡米罏空,

明早又往那裏去撲張[1]可把人愁死。”
高懷德無言半晌,他眼望着親生,

説:“爲父的尋思了一條計策,”
説:“不如咱……”説不出口的英雄眼圈兒紅。

桂英説:“不如咱是怎樣?”英雄他不語,
强撑着哭聲兒,扭項搭訕咳嗽了一聲,

猶疑了半晌,嘆了口氣。
説:“兒嗽,將軍不下馬。”英雄他又不哼。

桂英説:“可是各自奔前程?”好漢就將頭點。
高懷德他傷心,他止不住泪珠兒傾,

悲切切,兩手拉住賢孝女,
説:“罷了,兒嗽! 這是桂英的命苦,爲父無能。

與其咱死丁丁困守在風塵裏,
到不如兒尋個着落,父取功名。

姑娘看,眼睜睜的身逢絶地,
無養贍,那竇公的賬目又不能清;

再者呢，我要赴選離家去奪帥印，就衹是，兒無倚靠父難行。
你爹爹方纔想出了一條道路，竟將你送入竇府，我上京城。
頭一件，吾兒先有了安身處，全信義，又算爹爹把賬清；
第二件，你父好展凌云志，想武藝，何愁腰玉把侯封。
那時節衣錦還鄉把門户改，苦盡甜來父女榮。
這如今，并非是爹爹心狠不顧你，兒嗾！人生須要順時行。”
小佳人怔呵呵的杏眼，撲簌簌的慟流泪，戰兢兢的玉體，慘淡淡的花容，
怨氣兒倒噎粉頸，鶯聲兒慘，小膽兒驚碎芳魂，把艷魄轟。
半晌說：“爹爹敢是要將兒賣？”懷德說：“無奈從權在患難中。”
桂英說：“娘啊！”香軀斜倚身無主，就癱軟在他父的膝下。這不唬壞了英雄？
散了氣的佳人無一語。高懷德心如刀攪，手攬親生，
見他半晌昏迷睜泪眼，說：“好呵！狠爹爹，你撇了桂英。”
懷德見女兒的光景疼難忍，臉對着賢孝的佳人，說：“兒嗾！你住聲，
我不去了。寧可父女雙雙同餓死，象這痛膽摘心可怎麽樣的行？！”

第二回

聽話佳人猛一驚，芳心展轉暗傷情。
說：“如女孩兒今若不遵嚴父命，我天倫準定誤前程；
這也是孩兒造定這奴才的命，因此上，叫我纔難逃那侍妾的名。
少不得忍辱低頭爲下賤，叫爹爹好放心去奔風虎雲龍。”

佳人擦泪憮憮立，
說："稟天倫，非是孩兒不顧情，
祇因我自幼兒離娘，來的很魯笨，
不知禮數兒，那曉個可咚，
此去到竇府爲奴，倘有個一差二錯，
作丫嬛，有誰寬恕有誰疼？
兒想着，那打罵臨身也難受的很！
我一害怕，因此纔啼哭兩泪泠。
又想到那竇公的仁慈傳天下，
就是家法嚴，奴是個落難的丫頭大概也寬容。
方纔爹爹你説甚麽不去？
這句話，很象是天倫的見識不大明，
放着現成成一條兩全其美逃生的路，
却緣何，你猶猶疑疑不往爽快裏行？
哭啼啼兒在膝下留戀，無非是孩兒氣；
我的爹！你藕斷絲連，難道象女兒不成！"
懷德說："也要吾兒你心裹願意。"
嘆佳人，秋波忍泪把臉鱉紅，
咬銀牙，强强的陪笑説："兒情願！"
高懷德他不敢抬頭看桂央，
說："既如此，明朝就把姑娘送。
我的兒，眼前雖離，不久就相逢。"
桂英說："爹爹路上還無盤費，
哎！可嘆在家難過，出外也是貧窮！
見這件褪舊的衫兒還未破，
可以拿將去，當成錢鈔帶在腰中。"
高懷德閉目摇頭說："不必！"
這豪杰的心如火燎似油烹。
桂英說："爹爹身上的衣衫破，
此一去，全憑他擋雨又遮風，
趁着燈裏有油，窗櫺兒上別着針合綫，
請天倫將衣脱下，待女兒縫縫。"
高懷德裂碎雄心說："不必。"
那譙樓上的更鼓，堪堪打四更。
"我的兒，你歇歇兒去罷！明日還
爲父的好寫文約與竇公。"

早起，

賢孝女，泪眼愁眉安排筆硯，
說："好爹爹，那筆下的言詞要盡情，

千萬的字字兒哀憐，條條兒托咐，
方顯得天倫實意把兒疼。"

好漢點頭如酒醉，
無奈何，强打着精神剔亮了燈。

筆兒下字字皆從愁處寫，
紙兒上，行行盡向嘆時成，

亂紛紛，文思不及悲思涌，
一滴滴，泪痕更比墨痕濃。

高懷德寫一句來哭一句，
寫完時，曉鷄初唱，殘月兒猶明。

睄了睄，女兒已向身旁卧，
這豪杰，心中一動站起身形，

說："我自顧留戀若等孩兒醒，
眼睁睁抛閃冤家，叫我怎麽樣行？"

一伸手，把文約放在了小姐的枕上，
臉對着臉，暗叫吾兒小桂英，

說："你這無能奈的爹爹衹得要去了！"
高懷德話到傷心泪便傾。

纔待走，復又低頭睄愛女，
說："也不知何時再見我親生！"

這豪杰怨氣難消搓虎爪，
銀牙咬碎瞪雙睛。

說"天哪！我父女就是這般樣的别散！"
一横心虎跳龍飛往外行。

懷德去，桂英睡起把爹爹叫，
見無人答應，把個賢良的孝女就唬掉了魂靈。

看了看街門半掩，文約在枕，
就知是爹爹心狠不别而行。

小佳人流乾了兩眼思親的泪，
最可嘆，穩重的姑娘又不敢放聲，

直哭到月落烏啼天大亮
忽聽得，外邊擊户叫高公，

賢孝女泪眼含悲隔門問，
原來是，竇府中差人來要賬到了門庭。

第三回

桂英宛轉把管家煩，二人轎把個賢良孝女抬到了竇府的門前。

小千金祇說來算賬，老僕人錯聽是還錢。

這院子，忙向庭前跪稟其間故，那竇公與夫人忙請女中賢。

進儀門，佳人奉命把華堂上，竇公說："呀！蓬門的女子竟尊貴的非凡。"

見他弱香軀，臨風無力梅枝兒瘦，穿一件不長不短的舊青衫。

水頭兒低垂，粉頸把香肩彈，別一支丢秀②，輕盈的假玉簪。

素羅裙連個泥點全無，堪堪的待破，邁步時綉鞋兒微露，端正的小金蓮。

雖無那珠翠的梳妝，綾羅的打扮，清淡淡品如金玉，氣似芝蘭。

面龐兒，似水晶簾外的梨花月，乾净净不染鉛華，白了個自然。

腮頰兒，似絳紗窗外的桃花露，嬌滴滴，不點胭脂紅的可人憐。

不但俏眼兒可妙，而且蛾眉兒細淡，那象個風塵的難女？分明是水墨的神仙！

啓朱唇，銀牙兒不露，鶯聲兒："萬福。"羞答答，端端正正拜倒在堂前。

竇公說："不必多禮，賢小姐！"忙令夫人把孝女攙。

誥命說："好麽！姑娘，咱娘兒們是初會。"桂英說："三生有幸得請金安。"

誥命說："小姐青春十幾歲？"桂英說："女孩兒虛度二八年。"

竇公說："算賬何勞姑娘到此？"賢孝女他一語全無兩泪漣。

悲切切說："父親奮志投軍去，小桂英到尊府爲奴把賬還。

料着奴的身價，不够本錢也難算利，　也不過暫把爹爹的信字兒全。
若有侍奉不周處，　求天恩，好好兒的調教，可別打咱。
夫人哪！念我胡裏胡突纔十幾歲；　老爺呀！念我離父無娘苦到個可憐！”
竇大人吃驚站起，説：“原來如此！”　佳人把文約拿出，送到了面前。
這老爺接來看罷向夫人嘆，　説：“苦害了賢良的孝女，信義的奇男！”
夫人説：“咱年過四旬無兒女，　勸你納妾，你説身無二色，法聖希賢。
終日裏死丁丁的守着個書本子講，　把一個最要緊的絶户名兒，倒不以爲然。
今日個天作之合老爺大喜，　來了個青春美貌的小嬋娟，
就將此女納。”竇公説：“夫人住口！　這姑娘分離了骨肉衹爲該錢，
因賬目逼走他爹爹把他作妾，　我竇禹鈞此事行來怎對天！
我平生於心無愧還無兒女，　豈肯爲兒女，反倒壞了心田。
且慢説，把將帥的苗裔爲侍妾，　也不忍將名門的閨女作丫嬛。”
老爺説畢把梅香唤，　這竇公火焚文約在畫堂前。
夫人一怔説：“因何故？”　竇公大笑，手拈長髯，
説：“這張紙就是桂英的心頭病，　留着他有許多的不便，叫小姐疑咱。
兩當一，把此女恩收爲義女，　也省得咱夫妻寂寞，小姐孤單。
真兒女，無非是身後的孽，　假爹娘，最妙是眼前的歡。
夫人你時常的憂悶將兒盼，　説：就有個女孩兒，到底也解些愁煩，

這如今現成的如花似玉的盤頭女，又不費你懷胎十月，乳哺三年。”
賢誥命手拉桂英手，眉歡眼笑，說：“兒喲！快些兒拜父，我的心肝！”
高桂英喜出望外把爹娘拜，說：“願雙親松年柏壽，子貴孫賢。
這恩德重生再養如何報？兒情願，此身世世盡孝膝前。”
竇大人笑攙愛女同回後，從此後，賢孝女花團錦簇，富貴安然。

第四回

幾點殘霞映遠山，靄靄疏林落照寒。
金柄劍橫秋日水，銀騔馬踏暮村烟。
將軍欲取黃金印，月老偏索赤綫緣。
石守信天晚難行來借宿，也是婚姻造定在竇府的門闌。
且說那桂英自認爹娘後，竇大人無時無刻不歡然。
小姑娘，錦衣玉食千般的貴，老夫婦，知疼着熱萬種的憐。
因此上，孝女感情行孝道，常念着，恩雖好受報恩難。
這佳人，舒心得地把榮華享，就祇是，時時刻刻把父牽連。
這一日，竇公無事挑燈坐，家童報說：“來了個白馬銀袍小客官，
因天晚旅店全無，來借宿。”竇公說：“請！”不移時小將到庭前。
竇大人降階相迎雙携手，讓入堂，松茗茶獻話盤旋。
他是後晋的玉葉金枝，上京奪印，而且是個俏骨英風的美少年。
竇公動了憐才的念，留神試探小英賢。

問一回,匡扶社稷山河事,
聽一回,吞吐風雲珠玉言,
品學條條兒皆中意,
相來樣樣兒盡投緣。
問了問,他父母雙亡親未定,
這竇公把英賢小姐,要許配魁元。
石守信辭之再三,竇公説之再四。
英雄無奈,應了這良緣,
這石生,本要衣錦還鄉纔娶小姐,
那竇公,定叫洞房花燭再奪狀元。
石生應許,竇公大悦。
排酒宴,翁婿同飲到二更天,
公子安歇,老爺回後。
夫人聽得了乘龍的佳婿,快樂非凡。

這一日,黄道良辰竇公贅婿,
果然是風光萬狀,體面千般。
請親朋,車馬盈門,歡聲滿座;
擺筵席,懸花結彩,鼓樂喧天。
黄昏後,畫堂客散把新人請,
拜天地、坐帳、交杯不必言。
諸事完,洞房門掩丫嬛退,
衹剩下如花的小姐,似玉的英賢。
新姣客,留心細看新娘子,
小英雄,衹疑小姐是小神仙,
真乃是玉潔冰清,冰肌玉骨,
襯着這雲香霧暖的緑鬢雲鬟。
暗思量:“我百歲的身,却喜得十分僥幸,
岳父是當今的名士,姣妻是絶代的嬋娟。”
佳人燈下看公子,
暗驚道:“世間上竟有這樣的兒男!

他那顏色兒麗麗如花,亭亭似玉,
面龐兒,堂堂儀表,處處堪觀,
眉眼兒,依稀似畫應難畫,
是天然的清秀,率性的嬌妍;
神情兒,分明似笑何曾笑,
是生成的喜相,長就的歡然;
配着那綉花錦袍,攢花玉帶,
越顯得,如瓊花玉樹在萬花前。”
佳人見才郎如意,心歡喜,
暗謝那多情月老赤繩拴。
忽轉念:“若非義父施恩惠,
焉能淑女配魁元?”
小千金飲水追源思往事,
高桂英樂極生悲好慟酸。
説:“不知我那苦命的天倫何處也!
爹爹呀,兒已有了東床跨鳳的男。”

佳人想起了他的生身父，禁不住滔滔珠泪滚腮邊。
公子吃驚忙站起，眼望佳人把話言，
說："此乃洞房花燭夜，何勞芳卿不喜歡？"
佳人聞言擦泪眼，啓朱唇，欲訴一心的苦處，也顧不得滿面的羞慚。

第五回

新郎悄語問多姣，佳人無奈訴根苗。
說："將軍在上容奴禀，小妾原先本姓高。
父懷德，他乃是落魄的英雄，功勛的後代；奴桂英，是個無福的女子，苦命的兒曹。
我爹爹曾借此處竇公的銀二百，作經營，被義兒負義拐帶私逃。
可憐我父女埋頭居陋巷，喜天倫一團壯志守簞瓢。
正遇着，君王挂榜招賢士，奴的父，欲上京都奪錦標。
頭一件，撇我在家無依靠，第二件，竇公的賬目又不能消。
可却并非是爹爹因貧將兒賣，衹爲安頓了我，他好奔功名路一條。
我衹説到此爲奴身受苦，又誰知，竇大人恩山壘壘，義海滔滔。
毁文約，收爲義女，疼如珍寶，選東床，桂英今夜得會英豪。
我雖感念現在的爹爹成全的美意，可怎不想生身的父母養育的劬勞？
并非奴的嘴不穩，有虧天理説這生分[③]話，可你是誰呢？這些個原故我也不便瞞着。
總而言之，終身的大事無爹爹一面作主，因此奴思親，泪灑美良宵。"

石守信半晌聽呆,一聲長嘆,點頭眼望女姣嬈。
說:"我今一聞心已碎,方憶道,自古紅顏多命薄,
還虧了竇公仗義,心腸兒熱,真不枉他那燕山的聲價,海闊天遥。
使下將可喜可敬賢小姐,勸芳卿,且莫憂慮不須焦。
若想無有嚴親的命,何妨不作鳳鸞交?"
一句話唬的個賢孝的佳人眉黛蹙,他呆呆呆杏眼含泪,把好漢瞧。
公子説:"我念念功名心似箭,正對咱,白雲匹馬路迢迢。
我此去奪得斗大黄金印,料岳父已在京中挂紫袍。
那時節翁婿榮歸同歡會,那時節夫妻聚首樂滔滔。
高桂英細聽夫主豪杰的話,要强的姑娘喜上眉稍。
笑盈盈,萬福深深説:"壯矣哉,君子!真成了兒女情偏短,英雄氣自豪,
但得公子心如此,不算奴家命太薄,
成就我盡孝的孩兒,全節的女子,多謝你情如海闊,義比山高。
假夫妻,這一夜的夫妻,何妨對坐,真恩愛,是百年的恩愛,豈在今宵!
就是這等罷;奴家奉命,將軍請,此一去,願你龍章虎綬,玉帶官袍。"
俏新郎笑容滿面説:"真吾妻也。我石守信三生有幸合小姐逢着,
但可惜,楚岫雲霞空好夢,倒叫那,緑窗風月笑無聊。"
桂英説:"仗義夫妻,割心見膽,何在那冰絲拂弄,鼓瑟琴調。
求祇求,兒夫得意須回首,莫叫我學趙五娘,琵琶詞唱路迢遥。"
石生説:"賢妻不要心疑我,咱何不將俠氣丹心映碧霄。

一爐香，至至誠誠山盟海誓，　兩個人，生生世世鳳友鸞交。”
佳人喜，夫妻携手把朱門啓，　香焚白玉鼎，簾捲月輪高。
笑盈盈雙雙拜倒花燭下，　見階前，夜静風輕竹影摇。
公子説：“玉漏將殘吾去也！”　高桂英秋波含泪把夫瞧，
半晌點頭説聲：“是。”　石守信馬牽玉勒，泪灑銀袍，
桂英説：“志在功名，離别何足嘆。”　石守信，激烈男兒氣，别過女姣嬈，
由後門一鞭淡月開山道，　這不偷走了風雲龍虎的小英豪。

第六回

泪眼兒相送鵾鵬上九霄，　高桂英獨坐牙床好寂寥。
想一回在外的天倫，離家的夫婿，　嘆一回義父的恩深，自己的命薄。
對着那玉盞燈殘，花稍月落，　綉簾風静，寶鼎香消。
悶沉沉，佳人呆坐到東方亮，　不多時，見翠行日影向綉窗摇。
且説那竇公合夫人清晨起，　見家童驚慌滿面禀根苗，
説：“馬棚中單單不見姑爺的坐騎，　那後園門户不知是怎的竟自開着。”
竇公説：“安轡可在？”家童説：“無了。”　老爺驚訝説：“此事蹊蹺。”
眼望着家童纔要問，　見喘喘吁吁跪倒了丫鬟叫小碧桃。
説：“禀老爺，姑爺不知向何處去了，　洞房中，衹剩下了姑娘獨坐把泪兒拋。”
竇公一怔，説：“快請千金。”丫鬟答應，　忙站起轉身回後，他邁步兒飄飖。
不多時，佳人無奈何就把前廳上，　見他愁容兒泪含俏眼，恨鎖眉梢。

竇公說："石生如何不來見我？"
高桂英香軀跪倒，把粉項低着。

老爺見事有可疑，不住的問。
這佳人欲言不語兩三遭，

無奈何，說："石生已向京中去。"
竇公說："呵！"挺身站起嗔瞅着多姣，

說："怎麼樣，石生竟自不別而去？"
桂英說："他要奔腰横白玉帶，印挂紫羅袍。"

竇大人聞得情而必真是英雄去了，
恰好似雷轟頂上，魄震魂摇。

皺雙眉把手一拍，說："豈有此理！
冤家行事少教調，

就便他要去，你也該當來見我。"
佳人說："石生衹叫把父瞞着。

他說：場期將近，怕留連住，
因此上，曉風殘月一鞭遥。

他叫兒致意爹爹須等待，
請看歸來時，謝親的新婿玉帶紅袍。"

竇公冷笑說："桂英差矣。
你個閨中女，怎知人情險惡世道囂，

石守信此去皇都奪帥印，
自然是壓倒群雄第一豪，

象他那少年的英雄人人愛，
管保有多少將軍、宰相把親招。

冤家你，盼那新郎名登金榜，
我愁你，白頭怨女空守藍橋。

歸期不定，一片的言詞你就一味的信，
你合他纔作半夜的夫妻，無非是半面的交。

他此去是流水的歸着，飛花的下落，
恰便似風雲蕩蕩，霜葉飄飄。

我問你，他若不歸，你待怎樣？"
高桂英低頭無語泪滔滔。

竇公說："哎！這便如何是好？這便如何是好？
叫老夫，蘆花明月何處覓英豪！"

桂英說："爹爹不必將兒怨，
老人家休因此事太心焦。

象丫頭，情甘立志將他等，
料石生，不能得地把兒抛。"

竇公跺脚雙挫手，說："好一個胡塗的孩子，任性的兒曹！

既情願，你可休來埋怨我，兒情願，由你望斷、望斷天涯水遠山遥！"

高桂英一叠連聲說："兒情願。"竇老爺仁義的心中似火燒，

怒衝衝一端白玉帶，戰兢兢亂抖大紅袍。

急煎煎，汗流滿面把烏紗挺，怔呵呵，氣堵咽喉把義女瞧。

手指着賢孝的佳人說："桂英罷了！好好好！今日的言詞要你記着。"

無奈何，竇公摔手出房去，賢誥命殷勤笑語哄多姣。

桂英說："公子爲人明信義。"誥命說："老爺疼你故操勞。"

桂英說："難怪老爺愁破鏡。"誥命說："軍明佳婿占金鰲。

兒嗽！從今後放心静等宫花報，願你小夫妻，百年聚首，一品當朝。"

第七回

虎略龍韜定帝邦，步青雲，有志的男兒立廟廊。

寶帶宫袍身爲總管，金鞍玉馬衣錦還鄉。

美名兒如皓月當天，英風蓋世，氣概兒似金山凝色，玉樹流芳。

依然是，當初賣女的高懷德，因得地，處處人誇是真棟梁。

這一日行程暫住陳橋地，地方官迎接參謁，榮耀非常。

黄昏後，多官告退把中門掩，銀燭輝煌照大堂。

英雄在燈下閑看驛卒的禀帖，猛見有"高童"二字寫的端詳。

懷德說："忙着家丁把高童叫。"不多時，見階前跪倒那認義的兒郎。

好漢見果竟是那高童也，
不由人氣崩了肝膽，乍碎了胸膛。
一聲喊說："也有今朝將你見。"
抬頭看，把個理愧的童兒臉唬黄。
高懷德虎掌拍桌，振的銀燭亂晃，
說："好好好！我也不須合你論短說長，
給我拉下去打！"家丁答應，把高童按倒，
衹打得紅飛玉砌，血濺公堂。
這童兒哀聲不止，說："爹爹留命！
容兒在膝前略禀幾句衷腸。"
懷德說："打！給我着實的打！給我着實的打！"
嘆童兒身挨幾板，泪灑千行，
打得他肉綻皮開，直聲兒喊叫，
打得他筋酥骨碎，血氣兒冰凉。
高懷德怒氣漸消，說："權且住手。"
衆家丁齊聲答應，退閃在一旁。
顧命的高童扎挣着跪起，
磕頭碰地泪汪汪。
懷德說："把坑我的賊情從實快講！"
這童兒跪爬了半步訴端詳，
說："小奴才衹從奉命離家下，
二百銀，真心販貨奔他鄉，
誰想到半路途中遭了拐騙，
爹爹呀，我從無出外，可那會提防。
嘆孩兒，欲找拐賊無處找，
待回鄉井怎回鄉。
膽怯怯幼小年輕無主意，
哭泣泣，海闊天空路渺茫。
可憐兒，流落陳橋身受苦，
可憐兒，思念天倫慟斷腸。
爹爹呀，兒若背父忘恩，見財起意，
豈不會高飛遠走，何苦在此處潛藏！
爹爹呀，你打不死孩兒，就把孩兒愧死，
空辜負你似掌上的明珠，疼了我一場。
講罪名，高童罪比邱山重；
論恩德，天倫恩似海天長。
但衹是，懞懂的孩兒一時之錯，
爹爹呀，留兒這條小命兒在父身旁。"

這童兒哀憐一句哭一句，
見英雄手拈長髯把臉揚，
高懷德無言半晌將頭點，
說："罷了麽！這是命中造定，事體該當，
寃家你自知失去白銀非本意，
那知我人離家散好凄涼。"
童兒說："妹妹桂英可安康否？"
高懷德一聽此言，怎不悲傷，
一低頭，傷心强忍英雄泪，
一揮手，家丁們散去，門掩中堂。
人静後，英雄落泪把前情訴，
説桂英怎樣在竇府爲奴把賬搪。
悲切切，把個知罪的童兒心不忍，
說："活叫我生生兒的坑死了苦命的姑娘。
爹爹呀，你殺了我罷！你殺了我罷！
强如活現世，一輩子的虧心叫兒怎當？
好歹把尸骨埋在娘的墳側，
兒的魂靈兒在白楊樹下，好侍奉我那去世的萱堂。"
高懷德長嘆一聲拉義子，
說："吾兒不必。你慚惶，
明日去且看桂英的好共歹，
從前事一概休提短合長。"
這童兒萬種的知恩，千般的悔愧，
不多時，月沉金鏡，日擁扶桑。
次一日，花團錦簇排執事，
父子倆，十分榮耀來探望姑娘。

第八回

竇公金德動上蒼，
賢誥命，一對麒麟産玉堂。
親朋飲罷三朝喜宴，
夫妻珍重倆個兒郎。
正遇高懷德父子榮歸來看女，
祗見竇禹鈞，迎接故友喜非常。
剛把英雄讓到前廳上座，
竇老爺叫丫鬟報進小姐的蘭房。
高桂英喜出望外把前廳上，
見天倫，蟒袍玉帶好風光，
不似先，襤褸衣衫，形容憔悴，
而今是，威嚴風範，氣概軒昂。

賢孝女，珠泪盈眸把天倫拜，　說："爹爹呀！自別之後，身體可安康？"

好漢見桂英那象個丫鬟樣，　分明是珠圍的小姐，翠繞的姑娘！

英雄落泪攙愛女，　竇公說："骨肉團圓莫過傷。"

懷德說："我撇得姣兒你好苦。"　桂英說："虧了仁德的恩父，賢慧恩娘，

毀文約收爲義女，疼得如珍寶，　又給兒經心用意選東床。

真果是生身父母一般樣，　使桂英粉身難報，刻骨難忘！"

高懷德喜出意外，說："原來如此。　真難爲竇老爺一片熱心腸。"

整簪纓、端玉帶、把紅袍撩起，　頽金山、倒玉柱、跪拜在中堂，

眼望竇公將頭叩，　說："愚父女受高厚之恩怎克當！

這恩德黄金白璧如何報，　此一拜，但願你連生貴子，福壽綿長！"

竇老爺慌忙還禮說："不敢。　論朋友，托妻寄子也該當。"

他二人謙遜多時同歸座，　小高童請安與伯父，問候與姑娘。

高桂英，花容兒帶怒把哥哥問，　這童兒低頭自愧站在一旁。

高懷德將拷童的緣故從頭兒訴，　竇公說："且飲團圓宴，莫講舊惆悵。"

纔擺酒，家僮跪禀說："姑爺來了。"　竇公說："妙呵！真是重重見喜，事事禎祥。"

纔待迎接石生走進，　見大紅袍，金蟒摇雙袖，玉帶扣胸膛，

十字紅，兩條雲錦披肩上，　九曲纓，一對金花插鬢旁。

到堂前，眼望竇公忙見禮，　說："恕小婿不别而去，禮欠周詳。"

竇老爺笑容滿面攙嬌婿，　說："我知你火熱的心腸奔帝邦，

但衹是倉促之間我放心不下，叫老夫時常絮話問姑娘，
可是姑爺，你恭喜榮升顯任。”公子説：“托岳丈的洪福姓字香，
戰邊關，身受皇恩，官居總鎮。”竇公説：“我早已風塵識棟梁。”
竇老爺命石生拜見高懷德，華筵上嫡親的岳丈會東床。
原來高懷德曾去投軍，就更名改了姓，因祖上合柴王有恨，不敢聲揚。
石守信在兵馬營中合英雄至厚，并不知豪杰的愛女是自己的妻房，
到如今，歸來説破從前夢，一家兒歡會團圓在晝堂。
高桂英含羞帶愧將夫見，小豪杰，鳳冠霞帔贈賢良。
小高童携手躬身郎舅會，命僕人把鑾駕排開列兩旁，
一邊是，玉仗龍旗，高爺的執事，一邊是，纓花傘蓋，公子的封章。
又讓那竇公懷德居中座，小夫妻雙雙跪拜在中堂。
見禮畢，公子衹因尋岳母，纔知道，竇大人秀産藍田玉一雙。
二英雄各獻千金爲謝禮，竇老爺大排團圓宴，慶賀美時光。
黄昏後，公子合賢人同歸寢，洞房中，義夫節婦效鸞凰。
小窗紙墨痕開寫《全德報》，激勵那千古的仁慈俠烈腸。

説明：

《千金全德》係據清代泰山堂刻本，又題《全德報》。清代百本張的《子弟書目録》著録，并注稱：“别女，索債，入府，招婿，洞房，罵女，拷童，榮歸。苦。八回。”“苦”字，説明整個作品内容的基調。作品内容來源於明代王穉登的《全德記》傳奇。寫高懷德被迫賣女還債，竇禹鈞積恩德收爲義女，最後高懷德功成榮歸，合家團圓的故事。直接取材於清代“高腔戲”《别女》《罵女》《入府》《拷童》等齣。作品一方面生動地揭露了當時的社會矛盾，另一方面

又妄圖以封建道德的説教來調和這種矛盾。“饑、寒、債,人生苦害這三宗病”,把高懷德逼得衹得以女兒抵債。爲立賣身文契,“高懷德寫一句來哭一句”,“筆兒下字字皆從愁處寫,紙兒上,行行盡向嘆時成,亂紛紛,文思不及悲思涌,一滴滴,泪痕更比墨痕濃”。這對舊社會千家萬户被迫賣兒鬻女的凄慘情景,是多麽生動感人的寫照!然而作者寫債主竇禹鈞却毁文約,收爲義女,還招了個英豪做女婿,等到高懷德功成榮歸,與他女婿“各獻千金爲謝禮”,“竇老爺大排團圓宴,慶賀美時光”。這顯然是對竇老爺的美化和頌揚。作品結尾寫道:“小窗紙墨痕開寫《全德報》,激勵那千古的仁慈俠烈腸。”儘管作者妄圖以這種封建道德的説教來解决社會矛盾,是極不現實的主觀幻想;然而他對當時社會矛盾的揭露,在今天看來,仍有一定的認識意義,并且在藝術上仍具有動人心魄的魅力。

注釋:

①撲張:張羅,想辦法。

②丢秀:非常優美。北京土語。

③生分:感情疏遠的意思。

紅梅閣三回

韓小窗

第一回　游湖

細雨輕陰過小窗，閑將筆墨寄疏狂。
摧殘最怕東風惡，零泪堪悲艷蕊凉。
流水行雲無意話，沉珠碎玉恨心腸。
欲聞佳人芳氏譜，這就是，那紅顔薄命的李慧娘。
這佳人，自從身入平章府，賈似道因憐玉貌，作了偏房，
雖受些，曉風殘月沾恩惠，怎奈他，怨雨愁雲總斷腸。
不將十指誇纖巧，羞把雙蛾斗畫長。
這一日，跟隨奸相在西湖逛，蕩悠悠，一帆春色畫船揚；
真果是船在鏡中，人在畫裏，人間福地，世外春光；
翠滴滴，黛色生輝，山嵐兒遠，緑陰陰，曉烟濃伴樹微茫，
印月潭清，金鱗作隊，湖心亭暖，紫燕成行。
不多時，一帆春色到梨花岸，見個小書生，在瓊瑶林下斷橋傍。
李慧娘暗中驚訝："仙人也，世上竟有這樣才郎；
美女中，似玉如花奴見過，比起來，才郎絶勝美紅妝。

你看他：身軀像貌多秀麗，衣冠動作，別樣的端莊；
何必用頭戴烏紗，方能貴重，雖然說，身無冠帶俏非常。”
李慧娘眼凝秋水，望梨花岸，忽聽得，奸相開言喚慧娘，
奸相說：“此間這個園林好，你看那，一枝白玉一枝香。”
李慧娘，隨口兒含糊答應“是”。他扭香肩，斜轉秋波望着横塘。
老賊見佳人貯目銀霞塢，見個小書生，折花於林下，手高揚。
老賊說：“怪道賤人這般如此，敢則是，動了花前月下俏情腸。”
這老賊，假意含笑說：“真秀氣！”李慧娘正自出神，那曾提防。
隨口兒說：“是真真的貌美，你看他，面皮兒細嫩，舉動温良。”
老賊說：“芳卿可謂多情也，想你那魂靈兒，早已入他鄉。
芳卿若是十分愛，我管教你與書生，得配鴛鴦。”
這佳人，粉面嬌羞，芳心亂跳，偷看得老賊冷笑，氣昂昂。
忙吩咐將船撑轉，說：“暇時逛，回府去，打點妝奩嫁慧娘。”
害怕姬妾，無人敢勸，霎時間舟回碧浪，攬繫垂楊。
下船來，老賊乘馬，歌姬們坐了轎，不多時回歸府第，姬妾們歸房。
這老賊，從海棠軒過荼蘼架，來到那梅花亭北，玉蘭堂。
忙令琴童喚李氏，這佳人，提心吊膽到書房。
入幽齋，在奸相身傍垂手立，老賊帶笑問慧娘，
說：“今日之游真樂也，遇見了知心可意的俏情郎。”
這佳人，弱體亂顫輕跪倒，戰兢兢，身似篩糠遍體凉。
說：“小奴婢偶爾失言，非有意，老相爺寬恕奴糊塗，宥慧娘。”
老賊說：“眼見其實，你還强辯，賤人嘴巧想支樁[1]；
當着我，如此輕薄，迎奸賣俏，背地裏，一定是純熟於風月場。
留着你，敗化傷風，壞吾的名譽，倒不如，殺你這賤婢，免餘殃。”

這老賊,説着向壁間取寶劍,刷拉拉,把霜鋒出鞘,手高揚;
趕向前,攏掠烏雲,將頭按地,喊一聲,龍泉閃爍,雪煉飛光。
李慧娘,翠袖雙翻遮粉面,雙眉緊豎,面貌焦黄。

第二回 殺姬

空負羞花閉月容,阮郎泪灑路途窮[2]。
點點昭君[3]墳上雨,颯颯湘妃竹[4]内風。
奸相何曾憐小妾?佳人徒自告恩公。
説:"祇許奴在爺的跟前説句話,奴就死於爺的劍下,也不屈情。
説:'小慧娘,自從承恩十數載,蒙爺的恩待,與衆不同。
爺想想待妾的鴻恩何等重,奴怎敢背主欺心,把異志萌!
現放着受寵嬌憐恩公宰相,又豈肯情牽意外,陌路書生?
就便奴禮義綱常雖不曉,難道連個貴賤尊卑也不明?
贊書生,祇爲爺説,奴才湊趣,老相爺若把奴爲誠意,是屈情'。"
奸相説:"你習成的巧辯,中何用?既被我看破形藏,活不成。"
切齒的平章揮利刃,響一聲,玉腕着傷血濺紅;
負痛的佳人香軀亂抖,翠袖兒脱落塵埃,粉項鬆。
乘勢的老賊,搜搜亂砍,霎時間,摧殘了月貌,斷送了花容。

放下劍,老賊邁步出房外,吁吁的氣喘唤琴童。
那書童,見慧娘進房忙回避,這是奸相府内素日的風。
猛聽得,平章在院内連聲的唤,這童兒,從湖山轉過萬花亭。
來到那老賊的跟前,雙膝跪,老賊説:"速唤歌姬來見我行。"
奉命的琴童傳鈞諭,老賊回步進房中。

衆歌姬，花團錦簇齊來到，	滿院中，香風飄蕩，環佩叮咚，
姣滴滴一群齊把幽齋入，	見慧娘，身軀直挺，血濺鮮紅，
一個個，綉帶翩翩齊跪倒，	戰兢兢唬掉了香魂，都改變了形容。
見老賊，手拈髯鬚衝衝怒，	説："你等看，因慧娘情僻性亂邪風，
他嫌本閣年高邁，	西湖上，他眉目傳情與那後生。
因此上，本閣一怒將他斬，	爲的是，殺這賤婢醒愚蒙。
這口劍，屠戮奸淫貪花婦，	你衆人，遵與不遵各任憑。"
歌姬連忙的叩首説："奴等焉敢，	蒙爺教訓警愚蒙。"
這老賊一聲大咤説："爾等散！	你衆人生死存亡，各自去行。"
衆歌姬叩首平身離書院，	老賊復又唤琴童。
説："將玉蘭堂血迹瘞埋，打掃潔净，	抬去那斷魂殘魄的死尸靈；
葬與那伴賢堂邊，牡丹亭畔，	一任那怨雨凄風，消滅無形。"
這老賊又唤家丁們來詢問，	説："誰認得今日西湖那後生？"
賈有才跪禀説："是裴家的公子，	那書生，有班馬之才⑤號舜卿。"
老賊説："可惱那廝，把風流賣弄，	招惹得，慧娘賤婢動私情。
你與我前去説言將他聘，	你就説：'本閣邀請他做先生。'
誆進府，安頓那廝在西廊下，	今夜晚，爾各持利刃在後園中；
你與我殺了這窮酸，消吾的悶氣，	我賞爾等白銀寶鈔，彩緞花紅。"
奉命的豪奴，到昭慶寺，	與裴生晤面，相見訴其情。
裴舜卿那曉來人行詭詐，	也是他，事出於意外入牢籠。
收拾那百寶書籍琴和劍，	進花園，從粉墻根過翡翠亭，
來到那伴賢堂前，説："此間住。"	惡奴帶笑向裴生，
説："小人們失陪，先生請坐！	少刻間，相爺親身來會尊容。"

裴舜卿入户，幽香風蕩蕩，　　繡窗竹影月朦朧；
款步輕移瑶階下，　　見三簇花開緑映紅。
裴舜卿猛然驚訝説："牡丹開也！　　真果是天香國色動人情。"
裴舜卿欲對良宵吟佳句，　　見個俏佳人，從雕欄之外緩步獨行：
軟款款，輕移蓮步穿芳徑，　　飄蕩蕩，羅衫香舞透春風。
羞答答，慢啓朱唇鶯聲兒婉轉，　　説："君哪！有這殺身的大禍，還如此從容！"

第三回　魂會

情到情深情到無，　　巫山夢裏玉郎圖。
水面月光瞧怎的，　　鏡中花影愛何如？
綉攬船頭人似醉，　　牡丹花下泪如珠。
都祇爲，相憐相愛，要相屈死，　　到不如不見，就不害奴。
李慧娘，月魄靈明花魂動沏，　　早知那平章設計，要把舜卿誅。
蕩悠悠，一縷孤魂臨伴月，　　痛哀哀，兩袖悲風過翠竹。
爲什麼艷魄有心憐秀士？　　皆因爲，情緣無限種西湖。
奔書齋，穿花拂柳堪堪到，　　裴舜卿暗暗驚慌，説："悶壞了吾，
夜迢迢，院宇深沉人寂静，　　彩雲何處降仙姑？"
見他内梳妝，寶髻垂肩蟬影動，　　玉簪兒，翠花招展在鬢邊浮，
花映香腮紅透暈，　　月迷粉臉玉凝酥，
秋水春山，青青伴伴，　　柳腰蓮步，自自如如。
穿一件，藕色羅衫彈水墨，　　披肩褂翠雲，袖滿落梅圖，
繫一條，冰霄帕染松花露，　　掩香肩，扇展湘妃血泪竹。
鮮艷艷，石榴裙露凌波襪，　　步蒼苔，鳳頭鞋上嵌明珠。

玉體嬝嬝,香風兒冉冉,
近前來翠袖雙搭,說:"君萬福。"
裴舜卿連忙答禮,恭而立,
花月下,才子和佳人竟不熟。
裴生說:"貴姓芳名垂世地"?
佳人說:"流水行雲莫問奴。"
裴生說:"於今雅興將何往?"
佳人說:"自古春游夜秉燭。"
裴生說:"可知神女多情也?"
佳人說:"惟問襄王夢有無。"
裴生說:"莫以不才爲李靖。"
佳人說:"休將小妾當紅拂!"⑥
裴生說:"何故勞卿來到此?"
佳人說:"衹爲憐君在難途。"
裴生說:"小生不解逢何難?"
佳人說:"因君游賞在西湖,
本府的相爺同妾等,
袖攬春帆入畫圖。
有個李慧娘是相爺的愛妾,爲人情重,
見先生美如冠玉,秀似明珠。
他誇你人物清奇,平章動怒,
回府時,把個薄命的紅顔用劍誅。
又遣豪奴誆君至此,
今夜晚要斬先生,把怒氣舒。
似這般才子遭危,佳人被害,
奴所以來泄機關,到庭除。
快走罷,君哪! 你休要待慢,
急忙跟我把火坑出。
你看那月影兒將斜,天也不早,
大約那荆軻⑦,早已入秦都。"
裴舜卿一聞此語心驚碎,
霎時間玉顔似土,遍體如酥;
戰兢兢不住的打恭,藍衫亂抖,
說:"小娘子! 萬求你施恩快救吾。"
佳人說:"妾身在此,君休怕。
這園中柳密花深,你路不熟,
隨我來!"輕舒玉腕拉衣袖,
這書生,肩挨玉背過庭除。
一步步,遮遮掩掩穿芳徑,
過梅花亭,見竹影兒叢中有兩個惡奴:
明晃晃,一個持刀,一個仗劍,
竟奔那伴賢堂去逞凶徒。
這書生緊隨佳人在背後,
怔呵呵身軀亂顫,骨軟筋酥。
李慧娘用翠袖遮藏裴生面,
從緑陰中畫廊繞過,把後門撲。

走向前,輕啓朱扉到花園外,
踏芳塵,堪堪步入行人徑,
倒退了數步之遥,垂兩袖,
低聲兒道:"妾有一言君休怕,
我爲你,青蛾皓齒埋荒草,
到而今有限的時光,也難繾綣,
也衹索遥送君歸,情已盡,
保重罷,君哪! 奴去也。"

這書生,心驚膽戰,恍恍惚惚。
這佳人就不把書生用手扶。
悲切切嬌音慢吐,兩泪如珠,
那李慧娘被害的冤魂,可就是奴。
我爲你,玉骨冰肌喪昆吾[8]。
無情風月奈何如!
獨回花下自啼哭。
冷溲溲,那陰風旋轉,玉人兒無。

説明:

此作係根據清代百本張鈔本。它與本書選的無名氏的《魂辯》,都同樣取材於明代周朝俊的《紅梅記》傳奇,描寫宋代奸相賈似道殘害姬妾李慧娘及書生裴舜卿的故事。本篇作者把堂堂的平章府,寫成騙人的"牢籠",害人的"火坑",揭露了賈似道的凶狠、殘暴,歌頌了李慧娘對自由愛情的向往和仗義救人的美德。鼓詞《紅梅閣》長達六卷五十六回,而子弟書則以三、四回的篇幅,就把同樣的故事描寫完了,并且寫得也相當出色,充分表現了子弟書短小精悍的特點。京韵大鼓《紅梅閣》,基本上就是據此本傳唱的。

注釋:

①想支椿:這裏意思是説想尋找一個站得住脚的借口。

②阮郎:指阮籍,三國魏人,竹林七賢之一。他才華横溢而倜儻不羈,嗜酒放蕩而不滿現實,喜出游,至於途窮,常慟哭而返。這裏借喻裴舜卿也一樣面臨統治階級所强加於他的窮途末路。

③昭君:即王昭君。

④湘妃竹：參閱本書《露泪緣》篇注㊴。

⑤班馬之才：班，指班固，東漢著名的史學家，著有《漢書》；馬，指司馬遷，西漢著名的史學家和文學家，著有《史記》。歷史上常班馬并稱，贊揚他們爲"良史之材"。

⑥李靖、紅拂：據唐人傳奇《虬髯客傳》記載：李靖未遇時參謁楊素，素家妓紅拂識其英雄才略，私奔相從。因此這裏用以爲喻。

⑦荆軻：戰國末年刺客。這裏作刺客的代稱。

⑧昆吾：山石名。因其可以煉鐵作劍，故這裏用以喻劍。

訪　賢四回

韓小窗

第一回

太祖陳橋兵變星，改周成宋整江洪。
黄袍加體逼爲帝，諸將功勛泐鼎鐘[1]。
讖應檢點作天了，五代之中獨享名。
雖然一統尊華夏，幾處干戈未得寧。
衹因錢鏐久把全吴占，南唐李璟據江寧。
孟昶西川稱年號，兩廣的蠻兵更野横。
四分五裂相割據，錦綉江山未統成。
太祖焦勞心籌畫，要把這四處烟塵一掃平。
這一日瑞雪飄飄從空降，水晶宫内秉銀燈。
萬籟無聲人寂静，景陽鐘起定初更。
内侍忙整鮫綃帳，伺候君王養聖躬。
夜已深沉應安寢，宫官也就退出宫。
太祖伏體高枕卧，欲尋一覺到天明。
衹因心事難抛却，蒙矓雖睡夢難成。

細思量，幾處干戈尚未定， 如何即欲享安寧。
趁我這威武英名天下曉， 諸將雄心未改更。
一鼓作氣烟塵掃， 滅越平唐反掌中。
四川兩廣山川險， 亦當早早相機行。
掃滅群雄成一統， 就留上兒孫，也享個太平。
想到其間睡難穩， 披衣坐起被窩中。
此事誰人可商議， 趙普爲人甚老成。
他本是書辦出身，跟隨我， 一心一計甚聰明。
些須小事都想到， 何況大事難遲這幾宗。
理該與他先商議， 人衆謀多難盡從。
思量主意安排定， 心急不等到天明。
下床忙把衣冠整， 身上披搭舊斗蓬。
帽罩半將珠冠護， 隨身寶劍挂腰中。
不帶宫官與内侍， 潛踪躡步走出宫。
君王素日微行慣， 看見的官兵，也不敢作聲。
忙開後宰門雙扇， 伺候排班不暫停。
太祖吩咐休驚動， 我去去急回就轉程。
官兵答應説尊旨， 掩上宫門守夜行。
此時風雪多遒勁， 亂舞冰花性正濃。
龍體有帽罩、斗蓬護的緊， 也不用兩袖，遮搪雪與風。
踏碎瓊瑶輕移步， 天街之上看分明，
雪映深宵如白晝， 光明勝似掌銀燈，
長空大地皆生色， 雪景陰陰最可情。
猛把鳳城回首望， 全不見，琉璃碧瓦現深宫，
祥烟瑞靄凝金闕， 白漫漫都似粉妝成。

沿路居民皆睡穩，　　　　静悄悄鴉雀不聞聲。
門前雪滿無行迹，　　　　黑甜鄉裏性偏濃。
太祖看罷頻嗟嘆，　　　　自言自語往前行：
“想他們利名雖貪無憂慮，　　深宵猶自得安寧。
似我這身居九五爲天子，　　安逸之心不敢萌，
憂國、憂民猶恐錯，　　　訪相求賢雪夜中。
此去竟造丞相府，　　　　計議良謀把四寇平。”
走着走着到門首，　　　　天子連忙把步停。
但祇見，畫戟雙排門掩閉，　威嚴迥不與凡同。
鐵壁銅墻四圍繞，　　　　院中不住的響梆鈴。
細看門房有燈亮，　　　　窗户之上放光明。
趁他未睡將門叫，　　　　想來必定有人迎。
順手摸着銅獸面，　　　　雙環扣的響連聲。
門官聽見不怠慢，　　　　忙步翻身往外行，
半夜三更報甚事，　　　　又得來回跑不停。
氣哼哼，扶着門閂往外問，　說：“你夤夜前來，敲門主甚情？”

第二回

柳絮紛紛落地狂，　　　　梨花裊裊撒天長。
乾坤雪照增寒色，　　　　世界銀裝助雪光。
趙普當朝居首輔，　　　　替君籌策坐書房。
夜間恐有軍情事，　　　　特令張全守大堂。
門官正在房中坐，　　　　忽聽獸面響叮噹。
忙步到門往外問：　　　　“何人夤夜敢喧嚷？

此乃相府森嚴地，　　不可亂叫混張狂；
有事亦當低聲禀，　　快些通名莫裝佯！”
天子說：“問我非是别人等，　　萬歲山前趙大郎。”
張全説：“什麽大郎、小郎？我不管！　　老爺燈下看文章。”
天子説：“既在燈下把文章看，　　特來聽講礙何妨。”
張全説：“你要聽講也容易，　　南北寺裏找和尚，
俺這裏是調和鼎鼐三公府，　　燮理陰陽宰相堂。
此處你聽什麽講？　　好没分曉，不通行！”
天子聞聽開言問：　　“答話的人兒莫太狂，
你叫何名？快些講，　　少刻令你見端詳！”
張全回言説：“不敢，　　老爺是張全現管堂。”
天子説：“我冒雪衝寒來相訪，　　有些機密要商量。”
張全説：“既有機密須早講，　　何故裝腔混捏搪。
在此住着休亂跑，　　等我啓事報公堂。”
張全入内忙通禀：　　“啓上丞相細參詳，
門前有報機密事，　　他説是：萬歲山前趙大郎。”
趙普聞聽聖駕到，　　快啓中門開大堂，
呼唤夫人同接駕，　　張全唬的體篩糠。
天子入門留神看，　　答話的官兒跪在旁。
笑問秉燭張家相：　　“叫我那寺找和尚？
寡人特來聽講論，　　問你通行不通行？”
趙普俯伏忙請罪，　　張全觸犯理難當。
天子説：“卿家規矩朕不怪，　　張全也不必太慌張，
入内且將國事議，　　耳邊休更唤茶湯。”
趙普忙將書室啓，　　恭請聖駕避風霜。

張全秉燭前引路，　君與臣一并入書房。
但祇見：桌上攤着書一本，　銀硃圈畫數十行。
天子説："《論語》看他中何用？"　趙普説："治度朝綱儘有方。"
天子説："半部山河俱在上，　果然是，聖道如天不可量。
今日談經開講論，　勝强筵宴出紅妝。
朕我亦覺精神爽，　如飲瓊漿潤我腸。"
趙普説："臣有薄酒願奉上，　無旨不敢進君嘗。"
天子説："既有佳釀將寒御，　大家一飲礙何妨？"
銀臺重將畫燭剪，　爐内頻添寶篆香。
霎時酒到親把盞，　夫妻雙手敬君王。
天子説："夜深驚動老兄長，　又勞賢嫂捧霞觴。"
趙普連忙説："不敢，　如此稱呼何以當！"
天子笑説："卿謙甚！　私宅不比在朝堂。
况且君臣原一體，　股肱耳日寄朋良。
你我交情起貧賤，　夫人是你老妻房。
自古糟糠之妻堂不下，　貧賤之交不可忘。
朕雖身貴爲天子，　手足的交情意更長。
朕得卿，好比太甲逢伊尹[②]，　補過匡君盡贊襄。
賢嫂又能將夫助，　更勝梁鴻匹孟光[③]。
寡人期望心誠切，　即將此酒告穹蒼。
但願卿家長輔朕，　兩口兒福壽永綿長。"
趙普説："君恩深重真難報，　臣惟有，披瀝肝膽盡心腸。"
飲罷劉伶[④]撤餘盞，　銀燭燒短夜更長。
説："賢嫂回堂請歇息，　寡人有事要商量。"
夫人斂袵歸房去，　伺候烹茶獻帝王。

趙普這纔開言問：“君王今日受風霜，
有事亦當召臣議，何故黄夜出宫墻？
必有軍情機密事，敢請君王説細詳。”

第三回

自古國家必用賢，用賢方享太平年。
賢才遇主施籌畫，事事偏人一着先。
趙普能謀舉衆將，因人器使計周全。
若非龍虎風雲會，焉得君臣意氣聯。
適纔天子歸後院，君臣罷盞撤殘筵。
天子説：“我朕此來非爲别，爲的是孟昶、劉鋹與李、錢。
那厮霸道無仁義，占據半壁錦山川。
更兼酒色沉迷甚，百姓遭殃實可憐。
朕將吊民伐有罪，不知孰後與誰先？
特來請問老兄長：差遣何人可向前？”
趙普聞聽忙控背，天子在上請聽言：
“爲臣亦曾閑計議，都替君王打算全。
現今北漢據上黨，錢鏐、李璟在江南，
孟昶、劉鋹占川廣，南北行兵勢必單，
不如暫捨北漢主，一意專攻直向南。
漢主年高心闇弱，聞聽陛下膽都寒。
曾遣行人上哀表，祈留社稷奉香烟。
我主即下旨一道，差人前去把他安；
既顯國家多仁義，又留他臨邊擋契丹。

北地無憂護根本，　我主南征勢就全。
南方四路全都定，　再取山西有何難！
其餘地方及時去，　刻日進取莫遲延，
給他迅雷難掩耳，　措手不及怎能擔。
再遲數日不打緊，　他們也就想周全。
孟昶西川就兩廣，　錢鏐一定并江南，
四人并力齊心起，　再要平他難上難。
現今李璟多殘虐，　百姓如同在倒懸。
一旅之師去問罪，　出諸水火萬民歡。
曹彬素日稱仁將，　令他宜去下江南。
爲臣力保忠良將，　必能班師得勝還。
越王錢鏐最梟勇，　據浙如同虎負岩。
天險他得多一半，　水面長江占的寬。
交鋒須用出名將，　不然難保勝凶頑。
石守信自幼出兵跟隨主，　機謀習慣勇無邊。
差他前去取吴越，　賊將聞之必膽寒。
兩廣山川最凶險，　更兼瘴氣起如烟，
不但蠻兵宜撫恤，　我的官兵亦可憐。
潘仁美，老成練達出師久，　能體此意善征蠻。
臣曾與他閑計議，　他亦應承好幾番。
差他前去定兩廣，　西安一路自平安。
若論西川賊孟昶，　除此鼠輩不爲難。
王全斌一人足可以，　長驅直進取西川。
不過蜀道微稱險，　古云：猶如上青天。
兵據劍閣攻綿竹，　孟昶焉得不膽寒！

臣之所見衹如此，望祈天裁，指示愚頑。"
天子聽罷心歡喜，說："卿家真是我擎天柱一般。
所論着着都中竅，不負我雪夜前來訪一番。
四將如今若現在，即將此旨面前宣。"
趙普聞聽說："遵旨。"出門復又叫張全：
"傳宣四將來見駕，刻下急忙莫遲延。"
張全邁步往外走，穿廊越過畫堂前，
恰好四將都在此，賞雪銜杯未撤筵。
立定身軀高聲叫："丞相鈞旨：請諸官！"
四將答言說："來了！"邁步撩衣走向前。

第四回

天下將成勢一匡，英雄崛起盡從王。
太平本是將軍定，籌畫原來在廟堂。
四路元戎帷幄事，經綸出自小書房。
驅策群豪成正統，不愧讀論數十行。
四將聞宣齊進見，山呼萬歲拜君王。
天子說："丞相宣朕旨，曉諭將軍定各方。"
趙普說："曹彬去把南唐下，石守信去取錢塘，
王全斌去收蜀地，潘仁美去滅劉鋹。"
四將齊聲說："領旨！微臣竭力報吾皇。"
天子說："卿等平身聽曉諭，留神句句細參詳。
平唐務要奪天險，取越全憑占浙江，
棧道難行休憂慮，烟瘴蠻方是泛常。

衝陣但擒狼與虎，　行軍不可避風霜。
《六韜》《三略》時時看，　好掌元戎印一方。
但願鞭敲金鐙響，　早早班師回汴梁。
有那順天達理歸王化，　與俺疏放礙何妨。
若騁雄威霸王業，　務必將他盡滅亡！
約束兵丁行仁政，　賞罰一律秉王章。
民命、民財休殘害，　民房、民女莫行强。
沿路高張'安民榜'，　宣揚德化遠招降。
便宜行事由卿等，　何憂掣肘費周張。
賑濟黎民吾更喜，　逢州遇縣任開倉。
功成圖畫凌烟閣，　青史標名姓字香，
泐在金石銘在鼎，　留與千秋萬載長。
卿等用心將兵進，　鼓舞能征慣戰郎。
心機使的細如髮，　膽要如天不可量。
星象仰觀睄仔細，　山川不可踏空亡。
决勝决輸先打算，　此乃行軍第一方；
白日旌旗多擺列，　夜間大鼓把威揚；
步戰平川行伍整，　水面風帆使穩當；
奇正相生兵不餒，　智勇兼行人氣剛。
將軍各路皆如此，　不怕强賊不受降。
今日個，特遣元戎把干戈定，　寡人從此日，亦望邊庭進表章。
丞相先將兵丁個個賞，　令他踴躍行從行，
各位將軍升與賞，　俟等班師返帝鄉，
裂土分茅拜卿相，　格外加封莫要忙。”
説罷君王離了坐，　繞出桌兒立一旁，

帽罩重將珠冠護，斗蓬披好避風霜。
“趁此雪夜吾回去，明晨還要坐朝綱。”
趙普諸臣跪送駕，説：“卿等平身，莫往外行。”
四將打躬朝後退，又送當朝老相堂。
趙普説：“諸位努力成功業，老夫於湯亦有光⑤。”
諸將答應：“遵鈞旨，明日挑兵即啓行。
既蒙丞相親保舉，敢不傾心盡所長。”
這纔是，天子勤勞來雪夜，將軍報國走疆場。
趙普能將國事計，半部書中一統匡。
無事小窗閑筆墨，描寫先臣定鼎方；
編成一本《風雲會》，給那讀《論語》的學生熱熱腸。

説明：

此作係根據清代精鈔本，又題《訪普》。故事來源於清代李玉的《風雲會》傳奇，而本篇直接取材於清代“高腔戲”《訪賢》。寫宋太祖趙匡胤，爲“掃滅群雄成一統”，雪夜訪相求賢，趙普爲其劃策的故事。作品以“自古國家必用賢，用賢方享太平年”，説明了它的主題。頌揚宋太祖“安逸之心不敢萌，憂國、憂民猶恐錯，訪相求賢雪夜中”和主張“君臣原一體，股肱耳目寄朋良”“民命、民財休殘害，民房、民女莫行强”“賑濟黎民吾更喜，逢州遇縣任開倉”，這在封建制度下，衹是一種不可能完全實現的理想和願望。然而，我國歷史上人民群衆這種要求任用賢才，造福於國家和人民的美好願望，却至今仍閃耀着魅人的光輝。

注釋：

①泐鼎鐘：泐，刻寫、記載的意思。鼎鐘，是古代的彝器，用於

記載對國家有重大功勛事迹的。

②太甲逢伊尹：伊尹，是商朝的賢相。他相湯伐桀，使湯王統一了國家。太甲，是湯王的孫子，即位後因胡作非爲，被伊尹放置桐宫三年，後改邪歸正，伊尹又把他迎歸。這裏宋太祖借此表示對趙普的器重，渴望能得到他的指教。

③梁鴻匹孟光：梁鴻，是東漢平陵人。他娶同縣孟氏女爲妻，因嫌她打扮得太華麗，七天不答理她。當孟氏穿着布衣，表現得很勤勞樸實的時候，梁鴻便喜氣洋洋地説：這纔真是梁鴻的妻子哩！於是給她取名孟光。後來他們夫婦同入霸陵山中以耕織爲業。這裏比喻趙普夫人能如孟光之賢惠，成全丈夫之志願。

④劉伶：晋代沛國人。以縱酒放達著稱，著有《酒德頌》。

⑤於湯有光：語出《尚書・泰誓中》。原意謂周之伐紂，比湯之放桀，更爲有光。這裏比喻趙普認爲諸將若能各成功業，則自己亦將感到更有光彩。

草詔敲牙四回

韓小窗

第一回

欲寫慈祥仁愛君，小窗筆墨也傷神。
滿眼干戈哭破國，一身雲水嘆無痕。
《逐燕歌》傳今古恨，蟄龍迹渺海天昏。
破衲頭，冷披萬裏關山月，苦殺了，避難逃灾的小建文。
且說那，燕王吊孝把江南下，困金陵，督兵攻打到夜深沉。
甲聲振地如潮水，燈火烘天鎖陣雲。
建文帝正自吃驚，見宮官跪奏，說："眼看着皇都難保，城上無人。
文武中鐵鉉在邊關，孝孺在病裏，餘者一個個都自顧身家，把道路尋。"
建文帝呆呆不語如雷震，泪珠兒點點滴滴落滿身。
又聽得，遍地哭聲悲慘慘，滿城人跑亂紛紛。
嘆君王，塵繞雲山驚破了膽，鷄臨湯火，嚇飛了魂。
轉身形，一步一跤朝後跑，燈光裏，奔進了昭陽彩鳳門。
劉皇后接駕，匆忙無禮數，伸玉腕，拉住了龍袍雨泪淋。
說："啓陛下，賊勢如何？聽着聲音更重，那城頭防守，爺派了何人？"

建文帝眼似鑾鈴,渾身亂顫,
嘴頭兒亂動,話不能云。
坐龍床喘息多會,説:“天絕了朕,
不久的,皇叔率衆,打破了金門。
那城頭上將死、兵逃,人心都離叛,
滿朝内,武躲、文藏,旨意都不遵。
滿街上,士宦工商,似蜂飛麻亂;
滿宫中,嬪妃太監,都星散雲分。
這座城怎樣支持?如殘花落葉;
幾個兵焉能濟事?似杯水車薪[①]!
莫留連,御妻早早的拿主意,
休等着荆山被火,玉石俱焚。
這件事,大料也無別計策,
我合卿,衹好兩條苦命喪烟塵。
一死身潔辭帝闕,
雙魂沐血見先人。
可憐那是埋身的土?
最慘人稱喪國的君!
都是朕,無德、無能、無福分,
帶累你,花容玉碎,月貌珠沉。”
劉皇后,鳳目呆呆睄着帝主,
慟碎了那似雪如冰的賢惠心。
泪珠兒飄零,翠袖啼紅血,
面龐兒,冷落姣香似淡金。
檀口兒,説不出萬種心頭的苦,
小脚兒,擎不住一條軟怯的身。
咬銀牙,鬆放了龍袍垂素手,
秉丹心,端了端寶帶,整了整湘裙。
戰兢兢,跪向君前連頓首,
好皇娘,一瞪秋波,到止住了泪痕。
説:“國母者,位極坤儀,乃一國之母,
當以身相率天下,取義成仁。
太平曾見誰百歲?
顛沛方知不二心!
啓吾皇,聖意方安臣願死。”
擰香軀退歸寢殿,閉上了宫門。
這國母,宫妝端坐金龍榻,
點紗窗,彩鳳燭紅,娘娘自焚。
建文帝,眼睄着烈火將頭點,
悲切切,泪灑濃烟慟斷了魂。
説:“可憐你德政仁風,身爲國母,
似這般結果收場,不及個庶民。
可憐我至尊極貴,做一朝天子,
竟不能,護庇身邊一婦人。”
這皇爺纔待撩袍將身跳火,
見跪下了白髮盈頭的老内臣,
説:“啓皇爺,太祖升天曾收一物,
有個紅匣兒,在奉先殿裏至今存。

留遺詔，家邦若遇難，速開看，裏面有，苦海慈航渡拔人[②]。
君王驚道："幾乎忘却，老伴當，快把匣兒替朕尋。"

第二回

金殿凄凉銀燭殘，紅錦匣開玉案前。
太祖遺留心似鏡，皇爺觀看泪如泉。
衹見僧襪、僧鞋、有剃刀一把，還有僧帽、僧衣、度牒[③]一篇。
建文大悟將頭點，說："原來如此是朕的收緣！"
這皇爺，背南面北端然跪，凄慘慘，泣血椎心拜祖先。
說："我高皇浩氣在天應不遠，求睿鑒，俯察孫兒這喪國的冤。
念微臣，奉詔承恩登大寶，勤政憂民整四年。
遵聖教：法先王，敦風化，時時刻刻惕惕乾乾[④]。
誰想到，那皇叔背旨興人馬，以吊孝爲名來犯邊。
逞强梁，搶州奪縣殺黎庶，施暴虐，鯨吞席捲下江南。
惡狠狠，他燕兵十萬如山倒，孤另另，我明代一國似罄懸。
這情形，入室操戈是誰之過也，大料着，千百年後必有公言。
嘆高皇，平生費盡心頭血，非容易創立這錦江山。
空辜負，那聖眷天恩托付的意，怎奈何，我命小，德薄，擎受難。
因此上，羞從泉路朝金面，躲向佛門了世緣。
臣自愧，姓名不敢入朱門譜，從此後，山寺花天一衲寒。"
建文帝說着不住的將頭叩，白玉階，都磕破了金鑲的平頂冠。
真果是：情惟極苦言難盡，人太傷心血泪乾。
恨一聲，站起身來睄左右，衹剩下，色變神慌的幾個內官。
天子說："那位公公給孤落髮？老太監，奉旨含悲到駕前。

除冕旒，金盆水暖銀刀舉，紅燈下，皇爺閉目緊咬牙關。
冷森森，一刀剃下千行泪，兩旁邊，嘆壞了穿宮隨侍的官。
不多時，翠髮青絲全剃下，建文帝，慟斷了肝腸用手團。
大哭道："盤古至今累朝的天子，誰似朕，連先人的遺體不能全？
無奈何的君王，頭戴僧伽帽，脱龍袍，屈心納氣把袈裟穿。
脱掉了，朝靴换雲鞋、水襪，凄慘慘，將度牒一紙帶在身邊。
衆宫官，繞膝牽衣齊跪倒，一個個，不忍抬頭把帝主觀。
亂哭道："奴才都願隨爺去，渺茫茫，一鉢雲水，萬里林泉。"
建文帝哭聲兒亂顫，説："休如此，有忠心，切記我臨行托付的言。
將我這苦人頭髮休抛弃，城破時，進獻皇叔的御駕前。
就説我：隱姓埋名當了和尚，就説我：傾心吐膽讓江山；
就説我：理短情虧難見面，就説我：似笑如哭把話傳。
罪如山，罪在一人，乃建文之罪，求他留宗廟，莫殺百姓莫殺官。
望他頒一道：奉天承運登基的詔，敬他是霸業圖工的蓋世賢。
願他烈子賢孫，傳國萬代，看他福山壽海，享位百年。
衆宫官緊記於心罷，吾去也！"出内院，悄步天街夜欲闌。
嘆君王，從御溝暗渡到金陵外，草地裹，曉露芒鞋踏翠烟。
冷清清，一彎淡月千江水，飄蕩蕩，兩袖悲風萬里天。
猛回頭，苦海人登新彼岸，一翻身，紅塵夢醒破蒲團。
路迢迢，亂山枯木人何處？建文帝珠藏玉蘊，豹隱龍眠。

第三回

凛凛鬚眉一丈夫，慷慨從容蓋世無。
果然不愧千鍾禄，祇爲曾讀幾句書。

錚錚鐵骨亡國難，耿耿丹心照帝都。
美英名，與日月争光，流芳萬古，誰不羨，草詔敲牙的方孝孺。
不説那建文天子爲僧去，破金陵，燕王即位掌皇圖。
遂改作永樂元年，頒行天下，傳旨意，宣正學先生作詔書。
這方公蓬頭垢面聲聲駡，帶孝披麻步步哭。
闖丹墀，哭喪棒指燕皇帝，説："四太子，你還敢抬頭要見吾。"
兩班中，迎降的文武齊聲喝跪，見忠良，脚跺金階抖孝服。
説："跪那個？"大笑了一聲把身倒背，"我若是面北而朝，就枉是孝孺。"
寶座上燕王含怒説："方學士，休將這書生的習氣，傲慢欺孤。
我朕深知先生忠義，你何須賣弄言行，到不自如。"
方孝孺飄揚鬚髮雙眉皺，一回身，手指燕王把玉案撲。
説："知忠義？滿口裏還説深知忠義，似這般篡位奪權，是忠乎？是義乎？"
天子説："建文懦弱，讒臣誤國，朕待法周公輔佐成王，將社稷扶⑤。"
方孝孺直瞪雙睛説："成王安在？難爲你好個周公！好個皇叔！"
永樂帝無可回言，反成一笑，説："怪道常聞是腐儒，
這江山乃寡人之家務，與卿何礙？方學士不必多言，作詔書。"
早有那奉命的侍臣安排筆硯，蟠龍案，近御的宫官把紙鋪。
天子説："方老先生，孤王賜坐，勞大筆，速爲揮寫莫躊躇。"
孝孺説："寫詔，寫詔，我特來寫詔！"登寶殿，緊咬銀牙把玉案扶。
舉霜毫，滿腔熱血結成字，真是飛龍舞鳳，金簡玉箸。
寫"燕賊反"三字，狰獰有碗口大，響一聲，擲筆於金階笑帶哭。
大叫道："燕賊你看！燕賊你看！此三字乃千秋的鐵案，你怎能勾除！"

永樂帝面目焦黄，龍袍亂抖，
老忠良，怒髮衝冠把反叛呼：
“你欲借我的筆墨光輝，你遮篡字，
指望教億兆臣民好悦服。

亂國賊！你明明是反，真真是反！
亂國賊！你待要支吾，怎樣支吾！
一人手自古難遮天下目，
况我是，不肯徇私的方孝孺。”
永樂帝怒氣如雷，挺身站起，
説：“老儒生，膽敢欺天毁駡孤。”
方孝孺手拈長髯，仰天大笑，
説：“亂國賊，不必發威振嚇吾。
駡逆叛，非一人所駡，乃人人皆駡
豈但駡，正要與國復仇把你誅。”
喊　聲，二日通紅抓玉硯，
嘆忠良，心有餘而力不足，
早被那保駕的官員輕輕拿下，
老學士，點點頭兒氣長出。
説：“蒼天有意留燕寇，
我方孝孺枉自作專諸[⑥]。”
燕王大怒宣武士，
説：“將老賊的牙齒立刻敲無。
然後教他重草詔，
他再敢背旨胡云，滅九族！”
奉命之人齊動手，
把孝孺按倒丹墀左右扶。
響叮噹，錘振銀牙刀剔玉齒，
忠臣血，染滿了身邊新孝服。
兩班中，烏紗展翅簪纓晃，
衆降臣，慘目驚魂把骨嚇酥。
好忠良，一挺身軀横鐵骨，
閉雙睛，心似寒冰照玉壺。

第四回

面如白紙眼如燈，
一團鬚髮亂蓬蓬。
鬼哭金殿牙抛玉，
日冷瑶階血濺紅。
衹剩下似斷還連的殘氣脉，
可憐是，衰顔病骨的老書生。
慘凄凄，麻冕歪斜，孝衫破損，
哭喪棒，泪冷風悲，在地下横。
燕王傳命將孝孺放起，
衆武士，欽遵把學士鬆。

嘆忠良，心內明白難動轉，
永樂帝，手端寶帶大叫儒生。
說：“朕愛你利齒伶牙，因而敲下，
你可還能佞口强詞，謗朕躬。
方孝孺，你生死關頭，詔書一紙，
寫不寫，明白回奏，朕好施行。”
方孝孺渾身攢勁，把頭抬起，
滿腔憤恨眼雙横。
半晌凝神將心秉定，
口噴鮮血，氣吐長虹。
顫巍巍，從心頭努力說：“燕賊反叛！”
他言語唔嚕因齒漏風。
祇落得用手拍心又將天指，
嘆先生，滿腹的精忠說不明。
好忠良，他髮乍銀絲，眼光如電，
將右手拳回放口中。
指頭沾滿了英雄血，
揮灑得白玉階前一片紅。
亂寫下代草連真許多的“篡”字，
口中血，流出心頭一派忠。
真寫得風寒雪冷石階滿，
方學士，戰戰兢兢把手停。
燕王殿上睄真切，
虧心人，總然半惱半吃驚。
說：“方孝孺，天命如斯，何其不悟！
若將這私心偏見逆蒼穹，
倘我孤一怒，傳宣將你九族全滅，
空連累你幼子、姣妻身受刑。
眼見得普天率土皆歸化，
你一書生，便有回天之力也難行。”
老忠良，目不轉睛，眉頭兒亂動，
忽然間，一聲大叱，跳起身形。
無氣力，前合後仰重栽倒，
强坐起，手扶玉砌，怒似雷霆。
喘吁吁，蓬鬆短髮蒼髯亂，
口角邊，熱血滴溚滿地紅。
說：“好燕賊！你亂國還說天命，
這青天幾時教你背反朝廷？
我太祖宏仁聖智，即天也，
你這廝，逆父欺君反大明！
搶山河，猛將强兵驚帝闕，
奪社稷，大刀闊斧破金陵。
逼的那仁義的皇爺，潛身遁迹，
逼的那賢德的國母，自盡焚宫。
狠燕賊，你天良何在？天良何在？
那是你君臣的大義，骨肉的恩情？

你這廝，百年之内終須死，	死之後，在黄泉之下，難免與先帝重逢。
我看你何顔相見？何言相對？	我看你何以爲詞？何以爲情？
况如今，萬民手指國賊影，	傳後世，千古人羞逆叛名。
我方孝孺詔書曾寫："燕賊反"，	三個字與地久天長，似日月明。
燕賊，你真真是反，你真真是反！	我方孝孺此頭可斷，此話難更！
别説滅九族，便滅我十族尤爲大妙，	喜方門，鄉族親友雖死如生。
乾净净，冰魂自去朝先帝，	血淋淋，熱膽還應照故明。
斷不肯猪狗同眠，與降臣并立，	玷辱我，世代書香忠孝的名。"
永樂帝，氣炸了心肝傳聖旨，	嘆忠良，十族共滅，禍及師生。
可憐那，白髮婆兒紅顔的婦女，	不分殘疾的老叟，吃奶的孩童，
共斬首：八百七十三名口，	雲陽市，尸山血海，冷雨悲風。
看，方孝孺作出動地驚天事，	留下了千秋萬古名。

説明：

此作係據清代百本張鈔本。鄭振鐸編《世界文庫·東調選》題爲《千鍾禄》，不分回，文字基本相同。本篇根據清代李玉的《千鍾禄》傳奇，直接取材於清代"高腔戲"《敲牙》。寫明朱棣（永樂帝）施暴政，篡帝位，方孝孺拒降被殺的故事。朱棣在"逞强梁，搶州奪縣殺黎庶，施暴虐，鯨吞席捲下江南"及篡位後，强令方孝孺爲他草擬詔書，遭到方孝孺的嚴詞痛斥，朱棣便下令把方的牙齒敲掉。但方仍堅决表示："我方孝孺此頭可斷，此話難更！""斷不肯猪狗同眠，與降臣并立。"結果被"十族共滅，禍及師生"，"共斬首：八百七十三名口"。這是對封建暴君血腥罪行的强烈控訴！但與此同時，作者又大力宣揚封建的忠義思想，對此我們必須注意批判。

注釋：

①杯水車薪：《孟子》："猶以一杯水，救一車薪之火也。"後以此爲成語，形容無濟於事。

②苦海慈航渡拔人：意思是以佛家慈悲之心，幫助受難者渡出苦海，達到幸福的彼岸。

③度牒：僧尼出家，官方發給的文憑。

④惕惕乾乾：意爲謹小慎微，自强不息。

⑤周公輔佐成王：周公，是周文王的兒子，名旦，曾幫助武王伐紂。武王死後，成王年幼，周公攝政，使國家達到大治。

⑥專諸：春秋時人，曾經刺死王僚，本人也因而被殺。

下河南四回

韓小窗

第一回

有一個羅鍋子名叫胡全，貌不全，遣媒婆，要聘絶代的佳人白玉蘭。
相女婿，醜皃如何見岳母，無奈何，央求表弟小吴元。
爲關情，頂名冒替爲姣客，充女婿，移花接木巧弄玄。
吴公子祇説虚應故事，從權走走，誰知白小姐那粗心的寡母，就許了姻緣。
且不言公子吴元心裏後悔，那羅鍋子，他稱意遂心樂了個難。
打點成親，歡歡喜喜，張羅辦事，跳跳鑽鑽。
選良辰，胡宅先過禮，這一日，白府送妝奩。
第二天，羅鍋子娶親多熱鬧，小寃家，他花費錢鈔倒體面的非凡。
但祇見，澹蕩香車，畫輪綉幕，蹁躚寶馬，玉轡金鞍。
簫鼓悠揚，聲聲喜樂，紗燈燦爛，對對紅氈。
中間是，結采懸花，花花采轎，後面假新郎，金花插鬢，紅錦披肩。
少不得，馬踏芳塵隨轎走，祇爲那，女家要迎親禮數兒全。

原來這門親，兩家相隔三十里，	一清晨，走到天交巳正[①]，纔到了門前。
那白府，錦衣花帽親朋不少，	見娶親來，大家進去把門關。
轎到門前排開執事，	衆人下馬，一齊擊户鬧聲喧，
亂嚷道："求親來了，開開門罷！	天又短，路兒遥遠莫遲延。"
裏面説："若要開門，把包兒給我，	扔好的，可局面着些兒，别包鹽。"[②]
衆人笑，外邊的復又將門叫，	説："看仔細，誤了時辰莫當頑。"
裏邊的道："灑個滿天星，再吹打、吹打！"	外面的祇得迎門鳴細樂，隔院灑金錢。
開門處，女家親友迎姣客，	那壓轎的爲要荷包，熱鬧個難。
大門外，車馬人夫，燈籠并執事，	進儀門，祇有笙簫細樂，彩轎紅氈。
假新郎，被人讓到華堂上，	親朋陪坐飲杯盤。
白夫人，遥聞鼓樂就張羅起，	這個工夫兒，早給姑娘打扮完。
見個小丫鬟捧紅錦的蓋頭、宫袍帶，	説："稟夫人，吉時正午，喜轎到門前。
老夫人兩手雙拉小姐的手，	説："聽娘囑咐我的心肝：
此去胡宅爲媳婦，	比不得嬌生慣養在娘前。
雖説你公婆去世，無甚麽拘束，	要知道，丈夫就是一層天。
兒呀！必須要事事順從，條條盡讓，	使不得女孩兒的傲性，在你女婿跟前；
再者呢，常言：表壯不如裏壯，	你須要殷勤謹慎，料理家園。
你女婿省些心，也好將書念，	愁甚麽天榜題名中狀元。
你在那胡氏門中把功勞立下，	好受那，五花官誥，粉翠珠冠；
餘剩下，恩待僕人，要憐使妾，	大料着[③]，仁義的姑娘也不用母言。"
玉蘭落泪不言語，	向夫人，花枝慢轉，拜倒在膝前。

老人家慟攬姣生懷内抱，娘兒倆，難割難捨好傷殘。
丫頭奶母旁邊勸，說："罷呀，小姐合夫人不可這般，
一個大喜事，如此啼哭也不嫌忌諱，豈不聞，女生是外向，何必留連！"

止泪的夫人纔要講話，忽見老管家，一步一跌到面前，
張口結舌渾身亂抖："稟夫人：了不得了！大禍滔天！
有許多的流賊，截住金磯嶺，鬧吵吵，明盔亮甲把去路攔，
且慢說姑娘的喜轎不能過去，就是那姑爺要回家，也衹怕難。

第二回

害怕的夫人出後堂，到庭前，真岳母相會假東床，
說："路多流寇如何走？可耽誤良辰又不當，
竟不如老身的寒舍爲尊府，小女的蘭房作洞房。
我嫁女之家，今朝贅婿，你迎親之客，權作新郎。"
吴公子變色吃驚連說："不可，恕胡全不能從命，違背高堂。
頭一件，終身大事非兒戲，就這樣，草草從權理不當；
再者舍下無人，流賊又過，叫小婿提心吊膽，把愁着腸；
而且還有許多的親友家中候，就此告别了，夫人的心内可别思量。"

夫人說："然而小女如何去？"公子說："今朝不去也無妨，
另擇吉日重來娶，這件事，衹好流賊過後再商量。"
夫人帶笑說："豈有此理！可是說的咧，一個終身大事不比尋常。

翻手覆手成甚麽道理？再者呢，賢婿也難回去，流寇太張狂。

你聽這震耳的鑼鳴，驚天的大炮，　想那裏必是滿山的兵將，遍地刀槍。

你個女孩兒似的白面書生，嬌弱的很，　所能者，無非現成的筆墨，錦綉的文章，

請問如何姑爺去？　難道你還擂鼓奪旗，打仗在疆場？”

吴公子二目呆呆無話對。　夫人説：“還是此處，今朝花燭洞房。”

俏書生，低頭不語爲難死，　手拈着腰中的玉佩費思量。

誥命旁邊不住的問：　“就是這樣罷！兩全其美妙非常。”

又搭着，那白宅的親友攛掇[4]的緊，　假新郎，他進退無門少了主張。

這公子無可奈何，衹得應允，　心兒裏是千般的不悦，萬種的柔腸。

夫人歡喜把家丁唤，　將那些轎馬、人夫安在本莊。

向前庭，倒玉堆金開喜宴，　在後邊，珠圍翠繞收拾洞房。

諸事兒辦完天色晚，　照玉堂，銀燭紅蠟好風光。

不多時，喜酒吃完親友散，　早見那，月影花陰滿畫廊。

但衹見，綉紗燈籠排幾對，　翠袖丫鬟列兩行；

後邊是，雁瑟鸞笙，鳳簫象板，　送來個無精打采的假新郎。

他少不得，也拜天地，也坐帳，　説不得，也飲交杯，也把假妝，

辭不得，也吃子孫餑餑、長壽面，　諸事畢，那些丫鬟僕婦都各自歸房。

吴公子緊閉房門向交椅坐，　身靠着，沉香的案一張。

剪銀燭，書生來看閨中的景，　先覺得媚氣兒撲面，温柔透骨的香；

見嬌滴滴翡翠被鋪，團花枕，
鮮艷艷帳捲猩紅，白玉床；
那帳裏床頭，衾邊枕畔，
坐着個月兒中的仙子，畫兒裏的情娘。

果然是，秋水爲神，春風作態，
另一種幽閑俏麗，瀟灑安詳。
面皮兒似瑞雪丹霞，紅白映月，
頭髮兒如輕雲薄霧，縹緲凝香，
口點櫻桃，牙含糯米，
眼含秋水，眉翠山長，
瘦腰兒粉頸香肩，胸脯兒薄怯，
象一枝，雨後風前半放的海棠，
穿一件，萬花堆錦的梅紅氅，
綉羅裙，桃花流水配鴛鴦，
雖不見，綉鞋兒可意金蓮小，
却可睄，翠袖兒鎖金玉筍長。
正對着，幾點銀燭照粉壁，
又有那，一輪皓月照紗窗；
月下燈前人更美，
這不睄呆了，憐香惜玉的假新郎。

第三回

薄命紅顔果是真，
吴元暗嘆小紅裙。
説："可憐他生成月媚花嬌貌，
嫁與個鷄胸駝背的人。
誰見天公真有眼，
不知月老是何心。
姻緣薄，因何不寫我吴元名字？
叫小姐，百年身事似一片浮雲。
人道我，今晚洞房花燭夜，
自然是女貌郎才最稱心。
好良宵，樹隱鳳鸞枝上月，
美時光，花開蝴蝶夢中春。
誰知是影兒裏的情郎，畫兒裏的寵愛，
虚名兒的夫婦，假意兒的婚姻。

都袛爲，名分相關叔共嫂，
我學生，怎敢背理亂五倫。
袛落得，一點天良明日月，
我又非泥塑木雕的人。
這書生，一會兒消魂，一會兒嘆，
洞房内，半窗花月半窗陰。
多情才子悲淑女，
佳人有意看郎君。

轉秋波，玉蘭一見吴公子，　那俏心兒怎忍不消魂！

見他嬌滴滴，十字紅披霞蕩漾，　綉羅袍，萬壽百福配翠雲，

顫巍巍，兩朵花插金燦爛，　帶一頂，玉鑲珠嵌青緞方巾。

臉皮兒，光輝粉膩梨花影，　眉毛兒，飄渺青凝柳葉魂，

丹鳳眼，秀而藏神，松風雅致，　塗朱口，牙排碎玉，水月精神。

模樣兒，不但男子叢中拔了萃，　就便在女孩兒隊裹，也超了群。

不知爲甚的顔色兒含愁，身子兒倦，　神情兒抱恨，眼皮兒沉。

悶懨懨，還是一團秀氣着人醉，　俏龐兒，想來帶笑之時更醉人。

忽見他緊蹙着眉頭兒，爬伏案上，　一聲嘆，倒象有那無限的憂思入夢魂。

新人眼看着新郎睡，　呆呆呆，把個痴心的小姐竟出了神。

暗想道："這般一個風流人物，　勿空負這緑窗風月洞房春。

方纔他，含情的俏眼將奴看，　又不象那不懂憐香惜玉的人。

想來他，若非帶酒十分醉，　就是書呆子，明明今日假斯文。

這時候，花間玉漏更三點，　簾外竹枝月一輪。

洞房中，知恩知愛聰明的小姐，　空對着，多才多貌俊俏的郎君。

但有知識皆所欲，　人非草木豈無心！

白玉蘭慢啓朱唇輕咳嗽，　嬌滴滴，恰似春鶯兒春暖唤春林。

吴元驚醒把殘燭剪，　聽了聽，譙樓畫鼓夜深沉。

這小姐，香軀斜倚團花枕，　玉指輕搭翡翠衾。

眉黛兒蹙成西子恨，　腮頰兒紅透海棠春。

公子覷睄將頭點，　説："吴元竟作了花前薄幸人！"

悶懨懨，支更的玉蘭妝盹睡，　端正正，冷腸的公子秉丹心。

花燭夜，頓成凄凉夜，　洞房春，竟作奈何春。

繡户風輕,殘了絳燭,
銅壺漏盡,落了星辰。
不多時,鳥啼淡月天將曉,
白小姐,衹得把杏眼微開整鬢雲。
金鷄兒,聲聲叫落天邊月,
銀燈兒,面面相覷兩個人。
公子含愁情默默,
佳人帶愧意沉沉。
都有那千般愛慕千般恨,
却并非一樣憂思一樣心。
忽聽得滿院人聲説是:"快打,
那裏來了個醜鬼羅鍋子,鬧上了門!?"

第四回

吴元招贅女嫦娥,
羅鍋子得信似瘋魔。
説:"把個風流流妻子身兒將他伴,
却把活跳跳蓋子名兒叫我駝。"
這醜鬼,一條大棍忙提起,
把所有的家僮全都帶着。
一路兒揚土飛灰來的快,
假充横,到白府門前要死要活。
戰兢兢,門公年老攔不住,
醜胡全,直入公堂象他媽個楞鵝。
吴公子,邁步慌忙朝外跑,
白夫人帶領小姐丫鬟,也出了綉閣,

一齊站在屏風後,
見個人,一天怒氣戰戰哆嗦,
手中提定齊眉棍,
模樣兒古怪刁鑽,長了個不得。
見他滴溜兒圓,象個巧筆描成的一團和氣,
身子兒是出類超群,拔了萃的矬。

鷄胸脯,踢溜拖羅[⑤]個屎瓜肚子,
蝦米腰,咭叮棒塊老大個羅鍋,
紅花子脚,又搭着羅圈腿,
柳確頭正對影袋脖,
細留神,復又瞧他的臉蛋子,
模樣兒是萬人見笑,實在的喲薄[⑥]。
墜腮臉上,供的"雙麻"[⑦]五個一落,
最難瞧是挺高的顴骨,把鼻子挾着,

蓮蓬嘴，脣不包齒，吃水常漏，　鬥風眼，黑白不分，賽過膠鍋，
狗蠅鬚，鼠耳扎煞，賊眉散亂，　說話兒本就嗻吧，還帶着咬舌。
衆丫鬟亂嚷，都說："瞧怪物，　敢自他也會走，好他娘的俏皮活！"
羅鍋子往裏行，吴元朝外跑，　這醜鬼一見了書生，那裏受得，
說："好好好，你幹的好事！你幹的好事！　昨夜晚洞房花燭，你你你到快活，
小叔兒膽大，誆了嫂嫂，　書呆子心壞，賣了哥哥。
我就是土驢木馬囊皮鬼，　也不肯怕死貪生，讓給你老婆。"
胡全發恨掄圓棍，　書生躲，醜鬼撲空没打着。
吴元說："事有曲折容弟稟。"　胡全說："明鑼眼見，還打那頭兒說？"
吴元說："學生未敢行非禮。"　胡全說："你衹滿禮，誰合你囉嗦！"
說着復又將書生趕，　吴公子有話也難說，怎奈何？
耍着棍的胡全朝後趕，　說："小吴元，該死的寃家别想活！"
正發威，忽聽一片人聲喊，　從後面，使女丫鬟出來了許多。
一個個，綉羅裙掖香羅帕繫，　亂紛紛，棒槌等類手内提着，
鬧吵吵，搶向前來齊動手，　這一頓打，叫個殘疾的怪鬼怎樣騰挪？
見他紅花子脚，猶如拌蒜的一般身子發挺，　羅鍋子腰，亞賽扛山一點兒也不活。
打得他板齒牙呲，蓮蓬嘴咧，　咬舌子，嗻嗻吧吧的竟剩了嗐喲。
醜胡全，帶嚷連爬朝外滚，　幾個家僮，一步一跤跑似梭。
出大門，在莊子外面歇息了半晌，　有個家僮說："這棒槌足彀大爺馱。"
醜胡全，失了夫人挨了打，　忽聽那杏花村裏，開道鳴鑼，
遥望見執事人夫是知縣過，　醜胡全攔轎鳴寃，連哭帶說。
知縣回衙傳被告，　審問老夫人，吴家公子，白氏嫦娥。

對口詞，慢慢的問真了從前的備細，
縣令宰，當堂朱筆標判明白。
奉縣諭："吴白兩姓聯姻眷，
衹爲醜胡全誆親非禮，太陰謀，
而且洞房中秀才小姐敦風化，
似這等才子佳人不可多得。"
散公堂，醜鬼丢人回家他氣死；
巧團圓，吴元得意淑女諧和。
小窗人，閑來偶演丹青筆，
畫一個，櫻桃樹下的氣蛤蟆。

説明：

此作係根據清代舊鈔本。别題《巧團圓》。清代百本張《子弟書目録》著録，并注稱："笑。四回。""笑"字，説明該作具有諷刺性喜劇特色。作品取材於清代"高腔戲"《下河南》或京劇《下河南》，又名《金鷄嶺》《羅鍋子搶親》。諷刺一個名叫胡全的羅鍋子，因生相極醜，便叫表弟吴元冒名頂替，代往相女婿，又央吴元充作假新郎去絶代佳人白玉蘭家迎親；恰逢"流賊截住金磯嶺"，"姑娘的喜轎不能過去"，白家便留吴元在女家成親。胡全聞訊，帶着家僮打上門來，結果"醜胡全，失了夫人挨了打"，路遇知縣便鳴冤告狀。知縣因"醜胡全誆親非禮"，判决"吴白兩姓聯姻眷"，胡全因而氣死。這個作品儘管没有擺脱才子佳人的封建俗套，但對那冒名頂替、誆騙包辦的封建婚姻制度，却是個有力的鞭撻和辛辣的諷刺！

注釋：

①巳正：上午十點鐘。

②可局面着些兒别包鹽：要顧面子好看一點兒，别把不值錢的鹽包拿出來。

③大料着：大約，料想。

④攛掇：勸唆人行動，猶言慫恿。

⑤踢溜拖羅:形容滚圓下垂的樣子。

⑥哟薄:或作“綃薄”,這裹意爲難看。

⑦墜腮臉上供的雙麻:意思是説落腮鬍的臉上有着許多麻子。供,祭祀時獻奉的供品;雙麻,北京一種兩面粘芝麻的糕點名稱。這裹是借喻臉上天花瘢痕之多。

樊金定罵城三回

韓小窗

第一回

半生肝膽玉壺冰， 樊金定至今人表節義賢名。
强龍强虎雙員將， 鄉裏鄉親百數兵。
盟山誓海十年恨， 白日青天一劍横。
小窗氏在梨園觀演《西唐傳》， 歸來時，閑筆燈前寫《罵城》。
且説那鎖陽受困的唐天子， 合薛禮群臣盼救兵。
這一日，公子景山來報號， 城頭上，愛將的貞觀[1]要攏絡英雄。
奈仁貴在邦君招親無啓奏， 衹爲大唐律不許收妻在軍營。
况遭貶時，寒心曾上絶户本， 因懼罪，白袍不認小英雄。
薛景山二闖重圍，將娘認父， 平遼公見樊氏賢人，馬奔了城。
淡梳妝，香軀端正懸金劍， 素征衣，酥胸斜扭跨銀龍[2]。
桃腮冷帶風塵秀， 杏眼黄凝俠烈容。
二十年，日月消磨佳人半老， 可依然是那當初的動作，舊日的神情。
東晉王，眼望妻兒如酒醉， 人背後，慟壞征東跨海的雄。

念養病之恩，難説不認，	懼欺君之罪，又不敢應承。
見賢人玉指提繮，金蓮挑鐙，	下雕鞍，搶步分裙把禮行。
眼望城頭連叩首，	説："臣妾樊金定，是薛禮之妻拜聖明。"
太宗扭項瞧薛禮，	見他無語低頭，顔色更。
天子説："此婦之言將軍可聽見？"	薛仁貴緊咬銀牙心一横，
説："啓陛下，臣有嫡妻迎春柳氏，	并不曾在邦君店上把婚成。
看起來，此乃西涼的紅粉計，	這婦人冒認爲臣，是賊來詐城。"
天子摇頭説："未必如此。"	命徐勣城頭答話，問真情。
奉旨的英公扶垛口，	熱心腸的廷茂探身形。
説："那婦人立起身來休害怕，	真真的字句，大大的聲音。
既稱是薛千歲的三妃，何爲憑據？	在駕前，把已往從前細奏明！"
賢人奏："臣妾邦君樊氏女，	那年十六歲，正遇朝鮮作亂御駕征東，
邦君唐缺糧爺歇馬，	我那未成名的白袍夫主正當兵。
可憐他，乞食無奈學明輔，	愛英才，爹娘將我配豪雄。
誰承望，新婚未久纔三日，	就遇着天時不順，瘟疫流行。
背着運的兒夫，身染病，	我皇爺在敝處屯兵，三個月零。
及至將軍病好，又抽梁换戟，	皇爺傳旨人馬東征。
那時節，小妾腹中懷着六甲，	我那景山兒，是他父臨行留下乳名。
到後來，聞得將軍跨海把朝鮮定，	我兒夫苦盡甜來身受榮。
直等到，鞭敲金鐙回兵後，	探家音，幾次差人進帝京，
打聽得他犯罪革職，歸故裏，	棒瘡發作赴了幽冥。
小婦人，邦君店上曾穿過孝，	守貞節二十年來，苦的不同。
近聞得將軍隨駕征西夏，	纔曉得，白袍夫主是隱姓埋名。

因此上,帶領孩兒來尋夫認父,
啓陛下,若問將何爲憑據,
這賢人,奏罷磕頭將離書取,
唐太宗與群臣大喜將離書看,
耐千辛萬苦,受冷雨凄風。
有我兒夫親筆的離書作證明。”
英國公,忙令軍卒繫上城。
這不唬壞了征東虎將,跨海的英雄。

第二回

懼罪的白袍面似金,
欲詐孤城無妙策,
聽去言辭都是假,
他既然合我夫妻三個月,
平遼公一壁裹説着,將離書扯碎,
待説是,又無人識認樊金定;
王大臣面面相覷,人人不忿,
呆呆呆賢人城下聽恩詔,
樊金定朝上磕頭説:“臣妾候旨”。
説:“東晋王爵方纔奏朕,
那離書字體又非仁貴寫,
你既稱是薛禮之妻,你看誰是薛禮?”
説:“願吾皇莫信西梁的野婦人。
故將詭計亂軍心。
看來筆迹也非真。
爺叫他,認認那是平遼要表的人。”
太宗爺素信將軍是個忠義的人。
待説不是,白袍的光景又可疑心。
又難以多言,説必定是真。
見飄飖飖扯碎的離書,落在埃塵。
太宗爺城頭啓齒問賢人,
他并無有那邦君店上這門親,
他説你是西凉奉命詐城的人。
烈賢人,半晌低頭無話云。

樊金定聞得白袍不肯認,
半晌發呆,翻身站起,
急切切,眼望城頭,秋波冒火,
祇睄得粉頸焦酸,柳腰亂顫,
説:“呀!”軟怯怯的香軀坐在了塵!
退了兩步,手拉征袍,擦了擦泪痕。
意忙忙,魂凝城上,雨汗渾身。
爲認兒夫,這不就使壞了痴心烈膽的人!

無奈賢人重複跪倒，口呼："萬歲！"泪灑衣衿。
說："二十年臣妾不見兒夫薛禮，而况且，他當日隨營是那樣的貧，
病形容，大概而今也福催貎轉，少年郎，想來此際是半老的將軍。
小婦人不能認了！不能認了！"樊金定磕頭碰地，血泪淋淋。
白袍見賢人當面不能相認，壯了膽的將軍，拿穩了鐵心。
怒衝衝，虎爪一指嫡親妻子，說："那婦人好生無理，滿口胡云！
你千歲便是東晋王爺，官諱薛禮，你細瞧瞧，本藩是你那世的男人？
還不快退去！"作威的仁貴連聲喝，城下面，把個聽話的賢人慟斷了魂。
悲切着，下氣屈心爬半步，說："夫哇！爲何不認邦君小妾的身？

自從那日别君後，可憐你這薄命的妻兒，苦到至今，
可憐奴，聞得將軍得地，每日空歡喜，可憐奴，衹盼夫婦團圓，呆聽好信音，
可憐奴，爲將軍詐死穿過三年的重孝，可憐奴，把景山扶養，費數載的辛勤。
我二十年的苦楚，一言難盡，小景山，還每日合妻兒要他的父親。

好容易水落石出，得了實信，我母子不辭千里，來找將軍。
君哪！你打那條兒不念夫妻之分？君哪！你打那條兒不念父子之恩？
君哪！你説妻兒不是你真妻子，君哪！你這句話，叫我怎見姣生慣養的人？"

這賢人，一句一哭一頓首，說："認了罷，王爺開天地之恩！"
看看白袍，瞧瞧天子，瞧瞧衆將，看看群臣，
哭啞了鶯聲，累癱了玉體，流乾了珠泪，跪破了湘裙。
薛平遼一瞪雙睛把心一狠，他這裏，抽弓拔箭，威唬賢人。

金定説:“啊！你是真不認了,你是真不認了!”
烈賢人,抖抖征袍,站起了身。

伸玉腕,向城頭一指薛仁貴,
説:“好狠哪！白袍你是鐵打的心!

快些放箭將奴射,
奴就死,也是你薛家墳内的魂。

來來來！好好好！這是前生的冤孽,”
樊金定把杏眼雙合,他的話就不云。

第三回

賢人半晌一抬頭,
説:“薛平遼還不放箭是甚麽情由?

莫非知道心中愧,
敢是覺着臉上羞!”

金定含冤原暴燥,
白袍對衆怎乾休。

冷笑道:“這臉大的婆娘豈有此理!
爲作女人,絮絮叨叨往死裏求。”

烈賢人似劍刺了冰心,刀傷了鐵膽,
也顧不得閨門的體態,婦道的温柔,

悲切切的哭聲,眼睄着薛禮,
戰兢兢的玉體,手指着城頭,

説:“好話,好話！白袍的好話!
我哀求,你在邦君要飯是怎樣的哀求?

若不虧我樊氏家中生了芽子的米,
早就餓殺你這忘恩的鼠輩,負義的賊囚!

你這厮,象救月兒[③]的一般圍着門子轉,
我那心軟的爹爹,纔把你留。

乍相逢,認不透你這衣冠中的禽獸,
因此上,教花子得占鳳鸞儔。

賊呀！你餓腸子剛然吃上飽飯,
你這窮命鬼,擔不起榮華,病在我的綉樓。

賊呀,你扶養若不虧我樊金定,　早扔了你一把如柴的外喪骨頭。
狠白袍,你那得命的時節要往東征去,　送行時,感念恩德是怎的個派頭?
親得乳名留,親把離書寫。　賊呀!你竟哄了長亭的酒數甌。
狠白袍,我金定那些兒該你不認?　至到方天戟,都是我樊家祖上留。
賊呀!你庇聖天子的洪福,蒙衆公爺的抬愛,　因僥幸,薛禮纔名標五鳳樓。
狠心賊!今日身榮不認我,　全不想,當初患難的根本源流。
我白作了受苦、受孽二十年的夢,　倒丢了,無姓、無名半輩子的羞。
賊呀!你把父子、夫妻的人倫都喪盡,　我合你,是歡喜的冤家,恩愛的仇。
薛仁貴!你看頭上的青天。"賢人不語,　樊金定一腔怨氣,就堵住了咽喉。
半晌的賢人哭了聲:"父母,　你無主意,生生斷送了苦命的丫頭。"
轉香軀,看看景山孩兒、金蓮媳婦,　染征袍,點點通紅的血泪流。
説:"我白養了你,有始無終,不能認父,　叫你娘,就死黄泉也是羞。
罷了麽!兒嗎!你心中别怨含冤的母,　這是你那無倫禮的爹爹,他不肯留。"
説話的賢人如痴似醉,　又睄一睄,强虎强龍點一點頭。
向衆莊兵,萬福深深,悲聲慘慘,　叫一聲,血心熱膽的壯士英儔:
"蒙好意,勞而無功,多多生受[④],　恕難婦,事到其間不自由,
求爺們,回家照應我那年殘的父母,　我樊定金結草銜環[⑤],來生再謝酬。"
賢人秉正向貞觀跪,　戰兢兢,雲鬟散亂,不住的磕頭。

說："薛平遼良心天理他都好，
樊金定誑奏欺君我不周。
小婦人不給天朝丢體面，
敢將鐵膽獻龍樓。
祇求爺，好生看待白袍將，
但願他，多福多壽，代代封侯。"
樊金定站起身來朝後退，
響一聲，手搖玉靶，劍亮吴鈎，
踩綻了金蓮，氣直了玉體，
咬崩了皓齒，瞪破了星眸。
千行血泪哭神鬼，
一片冰心射斗牛。
大叫道："狠心的薛禮！狠心的薛禮！"
這賢人，全節盡義，自刎了咽喉。

這正是：花殘月缺山河冷，
玉碎珠沉天地秋。
覽殘編，河東紅粉應前夢，
悲往事，鎖陽草木至今愁。
到後來，拿問白袍，招安公子，
唐帝主追封樊氏，祭奠靈柩。
所謂薛禮認姣兒，貞觀得小將，
這件事，就自單苦了邦君的一女流。

說明：

此作係根據清代刻本。又題《罵城》。故事見《三皇寶劍》傳奇，這裏直接取材於清代"高腔戲"《罵城》和京劇《西唐傳》。寫薛仁貴東征榮歸，位居高官，不認受苦二十年的前妻和親生子，遭到前妻樊金定在城頭痛罵："若不虧我樊氏家中生了芽子的米，早就餓殺你這忘恩的鼠輩，負義的賊囚！""狠心賊！今日身榮不認我，全不想，當初患難的根本源流。""賊呀！你把父子、夫妻的人倫都喪盡，我合你、是歡喜的冤家，恩愛的仇。"這對忘本變質的薛仁貴之流，罵得何等痛快淋漓，憤恨欲絶！它在客觀上深刻地揭示了舊社會人與人之間的關係，包括夫妻、父子之間，本質上都是階級關係；階級地位變了，什麼忘恩負義的事都能幹得出來。

注釋：

①貞觀：唐太宗的年號，這裏是指唐太宗。

②銀龍：白色的戰馬。

③救月兒：封建時代月蝕時，人們認爲是天狗食月，有救月的民俗。

④生受：有麻煩、致謝的意思。

⑤結草銜環：表示來生也要報答。詳見本書《露泪緣》篇注㊲。

孟子見梁惠王一回

奕　賡

周室國運已將終，　列國諸侯各起兵。
自立節旄僭王禮，　私專征伐誓血盟。
到處衹講割城地，　那管生靈塗炭中。
惟我孟夫子口述唐虞三代之德業，　天命如斯，衹好能說不能行。
衹因齊宣王不能信用，　孟子決意要游行。
那日來至梁國交界，　驛臣接待安置館中。
馳報於朝，惠王大喜，　忙差近侍捧詔出京。
孟子隨詔來朝見，　梁惠王鞠躬致敬，降階相迎。
賜坐待茶傳光祿，　速排筵宴與賢者接風。
飲酒中間相問話，　梁惠王秉正執圭呼叟而不名。
說："叟不遠千里下降敝邑，　其將何術利吾國中？"
孟子答曰："王何必言利？　衹有仁、義二字天下通行；
王若曰吾國何術堪興利，　大夫亦想利益家庭，
即係庶人亦將爲身利。　那時節，上下交征，令就不行。
衹怕有萬乘國君反被千乘之臣篡，　即有千乘之國，亦怕百乘之臣行不忠。
大王苟爲義後而先利，　恐將來漫奪之勢欲罷不能。"
梁惠王自覺失言心中愧，　將頭低下面飛紅。

半晌搭訕説:“仁義而已！　　治國以利是寡人不明。”
孟子拱手説:“王如念此,　　何愁不一匡天下馭群生！”
不多時酒飯已畢,孟子告退,　　至次日,在後園設宴游賞陶情。
王立於沼上顧鴻雁、麋鹿,　　指謂孟子説:“古者賢王亦曾於此留情。”
孟子躬身説:“自古大賢方能樂此,　　不賢者雖遇美景,欲樂不能。
《詩》有曰:經始靈臺,經營度量。　　庶民攻之,不日而成。
臺曰靈臺,沼曰靈沼。　　大聖人與民皆樂,萬載難逢。”
惠王大喜説:“先生過譽,　　奈寡人福薄命蹇,欲王不能。
幸喜先生來敝邑,　　乞賜弘謀,寡人敬聽。
竊自謂臨治以來,未敢稍懈,　　上天不佑,禍及蒼生。
即如前年河内饑饉,　　叩天禱雨救生靈,
無奈將有餘之糧俱移河内,　　又令饑民就食於河東。
他處有灾亦如此,　　從未有偏執於其中。
竊察鄰國所行之政,　　未必如寡人處處盡情。
何乃鄰國之民不見其少,　　寡人之民反日見凋零?”
孟子回答:“王言差矣！　　民不在多,要體其下情。
不違農時,耕者盡力,　　則五穀全熟,民食自豐;
數罟[1]不入污池内,　　則水族鱗介庖厨堪充;
入山樵采限以時令,　　則梁棟之材應用無窮。
使境内之民養生喪死全無憾,　　此乃是王道之始理甚明。
再者,一夫之田雖不得植木,　　倘樹以桑,亦有益民生;
即是鷄、豚、狗、彘,亦不可失其時令,　　年老者,可以衣帛食肉樂餘生;
然後再謹庠序之教,　　將孝悌、廉耻反覆叮嚀。
使黎民不饑、不寒,咸安樂業,　　然後纔一匡天下樂升平。

這如今狗彘食人食而不知檢，
塗有餓莩，慘目傷情。
饑民餓死，王猶曰：非我之過也！
上天示儆，衹得束手而聽。
王何不開發倉廩速賑濟？
王無罪歲，何愁民少喜得民情？”
梁惠王半晌聽痴，忽然大悟，
說：“先生教我甚實通。
從此後寡人願領先生教，
多謝恁[②]正大的言詞啓愚蒙。”
他二人大笑重歸坐，
整杯盤，直飲至月照花欄斗柄横。
衹爲連朝寒甚飄朔雪，
鶴侶氏柴濕竈冷粟瓶空，
致使慕熱的心全冷，
自慰强呵硯池冰，
寫一段亞聖當年游藝的景，
衹博得冬烘先生[③]笑我無能。

說明：

此作係根據清代别野堂鈔本。作者奕賡，姓愛新覺羅，號鶴侣，是清代子弟書大作家，除寫有子弟書外，尚著有《佳夢軒叢著》。今存他的子弟書十六篇，數量之多，僅次於韓小窗。

本篇故事取材於《孟子·梁惠王》。作者宣揚“仁義”，主張發展農、林、牧、副、漁業生産，“使黎民不饑、不寒，咸安樂業，然後纔一匡天下樂升平”。同時還揭露了“這如今狗彘食人食而不知檢，塗有餓莩，慘目傷情。饑民餓死，王猶曰：非我之過也”。作者責問：“王何不開發倉廩速賑濟？王無罪歲，何愁民少喜得民情？”公然把“王”作爲罪魁禍首，進行了嚴正的聲討。

注釋：

①數罟：細網。

②恁：這裏用與“您”同，“你”的敬稱。

③冬烘先生：冬烘，泛指不明事理的人，過去每用來嘲笑村塾的教師。

柳敬亭一回

奕　賡

梧桐葉落掃窗欞，夜深微雨醉初醒。
挑燈欲寫《秋聲賦》，奈予天性欠聰明。
且排俚語成新調，拾人牙慧譜歌聲。
拙人自得拙中趣，一任那騷客提毫費品評。
天産英才在前明，江湖上埋没了豪杰柳敬亭。[1]
慢道文章驚海内，更兼忠義貫霓虹。
一生無遇因豪横，半世飄零游説中。
嘗嘆道："我雖抱忠心，奈因無力，這時節，清天已陷，一手難擎！
因此上，隱逸塵寰，説評度日，本意原要訪英雄。
用不着腹内空藏書萬軸，反將那村歌俚曲細批評。
我本是堂堂世胄鬚眉男子，反學這脅肩諂笑下賤營生。
并非我苟延殘喘無廉耻，也是妄想待時而發，恢復大明。"
這時節，雖交仲夏節令晚，恰還是吹面不寒楊柳風。
雖無柳絮因風舞，黄鸝時作美機聲。
天光雲影相掩映，人在春風和氣中。
柳敬亭桌案兒一張在溪邊柳下，還有那數條板凳小凉棚，
往來游人齊注目，俱各寧神把書聽。

也有經商與莊家漢；
柳敬亭見坐兒上的人齊，慢慢站起，
醒木一拍腮含笑，
未曾開書先有綱領：

茫茫世界，萬物如泡影，
又説道："今日是財神下界，
今朝下顧，我無可爲敬，
四顧説："遠望西秦有天子氣，
你仗强梁使唤我，
又有個擊鼓的方叔入於河内，
少師陽、擊磬襄俱各泛海[3]，
那如我一葉扁舟桃源路，
須打破窗櫺把世界看，
説至此處吧，忙歇住，
衆人俱各將錢送，
慢慢喝茶説閑話，
蜻蜓戲水魚歡浪，
山外青山雲中樹，
此一時，咱這裏正自遨游山與水，

我柳敬亭雖是草野疏狂輩，
也是我生而不幸爲下賤，
最可恨阮鬍子[5]奸賊將社稷賣，
我老柳有朝一日遂心願，

也有那僧道與書生。
妝模做樣，顧盼自雄。

掀鬚咳嗽，頓清了喉嚨。
"咦！自古人生若夢，笑痴迷不悟人情。
何必向蝸牛角上苦相争。"
小老兒多蒙衆位各垂青。
且把那先師的故事明一明。"
那强兵隊裏我去抓響箏[2]。
從今後叫你聞我之名腦袋疼！
播鼗的名武奔了漢中。
他説：從今不幹這賤營生。
正所謂江湖滿地一漁翁。
多虧那神聖提出是非坑。"
説："獻醜了！衆位尊神快扔銅。"
柳敬亭自將清茶斟一盅。
説："今日天氣好，微微楊柳風，
畫舫輕摇緑漪中，
多少樓臺烟霧中。
咳！有誰念那'流賊'[4]已破了北京城？
頗有勤王救駕的忠；
心有餘而力不中。
還有該殺的馬士英[6]。
三尺劍誅夷奸佞，報吾皇在天之

靈。”

說罷頻擦腮邊泪，

書場内嘆壞了陳、吴二書生。

陳貞慧、吴應箕⑦本是同窗友，

爲踏青，邂逅相逢柳敬亭。

二人嘆：“誰想先生珠埋玉藴！

久聞你是江湖俠客，難得你果有愚忠。

我二人有屈先生，光臨舍下，

願先生明白指示，或有微益於大明。”

柳敬亭連忙答應收什物，

“咳！總有回天手，怎奈吾皇駕已崩！

請前行，小老兒甘心爲驅使，

赴湯投火心願從！”

順湖堤，三人握手飄然去，

倒把那來晚了的人兒閃了個空。

鶴侶氏爲醒痴迷於噩夢，

趁餘閑，故將筆墨寫英雄。

說明：

此作係根據曲廠鈔本。柳敬亭是明末清初著名的説書藝人。本姓曹，爲避仇流落江湖，休於柳下，乃姓柳。他不僅善説書，而且具有愛國思想，曾積極參與明末愛國將領左良玉、復社文人陳貞慧、吴應箕等反對昏憒專權、禍國殃民的阮大鋮、馬士英的鬥争。清代孔尚任的《桃花扇》傳奇以及其他許多詩、詞、曲，都寫到他的事迹。這篇子弟書，題材主要就取自《桃花扇》，它不僅頌揚了柳敬亭的愛國主義精神，而且也爲我們提供了一些研究當時説書情况的有用史料。

注釋：

①柳敬亭：明末説書藝人。十八歲即學説書，先後在揚州、杭州、蘇州、南京等地獻藝，聲望很高。清王士禛《分甘餘話》記柳在

南京"説評話","所至逢迎恐後"。擅長説《隋唐》《水滸》等書。同明末復社中人相往來,後爲左良玉幕客。明亡後,隨清漕運總督察士英北上,曾在北京演出。不久南回,八十歲後仍在安徽廬江及南京等地演出。

②抓響箏:彈箏。現代北方方言説彈箏,仍用"抓箏"。

③以上三句出於《論語·微子》:"鼓方叔,入於河;播鼗武,入於漢;少師陽、擊磬襄,入於海。"鼓,指擊鼓者;播鼗的,指摇鼓者。鼗是有柄的小摇鼓,俗稱撥浪鼓。方叔、武、陽、襄,都是人名。少師是樂官名。這三句總謂樂廢而樂師星散。

④流賊:這是對李自成爲首的農民起義軍的誣稱。

⑤阮鬍子:指阮大鋮。

⑥馬士英:明末權臣,横暴貪婪。

⑦陳貞慧、吴應箕:都是明朝末年復社裏的著名人物。南明亡後,陳貞慧隱居不出;吴應箕在池州起兵抗清,兵敗被俘,不屈而死。

劉高手治病二回

奕賡

第一回

几净窗明小院中，鶴侶氏新書一段又編成。
非敢譏刺時醫輩，借題寫意，識者休憎。
論時醫，自我觀來如狼虎，病者遭之似奪命星。
他那知，名醫如名相，有關生死，他衹曉"趁我十年運"①，且博虛名。

且說那，蔣世隆自與瑞蘭爲夫婦，豈料他愛欲無節，病在店中。
王瑞蘭日夜扶持難離左右，央煩那，店主王公去請醫生。
店主說："附近有一名醫劉弘景，他醫道高明脉理通，
衹是他年邁顛狂，語無倫次，請來時，語錯言差，望娘子函容。"

不多時，請到了名醫劉弘景，則見他，手拄着拐杖兒，口内哼哼。
進門來，放下藥籠兒先施禮，坐在床沿，用眼一丁，
說："就是這位娘子身有病？"店主說："先生！那娘子傍邊躺着位相公。"

弘景説:“是我的眼花休見笑,
快伸過腿來,好把脉評。”
店主説:“先生取笑了,腿上如何有脉?”
弘景説:“你没有睄過《脉訣》,没讀《難經》[②]?
既然腿上無脉,咱們先看手脉,
呀! 娘子此病可好不成。
據脉理説,你不是胎前,定是産後;
不是經閉,定是血崩;
若不是子宫寒冷,赤白帶下,
一定是經期不應,小便帶紅。”
店主説:“先生,你説的都不是男子的病。”
弘景説:“這眼前分明是位娘子,你偏説是相公。”
店主説:“那相公現在娘子身傍卧。”
弘景説:“你爲何早不言明? 任着我懵[③]!
來來來,待我再將這相公看。
哎! 他雙睛緊閉,連哼也不哼。”
冷不防,照定了額角擊一掌,
衹聽“哎呀!”他説:“好勁! 有八成兒可治,他還知道害疼!”
説:“店主人,他這病兒蹺蹊[④],咱們從長計議,
要真正憑脉理用藥,那可治不成。
倒不如咱們猜猜試,
猜準了病,再行用藥,保管必靈。”
店主説:“衹要與病有益,猜猜又何礙!”
弘景説:“要猜不準,馬錢[⑤]不要,還倒找銅。
衹是病症兒煩雜,從那頭兒猜起?
哦! 有咧! 先探探口氣,一猜一個十成。
莫非他,渾身發熱如火炭,
莫非他,遍體篩糠冷似冰,
莫非他,飲食積聚成了痞塊,
莫非他,暗氣凝結是結胸,
莫非他,房事過勞成了虚怯,
莫非他,驚怖之餘是怔忡,
莫非他,思慮太過成了癆病,
莫非他,起居失調胃氣疼,
莫非他,外感傷寒頭沉重,
莫非他,内受温潮脚氣疼,

莫非他,口眼歪斜得了痰瘓,
莫非他,大糞帶血是腸風,
莫非他,口乾舌燥,是消渴的病,
莫非他,喘急咳嗽得了肺癰,
莫非他,吐血、咳血與便血,
莫非他,腰疼、腿疼、腦袋疼,
莫非他,噎嗝、番胃與泄腹,
莫非他,乳蛾喉閉與骨蒸,
莫非他,糟雜吞酸與嘔逆,
莫非他,中寒、中暑與中風,
莫非他是傷寒、感冒與黃疸,
莫非他是瘟毒、瘧子、羊角風,
莫非他是下淋、遺精、小腸疝氣,
莫非他是陰寒、霍亂、肚子疼。
這就是春、夏、秋、冬四季的病,
不知道我那一様兒猜着,要你説明。”
瑞蘭説:“先生猜的全不對。”
劉弘景,羞惱成怒把臉一紅,
説:“除非他害的不是病,
既是病,可可兒的怎麽南道時興[6]?
此病不遇緣,他全不按着書本子害。
失陪了,娘子! 你另請高明。”

第二回

店主含嗔用手攔,
説:“先生休要假捏酸,
你病未猜着藥未用,
我看你有何顔面要馬錢?”
弘景説:“快些撒手容我走,
我劉高手略有個虚名兒,不是一年,
每常時人家去猜病,一猜就準,
今日此病難猜,是不遇緣。
猜遍了十三科的病症,你們都説不是,
故意往[7]我動歪纏。
不説他害的病症不在書本,
反説我學生才疏,猜的不全。
我左猜、右猜都不是,
枉費我學生一嗓子痰。

我猜不準病症如何用藥？
壞了我的聲名，休當等閑。
自古常言：明醫暗卜，
望、聞、問、切，問字兒當先[8]。
這病的來頭全不明講，
葫蘆題兒[9]叫我爲難。"
店主說："我告訴你，可別與那娘子説破，
祇說你自己看出脉理通源[10]。
這蔣官人，祇因身遭離亂心驚怖，
將一位親人，失落在亂軍前，
又得了位新人，住在小店成了恩愛，
他這病是七情有感，六欲熬煎[11]。"
弘景說："這有何難，我全都記住；
你再說聲，我有個走綫脉兒，本是仙傳。"
他忙解下絲絲令店主送在那官人口内，
他手拉着絲絲自語自言。
他妝模作樣說："原來如此！
這病是七情、六欲結悶在胸前。
祇因爲亂軍中失了位親人，得了位新人成恩愛，
是不是？"瑞蘭說："先生醫道果通仙！"
弘景說："罷喲！若不虧店東將我告訴，
我劉高手猜至明年也是枉然。
此病無妨，我現有靈丹妙藥，
此乃是九轉還魂奪命丹。
令官人急速服下，微忍片刻，
一身通汗就安痊。"
那蔣世隆服藥片時全嘔吐，
弘景說："哎呀！久病氣虚，胃脘不安。
小娘子不信，也服一服看，
我這藥有病治病，無病益壽延年。"
王瑞蘭藥未入口，也熏的嘔吐，
弘景說："娘子連日勞乏胃口酸；
老店東！你白吃一服最壯筋骨。"
店主人將藥服下，急刻把席還[12]。
弘景說："你們的胃弱不伏藥，
待我學生自己嘗嘗妙藥仙丹。"
他藥纔入口，心中就發惡，
哇的一聲，吐了一地燒酒裹着粘

痰。

他蹲身細看,説:"哎!忙中有錯,這原來是我家婆搽脚的礬!

不如抓點兒飲片到也對症。"開藥籠兒説:"按五行五色,樣兒俱全。

正東方,甲乙木,木賊、木通、木鱉子;正南方,丙丁火,火梨、火棗、火鼠、火杴;

正西方,庚辛金,金銀花、金箔、金横子;正北方,壬癸水,水萍、水蛭、水澤蘭;

正中央,戊己土,土茯苓、土蜂、土蝠、土狗,還有黄柏、黄精、黄芪、黄連。

丹皮、丹參、丹砂、丹桂,白术、白芷、白芍、白前,

紫菀、紫蘇、紫草、紫貝,青蒿、青黛、青皮、青鹽,

烏頭、烏藥、烏龍膽,紅蜀葵、紅豆蔻、紅花、紅磐,

赤箭、赤檉、赤石脂、赤芍,牛黄、狗寶、鹿茸、麝香、海狗腎、僵蠶

天門冬、天竹黄、天麻子、天仙子,地骨皮、地膚子、地榆、地黄連,

山豆根、山慈姑、山查、山奈,没石子、石南葉、石膽、石蠶。

你須用:井華水、方諸水、天落水,你須用:百草霜、百沸湯、百藥煎,

你須用:桑白皮、榆白皮、夏枯草、天蓬草,煉的他,如阿膠似蛤粉,再下石蜜同煎。

將此藥服一貼,安然穩睡,消千灾,除百病,即刻安痊。"

説明:

此作係根據清代别野堂鈔本。清代百本張《子弟書目録》著録,并注稱:"笑。二回。"作品雖取材於明代施惠的《幽閨記》傳奇,但此作描寫和諷刺的主要對象,却是作者參考了皮簧戲《請醫》而創造的"時醫"劉高手。他看病憑亂猜,猜不對,反責怪病人

“此病不遇緣,他全不按着書本子害”。待别人告訴了他病情,他先是把“家婆搽脚的礬”當藥,繼而又開個無所不包的藥方。所以作者説:“論時醫,自我觀來如狼虎,病者遭之似奪命星。”但作者聲明在先:“非敢譏刺時醫輩,借題寫意,識者休憎。”又明確地點破:“他那知,名醫如名相,有關生死。”顯然,作者名爲諷刺“時醫”,實則諷刺那些胡亂治理國家的“名相”。是一篇“借題寫意”、手法巧妙、構思新穎、寓意深刻的政治諷刺作品。

注釋:

①趁我十年運:清代諺語:“趁我十年運,有病早來醫。”這是庸醫騙人的一種説法。

②《脉訣》和《難經》:古醫書名。《脉訣》爲崔嘉彦撰;《難經》爲戰國時期秦越人撰,共二卷。

③任着我懵:聽任着我懵懂。

④蹺蹊:同蹊蹺,奇怪。

⑤馬錢:醫生出診看病的報酬,猶言出診費。

⑥可可兒的怎麽南道時興:猶言怎麽恰恰兒相反。

⑦往:向着。

⑧望、聞、問、切,問字兒當先:望、聞、問、切是中醫診斷病的四種基本方法。望,即觀察病人的精神、氣色、舌苔及全身外部出現的異常情况;聞,即用聽覺來聽取病人的語言、呼吸、咳嗽和其他聲音,用嗅覺來辨别口氣、病氣等;問,即問清楚病人的自覺症狀和病情;切,即切脉和觸診。所謂“問字兒當先”,顯然是對不會瞧病的一種譏刺。

⑨葫蘆題兒:糊裏糊塗的。

⑩脉理通源:從脉搏跳動的原理看出病根。

⑪七情六欲：中醫稱喜、怒、憂、思、悲、恐、驚爲“七情”，眼、耳、鼻、舌、身、意所生的情欲爲“六欲”。説“他這病是七情有感，六欲熬煎”和下文的“這病是七情、六欲結悶在胸前”，等於説樣樣都是病因，究竟什麽是病因却又説不出來。這是一種辛辣嘲諷的筆法。

⑫把席還：猶言“還席”。席，筵席。這裏指吃的東西又嘔吐出來。

集錦書目一回

奕　賡

有　個《風流詞客》家住《高老莊》，　一心要往《游武廟》内《莊氏降香》。
轉過了《長坂坡》兒前來至《蜈蚣嶺》，　《走嶺子》《黨人碑》一過到了《望鄉》。
前面有《淤泥河》兒《桃花岸》，　老漁翁在《石頭記》上《獨釣寒江》。
新《長亭》緊對着《舊院池館》，　《下河南》在《鳳儀亭》上暫且歇凉。
那《拿螃蟹》的人兒《漁家樂》，　《花木蘭》裏面蓼花香。
舟子《藏舟》在《梅花塢》，　《俏東風》刮來陣陣凉。
《先生嘆》説人生《痴夢》耳，　《長隨嘆》説笑他們不醒這《蝴蝶夢》《黄粱》。
《觀水》已畢把《百花亭》下，　直奔那《一顧傾城》走慌忙。
遠遠的望見了《虎牢關》一座，　那《寧武關》影影綽綽[①]在雲樹傍，
前有《馬跳澶溪》攔去徑；　後面有《丁甲山》《翠屏山》緊靠城墻。
那《查關》的《侍衛嘆》對《司官嘆》，　説《升官圖》何日吐氣把眉揚。

晝夜巡邏怕有賊人來《盜甲》，
若有那《罵城》的前來用《刺梁》。
《逛(過了)二鬧》將城進，
見大街上《賣刀試刀》《齊陳相罵》《鬧學》《刺湯》，
《奇逢》遇見了《嚴大舍》，
《陽告》曰《永福寺》裏《秦王降香》。
他二人《二玉論心》已畢，忙去《游寺》，
進《山門》走過《分宮》細端詳，
見《滚樓》《絮閣》直聳百尺將《頂燈》挂，
《金印記》高懸佛殿穗頭兒長。
東廊下游人齊看《女筋斗》，
那《石玉昆》《郭棟兒》《柳敬亭》俱各説書在廟傍。
《西厢》以内《燈謎會》，
又有商賈雜陳《百寶箱》。
《闊大爺》《大奶奶》拉着《哭官哥兒》隨意逛，
《時道人兒》將過繼的《巧姐》兒用肩扛。
《公子戲環》手拉着《嫁妹》，
《沉香亭》去聽盲女《琵琶行》。
拜《嘆(了)武侯》《數羅漢》，
《燈草和尚》擊磬在一旁。
《祭竈》畢平身出後皋，
猛抬頭見《雷峰塔》一座甚偉昂，
隨步《入塔》前去《祭塔》，
《連升三級》直至正中央。
《聞鈴》十里如千軍《私奔》，
遠看那《出塞》垛口似群羊。
這其間也有《大爺》也有《老斗》也有《厨子》齊聲一嘆，
説真《篡須子》各《趁心願》《報喜》非常。
觀覽多時俱各《出塔》，
《坐樓》以上去飲茶湯，
手摇着借來的《芭蕉扇》，
從《綉荷包》裏面取檳榔，
又至那《葡萄架》底下去《醉酒》，
《葷連换笋鷄》五味調和細品嘗。
閑消遣《三宣牙牌令》，
把那《骨牌名》兒《全水滸》人名兒《活捉》短長。
不多時夕陽斜照《梅嶼恨》，
將《盤盒》收起要轉家鄉。
出廟門見路南正對着《梨園館》，
那臺上演的是《軍營》《探母》的楊

八郎。

《天緣巧配》又遇見《戲姨兒》背着娃子去《入府》，
說是《探晴雯换襖》回來路過廟場，

在《續戲姨》兒家《得鈔》買了《一匹布》，
他那裏《爲賭傲夫》正鬧饑荒。

說罷分手《五娘行路》，
《打御》路一直《出關》厢。

一路上見《漁樵問答》在《武陵源》上，
《新戲蟬》在《林和靖》上韵幽揚。

《打圍》《回圍》的將城進，
好一似《紅旗捷報》走慌忙。

一霎時《風雲會》合天欲雨，
急忙《夜奔》到家鄉。

進門來見《花别妻》一聲《軍妻嘆》，
說你《游園》一日，那管奴家咽土《吃糠》。

那《射鵠子》的差人來《借靴》說明日《慶壽》，
《滿床笏》的喜酒設在《禄壽堂》。

《遣春梅》《追信》與你《寄柬》，
《房得遇俠》《太常寺》的《買禮郎》，

說你劉阮入了《天台》路，
那《狐狸思春》《尼姑思凡》《哭城》裏面困《商郎》。

我這裏《打門》《吃醋》乾生氣，
你那裏《思玉》《戲嬛》逞顛狂。

你看那《彩樓》上《悲秋》的人兒同《尋夢》，
《巧姻緣》的《風月魁》有限，况值漏永更長。

集書目雖排成句無文理，
恐未免識者譏誚笑大方，

不過是解散窮愁聊自慰，
鶴侶氏雖極無能不擅此長。

說明：

這是一篇研究子弟書的重要參考資料。全篇擷取子弟書的名目共一百五十餘種，連綴成曲。雖然没有什麽文理可言，但足見子弟書在當時的盛行。“東廊下游人齊看《女筋斗》,那《石玉昆》《郭棟兒》《柳敬亭》俱各説書在廟傍。《西厢》以内《燈謎會》,又有商賈雜陳《百寶箱》。”這説明子弟書的盛行,是跟當時城市商品經濟的繁榮緊密相聯的。石玉昆、郭棟兒既是演唱子弟書的著名藝人,同時他們本身又成了寫作子弟書的題目。本篇最後,作者説他所以寫作子弟書,是爲了“解散窮愁”。這説明子弟書在當時之所以受到廣大群衆的歡迎,又跟它表現了當時封建經濟逐漸走向解體的“窮愁”之情,是分不開的。此作係據清代舊鈔本。

注釋:

①影影綽綽:隱約的樣子。

桃洞仙緣二回

文西園

第一回

春日春雲春色浮，春山春水助春游。
春花春月明如春晝，春風春雨最動春愁。
春眠春困春情兒倦，春景春園春意兒幽。
慶春光，閑步春郊消春悶，見春山一帶，春圖把春性留。
且説那劉晨、阮肇兩個秀士，他二人同窗密友，義氣相投。
這一日，偶因春困閑散步，但則見，緑遍郊園豁倦眸。
尋花有意來芳徑，問柳無心過翠樓。
觀不盡水秀山青天然的古畫，兩個人選勝探幽把春景酬。
杏花村，拈景吟詩沽美酒，楊柳岸，陶情同上釣魚舟。
看了些峻嶺高峰飛瀑布，玩了些，輕薄桃花水面流，
聽了些，好鳥枝頭聲最巧，黄鸝樹上韵偏幽。
穿曲徑，迷離誤入天台境，恍惚身從仙界游；
静悄悄，惟有山明與水秀，真正是，飛塵不到，一派清幽！
亂紛紛，落紅滿地胭脂冷，緑條條，嫩柳垂金拂陌頭。
異草奇花開燦爛，翠柏蒼松鶴夢留。

他二人說："何幸今朝來此地，
必須要，踏遍蓬萊盡性游，
休辜負，迥絶塵凡清雅境，
咱二人，何不吟詩把仙界酬？"
纔待要拈景開懷聯好句，
見山背後飄然一對女孩兒游。
但則見：淡淡春山横翠黛，
盈盈秋水點雙眸，
玉體蹁躚垂綉帶，
香勾微露俏步風流，
玉貌如花姣無力，
丰姿俊秀，舉止温柔。
見二人一齊止步，香腮帶怒，
説："何處狂儒把仙境游？
你二人，因何至此天台徑？
勝地難容俗士留！"
這二人，驚慌失色忙控背[1]，
嫦娥聽我訴講情由：
"我兩個，一名劉晨，一名阮肇，
原本是當時才子，詩酒同儔。
衹因爲，尋幽選勝忘歸徑，
誤入仙源本不周。
望求仙子垂憐念，
再不敢，復入天台把仙境游。"
二仙子，春風滿面開言道，
説："原來是清高秀才，兩個儒流。
我輩仙鄉離不遠，
何不隨奴試一游？"
他二人步履相隨，分花拂柳，
穿芳徑，見萬樹桃花艷色浮。
遍地奇花堆砌錦，
蒼松翠柏緑如油。
他二人，正把天台仙景玩，
遥望見桃源仙洞，玉宇瓊樓。
二仙姬，香腮帶笑開言道，
説："請進去，願獻仙釀，把名士留；
既入天台非凡品，
我姐妹願結良緣到白頭。"
二秀士，喜出望外齊應允，
二仙子與阮肇、劉辰結鳳儔。
從此後，仙境之中偕伉儷，
也皆因前生造就，夙世根由。

第二回

誰道仙源無路尋，
應知佳會古今聞。

泛桃花,五陵漁子曾垂釣, 誤入仙源是避秦。
又有這仙緣巧合,劉晨、阮肇, 偶逢仙子共聯姻。
也是那,鍾情月老把紅絲繫, 天台女,仙緣合配兩個儒人。
祇因那,仙姬招贅兩個秀士, 從此天台夜夜春。
饑食洞外長生果, 渴飲仙源延壽津。
但則見,玉兔金烏來往走, 纔過秋夏,又到冬春。
他二人,自賦才高功名念切, 常常的,偷把思鄉兩泪淋。
二仙子,參透名儒有思家念, 也不好把恩愛强留名利人。
無奈何,把二人送至仙境外, 兩下裏,彼此牽連慟碎心。
仙子說:"後約難期君請去, 待來時,祇怕桃洞仙源難再尋。"
語罷仙姬飄然去, 祇剩下阮肇、劉辰兩個人。
但則見:祥雲靄靄迷仙境, 亂紛紛,艷蕊桃花落滿塵。
兩秀士半晌發呆,一聲長嘆, 那去了巫峽、天台二洞真,
祇有那,殘紅亢亢堆芳徑, 芊色青青綠作茵。
無奈何,同穿芳徑尋歸路, 一齊舉步奔家門。
到村中,見風光頓改昔年景, 冷落蕭條甚慘人,
鄰里全非當日樣, 村中老幼不相親。
想當初,藍衫角帶游春去, 歸來還是雲履儒巾。
到門前,見破壁頹垣皆敗落, 馬石上坐着鬚鬢皆白二老人。
暗驚訝,走近前來相叙話, 他二人自稱阮肇、劉晨轉家門。
二老者一齊大笑尊秀士: "我們是劉阮之家七代元孫,
曾聞得,兩個高祖游春去, 數百餘年無信音。
去時節是楚、漢争鋒干戈動, 到而今,晋朝司馬聚武文。"
兩秀士,半晌聽呆如夢醒, 纔知道,天台仙境迥絶凡塵。
今方悟,曾言:洞中方數日, 已過世上幾千春。

幻海茫茫，回頭是岸， 轉眸光陰果是真。
從此後，把富貴功名皆看破， 不作名繮利鎖人。
無奈何，辭别老者出村外， 復奔天台把舊徑尋。
弃捨紅塵同悟道， 抛開名利共修真。
仙緣洞内求仙子， 傳授他長生妙術，不老之身。
西園氏，窗前墨譜桃源洞， 堪羡那，風流佳話助高吟。

説明：

此作係根據清代精鈔本。這是現今所知道的唯一版本。作者文西園，生平事迹不詳，今存他作的子弟書有六種。此作取材於明初王子一的雜劇《劉晨阮肇誤入天台》，明代臧晋叔編的《元曲選》誤當元雜劇入選，題作《誤入桃源》。作者之所以幻想有個非常美滿幸福的仙境，正如作品中所説的“誤入仙源是避秦”，是爲了逃避和反襯黑暗的現實。後來劉晨、阮肇兩個秀士因“自賦才高，功名念切”，要離開仙境去做“名利人”，但回到人間後，却發現原來“已過世上幾千春”。而實際生活，使他們“從此後把富貴功名皆看破，不作名繮利鎖人”。這是對封建統治者竭力用科舉取士、以功名富貴收買、腐蝕志士才人的反動政策的决裂，在一定程度上反映了封建社會知識分子的覺醒。

注釋：

①控背：彎腰曲背，以示恭敬。如《西游記》第十回：“控背躬身，迎迓太宗。”

長隨嘆一回

文西園

幽窗净寂書垂簾，　一枕新凉午夢殘。
閑憑今古炎凉態，　堪嘆繁華衣帽年。
君子時乖能守分，　小人得志渾吃穿。
有一個落破的長隨身染病，　在招商店内好懨纏①。
這一晚，四肢無力難合眼，　不由一陣好傷慘；
對着那，冷雨凄風長夜永，　睄了睄，殘燈明滅數更闌，
忽然想起當年景，　後悔從前兩泪漣。
我本是，夫婦兩個投家主，　買東西、掃院、跟班挣月錢。
也是我，起早睡晚多勤謹，　鞍前馬後苦難言。
我的妻，伏侍太太多得臉，　老爺恩寬重似山，
内外差使我夫妻倆，　油炒飯，算我行中獨占先。
真可喜，上司升官得外任，　我也就，轟轟烈烈勝先前。
衹因爲，我是個陳人②多重用，　派出來各樣官差都剩錢。
前衙馬號③將名兒挂，　門上管事外帶跟班。
就是那，伴兒④中哥們誰不敬，　有内情，我要辭人不費難。
除了本官惟有我大，　揚眉吐氣好威嚴。
眼眶子高，回事官員都睄不起，　倚仗着上司是本管，混捏酸。

手下的三小兒[⑤]成群，服侍我， 作勢拿腔，不怕懨煩。
决不該，小人乍富忘根本， 一味胡行花費錢。
决不該，賣弄奢華由着性兒攬， 穿了些錦緞紗羅，折受福田，
帶了些翡翠班指[⑥]西洋表， 胡灑冤[⑦]，我也學吃袋雅片烟。
肚内肥，美味珍饈都懶得咽， 頓忘了飯餅、糠窩窩不够餐。
自古道：人得飽暖就生閑事， 終日裹，衹在花街柳巷眠。
行院[⑧]中，許多姑娘合我厚， 不過是雙鳳、金妞與翠蘭。
把那些，艱難苦况全都忘， 衹因爲腰内充足，有幾個糟錢。
引門風情倚紅偎翠， 終朝惜玉又把香憐。
想他們，千嬌百媚人迷戀， 要想逃出萬萬難。
又誰知，此身打入迷魂陣， 就便是，花費資財無怨言。
衹從那，老爺動怒把夫妻攆， 流落他鄉不能轉還。
衹落得，同伴哥兒們都趁了願， 誰肯把銀錢前來周濟咱。
偏偏的運氣不通，身又染病， 兩口兒幾件衣服，盡當完。
我的妻，央媒作保去當奶母， 原説下京錢十吊，一典三年[⑨]，
誰承望，他飄然一去無音信， 到教我病人，心内好發懸[⑩]。
莫不是，水性楊花他心改變， 拋閃了前夫，另嫁了男？
倘然敗壞傷風化， 教我這王八的名兒怎樣耽？
這是我管事一場無結果， 連一個朋友的名兒保不全。
這長隨，愁思半晌懨懨睡， 病勢頻增動轉難，
昏沉已入迷離境， 恍惚之間遇舊官。
偏遇着，鐘鳴古寺驚殘夢， 滿腹中燒實可憐。
西園氏，閑情墨譜《長隨嘆》， 不過是，守分安常醒世言。

説明：

此作係根據清代百本張鈔本。百本張《子弟書目録》著録，并

注稱:“笑。一回。”長隨,是明代以來受雇傭的僕人的通稱。這個長隨,由於深受主子的重用,成爲僕人中的總管,因而他就忘本變質,作威作福,要“手下的三小兒成群服侍我”,穿錦羅,吃珍饈,抽鴉片,嫖妓女,結果“那老爺動怒把夫妻攆”,“妻央媒作保去當奶母”,一去無音信,他本人則貧病交加,卧床等死。作者寫作的目的雖然是要人們“守分安常”,但作品的客觀效果却是對腐朽墮落的封建社會現實作了有力的諷刺和無情的鞭撻。奕賡在《逛護國寺》子弟書中曾評論文西園的作品說:“西園氏每將文章帶詼諧”,從此作及《先生嘆》也可看出西園氏作品風格的一斑。

注釋:

①懨纏:疾病纏綿的樣子。

②陳人:相處多年的舊人。

③前衙馬號:衙門的傳達處。

④伴兒:這裏指同伙。

⑤三小兒:供役使的童僕。

⑥班指:原是拉弓射箭時大指上戴的指環,以後常用作戴在手指上的裝飾品。

⑦胡灑兔:不該來而胡亂來。

⑧行院:妓院。

⑨原説下京錢十吊一典三年:清代北京用錢以五十當一吊稱作京錢,因此京錢十吊就等於五百錢;典,即典當,抵押。

⑩懸:繫念、疑惑。

先生嘆一回

文西園

净寂書窗不捲簾，暫將筆墨度餘年。
功名未遂男兒願，顧影空將白髮憐。
欲卜青雲音尚渺，何時書債始償完？
無奈何，教訓蒙童開學館，此中景况最難言。
這先生，晚間無事書房坐，學生散去，飯罷更闌，
閑餐浪酒無聊賴，悶坐銜杯憶往前：
自幼兒，憤志攻書，勤修敬業，心專文字，性近詩篇。
可嘆我天分偏低，生來的愚魯，白費了十載工夫，想、悟、會都難。
吟詩句平仄不分，由着性兒作，文章内，吊、渡、挽的規模[1]好費難。
一頂頭巾無曾戴上，兩袖清風祇自憐。
祇落得，半途而廢將京上，廟宇中設帳教書，度晚年。
連一個經書文館，都貼不上，也不過是童蒙任附，學報子[2]高懸。
就有那，方近兒童將書念，束修[3]少，每月無非四、五百錢。
念的是《三字經》兒、《百家姓》，若要是教到《論語》，我就難。
可嘆我，早起睡晚多辛苦，到了這夏日天長似小年。
爲別字，無奈之何，我查察過《字急的我，兩眼發離[4]汗似泉。

匯》，

雖説是，散館之中無大益，　　也算好，到可怡情度華年。

每到那，朔風凜凜三冬景，　　吩咐那，徒弟都攢煤炭錢。

夏日炎炎當永日，　　搭天棚，也是公中大衆攢。

更有那，祭了之期[⑤]多快樂，　　除剩錢，外帶還吃肚内圓。

終日裏，教書、寫仿把兒童訓，　　操心費力，外帶難纏。

有那些，天分聰明多穎悟，　　功課不錯，總是先完。

有那些，懵懂無知，嬌生慣養，　　懶習書字，衹好貪頑。

若要是責罰於他，回家去告訴，　　不知禮的東家，倒出怨言。

就是這朝往暮還，館中之事，　　天天如此好心煩。

提放學，大家兒童齊快樂，　　出街門，歡然嬉笑，渾跑横蹿。

鬧的我，終日昏昏如酒醉，　　到了這飯罷黄昏，神魄纔安。

小鋪中，酒薄水多因賒賬，　　碓房中米粗，原因前債未完。

這些時，不但學房多辛苦，　　就有這，自己日月也艱難。

遥念中秋節又至，　　學生們家中，都要送節錢。

得些個新鮮果品燒黄酒，　　到了那十五良宵，我吹個圓。

沉醉書窗須盡興，　　那管那日日教書那些急與難。

這如今，俗名叫作："教書匠"，　　反惹他人作笑談。

可嘆我，一年到有許多得項[⑥]，　　濟不起先生家下寒。

似這等，困苦窮儒何日了，　　操勞書債幾時還？

也衹好，碌碌庸庸熬日月，　　迷迷惚惚度歲年。

但見那，月色溶溶，花陰舞態，　　更聲寂寂，夜色秋闌，

這先生，尋思漏盡愁千縷，　　悶坐燈昏影漸殘。

合衣就寢難成夢，　　倚枕無聊睡思添。

文西園窗前閑譜《先生嘆》，　　生感慨，一頂儒巾誤少年！

説明：

此作係根據清代百本張鈔本。直接取材於當時的社會現實反映了封建社會末期"困苦窮儒"因"功名未遂"而過"教書匠"生活的苦悶：賒酒欠債的艱難，教書生涯的無聊，知識淺薄的可憐，誤人少年的可嘆！奕賡的《集錦書目》稱："《先生嘆》説人生《痴夢》耳。"確實，《先生嘆》寫的是一個"窮儒"，嘆的却是整個社會人生，是對封建社會合理性、永久性的懷疑和動摇。

注釋：

①文章内吊、渡、挽的規模：指文章的開頭、過渡和結尾等組織結構。

②童蒙任附：指學童隨意入塾讀書。附，附讀。學報子，猶如招生廣告。

③束修：捆在一起的十塊乾肉，原是古代的薄禮，後來常用以指教書報酬。

④發離：形容視覺模糊不清。

⑤祭了之期：祭祀完畢的時候。

⑥得項：猶言收益。

斬竇娥一回

竹 軒

長夏竹軒苦睡魔，
閑情翻檢舊書閣，
《春秋》綱目誅心筆，
野史傳奇勸世歌。
有個張驢兒，欲謀佳麗施毒藥，
倒把他，嘴饞的老母見閻羅，
誣賴佳人成冤獄，
苦死了，盡孝全節的小竇娥。
且說那，賢人自入監牢後，
家中慟壞了老婆婆，
日倚柴門啼血泪，
夜眠短榻夢妖魔，
最苦晨昏誰侍奉？
更悲茶飯自生活。
新愁舊恨重勾起，
老人家眼皮兒哭腫，氣力兒單薄，
思兒痛婦心如醉，
叫地呼天膽似割。
泪眼啼乾眉蹙蹙，
悲魂驚斷怔怔忡忡。
這一日，要到監中來看看，
羹飯竹籃手内提着，
一路兒，觸景傷懷無非悲泣，
遥望見監門，一陣大痛，寸步難挪。
强打着精神擦眼泪，
哀告牢頭禁子哥。
步入監中心亂跳，
行來獄廟體哆嗦。
但見那，怨霧愁雲遮天暗，
慘氣陰風透膽多，
枷鎖聲音活地獄，
哀號悲苦，現世的森羅[①]。

牢頭喚竇氏說:“人來看你。”
見賢人,驚開泪眼說:“娘在何處?
一聲大慟咽喉閉,
四肢冰冷牙關緊,
老夫人忙跑至跟前扶玉體,
快些兒蘇醒回來罷!
半晌賢人睁泪眼,
恕孩兒,枷鎖臨身難盡禮,
夫人泪涌,說:“兒何罪?
可恨那,萬剮的張驢兒無天理,
嫩皮膚,難受這嚴刑審問苦,
賢惠冰心,反遭惡報,
佳人痛道:“奴命蹇,
帶累得,老邁的娘親啼血泪,
實指望,替夫侍奉年高的母,
兒死後,幽冥自有陰靈兒在,
夫人大慟,說:“是天殺了我!
孤另另,傷心話語向何人訴?
倒不如,隨你一路尋兒去,
衹可憐,清明祭掃,哪個添墳土?
再有誰來,怕我饑寒長問問,
老身何罪干天怒?
竇氏悲哀,說:“娘保重!
倘有個山高水遠,如何是好?
願娘親,饑餐渴飲須勤進,

夫人到門外泪如梭。
想殺了罪孽如山的小竇娥。”
兩泪交流杏眼合,
雲鬢蓬鬆面色白。
說:“孝順的兒啊,疼死了婆婆。
若有個一差二錯,我可靠着什麽?’
說:“不孝的兒媳,累母惦着,
孝養全虧,哎!可没奈何。”
可憐你孝順貞節,把惡名兒馱。
却怎的,舉頭三尺没有神佛?
玉容顔,怎禁這長枷鐵鎖磨?
不睁眼的蒼天,你坑了竇娥!”
這也是,前生冤孽怎逃脱?
妨的那,青年的夫主喪清波。
今落得,抛閃了萱堂妾罪多。
小旋風,一定盤繞着老婆婆。”
老命該當,也不能久活。
冷清清,卧病床頭把那個托?
九泉下一家完聚,强如自奔波。
更可嘆,少女無兒,誰去架靈車?
靠哪個隨身服侍?要自移挪。
屈死兒媳,枉受了張羅!”
老人家過於傷感,可使不得。
使孩兒死後、生前罪孽更多!
身冷衣單要厚着。

那時節，想婦思兒身欠爽，
小竇娥就死在黄泉，眼也是不合”。

痛苦的婆媳心欲碎，
倒噎的聲氣話難説。

衹哭得，悲聲凄慘聲聞遠，
衹哭得，女犯一監腸斷折。

婆媳正自難割捨，
禁子連催：不許耽擱。

夫人無奈纔轉步，
鬧吵吵，一伙差人來綁竇娥。

夫人魄散，竇娥呆了，
差人將竇氏上了囚車。

推赴法場，陰雲忽起，
三伏大雪，粉飾山河。

新巡按就知有屈情，重提審，
張驢兒正法，竇氏的冤白。

到後來，昌宗榮歸，一門聚首，
纔見得天理昭彰，報應有神佛。

説明：

本篇係據清代百本張鈔本。傳鈔本或題作《炎天雪》，内容相同。開首詩篇稱：“長夏竹軒苦睡魔，閑情翻檢舊書閣，《春秋》綱目誅心筆，野史傳奇勸世歌。”表明它的作者是竹軒，是懷着“勸世”的目的而作的。作者竹軒，生平事迹不詳；所作子弟書，今傳有《斬竇娥》《芭蕉扇》《查關》《救主盤盒》《厨子嘆》等五篇，均屬社會政治題材。《斬竇娥》是取材於元代關漢卿的雜劇《竇娥冤》第三折和明葉憲祖《金鎖記》傳奇，描寫臨刑前竇娥同她婆婆於牢房會見的情景。作者揭露那黑暗的社會是“怨霧愁雲遮天暗，慘氣陰風透膽多”，責問“却怎的，舉頭三尺没有神佛”，詛咒“不睁眼的蒼天，你坑了竇娥”，表現了對封建腐朽政治的强烈不滿。關漢卿原著突出的是竇娥的反抗性格，而本篇的改編，突出的却是婆婆的不滿，對於竇娥的形象則側重描繪她對婆婆的賢惠，其反抗性格則遠比原作遜色，反映了改編者深受封建倫理道德觀念的局限。

注釋：

①森羅：指封建迷信傳説閻羅所居的森羅殿。這裏猶言活地獄。

查　關二回

竹　軒

第一回

芒、碭威名萬古揚，好一個并吞秦、楚的漢高皇。
一統緒，幾次離亂、數回平治，四百載許多佞黨、不少忠良。
漢光武中興霸業傳青史，劉唐建北行沙漠，見秦腔。
人静竹軒閑弄筆，且把那梭羅宴查關演一場。
這太子，隻身匹馬沙漠路，倒提着仗膽防身的戰桿槍。
走了些，曠野沙堆枯草地，走了些，窮山斷嶺亂石崗；
經了些，野道縱横狐兔迹，經了些，深林出入蟒蛇鄉。
見了些，寒鴉群噪斜陽影，見了些，荆棘叢生古道旁。
哪裏有報曉鷄聲茅店月①，幾曾見，早行人迹板橋霜。
小儲君玉葉金枝，難受這風塵的苦，思故國，想雙親，對着悲凉的景况，他怎不凄凉？
流泪道："此間大概是夷狄也。哎！這衰草連天，可哪是故鄉？
自幼兒，身卧皇宫排御宴，到如今，路宿荒郊欠米糧。
哪裏有，内監宫娥雙伴我，衹剩下，孤穹②匹馬一條槍。"

這儲君,想到傷心哭到晚,　早又見斜陽西墜,月影兒寒涼。
無奈何,信馬由繮隨路兒走,　偏遇那,一天冷霧月輪兒藏。
膽小的儲君心害怕,　說:"呀! 夜晚天黑可奔哪鄉?
孤衹得暫在此處歇歇罷!"　下雕鞍,戳槍、栓住了馬偏繮。
巧遇着一塊長石,合衣而卧,　勞乏的身子,也顧不得涼。
不言那儲君已入思鄉夢,　且説那,梭羅宴手提燈籠把差使當。
巡邏關口防奸細,　查看營盤警不良。
走到了黄上溝邊是三更時候,　猛然見亂石坡上,有一片紅光。
楞頭青"啊啦"[3]一聲説:"不好了,　呼敦軋補[4]"去報姑娘。
這番兵一壁裏急行,一壁裏嚷,　跑到了蒙古鉢[5]前掀帳房。
姑娘"問道:是何人也?　爲何大驚小怪這般慌?"
番兵跪倒説:"梭羅宴,　機密事:觸火麽。前來告訴姑娘。
不知亞巴得[6]來了奸細,　厄母塞拂勒呀哈[7]燒了個亮堂堂。"
二姑娘吃驚站起説:"在於何處?　快些引奴前去看看端詳。"
梭羅宴伸手連忙把燈籠提起,　二姑娘款步輕盈出帳房。
衹聽得,四圍軍令梆聲兒響亮,　又見那,一時雲散天氣兒清涼。
望着紅光走,走到跟前紅光不見,　衹有寒沙凝皓月,亂草點嚴霜。
見一個小小的南蠻[8],在石上睡,　身傍邊一匹白馬、一條槍。
細看他年紀兒,衹好與奴同歲,　俏龐兒,龍顔天表、貴氣非常。
二姑娘低聲兒悄唤:"梭羅宴,　你與我牽他的白馬,盜他的槍。
他醒來時,問他的名姓,是誰家的子?　再問他籍貫并家鄉,
可有了妻兒,娶過未娶;　今自何來,還到哪方?"
奉命的番兵偷槍,盜馬,　拾起根草棍兒捅鼻,太子驚慌。

坐起來睜睛，猛見個臊達子，在面前站定象口皮缸。
見他面黑、髪黄、脖項短，眉粗、眼大、耳輪長。
戴一頂卧兔軟沿兒的新帽子，穿一件羊皮無面兒的舊衣裳。
蹬一雙牛皮尖靴，猶如鷹嘴，繫一條駝絨窄帶，亞賽羊腸。
儲君驚訝説："還孤的槍馬！"番兵説："摸林阿庫[9]一個哪裏來的槍！"
太子説："分明是你偷了去。"番兵大怒手高揚。
二姑娘連忙擺手，在儲君背後，含情翠黛蹙雙雙。
梭羅宴看看姑娘，睄睄太子，説："便宜你一頓舒拾哈攤他[10]，看我的姑娘。
那南方的蠻子哥布矮[11]，矮哈啦，[12]你要實説是牛、馬、朱、楊。
西委居西呢阿媽[13]是何人也？亞巴衣呢呀啦媽[14]住在那鄉？
五都塞[15]是七十八十或三兩歲，矮阿呢呀[16]是狗兒、兔子合小猴王。
矮逼七鷄合[17]是往何處去？最要緊，西你撥得[18]可有了妻房？
你看他，彌呢鷄尊[19]佯不睬，倒把我，呀薩秃挖莫[20]故意裝佯。"
小儲君半晌聽呆全不懂，身背後嫣然一笑是二姑娘。

第二回

太子回頭魂蕩漾，説："原來此處是仙鄉；
若不然，怎生却有仙人也，難道説乾坤的秀氣，盡在塞北收藏。
體態兒窈窕之中藏典雅，模樣兒温柔裏面露端莊。
眼含秋水神隱隱，眉横翠黛蹙雙雙。

映着月輪兒，不染鉛華天然俏，
臨着清風兒，未熏蘭麝自來的香。
羞殺那漢宮秀女三千紅粉，
衹他那纖纖玉指，就該掌昭陽。
常言道：月下燈前觀美女。
孤今始信不荒唐。"
見他雲鬢邊，金鳳嵌珍珠，寶花厢翡翠，
配着紫貂帽，綉帶飄揚。
披一件海棠春雨猩紅套，
玉狐裘，錦上添花把領袖厢。
宮樣花鞋三寸底，
鞋幫兒看不真切，大半是被衣藏。
小儲君似醉如痴呆呆的看，
梭羅宴鬍子扎殺臉都氣黄。
大罵："哇布嚕[21]真該死！
把你那呢呀鑾嘎朱[22]作醒酒湯。
誰許你把彌呢額真[23]胡亂看？
剜你的波牛呀薩[24]理正當。"
二姑娘嬌嗔滿面說："梭羅宴，
就叫他看看有何妨。"
向太子說："奴才無禮君休怪。"
小儲君連忙站起說："多謝姑娘！"
太子說："他方纔說的是何言語？"
姑娘說："問君貴姓與尊芳。"
太子說："我孤姓劉名唐建。"
姑娘說："不知何處是家鄉？"
太子說："帝業久居龍鳳閣。"
姑娘說："椿萱堂上可安康？"
太子說："蒙天垂佑多餘慶。"
姑娘說："必是現爲將相在朝綱。"
太子說："我父大漢爲皇帝，
深宮母后掌昭陽。"
二姑娘喜上眉梢說："原來是殿下。"
他羞答答一半兒吃驚，抖了抖挖杭[25]。
向儲君，招展花枝輕輕跪，
說："願千歲壽同山岳永，福共海天長。"
太子消魂忙攙起，
說："姑娘請起，看沾了衣裳。"
姑娘說："滿地霜華千歲冷，
請爺到臣妾的牛皮小帳房。"
太子進帳歸座位，
柔氣兒着人陣陣香。
見姑娘月下燈前，另一番嬌媚，
二姑娘玉腕搖金鐲，帶笑把烟裝。
太子說："此乃何物？孤不懂。"
番兵笑說："味道難言，你抽口嘗

二姑娘玉指尖尖將奶茶[26]獻上，
番兵説："爺要不喝一個賞給我。"
這番兵謝賞接茶，出去喂馬，
説："夜已深沉，孤往何處去？
孤不然往梭羅宴帳裏歇息了罷。"
太子説："這帳房中可倒好，又不方便，
二姑娘無語，低頭拈綉帶，
羞答答，欲語難言好幾次，
太子説："卿卿不必爲難也，

怕的是萍水相逢成婚配，
我劉唐建天緣有分登金殿，
自然的衆口不調無名分，
二姑娘含羞帶笑將恩謝，
姑娘説："千歲因何來至此？"
忽聽得咕咚一聲，梭羅宴也跪倒，
太子説："回朝封你挂將軍印。"
我見那，呀法哈烏克身[29]真有趣，
就便哈啷阿齋音[31]吆喝、吆喝，

二姑娘，袖掩櫻桃難忍笑，
這番兵"嗻嗻[33]"答應忙出去，
説："夜静姑娘乏困了，
你聽聽，寒蛩兒周圍音聲兒斷續，
嘗。"
小儲君無奈，接來放在一旁。
太子笑説："拿了去罷，羶氣難當。"
儲君含笑，試探姑娘。
四圍沙漠，遍地寒霜。
姑娘説："不好，太腌髒。"
况祇有姑娘安寢一張床。"

嬌滴滴紅透香腮醉海棠。
啓朱唇，鶯聲纔吐，玉面又遮藏。
孤早知你那聰明的肺腑，伶俐的心腸。
教那些朝野多人論短長。
封卿正印掌昭陽。
果然是百年大禮有文章。"
小儲君低聲説："請起，我的娘娘。"
太子説："明朝再慢慢訴端詳。"
説："阿哈[27]也討個差使當當。"
番兵説："彌呢波掖[28]怕累的慌。
衣能以嗟哩掰他阿庫[30]净敲梆。
遇見個蘇啦呢呀啦媽[32]一個更拿糖。"
太子説："明朝慢慢再商量。"
小儲君，呆呆兩眼看姑娘。
何不安寢入夢鄉？
也睄睄，隔帳兒西斜月影兒冰凉。"

他二人也不知寢未寢，　　簡編裏原該如此，莫問端詳。

説明：

本篇係據清代百本張鈔本。開首"詩篇"説："人静竹軒閑弄筆，且把那梭羅宴查關演一場。"説明它的作者是竹軒。故事取材於"秦腔"《吉星臺》（京劇《查頭關》），演漢元帝太子劉唐建巡查邊關，與邊疆民族公主相遇彼此愛慕的故事。但無論在故事情節或主題思想方面，都有重大發展和提高。劇作中劉唐建夢見真龍出現，驚動番將蘇裹烟，以爲蛇鑽七竅，報知公主尤春風，以及由蘇裹烟撮合，二人纔訂婚等情節，被改造爲劉唐建與公主在現實生活中相遇，不需他人撮合就自然地產生了愛慕之情，通過這種愛慕之情，反映了兄弟民族之間互敬互愛的鮮明特色。由於封建傳統觀念的影響，在我國的舊文學作品中，往往把少數民族寫得落後和醜陋，帶有歪曲和醜化的印記。而在這篇子弟書中，却把少數民族寫成是"仙鄉"的"仙人"，贊美"乾坤的秀氣盡在塞北收藏"，表現了我們偉大祖國疆土遼闊可愛，各民族團結友愛的主題，這是極爲難能可貴的。

注釋：

①鷄聲茅店月：這句和下句的"人迹板橋霜"，是借用唐代詩人温庭筠《商山早行》詩句。

②孤穹：封建君王的自稱；亦稱"孤"。

③啊啦：滿語 ara"驚訝聲"的譯語。

④呼敦軋補：滿語 hūdun yabu"快走"的譯語。

⑤蒙古鉢：即"蒙古包"，氈帳。蒙語爲 ger，這裏"鉢"譯自滿語 boo"家"。

⑥亞巴得:滿語 ya ba de"於何處"的譯語。

⑦厄母塞拂勒呀哈:滿語 emu sefere yaha"一把火"的譯語。呀哈 yaha 意義是"無焰的火"。

⑧南蠻:泛指漢人。

⑨摸林阿庫:滿語 morin akū"無馬"的譯語。

⑩舒拾哈攤他:滿語 šusiha tanta"鞭子打"的譯語。舒拾哈 šusiha"鞭子";tanta"打"。

⑪哥布矮:滿語 gebu ai"甚麽名字"的譯語。哥布 gebu"名",矮 ai"何"。

⑫矮哈啦:滿語 ai hala"姓什麽"。哈啦 hala"姓氏"。

⑬西委居西呢阿媽:滿語 si weci sini ama"你父爲誰"的譯語。西呢 sini"你的";阿媽 ama"父親"。

⑬亞巴衣呢呀啦媽:滿語 ya ba i niyalma"何處的人"的譯語。呢呀啦媽 niyalma"人"。

⑮五都塞:滿語 udu se"幾歲"的譯語。塞 se"年歲"。

⑯矮阿呢呀:滿語 ai aniya"何年"的譯語。

⑰矮逼七鷄合:滿語 ai bici jihe"從何而來"的譯語。鷄合 jihe"來了"。

⑱西你撥得:滿語 sini boo de"在你家裏"的譯語。撥 boo"家"。

⑲彌呢鷄尊:滿語 mini jijun"我的模樣兒"的譯語。這是個戲謔的詞語。

⑳呀薩秃挖莫:滿語 yasa tuwame"眼看着"的譯語。呀薩 yasa"眼睛";秃挖莫 tuwame"看着"。

㉑哇布嚕:滿語 waburu"砍頭的"(咒罵語)的音譯詞。

㉒呢呀蠻嘎朱:滿語 niyaman gaju"拿心出來"的譯語。呢呀

饢 niyaman“心臟”;嘎朱 gaju“拿來”。

㉓彌呢額真:滿語 mini ejen“我主”的譯語。額真 ejen“主,君主”。

㉔波牛呀薩:滿語 bonio yasa“調皮的眼睛,淘氣的眼睛”的譯語(謔詞)。

㉕挖杭:滿語 wahan“袖,馬蹄袖”的借譯詞。

㉖奶茶:注入牛奶的茶,滿語名 sun i cai。

㉗阿哈:滿語 aha“奴僕,奴才”的借譯詞。

㉘彌呢波掖:滿語 mini beye“我自己”的譯語。beye“身,自身”。

㉙呀法哈烏克身:滿語 yafahan uksin“步甲”的譯音詞。

㉚衣能以噠哩掰他阿庫:滿語 inenggidari baitakū“每日無事”的譯語。衣能以噠哩 inenggidari“每日”;掰他阿庫 baitakū“無用,無事”。

㉛哈啷阿齋音:滿語 harangga janggin“所屬章京”的譯語。

㉜蘇啦呢呀啦媽:滿語 sula niyalma“閑散人,閑人”的借譯詞。

㉝嗻嗻:滿語 je je“是,是,急應聲”。

厨子嘆一回

竹　軒

自古庖人贊易牙①，到而今，傳留行次有厨茶。
飯莊食店非他不可，吉日良辰不可少他。
活計的忙閑，在人自做，當時的伙伴，仗藝業壓。
鋪面的勞金好些吊，日夜的工錢數百嘎。
五味調和：酸、甜、苦、辣，百人偏好：凉、香、木、麻②。
正用的東西：猪、羊、菜蔬，配搭的樣數：魚、蟹、鷄、鴨。
應時的美饌：燒、燎、蒸、煮，對景的佳肴：煎、炒、烹、炸。
手藝刀杓分南北，生涯晝夜任勞乏。
開單子，一兩就够了必開二兩，約伙伴，兩個人的活，討要約三。
懂局兒的人家兒，厨師傅替省，四桌可以把六桌拉③。
泡泡滿滿真裝樣，揀揀挑挑再打發。
生氣時，不拘好歹都折雜燴，衹因爲東人怠慢，他混充達④。
檳榔、烟錢本家兒的外敬，零星的肉塊，暗地裏偷拿。
大腸頭掖在腰間，送妻兒他就酒，小肚兒帶回家去，請孩子的媽媽。
藏海味，忙時候預備包席面，换燕窩，碰巧兒貨賣與東家。
不少的吃喝，要酒醉飯飽，大百的青錢，往腰柜⑤裏砸。
老年時，米麥豐收歌大有，地皮兒鬆動，世界榮華。

整擔的鷄鴨，挨挨擠擠，
滿車的水菜，壓壓杈杈，
糙糧、雜豆，堆堆垜垜，
南鮮北果，緑緑花花。
娶媳嫁婦會親友，
窩子爾行[⑥]，日夜奔忙不顧乏。
先年時，羊肉準斤[⑦]六十六個，
肥猪一口二兩七八。
大碗冰盤，乾裝高擺，
肘子稀爛，整鷄整鴨。
羅碟五寸，三層兩落，
活魚肥厚，鮮蟹、鮮蝦。
買的也得買，做的也得做，
親朋也歡喜，臉面也光華。
這如今，連年旱潦飛蝗起，
物價兒説來把人笑殺。
斗粟千錢，斤面半百，
羊漲行市，猪價扎啦[⑧]。
一個大錢買乾葱一段，秦椒一個，
八、九十文買生姜一兩，買韭菜一掐。
辦事的，將將就就騰挪着辦，
事完慢慢的再嚼牙。
嫁娶的筵席，都是湯水菜，
家家錢緊，不敢多花。
紅湯兒的是東蘑，白湯兒的片笋，
肉名兒的丸子，團粉末兒的疙疸。
擋口的葷腥，是炖吊子，
油炸的焦脆，是粉烙炸。
東坡幾塊臢皮腨[⑨]，
炒肉多加嫩麥芽。
任憑東家的魚肉多，
綁着塊，有精緻的塊兒，也要藏他。
歇工零碎熬青菜，
强似香油炒豆芽。
大人孩子，吃饞了的嘴，
街頭家内，花慣了的錢。
越没錢，兒哭女叫要吃糖豆，
凑趣兒，坑人的爐子火偏乏[⑩]。
地皮兒緊[⑪]，誰家無故邀親友，
盼兩天嫁娶筵席，剩點子錢。
買些個，煤炭、油鹽熬歲月，
等一個，豐富年成再起家。
近年來，生意蕭條豈但厨子，
那一行興騰熱鬧會把錢抓？
竹軒無事聽庖人閑話，
借筆頭，寫他的苦樂冷熱生涯。

説明:

此作係根據清代鈔本。“自古庖人贊易牙”,庖人即厨子。易牙亦稱狄牙,春秋時人,以善於調味逢迎齊桓公,被齊桓公用爲親近侍臣。作者説:“竹軒無事聽庖人閑話,借筆頭,寫他的苦樂冷熱生涯。”以當時現實生活中的厨子爲作品的主人公,别開生面,頗爲難得。作品雖然也有寫厨子偷吃扒拿等不端行爲,但主要的還是贊揚厨子的手藝和勞苦,揭露天災人禍造成物價飛漲、民不聊生的情況,不但使厨子生意蕭條,而且行行如此,反映了整個封建社會末期盛筵必散和衰敗破落的景况。

注釋:

①易牙:一作狄牙。春秋時人,長於調味,善於逢迎,相傳曾烹其子爲羹,以獻齊桓公,成爲春秋時齊桓公寵幸的近臣。

②凉香木麻:俗語“麻木凉香各有所嘗”,意思是説,味覺的嗜好各有不同。

③拉:分開。

④混充達:隨意衝撞人。

⑤腰柜:猶言腰包。

⑥窩子爾行:世代幹這行業的人。

⑦準斤:達到一定斤數。

⑧扎啦:升高的意思。約是來自滿語 jalu 的借譯詞。

⑨東坡:指“東坡肉”,菜名。玀皮腨,皮下肥而鬆軟的肉,又名玀腨。

⑩乏:不旺。

⑪地皮兒緊:猶言錢緊,社會不景氣。

諸葛罵朗二回

煦　園

第一回

先帝晏駕白帝城，　　軍國大事托孔明。
搬靈柩，多官舉哀，成都安葬，　　擇吉日，阿斗受禪坐九重。
諸葛亮執掌生殺，文武恭敬，　　天子呼相父，爵位列三公。
匡社稷，治國有方懷忠義，　　愛百姓，諸事公平，法不枉刑。
一心要扭轉乾坤，恢復漢室，　　要把那，東吴北魏一掃平。
終日裹，訓練人馬在教軍場，　　差遣那，智勇的將軍守邊庭。
自古國正天心順，　　雨順風調，五穀豐登。
西蜀的民心歡悦，軍威遠振，　　真果是，國有賢臣，天下太平。
魏曹丕，貪心不足生妄想，　　登金殿，宣召群臣商議軍情。
説："目今劉備新亡，西蜀無主，　　諸愛卿，誰人取川作元戎？"
賈文和連忙啓奏説："不可，　　似這等，乘喪作亂，出兵無名；
而況且，諸葛用兵，神鬼莫測，　　料敵人能戰能守，排兵布陣似陳平。
陛下要把成都取，　　衹有輸來未必贏。"
司馬懿越衆出班忙拜倒：　　"陛下呀，失此機緣難遇逢，臣有一條愚拙計，取川須用五路兵。
那諸葛縱有那吕望之才，托天手段，管叫他進退無路，歘[①]盡英名。”
魏主聞奏心歡喜，一道詔旨下九重。
第一路軻比能先從旱路把西平取，第二路南蠻孟獲率衆攻打益州城，
第三路東吴孫權夾攻兩川在水路，第四路降將孟達上庸起兵取漢中，
第五路曹真爲帥，把陽平關取，大兵五十萬，包管一陣把功成。
西蜀的邊報、摺奏如雪片，後主聞奏，膽戰心驚，
慌聚多官，商議國政，宣丞相，托病不出相府中。
後主驚訝説：“莫非相父心改變？却忘了先主托孤情。”
忙入養老宫啓奏皇太后，太后驚訝：“我必須親到相府問個明。”
杜瓊説：“臣料丞相必有高見，娘娘的車駕不可行，
待陛下相府問計如果怠慢，那時節，宣入太廟，娘娘問明。”
後主准奏説：“快排駕。”率領着多官出離了宫，
不多時，轉眼來到丞相府，門吏跪拜把御駕迎。
天子説：“丞相現今在何處？”門吏説：“不知。”後主款步往裏行，
順着迴廊把前廳轉過，獨進屏門第三層，
見孔明手扶竹杖，神清氣爽，在小池邊觀魚戲水，目不轉睛。
在背後，久立多時纔講話，説：“相父一向身體可安寧？”
孔明回顧見是後主，弃竹杖，俯伏塵埃尊聖明，
“未曾接駕，臣該萬死。”後主忙扶起，滿面帶笑容，
説：“西川危急丞相可曉？那曹丕兵分五路勢派凶，

相父呵！因何不理軍國事？　閉門不納主何情？"
孔明説："陛下請放龍心休多慮，　要退敵人談笑中。"
君臣携手入内室，　僮僕慌忙獻茶羹。
孔明説："臣非觀魚，是思計策，　退孫權，用一個能言之人方可行。
義陽人，名鄧芝，足智多謀，唇槍舌劍，　臣命他，説説東吴結聯盟；
陽平關神威將軍馬孟起，　深得羌人心，定退軻比能；
魏文長領一軍，左出右入疑兵計，　那孟獲，其心多疑必退兵；
上庸孟達何必慮？　李嚴鎮守永安宫，
他二人生死之交，豈忘故舊？　退孟達修書一封大功成；
陽平關，趙雲守城不許出戰，　那曹真軍心散亂，不久退兵。
臣觀五路如蒿草，　預先準備免君驚。
何勞聖駕到臣府？　亮罪如山一般同。"
吩咐家僮擺筵宴，　君臣歡飲酒劉伶[②]。
這後主驚喜交加，如夢方醒，　説："相父呀！妙算神機鬼神驚。
從此後，朕當無憂全仗相父，　坐成都穩如泰山，永遠安寧。"

第二回

諸葛丞相領三軍，　欲除内患掃烟塵。
吕凱獻圖按地理，　馬謖畫策論天文。
密使一條反間計，　雍闓高定自相吞。
大破三營不費力，　因取三洞智激趙雲。
魏延憤怒偷營劫寨，　金環三結命歸陰。
董荼那、阿會喃雙雙被獲，　渡瀘水，馬岱折將損三軍；

遇惡泉，伏波廟中拜求馬援，訪萬安，孟節贈水，説破原因；

取三江，朵思大王中箭死，絆馬索，活捉祝融夫人；

破惡獸，木鹿大王身爲肉醬，大戰兀突骨，火燒藤甲軍；

銀坑山七擒孟獲歸王化，祭瀘水，將卒兵丁俱感恩；

遵遺詔，伐魏連上《出師表》，子龍斬五將，韓德父子俱作鬼魂；

取三郡，崔諒詐降，將計就計，斬楊陵，夏侯楙逃生反被擒；

天水關，恩收姜維弃邪歸正，出祁山，威名大振，遠近知聞。

曹叡聞報驚破了膽，速宣那司徒王朗，相國華歆。

王朗説："臣保曹真爲元帥，老臣隨營作參軍；

曹遵朱瓚爲前部，郭淮爲副帥，同心合意退敵人。"

曹叡説："依卿准奏，曹真挂印，統貔貅，卿等速去定乾坤。

曹元戎奉旨興兵，祁山下寨，埋鍋造飯，飽餐三軍。"

參謀説："明日裏大展旌旗，擺齊隊伍，待老夫一夕話，管叫孔明服其心。"

下戰書，諸葛會意調人馬，一個個頂盔貫甲，罩袍束帶，大炮三聲出轅門，

對陣的將佐、兵丁各按次序，帥字旗下，下首郭淮，上首曹真，

中央是王朗，則見他紅袍玉帶，烏紗象簡，鶴髮童顔有精神。

這武侯早知就裏，微微冷笑，説："這老兒定下説詞，調舌弄唇。"

帥字旗一展步卒得令，説："漢丞相相請司徒把話云。"

王參軍越馬而出，望對面看，見蜀營隊伍嚴肅，殺氣森森，

那孔明端坐在四輪車，仙風道骨清奇象，披鶴氅束絲縧，手摇羽扇，頭戴綸巾。

關興張苞在車左右，真果是八面威風大將軍。

王朗看罷暗暗喝采，説："怪不得人言諸葛用兵如神！"

在馬上躬身施禮説:“丞相請了。”	漢武侯連忙還禮,面上含春。
司徒説:“丞相何故出兵無名也?”	武侯説:“奉先主遺詔討佞臣。”
司徒説:“豈不知天時有變?	桓靈帝信寵宦官,塗炭黎民,
董卓專權欺天子,	李傕、郭汜害武文,
袁紹稱雄奪四郡,	袁術僭號於壽春,
劉表荆襄號八俊,	吕布徐州自相吞,
韓遂與馬騰西凉爲根本,	孫伯符虎踞江東目無君,
張綉在皖城招兵買馬,	張魯在漢中惑亂軍民,
我武皇并八荒,掃清六合[3]匡社稷,	四方仰德,萬姓歸心。
并非是倚仗權勢,實乃天命,	而况且,我世祖文帝聖武神文,
法堯禪舜承大統,	上合天意,下隨人心。
久聞公自比管樂當今名士,	豈不知逆天者亡,順天者存!
你看我帶甲百萬,千員勇將,	量汝腐草之螢光,怎奈天心月一輪?
公何不弃甲拋戈,歸降北魏?	不失封侯位,作個開國臣!
漢武侯微微冷笑説:“且住口!	似你這鄙言朽語羞死人,
俺既爲大漢元老,自有高論,	有一言諸軍壓静,細聽我云:
昔日裏,桓、靈敗消皆因内侍,	衹令那黄巾作亂,搶奪金銀,
董卓爲强寇,傕、汜劫聖駕,	皆因是,朝中却少忠正臣,
全是些,朽木爲官、禽獸食禄,	纔弄得社稷將危,天下紛紛。
你本是東海之濱,當扶天子,	安漢興劉,致君澤民,
爲什麽反助逆賊同謀篡位?	惡罪名,天地豈容你這等賊臣?
幸虧蒼天不絶炎漢,	昭烈帝,繼統西川,重整乾坤。
本閣堂,奉詔討賊來問罪,	你就該,深山躲避,保養自身,
焉敢在行伍之前,妄稱天術?	老賊呀!你死九泉下,怎見二十四帝君?
老匹夫!無耻無羞還不退後,	在此休饒舌,誤我捉反臣!”

這王朗氣滿胸膛，一聲大叫，翻筋斗，跌於馬下雙目瞑。
霎時間，曹兵大亂，把賊尸搶，漢武侯微微一笑，大叫曹真，
"吾不逼汝，放心衹管把賊尸抬去，明日個，重整三軍，消停於我把陣臨。"

説明：

此作係據清代百本張鈔本。作者煦園，生平事迹待考。今據劉復所藏題作《舊鈔北平俗曲》一書，著録煦園自作子弟書六種，改訂十四種和補訂一種。此作即注明"自著"之一，簡稱《罵朗》。寫諸葛亮於陣前罵死王朗的故事。具體内容是按照明代羅貫中的《三國演義》第八十五——九十三回有關情節剪裁而成。諸葛亮爲蜀國丞相，王朗任魏國軍師，兩軍對陣於祁山，王朗妄圖"待老夫一夕話，管叫孔明服其心"。結果反被諸葛亮把"黄巾作亂"、董卓篡權，都歸罪於"皆因是，朝中却少忠正臣，全是些，朽木爲官、禽獸食禄，纔弄得社稷將危，天下紛紛"，罵得"這王朗氣滿胸膛，一聲大叫，翻筋斗，跌於馬下雙目瞑"。儘管諸葛亮的"罵"，也是從封建的忠君思想出發的，但他那痛快淋漓的詈罵，却是有利於我們認清反動統治階級的罪惡本質的，不失爲一篇聲討封建統治階級的戰鬥檄文。

注釋：

①歘：頽敗、衰喪的意思。

②酒劉伶：猶言像劉伶一樣開懷暢飲。劉伶，見本書《訪賢》篇注④。

③六合：泛指天下。李白《古風》詩："秦王掃六合，虎視何雄哉！"

晴雯撕扇一回

煦　園改訂

佳人難得態憨生，　　弱質嬌柔貌娉婷，
俏語頻頻含妒意，　　嬌嗔脉脉露風情。
影内情郎終是幻，　　鏡中愛寵總成空。
莫笑晴雯言最利，　　侍兒妙處是機靈。
晴雯姐，寶玉婢中爲翹楚，　　他的那容顔俏麗，心性聰明。
這一日，正在嬌嗔當院卧，　　在寶玉床頭睡正濃。
偏遇着，二爺帶酒歸來晚，　　見床頭，有人倦卧眼蒙朧。
真如那，梨花帶雨嬌無力，　　夢繞巫山上一層。
這寶玉，把早間跌扇居然忘，　　説："起來罷！露重風凉病又生。"
不由得挨身緊靠晴雯坐，　　手拉玉腕唤娉婷。
這晴雯，翻身便自來相躲，　　提鞋意欲下床行：
"蠢丫頭那配與爺一處坐，　　扶侍爺手脚粗笨，諸事無能。"
寶玉説："你如今脾氣真傲，　　早間那數語，何須你就把氣生？
你合我一時使性到還罷了，　　襲人姐好心來勸，你也發瘋。"
一夕話，説的晴雯無言對，　　不由得噗哧一笑面皮兒紅。
説道是："别拉拉扯扯，我真覺熱，　　讓我向房中洗浴，省得汗似蒸籠；
叫他們若來看見何模樣？　　編派言詞不受聽。

再者呢，也不配在爺床上坐。”

晴雯聽罷嗤一笑，
走開罷，襲人、麝月已經洗畢，
寶玉説：“方纔我也多喝了酒，
晴雯失笑忙搖手，
那一年，碧痕扶侍爺洗澡，
寶玉無言惟一笑，
晴雯説：“我去倒盆洗臉水，
鴛鴦姐適纔送至好些個鮮果，
待我去叫他們出來同伺候。”
晴雯笑道：“我慌張的很，
寶玉説：“這些東西不過供養用，
若要是高興撕着聽他一響，

晴雯笑道：“原來如此，
你就把手中扇子交與我。”

見晴雯哧的一聲，撕成兩半。
偏遇着麝月持扇從旁過，
這晴雯接來也就同撕碎。
點頭砸嘴連聲嘆，

寶玉説：“把扇匣打開，挑了去，
麝月説：“把扇匣搬出，叫他撕個盡力。”

寶玉説：“坐着不配，你怎麽到睡濃？”
説：“爺來家，須把尊卑分個明，
待我去把他們换至預備茶茗。”
拿水來，我合你同洗一盆中。”
説：“爺雖賞臉，我可不敢承情。
足够那三個時辰未聞聲。”
回言道：“此時涼快，不洗也行。”
你洗洗臉，把頭髮梳開通他一通。
我都擱在那水晶缸内用冰冰，
寶玉説：“你就去拿來，解解宿醒。
倘或把盤子失手，爺又心疼。”
比如那扇子，炎熱爲他扇風，
却不可拿他殺氣[①]，那就不近人情。”
我最愛使勁一撕，聽那一聲。
寶玉笑把扇子遞過，説：“這就怡情。”
寶玉説：“撕得真響，甚堪聽！”
這寶玉，連忙奪得在手中。
麝月説：“阿彌陀佛，造孽無窮！”
説：“拿我的東西開心，太也不近情。”
管叫你春扇到夏，秋扇到冬。”
寶玉説：“你就搬去，到房中。”

麝月説:"可不他今并未撕折手。" 晴雯笑説:"我也撕乏。"就扶在床櫺。

這一回,晴雯撕扇作千金笑, 可羡那,奢華公子甚多情。

説明:

此作係據清代百本張鈔本。此作係煦園改訂,取材於清代曹雪芹的《紅樓夢》第三十一回上半回"撕扇子作千金一笑",基本上忠實於原著。通過賈寶玉鼓勵晴雯撕扇子,既表現了賈寶玉追求自由、平等的民主思想,又反映了他的公子哥兒習氣,同時還生動地描繪了晴雯的反抗性格和叛逆精神。

注釋:

①殺氣:猶言出氣。

雙玉埋紅一回

煦　園改訂

絶世聰明絶代愁，
惜花人不爲花留，
於今香冢埋芳草，
當日春風繞畫樓。
滿地落紅飛燦爛，
一林姣鳥叫勾鞥[1]，
甕卿雅意誰能解？
衹落得，千古風流作話頭。
偏這日，寳玉携書在花下坐，
忽見那，一天花雨落英稠，
真果是，風翻碎錦飄紅紫，
亂灑雲英彩片揉。
説道是："必然林妹無情緒，
這落紅滿地少人收。"
他連忙置書石上，把殘花掃，
用衣襟兜起送至清流。
猛回身，見曲欄杆外姗姗影，
見個人，穿花度柳步芳洲。
寳玉説："世間誰更痴於我，
你看那，花外行人意甚幽；
分花拂柳，飄逸的緊，
意態蕭然弱體柔。
原來是，黛玉輕妝花外立，
見他把纖腰緊束更風流。
手拿着花鋤、花囊低玉頸，
又提着花籃，花鏟把花收。
慢將那殘紅，細掃在花囊内，
他向這太湖石畔作花坵，
下鋪着，翠葉層層新緑滿，
上灘着，落紅滿滿彩雲稠，
又取那堤邊净土深深蓋，
爲的是化成净地，免得蝶采蜂游。
這寳玉慢慢迎步，呼稱林妹，
那黛玉偶聞呼唤，便抬頭，

寶玉説:"妹妹收花何須用土, 到不如,抛向河中順水浮。"
黛玉説:"你祇曉得園中水净, 却不知,流出外面却不清流,
到不如,直把殘花埋净土, 作一個明妃青冢[②],蘇小墳頭[③]。"
忽然見,太湖石上書一卷, 説:"那是何書?怎麽個根由?"
寶玉回言:"無可看, 不過是《詩》《書》《易》合《禮》《春秋》。"

黛玉説:"别弄聰明,又來賺我, 乖乖的拿來我看,萬事全休。"
説的個寶玉,無言將書遞: "你看罷!這個文章絶世占頭籌[④]。"
這黛玉接書,便向石上坐, 寶玉説:"他這措詞典雅,從何處搜求?"

姑娘一看是《西厢記》, 果然是,言詞温婉,對句温柔,
不一時,把全集閲畢猶痴想, 真是餘香滿口,如吮珍饈。
又翻一過要留心記, 這寶玉在姑娘的身後,咂嘴摇頭,
低聲説:"你是傾國傾城,我便是多愁多病[⑤]。" 這佳人聽罷,登時滿面羞,
説:"你看了邪書拿我凑趣, 我成了爺們玩意兒、鬥笑兒的丫頭。"

一面説着,一面就走, "去到那太太房内,去講講情由!"
這寶玉着忙,復又陪不是, 説:"好妹妹!恕我言語不防頭。
我從此竟把絶大烏龜化, 等妹妹百年之後,葉落歸秋,
將妹妹賢德行,書勒石上, 我替妹妹馱於背上,萬載無休!"
林黛玉聽言,不免噗哧笑, 説:"呸!也是個銀樣鑞槍頭[⑥]!"
寶玉説:"這個也就該罰你, 我也到太太房内訴情由。"
黛玉説:"你當你能過目成誦, 還有個一目十行在後頭。"
他二人,説説笑笑將花收净, 這黛玉就穿花拂柳,信步閑游,
猛聽得,笛韵飛聲飄來檻外, 細聽是,梨香院内轉歌喉。

唱一聲:"如花美眷"音多慘, 接一句"似水流年"意更柔[⑦],
八個字,仰抑悠揚風送至, 不覺得,百感纏綿滿腹愁。
又聽那,"流水落花春去也", 人間天上兩悠悠[⑧],
再搭上花落水流紅,閑愁萬種[⑨], 真個把多情小姐,珠泪來流。
這姑娘,傷心慢步歸房去, 把一天哀怨上心頭:
想一回,園中景況情堪斷, 玩一回,詞中滋味更添憂。
調一回,窗前鸚鵡學詩句, 作一回,雨後新詩句更幽,
問一回,貼己的丫鬟閑刺綉, 盼一回,同心姊妹共妝樓。
嘆顰卿,無邊芳意深如海, 筆尖兒難畫,佳人萬種愁。

説明:

本篇録自清代百本張鈔本。取材於《紅樓夢》第二十三回"西厢記妙詞通戲語,牡丹亭艷曲警芳心",寫林黛玉在大觀園内作花冢埋殘紅,忽然看到賈寶玉拿的《西厢記》,她立刻把全書讀完,感到"餘香滿口,如吮珍饈"。又聽到梨香院内唱《牡丹亭》中的"如花美眷""似水流年"等曲詞,更使她"百感纏綿滿腹愁",表現了一個青春少女對自由幸福生活的熱烈追求和對封建壓迫的滿腔憤懣。由於當時封建勢力雖已衰朽,然而尚居於統治地位,民主思想雖已萌芽,然而其力量尚很脆弱,貴族階級叛逆者自身又不可避免地帶有極大的軟弱性,因此他們在對未來新生活的熱烈追求和對黑暗社會現實的滿腔憤懣中,不免流露出嚴重的傷感情緒,這是我們所必須注意批判和認識的。

注釋:

①勾輈:鷓鴣的叫聲。

②明妃青冢:明妃,即王昭君。晋人避司馬昭諱,改稱明君。

本書《昭君出塞》篇寫的就是她出塞的故事。青冢，爲她死後埋葬的墳墓，在今内蒙古自治區境内。據《方輿紀要》稱："塞草皆白，惟此獨青，故名。"

③蘇小墳頭：蘇小小是南齊錢塘名妓。據《方輿勝覽》記載，浙江秀州西南有蘇小墓。唯舊時杭州西湖亦有蘇小小墓。

④占頭籌：即數第一名。

⑤"低聲説"二句：出於《西厢記》第一本第四折張生唱《雁兒落》曲詞："小子多愁多病身，怎當他傾國傾城貌。"

⑥銀樣鑞槍頭：比喻中看不中用。引自《西厢記》第四本第二折紅娘唱《小桃紅》曲詞："呸！你是個銀樣鑞槍頭。"鑞，是一種鉛、錫合金，樣子像銀，實際不及銀的功用。元雜劇無名氏《黄花峪》劇第三折《滚綉球》曲有"鑞鐶兒是金鍍"語，可知古代有以鑞冒充銀的。

⑦"唱一聲"二句："如花美眷""似水流年"兩句都是《牡丹亭》第十齣《驚夢》柳夢梅唱《山桃紅》曲詞。

⑧"又聽那"二句："流水落花春去也，天上人間。"這是南唐後主李煜作《浪淘沙》詞中的名句。

⑨"再搭上"句：《西厢記》第一本《楔子》中《幺篇》曲詞："花落水流紅，閑愁萬種。"

大力將軍一回

煦　園改訂

身如山岳氣如虹，
自笑途窮志不窮，
積雪堆中埋壯士，
卑田院[①]内識英雄。
千金報德非難事，
雙眼看人羨此情。
演一回《大力將軍》奇士傳，
他二人的雅意高懷迥不同。
這將軍係出延陵後[②]，
他風塵落拓笑途窮。
空有那，倚天拔地千鈞力，
可惜他，運敗時乖無處容，
没奈何，暫時托鉢沿門乞，
也不想，意外機緣脱困窮。
有一個查氏伊璜，海寧名士，
也是個巨眼善識，能鑒英雄。
這一日，見破寺的大鐘，有巨人手印，
查公説："此事蹺蹊，不可不明。
這個鐘，重如山岳，從無人抬起，
光灼灼鐘底，被手印磨明。
是何人舉鼎有千鈞的力？
我必要，留心查看這奇踪。"
這一日，大雪漫漫乞人回寺，
一隻手把大鐘掀起，將羹飯收停。
須臾往返取收數次，
如舉杯弄盞甚從容。
查公大驚説："真壯士！
我今日是何僥幸，得遇英雄！"
見他威凛凛雄姿，虎頭燕頷，
氣昂昂的壯貌，猿臂彪形；
響亮亮聲音，風雲變色，
黑沉沉梗概[③]，山岳鍾靈。

穿一件，襤褸衣衫藏秀氣，
吃幾碗，腌臢羹飯露英風。
查先生越看越愛，連呼："壯士！"
說："我與君三生有幸，莫當萍水相逢。"

請到家，大排酒宴，如延尊客。
那吴生也公然咽啖[4]不留情。
查公說："觀君大是非常器，
爲甚麽不讀書、習武去幹功名？"
那吴生浩然長嘆，雙眥裂，
說："我不讀書何至窮？
到今日學書不成，弃而學劍，
又無個高人汲引見公卿。
那些個齷齪市商，都不願作，
就是那卑污吏役，我更難充。
我衹好，忍氣吞聲，沿門求乞，
暫學個吹簫伍子[5]泣途窮。"
查公說："觀君豈是長貧者？
不過是，偶爾時衰運不通！
這如今，海上招軍收巨寇，
何不去，手揮長劍覓侯封？
我贈君路資君可去，
更不難以齒牙餘慧，助英雄。"
這吴生，手領薦書接盤費，
他也無一言道謝，就去若飄蓬。
這查生偶爾留賓，也全不記憶，
忽一日，有使者登門說："請太公。"
查先生辭之不脱，隨他去，
到一個帥府門前，說主帥迎。
查公細看，全不識認，
那將軍，長跪敦請到堂中，
則見那，一堂姬妾珠圍繞，
擺着那，肉山酒海，似等候高朋。
到中堂，十數美人把查公捺坐，
紋絲兒不動，像神道居中。
那元帥，更换朝衣深叩拜，
說："我弟子今朝一定認師生。"
這一番，把個查公活悶死，
說："這未識面的門生，在何處逢？"

將軍說："先生忘了抬鐘客，
我就是雪中乞丐，曾受栽成。
我今日，僥幸威名敢忘所自，
每思那水源木本，想恩公。"
查公聽語，又留神細認，
但見他，面龐雖像，神氣兒不同。
坐定閑談，又從容道故，
纔知道，功成一戰進爵封。
查先生聽罷，言完容甚喜，
說"嘆風塵，不知埋没多少英雄！"

這將軍將查公留在衙中住，他日日把家財、侍妾盡查清。
竟分一半與查公送去，纔將那繕成的清册，送查公。
又有塊英石秀峻，查公愛，差千人輦送，運到查氏園中。
那將軍，禮貌周全敬如君父，神情親密，無間初終。
所以纔查公身受，難推却，好幾月纔辭別將軍，到海寧。
我不知，查公何術知豪士？真可羨，將軍實意報查公。
天地間，得一知己堪無恨，他二人，各行其志義原通。
次後來，查公遇禍虧將軍護，纔得個，安居樂業壽考而終。
如果是能將巨眼知名士，那明冥[⑥]内，恩德相報幾時終！
閑筆墨，夏日無聊消午倦，把留仙玲瓏的妙筆，補叙人龍[⑦]。

説明：

此作係據清代曲廠鈔本。述大力將軍吴六奇，不忘報答慧眼識英雄的查伊璜的故事。悉據清代蒲松齡的《聊齋志異》卷六《大力將軍》一則敷演而成。作品通過贊揚大力將軍"途窮志不窮"，"嘆風塵不知埋没多少英雄"，希望能有"巨眼知名士"的查公；同時更"可羨將軍實意報查公"。封建的社會制度必然埋没人才，而有人一旦榮華富貴，又必然忘恩負義。此作實際上是有感於這種不合理的社會現象而作的理想化的描寫。

注釋：

①卑田院：悲田院的俗稱。釋典以施貧爲悲田。因此，後世稱養濟院爲悲田院。其後亦稱乞丐聚居的地方爲卑田院。

②延陵：春秋時吴公子季札封於延陵，大力將軍名吴六奇，故稱他出於延陵之後。

③梗概：這裏指軀幹儀表。

④咽啖:大口吞食。

⑤吹簫伍子:指春秋時楚國人伍子胥,他的父親和哥哥被楚平王殺害,他逃往吴國,沿途吹簫乞食,非常狼狽,後來成爲吴國大夫。因此,後世戲曲、小説中常把他作爲一度落難的英雄人物來例舉。

⑥明冥:猶言今生、來世。明,指世間;冥,指陰間。

⑦留仙:《聊齋志異》作者蒲松齡,字留仙。補叙人龍,猶言補述杰出的人物形象。

葛巾傳一回

煦　園改訂

名花原係美人身，　修到名花必有神，
偶現前身隨韵士，　暫留幻影憶仙人。
曹家異種成花案，　洛下奇英數葛巾，
笑常生，牡丹花下成花眷，　又引我香雲入夢頻。
有一個常生素有貪花癖，　他親到曹州把異種尋，
到時正際春三月，　繁英璀璨氣氤氳。
這常生，留連花下痴情動，　未免那，媚影嬌香入夢魂。
這一日，在曲欄杆外逢佳麗，　隨着個老母步香塵，
那一種艷麗嬌姿出世外，　説："呀！是何處天仙來晃世人？"
那常生，藏在石旁偷眼看，　見佳人，風流絶世異凡塵。
馥馥香風吹鬢影，　凌波微步繞花陰，
欲去遲遲偷顧盼，　低回粉頸覰行人。
忽見常生忙躲避，　俏步兒，恍若風翻一片雲。
這常生，把持不定隨芳躅，　小橋轉過入朱門。
常生門外偷窺伺，　香閨又有一佳人，
雅澹梳妝塵不染，　越顯得穠桃艷李，别樣精神。
他二人，對坐敲棋消永晝，　手談[①]不住笑聲頻。

這一個，纖手推枰閑布陣，　那一個，春葱拈子静芳心。
常生久立多時，怕人瞧見，　没奈何，走回小寓去想真真。
説："天地間此等奇緣何處覓？　也止好，夢裏巫山去會雨雲。"
到晚來，隔院燈光光閃耀，　這常生，偷聽二女共談心。
夜將闌，老嫗前來通問訊，　手捧着香湯一碗，向面前陳，
笑説道："大膽狂生窺綉户，　他教我，送君鴆酒治書淫。"②
常生一怔忽然大悟，　説："多承娘子費芳神，
向無仇怨因何鴆我？　就是鴆，難得佳人纖手斟。
想人生，能爲情死是三生幸，　我常某就作鬼，風流也感玉人。"
到次日，老嫗前來爲蝶使，　引入西園綉閣門。
佳人説："贈君鴆酒心還不死，　到闖入閨門戲弄人。"
常生説："似我這情痴天上少，　你就是打着燈籠無處尋。"
二人戲謔言難盡，　就雙携玉腕入芳衾。
忽聞得，一陣香風薰肺腑，　"我難道作了芙蓉城主配奇人？"
佳人説："我非路柳墻花客，　也衹爲，憐君相貌暗消魂，
感君知己托芳體，　遂作了，解語花兒配與君。"
連理枝頭春夢杳，　合歡花下夙緣深。
他二人，情同并蒂歸鄉井，　又將那，玉版妹子許常門。
這一番，喜溢門庭，花團錦簇，　都作了，天上神仙富貴人。
笑常生無賴，尋根究問蒂，　把題那曹國夫人詩句吟。
露機關，一對仙人歸上界，　擲二子，階前玉樹斷仙根。
到春來，紫芽怒長生奇品，　要尋那，種玉佳人何處尋？
寫一回葛巾、玉版《聊齋》記，　要警起那憐香惜玉的人。

説明：

此作係據清代曲廠鈔本。寫洛陽常生因癖好牡丹，遇花妖葛

巾、玉版二女的故事。淵源於清代蒲松齡的《聊齋志異》卷十《葛巾》一則，惟情節多有删減處。作品以神奇的幻想説明："人生能爲情死是三生幸"，衹要有"情痴"的精神，必然能"感君知己"，"喜溢門庭"。這種寧"爲情死"的"情痴"精神，對於反抗封建的婚姻制度，是有其進步意義的；但它在今天已發展成爲資産階級愛情至上主義，那就顯然對於集體和個人都是有害的了。

注釋：

①手談：下棋。

②書淫：書呆子。《晋書·皇甫謐傳》："耽玩典籍，忘寢與食，時人謂之書淫。"

劉阮入天台一回

漁　村

客居旅舍甚蕭條，　采取奇書手自抄。
偶然得出書中趣，　便把那舊曲翻新不憚勞。
也無非，借此消愁堪解悶，　却不敢，多才自傲比人高。
漁村山左疏狂客①，　子弟書編破寂寥。
南方有個天台縣，　天台山，直插晴空衝碧霄。
相傳阮肇、劉晨是盟兄弟，　俱是個，風流年少美丰標。
正值清明三月景，　他二人，踏青閑步出春郊，
手携竹籃合鐵鏟，　同向山中去采藥苗。
他二人，信步行來穿曲徑，　一層層懸崖，爬上拉藤梢，
面前的風景兒，迥非人世界，　泉清處，片片飛紅水上漂。
但衹見，一重桃花一重水，　一片横空獨木橋。
翹足行來雖不怕，　走過了陡澗深潭好幾條。
劉辰回首呼賢弟：　“這所在，你我初來頭一遭，
咱如今，寶山既到休空返，　就破上點子工夫，各處俱睄睄。”
阮肇説：“面前俱像仙家景，　盡可以隱居此處避塵囂。
但得清閑無俗累，　管什麽山深路遠故鄉遥。”
説話間，林處忽聞人唧唧，　好一似，新鶯巧囀隔花嬌。

猛抬頭，面前站立雙雙女，　俏容顔，巧手的丹青也難畫描。
近前來，微啓朱唇開笑口：　“俺今要：坐山選婿把夫招。
二位郎君啊！婚姻緣是前生定，　月下老早把赤繩拴了兩條。”
説話間，一付花箋雙手遞，　上邊寫定：“良緣好會在今宵。”
把二人讓進了花叢深洞兒裏，　一雙雙織女牛郎渡了鵲橋。
等閑不吃人間飯，　無非是仙果與仙桃。
晝夜的同坐、同行還共衾枕，　兩對夫妻，亞賽東吴大小喬[2]。
最可怪，纔降雪霜天氣又暖，　頻見那，花開花落木葉凋。
他二人，山鄉住久思故土，　必須要同伴還家睄一睄。
細看來，想是他等緣分盡，　二美女，也不强留把舌饒。
相携送至青山頂，　一撒手，阻隔仙凡萬里遥。
慢俄誕[3]，曲折仍尋那來時的路，　歸家重訪，他那舊窩巢。
看了看，門户花村全改變，　睄了睄，莊前樹木枯乾焦了梢。
上馬石坐着高年兩個老漢，　走進前，白將名姓説根苗。
一老者大笑幾聲説：“奇怪！”　側目看，白鬚銀髮把頭摇：
“俺常時聞的先人講，　歷代相傳記的牢。
當初有阮肇、劉晨人兩個，　同往那山中采藥，絶了音耗。
他是俺二人的六世祖，　俺們是七輩元孫，他的下梢。
去時節，紛紛楚漢争天下，　現如今，司馬爲君已是晋朝。
你二人，白面書生俱年幼，　若叫俺以祖孫相認枉徒勞。”
他二人，這纔自恨輕别仙鄉空後悔，　傷心失意泪珠抛。
也祇得天涯海角雲游去，　穿着還是那幾百年前的藍布袍。
漁村書罷《天台傳》，　諸君子休笑荒唐把我嘲。

説明：

此作係根據清代精鈔本。又題《天台傳》。作者漁村，生平事迹不詳。本篇跟文西園作的《桃洞仙緣》同樣取材於明初王子一的雜劇《劉晨阮肇誤入天台》，不同的是《桃洞仙緣》把劉、阮寫成“兩個秀士”游春，《劉阮入天台》則恢復了原雜劇劉、阮采藥的樵夫身分。作品在以理想的仙境來反襯現實的黑暗方面，比起王子一的雜劇和文西園的《桃洞仙緣》來，都要略遜一籌；但寫得非常簡練、含蓄、委婉、曲折，却别具特色。

注釋：

①山左疏狂客：山左，今山東省。因爲山東在太行山的左邊，故稱山左。疏狂客爲作者自稱。推想作者或曾居山東。

②亞賽東吴大小喬：亞賽，勝過。大小喬，是漢太尉橋玄的兩個女兒，爲當時有名的美女。大喬嫁給東吴的孫策，小喬嫁給東吴的周瑜，世稱二喬，或稱大小喬。

③俄誕：又作俄延，即挨延、耽擱的意思。如元劇《城南柳》第三折《烏夜啼》曲詞：“行處休俄延，坐處莫留連。”

胭脂傳三回

漁　村

第一回

誰把《紅樓夢》剪裁，效顰人亦寫《聊齋》。
將他舊曲翻新調，趁我餘閑試小才。
冤外蒙冤添客恨，假中生假作君灾。
竊聽鸚鵡籠中語，强劫胭脂足上鞋。
斷送的才子佳人同受苦，可喜他，依然苦盡又有甜來。
山東有個東昌府，府城緊靠運河涯。
年老的獸醫名叫卞公道，他女兒，乳名兒喚作胭脂世無儕，
祇爲他，傾國傾城模樣俊，這却纔揭地掀天，釀成禍胎。
吉凶禍福前生定，得失榮辱命裏該。
胭脂本是個賢良女，心性兒聰明最有才。
二八青春年十六，他父親，替他擇配托良媒，
要選個風流年少爲佳婿，那高門户，又不要貧家的小女孩。
眼看着佳人十八歲，親事難成猶未諧。
女大生心思配偶，他把那，兩家姻緣常挂懷。

正逢清明寒食節，春到枝頭花又開。
一園桃李爭春色，游蜂相逐蝶飛來。
佳人不愛閨中坐，款動金蓮，到了大街。
撞見個風流王家少婦，他二人是閨中密友，兩無猜。
同心常説知心話，在一處，描鸞刺鳳扣花鞋。
今日門前喜見面，不由的，相依相戀盡徘徊。
平地生波偏凑巧，自東邊走來個鄂生小秀才。
那書生，飄灑風流人物好，引動了胭脂小姐俏裙釵。
二目留神偷眼看，登時紅暈上桃腮。
鄂生原是個真君子，他一直的前行，頭也不抬。
胭脂女芳魂跟了那書生去，蒙曨俊眼呆呆呆。
王氏女在旁，參透佳人意，這樣兒的啞謎他能猜。
低聲細語呼賢妹："你可認的少年，乜個[1]秀才？
他姓鄂，名叫鄂秋隼，昨日纔死了媳婦，還穿着白鞋，
正要續弦還未就，常見媒人往他家裏來。
愚姐姐如何得知曉？俺和他是鄰居，住在前街。
你二人若得成連理，真是兩朵鮮花一處栽。
妹妹你心中若要願意，我撮合這段姻緣，就去做媒。"
胭脂聽説羞紅了臉，含笑低頭手托腮。
王氏看透他心中肯，轉身辭别了女裙釵。
胭脂也就回房去，單等紅蓮并蒂開。
指望着一朝得遂平生願，好叫他，晝夜思量常挂懷。
誰知好事多魔障，王氏婦，一二十天還不見來，
弄的個佳人得了思春病，晝夜的挂肚牽腸不快哉！
坐卧不安茶飯減，腰肢瘦損，細似麻秸，

香閨緊閉昏昏的睡，每日家，倒卧牙床頭也懶抬。

第二回

世間多少好姻緣，成就姻緣非偶然。
機會投來原是命，波瀾生處總由天。
有情願作同林鳥，無分難開并蒂蓮。
請看這胭脂要把鄂生嫁，倒弄得，釀成孽障[②]病來纏。
祇因爲王氏自願提親事，要把那兩處紅絲一處牽。
別來半月無音信，叫佳人，空盼佳音總枉然。
心坎兒上擱着一個鄂秀士，每夜來，夢裏成雙覺後單。
更籌自數熬長夜，挨過五更，就象一年。
廢寢忘餐，心神不定，深閨常壓枕頭兒眠。
無頭無緒的相思何日了？幾時推倒這望夫山[③]！
佳人病勢沉重的很，性命兒恰似一絲懸。
拋開那好事佳期全不指望，又祇見，王氏佳人來到面前。
忙來床下連聲問："妹妹呀！芳體如何甚不安？
屈指別來纔將半月，怎麼就病染沉痾，這等不堪！?"
胭脂一見王氏到，泪滴秋波似涌泉：
"我如今，陰曹有路黄泉近，不久咱，阻隔幽冥再見難。
妹妹的病，爲的少年鄂家子，你我同心，也不用瞞。"
王氏説："非是我漫不關心，耽誤你，祇爲我丈夫貿易，還在外邊。
你今既害相思病，用我奇方必見痊。
總不如，暗中會會鄂秀士，我就去尋那書生把信傳。"

胭脂女聞聽王氏的話， 口中長嘆促眉尖：
“俺原爲的是終身靠， 非圖苟合一宵歡；
姐姐若肯憐恤我， 就叫那秀士求親，來到這邊。”
王氏點頭辭別去， 應許着，速報回音不日就還。
胭脂見姻緣有了喜信， 身上精神漸漸添，
快刀割斷眉關鎖， 減去愁容換笑顏。
不兩天去了有三分病， 怯弱腰肢尚未復原。
誰料想，事多變改人難測， 王氏婦所托之人，又生出波瀾。
他私通一個秀才名宿介， 與鄂生同學念過書篇。
這門親，月老冰人就托他作， 對他把胭脂的言詞説了個全。
宿生就此生奸詐， 冒名姓，黌夜去調奸。
貧家墻矮人易入， 宿秀才進了他的庭院，到了窗前，
頂名説是鄂秋隼， 甜言蜜語苦糾纏。
央的個佳人無了主意， 中了他的巧機關；
軟了心便把門開放， 宿生入室就求歡。
胭脂衹見此人多猛浪： “呀！你不象那個温存美少年。”
宿介説：“年少鄂生就是我， 衹爲你病害相思來問安。
我有個仙方，能治傷春病， 勝似那靈寶如意丹。”
胭脂説：“官鹽怎肯作私鹽賣？ 久以後，洞房花燭惜春殘！
奴開門，無非要同説幾句知心話， 可憐俺，病體懨懨，怎好顛鳳鸞？”

第三回

萬事憑天不由人， 宿生來似鬼神勾。
窗前書史無心念， 墻内花枝任意偷。

安樂自尋身外累，明珠却向暗中投。
眼看着，睡鞋惹出塌天禍，弄的個，紅染青衫血水流。
宿介求歡佳人不允，欲强合，又恐生出風波禮不周。
將胭脂紅緞睡鞋一隻脱下，等他病好，再來把歡求。
抽身兒暗投王氏家中去，忙忙然，大街以上把鞋丢。
有一個凶徒名毛大，横行混鬧在街頭。
看破了宿生和王氏私通的事，他屢次調戲，佳人不肯上鈎。
安排要捉奸，解他胸中恨，這一夜伏在墻邊，在黑影裏瞅。
見宿介，又入王家尋舊好，他便躡足潛踪跟在後頭。
睡鞋兒，又被這個凶徒拾了去，隔窗兒偷看男女效綢繆。
宿生自言曾把胭脂戲，私對王氏賣風流。
没堤防隔窗須有耳，毛大把真情聽去，怎肯乾休。
從這裏，又生出假中假，半夜裏持刀入院去把情偷。
叫錯了門，殺死胭脂生身的父，卞氏女，愛慕深情變作仇。
殺人之罪掀給了鄂秋隼，書生無計把身抽。
胭脂在暗中那知真和假，到當官，織女牽牛作了對頭。
做夢的佳人親口證，生把個秀才問成死罪把監收。
小書生，矛裏不知盾裏的事，活活的成了待刑等死的囚。
這官司，春間聊城縣裏成文案，及至過府，又到新秋。
幸虧了府尊清明的很，見鄂生，彬彬儒雅甚温柔，
實不象偷奸殺命真凶犯，他便窮源探本的細根究。
坐大堂，齊全人證嚴刑審，審倒了王氏佳人小女流。
據實供認：私通宿介，也曾去將胭脂調戲把鞋丢。
把睡鞋原是真情難狡展，這秀才欲不承招不自由。
無奈何，應着殺人將供畫，最可憐，十年功名一筆勾。

監中提出鄂秋隼，
誰説監中没有屈死的鬼？
一到過司又過院，
恰好施公在山東作巡撫，
幾番家，細審佳人王氏女，
三推六問真情現，
得了鞋，也去冒名鄂秋隼，
又向監中提出宿介，
王氏婦，私約通奸非重罪，
處女胭脂不曾失節，
奉官判斷成夫婦，
冤外之冤從此解，
善惡到頭終有報，
漁村寫罷《胭脂傳》，

嗐！宿介那殺人之事也係被蒙頭④。
而竟招解宿生到了濟州。
宿介聲冤泪横流。
大小案，不弄了纓晰條分不肯休。
又供出調奸的毛大，那個上竿猴。
與宿介姤奸積恨結冤仇，
真正殺命不敢胡謅。
把毛大立刻餐刀砍掉了頭。
按律例，斷歸本夫任去留。
仍着他織女會牽牛。
也洗不净出頭露面幾場羞。
假中之假筆全勾。
請看這宿生、毛大把情偷。
勸世人，人家美色莫强求！

説明：

此作係根據清代百本張鈔本。百本張《子弟書目録》著録，并注稱："《聊齋》。三回。"取材於清代蒲松齡的小説《聊齋志異》第十卷《胭脂》。作者漁村，生平事迹不詳，僅知其有子弟書作品二種。此作叙述貧家女卞胭脂與書生鄂秋隼相愛的故事。其間有宿介於深夜冒名求歡，凶徒毛大妄圖偷奸，殺死胭脂的父親，使鄂生蒙受冤獄，幸遇施公等官吏清明，使真正的殺人凶犯毛大被處死刑，鄂秋隼與卞胭脂結成夫婦。作者借此"勸世人，人家美色莫强求"。作品雖然存在"善惡到頭終有報"的宿命論思想，但基本的傾向却是勸善懲惡，提倡卞、鄂自由真摯的愛情，反對宿介、毛大的偷情，并通過懲辦偷情逼奸的歹徒，爲自由真摯的愛情恢復名譽。這在封建社會,是有其積極的現實意義的。

注釋:

①乜個:那個。山東方言詞。

②孽障:原作“業障”,爲佛教用語。意思是説前生作了種種錯事,以致形成爲今生的惡果。這是佛家因果報應的迷信説法。後人常以此比喻爲男女間的情場煩惱。

③望夫山:我國很多地方都有望夫山的傳説。如《寰宇記》記載,安徽當塗縣西北十四里有望夫山;《輿地紀勝》記載,在今江西德安縣境有望夫山;《水經注》記載,在今山西黎城縣境有望夫山。

④被蒙頭:意思是被蒙在鼓裏頭。

調精忠一回

虬髯白眉子

栖霞嶺畔草青青，古樹深藏武穆陵，
讀史無人不抱恨，題詩有客盡傷情！
朝中將相和戎日，塞上編氓失福星[1]。
宋没，公祠今尚在，酸風苦雨響檐鈴。
説一回：武穆兵駐郾城際，燕地南，金人號令不能行。
臨行時，上表請將中原復，立志深防大厦傾。
這一日兵破朱仙鎮，爲歇兵，正欲擇吉把敵征。
又遇着，韓常[2]以五萬金兵來内附，因此上，金人動静盡知情。
真正是，敵國君臣無鬥志，更加那兩河豪杰助軍聲。
賊陷處，民變也與官軍會，暗約下，以“岳”字旗爲號繫金鈴。
岳武穆心中大悦，語諸將，説：“這可該中外歡聞奏凱聲！
破敵國，千萬迎回二帝聖駕；殺敵兵，千萬莫留一點虚情。
急速的直抵黄龍府，休待他，流賊逃走三窟兒[3]成。”
正論時，朝廷忽降和戎旨，詔班師，恐孤軍駐久，致敵國疑生。
岳武穆一聞此詔，長吁嘆，説：“不料功將成就，事忽改更！
自古來和字千秋誤，有幾個和戎能與魏絳[4]同！

我正欲,酒飲黄龍賊盡破,
誰料想,盟訂白馬⑤議空成!
莫不是,不知軍民皆用命?
莫不是,不知豪杰盡從風?
莫不是,不知官軍連日捷?
莫不是,不知敵寇望風驚?
莫不是,朝廷聖主懷别見?
莫不是,邊塞將軍少至誠?
既不然,班師之詔因何下?
全不念焦慮的皇帝、塗炭的生靈!
我不知,是誰鑄此九州錯,
他竟肯甘願偏安半壁中,
致使那,二帝零丁身羈北,
孤臣憤惋拜朝東!
料今朝,難遂微臣的志,
何日得瞻二帝容?
縱然説金人他弃甲抛戈,全朝北遁,
聞風喪膽,不敢向南行;
我未得致他北面稱臣子,
他尚覺與我南朝若弟兄。
細思量,都是奸賊他誤國,
真可惜,不教衆志你成城!
衆軍民,同作同仇敵愾氣,
再想要斬將搴旗,恐怕不能!
可嘆他,金牌十二連朝至,
致使我,血泪千行似雨傾!
想昔時,將臣召至寢閣内,
君致説:'有臣如此,可却愁容!
設施之方,全由着你;
中興之事,一以委卿。'
到如今,言猶在耳,事竟違意,
好叫我一度思量,一慟情!
咳!可惜十年之功,廢於一旦内,
枉辜負焚香饋餉,百姓深情!
雖然説,將在外君命不受,
亦可以整頓軍旅把賊平;
然禮云:君召臣行不俟駕,
我豈肯,把那抗旨的心生!
况背後,高高刻字'精忠報國',
教爲官德與字文同;
倘不還,背君命又違母訓,
好教我左思右想,難以爲情!
罷了麽!拚着一旦失機,功歸逝水,
十年征戰,志付春冰;
但祇是未得入廟獻俘,將兀术頭斷,
空對這殘山剩水,陣雲紅!”

岳武穆無可如何説聲:“反旗!”	猛聽得,哭聲振野,黎民遮道,不放登程。
好叫咱,一言難盡岳武穆班師一段古事,	喜的是,忠孝節義萬古留名。

説明:

此作係據清鈔本。又名《詔班師》。清代有遼陽刻本,標明:“虬髯白眉子撰,蛤溪釣叟評點。”兩人的生平事迹均不詳。此作寫岳飛抗金愛國的故事,歌頌了岳飛的愛國主義精神,揭露了昏君奸相不顧國家民族利益,屈辱求和的投降主義面目。文字雖很簡短,所寫的故事却委婉曲折,生動、完整。

注釋:

①編氓失福星:編氓,指編入户籍的老百姓。福星,古稱木星爲歲星,所在有福,故又稱福星。這裏是指岳飛。

②韓常:金國的將領,他率領五萬金兵來歸附宋國。

③三窟:《國策》:“馮煖曰:‘狡兔有三窟,僅得免其死耳’。”後人遂以三窟比喻智謀之士於各地多營寓所或廣置出路,以便有事時可輾轉逃避。

④魏絳:春秋時代晉國的大夫。曾言和戎有五利,晉侯便派他與諸戎和談結盟,使晉國無戎患,成爲一個强國。

⑤盟訂白馬:古代多用殺白馬爲盟誓。

續罵城一回

古香軒

鎖陽關外恨茫茫，　哀草荒烟幾斷腸。
半世冰心同皓月，　一生烈氣趁斜陽。
芳魂泣血千年恨，　玉骨塵埋萬古香。
欲續小窗慚句俚，　不平事，教人難顧話荒唐。
樊金定三尺龍泉歸地府，　薛景山一心孝母不投唐。
又搭着隨來衆將人人不忿，　亂烘烘齊聲大叫，要順西凉。
齊説道："我們千山萬水非容易，　闖重圍，忘生捨死，苦戰疆場，
不承忘恩負義，逼死了我主母，　打今日，報仇雪恨，以慰賢良。"
唐天子龍顔大怒，綁拿薛禮，　徐茂公再三保奏，饒放忠良。
免死重責四十棍，　仍命他追回小將去認兒郎。
如若是小將不來朝帝主，　那時節，二罪難容不可當。
太宗爺率領群臣回帥府，　薛仁貴帶愧含羞出鎖陽。
這英雄，匹馬單身出關外，　觀不盡那一種凄凉的古戰場。
黑漫漫，黄沙撲面衣衫冷，　慘凄凄，白骨横陳草木蒼，
悲切切，回思舊景人何在？　羞答答，悔恨方纔太逞强。
挨至了邦軍的營門，説："軍士們快報，　就説我平遼公到，有話商量。"
衆英雄正然裝殮賢人，勸解公子，　聽報道，人人忿恨，氣滿胸膛；

惡狠狠，各持利刀出營外，小公子亦隨衆將至疆場。
見老將，青衣小帽一人一驥，蓬頭垢面，白髮飄揚。
薛景山一馬當先，横刀故問，說："來者何人？有甚麽商量？"
薛仁貴聞聽公子將他問，忍不住滔滔珠泪滚腮旁，
悲切切說："苦命嬌兒快來認，我是你無義的爹爹東晋王。
兒呵！你既是英雄明大理，須看那天倫義重，父子情常。"
小將軍一聞此話，如痴似醉，好似那萬把鋼刀刺肚腸。
怔呵呵，半晌無言心肝裂碎，旁邊裏惱了一斡衆將，五百兒郎。
怒衝衝一齊大叫："誰人認你！誰信你詭計奸謀把我們誆！
你怎不站立城頭雄威抖抖？你怎不抽箭扳弓虎眈昂昂？"
一邊說，一齊圍住了薛仁貴，惡狠狠，怒目横眉把兵刃揚。
小景山擺手摇頭忙歇住，不由得痛父疼娘更慘傷。
白袍將，已知公子回心轉，大哭道："吾兒須要再商量，
我也曾，城頭未作刀頭鬼，我也曾，險在階前棍下亡
兒呵！你自知疼母臨危苦，也須念，老父於今無下場。"
薛平遼愈說愈痛，悲聲慘切；小英雄心如箭刺，泪涌千行。
下征鞍一身拜倒，千般的痛，說："爹爹呵！你屈死我痴心苦命娘！"

老將軍下馬抱住親生子，爺兒倆悲聲驚塞雁，泪血染衣裳。
衆好漢上前勸解一雙父子，薛仁貴含悲携愛子，揮泪拜妻房。
衆英雄一同見禮通名姓，領人馬邦軍好漢，去見唐王。
聖天子封官賜宴人心定，褒封樊氏，賜尊賢良。
消午悶，日長睡起閑無事，續殘篇，古香軒外日夕陽。
餘筆墨無聊再寫《西唐傳》，唤醒那千古忘恩負義郎。

說明：

此作係根據清代曲廠鈔本。作者古香軒，生平事迹不詳，今傳其子弟書僅此韓小窗《樊金定罵城》的續篇一種。故事取材於京劇《西唐傳》，寫“所謂薛禮認姣兒，貞觀得小將”的情節。作者滿懷不平，譴責薛仁貴忘恩負義地逼死妻子，表示要“報仇雪恨以慰賢良”，“喚醒那千古忘恩負義郎”，顯示了可貴的爲伸張正義而鬥争的精神。

遣晴雯二回

蕉　窗

第一回　追囊

梧雨蓼風最斷魂，　秋聲淅瀝不堪聞。
湘雲怨結光流遠，　楚柳魂銷冷泪痕。
哀公子，物在人亡，填詞作誄，　嘆佳人，芳魂艷魄，玉碎珠沉。
芸窗下，醫餘兀坐無窮恨，　閑消遣，楮灑凄涼冷落文。
佳人薄命病浮沉，　惟恨詠謠賤婦人。
嫣紅雖艷遭蜂妒，　姹紫徒香惹燕嗔。
衹因爲，痴饕誤拾春囊袋，　又誰知無心觸怒老夫人。
急煎煎，憂慮堆胸發了怔，　呆呆呆，煩難滿腹衹出神，
又不知斯囊出在何人手，　越叫人，疑上添疑好悶人！
來到了熙鳳房中相探問，　勘察暗地追訊佳人，
知他是生長閨門，斷無此事，　又兼着言和理順，不便追尋。
幸虧了，大太太園中相遇見，　若是姊妹們看見，天哪！好怕人！
或者是，太夫人跟前，痴饕送去，　説我不嚴家教，鬧個地覆天昏，
又恐怕，潭潭公府傳出去，　有失了椒房[1]之貴，貽笑他人。

想到此,一陣心酸垂下泪,　王熙鳳旁邊安慰也傷心。
說:"太太呵! 閑愁抛却休憂慮,　倒不如差些僕婦,私訪原因;
再者是,園中使女無其數,　又兼那,小厮應差在二門,
拿不定打牙鬥嘴難言事,　不免偷睛遞目[②]人。
察着時,太太趁勢將他攆,　省的個,朝朝暮暮吊膽提心。
別將這些言傳到園中去,　怕的是風聲走透,就難以追尋。"
說畢時,忙呼侍女傳周瑞,　快叫他曉報陪房僕婦們,
進來了吴興、來旺、鄭華、來喜,　一旁侍立,鴉雀無聞。
話未言,綉簾啓處,一齊舉目,　正是那邢大人僕婦,送袋的來人,
說:"你何不暫到園中權時照管,　將他們僕婦、丫鬟細細尋,
有什麽事物,禀我知道,　莫作瞞贓隱弊人。
事畢後,再歸東府回音去,　大家彼此放寬心。"
王善保一一答應說:"知道,　太太言詞誰敢不遵?!"
暗思量:園中的侍女輕狂的很,　個個,眉高心大目無人,
我何不在太太跟前,將他們暗算,　將計就計,斬草除根。
想畢時說:"太太早就當嚴緊,　又搭着事務繁冗,哎,那裏留心!"
說:"園中的女孩兒們,那有體統?　倒象是受了封誥一般,比小姐還尊!
說他聲兒,調唆姑娘說我們欺負,　奴才們怎能擔待? 焉敢相侵?!"
夫人說:"跟姑娘的丫鬟們,原當嬌貴,　就不當餌名釣禄,仗勢欺人。"
婦人說:"更有這二爺屋裏的晴雯女,　他不比小姐的丫鬟侍女們,
終日家,打扮個狐媚狂樣子,　每日裏,袛一張巧嘴慣說人。
香囊兒,時常在他胸前挂,　粉撲兒,終日何曾離却身?
桃紅柳緑,妝成西子,　敷粉施脂,象是文君。

調逗的公子終朝書不念，
將二爺引作輕狂一類人，
讀書心腸，全無半點，
調脂高興，倒有十分。
可惜他，羞從黄卷青燈事，
愛向紅顔緑鬢人。
一任他，横眉竪目平欺主，
一任他，托懶撒嬌又咬群。
見了我們，無是生非，鷄争鵝鬥，
見了爺們，有説有笑，分外的精神。
欲説罷，倒象人家尋他錯縫，
不説罷，豈容憋悶在於人心。
這府中，下人那個遵規矩？
教他們，背前面後墊舌根。
可是説的咧！堂堂公府深如海，
爲什麽走漏風聲遠近聞？
常言道：'好事不出門，惡事行千里'，
太太呵！諸凡大事莫慈心。
若不要尋個錯縫兒將他遣，
有失了大家的體統，貽笑别人。
太太的大事是兒孫重，
下場頭，望子的榮華化作了塵。"
聽話的僕婦、丫鬟暗切齒，
一個個，怒氣填胸恨婦人。
嘆晴雯，嫣紅雨打，從頭兒受，
可憐他，秦鏡塵埋[3]，挨次兒渾。

第二回　遣雯

忽對西風倍黯神，
一庭明月照離人，
蘭胸緊鎖無窮恨，
綉枕還留有迹痕。
黄土隴中，女兒命短，
茜紗窗下，公子情深，
惟有這，玉人兒一去無歸路，
空悵望，一林紅葉，幾片白雲。
夫人聞言滿面嗔，
回頭有語問佳人，
説："那日跟隨老太太往園中去，
樹林下，影影綽綽記得最真：
削肩膀，水蛇腰，眉眼象你林妹妹，
吆吆喝喝正那裹駡人。

我很睄不上那狂樣子，在老太太跟前，不便追尋，
到後來要問是誰，我偏忘記，想是他方纔說的那晴雯。”
佳人說：“太太說的倒也仿佛，就祇是確實未對，不敢胡云。”
這熙鳳，一腔忿怒無心緒，那婦人三千鬼話有精神，
說：“何不叫了他來，太太看看？并不是奴才撒謊，褻瀆夫人。”
夫人點首微含笑，忙呼侍女：“喚晴雯，
留下那佳蕙、掃雲看守門户，服侍寶玉，麝月、襲人，
單叫那晴雯前來，我有話問，不許你把機關泄漏，告訴别人。”
小鬟答應忙出去，步入怡紅到綉門。
正值那，午夢乍初迴，佳人不自在，雲鬢無意整，悶悶對斜曛。
聽如此，忙整烏雲跟隨他去，忙離綉榻，步出園林。
知王氏，最厭嬌妝與艷飾，所以纔不能露面避夫人。
祇因他，連日心中不自在，并無有十分妝飾，不挂於心。
步檻穿廊，扶竹過柳，來到了鳳姐房中小畫門。
佳人見僕婦、丫鬟一傍侍立，小鬟跪稟說：“帶到晴雯。”
夫人舉目留神看，正是那上次園中遇見的人。
祇見他，雙綻頰紅，春山淺淡，朱唇不點，粉面輕匀，
星眸乍炯，雲鬟半褪，獨鍾秀氣，别樣消魂。
穿着那，灑花顧綉的桃紅衫子，配着那，金沿葱緑的六幅湘裙，
小背心，倭緞鑲邊，天藍玉色，好似枝，祟光泛彩、東風裊裊海棠魂。
站在塵，亭亭玉樹臨風立，真有傾國的舉動，洛浦的精神。
這夫人真怒攻心，微微冷笑，說：“好個捧心的西子，帶病的佳人！
呸！没廉耻的東西，不識羞的賤打量着你作的事兒，我不知聞。

婢！

我問你：妝成狂樣給誰人看？
且放着，明朝追你賤人的魂！”
復説道：“今朝寶玉身康否？”
這佳人屈情滿腹，不敢相云，
便知道，必有仇人將他暗算，
他本是，過頂聰明的智慧人。
見問寶玉，説：“奴才不曉。
知寶玉起居之處，問麝月、秋紋。”
夫人説：“賤人！這就該掌嘴，
你難道不是跟他的貼己人？”
晴雯説：“我從不到他房中去，
所以纔一應事體，概不知聞。
我本是，老太太房中呼唤的使女，
因説奴才伶俐，撥到他房中不過是看守屋門，
有時間，大家頑會，一時就散，
上一層有嬤嬤們看待，下一層有麝月、襲人，
閑暇時，還作老太太房中的針合綫，
所以寶玉事竟不留心；
太太既怪，從此留神就是。”
這夫人聞聽此話，信以爲真，
説：“阿彌陀佛！你不近他跟前，是我的造化，
不勞大駕，竟不必留心，
明日個，回過老太太再處你。”
回頭説：“你們小心看守，不許他入寶玉房門。”
夫人一聲，將晴雯喝退，
正是那晚烟挂樹，日影兒西沉。
這佳人，悲聲哽咽出門去，
氣撲撲，袖稍兒掩面揾啼痕。
可憐這賤婦讒言，晴雯遭妒，
就是那一旁的侍女也酸心，
皆因是，兔死狐悲，物傷其類，
眼看着一旦分離，怎不嘆人！
這佳人，多歧自遇遭讒後，
身離榮府，回轉家門。
每日裏，身伴蓬窗悲往事，
染病後，渺渺還將舊路兒尋。
可憐他，昔日風流今已逝，
空留下一抔净土伴秋林。
蕉窗人，剔釭閑看《情僧録》④，
清秋夜，筆端揮盡《遣晴雯》。

説明：

此作係將散見於《紅樓夢》第七十三回“痴丫頭誤拾綉春囊”、第七十四回“惑奸讒抄檢大觀園”、第七十七回“俏丫鬟抱屈夭風流”中有關晴雯遭受誣陷、迫害的情節，組成相對獨立和完整的單篇故事，作者將《紅樓夢》原作中王夫人爲綉春囊事而懷疑和審問王熙鳳的大段描寫，僅用“知他是生長公門斷無此事”一筆帶過，而懷着“無窮恨”的鮮明强烈的愛憎感情，集中突出地刻劃了王夫人及其走狗王善保家的對晴雯恣意誣陷、迫害的醜惡嘴臉，不失爲一篇反封建的委婉生動、凄楚感人的檄文。本篇係據清代百本張鈔本。另有别野堂鈔本，文字相同。作者蕉窗，生平僅知爲醫生，餘事迹不詳。

注釋：

①椒房：漢朝后妃所居的宫殿。因用椒泥塗壁，故名。後用爲后妃的代稱。這裏賈家因有元春在宫，故以椒房之貴自稱。

②偷睛遞目：以目傳情，喻男女私相愛慕。

③秦鏡：相傳秦始皇有寶鏡，能照見人腸胃五臟，女子有邪心，則肝張心動。後世因稱善於斷獄者爲“秦鏡高懸”。這裏以秦鏡塵埋，喻晴雯遭讒，無人爲之辯明。

④《情僧録》：據《紅樓夢》第一回記載，《紅樓夢》又名《情僧録》。

二玉論心二回

竹　窗

第一回

流水高山[1]何處尋？
茫茫大地少知音，
馬逢平路皆云善，
人到深山始見心。
勁節不隨寒暑變，
清操方耐雪霜侵；
此情自古稱難遇，
莫怨伯牙摔碎琴！
赫赫榮寧舊國勛，
巍巍府第上連雲，
金輝玉映繁華景，
翠繞珠圍富貴春。
榮禧堂前花似錦，
大觀園内月如銀，
説不盡，園中姐妹人無數，
一個個，國色無雙世罕聞。
薛寶釵，穩重端方明大禮，
薛寶琴，温柔典雅順親心，
史湘雲，大説大笑精神爽，
邢岫烟，守素安貧情性兒温，
賈探春，持家才調人難比，
小惜春，巧筆的丹青難述云，
李稻村，放蕩奢華無半點，
王熙鳳，風流瀟灑到十分。
侍妾中，襲人、平兒堪爲首，
丫鬟内，鴛鴦、琥珀最超群。
還有個，斷梗飄蓬的孤妙玉，
坐蒲團，自號雲山檻外人。

内有個,絶代的佳人名黛玉,	他在那姐妹叢中,奪盡了尊,
模樣兒,捧心的西子難相比,	才情兒,咏雪的文君讓幾分。
都衹因,雙親早喪無倚靠,	外祖母接來膝下伴晨昏。
可嘆他,人太聰明,身子兒弱,	纔惹的多病、多愁兩泪頻。
又有個,才貌雙絶的痴寶玉,	他比那黛玉的年庚長一春,
生成的脾氣兒乖張,情性兒左[②],	常常兒的自言、自語、自傷心,
從不知,經濟文章[③]爲何事,	他把那,功名富貴算浮雲,
終日價,形骸放蕩無個拘束,	最喜合女孩兒們在一塊兒搞成群。
他倒説:"男子們,都是些個鬚眉的蠢物,	不過是乾坤的溺氣,稟成了人,
怎比那,女孩兒們的身子清净的狠,	天地間,至尊、至貴的到了十分。
自恨生前没有造化,	爲甚麽,不向香閨脱化個身!"
因此上,看着那些女孩兒們都如珍似寶,	終日價的爲奴作婢,效盡了殷勤。
自從那,黛玉搬在園中住,	他二人,耳鬢厮磨分外的親。
若不是,對景題詩憐好月,	就便是,焚香品玉賞花辰。
有時節,園林春曉同携手,	有時節,夜雨幽窗細訴心,
雖然是,姑表親情稱兄妹,	那一種投分、投緣難細云。
自古道:"情因愛切常如怨,"	果然是,話到情真反似嗔。
又兼那,多病的佳人心太重,	偏遇着,貪顽的寶玉欠留神。
有時節,言語參差失了照應,	勾起那,佳人的幽怨鬱難申,
頃刻間,肝腸痛斷無休息,	哭一個,泪染鮫綃帶血痕。
他二人,似此分争也非次,	問起那,根底情由無半分,
都衹爲,終身未定離合的景,	往往的話語難明肺腑的心。

因此上，忽密、忽親、忽冷淡， 行説、行笑又行嗔。
惹的個賈母着急，常常兒的報怨， 説："没見這兩個不知好歹的寃家嘔死個人！"

從那日，砸玉遭殃分手後， 兩個人，又難不見又難親，
一個是，似傻如呆的迷了本性， 一個是，無情、無緒的減了精神，
一個是，在怡紅小院淹成了病， 一個是，在孤館瀟湘痛碎了心。
説不盡那花陰冷落人悲月， 更可嘆是竹影蕭條月伴人！
這一日，寶玉來到了瀟湘館， 見佳人合衣睡卧悶沉沉，
好容易費盡了心機，拿着話兒哄， 剛剛兒的萬轉千迴，纔念轉了心。
寶玉說："嗐！世間惟有心難料， 人要是得一個知心，可貴似金。"
黛玉說："這個話含糊，我竟不懂， 到要你分析個明白，細細的云。"

第二回

説不盡世上人心，世上人心似海深； 海雖深，深有底，最深還是世人的心；
從古來，有幾個流水高山一心的至死不變？ 世界上，都是些覆雨翻雲，交結來往盡是黃金。
有一朝，黄金盡、貂裘敝，壯士無顔，佳人老， 也不知埋没了多少塞上的琵琶，爨下的音！
但有個效管鮑[④]，賽雷陳[⑤]，終始如一知心友， 我情願拜門墻，隨鞭鐙，赴湯蹈火樂追尋！
寶玉說："我的心知道你的心，你的心如何不知我？ 難道説你的心就知道你的心，不知道我的心？"
黛玉說："你的心是你的心，我如何知道？ 我的心又不是你的心，你如何知道了我的心？"
寶玉說："我的心就是你的心，你 莫不成，你的心是你的心，不是我

如何不懂？
的心？”
黛玉說：“一個人都是一個心，我倒知道，
從沒見兩個人衹一個心，一個人到有了兩個心。”
寶玉說：“既然兩個人兩個心，如何你的心又知道你？”
黛玉說：“我的心是一個心，想是你的心是兩個心。”
寶玉說：“你的心既然是一個心，我的心如何會有兩個？”
黛玉說：“我的心不象你的心，你的心不象我的心。”
寶玉說：“兩個人通共一個心，如何會有兩個‘不象’？”
黛玉說：“一個心再湊上兩個心，這不成了三個心？”
寶玉說：“誰是兩個心？誰是三個心？你倒要講講！”
黛玉說：“金有個心，玉有個心，難道麒麟他就没有個心？”
一句話，說急了寶玉，雙眼直瞪，
望佳人，微微的冷笑咬朱唇，
說：“姑娘近日實在的改變，
說的話，都是古怪稀奇竟罕聞。
全不想，你我從前是那等樣兒的好，
更比那一奶同胞還勝幾分。
從小兒同起、同眠、同頑耍，
哪樣兒不比別人分外的親！
到而今，人大心大把脾氣兒改，
動不動使性子墩摔[⑥]，拿冷臉子村[⑦]，
早知道人家的心不象我，
絶不該妄想巴高，錯用了心！
到不如，速死、速完、速閉了眼，
早離、早散、早脱了身。
到那時，恩怨皆空，閑愁掃盡，
也免得，到處裏招嫌得罪人。”
病佳人鼻音兒冷笑一聲啐，
說：“可是呢！到不如早些兒一死免傷心。”
寶玉說：“我說的是我，誰咒你？
何苦呢，無緣無故的寡生嗔[⑧]？
我知道姑娘竟是嫌透了我，
不住的尋嗔，找上了門。
早知道，人遭了敗運真没有趣，
還不及，永遠在黄泉作個鬼魂。
省却這耐苦擔愁，遭孽的體，
免却這，抱愧含冤，交罪的心。”

說着的個寶玉情難禁，　止不住腮邊滴下泪紛紛。
佳人一見由不得的笑，　說："彀了！也少說些兒罷，仔細勞神！
難爲你也這麽大了，還不該知道個好歹，　爲什麽脾氣兒更比從前會嘔人？
說的話，又不是聰明，又不是傻，　聽了去，是一半兒明白，一半兒渾。
也有個見理不白，也不去想想？　一味的撇却了身心向外尋。
豈不知，時時錯認了禪門的理，　纔有這，處處强分個意外的心。
但能够，妄念不生，絶了外障，　自然就，一心無挂，現了天真。"
寶玉聞言纔要答話，　忽見那紫鵑帶笑，走進了房門，
說："二爺的貴步如何到此？　莫不是偶未留神，認錯了門？
勸爺也該往别處去逛逛，　讓姑娘歇歇兒，養個精神。"
黛玉說："此時我倒也不覺困，　到是把那窗屜子拿開，敞一敞心。
可將我前日的好茶，快些沏去，　看仔細屈尊了大駕，得罪了貴人！"
寶玉聞言噗嗤兒的笑，　說："何苦呢，這樣稱呼，我怎麽樣的禁[⑨]？
但能够不攆出門，就是造化，　怎麽敢生受[⑩]姑娘這樣費心！"
黛玉說："饒這麽小心着，還有不是，　動不動成月、成年的不上門。"
說着話的佳人又擦泪，　這寶玉，忙又帶笑搭訕把話云，
說："今日天氣很好，何不同去走走？　到園中找一找他們，散一散心。"
黛玉聞言低玉頸，　意遲遲，半晌方纔立起了身，
向妝臺，略整雲鬟出了小院，　嬌怯怯，輕扶雪雁蹈芳茵。

說不盡，花攢錦簇園中景，　　言不盡，姐妹題詩筆下的春。
向竹窗，寫了回凄凄切切的湘君怨，　　倒衹怕，一聲聲譜入那流水悲風不耐聞。

說明：

本篇係據清代百本張鈔本。作者竹窗，生平事迹不詳。《二玉論心》以《紅樓夢》第廿九回下半回"多情女情重愈斟情"爲主，擷取《紅樓夢》中相關的情節，不僅表現了寶玉、黛玉對知心愛情的執着追求，而且寄寓了作者對整個封建社會末期世道人心的看法。如第二回詩篇說："世界上，都是些覆雨翻雲，交結來往盡是黄金。"反映了金錢對於傳統的封建倫理關係的破壞。"但有個效管鮑，賽雷陳，始終如一知心友，我情願拜門墻，隨鞭鐙，赴湯蹈火樂追尋！"抒發了人們對建立誠摯的社會關係的熱烈向往。可見《二玉論心》的意義遠遠超出了愛情的範疇。在藝術上，對人物心理作了細針密縷的刻劃，頗具特色。

注釋：

①流水高山：見本書《露泪緣》篇注⑳。

②情性兒左：性情執拗，又稱"左性"。如《紅樓夢》第四十六回："如今又聽説如此的話，便知他又弄左性子，勸也不中用了。"

③經濟文章：即以所謂經世濟民相標榜的學問。

④管鮑：指管仲和鮑叔牙。兩人友情深厚，後人因以管鮑爲知心好友的楷模。

⑤雷陳：指後漢雷義和陳重。雷義舉茂才，讓於陳重，刺史不聽，雷義便佯狂披髮出走。當時鄉里人作民謡説："膠漆自謂堅，不如雷與陳。"因此，後人以雷陳喻友情深厚。

⑥墩摔：又作撴摔，怒時摔東西發脾氣，意即頂撞。如《紅樓夢》第六十回："平白我說你一句兒，或無心中錯拿了一件東西給你，你倒會扭頭暴筋，瞪着眼撴摔我。"

⑦村：訶責。如《紅樓夢》第六十三回："你這個人一天不挨他兩句硬話村你，你再過不去。"

⑧寡生嗔：光生氣。寡，衹是。

⑨禁：當。

⑩生受：見本書《樊金定罵城》篇注④。

追　信五回

梁霜亳

第一回

功名不遂委實難，未遇韓侯泪暗彈。
因識項王非神器，不辭跋涉奔西川。
誰知夼楚歸炎漢，運也時哉總一般。
這是我命裹不該朱紫貴，費盡了萬苦千辛枉徒然。
這英雄，想後思前一聲嘆，嘆豪杰，怨氣飛空衹叫天。
“蒼穹既然生韓信，也須要震地驚天，做一番。
恨無端怨殺四海蒼生眼，因甚的，睹我英雄若等閑。
致使我，急忙按不住胸中氣，猛對着月朗回頭把劍彈。
俺韓信自從那日離鄉土，奔波蹭蹬許多的年。
乞食漂母悲無限，受辱於跨下，忍耐多般。
浮雲一朵埋梁棟，天涯流落苦難言。
無奈何，扶義懷忠投項主，妄想那：得意痴心進楚原。
誰想到，霸王凶悍非真主，他那裹，輕浮暴虐不親賢。
官封我執戟之郎將人慢，不稱吾懷欲挂冠。

我韓信，正自思量歸故里，
張子房他纔贈劍識英俊，
他叫我：急弃項王投漢主，
劉沛公真明治世非凡比，
劉漢主，深沉福氣高山斗，
大略着不久興邦吞項楚，
我韓信聞聽星夜飛秦嶺，
無奈何，擔驚冒險出關口，
星夜裹，悄渡陳倉來漢土，
急忙忙，投轅先謁蕭丞相，
蕭丞相留飲私宅心甚喜，
急修保本朝金闕，
又遇着漢王無禮輕賢士，
全不想，好謀而成遵至理，
挑嗤我身材瘦弱難壓衆，
輕慢我，談兵紙上無憑據，
惟恐那相國蕭何重保奏，
蕭丞相，衹覺無顔惟嘆氣，
真正是，虚心下榻加親厚，
盡忠心，兩次三番連上本，
漢劉王無可如何觀奏本，
受微職，韓某管事將三日，
偏遇着楚軍潛越境，
監守官同事多人齊上鎖，
若不虧滕公憐愛將我救。

又誰知，無意之中遇高賢。
説：叫俺運會興衰對我言。
他叫我：輕裝火速上西川。
他那裹，大收民望整江山。
待庶民度量寬洪，海樣寬。
纔是那一統江山傳萬年。
急離了虎穴闖龍潭。
每日間，吊膽提心遶棧川。
恰遇這沛主劉王招納賢。
我二人見面，即將治理談。
老相國，十分敬重最周全。
帶領丹墀上萬言。
藐視我韓信無能，草芥般。
誰承望，“暴虎馮河聖人嫌[1]。
又看我書生舉動少威嚴。
他那裹，執意推脱不用賢。
漢劉王退朝，急令捲珠簾。
幾番的寬慰，叫我等機緣。
留養我私宅之内，禮貌謙。
不時的保舉，在那沛王前。
低徊良久放倉官。
可憐我，無故遭殃禍又纏。
燒毁了倉房，無數的間。
一共的，問成死罪盡掐監。
這項頭顱，險些兒被他摔。

真果是，一處難時難處處，嘆韓信命中注定，受這艱難。
我韓某幾次歸思辭恩相，耐蕭何苦苦哀留，他不放還。
昨日間，當庭又進保舉本，差遣我，治粟都尉管糧船。
似這等大材小用成何事？我韓信還不知何日出頭纔見天！
辜負我男兒志氣衝星斗，枉擔了半世虛名，火化鹽[2]。
這些時，苦熬歲月經寒暑，不多時，眼見春歸夏又闌。
俗言道：富貴如雲真不假，這正是，浮生如夢果其然。
寄愁何處覓青鳥[3]，傷心有泪對銀蟾。
暗思量，嬌妻幼子難相見，苦衹苦，萬嶺千峰遮故園。
衹落得，半窗寒月窺孤影，哀怨連聲慘斷猿。
必真是，名利縛人無限的苦，趁年光，弃此微職，我且去閑。”

第二回

“朝臣待漏五更寒，鐵甲將軍夜渡關。
山寺日高僧未起，看來名利不如閑。
再不想，名標青史光前烈，再不想，像挂麟閣啓後賢。
從今後，蘆花明月人千里，一任我，待釣西風駕小船。
勝似我奔功名，千辛萬苦，也省得求榮顯，兩次三番。
想當初，意氣不投離項楚，到而今，胸懷不遂别劉炎。
却原來，改同魯衛無高下，據我睄，項楚劉炎兄弟般。
俗言道：‘寧可耳聞休見面，’道聽塗説，總是虚傳。
炎凉世態難睁眼，從今後，再也不將廢興言。
短卧長歌由我傲，金戈鐵馬任他喧。
任憑那，野樹迷漫遮項楚，也衹好，暮烟隔斷遠劉炎。

但能彀，鰲魚脱却金釣鈎，這一去，擺尾摇頭再不還。”
這英雄想嘆多時，主意定，忙煞鑾帶，整整雕鞍。
將巾緊緊重新戴，把寶劍輕輕兒的仔細拴。
耳衹聽，譙樓之上交三鼓，又見那，四顧無聲静悄然。
嘆豪杰，噤聲不敢出前户，惟恐那，看守之人要阻攔。
他衹得，潜身悄步抬拴鎖，角門兒開放，把馬兒輕牽。
悄悄的扳鞍認鐙急行走，一路上，頓轡加鞭去似烟。
心内着急，要將程途盼，真正是，星飛電轉奔函關。
且不言英雄月下私逃走，再表這勤勞蕭相老忠賢。
蕭相國國事關心，眉頭兒不放，嘆忠良，晝夜操持不能眠。
一窗孤影，在燈光下，萬轉千回讀治安。
一條條，盡是興邦的理，情弊分明，説的顯然。
這忠良，贊嘆多時誇韓信，暗地裏，埋怨劉王不任賢。
天心有意除强項，這纔是，蓋世英雄到此間。
又説到，神物不當終困頓，久後勛名在我前。
我叫他，權且耐時等機會，從權委置管糧船。
但願主公速轉意，卑恭自牧禮英賢。
封官得遂英雄志，管保成功，把帝業全。
不枉我三番兩次將他薦，方顯得，蕭何有眼認得魁元。
怕的是，機緣錯過英雄悔，事不佳時再想難。
這相國，正自低頭生感嘆，忽聽得，外面的家丁把事傳。
見他慌張張急啓簾櫳當面跪，進門來，磕頭振地響方磚。
説：“看守不嚴，小人們知罪，望丞相海量寬洪，把我們耽。
後角門實是不知何人開放，韓先生，人馬全無去似烟。”
蕭丞相一聞此言，驚破了膽，恰象似江心風浪，拍翻了船。

這忠良，半晌無言如聾似啞，
說："了不得！他心中急躁恨都籃④。"
口内連聲説是："不妥，
吾主的封疆眼看着灘。
這韓信倘然再去投項楚，
一定是，提兵調將破漢關。
苦我君臣猶還是小事，
但衹是，合郡的生靈最可憐。"
忙吩咐："你們與我快備馬，
咱主僕，上前追趕莫遲延。"
衆家丁忙聽吩咐説聲："是！"
不多時，各各門前把馬牽。
蕭相國重整衣冠連忙出外，
主僕幾衆，急上征鞍。
緊加鞭，一直竟奔了函關路，
不管那，一路風吹撲面寒。
火把燈籠，風聲振耳，
奔程途似箭如飛，緊趕英賢。
不言那蕭何領衆齊追趕，
可憐這，無運無時的美奇男，
一路上策馬風塵登臺道，
頂頭星月照林巒。
往前行，舉足不怕顛共險，
苦衹苦，跋涉無辭水與山。
若不是，忠心宰輔識賢士，
怎能彀，千年統業自此全。
到而今，追賢佳話傳千古，
梁霜毫敷演節目趁餘閑。

第三回

堪嘆豪杰幻夢間，
英雄勛業化飛烟。
坐下馬銜山色淡，
背邊劍射斗光寒。
滿腔幽怨還天地，
無限離愁載戰鞍。
按不住浩然之氣衝霄漢，
恰象似稠雲遮斷，玉砌雕欄。
這豪杰，舉頭新雁悲無極，
嘆英雄，回首家山悵滿天。
原衹道龍投大海，把天關駕，
誰承望，勒馬單騎繞棧還。
衹落得兵書戰策灰塵裏，
仗劍摇環意懶然。
急忙難掩，這英雄泪，
不覺的，皓首蒼顔對夜闌。

這英雄一壁裏前行長嘆嘆，一步步，且行且止且留連。
腹中暗叫劉漢主，暗怨道："沛王何故慢英賢？
好事無多休當錯過，千年的王業，我欲君全。
今日裏，果真若走俺韓信，從此後，大略着滅楚、興劉祇怕難。

又想到爲國薦賢的蕭閣老，不由人，痛膽相連一陣酸。
非是我不辭而行忘恩義，皆因爲，事出於無奈口難言。
捨之則藏，言自孔子，我怎肯，美玉求沽背聖賢。
但祇是，帶累得先生自吃苦惱，却叫你，兩路兒夾攻祇作難。
料想此德今世難報，也祇好，來生結草再銜環[⑤]。
我但能逃出這函關口，也不願爲官，願種田。"
猛聞得鑼鼓喧天聲振耳，忽聽那背後好似有人言。
連叫道："先生暫且停貴步，我蕭何餞行來遲望海涵！"
這豪杰，馬上連連頻回首，但祇見塵烟起處響鳴鑾。
主僕不多人數個，頓轡加鞭馬放圓。
英雄一見明底裏，勒轉征駒立樹前。
蕭丞相馬上躬身說："慢待！韓先生，不辭而行定有緣。"
他二人忙下雕鞍同見禮，携手同行席地談。
英雄一見叠主意，心中抱愧暗爲難。
躊躕了良久頻搔首，眼望着青天默默然。
蕭相國，觀看行藏心不喜，連道："先生你行事兒偏。
無端的倨傲將人慢，因甚的，默對相逢不發一言。"
英雄說："并非有意輕相慢，我祇怕，中途素手告人難。
久留惟恐把程途誤，因此我將纔還懶下雕鞍。"
丞相說："原來如此多忽略，想必是惱我君臣不用賢。

我蕭何特意兄前來陪罪，
再奉請先生，同我轉回還。”
英雄說：“而今打却從龍想，
我韓信一心久欲返家山。
恩相再休提漢主，
劉王猶在夢魂間。”
蕭何正色說：“君休錯怪！
我的主，智聖宏仁口難傳，
若依着先生口内這般講，
想必要，重歸項楚弃劉炎。”
英雄說：“丞相失言無道理，
特把吾韓信，你看的不堪。
我與其復反，投歸項楚，
又何必聞風來到漢關。
用行捨藏，一定的理，
但衹是，事不由人總在天。
量那楚重瞳怎入我英雄目？
就是那龍且、章邯，亦甚等閑。
乘駿馬雕鞍，向落日斜陽岸，
伴竿笠蓑衣，緊守釣魚潭。
優游自在閑消遣，
我怎肯一事無成，把兩事耽。
都衹爲，朝廷不用我英雄漢，
因此上，鐵甲將軍夜渡關。
老相國，你莫非爲馬將咱盼，
我韓信當面交還有甚難？”
老丞相一聞此語說：“非也，
老夫從無使奸酸。
我若是，爲馬情由將你趕，
何必我親身到此間。”
英雄說：“既非爲馬將俺趕，
我韓信知義承情，感恩官。
休怪我程途萬里，家山遠，
老丞相，有何見教請急言。”
蕭何說：“老夫特意來相請，
并無有别端之事挂胸前。”

第四回

丞相蕭何泪連連，
央求英雄轉回還。
說：“懇乞回心扶漢主，
竭誠盡力保江山。”
英雄擺手說：“休哄我。”
帶笑連聲說：“不要玩。”
說：“果然安心要我扶炎漢，
則除非拜將登壇，把印懸。”

蕭丞相即可回言説:“全在我,
此一事,我蕭何一力兒擔。
望先生若肯同回去,
挂印懸牌衹不費難。”
英雄説:“既然如此,先要講定,
此事須當恩相保全。
倘若是劉王再不將俺用,
望丞相如何安置,也要先言。”
丞相説:“回朝一并朝金闕,
我與先生同面玉顏。
必然是竭力抒誠將事奏,
也須要,條陳利弊請兵權。
倘若是主公如果不信用,
我與你,同挂朝冠并轡還。”
英雄聞言説:“果真話?”
這蕭何連連答應:“不虚言。”
他二人重新見禮把征駒上,
意順情投半夜還。
去時沙淺無波際,
歸來風浪響潺湲。
也不知,抵多少夕陽歸去晚,
這邊是,漁人江上守更殘。
冷清清,夜静水寒,征鞍難跨,
急煎煎,足踏跳板,齊上釣魚船。
見沙鷗驚起蘆花岸,
忒楞楞,一直飛過蓼花灘。
恰象似,禹門浪汛桃花泛,
真正是,夜静更深暮景殘。
明亮亮銀蟾,出海生光彩,
清白白玉兔,東升照天關。
見漁翁,伸腰揉眼將帆挂,
手扶着竹竿慢開船。
這英雄,對景生悲呼丞相,
手指着漁家把話語言。
説道是:“名利烟波無二理,
待釣消閑總一般。
本地的風流何用我,
忒樣兒分明在眼前。
他這裹,隨波逐浪連身動,
堪比我,獻策投轅脚不閑。
他這裹,绿水波中覓衣飯,
堪比我,紅塵路上奔吃穿。
他這裹,摇舟最怕飛來浪,
堪比我,跨馬時防有澗山。
他這裹,蓑衣未曬披身冷,
堪比我,征袍不暖透心寒。
他這裹,無魚坐待垂鈎釣,
堪比我,望月披星去復還。”
這英雄説罷心中生慘切,
蕭丞相連叫:“先生聽下官。

祇求你，扶衰救弊爲良佐，懷寶迷邦豈是賢[⑥]？
從來大任非輕降，上天百計試奇男。
望先生小心仔細加餐重，静氣平心想古聖賢。
百里奚貧賤終身，舉市井[⑦]，管夷吾天下奇才，用士間[⑧]。
膠鬲待運魚鹽裏[⑨]，孫叔敖一旦飛升，出海邊[⑩]。
這些人，久困終亨逢聖主，一個個，堪與先生作比肩。
大器晚成一定的理，良臣擇主聖人言。
漢天子真命帝主百靈助，望先生，八面威風把統業全。
主公志量多仁厚，蕭何侍奉許多年。
并不是有心故把英雄慢，皆因是，要把先生智略觀。
回朝一定依實奏，身家不顧保英賢。
但願你，馬到成功平項楚，旗開得勝保劉炎。
不枉我，丹心一點將賢薦，就死我，爲國的蕭何也是樂然。”
英雄聞言生敬畏，這豪杰，心中感念叫恩官。
説："謝丞相！執手相看如一體，爲國勤勞忠義全。
我韓信但求主公得重用，一定忠君，把社稷安。
倘然是劉王照舊如前次，笑殺你爲國的蕭何枉薦賢。”
丞相笑道説："斷無此事！”説："如何能此次比先前？
管保你，天顔有喜把君王見，功成相貌畫凌烟。”
説話之間船到岸，他二人，漁舟同下上雕鞍。
不覺的重歸舊路，敲殘鼓，歸來時，三唱金鷄天亮還。

第五回

忠良爲國趕英賢，耿耿丹心在主前。

且説那英明漢劉主，
忽見黄門來啓奏，
漢劉王一聞啓奏心不喜，
那些兒虧負你將孤叛？
一定是私投項羽，把江山賣，
連發恨，忘恩負國實難恕，
又衹見，黄門跪倒將事奏，
現在午門等旨意，
這沛公，驚疑半晌心犯想：
急傳旨意宣丞相，
漢劉王，寶座生嗔宣宰輔：
爲甚的既去復來是何緣故？
蕭丞相，叩首丹墀呼："聖主，
退朝竟夜憂國務，
險些兒，把華夷[11]送了項羽，
所以纔戴月披星急追趕，
漢劉王聞言半晌頻猜異，
暗想到：朝中名將人無數，
劉王説："先生快把真情奏，
驚慌急把忠良問，
這蕭何跪倒金階依實奏，
祖居世系淮陰地，
念微臣，幾次保本將他薦，
因官職卑小，不稱英雄志，
懇求聖主把韓信用，

早朝金殿莅百官。
説："蕭何星夜私逃出漢關。"
連説道："好個蕭何，壞了心田！
背主潛逃暗使奸。
你怎麽瞅空而行進楚關？"
急差將士趕出邊。
説："啓吾主，丞相蕭何去復還。
專聽聖主把他宣。"
"蕭丞相既去復來，定有緣。"
這蕭何，應召金階面聖顏。
"孤問你：有何公幹夜出關？
你快把一往實情奏朕前！"
念微臣無事，怎敢夜出關？
忽聽星夜走英賢。
微臣暗裹把驚擔。
好容易，舌劍唇槍刺轉還。"
這沛公，暗裹顛奪五七番。
唯不知，星夜私逃那一員？
到底是夜走函關那個賢？"
蕭何把一往從前不敢瞞。
説道是："未遇的英雄他姓韓。
歸劉弃楚器非凡。
蒙主公，加恩都尉管糧船。
他意懶心恢，星夜轉家園。
臣管保，大漢皇圖永萬年。"

漢天子聞言大笑呼:"丞相!"
朕衹道私行委果逃良將,
却原來,夜間逃走的是韓信,
朝中豈少英雄將,
一個個,形如猛虎多精壯,
那韓信力小身矬多軟弱,
若果是,先生保舉英雄將,
且慢説月下私逃他人一個,
這蕭何,俯伏金階連叩首,
那韓信身雖矮小胸中廣,
望主公千萬留他軍中用,
自古道:擇取才能豈在相貌,
真正是,天遣英才來漢土,
真明聖主神靈助,
望主公,萬千不可輕韓信,
他本是,頂天立地的奇男子,
臣保他,成功一陣削强楚,
倘若是此將,不應微臣口,
漢劉王半晌聞言低龍頸,
英雄應詔把天顔見,
劉王大悦龍心喜,
加官拜爵封元帥,
嘆今生,時乖運促何年好,
埋没我英雄志量沉江海,

説:"賢卿住口!你再休言。
時乖朝内走英賢。
胯下夫,有何本領把治功全!
轅門招聚許多賢。
善武能文智略全。
怎能彀治國安邦韜略全?
我劉邦但求賢卿薦幾員。
就是那日走千員亦甚等閑。"
不住的口呼:"吾主納臣言。
臣看他,文武兼全蓋世賢。
不可把滅楚英賢赴函關。
衹要他,拔萃超群本領全。
保吾主一統江山不費難。
天差星宿保江山。
休把那,治國英雄作等閑。
真正是,展土開疆忠烈賢。
臣保他,基立千年壯漢炎。
臣蕭何,甘心情願把罪名擔。"
這沛公,出於無奈詔英賢。
金殿披宣,將治理談。
輸誠轉意禮英賢。
親把兵符送將壇。
枉擔擱,我一事無成兩鬢斑,
空對着,一天星斗月兒斜殘。

説明：

此作係根據清代同樂堂鈔本。作者梁霜毫，生平事迹不詳，僅知其存此子弟書一篇。題材淵源於元代金仁杰的雜劇《蕭何月夜追韓信》和明代沈采的《千金記》傳奇，清代高腔戲有《追信》，皮黄劇也有《蕭何追韓信》的演出本。此作突出韓信胸懷壯志，而漢王劉邦以貌取人，使他懷才不遇，月夜私奔。漢丞相蕭何親往追趕，懇請韓信回還，經過蕭何竭力保薦，韓信終於得到重用。作者對此感慨萬千，"嘆今生，時乖運促何年好，枉擔擱，我一事無成兩鬢斑，埋没我英雄志量沉江海，空對着，一天星斗月兒斜殘"。這在腐朽黑暗的封建社會，確實表達了無數仁人志士懷才不遇的苦悶心聲。

注釋：

①暴虎馮河聖人嫌：徒手而搏虎，無舟而渡河，叫作"暴虎馮河"。孔子在《論語・述而》中説："暴虎馮河，死而無悔者，吾不與也。"這是因爲嫌他們有勇無謀。

②火化鹽：原意是火化冰；鹽的結晶與冰類似，這裏由於押韵的關係，所以改作火化鹽。

③青鳥：是古代傳説中爲西王母傳信的使者，後世因此以青鳥比喻傳信人。

④恨都籃：據《茶經》，都籃，是盛茶具的籃子。這裏以茶具放入都籃，喻賓客已走。恨都籃，即恨賓客已走。

⑤結草銜環：見本書《露泪緣》篇注㊲。

⑥懷寶迷邦豈是賢：是説懷才不爲世用，不能算仁。語出《論語》。定公初年，孔子不肯做官，陽貨諷刺他説："懷其寶而迷其邦，可謂仁乎？！"

⑦百裏奚：春秋時秦穆公的賢相。少貧，流落不遇，後事虞公，七年而無所遇。虞亡，逃往楚國。秦穆公聞其賢，以五張牡黑羊皮贖回，用爲相，七年而使秦國稱霸。

⑧管夷吾：字仲。春秋時齊桓公的賢相。他使齊國成就霸業，被尊稱爲仲父。

⑨膠鬲：是殷時賢人。文王從鬻販魚鹽中得其人，舉以爲臣。

⑩孫叔敖：春秋時楚國的賢相。他被楚大夫虞丘推薦給楚莊王，從家鄉"海邊"，"一旦飛升"爲丞相。

⑪華夷：這裏指國家。我國漢族以"華夏"自稱，對少數民族則稱爲"蠻夷"。故這裏以華夷代表國家及各族人民。

飛熊夢五回

芸　窗

第一回

渭水河邊垂釣竿，　高人逸欲在林泉。
名齊日月千千載，　墓表乾坤萬萬年。
《三略》[①]文章稱聖世，　《六韜》[②]事業霸江山。
文王卜得飛熊兆，　天命周朝八百年。
可嘆成湯六百年，　二十八帝坐江山。
始祖商王稱聖帝，　南巢放桀改天元。
國號殷商正月建丑，　真正是舜日與堯天。
作成大樂醇而雅，　名爲《大濩》[③]律音賢。
最可羡一家仁，一國興仁政，　又誰知，至紂王江山欲喪天運循環！
這也是國運當衰，成湯當滅，　纔出了紂王無道，重色殺賢。
衹因爲蘇氏侯爵失了貢獻，　三載無朝帝座邊。
紂王一怒興師罰罪，　把一個蘇氏妲己，獻在帝前。
酒池肉林妲己[④]製，　蠆盆炮烙[⑤]害忠賢。

起造鹿臺[⑥]徵了關税，又積聚鉅橋[⑦]糧米，百姓都含冤
破腹驗胎聽了惡語，敲脛驗髓納了奸言。
牙箸、玉杯、金屋、寶殿，豹胎、熊掌、鳳髓、龍肝。
晝飲終朝紅日落，夜宴通宵曉月殘。
昏迷那理朝綱政，荒淫不掌帝王權。
眼看着刀兵四起烟塵滚，倒衹怕血濺了朝歌[⑧]不得善全。
幸有那，丞相比干忠心貫日，又有那，微子啓、箕子胥餘也都是大賢。
這微子乃紂王庶兄之輩，那箕子，當昏王諸父之權。
他三人一怒，忠心垂赤膽，直言金殿諫王前。
説："我皇考逐了桀王乘大寶，治成大業六百餘年。
太平有象傳天下，纔有那，二十八帝掌了王權。
至今日，爺上不思祖宗立業，終日裏荒淫主甚緣？
厚税徵賦黎民苦，廣聚金珠府庫寬。
玉杯、牙箸供爺膳，豹胎、熊掌作瓊筵。
臣等不言，誰還敢諫？也非要作赤膽的忠賢。
爺上啊，若不改過前非，修祖政，恐怕爺如錦的江山，把外人傳。"
比干道："急速貶了妲己女，殺了那費仲、尤渾二佞奸；
散了那鹿臺金珠合寶物，再把那鉅橋糧米散民間。
豈不聞，天道盈昃四個字？爺把那夏桀王爲鑒，想前番。
爺今反把桀王仿，失江洪，臭名恐被後人談。
臣言已畢，願王納諫，若不然，總死金階也是枉然。"
紂王聞奏龍顔怒，眉頭一皺，計上胸間：
"朕聞聖人心七竅，比干稱聖，素日嘗言。"
喝令殿前金瓜武士，"急速剖來朕要觀。"
武士遵旨忙綁起，把一個赤膽忠良，綁在殿前。

這忠良，滿胸義氣渾身戰，他面對昏王又開言。
大叫："昏君你速殺我，我比干縱死地下面光顏。
不象你死後難見始祖面，怎見你皇陵衆祖先？
我看你，青史臭名傳萬世，妖婦昏君遺笑談。
我死地下如歸去，作鬼黄泉心也安。"
昏君盛怒說："快斬！"立刻把比干副相，命染黄泉。

第二回

琴心劍膽去來清，一點忠心貫日虹。
血染黄沙成事業，魂生紫府列英名。
丈夫志氣衝霄漢，女子花光傾鳳城。
運錯聖賢成末景，萬年遺恨草長青。
箕子佯狂忙披髪，說："玉皇敕旨到金亭。
長庚、太白宣皇詔，金龍玉虎兩傍行。
敕賜金帛成百萬，一時擠到鳳凰城。"
說罷仰天哈哈笑，又叫成湯衆祖宗。
紂王座上忙宣旨，且把他拘禁南監駕轉宫。
這微子摔去幞頭合寶帶，跑至宗廟，飲泣吞聲。
懷其宗器佯長去，不知去向，追也無踪。
這紂王，又納了東伯九侯親生女，誰知他，端莊貞静不喜淫行。
紂王一怒將妃斬，又把那九侯罪作斬非刑。
西伯侯文王頻嗟嘆，這紂王，又囚大聖於羑裏地名。
文王閑居在羑里，樂天知命養心情。
自嘆道："父雖不慈，人子當孝，君有不明，臣下當忠。

豈有爲臣與爲子，　叛君犯上理何應？
天地君親師最重，　仁義禮智信爲行。
不畏不敬，昊天震怒，　我姬昌豈肯食義違背了朝廷？”
這聖人，閑焚寶鼎金爐篆，　漫鼓瑶琴虞舜風。
一曲宫商音律静，　香風逸韵滿遥空。
因想道：“舜造五弦五音雖畢，　尚缺一變，六爻俱成。”
這聖人，又添一弦音律細，　變出宫商五正聲。
韵悠悠，鶴不啼來猿也不嘯，　把一個羑裏真成尚古仁風。
又把那，伏羲八卦從頭演，　陰陽動静考微精。
仰則觀天以垂象，　俯則察地以成形。
近取諸身以爲應，　遠取諸物以參情。
悟正理，以通那神明之大道，　參化育，以推那萬物之秀靈。
拆開庖羲陰陽理，　交錯乾坤，又把後天化成。
天地定位，山澤通氣，　風雷相駁，水火無争。
坤退東南，乾歸西北，　陰陽老少把男女配成。
顛之倒之排成了八卦，　順之逆之變成了五行。
又做成章文辭警，　包羅萬象隱吉凶。
六十四卦無微不到，　足見那聖心憂世，把萬載都全成。
更有那，西岐周土文王之臣子，　太顛、閎夭和散宜生。
日夜憂愁思君父，　同謀欲救主人公。
上大夫散宜生盤查府庫，　金珠珍寶，還有良馬百乘。
命太顛、閎夭往都贖罪，　紂王大喜，赦出了聖明。
大聖賢又獻上西岐、洛水之地，　請紂王除却了炮烙大嚴刑。
欽賜文王戈矛斧鉞，　專掌征伐問罪名。
又賜符節，榮歸故土，　至西岐，黄童白叟郊外相迎。

時逢却是深秋景，一林紅葉送歸程。
這正是：七載還國脱了大難，至故土，依然緑水與青峰。
最可嘆，人面已非昔日也，這聖人泪灑西風，似葉落飄零。

第三回

岐山翠岫鳳凰音，風未鳴條雨未淫。
滄海安瀾稱聖世，桑田壤畔樂天真。
一弦補制清還雅，八卦排成妙且文。
蕩蕩聲名垂宇宙，從今創業命維新。
還國大聖行仁政，他把那，世子姬發教訓諄諄。
這世子，聰明聖智遵嚴教，禹背湯肩是聖人。
最羨堯皇仁風美，愛仿舜帝孝思真。
三皇事業傳心法，五帝綸論拜善聞。
大志心懷，欲王天下，所以纔興起成周，掃滅湯殷。
文王欲向城西地，要起造靈臺驗看天文。
又恐傷了黎民力，失了民時孤不仁。
然而是，勞民傷財非仁政，點天驗日，也爲黎民。
非圖觀花與游景，不爲怡情與賞心。
衹得與散宜生從長商議，上大夫叩首説："這有何害與黎民？
生的那仁風德化，遍聞天下，就是那昆蟲草木，萬姓都沾恩。
主今欲把靈臺起，考驗灾祥也是愛民。
臣等即去傳諭百姓，教他每，願者營工不可强云。"
文王聞奏中心大悦，説："卿言甚善，又體黎民。"

這聖人,金管龍章書告諭,	衆百姓一齊稱壽,衆口同音。
擇定良辰黄道日,	興工動土,百姓都殷勤。
一個個,勇躍同心齊努力,	一個個,歡笑共唱太平春。
興工數月全都告竣,	靈臺造就,翠殿華新。
散宜生啓奏文王説:"靈臺造就,	請吾王親行驗看,可得聖心?"
聖人大喜,率領文武,	齊至靈臺,日影都斜曛。
見靈臺,畫棟飛楹高數丈,	法按三才八卦分。
陰陽吻獸安龍篆,	四時動静立雕雲。
左右間,安排下天儀與地影,	上中下,分定了明君與正臣。
真乃是上和天心,下應地利,	中和人事,外和民心。
靈臺外,左有鹿鳴,右有鶴哨,	地有千松,天有祥雲。
文武官員稱聖制,	老幼軍民祝壽文。
文王雖喜又添了憂色,	眼角微露兩眉顰。
散宜生觀看文王無有喜色,	説道是:"爺上臺成,是吉日良辰,
爺爲何面帶憂思因甚事?	莫不是靈臺土木未合王心?"
文王摇首説:"孤不爲此,	祇因爲缺少了個池沼,那水火失神。"
衆百姓聞聽一齊跪拜,	説:"這又何難?全在小民。"
各把鍬鋤一齊動手,	掘土揚開萬古塵。
入土三尺獻了白骨,	尸體一副在土内横陳。
文王令人衣衾棺椁,	另埋高冢,又吊亡魂。
説:"孤乃西岐稱帝主,	又何况爲孤的臺沼,暴露了尸墳。"
衆百姓,雙手加額,同聲稱慶,	齊贊道:"我王的恩及枯骨,仁到十分,
我每喜瞻光天化日,	願吾王多福、多壽,萬代兒孫。"

衆軍民,一人傳十十傳百, 把西伯聲揚四海,盡都知聞。
八百鎮諸侯君民感仰, 一處處,歸周去紂恰似潮雲。
眼看着,三分天下王有其二, 好西伯并無動作,還是赤膽稱臣。

第四回

仁施枯骨頌唐堯, 《大雅》《國風》咏舜韶。
碧沼天成賢聖堡, 《靈臺》民祝太平謡。
《甘棠》逸韵千年美, 《螽羽》文章萬古高。
海内人歸真世界, 五風十雨四時調。
月上松梢窗外影, 星分銀漢碧天遥。
銅壺滴漏交三鼓, 玉宇無聲正子宵。
文王美寢芙蓉榻, 一樁奇事甚蹊蹺。
見一隻白額猛虎,身如雪練, 肋生兩翅,左右咆哮。
上有風雷,下有雲霧, 又見那,一輪明月晶彩光摇。
翅似車輪,身如玉柱, 紋如墨染,目似珠描。
聲如霹靂,唇如紅焰, 鬚如鑌鐵,牙似銀條。
又祇見,火光就地高百尺, 赤氣滿天照九霄。
威風透膽魂應斷, 寒氣逼人魄亦消。
繞殿三匝,一聲響亮, 驚醒了南柯,玉漏三朝。
醒來時,驚得他一身香汗, 半窗月影,正照鮫綃。
銀燈吐焰紅光爆, 宫娥酣睡翠嬛嬌。
這聖人,細思夢景多奇怪, 要辨吉凶衍六爻。
三卜金錢排八卦, 細推動静,獻了根苗。
説:“飛熊、飛羆,應得霸王之佐; 見龍在天,利見大人的乾坤一條。”

聖人大喜，忙謝天地，　我子孫可保西岐社稷牢。
五更升座談及夢景，　衆賢臣，一齊慶賞聖壽天高。
散宜生奏道："既有禎祥之兆，　請吾王學仿那上古聖唐堯。
出游村郊，與民同樂，　玩陽春，一賞風光，二訪賢豪。"
文王喜悦説："依卿所奏！"　巡幸城南，渭水青郊。
四賢八俊齊陪駕，　彩扇、龍旂，翠帶飄摇。
聖人穩坐逍遥驥，　手擎金轡，把玉鞭敲。
出西岐，馬走村郊芳草地，　香撲翠袖錦龍袍。
玉瓣紅桃迎人笑，　金絲緑柳代風摇。
這正是，一目天涯青四野，　自然的秀氣，染出碧春宵。
柳塢烟中金雀唤，　杏林村内酒旗飄。
幾處風吹花作陣，　一天春動水迎潮。
山光遠望高含翠，　草色遥看近却消。
恰好蠶桑天已暖，　正逢春種土偏饒。
又聽得，牧子山歌牛背穩，　數聲笛韵出山腰。
他唱道："鳳何之兮？麟不至，　空懷治世負青標！
且横鐵笛歌明月，　漫跨犁牛學采樵。
一簑風雨心何礙，　滿腹烟霞志自高。
敢傲王侯朱紫貴，　仰天一笑樂簞瓢。"
文王大驚説："那一童子，　何人傳你這段歌謡？"
牧童説："前溪有個白髮老者，　他傳小子這村謡。"
文王又問："老者何在？"　牧童説："就在前邊有緑水一條。
持竿終日閑垂釣，　獨坐時常在小橋。
他還有幾間房兒，在清溪岸上，　却是那竹籬茅舍小團瓢[9]。"
賢王聞聽心大喜，　忙傳諭："速往渭水。"馬過了紅橋。

第五回

萬古垂名萬代師，　道行天下佐王基。
休談雲笠出山晚，　莫笑芒鞋立世遲。
自有文章驚宇内，　不勞事業現當時。
老當益壯無人覺，　天命文王却自宜。
這文王，轉過柳汀三二里，　見一泓緑水，十里長堤。
花明柳暗風光艷，　水秀山青景物奇。
雲山古渡堪描畫，　風景宜人可入時。
見一人，手持絲竿横碧水，　獨背斜陽立釣磯。
衹見他，足踏雲鞋，頭戴斗笠，　身穿布褐、腰繫青絲。
雖然兩鬢如霜雪，　他的那，眉高眼秀透威儀。
仙風道骨精神朗，　鶴髮雲誼相貌奇。
端然正坐石磯上，　一團和氣養心怡。
這文王相看數步離坐騎，　步向前，恐驚高士褻瀆了賢誼。
笑問道："賢者樂乎，可得金鯉?"　姜子牙回身一看，立起了身軀。
説："王者何來幽僻山野?　荒溪竹徑有玷行旂，
山人村野未習朝禮。"　言罷，他躬身拜一揖。
文王帶笑忙還禮，　悦色和容把話題。
説："久慕先生名驚海内，　教孤王夢寐廢寢忘饑。
今日裹，沐浴身心時來領教，　我姬昌誠心洗耳，你莫要推辭!"
子牙説："山野村夫愚見淺，　大王的德行，如造化無私，
恩施枯骨，身傳宇宙，　排弦劃卦，名列天衢。"
文王説："敢問治國爲君之道，　到底那上古仁風可得聞斯?"

子牙贊道:“人民得所,
賢王聖主降下西岐。
説古治乾坤自有大道,
衹在那,剛柔二字要細想爲之。
剛則乾健,近乎暴戾,
柔爲坤順,恐過餘仁慈。
暴行天下,黎民塗炭,
譬如這當今之世,紂王之時。
雖則那柔行海内,軍民感仰,
又怕那凶徒載道,軟弱了王基。
衹在那剛柔間,誠心領略,
又要王,廣行仁義,内隱威儀。”
這聖人到地一躬,説:“孤今承教。
請問先生,是那方人氏與大號名基?”

子牙説:“祖居東海,乃神農之後,
山海人,姓姜名尚,終日樵漁。
我先人,曾佐禹王平治水土,
燒山刊木,驅猛獸鯨鯢。
笑山夫未識禮義,虚耽歲月,
遍游天下,年逾了八十。”
文王暗贊説:“真乃賢者,
飛熊夢兆,應在此人斯!”
忙陪笑説:“孤王愛賢真如愛命,
今日裏,特來聘請,可能佐我西岐?”

子牙説:“恐負大王好賢的美意,
村野之人,賦性愚痴。”
文王説:“我皇祖先人,望之久矣,
有遺言:當有賢人輔佐西岐。
公乃其人,可名太公之望。”
子牙拜受,説:“山人焉敢當之?”
文王傳諭:“上大夫冠帶。”
散宜生將紫袍、玉帶,雙手高持。
子牙冠帶,重新叩拜。
這君臣并馬而歸,喜轉行旂。
大賢受命從今始,
布衣拜相古稀奇。
也是那天命傳周出聖世,
西行地氣降王師。
興起那,武王滅紂開周室,
全賴先生韜略奇。
八百餘年天下治,
升平日月帝王基。
笑痴人,芸窗把筆閑成段,
留與詩人解悶題。

説明：

此作係根據清代百本張鈔本。作者芸窗，生平事迹不詳，今存他作的子弟書共有五篇。明代無名氏作有《熊羆夢》傳奇，《傳奇匯考標目》乙本著録，署爲"東村學究"撰，注明"姜尚事"，但原劇本已失傳。考諸史，并無周文王夢飛熊事。此作係取材於《封神演義》和當時皮黄戲。作者通過姜尚的歷史故事，加上小説、戲曲和民間傳説的成分，揭露和譴責紂王的昏庸殘暴，贊揚比干、微子啓、箕子胥餘等忠臣賢相，歌頌周文王的仁德愛民，夢寐求賢，在一定程度上反映了封建社會人民對暴政的强烈不滿和渴望仁君賢相當政的要求。

注釋：

①《三略》：兵書名。舊題黄石公撰，黄爲漢初人，從其文義看，似爲後人僞托。全書分爲上略、中略、下略三卷。

②《六韜》：兵書名。傳爲周代吕望（姜太公）作。但從其文義看，似爲戰國時作品。現存六卷，即文韜、武韜、龍韜、虎韜、豹韜、犬韜。

③《大濩》：古代商朝的樂名，歌詞久亡。唐代詩人元結曾用此名作《補樂歌》。

④妲己：殷紂王寵愛的妃子。紂王爲博得妲己的歡心，以酒爲池，懸肉爲林，使男女相逐其間，飲酒作樂，通宵達旦。

⑤蠆盆炮烙：蠆，是蠍屬毒蟲；蠆盆，是把人放在蠆盆裏讓毒蟲吞噬。炮烙，是燒紅的銅器，用以把人活活燙死。這都是紂王使用的極其殘暴的酷刑。

⑥鹿臺：紂王聚放財物的地方。

⑦鉅橋：倉名。據《書經》記載，商王紂加重賦税，把鉅橋糧倉

裝得滿滿的。其遺址在今河北省曲周縣東北。

⑧朝歌:地名,是紂王的國都。故城在今河南省淇縣。

⑨團瓢:形容草房的矮小。

背娃入府二回

藹　堂

第一回

《温凉盏》戲演梨園雖不精，看將來人情冷暖古今同。
腰金衣紫尊元秀，附勢趨炎笑耿翁。
村婦偏能識俊杰，農夫尚肯濟貧窮。
近聞得表弟身榮封侯府，背娃子夫妻奔到北京城。
到府前，見赫赫威嚴排畫戟，轟轟車馬擁門庭，
往來濟濟衣冠客，出入堂堂富貴翁。
鼓響鑼鳴盈兩耳，花團錦簇繞雙睛。
這鄉下人，乍觀一派繁華景，倆夫妻彼此爭看，擁擠而行。
他夫妻奔到了階前，直往上走，端肩聳背笑盈盈。
李大說："内當家兒的耶，你看真娘的體面，俺這表弟兒住的這宅子象皇宮。"
話未完，門公斷喝說："敲折了腿！把竊條子[1]快快拿送兵馬司中。
這是侯府門，豈許閑人胡亂闖，你也該向貴友高親細問明。"
嚇的倆夫妻一齊跪叩說："你老容禀，這作官的人，望[2]俺們夫妻是姑表弟兄，

年下個[3]，他打柴山中拾了個寶貝，
叫作什麽碗，有大些個[4]好處，俺也記不清。
他一心要上京進給皇帝老，
説：必得個十拉品的官兒一定不輕。
月裏個[5]，俺們鄉親稍了個信，
説：張元秀啊，進寶得官享了大名。”
話未完，把個侯府的門公嚇了一跳，
忙跪倒説：“寬恕小弟是初會尊容，
曾聽見侯爺平素常提念[6]，
説：略消停，還要差遣家丁接進京。
老爺！太太！速速的請起！
看嚇着哥兒[7]啊，侯爺見罪禍不輕。”
奉承的李大望妻兒咧着個嘴笑，
説：“你先起來呀，俺們後起，咱是很好的交情。”
門公説：“小的如何敢先起？”
李大説：“咦！還叫俺們先起，你後起隨從。”
齊站起，門公説：“屈駕等小的去通禀。”
他轉步連忙望裏行，
響云牌説：“快請侯爺，官親來到！
有位李老爺，望咱家的侯爺是姑表相稱。”
内伺們後庭回禀説詳細，
不多時，傳命門公快快迎。
門公奉命朝裏引，
他夫妻東瞄西看，也顧不得前行，
這李大不住的咂嘴説：“真個的好看！
我的娘！賽過咱村子外頭的太陽宫！”
嘔的個引路的門公憋不住笑，
説：“李老爺敢是頭一遭兒進帝京？”
李大説：“可不，那一年咱趕脚[9]來
從賣驢後啊，纔竟做長工就没家

過好幾次，
這門公不敢答言惟暗笑，
嚇的兩夫妻眼似鑾鈴朝裏看，
啓屏門，見多人簇擁着張元秀，
兩夫妻喜懼交加，手足失措，
張元秀連忙陪禮雙攙起，
這李大上下端詳一咧嘴，
張元秀恐失體面拿話岔，
將進門，自鳴鐘打噹噹響，
張元秀催促歸坐將茶獻，
屯裏的人不懂寒温，從那頭兒叙起，
李大說："表弟這官管[10]有十拉品，
進京來真真應了俺們家的話，
張元秀衹好陪笑將頭點，
這李大搖頭說："可不，你瞄俺們窩，
張元秀百般遮掩攔不住，
屯裏的人乍換綾羅穿不慣，
張元秀笑讓夫妻重歸坐，
珠簾外，内伺回稟夫人到，

進城。"
不多時帶到了儀門，有喝道聲。
原來張元秀親自迎接窮表兄。
頭戴烏紗，身穿大紅。
就由不得一齊跪倒，似啞如聾。
說："接待來遲，恕弟不恭。"
對妻兒說："你看他那袍子上頭還繞搭[9]些個龍。"
命家丁接過了娃子讓至内廳。
兩夫妻忙湊到跟前，說："怪事情！"
兩夫妻連茶葉全嚼都咽在肚中。
到也會信口開河混奉承。
怪不得俺老婆他常誇你不賴鬆[11]。
咦！他娘的，眼力兒不離可表弟兒疼。"
說："我愚弟身受皇家一品榮。"
更没有那話，一品的袍子也配繞着龍。"
忙讓夫妻倆内室裏面把衣更。
怕積髒，把袖子都高捲，兩手摟着行。
忽聽得雲板連敲不住聲，
還有二位官親，自稱是侯爺的岳母與岳翁，

說:"來請罪,現在儀們侯爺令。" 張元秀一聞此話怒滿胸,
說:"衹許請岳母與夫人速進見。" 氣忿忿,手按烏紗望外迎。

第二回

青眼看人預種情, 自然他日好相逢。
看時耿老知識淺, 忘略張郎貧賤終。
往日不爲慷慨事, 今朝深悔刻薄行。
求榮未遂反遭辱, 衹落得匍匐堂前求恕容。
張元秀與岳母、妻兒相見畢, 衆親戚彼此相會叙離情。
張元秀安置已畢,說:"還去接岳父。" 氣忿忿,疊步忙到外堂中。
歸坐位,見耿老低頭朝上跪, 元秀說:"不怕貧窮玷辱富豪翁?
曾說我永不發生[12]終於凍餓, 這如今向那個屈膝,求那個恕容?"
問的個耿老詞窮惟頓首, 說:"望姑爺看女兒之面,恕老朽不明。"
元秀說:"已往的情節也不必論, 屈尊駕,在堂前暫跪迎送親朋,
人散後,必當重謝,獨桌相請, 月初出,仍然奉送遞解出京。"
這耿老禮愧情虧,他心驚膽戰, 到此時進退無門,連說話不能。
不言這元秀、耿老前邊事, 另說那兩親相叙後廳中。
他母女測透了張郎懷舊恨, 怕將耿老送公廳。
因哀告李大夫妻說情面, 他二人不知深淺,就一力應承。
況李大乍享榮華頗自傲, 說:"交給咱,俺們官官相護,他没有不從。"
站起來說:"内當家兒的耶,跟俺 叫你開開眼,看往官親說情管許

往前邊去，脆生[13]。"
李大嫂抱起娃子笑說："見一個市面。"這李大學酸款摇擺而行，
腆胸脯，昂首闊步朝前走，不提防，被耿老絆了個倒栽葱，
爬將起，也學門公威威斷喝，說："敲折腿！送到兵馬司中給我快動刑。"
這耿老抬起頭來端詳了半晌，屈着心說："原來是大嫂、大兄！"
李大說："呸！他那樣的裙衫，你叫的起他大嫂？睁娘的眼皮！俺這們新的衣衫，你叫的起俺大兄？"
這耿老無奈，改口說："大老爺恕罪！將纔叫錯，大太太寬容。"
奉承的李大望妻兒噗哧的一笑，拍着腿，高抬兩脚，說："替你說個情！"
笑呵呵，端肩咧嘴把堂門進，連蹭着[14]癢癢，兩肘如篩，把公案碰横，
說："俺表弟兒啊，求你個情，給俺個臉，叫這老頭兒站起，咱吃他個大東。"
一面說，硬下堂來拉耿老，張元秀把驚堂連震，斷喝了一聲。
嚇的這李大咧嘴伸舌回頭看，對妻兒說："老婆！咱們快走，王法無情。"
李大嫂因丈夫應滿，將纔還誇嘴，見没說允，他笑話男兒碰了個硬丁。
指着娃子說："官官相護，真他娘的開眼！這個臉要的不離，可倒給了個脆生。"
打趣的李大着急羞變怒，說："放娘的屁！俺没家說下，難道你說說他到應？"
李大嫂笑嘻嘻的說："可也保不對元秀說："表弟兒啊！你偏看

住。”　我，把他老寬容。”

張元秀帶怒含嗔說：“不干你事。”　把李大嫂臊了個臉飛紅。

這李大在堂下聞聽，他稱了願，　咂着嘴不住的贊嘆說：“哎！混充娘的鷹！”

李大嫂賭氣下堂，咕嘟着嘴，　說：“這行子人[15]就忘了當初那樣的窮！”

一句話提醒了李大，說：“啊！咱掘他的根子，　若要不了臉，咱把衣裳給他脱下，立刻出京。”

大嫂說：“咱就一同問他個住，　莫不的敢把咱夫妻宰了不成？”

齊上堂連拍公案說：“張元秀！　你作了官，就忘了從先俺們的大情？”

李大說：“你當初進寶無盤費，　俺把小猪兒扛到了集上賣了，俺個心疼？

咱要是着了氣呀，就記不清多少。老婆，你對他講！”　大嫂說：“從是一吊罷！”李大說：“聽聽！

你還嫌不够，當了他的中衣兒啊，光着個腚！　你說：表嫂啊！俺得地回來重重補情。

啊！俺可又忘了，還有什麽？老婆，你細想。”　大嫂說：“蒸了屜窩窩頭，給他送的行。”

李大說：“有的，你忘恩負義，該甚麽罪？　走啊，走！咱就合你見見朝廷。”

他二人亂語胡言，連推帶搡，　纏磨的元秀無法不得不應。

一聲嘆，走下堂來攙起了岳父，　說：“權且看兄嫂之面，概不究情。”

這耿老與李大夫妻作揖道謝，　他四人一同進内，重叙親情。

列瓊筵，華堂人慶團圓宴，　謝龍天，寶鼎香凝富貴徵。

果然是運轉一番新氣象，　　時來頓改舊門庭。
藹堂氏消閑摹擬《温凉盞》，　　信筆寫，莫笑不文，請正高明。

説明：

此作係根據清代别野堂鈔本。作者藹堂，生平事迹不詳，今所見他的子弟書作品僅此一篇。作者説他是"消閑摹擬《温凉盞》"。《南詞叙録》《今樂考證》均著録有《天賜温凉餞》傳奇，係明代無名氏撰，劇本已失傳；本篇係取材於清代皮黄劇《背娃入府》。作品贊揚"村婦偏能識俊杰，農夫尚肯濟貧窮"，譏諷嫌貧愛富、趨炎附勢的耿老，斥責作了大官而忘恩負義的張元秀。語言俗俚，感情質樸，頗有鄉土風味。

注釋：

①※條子：農村破産流落城裏的鄉下人。※，土氣；條子，漢子。

②望：和。

③年下個：年前。

④大些個：許多的。

⑤月裏個：猶言不久前。

⑥提念：提起，念叨。

⑦哥兒：阿哥（滿語 age）的省稱，北京話對一般男子帶有敬詞意味的稱呼。

⑧趕脚：用驢從事客貨運輸。

⑨繞搭：圍繞着。

⑩管：準

⑪賴鬆：平常。

⑫發生:猶言發迹。

⑬管許:準保,一定。脆生,原爲形容瓜果的青脆可口,這裏是説辦事脆快利落。

⑭蹭着:磨擦着。

⑮這行子人:這類人,這種人。

錦水祠一回

蛤溪釣叟

蜀江水碧蜀山青，　　贏得朝朝暮暮情。
君王悔負當年誓，　　妃子猶留舊日容。
雕鏤體態形原肖，　　供養香花志轉誠。
梅檀莫謂無情種，　　情至能教木偶靈。

唐明皇擾擾征塵，山川跋涉，　　將到了成都地面駐行旌。
嘆君王，自從劍閣聞鈴後，　　何曾將，太真妃子暫忘情。
好容易鑾到得安賊氛已净，　　更覺得，懷人心事加倍兒增。
想妃子，爲國捐軀情最慘，　　是必要特爲旌表，慰慰魂靈。
特選那妙手工人，建祠刻像，　　因想念的很，纔督工急迫不日兒成。

這一日内侍跪奏説："靈祠建妥，　　請陛下將娘娘聖像送往祠中。"
這君王一聞此語説："排駕，　　須教那妃子聖像，與朕偕行。"
到祠中已届吉時，請娘娘升座，　　他這纔，拈香在手，兩泪直傾。
説："妃子呀！我有昧深盟負情意，　　致使那，生折鸞鳳各西東。

再不能，南苑尋春，沉香晚眺，　　再不能，西宫消夏，花徑携行，
再不能，秋夜談心，七夕乞巧，　　再不能，冬宵窗語，午夜情濃，
再不能，賜盒分釵，定情結好，　　再不能，選詞制譜，按徵移宫。

最可恨造逆的胡兒，秉權的元帥，
也是我失勢的官家，所見得短，
霎時間，白練無情，黃泉有路，
那時節，我要抵搪他能怎的？
即使能，也落個生則同衾，死則同穴，
泉臺上成雙，勝與那人間無偶，
看如今，苟延餘生，有何取處？
也是朕，無德、無能、無福分，
今日裏，睹像思人悲往事，
妃子呀，你且領一爐濃香，半杯冷酒，
分明你，泪眼愁眉，花容慘淡，
你那個，秋波兒不動，春山兒正蹙，
靈，你雖是那木刻的冰肌，香雕的玉骨，
莫非是，芳心猶有無窮恨？
既不然，也仍知我傷心處，
徒使我，觸目傷心悲切切，
衹落得冷淡行祠，蕭凉夜月，
相伴着半壁斜陽，數聲杜宇，
雖有這上塑的宮娥，帛裝的阿監，
妃子呀！此暫廟宇留遺像，
這君王，自哭得血泪橫流，柔腸寸斷，

要留你一條性命竟不能！
絶不該，任憑妃子你傾生。
珠沉玉碎，馬嵬坡中。
大料他，不敢有能犯朕躬！
到與那連枝比翼的誓相同。
何至於，忘餐廢寢想嬌容！
不過是，流乾眼泪，盼斷魂靈！
要與卿，白頭偕老再不能。
叫朕躬，何顏見卿，將何以酬卿！
是怎麽，你檀口不動，我隻手空擎？
是怎麽，衹求你聊以顧盼，你又何曾？
是怎麽，我問你半晌并無聲？
也應效，泥人垂泪泪珠零。
再不是，含情盡在不言中。
宜向這荒祠以裏顯顯神靈。
撫今追昔憶層層。
蕭蕭野木，灑灑西風。
恍似那，南内[1]無人夜月明。
那能若舊日宮人，使唤得靈。
他日裏，山陵重新葬玉容。”
咽喉氣噎，半晌無聲。

蘇醒來，忍泪含悲睄睄内侍，全都是，匍匐就地泪流横。
忙吩咐化帛焚錢，重新奠酒，真正是，灰飛睫白，泪灑鵑紅。
他這裏，半日悲哀何曾少止，驀聽得，内官啓奏："請駕還宫。"

説明：

此作係根據清代光緒年間小西山房刻本。作者蛤溪釣叟，生平事迹不詳，僅知他曾評點《調精忠》。所作子弟書僅知有此一篇，取材於清代洪昇的《長生殿》傳奇第三十二齣"哭像"。此作叙述唐玄宗到成都後，繪楊貴妃像，親送入廟祠供奉，痛哭於像前，表現了對楊貴妃的深切懷念。

注釋：

①南内：即唐王朝的興慶宫，是唐玄宗的故宅。因位置在隆慶坊的東内之南，故名南内。

游亭入館一回

符　齋

雪鬢霜環興倍添，　金陵獨占冠群妍。
風景無邊悶眼界，　文章有韵闊心田。
誰知雅謔增新譜，　且嘆真情感舊篇。
符齋氏閑覽一段《紅樓夢》，　撥筆墨，偶題兩宴大觀園。
史太君晚餐已後無別事，　圍坐着衆位千金閑叙談。
說："前日個，雲丫頭請我賞桂樹，　在藕香榭吃來的螃蟹味清鮮。
這如今，時序中秋多佳日，　咱們何不把席還。
我已約下劉親戚，　也叫他明日同步大觀園。"
王夫人帶笑答應："是！"　賈母說："商議妥當，再望那厨下傳。
備辦酒蔬該用多少？"　衆千金說："老祖宗高興，那有何難！"
說話間，寶玉進門說："我有主意。"　笑嘻嘻，站立緊貼賈母的跟前，
說："大略明日無外客，　也不用按桌列綺筵，
每人要十錦攢心盒兒一個，　將可食的餚饌放在裏邊，
每個人高几兒一張，各有座位，　自斟壺觴，豈不快然？"
這賈母笑向那王氏夫人，連說：　也難爲這孩子想的新鮮。"

"有趣！

忙吩咐："明日早飯在園中擺，　鳳丫頭呢？你想着鋪陳設杯盤。"

說話間，早已秉燭燈散彩，　看了看自鳴鐘兒交了酉正三[1]。

賈母說："大家散了罷，我要歇息。"　衆千金答應各歸園。

金鴛鴦焚香薰帳，賈母安寢，　放下綉幕，關了門闌。

寶玉兒已回怡紅院，　劉姥姥早尋鳳姐兒去安眠。

且說那李宫裁次日早晨盥漱畢，　出房來，見晴空一色旭景懸。

呼婆子擦抹桌椅净酒器，　唤丫鬟，打掃落葉，除却苔斑。

一處處撣去浮塵安几杌，　見豐兒，帶領着那劉姥姥走向前。

還有那十歲的小板兒緊跟定，　他原係劉氏婆兒的外孫男。

劉姥姥笑向李紈開言道，　說："大奶奶纔忙呵！"哪他不住的搭訕。

李紈說："我想着昨日個你不能走。"　劉婆說："老太太留我曠蕩[2]一天，

還叫我等着嘗嘗園中的果，　想來是果兒肥大似蜜甜。"

却說那豐兒領了鳳姐兒的命，　奔入園中見李紈。

他說道："二奶奶，遣婢前來回句話，"　手拿着鑰匙站立在面前：

"恐今日外頭的高几兒不彀使用，　請奶奶令人開樓往下盤[3]。

我們奶奶因有事，　老太太呼唤在那邊。"

李宫裁命婆子傳唤斯僕輩，　遣素雲啓放了綴錦閣的畫雕欄。

衆僕人一齊登樓搬取几凳，　一張張，睄來盡是硬木紫檀。

李紈說："按着所在陳設好，　你們仔細莫遲延。

傳駕娘備下篙棹遮陽帳，　老太太若高興，不看坐船[4]。"

又說道："姥姥何不登高一望？"　那劉婆兒答應着，竟奔畫樓前。

劉姥姥足踏胡梯[5]扶曲檻，滿室中，五彩光耀四壁懸，
細看來，許多器皿未識名色，祇覺得，眼花繚亂口難言。
劉婆兒正然游賞閣中的事，忽聽得下面一片笑聲喧。
他那裏，口念着彌陀將樓下，早見那，衆千金簇擁着賈母走近園。

説明：

此作係根據清代鈔本。作者符齋，生平事迹不詳，今存有他的子弟書作品兩篇。此篇取材於清代曹雪芹的《紅樓夢》第四十回"史太君兩宴大觀園"。篇幅雖不長，却把賈母、賈寶玉、劉姥姥、李紈諸人物性格，刻劃得栩栩如生；揭示了賈府這個貴族大家庭生活上的奢侈糜費，精神上的空虛頹唐。

注釋：

①酉正三：酉正三刻，即下午六時三刻。
②曠蕩：逛蕩，游玩。
③盤：搬（計算着數目的搬）。
④不看坐船：意即恐怕要坐船。
⑤胡梯：即扶梯、樓梯。

玉香花語四回

敘　庵

第一回

丹鳳來儀大觀園，聖恩普被滿門歡。
霓裳雅奏笙歌咏，燈月交輝羽觴傳。
邀月偏逢風月婢，惜花恰遇采花男。
痴情侍女含羞耻，得趣琴童興未闌。
自從那元妃歸省回宫後，那榮、寧二府上下之人都未得閑。
真果是各各神疲，人人力倦，兩三日工夫，纔將那般般陳設件件收完。
王熙鳳任重事繁，條條經理，難爲他性强身弱，處處周全。
惟有那寶玉一人全不管，終日間，逍遥自在甚清閑。
這一日，襲人的母親來接他的女，到家中去吃年茶[1]逛一天。
回過了賈母、王夫人合寶玉，同着他母親回轉家園。
這寶玉，寂寞無聊合丫頭們凑，擲骰子、趕圍棋兒耍笑着頑。
大家正在高興處，眼望公子帶笑言。
說："東府的珍大爺專人來請，請二爺前去聽戲，大放花燈，熱鬧非凡。"

寶玉聽説忙將衣换，	他就要前往東府不遲延。
忽見個内監奉了元妃的命，	説："娘娘特賜糖蒸酥酪，扛口兒的甜[②]。"
寶玉説："替我謝恩。"將太監賞畢，	這宫官自去交旨，不必細言。
痴公子憶及襲人愛吃此物，	命丫鬟與他留着，收放要嚴。
急忙的自回賈母往東府裹去，	也不由大門行走，從内院裹打穿。
也不帶嬤嬤[③]與丫鬟等，	衹叫了書童小茗烟。
霎時間來到寧國府，	衹聽得，鑼鼓喧天，是出武戲，打作了一團。
但則見，丹墀之中排家宴，	開場演戲在大庭前。
結彩懸燈非常的好看，	優伶歌妓俱都是名班。
本家有賈珍、賈璉、蓉哥兒讓坐，	相陪着外請的親戚是薛蟠。
傳杯换盞同觀劇，	大家見寶玉前來，一齊讓坐長笑顔。
聞聽説開場演過《丁郎認父》，	現唱那《黄伯央大擺陰魂陣》事兒懸[④]。
更有那《大鬧天宫》與《封神斬將》，	那妖魔神鬼張蓋揚幡。
鑼鼓宣揚，聲聞巷外，	滿街上人人誇獎，熱鬧非凡。
雖然那聽戲之人皆歡喜，	惟有這寶玉心中不耐煩。
這公子，懶觀武戲嫌聒噪，	一心要尋找書童小茗烟。
想罷時，慢慢離席假裝解手，	要到那别處去游玩。
忽想起小書房中，有軸美人的畫，	是一位名筆丹青的散花仙。
神情兒媚媚真飄灑，	亞賽過活人一様妙非凡。

第二回

我何不,去到書房將畫看,　也免得美人寂寞,勝似庭前把戲觀。
一壁裏尋思一壁裏走,　來到書房窗户外邊,
猛聽得屋内咯吱吱響動不知是何物,　梟娜娜的聲音那曉是誰言。
暗思量:此處是何人來講話?　呀! 莫非是畫上的花仙降下塵凡。
痴公子暗自歡欣説:"真妙也!"　輕輕的開放門兒仔細觀。
見二人俯仰葳蕤,　到象是警幻仙姑也把他傳。
反將公子嚇了一跳,　細端詳,上邊是書童茗烟,下邊是一個丫鬟。
他二人見寶玉忽來,慌忙站起將衣衿掖上,　衹嚇得戰戰兢兢,面目更色,一語不言。
見丫鬟鬢髮兒微鬆,神情兒帶愧,　衣袖兒低垂,意緒兒增慚。
俏眼兒,一汪秋水直瞪瞪的看,　愁容兒,兩道春山緊蹙蹙的攢。
公子見他如此的害怕,　就由不得動了那惜玉憐香好心田。
見茗烟跪倒哀求頻央告:　"望二爺千萬莫向外人言。"
寶玉説:"青天白日真胡鬧,　若叫珍大爺知道,那可莫當頑!
我看你還是活着還是死?　還不給我滚起來嗎? 真正膽包天!"
眼望丫鬟將脚一跺,説:"你還不快跑!"　見他猛然省悟,出了書房一溜烟。
痴公子趕出書房説:"你别害怕,　我從來不將此事向人言。"
小茗烟一見公子在院内嚷,　急的他在身後直叫:"祖宗尖[5]!"

說："這一嚷，分明是叫人知道，是安心要我的小命兒去見老閻。"

寶玉說："此處無人，你不必合我假怕，既是怕，就不該把幼女奸。"

茗烟說："走啵，看有人察問，那時節，咱們爺兒倆難以答言。"

痴公子走着問道："這丫頭十幾歲了？"茗烟說："大約不過二八年。"

寶玉說："你連他的歲數還不知道，竟敢如此，似乎也太難。

可惜這傻丫頭白認得了你，倒是個痴情的女子，甚是的可憐！

可是嗽，他的名字難說你也不曉？"茗烟說："提起他的名字甚罕然[6]，

他母親說：養他的時節作了一夢，得了匹錦緞，上有卍字接接連連。

名叫萬兒是應夢而起，就生他一個在膝前。"

寶玉聞聽說："真也奇怪，想必他將來有些造化不非凡。"

他主僕一壁裏說着一壁裏走，茗烟說："二爺呀，你怎麼不去聽戲？往那裏去游玩？"

公子說："我向來就不愛聽戲，我聽了一會兒就不耐煩。

我出來走走就將你們碰見，真他娘的喪氣！這會兒我無主意去到那邊。"

茗烟說："我悄悄的引二爺往那城外頭去逛。"公子說："不好，要碰見拍花的[7]拍去可莫當頑。

倒不如找個近些的去處。"茗烟說："我想不出個地方兒來，可甚爲難。"

第三回

春光明媚日初長，晴雪梅花照滿廊。

蘊玉生香香氤氳，名花解語語温凉。

一朝歸省因慈母，幾次周旋待玉郎。
無意忽然臨蓬蓽，反招得情婢意徬徨。
寶玉合茗烟出離了書房的小院，一壁裹款款而行，慢慢商量。
公子説："不如找你花大姐姐去説説話，免得他在家中寂寞，看他作什麽呢？也無妨。"
茗烟説："被他們知道又打我。"公子説："有什麽亂子我承當。"
茗烟説："好哇！"他就跑去備了馬來一齊乘上，出後門，不多時來到花家，茗烟下馬語高揚。
此時間，襲人之母早將女兒接到，又接了甥女與侄女，幾個媳婦姑娘。
正吃茶果閑談話，忽聽得外面叫聲大哥花自芳。
自芳出房留神看，見是他主僕二人，不由心下甚慌張。
一面嚷道："寶二爺來了。"將公子抱下了馬，見襲人跑出房來説："喲！你因何到此？快道其詳。"
寶玉笑説："我在家中心裹煩悶，來找你，也認認門户兒在那方。"
佳人聽説纔把心放下，説："真胡鬧！作什麽來此爲那樁？"
問茗烟："連你跟來人幾個？"茗烟説："就是我二人礙何妨？"
襲人説："你們的膽子真比八斗大，倘或要遇見了老爺禍非常；
再者呢，街上人多車馬衆，若有個一差二錯誰敢當？
必是你攛掇二爺出來逛，今日晚，告訴嬷嬷給你頓板子湯。"
茗烟聞聽噘了嘴，説："這都是二爺的主意與我商量，
我説是不來罷，他就打我、駡我，這會兒，推到我身上去把板子搪。

若不然，我們趁早兒回去罷，　也免得姐姐擔驚，我犯愁腸。”
自芳說：“既來者則安之，何必如此？　就衹是，我們這茅檐草舍甚腌臢。”
襲人的母親也出來迎候，　俏佳人手拉着寶玉進了上房。
見房屋兒雖小，收拾的般般兒雅致，　陳設兒不多，擺列的件件兒排場。
猛抬頭見炕上坐着人幾個，　盡都是穿紅挂緑的媳婦姑娘。
一個個見寶玉進來都低垂了粉頸，　羞得那，俊龐兒香腮紅潤醉海棠。
也有那，微施粉黛鮮顔的打扮，　也有那，不染鉛華雅淡的梳妝，
也有那，面貌微麻，麻而且俏；　也有那，眼眉似笑，笑而不狂，
有似那，靈臺郎觀[8]星高揚臉；　有似那，達摩祖修道面朝墻[9]。
有幾個，低言把公子的衣巾贊美，　有幾個，偷眼把寶玉的品貌端詳。
俱是些小户兒的形踪，都羞羞慚慚，　并無那大家子的氣象，都躲躲藏藏。
寶玉出神將衆女子偷看，　見有個穿紅的姑娘俊俏非常。

第四回

花自芳母子來讓公子上炕，　說：“這邊兒滚熱，一點兒不凉。”
又連忙倒茶要擺果點，　襲人說：“你們不必張羅空自忙，
他吃的東西我都知道，　在家中可不敢胡吃，怕脾胃傷。”
一壁裏說，自取過了自己的坐褥，　鋪在了一張杌凳兒之上，靠在茶几兒一旁。
這佳人將自己的脚爐，墊在公子的脚下，　荷包内取出兩個梅花餅兒遞與痴郎；

將手爐從新添炭，放在公子懷内，
案頭潔净，洗他自使的茶缸。

現沏的香茶遞過去，
忙壞了花氏婆娘與自芳。

齊齊整整擺上了一桌果品，
恭恭敬敬齊説是："二爺嘗嘗。"

這襲人見無公子可吃之物，
笑盈盈説："好歹吃點兒，也不枉來此一場。"

伸纖手拈了幾個松子兒，將細皮吹去，
用手帕托着遞與公子説："你嘗嘗！"

痴公子接來笑嘻嘻的説："承賜。"
忽看見佳人的杏眼微紅，粉面不光。

悄問道："好好的因何哭泣？
有什麽委曲，你向我訴説衷腸。"

襲人笑説："我方纔迷了眼，
用手揉紅。"他瞞過了痴郎。

佳人見公子身穿狐腋箭袖，
外罩着石青貂皮大褂，排穗兒長，

笑問道："你特爲來此將衣换，
難道説他們就不察問你去到何方？"

寶玉説："今日珍大爺請我東府去聽戲，
故此無人問短究長。"

俏佳人聞聽將頭點，
悄説道："這裏不是你來的地方，

略坐一坐就回去罷。
若叫老爺知道，必要大鬧一場。"

痴公子點頭説："你也快回家去，
我給你留着好吃的東西呢，叫他們收藏。"

佳人低聲説："你悄點聲兒的講，
叫人家聽見是何意味，恐惹旁人話短長。"

俏襲人伸手將寶玉的通靈摘下，
笑盈盈説："你們都見識見識，這玉世上無雙。

時常提起，都説瞧不見這稀罕物，
今日個盡力的睄睄强不强？"

説罷時，遞與衆女傳看了一遍，
仍與公子帶上，衆女子贊美非常。

這佳人，忙叫他哥哥去雇轎，
自芳説："就還騎馬，有我送去礙

何妨？"

佳人説："惟恐路上被人碰見，傳到了老爺耳朵内誰敢當？"

自芳點頭出門去，霎時間，雇來了一乘上轎放在門旁。

這佳人又與茗烟些果子錢鈔，囑咐他莫説來此這一場。

痴公子告辭出門乘上小轎，這襲人送至門前將簾放下，纔回轉了房。

抬起轎一直竟奔寧國府，茗烟拉着馬，花自芳跟在轎旁。

不多時，相離寧府的後門切近，這公子下轎乘駒就欲進門墻。

跟望着自芳説："今日多多累你，改日道乏[⑩]罷叫你受忙。"

自芳説："伺候不到，望二爺耽待，千萬的莫怪我母子和我們姑娘。"

花自芳睄着他主僕都進了後户，回家去告訴襲人，好放心腸。

茗烟説：二爺且莫回家，免人疑惑，必須要仍到東府去鬼混一場。"

寶玉説："此話真有理。"他主僕一齊下馬，竟奔前庭走慌忙。

到庭前，虚應故事略坐了一坐，即告辭自回了怡紅小院房。

叙庵氏挑燈描寫《紅樓》段，喜遲眠，把酒捉毫消夜長。

説明：

此作係根據清代鈔本。别野堂鈔本簡題《玉香》。作者叙庵，生平事迹不詳，今存他作的子弟書僅此一篇。取材於清代曹雪芹的《紅樓夢》第十九回的上半回，標題也是根據原回目"情切切良宵花解語，意綿綿静日玉生香"，簡化而成。但文字比《紅樓夢》描寫得更細，并且基本上忠實於原著，活現了賈寶玉的叛逆形象。

注釋：

①吃年茶：春節時自農曆正月初三至十五日到親友家茶叙。

②扛口兒的甜：形容極甜。

③嬷嬷：滿語 meme 的音譯，乳母。

④懸：無憑依，玄虛。

⑤尖：頭頭兒。

⑥罕然：稀罕。

⑦拍花的：江湖上的黑話，指拐騙兒童、婦女的人販子。

⑧靈臺郎：欽天監掌管觀測天文星辰的職官名。下文"高揚臉"是靈臺郎的歇後語。

⑨達摩：我國南北朝時來自印度的僧人菩提達摩 Bodhidharma 的簡稱。相傳他修道曾發願要睁着眼打坐九年。全句也是歇後語。

⑩道乏：致謝。

碧玉將軍四回

二　酉

第一回

蠻天烽火接錢塘，　　太乙靈旗[①]指越疆[②]。
文武人推李吉甫[③]，　　勛名共擬郭汾陽[④]。
椎牛午夜千大膳，　　射虎三秋百戰場。
何日羅平妖鳥[⑤]盡，　　幾曾憂國鬢如霜。
致果[⑥]克敵除禍亂，　　倒將肝膽謝君王，
争奈那，妻子家園縈懷在慮，　　因而就天威國憲，泯而不彰。
二酉氏，筆端怒震雷霆力，　　寫一段翡翠將軍感慨長。
現今時，化外英夷生禍亂，　　攻城掠地勢難降，
破吴淞[⑦]，百尺城樓成瓦礫，　　攻寶郡，一朝樂土變淒涼，
亂紛紛，瓦解冰消民鼠竄，　　悲切切，男奔女散勢蒼茫。
真果是，戰艦千隻壓水面，　　旌旗萬里遍江湘。
炮響時，震地驚天，珠沉玉碎，　　船到處，毒氛惡焰，鬼哭神傷；
有幾個，守土微員盡皆喪命，　　有幾個，忠直將校赴敵身亡。
可憐那，六天金粉[⑧]成灰土，　　萬姓脂膏饜虎狼。

封疆臣，雪片文疏，求兵請救，
奉諭旨，速發將士保守江洋。
九重天[9]，一封奏到皇心震悼，
選賢能，秉鉞南征，净掃魍魎。
有一位，派演天潢[10]躬膺寵命，
他本是，無知貪暴，紈褲兒郎，
又何曾，武藝驚人，文學滿腹，
又何曾，身經百戰，久歷戎行。
也不過，祖父餘德，叨陪禄位，
也不過，天恩浩蕩，濫竽[11]都堂；
也不思，軍務非輕，兵機甚重，
也不思，妖氛甚盛，賊勢猖狂。
荷恩綸、帝眷優隆辭北闕，
揚威武，旗幡招展指南方。
領命時，嘖有煩言人籍籍，
出都後，杳無成算意茫茫。
一路上供應煩難，徵求瑣屑，
鯨吞虎視，從者如狼。
這一日，漸近姑蘇將兵屯住，
他又去飛檄各省，徵調錢糧；
國帑銀，億萬之多齊集帳下，
可惜那國家經費，半入貪囊。
又飛檄各省軍兵，來蘇助陣，
復調取，兵精技勇川陝兒郎。
説道是，等待那兵集、糧足長驅直入，
能一陣立擒渠帥[12]，净掃江洋。
地方官每日三餐，珍饈供奉，
各大憲[13]終朝稟見，凡事商量，
他也就忘却了開敵[14]，安然快樂，
猶如那無知的燕雀，高處華堂[15]。
每日裏，飲酒談心，偎紅倚翠，
他將這軍前如花下，虎帳作蘭房。
供奉宫稍有不齊，譴尤交至，
申飭責備，名挂彈章。
衆軍民，隱恨於心存期望，
或者這都堂謀略，蓋世非常。
自古道：馬之蹄嚙者必善走，
人之有才者必猖狂。
倘然能一陣成功除禍亂，
就是他一時貪暴，却也無妨，
就祇怕，内無陳平六出奇計[16]，
空有項籍一味堅强[17]，
因此上，軍民拭目翹首而望，
要看看將軍的調度，怎把威揚？

第二回

武功山下陣雲低，會稽城頭月暈齊。
飛檄直臨澎島外，殲城不動浙江西。
戰袍血濺盤雕鶻[18]，雄劍霜寒淬鸊鵜[19]。
半壁東南功不細，天盡頻下武都泥[20]。
衆軍民、隱恨將軍猶存眷念，就等那川兵、陝將處處來齊。
看一看將軍是如何調用，也不知是無用，也不知是出奇？
無多日，糧餉軍兵齊盡到，這將軍，心中焦燥腹内遲疑。
論理該遣將興兵，江干[21]一戰，纔稱得安良除暴，時雨雲霓，
但衹是，前次差人曾打探，說："賊人船堅炮利，勇不可敵！"
而并且，聞我南來毫無忌憚，逕行北上與我争持。
我如今，倘到江邊難說必勝，嗹恐怕，賊人定計在此欺敵；
若失機，國憲[22]雖輕，我的身家最重，細思量，田産妻兒那樣不堪惜？
如要是久住姑蘇，屯兵不動，又恐怕軍民訕謗，主上猜疑；
果真是左右爲難，進退無路，戰守之中，無一件相宜。
忽然間，妙計無端生腹内，說："此一計又生財有道，又耽延日時。"
次一日，寶帳旗開軍令下，說："軍丁雖到，器械也須齊！"
孔子曰："工欲善其事，必先利其器。"而况且，予之所慎，戰是其一。
焉有個打仗衝鋒無利刃？急打造鳥槍、炮位莫挨遲！
如能够諸事鮮明，定有奬勵，倘要是偷减工料，本帥不依！
軍令下，個個凛遵，興工製造，無曉夜，費盡錙鐵，全都置齊。

到營中啓稟將軍，求爲驗看，這將軍，左右瞧來總不宜，
爲什麽炮位不沉、腰刀無力？爲什麽長槍太短、火藥纔泥？
一宗宗，俱不鮮明難應用，似這等重大軍機，何敢差池。
急速去，另具爐錘重打造，因何在本帥跟前，特地欺迷？
發揮畢，退入軍中聽好信，製造官，無限驚慌，不禁遲疑。
好容易，密信得來，哦，原來如此！忙備辦金珠珍物，那敢挨遲？
暗暗地送入中軍、將軍纔喜悦，復驗看，軍裝、器械都是精奇。
又傳令，將佐兵丁也須驗看，恐有那年老無能，充數濫竽。
衆官兵，曉得機關也得了密信，都暗送，玲瓏翡翠，白玉羊脂。
這將軍，一網收來金資山集，又暗中私收妓女，偷近花枝[23]。
每日裏，時弄金珠，朝尋花酒，何嘗致果，何處克敵？
猶恐怕萬口鑠金，人民議論，先安排一封密奏，達到天墀，
説："賊勢仍熾，難驟勝，我兵初集，未熟悉，
也必須，要相機而行尋機會，纔與那王師國憲兩相宜。"
他本是，心畏賊人毫無良策，故此纔無端搪塞，把國帑虚糜。
轉眼間數月之多，他安然未動，誰想到，一封詔下是紫金泥[24]。

第三回

盡道東南立戰功，連宵江面火光紅。
天兵得力乘風出，賊盜驚竄舊穴空。
共仰將軍真智慧，可知豎子肆朦朧。
紅旗報至天恩重，傳得臣門與市同[25]。
這將軍，正自逍遥安然快樂，何曾把軍國重計懸挂心中？
忽一日，九階黄麻[26]來虎帳，一封丹詔下天庭。

因爲是久未交兵，毫無捷報，
纔飭下，速發將士收復連城。
謝皇恩，欽此、欽遵[27]宣讀已畢，
含愁悶，難推難卸，萬慮俱呈。
帳兒下，一會兒含愁，一會兒悶，
心兒内，一會兒算計，一會兒驚。
細思量，打仗衝鋒，謀畫非細，
揚威奮武，責任非輕，
倘若失機，軍兵失利，
斷難定，保全首領進都京，
祇怕要，血濺尸横魂寂寂。
風寒露冷月朦朦。
那時節，再不能春風桃李廳前宴，
秋夜徘徊月下行；
再不能，席上嬌歌聽午夜，
花前暢飲快三更；
再不能，香温玉軟銷金帳，
妾美妻嬌風月亭；
再不能，海錯山珍充口腹，
輕車怒馬盛僕從；
再不能，博帶峨冠驕士庶，
高堂廣厦宴親朋。
空積下，翡翠如山光爛熳，
空積下，金資過斗色光明，
空積下，田産膏腴一處處，
空積下，園林幽雅一重重；
空招了，南省軍民生毁謗，
空招了，北京黎庶恨難平。
也是我，一念差池膺重命，
纔招下，終身難避這灾星。
實指望，秉節南征多富厚，
誰承望，逆夷北上勢狰獰！
實指望，賊衆聞風逃竄去，
大功唾手我獨成。
誰承望，萬死賊人多狡詐，
仍然是，揚帆開炮在於江中。
到而今，躲又躲不開，逃又逃不去，
平又平不了，滅又滅不成。
這將軍，盤算多時無計策，
心兒裏，萬轉千迴意不寧，
無奈何，也祇得督兵徐徐而進，
擔驚怕，挨磨多日纔移了行營。
慢騰騰，百里之遥仍然屯住，
離賊人仍隔數站不前行，
猶恐怕，大膽賊人偷劫營寨，
又吩咐，隨行將士緊守中營。
安排定，這纔調遣軍兵征逆寇，
他却是，中營穩坐待功成。

領命人，響炮開船往江邊去，也不知如何方略，怎樣交兵？
數日間，報到中軍官兵大勝，衆逆寇山崩瓦解，逃走無形。
老元戎正自焦愁，忽聞此報，喜從心上至，笑向臉邊生，
明知道此事虛無，實難爲信，樂得乎將計就計，飛奏天庭。
也不枉，半載之功，擁兵在外，這算是，靖除妖孽，我的聲名。
急忙忙，奏疏書成，鋪張其勢，他還要，奏請天恩，普惠軍營。

第四回

名花美酒兩相歡，常得將軍帶笑看。
自是天恩真浩蕩，莫言軍令果森嚴。
羯鼓常連金鼓振，簫聲每與角聲連。
無端怒起賢驄馬，一霎笙歌撤舞筵。
老元戎，聞得前軍囂然大勝，他可就，鋪張其勢張大其言；
也不知，他是醉後狂言、夢中囈語，一宗宗似有如實，説得周全。
説：如何黑夜官兵仗，怎樣乘風火炬燃；
又如何，多少夷人全散亂，又如何，無邊賊穴盡傷殘。
又如何，官兵奮勇擒賊目，又如何，鄉勇貪功獲逆船。
火起時，半夜天光如白晝，烟盡後，東南江面霧迷漫；
炮響時，震地驚天聲勇烈，兵起處，東擊西打應勢綿連。
爲臣是怎樣鋪謀，如何定計，爲臣是如何布算，怎樣心煎；
此一回，已使夷人魂膽裂，可指日掃清妖孽，净狂瀾。
奏疏成，火起風發來薊北，星飛電掣起江南。
題奏完，額外的夾篇隨後至，復奏請，一一獎勵在事的人員。

他竟忘却了欺罔君親真罪過，他又去明開賄賂在君前。
也不管，賊衆分頭撲郡縣，也不怕，夷人乘勢到江邊。
他衹管，奏請天恩施獎勵，擬將官爵换金錢。
海邊人切齒傷心生恨怨，江間寇，如無似有不猜嫌，
轉眼間，又是多時無會戰，衹推脱，心懷妙計，别有機關。
可惜那，國家經費如灰土，主上官爵有價錢；
姑蘇供給人人恨，江右官員個個嫌。
他却是，不知不覺夜郎自大[⑧]，單等那，天雷烽火擊破夷船，
平賊事，總不商議如同無了事，仍在那金陵久住，聚積金錢。
他這裏，一道奏疏陳言方略，已將那九重帝闕，用志欺瞞。
幸而是，有眼的蒼天昭垂鑒戒，纔有這無窮夷目又改山川。
邊關文奏至天庭，皇心震怒，原來是將軍奏疏，一派胡言。
既説是作亂的夷人逃海外，却爲何，興兵的賊寇又犯南？
似這等狂妄欺誣真異事，空辜負了天恩雨露海樣寬！
降綸音，調到將軍歸北闕，另發遣智勇之人，赴邊關。
老元戎，接到綸音將衣冠除去，最可嘆，青衿小帽鐵鎖銅環。
幾何時，轉眼尊榮歸何處？空剩下，一身罪戾任纏綿。
隨着那，押解官兵徐徐而進，愁眉泪眼望斷遥天。
也不知，天意如何難以預定，命途怎樣，可否生全？
漸漸地，行進都城法司獲禁，凄凉凉，當時今日迴隔天淵。
衹因他，秉性貪殘，心懷愚陋，纔留下這臭名千載，萬口同傳。

説明：

此作係據清代聚卷堂鈔本。作者二酉，生平事迹不詳。他作的子弟書，今所知僅此一篇。這是子弟書中以描寫真人真事著稱的作品。據考證，碧玉將軍，即清代道光帝的侄兒奕經（1791—

1854),滿洲鑲紅旗人。當英帝國主義發動鴉片戰争、侵占我浙東定海、鎮海、寧波三城後,1841 年 10 月 18 日,道光帝任命奕經爲揚威將軍,調集内地數省軍隊,前往浙江應戰。可是這個身爲皇侄的紈絝子弟,從北京去浙江,一路上游山玩水,沉緬於酒色歌舞之中。於十二月初到達蘇州,又借口籌備軍務,成天鬼混,把國家民族安危置之度外。1842 年 1 月 25 日,奕經忽然作了個夢,夢見"洋人紛紛上船,竄出大洋",這位昏庸的將軍便以爲有了好"兆頭",决定馬上進兵,於三月八日分兵三路,企圖一舉同時收復寧波、定海、鎮海。結果遭到英軍猛烈夾擊,便全軍潰敗。英軍又乘機攻下慈溪,奕經等逃往杭州,喪膽求和。鴉片戰争後,奕經被革職監禁,不久又被啓用爲葉爾羌參贊大臣。《碧玉將軍》就是對這個荒淫無度、吮民膏血、喪權辱國的草包將軍的辛辣諷刺。它爲我們展示了這樣一幅歷史轉變關頭的生動畫卷:面對帝國主義的野蠻侵略,中國内部的封建統治者已經腐朽透頂,完全喪失了維護國家民族獨立的能力,中國將不可避免地淪爲半殖民地半封建社會。

注釋:

①太乙靈旗:這裏指軍旗。

②越疆:指浙江。因其地爲古代越國,故稱越疆。

③李吉甫:唐憲宗時的名臣。

④郭汾陽:即唐代大將郭子儀。

⑤羅平妖鳥:唐昭宗時,董昌在吴越以羅平爲年號,其圖讖爲羅平鳥,謂能主越人禍福。見《新五代史》。這裏用它來象徵英國侵略軍給人民帶來的灾禍。

⑥致果:果真達到。

⑦吴淞:位於長江口,面臨東海,是我國長江的門户。1842 年 6 月 16 日,英國侵略軍進攻吴淞,遭到以江南提督陳化成爲首的官兵的英勇抵抗,最後守軍全部壯烈犧牲,吴淞、寶山、上海先後失陷。

⑧六天金粉:佛教有欲界六天的説法;金粉,爲婦女梳妝用的鉛粉,這裏借指美女。

⑨九重天:指皇帝居住的地方。

⑩天潢:皇族。

⑪濫竽:齊宣王使人吹竽,必三百人。有個南郭處士不會吹竽而混雜其中,却博得齊宣王的好評。後世因以"濫竽"比喻没有真才實學,聊以充數。

⑫渠帥:魁首。舊時統治階級常用來稱呼武裝反抗者的首領。見《三國志·魏書·韓暨傳》。

⑬大憲:舊時屬吏對上官的稱呼,這裏指地方的高級官吏。

⑭開敵:驅逐敵人。

⑮燕雀高處華堂:比喻處境極危險而不自知。《孔叢子·論勢》:"燕雀處屋,子母相哺,煦煦焉其相樂也,自以爲安矣。竈突炎上,棟宇將焚,燕雀顔色不變,不知禍之將及己也。"

⑯六出奇計:陳平輔漢,凡六出奇計。見《集覽》。

⑰一味堅强:這裏指西楚霸王項羽有勇無謀。

⑱盤雕鶻:這裏意思是弓箭盤折了。

⑲淬鸊鵜:淬,淬火。鸊鵜,泉水名。見《唐書·地理志》。

⑳武都泥:武都,山名,在四川綿竹縣北。傳説武都山有丈夫化爲女子,蜀王納以爲妃。不久,妃死,蜀王便派五丁力士到武都山擔土,葬妃子於成都郭中。這裏以武都泥喻死亡慘重。

㉑江干:江畔。

㉒國憲:國法。

㉓花枝:指俏如花枝的美女。

㉔紫金泥:封泥。猶如後世的火漆。這裏指詔書用紫金泥封好。

㉕臣門與市同:形容車馬盈門,來拜訪者如同趕集市的人一樣衆多。《漢書·鄭崇傳》:"臣門如市。"

㉖九階黄麻:皇帝的詔書。九階,指天子所居的地方。黄麻,因唐時詔書用麻紙謄抄,有黄白兩種,故這裏以黄麻作爲詔書的代稱。

㉗欽此欽遵:封建時代詔書常語,這裏即指詔命。

㉘夜郎自大:比喻妄自尊大。夜郎,漢代西南一個小國,他以一州稱王,不知漢朝之大。見《漢書·西南夷傳》。

鳳儀亭四回

無名氏

第一回

天運循環亡漢國，　　群奸結黨動干戈。
桓靈二帝遭離亂，　　何進才疏缺智謀。
祇因欲害十常侍，　　私召諸侯渡洛河。
君弱臣强廢聖典，　　大概權衡歸董卓。
樊稠、張濟爲内應，　　李、郭屯兵作外合。
獨專朝政欺卿相，　　勢大如天羽翼多。
司徒王允憂漢業，　　連環巧計用嬌娥。
貂蟬故作千般媚，　　席前與吕布定絲羅。
又請董卓拋香餌，　　鶯聲艷曲動情歌。
進獻女樂承歡寵，　　沉沉欲海不能脱。
董卓自納貂蟬女，　　恰似明珠掌上托。
花前每恨相逢晚，　　月下常嫌情意薄。
倚翠偎紅終朝宴，　　弄管調弦盡日歌。
枕邊恩愛如魚水，　　百依百順兩情合。

智大的嬌娃多機變，聰慧的佳人善誦德。
貪歡國賊廢政事，迷了性的權奸亂智謀。
如漆投膠常相守，重似連城非易得。
這一日，温侯稟事入内院，董卓還未起綉衾窩。
貂蟬正對菱花鏡，碧紗窗下畫雙蛾。
隔簾忽見人形影，星眸密轉閃秋波。
抬頭看見是吕布，人物兒標致，氣色兒温和。
束髮金冠鑲異寶，錦襖攢花剪袖遮。
絲縧緊束熊羆體，昆吾斜懸不須磨。
凛凛身材如玉樹，堂堂相貌顯紅白。
佳人看罷，隔簾兒嗽，故作愁容，把粉面托。
勾引的吕布回頭看，魄散魂飛，寸步兒難挪。
衹見他：光溜溜的兩鬢，堆鴉翅，黑真真的雲髻，挽盤螺，
白生生的玉簪，綰寶纂，黄澄澄的金釵，翠葉托，
蕩悠悠的耳環，玲瓏砌，香馥馥的鮮花，填鈿窩，
錦層層，巧樣宫妝飄綉帶，嬌艷艷，翠袖銷金衣素羅，
聲細細，入耳低聞環佩響，光閃閃，胸前八寶墜鸚哥，
白素素，粉妝玉琢銀盤臉，翠灣灣，裁成新柳帶雙蛾，
紅艷艷，腮襯芙蓉吐艷色，青冷冷，一雙杏眼俊秋波，
直嚨嚨，鼻如懸膽難描畫，丰彩彩，萬種風流出品格，
一點點，朱唇紅潤胭脂冷，碧瑩瑩，兩行皓齒水晶白，
尖生生，玉指春葱托粉面，瘦怯怯，一掐蠻腰恰待脱。
惱人懷，下身半掩在月牙窗内，看不見，那玉笋雙灣蓮步兒挪。
吕布看罷神魂蕩，眼撩意亂身欲脱。
怔何何，形如枯樹難移步，痴呆呆，意似蜻蜓無定着。

急穰穰，携手無能親欲質，恨悠悠，柔腸萬種惹人磨。
奉先正在忘形處，又怎當，百媚的貂蟬泪似梭？
斜視朦朧把温侯看，又睄了睄肖丫鬟，與那隨伴的婆，
指了指自身，又指一指吕布，玉手雙分，往兩下裏指着。
扭回頭，復對董卓把牙咬，那一種，痛恨的形容，教人怎學？
拍了拍酥胸，往天上指，哭的他，兩行珠泪透衣羅！

第二回

吕布一見肝腸斷，不由的擦掌把拳磨。
欲待進前心裏又怕，衹急得，頓足捶胸把手搓。
不料董卓忽然醒，急裏變的佳人，又設計鋪謀。
帶怒含嗔，低聲兒語："堂堂的相府少斟酌，
窗外是何人將奴看，外家怎許入内閣？"
董卓回頭見是吕布，騰騰火起滾油潑，
一聲大叱翻身起，怪眼圓睁把臉氣白：
"匹夫大膽窺吾妾，私闖蕭墻却爲何？
不看平日稱父子，家法無情難想活！
從今後，若非呼唤休亂走，再犯了家規，把皮定剥。"
吕布含羞慚慚退，智短的温侯恨董卓，
忍氣吞聲出相府，强打精神上了征駝，
無精打彩回家内，廢寢忘餐如中魔。
咬牙切齒罵義父，霸占了貂蟬，你的心太濁，
衣冠之中真禽獸，嬌滴滴的鮮花，被你奪。
立誓定把老賊斬，就死在黄泉，我的二目合！

這一日,董卓飲宴在朝内, 陪伴着君王,把玉液酌。
得便的温侯離御禁, 校尉抬戟解征駝。
飛身上了赤兔馬, 一頓絲繮快似梭。
傾刻來到太師府, 滚下了雕鞍,把畫戟擢。
一轉彪軀往裏走, 門官攔阻問因何。
吕布説:"内庭稟報機密事, 太師的命令,誰敢傳説!"
門官懼怕吕布勇, 把一個竊玉的温侯,放進了内閣。
奉先直入貂蟬室, 佳人一見展雙蛾。
粉面堆歡腮含笑, 拉住英雄把話説。
復又回頭四下裏看, 側身擺手泪含波。
説:"此處難訴心腹事, 僕婦丫鬟耳目多。
你快到鳳儀亭内去將奴等, 我把那一段的屈情,要對你説。"
説罷的佳人移蓮步, 内室穿堂越畫閣。
吕布提戟往外走, 遶進花園踏緑莎。
遥望亭軒如圖畫, 土山排柳引橋河。
樓臺高聳衝霄漢, 層層五彩畫窗隔。
團瓢[①]上面遮青草, 方亭之下硬石托。
木香棚底日光少, 葡萄架下緑陰多。
佛梅朵朵懸粉壁, 薔薇苒苒靠香閣。
紫荆點點舒錦綉, 翠柳絲絲弄碧梭。
橋畔垂楊含烟霧, 堤下輕舟風蕩挪。
釣魚臺前飛花現, 蘆葦叢中掩水閣。
凉亭欄外魚戲水, 鴛鴦交頸睡幽波。
穿花的蝴蝶,舞粉翅, 采蕊的游蜂,遶蜜窩。
香風軟軟穿衣透, 淑氣幽幽萬物和。

呂布懶觀園中的景，越樹分花步似梭。
斜穿曲徑踏芳草，抬頭看，鳳儀亭祇有一河隔。

第三回

遥望見，貂蟬斜倚着欄杆等，牙含玉指把腮托。
泪痕嬌映芙蓉面，春山蹙損怔呵呵。
愁態憂容真難畫，就是那巧筆的丹青，也枉用機謀。
静幽幽，映日的海棠增紅艶，嬌滴滴，帶露的梨花，架上了嫩白。
顫巍巍，輕摇玉體，迎風的柳，白膩膩，冰肌玉骨透香羅。
亞賽名花能解語，更比美玉却温和。
呂布一見由不的愛，趲步急行遶過小河。
亭前倚下方天戟，雙携素手性情和。
挨肩扶臂呼小姐，“别來無恙意如何？
祇從尊府飲宴後，思情常會夢南柯[②]。
豈料令尊傷風化，竟把同心縷帶割。
悔却前言圖勢利，叫我懸思萬種，却無挪。
好一似，交頸鴛鴦遭棒打，鸞簫聲斷玉釵折。
前朝偶遇三生幸，欲訴衷腸把委屈説。
誰知老賊偏又醒，一天好事化流波。
今日趁空兒來親迎，琴瑟調和早定奪。”
那貂蟬，軟怯怯微坐在郎懷内，泪似珍珠斷綫脱。
哀聲款誦尊聲主，“説起煩難，奴的更多。
祇因家嚴缺子嗣，教導奴身把儒業學。

求訪女師從聖訓，吹彈詞章舞共歌。
通徹九流明三教[③]，也曾覽古把今博。
指望雀屏招美婿，久設東床求配合。
不想將軍造寒舍，席前見愛定絲羅。
久聞英名傳天下，百萬軍中把功業奪。
奴雖是，幼女含羞難出口，暗喜微軀有付托。
衹承望，女貌郎才成佳偶，又誰知，運蹇時乖、奴的命薄。
太師親去迎兒婦，懸花結彩上金車。
載入相府變了卦，沾污奴身行事濁。
父納子妻把綱常亂，仿學平王喪楚國[④]。
那時奴要尋自盡，老賊倚勢仗人多。
可憐我，千金貴體遭淫亂，可憐我，臭名萬代污清白，
可憐我，枉擔虚名把英雄嫁，可憐我，夫婿雖强緣分薄，
可憐我，夢裏鴛鴦成了畫餅，可憐我，鏡中的鸞鳳惹愁多，
可憐我，父親老暮難顧女，可憐我，鮮花反倒倚着藤蘿。
恨衹恨，嚴親盼貴失主意，恨衹恨，姣容艷質不如拙，
恨衹恨，耽誤青春難得返，恨衹恨，自恃聰明使的太多，
恨衹恨，六眷三親人耻笑，恨衹恨，父親懷污命難活，
恨衹恨，過往神祇無報應，恨衹恨，蒼天不把我來捉。
惱的是兒夫心太狠，惱的是將軍情意薄，
惱的是，他不辨解綱常理，惱的是，你忍耐賤妾被人奪，
惱的是，你空有威名傳天下，惱的是，你屈身人下却是爲何？
惱的是，虎皮羊質仇難報，惱的是，鳳毛鷄膽内藏拙。
惟望你，留神早便脱身的計，惟望你，恩情仇怨要斟酌，
惟望你，從今抖起英雄膽，惟望你，提防暗算受折磨，

惟望你,細想良禽擇木,栖身之處,
惟望你,赤膽忠心去報國,
惟望你,修身齊家,須要在念,
惟望你,莫把夫妻義看薄。
將軍哪! 我有一句傾心的話,
你要是嗔心,奴就不説。”
吕布含愧呼小姐,
“卑人領教要明白。”
“君哪,再休想借勢標名姓,
老賊一概使奸謀,
明欺將軍是無能輩,
倚尊仗勢,纔把奴奪。
今日訴盡心頭苦,
就將微軀喪此河,
奴死一身將君報,
夫咔! 你好歹替報冤仇,我的二目合。”
説罷佳人往下跳,
温侯着忙用虎腕撥。
拿手抱住如花的女,
“賢妻如何太性拙?
勸你回心權忍耐,
誓報冤仇殺董卓!
不是吕布説大話,
誰敢交鋒立刻捉,
殺了老賊雪此恨,
咱二人,齊眉舉案永偕和!”

第四回

不言花園亭上的事,
再整權奸在殿閣。
正陪獻帝與群臣宴,
猛回頭,不見了温侯,他不飲酌。
忙辭駕,急下了通明殿,
翻身直上了五雲車。
緊緊趕回了太師府,
一抬頭,看見赤兔駿征駝,
就問吕布今何在?
門官説:“奉命方纔入内閣。”
老賊生疑往裹走,
不見了貂蟬,就問伴婆,
“玉美人今日何處去?”
丫鬟説:“鳳儀亭中賞緑荷。”
權奸叉步⑤將園進,
遥望見吕布抱定女姣娥。

董卓一見心中惱，怒氣衝天躥過草坡，
大罵吕布賊鼠輩，戲吾的愛妾，該碎刀割！
奉先一見説："不好！"撇下了貂蟬，就躍過小河，
似箭如飛往外跑。董卓抓戟手内托，
如雷喊叫隨後趕。早到崖西水横波，
衹因木朽曲橋斷，擋住奸雄唤董卓。
着了急的老賊擲畫戟，被吕布打落在沙坡。
雙手分開生死路，一身跳出是非窩。
董卓見他去的遠，轉身怒視問嬌娥：
"不在内室因何故？私上花亭却是爲何？"
貂蟬見問哀聲痛，端軀再拜把頭磕，
嬌聲宛囀呼："恩相！温侯越理起風波，
假傳太師有機密事，不容通禀，硬進香閣。
花園逼奴行無耻，唬的奴，體軟筋酥掙不脱。
幼蒙父訓通書史，豈肯把名節，清變了濁？
着了急，破口將他駡，微軀情願付流波。
若非恩相將奴救，一步來遲喪此河。"
董卓聽罷佳人的話，携手相攙，與他整綉羅。
低唤美人："權息怒，從今把天倫二字割。
明日定將吕布斬，與卿雪耻意如何？"
貂蟬趁勢哭懷内，汪汪兩泪染衣羅，
燕語鶯聲尊："千歲，可憐奴，何曾經過這折磨！
實指望，身近公侯一品貴，帶玉插金身得托，
又誰知，數次被人來調戲，有何顔面在世間活？
就此叩别尋自盡，省的把你父子情義割。"

董卓聞言，鬚眉亂乍，說："誓要把家奴的首級割！"
哄誘着貂蟬入内室，羅列華筵宴綉閣，
正是瑪瑙瓶中盛玉液，琥珀盞内泛金波。
鸞簫鴛袖佳人舞，燕曲鶯聲處女歌。
祇吃得，斗柄雲横交三鼓，子末[⑥]鷄鳴四棒鑼。
董卓沉醉歸寢户，與貂蟬并頭交頸兩偕和。
枕邊繾綣千般趣，被底綢繆春興多。
佳人用盡牢籠計，惑住欺君誤國賊。
次日升庭聚文武，批判牒文眼尚合。
事畢退堂書房内，李儒入見進良謀：
"聞聽主公昨日把温侯趕，擲戟的情由却是爲何？"
董卓說："他斗膽調吾妾，亂我的家規職應革。"
李儒聞聽忙進禮："恩相須當另斟酌，
既爲大事圖王業，何因小過自耽擱？
奉先英勇傳天下，全仗將軍把功業奪。
冷淡温侯生異志，蕭墻[⑦]禍起豈能脱？
爲臣有條拴牢計，主公勿罪恕愚拙，
就將貂蟬賜與吕布，管叫他，意滿心足魚水合。
吕布一定感恩惠，同心扶主定邦國。"
李儒直言還未盡，董卓忿怒手拍桌，
大駡狂生："無道理，這厮一定與吕布謀！
你的妻若肯給了吕布，算我恩愛不能割。"
說罷時，拂袖揚長入内室，李儒含愧自蹉跎。
仰面長嘆說："大事去，料定目下要起干戈。"
弃職不辭歸林下到後來，血濺長安殺董卓。

説明：

此作係據清代精鈔本。取材於明代羅貫中的《三國演義》第八回"董太師大鬧鳳儀亭"。清代皮黄劇也有《鳳儀亭》,係根據宋元南戲《貂蟬女》、元代無名氏的雜劇《錦雲堂暗定連環記》、明代王濟的《連環記》傳奇改編的。寫董卓與吕布因争奪貂蟬爲妾,而互相厮殺的故事。作品着重稱頌了貂蟬的隨機應變,巧施美人計,揭露了董卓這個"衣冠之中真禽獸",爲"沉沉欲海不能脱",而對自己的義子、手下名將吕布大動干戈,置國家利益於不顧。這對我們認識封建軍閥罪惡腐朽的本質,有一定的意義。

注釋：

①團飄:即團瓢,草房。參見本書《飛熊夢》篇注⑨。

②夢南柯:見本書《露泪緣》篇注⑪。

③通徹九流明三教:意即様様精通,無所不曉。九流,指儒家、道家、陰陽家、法家、名家、墨家、縱横家、雜家、農家。見於《漢書·藝文志》。三教,指儒教、佛教、道教。

④楚平王爲太子建娶於秦,秦女美,平王即自娶之。故這裏用以比喻董卓之父納子妻。

⑤叉步:猶言大踏步。

⑥子末:午夜一時。

⑦蕭墻:《論語·季氏》:"吾恐季氏之憂,不在顓臾,而在蕭墻之内也。"何晏集解引鄭玄説:"蕭之言肅也:墻謂屏也。君臣相見之禮,至屏而加肅敬焉,是以謂之蕭墻。"當時季孫把持魯國朝政,將伐顓臾,孔子以爲季氏之憂在内部。後世因稱内亂爲"蕭墻之禍"。

東吴招親一回

無名氏

英雄虎視在江東，要把山河一掌擎。
磊落胸襟懷武略，飄然氣宇帶儒風。
滿腔壯志吞雲漢，一念扶王建異功。
那曉得，數不由人徒勞心力，嘆周郎，枉費了機謀，放走了卧龍。

周公瑾，爲借東風生妒嫉，要把那，神算的諸葛性命坑。
不料那先生，早已安排定，轉荆州，短楫輕摇一葉風。
那周郎不肯歇心，又施妙計，賺玄德，東吴入贅，願兩國和兵。
諸葛亮識透奸謀，將機就計，命子龍隨行保駕，即日行程。
周公瑾，迎請玄德以爲中計，那曉得，害人害已，造化難容！
又誰知，機關不密，被人參破，在國太前，細訴招婚入贅的情。
老國太，召見玄德心大悦，贅東床，把玄德就留在安樂宫中。
周公瑾，一場妙計如冰解，祇落得，愧恨難言，把眼氣紅。
不料那，先主成婚忘歸志，竟被那，温柔鄉裹困住了豪雄。
怎當那，皓齒青蛾，紅顔緑鬢，牙床錦帳，綉幕雲屏。
終日裹，軟玉温香，弦歌酒宴珠圍翠繞，鼓瑟吹笙。
這纔是，到眼的繁華，遂心的艷麗，竟把個英雄的氣概，化作兒女情形。

不言先主耽聲色，	且說那保駕的英雄趙子龍。
自從先主招親後，	君臣相阻，有個月期程。
這英雄，獨居館驛生煩悶，	提心吊膽，晝夜擔驚。
暗思量："主公倘有疏虞處，	那時節，我怎向荊州見孔明？
奈主公新婚燕爾忘歸志，	況是深宮内院，有信也難通。
幾番求見，未能得見，	聞説是，國太相留不放行。
如此耽延，怎生是好？	倒衹怕，久則生變，難保吉凶！"
這英雄，輾轉躊躇，忽然想道，	説："我怎麽忘記了臨行的事一宗？
軍師密授一封字，	曾説是，如逢急難，即便拆封。
目今進退全無計，	我何不取來一看，定有個分明。"
這英雄，忙取錦囊，啓封細看，	見上邊寫：這般如此，依計而行。
子龍看罷心稍放，	忙取柬帖，依舊緘封。
説明朝必要決歸計，	就便是拼一死戰，也定要回程。
渾膽將，次日天明離館驛，	入朝直赴安樂宫中。
有幾個值日的官員，上前迎住，	認得是，先主的親隨將子龍。
英雄説："有勞衆位替吾通禀，	就説我子龍求見主人公。"
衆官陪笑説："將軍少待，	等我們通知於内使，與尊駕回明。"
值日官命内使入宫説："子龍求見。"	劉先主久知來意，難以推撐，
衹得命内使傳宣："子龍入見。"	君臣面敘那久别之情，
這英雄參見已畢，一旁侍立。	玄德賜座，面帶春風，
子龍説："臣數次請安，未能得見。"	劉先主未及回言，他臉一紅。
子龍見先主慚惶，面含愧色，	這英雄，就不敢深言以往的情。

說："臣今日來見主公，有一封書字，
是軍師臨行之日，再四叮嚀，
叫我緊緊的收藏，等招親之後，
與主公觀看，不可走露風聲。"
語罷的英雄，將書奉上，
玄德接過，忙自拆封，
寫的是："臣亮拜書三頓首，
爲的是，周瑜請贅，是假借爲名，
其心在以主公爲質，把荆州取，
那曉得姻緣前定，他詭計難成：
招親後，主公千萬休留戀，
奏明國太，就說拜掃先塋：
臣在江邊伏兵候駕，
望主公恕臣冒瀆，草疏不恭。"
劉先主本係賢明，非尋常之士，
一封書通開茅塞，觸透心胸。
向子龍說："將軍暫且歸亭驛，
等我同夫人商議，與國太説通，
使周瑜總然識破，也難攔阻，
自有那，夫人、國太一面調停。"
趙子龍祇得辭行歸館驛，
劉先生與夫人相見，把就裏言明。
他夫妻共入宫中參國太，
說："同夫人回家拜祖，事畢就歸寧。"
老國太并不疑心，歡然依允，
說："你夫妻回鄉拜祖，是分所當行。"
劉先主傳命子龍安排車馬，
他夫妻拜别國太，即日行程。
不言先主夫人事，
且說那聞報的周郎，把魂嚇驚。
差遣那猛勇的英雄，連追數次，
怎當那夫人的聲勢，渾膽的威風！
周瑜忿怒，把玄德趕，
到江邊，被諸葛接住，笑語從容，
向周瑜説："結親的勞未得致謝，
爲主公又勞遠送，我何以爲情？"
這先生話未説完，返舟而去，
祇聽得，蜀兵隊内齊唱歌聲，
説道是："周郎妙計高天下，
管教你，賠了夫人計不成。"
一霎時，電轉星飛，歸舟似箭，
江岸上，把個好勝的周郎臉氣紅，
怔痾痾，眼望着長江，一聲浩嘆，
説："這就是蒼天不佑我，數盡途窮。"

說明：

此作據清代曲廠鈔本。寫劉備於東吴續婚後，攜孫夫人歸荆州的故事。作品取材明代羅貫中《三國演義》第五十四、五十五兩回的情節，贊揚了諸葛亮的錦囊妙計，使周瑜用東吴招親賺取荆州的計謀反被諸葛亮所利用，結果，“賠了夫人計不成”。作者認爲，這是“害人害己，造化難容”！

單刀會五回

無名氏

第一回

三綱五常立人間，五倫事事要周全。
皇王水土難答報，父母恩德天地寬。
三教九流士爲首，朋友相交信在先。
弟兄們情腸好換好，就是那，兒女夫妻冤怨緣。
漢室三分民不安，西蜀東吴漢中原。
先主爲君在成都府，奸曹獨占霸中原。
孫權在東吴稱國號，設下了合朝的文武官。
魯肅諫言奏吴主：“臣今設宴在江邊。
關公久住咱的荆州郡，虎視南徐意不干。
我欲要，設立下一個單刀會，誆哄雲長到此間。
飲酒中間把荆州要，埋伏兵將把他攔。
軟困在營内爲質當，交了荆州放他還。”
魯肅正把情由奏，班部中，閃出了一位大賢。
喬公諫言説：“不可，莫把君侯當等閑。

弟兄們桃園三結義，
他也曾，大破黄巾滅萬千。
虎牢關前戰吕布，
立斬華雄酒未寒。
怒刺顔良誅文醜，
挂印封金離了中原。
獨行五關斬六將，
蔡陽頭落，在古城邊。
軍師孔明多謀略，
子龍勇將，住在當山。
馬超、黄忠、張飛勇，
關平、廖化將周元。
許多英雄和虎將，
大夫哇，你要想困住關公，難上難！
衹恐怕，畫虎不成反類犬，
倒惹得君侯耻笑咱。”
魯肅答應説：“無妨礙，
太師嚇，你衹管放心寬。
衹因爲，劉備前往西川去，
保駕的軍師，是龐士元。
落鳳坡前遭圍困，
龐統先生被亂箭攢。
劉備無奈來取救，
荆州奉請卧龍仙。
張飛、趙雲都跟隨了去，
把那些，虎將魁元，調至西川。
關公獨守荆州郡，
這如今，孤掌難鳴勢不全。
席前埋伏下兵合將，
要困關公不費難。”
孫權聞聽心歡喜，
此計調虎去離山。
急忙修書，挑員能幹將，
揀選通達善講的男。
言還未盡人答應，
説：“下將黄文要走這番。”
魯肅慌忙修請啓，
恭敬的言詞件件全。
封好遞與了，黄文的手，
叮嚀囑咐五七番。
黄文答應説：“知道，
都督衹管放心寬。”
接書轉身朝外走，
急忙翻身上了船。
起錨解纜，摇動了櫓，
水面上行舟箭一般。
忽聽得，北岸上軍兵聲呐喊：
“那裏的差官到此間？”
黄文答應説：“是東吴的將，
來請君侯到我那邊。”

頭目上前忙搜驗，并無有夾帶在身邊，
問明了來歷，纔准上岸，傾刻間，來到了吊橋邊。
城上的兵卒又斷喝：“來者何人到此間？”
此間唬壞了黄文將，誰想關公防備的嚴？
戰兢兢，説是：”東吴差來下書使，奉請君侯赴酒筵。”
説明纔准將城進，不多時，來到了關公的帥府前。
黄文留神觀仔細，但衹見，兩邊擺列着許多的官。
急行幾步忙控背，悦色和容面帶歡：
“在下是東吴差來的將，特請君侯到此間。
相煩列位行方便，報與君侯虎座前。”
門官聞聽不怠慢，急忙翻身往裹傳。
老爺在後堂正訓子，聞聽此事犯詳參，
吩咐：“把下書的人帶進，我看書上有何言？”

第二回

中軍答應説：“知道。”急轉身軀往外傳。
高聲報道，説：“黄文進。”差官慌忙跪在面前，
手捧來書連叩首，不敢抬頭心膽寒。
關平接書朝上轉，但衹見，老爺的鳳目看差官。
周倉參透其中意，把一個差官，領出到了外邊。
虎將回來歸班站，老爺折書用目觀。
上寫着：“魯肅三頓首，拜上君侯虎座前。
久仰大名如皓月，無才膽大要面尊顔。
我這裹，略備小酌明午候，恭候虎駕在江邊。

但能與君一席酒，　聊慰平生渴想懸。
東吴西蜀唇齒地，　來往和好莫辭謙。
千萬拜來千萬拜，　望祈光臨幸有緣。”
聖賢爺看罷了來書的意，　暗想：“東吴的黄口蠻，
分明爲的是荆州郡，　說什麽奉請某家赴酒筵！
明日我，獨自單刀赴你的會，　看一看，那個膽大的奴才，敢上前。”
吩咐：“把下書的賞他牌一面，　款待酒飯命他還。
你替我，傳言拜上魯子敬，　承他的美意好心田，
我這裏修書不及，你口傳了罷，　明朝午後，到他的席前。”
預備大船休怠慢，　某家明朝走一番。
馬良諫言說：“不可，　我看他的來意暗藏奸，
分明此是鴻門宴①，　一定有埋伏在裏邊。”
聖賢爺聞聽，微冷笑，　說：“先生，你衹管放心寬。
你把那東吴看的英勇，　我看他，君臣猶如草芥般。”
衆將喏喏朝後退，　但衹見，小將關平走上前，
控背躬身忙施禮，　父王在上納兒言：
“我看東吴藏詭計，　别中他的巧機關。”
周倉傍邊開言道：　“將軍不必把主攔，
咱若不去失了信，　反叫東吴耻笑咱。
那怕他，雄兵戰將，有千百萬，　惱一惱，殺他一個血海共尸山。
料他不過是嬰兒輩，　怒一怒，管把江東掃半邊。”
老爺聞聽心歡喜，　叫周倉，明日相隨走這番，
命關平：“接我的令箭傳出去，　你把精壯的兒郎，四下裏添。
白日裏巡城拿奸細，　夜晚城門要早關。

明日帶領五百驍刀手，你在半江之中，接父的船。”
關平答應説：“兒知道，父王祇管放心寬。”
聖賢爺吩咐關平畢，不覺紅日墜了西山，
珊瑚樹下金烏墜，琥珀林中捧玉盤。
冰輪乍涌分銀漢，鴉雀歸窩巢内眠。
老爺獨坐心犯想，手中不住拈鬚髯。
吩咐左右：“把銀燈秉，你把那《春秋》拿來，放在面前，
看幾篇雷炮分兵的《孫武子》，留下韜略一十三篇；
看幾篇，斬將封神的姜吕望，三洲感應正威嚴。”

第三回

譙樓畫鼓催一棒，萬籟無聲静悄然。
一宿晚景都提過，天明五月正十三。
帥府廳前云牌響，出來了，威鎮荆州的關聖賢。
老爺上了赤兔馬，周倉扛刀在後邊，
關平廖化排馬道，馬良趙累列兩邊，
前有數對查街馬，後跟五百勇戰的男。
衆星捧月差多少，雜花兒簇擁一朵牡丹。
城頭忙響三聲炮，老爺催駒出了關。
行行正走來的快，江邊不遠在面前。
老爺下了赤兔馬，腕搭着扶手上了船。
扭項回頭傳軍令，那些文武官員急速還，
帶領着關西人數個，一個個，軟甲輕刀駕快船，
兩旁水手齊喝號，桅蓬扯起在半天。

聖賢爺,昂然虎坐船頭上, 鳳目留神四下裏觀,
但祇見:碧湛湛的青天,紅拂拂的日, 巍聳聳的高山,叠翠的盤,
孤另另的江亭,紅漆漆的柱, 疏落落的莊村,樹木攢。
方方圓圓光閃閃, 影影綽綽霧漫漫。
遠遠的波濤,滚滚的浪, 蕩蕩的桅蓬,穩穩的船,
一望四野天連水, 波濤滚滚浪花翻。
風吹水涌千層浪, 月映長江萬丈潭。
周倉喝道說:“好水!” 老爺腹内暗傷殘,
聖賢爺,觀罷江中的景, 頻頻嗟嘆五七番:
“長江後浪催前浪, 可嘆人生夢一般!
光陰似箭催人老, 轉眼更换了幾千番:
青山緑水依然在, 千古英雄被土漫,
二十年前争天下, 忘生捨死爲江山。
鼎足三分今已定, 可嘆那,漢室江山,火化了鹽!
年少的周郎今何在? 勇戰的温侯在那邊?
此水并不是五湖四海流來的水, 好似那英雄的血一般!”
不言老爺觀江景, 再把那子敬先生言一言。
小校報道君侯至, 魯肅出迎用目觀。
但祇見:如飛似箭來的快, 風蓬拉起半雲天,
兩傍水手齊摇櫓, 掌舵的梢公,是一位將官,
桅杆上旗用絨繩繫, “關”字風飄上下翻,
聖賢爺,昂然虎坐船頭上, 殺氣騰騰宇宙漫。
幞頭冠上生殺氣, 緑袍罩定甲連環,
腰中緊繫紅鞓玉, 寶劍昆吾,在鞘内安。
虎頭戰靴登足下, 丹鳳眼襯眉卧蠶,

面如重棗紅又亮，　　頷下風飄五綹髯，
赤膽忠心無二意，　　果然是，當今一位聖賢！
又則見：背後站立一員將，　　相貌威嚴用目觀，
板沿盔上生殺氣，　　皂袍烏帶墨連環。
濃眉相襯着鋼須乍，　　面似邠州鐵一般，
伸出十指如鋼鑽，　　偃月單刀，提在右邊。
魯肅看罷心暗想：　　“衹恐怕，捉虎容易放虎難。”
吩咐衆將加仔細，　　“勝敗全憑這一番。
咱們取荆州，他若不允，　　你我的功名，就保不全。
衹聽我金鐘一聲響，　　準備着交鋒在眼前。”
家將答應説：“知道，　　都督衹管放心寬。”
魯肅他，傳令已畢搭跳板，　　悦色忙接在船上邊：
“不知君侯來到，我失迎候，　　望乞包涵，我的罪萬千。”
老爺説：“某家昨日觀華翰，　　今朝從命，到你這邊。”
魯肅回言説：“不敢。”　　攙扶着君侯下了船。

第四回

周倉緊隨老爺的體，　　跟了來的長行[2]，守住了船。
魯肅説：“久仰大名如皓月，　　三生有幸，纔會尊顔。
俺這裏略備小酌，陪君飲，　　奉請君侯閑叙談。”
老爺聞聽腮含笑：　　“都督説話太虚謙。”
二人叙畢了寒温禮，　　携手同行到了席前。
聖賢爺，仔細留神觀看，　　但衹見：酒席筵前把殺氣添。
此宴好比作鴻門宴，　　定有埋伏在裏邊。

又衹見:甘寧、徐盛披暗甲, 闞澤、潘璋列在兩邊。
宴無好宴真是話, 會無好會果其然。
回顧周倉使眼色, 則見他,手擎着鋼刀跟在後邊。
魯肅吩咐奏音樂, 設座傳杯讓一番。
聖賢爺自然上面坐, 魯肅相陪在下邊。
雖無烹龍與宰鳳, 肉山酒海一樣般。
乾鮮果品隨時上, 買盡人間色色鮮。
魯肅他,滿斟一杯雙手奉, 遞與君侯關聖賢:
"酒寒菜冷不堪口, 略表我子敬一點心虔。"
酒過三巡魯肅道: "有樁心事要向公言,
曾記得,皇叔兵敗當陽後, 困窮夏口奔江南,
那時暫借荆州住, 原説下,取了西川就付還;
西川到手年已久, 何不交還負前言?"
老爺聞聽微含笑: "子敬先生聽我言,
曹操他獨把荆州占, 我弟兄們立誓整江山,
某雖然平了四郡,把荆州住, 這都是,國家的封疆,誰敢自專?"
魯肅聞聽腮含笑: "君侯如何把我瞞?
誰不知翼德與公無二意, 公與玄德是一般。
弟兄們桃園結義,天下曉, 海誓山盟傳在世間,
久聞公,博覽《春秋》知禮義, 五常惟有信當先。
仁、義、禮、智全都有, 如何信字不周全?"
老爺聞聽心好惱: "子敬你住口莫胡言!
你江邊設宴無別意, 衹因爲圖謀漢江山。
我勸你酒席筵前衹講好, 你若有半句言差,豈和你干?"

魯肅聞聽微冷笑：“君侯息怒暫容寬。
豈不知禹王治水湯承業，一興一敗有循環。
家邦不虧了周公瑾，焉得今朝寧静安？
霸占了荆州欺吾主，説一説，誰是誰非那一個不端？”
魯肅的言詞還未盡，旁邊怒惱了將周元。
大喝：“東吴的賊鼠輩，怎敢欺心發浪言？
豈不知，皇叔本是劉表的弟，弟承兄業理當然！
你祖曾吃老主的俸，你父作過漢朝的官，
不思皇家恩義重，你反順了東吴的黄口孌！”

第五回

“想當初，曹賊領兵八十三萬，良辰吉日下江南。
馬濺南徐三千里，衹殺得血海共尸山。
你國的君臣唬破了膽，立意要獻二喬還。
文官怕死，説：‘投降了好。’周郎無計破曹瞞。
若不虧我國的軍師，借了風三陣，怎能够火燒了曹兵的船萬千？
曹賊敗走華容道，我家爺，奉令埋伏在那邊。
但衹見：曹操帶領十八驥，少盔無甲不周全。
曹操下馬頻哀告，我家爺，想起了當初那一番。
雲陽相報他的恩義重，不肯失信與曹瞞。
軍師的將令全不顧，華容小道放他還。
你説是周瑜多謀略，曹賊一名，值他萬千。
城池本是漢家的業，説什麽借來，説什麽還？
借你的荆州你就要，借我們的東風咋不還？

眼前無有東風在，要想荆州難上難。
牙崩半個説不字，管叫你，江東熱血竄！"
老爺聞聽心暗喜，腹内誇奬將周元，
假意含嗔衝衝怒："你是何等之人敢亂言？"
眼看着魯肅説："冒犯，還望先生你恕寬。
今朝有擾容日謝，某今深醉要回還。"
伸手拉住了魯子敬："煩公送我到江邊。"
鷹拿燕雀一般樣，虎入羊群是一般。
撞出七層圍子手，衝開萬丈虎狼潭。
總有些埋伏誰敢擋，唬退了傍邊衆將官。
來至長江登跳板，鬆開了魯肅，上了船，
聖賢爺在船頭開言道："子敬先生聽我言，
東吴、西蜀脣齒地，來往和好莫結冤。
今朝暫且辭回去，日後相逢另眼看。"
語罷言絶開船去，魯肅仰面衹是看天，
氣的他，汗流滿面連打戰，險些兒一命喪黄泉。
羞愧難當衹發怔，衹聽得，三軍吶喊炮連天，
抬頭看，關字大旗遮日月，這不就來了荆州接應的船！
帶領着五百梟刀手，關平迎接父回還。
眼看着老爺的大船佯長去，東吴的衆將，就唬軟癱。
昔日裏，周郎耽驚怕，今朝魯肅寒了半邊。
這正是：畫虎不成反類犬，謀事由人成在天。
衹因爲，聖賢爺赴了個單刀會，留下英名萬古傳。

説明：

此作係據清代精鈔本。寫關羽單刀赴會，粉碎魯肅陰謀索取

荊州的故事。作品取材於明代羅貫中《三國演義》第六十六回“關雲長單刀赴會”的前半回。宋元南戲有《單刀會》,元代關漢卿有雜劇《關大王獨赴單刀會》,清代皮黄劇也有《單刀赴會》,可見這是個歷代流傳、膾炙人口的故事。此作歌頌了關羽智勇兼備的英雄形象,情節緊張,叙事簡練,寫景生動。百本張《子弟書目録》著録此篇曾注稱:“内有觀水。”即指其寫關羽坐船赴宴時,對於長江水勢的一段觸景生情的描寫:“此水并不是五湖四海流來的水,好似那英雄的血一般!”情景交融,使關羽這位英雄形象豪氣倍增。

注釋:

①鴻門宴:鴻門,地名,在今陝西臨潼縣東。項羽曾在這裹設宴請他的政敵劉邦,圖謀在席間把劉邦殺害,未果。歷史上稱這次宴會爲鴻門宴。

②長行:意思是指遠行隨護的人。

嘆武侯一回

無名氏

諸葛先生漢武侯，　豪氣衝空貫斗牛。
不平漢室凋零盡，　那堪曹氏輔炎劉。
平生練就經綸手，　南陽無意要封侯。
自從三顧茅廬後，　東擋西除春復秋。
勸主收川成帝業，　雄圖時刻挂中州。
初出祁山曹兵破，　誰知馬謖弄輕浮。
街亭失利非小可，　挂甲兒郎喪土丘。
轅門自解將軍印，　越想吞曹志不休。
二出祁山連得勝，　人馬絶糧計未酬。
三出祁山身染病，　功勞垂成一筆勾。
四出祁山用遁甲，　八門陣内鬼神愁。
不想成都流言起，　奉旨回關幹國休。
五出祁山施妙略，　司馬聞名心膽憂。
誰知李嚴假書到，　收兵回來誤計謀。
六出祁山爲久計，　委兵屯田計甚籌。
木牛流馬機關巧，　燒寨遺孤命已休。
秋風五丈原辭世，　三魂渺渺魄悠悠。

先生再有十年壽，把一統華夷在掌上求。
他鄉在外誰挂孝？三軍將士守靈丘。
哀書一到成都府，百萬軍民血泪流。
蜀國大小成悲怨，處處哀聲痛武侯。
這是你，努力勤王爲名分，這是你，思念先君三顧由，
這是你，報答君王稱相父，這是你，赤膽忠心不自由。
你自要，兩手補完天地缺，你自要，一心分免帝主憂，
你衹要，掃滅烟塵成一統，你衹要，萬里江山盡屬劉。
當年一股英雄氣，除死方休是盡頭。
再不得，清堂畫閣把瑶琴撫，再不得，水閣凉亭垂釣鈎，
再不得，子午焚香觀斗柄，再不得，創成炮弩暗陰謀，
再不得，文官隊内稱元老，再不得，武將班中作武侯，
再不得，鷄鳴早上金鑾殿，再不得，夜晚方出五鳳樓，
再不得，分移將上三千客，再不得，臨邊調領衆貔貅，
再不得，苦苦興兵熬歲月，再不得，凄凄汗馬度春秋。
世上多少年高叟，先生何故早西游？
莫不是，博望燒屯傷天理？莫不是，赤壁鏖兵埰下罪仇？
莫不是，周郎冥冥施現報？莫不是，王朗陰陰氣堵喉？
莫不是，藤甲冤魂來索命？莫不是，水路陰靈作對頭？
因甚的，口口衹吐鮮紅血？因甚的，陣陣昏迷氣減柔？
因甚的，西風撲面凉如水？因甚的，撤骨生寒一命休？
誰叫你，蓋世奇才過管、樂？誰叫你，神機妙算勝孫謀？
誰叫你，立意要把强徒滅？誰叫你，損書肝腸把名留？
也是你，天生成謹慎多才調，也是你，體性忠良廣智謀，
也是你，累敗曹兵心膽怯，也是你，東吴三江血泪流。

從今後，西川塌了擎天柱，從今後，中原絶了心腹憂，
從今後，軟弱劉王無倚靠，衹落得，老妻幼子泪盈眸，
衹落得，凛凛前後《出師表》，衹落得，蕩蕩威風八陣休，
要想先生重睹面，衹看行圖在五鳳樓[①]。

説明：

此作係據清代别野堂鈔本，與曲廠、車王府鈔本文字略異。武侯，是蜀漢後主在劉備死後給諸葛亮的封號，全稱應爲“武鄉侯”。本篇略寫諸葛亮生平事迹，自南陽隱居起，至五丈原辭世止，係摭拾《三國演義》中有關諸葛亮故事總括而成。着重嘆其一生功績，“蜀國大小成悲怨，處處哀聲痛武侯”。作品中雖然貫穿了嚴重的英雄史觀，但也表現了群衆對於諸葛亮這樣一位足智多謀、在歷史上起過杰出作用的英雄人物的高度評價和無限懷念。

注釋：

①五鳳樓：古樓名。這裏指杰出人物的畫像和歷史功績的陳列館之類。

坐樓殺惜四回

無名氏

第一回

哲宗建都在東京，世亂荒荒民不寧。
因寵蔡京與楊戩，童貫高球掌權衡。
奸臣當道賢臣退，治國忠良隱姓名。
自古道：君正臣良天心順，臣佞君昏災禍逢。
這也是，大宋國運該當敗，纔有那，天罡地煞[①]降群雄。
有一個晁蓋智取了生辰綱[②]，知縣聞知不放鬆，
差遣雷横插翅虎，還有朱仝美髯公，
稽察莊村與鎮店，訪不着大盗强人影與形。
有一個押司宋江暗透信，冒死前來救賓朋。
英雄七人聞此事，打點收拾不消停，
朱仝、雷横放故友，得便星夜奔途程，
投奔梁山尋朱貴，群雄聚集宛子城。
推尊晁蓋爲寨主，替天行道水泊中。
弟兄們剛有了安身處，想起宋江救命情，

修書備禮把劉唐遣，赤髮鬼接書奔鄆城。
英雄懶觀途中景，涉水登山曉夜行，
那日進城天挂午，衙門以外，遇見了公明。
好漢上前拉了一把，開口把“仁兄”叫一聲：
“自從那日分别後，撚指光陰半載零。”
説罷的英雄忙下拜，倒把個宋江吃一驚，
復又留神仔細看，打量來人相貌容，
衹見他：身材凛凛有九尺，膀乍腰圓兩頭停，
金睛凹面三角眼，赤髮紅鬚相貌凶，
手中若有狼牙棒，與那五瘟神祇一樣同。
相貌好似緑林客，爲什麽打扮似客商我不明？
來人但有可疑處，關係重大不非輕。
“此地不是講話處，請到舍下叙衷情。”
二人來到幽僻處，公明啓齒問英雄：
“素不相識未會面，請問貴姓與高名？”
劉唐説：“我是晁蓋大哥一盟弟，赤髮鬼昔日曾沾活命的情，
蒙哥的華翰，將小弟薦，奈王倫量小不肯容，
幸喜林冲多仗義，因此上，合夥與王倫并輸赢。
在山東，弟兄有了安身的處，難忘仁兄救命情，
因此上，大哥修書把小弟遣，我劉唐冒死前來探仁兄。”
説罷連忙解包裹，把黄金、書信遞與公明：
“荒山小寨無珍寶，不過是，一點敬心聊表情。”
聽話的宋江唬一跳，叫了聲：“賢弟！悄語莫高聲，
此處耳目最多，非兒戲，走漏了風聲了不成。
愚兄雖貧也彀過，留一錠黄金爲領情。

不讓賢弟舍下坐，趁此無人快出城。”
説罷二人分了手，劉唐暗暗别了公明。

第二回

不言劉唐回山寨，再把宋江明一明。
將黄金、書信藏在了招文袋，回歸舊路往前行。
耳内衹聽有人叫，原來是愛錢的閻婆把路横。
説：“押司因何惱小女？就裏情由我不明，
冒犯尊顔須擔待，恕他爲人年幼中。
自小養成嬌傲性，還望押司你含容[③]。
他自從這幾個月無見你，情思昏昏，睡卧不寧，
不茶、不飯、不梳洗，懨懨瘦損貌花容，
魂夢中常把三郎念，朝朝暮暮暗傷情。
那日風擺簾鉤響，衹當押司轉回程，
慌的他，急急忙忙迎出去，不想‘金盆撈月一場空。’
他與你，明陪夜伴長相守，似這等别後凄涼未曾經，
常言道：‘夫妻無有隔宿恨，’押司你好太薄情？”
宋江擺手説：“有公事，等我閑來叙舊情。”
閻婆帶笑説：“走罷！押司何必又惺惺？
要想推脱不能彀，我女兒在家中眼盼紅。”
死求胡賴拉着他走，再也不肯把手鬆。
無奈宋江跟在後，移步遲遲往前行。
轉灣抹角來的快，曲徑灣灣至家中。
笑嘻嘻的閻婆高聲叫：“你那可意三郎轉回程。”

婆惜衹當是張文遠，
一壁裏走着，一壁裏罵：
曾記得當初結伉儷，
交情未久把良心壞，
你貪着新婚忘舊愛，
急至跟前抬頭看，
婆惜一見紅粉面，
惱恨他娘無道理，
進房躺在牙床上，
閻婆一見哈哈笑，
不見他時你又想，
你衹顧縱性撒嬌硬到底，
任憑閻婆説破口，
閻婆到此實無奈，
説："你夫妻許久未會面，
宋江進房椅上坐，
説："我到那厨下收拾酒合菜。"
宋江仔細留神看，

釵横簪落烏雲散，
宋江看罷微冷哂，
"你本是，路柳墻花娼妓輩，
我本是，頂天立地奇男子，
埋怨自己當初錯，
自此打破風月謎，
方纔若是糟糠婦，

輕移蓮步往外迎，
"冤家呀！負却良心背了盟，
綢繆恩深魚水同。
閃的奴，枕冷衾寒伴孤燈！
衹恐奴容天不容！"
罷咧！不是文遠，却是公明。
帶怒含嗔轉身形。
年老糊塗，説話不明。
掩面悲啼珠泪傾。
"兒嚇，你的行事令人不明，
及至相逢，又奈何公明？
豈不疏淡了夫妻恩愛情？"
婆惜衹當耳傍風。
衹得將宋江讓到樓中，
訴一訴離别久曠情。"
閻婆隨即秉上燈，
閻婆轉身往下行。
見婆惜斜身面裏，海棠春睡一般同，
雲鬢蓬鬆假朦朧。
暗把賤婢罵幾聲：
不識抬舉混撇清；
怎肯在你的跟前落下風！
從前不該任意行。
章臺滋味我總明。
總然反目他也留情。

罷罷罷！明早給他一張紙，
趁此開交兩西東。”
正是宋江心悔恨，
有那帶笑的閻婆往上行。

第三回

說：“菜寒酒冷休見怪，
押司包涵我老無能。
我的兒，你也起來休煩惱，
與押司陪個罪兒遞個鍾，
說過、道過撂開手，
夫妻之間逞甚麼能？”
說罷用手拉女子，
無奈的婆惜立起身形，
來到席前并肩坐，
無意的婆惜，扭着花容。
閻婆帶笑斟上酒，
說：“你夫妻留神仔細聽：
今日重新是你們又大喜，
必須要放量開懷吃幾盅。
你二人，重渡銀河把鵲橋過，
我老身，另看牽牛織女逢。
我的兒，你千萬莫要討愧，
押司擔待你年輕。
似這等，揮金似土英雄客，
再也不在妻妾跟前較青紅。
你二人，自今再無爭競處，
淡飯吃來，我也安寧。
你休要噘嘴膀唇，聽娘的話，
你聽聽，樵樓已轉三次更。
休要辜負了良宵夜，
兒嚇！你看月兒轉過到中庭。”
任憑閻婆說破口，
女子衹當過堂風④。
閻婆到此無其奈：
“我與押司吃幾盅。”
宋江擺手說：“我不飲，
明早有事，不能領情，
各請方便，我要睡。”
無奈閻婆往下行。
婆惜合衣面向裏，
宋江他，解去鸞帶把衣鬆，
招文袋挂在窗欞上，
脱衣安寢，放倒身形。
這正是，襄王横枕神女惱，
想赴陽臺不得能。
武陵雖然在咫尺，
如隔巫山幾萬重。

因發雷霆止雲雨，各人心事各人明。
婆惜撂不下張文遠，宋江難割結髮情。
衹説二人同宿銷金帳，又誰知，一床錦被，倒把四人朦。
他二人，彼此各都不言語，有夢難成假朦朧。
這正是：夜深階下聲唧唧，風裂窗欞紙條兒鳴。
疏簾透進朦朧月，案上的殘燈，半暗不明。
一言難盡凄凉夜，不覺譙樓撞曉鐘。
宋江披衣出羅帳，撥亮了殘燈屋裏明，
攏髮包巾束鸞帶，帶怒含嗔往外行。
公明忘却招文袋，依然還是在窗欞。
宋江急往公門去，婆惜翻身把眼睁。
抬頭睄見招文袋，伸手拿來驗分明。
倒在床上翻身看，一錠赤金黄澄澄。
餘者盡都是文卷，還有未拆的書一封。
佳人拆開燈下看，舉目留神看分明，
上寫着："晁蓋、吴用等，"下墜着："林冲、入雲龍，
杜遷、宋萬、赤髮鬼，還有阮家三弟兄。
衹因仁兄救命的恩情重，特遣劉唐到鄆城。
二十錠黄金非爲敬，不過是略答仁兄一點情。
阻隔關山難相會，夢魂當若見仁兄。
寫來心事到千千萬，紙短言長難盡情。"

第四回

這婆惜，不見此書還猶可，及至看罷喜氣生：

"這字兒,踏破鐵鞋無處覓,
真贓實犯,落在我的手,
要一紙休書,我好嫁張文遠,
不言婆惜胡盤算,
忽然想起招文袋,
急轉身軀往回裏跑,
婆惜聞聽脚步響,
宋江進房抬頭看,
就知賤婢拿了去,
悄語低言呼:"娘子",
"因我有事起的早,
娘子收放在何處?
婆惜回言說:"無見,
無緣無故來問我,
公明聞聽忙陪笑,
賤婢聞言微冷笑,
真贓實犯,落在我的手,
官罷、私罷任憑你,
宋江說:"官罷、私罷是怎麽講?
婆惜道:"若要官罷,我就去出首,
私通大盜該何罪?
知法犯法是兩個死,
若要私罷,也聽我講,
任憑我改嫁張三與李四,
得來衹在談笑中。
許我個意滿心足,纔放他的生。
二十錠黄金,我們受用。"
再把行路的宋江明一明。
恰似大海行船斷了篷。
兩步并作一步行。
倒身假妝睡朦朧。
不見文袋吃一驚,
少不得伏軟落下風,
和容悦色叫幾聲:
招文袋忘却在窗櫺,
快些拿來我領大情。"
想是失落在路途中;
想是你今得了喪心瘋!"
說:"夫妻若有戲言,理不通。"
說:"宋江你呀!不必向我推啞聾,
你私通梁山罪不輕,
揀兩條道兒由你行。"
娘子説來,我無有不依從。"
鄆城縣裏與你見個明,
少不得三推六問動非刑。
把你那着己的親人,俱問口供;
快寫開交的書一封,
不許管我,要言明。

二十錠黃金交與我，
但說不字，了不成。"
宋江說："件件樁樁都依你，
就祗是，二十錠黃金不敢應。
那日我祗受了他一錠，
一十九錠回原封。
娘子若把黃金要，
等我折變了家財再找零。"
婆惜擺手說是："不中用，
我'放着卧兔兒不拿，倒去把走兔驚'？

或有或無快些講，
老娘那有許多工？"
逼的豪杰直到無其奈，
帶笑開言把娘子稱：
"我祗當向你懇求，討饒恕，
寬洪展限，就感大情。"
說話豪杰眼含泪，
婆惜祗是不依從。
潑賤開言微冷笑，
說："宋江啊，你要想我饒你萬不能！"

英雄一見無明動⑤，
手指賤婢駡幾聲。
婆惜祗是微冷笑，
用手指定宋公明：
"宋江啊！你休把押司的架勢來唬我，
料着你不敢亂胡行。"

一句話，提醒了英雄客，
衣襟裹取出了二刃鋒，
一脚踢倒潑賤輩，
兩膀使盡力無窮，
祗聽唬叹一聲響，
萬朵桃花滿地紅，
千般裊娜今何在？
萬種風流無影踪。
婆惜一命刃下死，
宋江時下不消停，
急忙搜出了招文袋，
慌慌張張往外行。
這正是：花招人戴花自損，
人負人情久自明。

說明：

此作係據清代百本張鈔本。寫宋江私通梁山，被閻婆惜發覺,迫使宋江不得不將她殺掉的故事。作品取材於明代施耐庵的《水滸傳》第二十一回“宋江怒殺閻婆惜”下半回情節。作者把梁山農民起義英雄的出現,歸結爲“世亂荒荒民不寧”,“奸臣當道賢臣退”,“臣佞君昏災禍逢”,并且旗幟鮮明地稱梁山起義英雄爲“群雄”,字裏行間都洋溢着對農民革命英雄的同情、贊美之情;對宋江殺惜的思想過程也刻劃得細緻入微,説明宋江上山主要是出於黑暗社會客觀形勢的逼迫。

注釋:

①天罡地煞:天罡,是月宫中的凶神;地煞,是地獄内的凶神。天罡地煞,這裏是泛指神鬼世界。

②生辰綱:指祝賀生日的禮物。舊時成批運輸的貨物稱爲綱,如花石綱,茶綱,鹽綱。

③含容:包涵、寬容。

④過堂風:猶言“耳傍風”。過堂,即房屋的過廳、穿堂。

⑤無明動:即發動怒火。無明,本是佛家語,小説中常用作“怒火”或“欲火”解。如《紅樓夢》第二十八回:“次日又可巧遇見餞花之期,正在一腔無明,未曾發泄,又勾起傷春愁思。”

醉打山門一回

無名氏

智勇功名本自佳，英雄何故作僧伽[①]？
削髮披緇空弃世，參禪拜懺總虚花。
燈火埋藏真面目，精神磨礪碎袈裟。
古今來，佛子有一件千秋快事，五臺山醉打山門羨魯達。
魯提轄拳打鄭屠是一時之怒，弃官而遁，畏王法拘拿。
倉卒間，顛沛流離，栖身無所，無奈何，潛踪暫寄梵王家[②]。
法號智深，居然是佛子，在五臺山，晨鐘暮鼓度年華。
但則他，鹵莽狂豪是英雄本色，怎守這空門戒律，笑語也無嘩？
這一日獨坐禪房，豪情忽動，不由得仰天搔首，説："悶死灑家[③]，
俺何不踱出山門，凌空一望，消俺這胸中浩氣，眼底虚霞。"
想罷的英雄忙站起，他蓬鬆着短髮，撩起了袈裟，
到山前縱目遥觀，一聲長嘯，説："果是洞天福地，不比世界浮華。"
但則見，爽氣迎人，别有天地，紅塵遠隔，滿目烟霞，
翠翠蒼蒼是崇山峻嶺，紅紅緑緑是野草山花，
狀若虬龍是枯松夭矯，形如鬼魅是怪石杈枒。
澗底流泉聲細細，林間野雀語喳喳。

猛回頭，古刹巍峨雲端裏，
隱隱的鐘磬，遥傳梵語[4]嘩。
魯智深散步山前思往事，
一番惆悵一嗟呀，
説："原想在名利場中挣些事業，
又誰知，一時忿怒把人殺，
無奈何，暫入空門，逃出性命，
居然是頭陀行者[5]，弃捨繁華！
真可厭，拜懺啐經求正果，
没來由參禪入定，想作菩薩，
不過是些口頭禪，欺人耳目，
有誰見黄金鋪地，波羅[6]開花？
那裏有酒肉胸前，充腸果腹？
終日價，一盂清水飯胡麻。
這些時舌燥口乾，難受的很，
怎能够一樽佳釀醉流霞？
魯智深止自徘徊，忽聽山歌婉轉，
見一人肩挑桶擔轉山洼，
英雄縱目留神看，
認得是山下村邊賣酒家。
智深大喜，上前攔住，
説："賣酒的！你桶中是何物？賣一碗與灑家。"
那人止步忙陪笑，
説："雖然是酒，却不賣與你僧家。
日前方丈曾吩咐，
若賣與這寺中僧衆，既打了還罰。"
智深道："山僻無人，就賣些有何礙？"
又道是："齋僧施捨，是行善的根芽。"
那人説："罷了！師父休得取笑，
你既然愛酒，又何必出家？
閃開罷！讓我到寺前快些貨賣。"
智深道："你若要不賣，你的桶擔也休拿！"
那人使性抽身走，
説："這莽和尚，我説了不賣，他衹管嚼牙。"
急的這智深發怒行粗莽，
將酒家踢翻在地，把酒桶來拿。
那酒家猶自摇頭，説是不賣，
魯智深手提酒桶，仰面哈哈，
頃刻間酒已吃完，心中喜悦，
英雄得意，把手來撒。
得命的酒家往山下跑，
魯智深酒往上涌，他步履歪斜，

說:"這時鬱悶填胸難掃却,
纔能够得此瓊漿,似醍醐灌頂[⑦],
趁此斜陽歸寺去,
這英雄,醉步踉蹌尋舊路,
忽暗轉說:"自到五臺將及數月,
甚麼叫'方便爲門,慈悲爲本'?
我何不在此亭前,擦拳比勢[⑨]?
帶酒的英雄精神躍躍,
施英勇,奮步蹲身,瞻前顧後,
一脚飛來亭柱上,
英雄收步留神看,

帶酒的智深往山上走,
到寺前見四顧無人,山門緊閉,

仗佛天靈佑,保護着灑家,
强如那,終日喃喃誦法華[⑧],
你看那,萬山殘照,幾點歸鴉。"
走至那半山亭畔,他力軟身乏,
被那些禿驢拘管,也不許喧嘩,
把我那殺人的武藝,也不許習他。
就是作羅漢,也當伏虎把龍拿[⑩]。"
把數珠斜挂,袒下了袈裟,
騰、挪、封、避,死法與活拿[⑪]。
借着那山鳴谷應,好似地裂天塌。
說:"這亭兒恁般不清,你也敢惹灑家!"
那裏管崎嶇路遥,樹木横斜。
魯智深滿腔憤怒,他就把門砸。

説明:

本篇係據清代百本張鈔本,又簡稱《山門》。寫魯智深因打死鄭屠,逃入五臺山削髮爲僧後,胸中鬱悶,出寺閑步,路遇賣酒人,奪酒豪飲,醉打山門,反抗佛家戒律的故事。作者熱情謳歌魯智深的"英雄本色",揭露佛教生活的虚僞:"不過是些口頭禪,欺人耳目,有誰見黄金鋪地,波羅開花?"因此,"魯智深滿腔憤怒,他就把門砸!"這是對封建統治的重要支柱——宗教神聖不可侵犯的英勇挑戰,對於人們破除迷信有一定的鼓舞作用。它題材緣於明代施耐庵的《水滸傳》第四回下半回《魯智深大鬧五臺山》,但主要還是根據了當時昆曲《山門》。此外京劇、徽劇、滇劇、湘劇、秦腔也都有《醉打山門》的劇目。

注釋：

①僧伽：梵語 samkhya 的譯語，簡稱爲僧。意譯是“衆，和合衆”，即佛教僧侣。

②梵王家：這裏指寺廟。

③灑家：咱家。

④梵語：古代印度的雅語 saṁskrta。這裏猶言梵唄，指念經。

⑤頭陀行者：佛教僧侣。指行脚乞食的僧人。

⑥波羅：梵語 palāśa“赤花樹”音譯的略語。

⑦醍醐灌頂：佛教用語。醍醐，梵語 maṇḍa 爲五味之一，是由最精製的牛乳所作成，佛教用以喻佛性、妙法。醍醐灌頂，就是説用醍醐澆在人頭頂上，使人清醒徹悟。

⑧法華：即《妙法蓮花經》，後秦鳩摩羅什譯。

⑨比勢：猶言練習。

⑩我國佛教舊傳有十八羅漢和五百羅漢，其中有降龍羅漢和伏虎羅漢。

⑪這句所説的“騰”“挪”等詞，均爲我國武術技法的術語。

不垂别泪一回

無名氏

勢去人亡不可尋，西門回首喪秋林。
田園廢久生荒草，弦管抛殘罷好音。
撇下了三妻和四妾，空留下萬貫與千金。
慢散了僕人同夥計，斷絶了貴客共佳賓。
一旦間，全非昔日豪華景，各房中，冷冷清清甚慘人。
吴月娘，扶養孤兒多謹慎，操持家務甚殷勤。
李嬌兒，拐盜資財歸麗院①，依舊是：賣俏迎賓日倚門。
孟玉樓，孀居暫把時光耐，暗地裏早有尋夫改嫁心。
孫雪娥舊情兒不斷思來旺，專等着，一同商議好私奔。
惟有這金蓮還在花園住，怎奈那時光冷淡，悶沉沉。
衹因他，生成伶俐聰明性，更兼着，本是風流活動人，
未免在星前月下偷寒暖，不提防旁人暗算細搜尋。
從那日漏泄春光，人户兒緊，吴月娘時時爲此，甚憂心。
暗想道："自從夫主身去世，人人各自謹閨門，
衹有金蓮潘六姐，不把孀居的調教兒遵。
前一番事兒，被我親瞧見，何等的良言苦口勸諄諄，
他果能悔過前非，知羞耻，是會的，改邪歸正早收心。

這些時，依然還是先前景，那裹有愧悔的心腸，把廉耻存！
你看他：窮工極巧梳頭髮，用意精心點絳唇，
小鏡兒常在胸前挂，香氣都從袖口兒噴。
婦人的群裹，言談兒少，男子的跟前，脚步兒勤。
到底愧心無半點，反添高興有三分。
竟成個，逞弄風流花大姐，那像個，夫亡守孝半邊人！
更聽得，每夜偷瞧書種種，細看去，時常帶着醉薰薰。
成日間，隔籬聽壁緣何故？到晚來，閤户開門主甚麽因？
我本是，清家净業遵禮體，禁不得，閒是、閑非起禍根。
再若是作成了醜事，干連了我，天哪！可不把我一世的清真，都化作了塵。

還有那房中使唤的春梅女，那丫頭，也是個成妖作怪的人，
脾氣兒乖張，口角兒硬，情性兒驕傲，智謀兒深。
主僕們，通同一氣行苟且，怪不得，合意同心那等親，
背地裹，偷猫盗狗傷風化，寄簡傳書弄鬼神。
常言道：‘張生怎把鶯鶯會？皆因是有意紅娘透信音。’
不如我先把這個丫頭遣，除去我心中一塊病根。
看景兒再把金蓮聘，也得個，清門静户自舒心。”
吴月娘展轉思量主意定，唤玳安，把昔日的原媒薛嫂兒尋。
這正是：好花偏遇三更雨，明月忽來萬里雲，
水面驚回鷗鷺夢，風前吹散雁鴻群。
不數日，找的那原媒薛嫂兒來至，上房中相見叙寒温。
説道是：“許久不曾來問候，今日個，大娘呼唤有何因？”
月娘説：“無事不便煩勞你，我知你終日奔忙，是個没空的人。
都衹爲，五娘房内春梅女，他近來老大的不斯文。
先前原係跟隨我，調理的做事兒安詳，情性兒温；

從那年派在潘氏的房内去，　一旦間上了高枝兒，把身分尊。
我合他，説甚麽掇茶與掃地？　説甚麽刺綉并拈針？
漸漸的，呼么喝六平欺主，　時時的，惹事招非慣咬群。
這些兒小事都可恕，　如今更自有新聞。”
因把他近日行爲説一遍，　“這正是，一客不煩二主人。
當初是你爲媒保，　少不得，此事還須你操心。
我不管大家和小户，　我不管官宦共軍民，
領出去早些替我出脱了，　有主兒速來送信音。
交我原銀十六兩，　倘若是，外有多餘你自存。”
常言道：六婆不許臨門户，　奸貪詭詐是媒人。
薛嫂兒信口應承説：“是，交給我！　就衹是，未必還得原價銀，
當初兑銀十六兩，　買時原係女兒身，
到而今，雖是出條的模樣兒好，　誰不知，使用通房這幾春！
象你老這等家私何計此？　少不得，看破些須莫認真。
我替你不拘怎的出脱了，　咱衹圖，把禍害挪移與了外人。”
這婆子把價銀砸定十六兩，　心兒裏，暗喜肥猪拱進門。
時間②要把春梅領，　也不顧各房睄看衆人們。
告辭已畢抽身走，　忙忙的，自往花園去找尋。
進園來，蔓草荒烟空落落，　枯枝老樹亂紛紛，
亭臺池館依然在，　那去登臨玩賞人。
薛嫂兒無心觀看園中景，　一步步，走進金蓮小院門。
這佳人正和春梅窗下坐，　見他來，料道其中定有因；
連忙讓坐閑攀話，　唤秋菊，厨房快把好茶斟。
薛嫂説：“無事不登三寶殿，　前日個，府上着人把我尋。
我來時，上房見過大娘子，　誰知他，道短説長瑣碎文。

屈賴你房中的小大姐，
今朝命我將他領，
這金蓮一聽此話痴呆了，
灑泪道："這話却是從何起？
當初死鬼將他寵，
那時節，誰不和順同抽奉[③]，
一旦間，丈夫死去無多日，
我和他，一心一計難割捨，
你何須立刻將人領，
等我合他評評理，
滿破着，一場大鬧，留他住，
聽話的春梅旁邊裏站，
因説道："事已至此難回挽，
何須因我傷和氣，
奴這裏，挨了一日煩一日，
離合悲歡是循環的理，
那有個不凋、不謝鮮花朵，
却原來：月過三旬依舊滿，
憑命去，或逢吐氣揚眉日，
我不知幹壞他家什麼事？
今朝倚勢將奴攆，
硬强强，無中生作有，
且由他，聲價高抬增幾倍，
俗言道：'打墻的板兒翻上下'[④]，
此處不留人，更有留人處，

衹説他，近日爲人不自尊，
另日來交身價銀。"
好一似剪斷了肝花，失去了魂，
他真個，時道當爲撮弄人。
愛似明珠掌上珍。
叫五娘，口口聲聲那麽稱心。
就這樣趕盡殺絶閙上門。
同死同生兩不分。
難道説，聖旨傳宣必得遵？
問個明白纔見真。
再休提，變賣交銀把主尋。"
全無有哀慟、煩難半點心。
咱主僕不如就此兩離分。
又惹得彼此分争費嘴唇。
怕甚麽出一個門來，進一個門？
誰能够百年完聚到終身？
無損、無虧好月輪？
花逢二月又重新。
莫不成，常作鋪床叠被人？
爲什麽任着旁人血口噴？
偏我一人是禍根？
好端端，綿裏要尋針。
且由他，彎弓兒拉滿到十分。
誰是常貧久富的人？
可知道，人生何處不逢春！

誰保得終身長富貴？ 誰料定一世受清貧？
好男不吃分家的飯， 好女不穿陪嫁的裙。
有志氣，重立一番新世業， 那時節，不來親者也來親！
你看我，今日裹低三下四出門去， 怎見得到將來，我不烈烈轟轟來進此門!?

從古來，千日筵席千日散， 又衹是，一番拆洗一番新。
旱苗兒雨透生枝葉， 船隻兒風順走江心。
我勸你，且自安心睄日後， 切不可，衹將俗眼定終身。
你看那，黄河尚有澄清日， 豈有人無得志辰？
依我説，凡事還須留地步， 落得個，將來會面好相親。
這如今有我不多，去也不少， 我去後，大家同享太平春。
但衹願，天上的日頭兒常正午， 衹保得，彼此齊全無裂紋。
倘一朝高低、貴賤翻了局面， 那時節，也有個追悔當初錯認人。”

説話間，連忙打點隨身物， 薛嫂兒催促多時要動身。
這春梅一腔盛怒無留戀， 也不顧主母金蓮痛碎了心。
興匆匆，對鏡梳妝來匀粉面， 氣昂昂，開箱尋覓换衣裙，
急切切，床前自己把包囊兒裹， 亂騰騰，匣内還將活計兒尋[⑤]。
收拾畢，忙向金蓮三叩首， 説是:“謝娘親數載教導、養育恩，
你待我，勝如自己親骨肉， 着熱知疼到了萬分。
你任我撒嬌、托懶，痴憨慣就， 難爲你好性兒，從無半點嗔。
實指望，同甘同苦常相守， 一意一心永不分。
誰知緣分今朝盡， 平地風波尋上門。
娘親不必心傷感， 你把那，聚散分離莫認真。
人生總是一場夢， 世事猶如幾片雲，
聚了來，水面浮萍攢密密， 散將去，風前弱柳亂紛紛。

眼前聚散原無定，盡可以一筆勾銷莫理論。
你爲我，想成了疾病也無人問，哭壞了身軀，倒趁了衆人的心，
總不如，把離愁勾開尋快樂，閑愁抛去養精神。
莫管我，此後情形甘共苦，莫管我，從今後的際遇富合貧，
天可憐，主僕還有相逢日，休爲着眼下分離抹泪痕。
就祇是，有奴在此相陪伴，禍福同知是一個人。
奴去後何人幫助你？誰是你連心貼己的親？
少不得，耐性寧心熬歲月，吞聲忍氣度光陰。
休貪熱鬧多開口，每到黄昏早閉門。
閑將花鳥消消悶，悶把琴書散散心。
茶飯兒，自己調勻饑共飽，衣衫兒，隨時酌量冷和温。
説話兒，仔細隔墻的耳，作事兒，提防着暗算的人。
近年來，這院中咱們結下了仇和恨，到如今，誰不擦掌磨拳，把咱錯縫尋？
還有句要緊的言詞相囑咐：奴去後，牢牢切記在娘心，
你無散兒和碎女，又無六眷與三親，
却爲何辜負了花容和月貌，虚度了緑鬢與青春？
似這般的日子如何過？空與那旁人背後墊舌根。
總然守到白頭老，終久是，清不清來渾不渾。
從今後，彼此相安無話語，落得隨分耐光陰。
倘若是，鷄聲鵝鬥挑瓜李，又何妨，一步兒挪移，把好道兒尋！”

説話間，也落幾點傷心泪，祇爲金蓮情意深。
還有些機密話兒，未得細講，關礙着薛嫂兒旁邊聽的真。
這金蓮還要牽連説幾句，忽見那，小玉忙忙走進門，
説道是：“大娘差我來監看，出脱梅香，祇許净空身，

叫他把簪、環、裙、襖俱留下，
還拿去上房查點好收存。
他衹顧扭着扣子行顛倒，
我怎肯順着風兒下狠心？
這事瞞上不瞞下，
快把他箱子的東西細細兒尋。
數年來，耳鬢廝磨常聚首，
姐妹的情腸記在心。
誰能保得常無事，
你我是兔死狐悲一類人。"
一壁裏開箱倒籠忙打點，
小玉兒，忙款金蓮替找尋，
拿了些上好的簪環和首飾，
拿了些可心的花翠共釵裙。
潘金蓮，又給些釵梳和戒指，
小玉兒，頭上拔下簪一根。
都交春梅與薛嫂收藏好，
裹了個偌大的包兒，那麽體沉。
春梅姐，謝過了上房的小玉女，
時間就要兩離分。
説聲："珍重罷！娘啊，奴去也！"
薛嫂兒，拿起包袱背在身。
金蓮説："不然你到後邊去走走，
叩别那上房的娘子和衆人們。"
小玉兒連連説："不必，
總然叩拜是虚文。"
見春梅揚長决裂[⑥]跟薛嫂，
頭也不回面帶嗔，
并無留戀的心情緒，
那有離别的泪點痕。
俏龐兒，款擺穿花徑，
蓮步兒，輕移蹋綉裙。
這一邊，金蓮不捨匆匆送，
那一邊，小玉多情緊緊跟，
一直送至大門首，
潘金蓮好一似失去珍寶無處尋。
悶懨懨一人回轉香閨内，
獨自個，想後思前哭了個昏：
"難爲他，數載跟隨無報怨，
難爲他，多年服侍甚殷勤，
難爲他，心高志傲争强勝，
難爲他，委曲煩難體我心。
未可知，從今流落歸何處？
此一去，誰是我知疼着熱人？"
那知道，正是春梅時運轉，
從今後，改頭换面一番新。
起初時，賣與周爺爲侍妾，
不數年，上房的娘子命歸陰；
到後來，守備軍功升總鎮，
春梅姐，五花官誥做夫人。

這正是:運去黃金無有色,　　　時來頑鐵有精神。

説明:

此作係據清代文萃堂刻本,又名《遣梅香》。百本張鈔本分作五回,與刻本文字略異。寫西門慶死後,其大老婆吴月娘遣送潘金蓮的丫鬟春梅他去的故事。全本明代蘭陵笑笑生的《金瓶梅》第八十五回"吴月娘識破奸情,春梅姐不垂别泪"中的情節編撰而成。

注釋:

①麗院:即妓院。

②時間:猶言這時、此刻。

③抽奉:同抽豐,意思是分别人之餘,以補充自己的不足。

④打墻的板兒翻上下:北方諺語。用土築墻時使用的夾板,在打墻時上下輪换。比喻人的處境經常因條件而變更。

⑤活計兒:指針黹物品。

⑥揚長決裂:這裏是説堅決斷絶而輕鬆地離去。

永福寺四回

無名氏

第一回

繁華轉眼一場空，成敗興亡似夢同。
適見名花迎曉日，忽看落葉舞秋風。
此日凄涼悲水逝，當年聲勢映天紅。
早知道循環道理都如此，使甚麽心機？逞甚麽英雄？
嘆西門，一生作事多奸詐，好色貪財少正行，
亡時不上三十餘歲，撇下那，孤兒幼婦苦伶仃。
吴月娘，撫養孤兒如珍寶，守節操持，玉潔冰清。
這一年，孝哥纔過兩周歲，春光二月正清明。
吴月娘打點祭禮將墳上，請了那大舅、妗子[①]一同行。
妗子、月娘齊上轎，孟玉樓抱着孝哥兒緊隨從。
雇了匹驢兒給吴大舅，玳安兒，押着食盒共酒瓶，
小玉兒、如意兒俱在後，男婦八人出了縣城。
離北門不上三、五里，來到了西門新造的大墳塋。
但衹見，點點飄殘桃杏雨，蕭蕭不斷楊柳風，

滿地松柏惟雀噪，	連天芳草少人行；
坡牧牛、羊多作踐，	穴穿狐、兔亂縱橫。
比着那，當初瓶兒新出殯，	真個是，轉眼興衰大不相同。
月娘一到墳臺兒上，	止不住掩面悲啼大放聲，
叫了聲："君哪！"悲聲兒顫，	哭了聲："夫主！"泪珠兒傾。
"我和你，指望白頭同到老，	又誰知半路兒就成空。
君呵！你的魂靈兒却望何方去？	再想要重見君容，萬也不能！
抛下這幼子、嬌妻誰看顧？	空有那，田産家園那個經營？
我替君，扶孤守節無二志，	我替君，支持門户費調停。
看盡了多少炎凉態，	受盡了多少是非驚。
祇要君，陰靈不昧常遮護，	保佑我孤孀母子永安寧。"
吴月娘泪灑衷腸無歇止，	大妗子一旁解勸説："且暫停。"
孟玉樓也灑幾點傷心泪，	小玉兒含悲不敢放聲。
如意兒，回思舊恩心更慘，	這都是，已往從前種下的情。
祇有那，孝哥兒呆呆瞪怔[②]嬉嬉笑，	吴月娘一見更慟情。
哭聲纔住，忙忙供飯，	大家奠酒不消停。
焚香化紙行禮畢，	一齊轉步出了墳塋。
大舅説："終朝城内多煩悶，	今日在郊外閑游踏踏青。"
吩咐轎夫在前面等，	"我們要瀟灑游春，正要步行。"
一路上，沾衣欲濕杏花雨，	吹面不寒楊柳風，
陌上雕鞍公子過，	水邊香氣麗人行。
青帘[③]飄飄沽美酒，	緑樹叢中萬鳥鳴，
恰正是：春三、二月時光好，	引起了，夢雨傷春一段情。
大家散步時多會，	見路旁一座古刹梵王宫，

碧瓦紅墻多鮮麗，翠竹蒼松映午晴。
玳安説："這是敕建的永福寺，爺在時，時常布施，廟中齋僧，
娘呵！何不到廟裹歇歇去？我與那住持和尚也是一盟。"
霎時間，衆人舉步齊進廟，長老接出笑臉迎，
等月娘拜過菩薩，讓入方丈[④]，小沙彌殷勤侍立獻茶羹。
雖然是，時衰運退的提刑所[⑤]，也還撇不過當日的護法情。
纔待要把家長理短寒温敘，忽聽得，山門敲響似雷鳴。
説："守備府夫人來祭掃。"長老聞言吃一驚，
慌張張，毗盧帽兒[⑥]歪戴上，急忙忙，大紅朱履也不能登，
亂匆匆，錦藍袈裟也披不住，喘吁吁，黄絨絲絲縧繫也不能。
把月娘衆人送入厢房内，説："暫時屈駕，莫要高聲，
讓出這方丈好請夫人坐。"這長老行步慌張往外迎。

第二回

丈夫無志最堪慚，有志娥眉勝過男，
青衣隊内偏拔萃，紅粉群中獨占先。
當日沉埋香閨裹，今朝吐氣晝堂前。
勸世人，放開眼界從長看，莫將這一時貴、賤就定愚賢。
月娘、玉樓躲入厢房内，彼此低聲悄悄言，
月娘説："聞得周府夫人常常病，如何今日到此間？"
玉樓説："祇怕春梅也跟隨在内，大概他出條的模樣，未必像先。"
月娘説："纔到他家能幾日？那裹就出頭露面擺在人前。"
二人正然胡猜想，又聽得夫人下轎把佛參。
鐘鳴鼓響聲震耳，香烟繚繞氣衝天。

拜佛已畢歸方丈，
但衹見：長老躬身前引路，
隔窗細把夫人認：

俊俏的龐兒添富麗，
舉止兒端莊，行步兒穩，
滿頭珠寶搖金翠，
緊隨身旁兩個使女，
簇擁着，丫鬟、僕婦無其數，
這月娘無語低頭心暗想，
“想當初，遣他出門去，
不料他今朝來至此，
深又不是，淺又不是，
妗子、玉樓也無主意，
那長老伺候夫人歸正坐，
說：“大娘不要把貧僧怪，
偏今日他也來隨喜[⑦]，
等他去後我再陪禮，
勸大娘，寧心寬坐休急性，
月娘說：“實在家中還有事，
長老說：“出去時，夫人必看見，
大娘休把他視小，
這月娘安排主意定要走，
轉身跑入方丈裏，
說：“有一起宦家宅眷來在寺內，

這二人，舐破窗櫺往外觀。
驅逐閑人不許進前。
“呀！這不就是他麼？丰神兒面貌不比當年。
肉皮兒細嫩更鮮妍；
風神兒瀟落，體態兒閑。
遍體紗羅響佩環。
一右一左把玉人兒攙。
還有那管事的家童引路在前。
又是詫異，又是爲難：
衹爲他任意胡行品不端。
狹路相逢，叫我好爲難。
少不得悄地轉家園。”
叫沙彌，告辭長老要回還。
急忙忙轉到厢房，苦留了一番，
都衹爲，守備周爺是本地官，
權讓他方丈之中把玉體安。
我還要敬獻清茶擺素筵。
僧不能在此相陪把話談。”
改日重來再擾佳筵。”
未曾請示，僧怎麼耽？
守備爺專房之寵，大有權。”
那長老，叩首着急好爲難。
向夫人合手躬身禀話言，
他回避夫人在那一邊，

令他進見，還是令他回去？
未請示下，僧不敢擅專。”
夫人說：“既是官眷，何妨相會？
家中無事，正好叙談。”
這長老，領命如飛把厢房進，
說：“夫人有請！莫遲延。”
月娘推辭說：“不見罷！
見了時，又要禮貌費周旋。”
長老說：“見見面兒何妨礙？
難爲他和氣春風禮又謙。
大娘若不肯將他見，
反惹他心中不耐煩。
小僧如何擔得起？
大娘呵！衹當是陰功把我可憐。”
這月娘輾轉爲難不肯走，
長老着急，自把簾掀，
高聲叫道：“請夫人見！”
這春梅，慢閃秋波細驗觀，
認得是月娘、玉樓和妗子，
說：“原來是大娘在此把佛參！
不想此地重相會，
今日裏意外的相逢，也算是有緣。”
又怪長老不早禀，
長老說：“僧人豈敢亂答言。”
這春梅迎下瑶階忙携手，
一團和氣面堆歡。
月娘說：“不想姑娘來至此，
我和你一别，轉眼就是幾年。”
玉樓、妗子一齊問候，
這春梅逐個都問安，
說：“娘啊！且自請在方丈裏坐。”
命長老外厢伺候，我們要細談。”

第三回

故主相逢情意親，
感舊傷今最斷魂，
説不了别離凄凉事，
訴不盡從前挂念心。
幾陣松風驚昨夢，
一聲幽磬醒前因，
世間多少興衰敗，
衹到了佛地虚空，都化作塵。
春梅姐將月娘讓入方丈内，
向妗子磕頭盡禮表殷勤。

妗子着忙跪下還禮，
春梅說："娘啊！你看妗子真好笑，
月娘說："今非昔比，應該如此。"
轉回身，又向月娘重下拜，
玉樓、三娘也行過禮，
小玉、如意兒也過來拜見，
月娘說："哥兒還不把姐姐來拜？"
春梅見孝哥兒生的多伶俐，
不由的，對景傷情心念舊，
說："想爺亡故能有幾日！
哥兒長成這般大，
娘的年紀不算老，
月娘說："自從他爹去世後，
伙計拐財都遠遁，
姊妹分離各尋活路，
若不是你娘義重相倍伴，
春梅說："人情冷淡何足怪？
想爺當初聲勢誰不怕？
若有旁人欺負你，
我家爺，朝廷新加一道聖旨：
那一件事兒他不能辦？
妗子說："到底姑娘情義兒重，
怪不得五花官誥把夫人作，
從小兒生來多傲氣，
如今果遂平生願，

說："姑娘如此，折殺老身"
這般相待，叫我怎禁？"
春梅說："連娘也來歐做人[⑧]。"
吴月娘用手相攙說："快起身。"
這方纔大家讓坐叙寒温。
這春梅玉手相攙，話語兒親。
孝哥兒兩眼呆呆看出了神。
神情相貌仿佛西門。
眼圈兒紅透，泪珠兒淋。
怎麽就轉眼之中三二春，
也虧娘操心扶養甚殷勤。
怎麽就白髮斑斑，面有縐紋？"
家計消除日漸貧，
門前也無往來賓。
家人們逃散起了外心。
竟作了孤影單身一個人！"
世態炎凉莫認真。
再不料，時衰運敗有如今。
衹管差個人來對我云。
上馬管軍，下馬管民。
包管你，野鬼、邪神不敢上門。"
至今還念舊時的恩。
好心好報，纔有這福禄臨。
在衆人堆兒裏顯胸襟。
真個是，志大心高出衆的人。"

春梅説："妗子過獎，怎麽當得起？也衹爲，水有源頭，木有根。
奴在咱家長成二十多歲，怎敢忘爹娘導教養育的恩？
大德如天，如何能報，不過是，聊盡區區一點心。
奴不是得新忘故的楊花女，怎麽敢得意輕狂，就忘了主人？"
玉樓説："自從與姑娘相别後，終朝懷想到如今。
幾番要來將你看，怕的是，侯門深似海樣深。
不料今朝重見面，這就是，緣法造定有前因。
姑娘你跟前有幾個孩子？可曾會叫姐呼娘識認人？"
春梅説："彼此想念都一樣，也長想回家看望娘們。
無奈家中偏有事，怎能够躲懶偷閑去散心？
自從那夫人亡故後，大小事兒都要我親身。
况我們爺公務繁多，單靠着我，那有個工夫兒去出門？
去年正月裏，生了個愛子，他爹疼愛如同命根。
雖有那養娘、乳母齊照管，半步兒也不肯離我的身。
這不是，方纔上轎纔要走，放賴撒潑往懷裏奔。
没奈何，好哄、歹哄纔罷了手，這會子還不知怎麽樣悲啼把我尋？
件件兒都要奴想到，事事兒都要我經心。
到不如當初在咱家内，無憂、無慮樂天真，
和娘們花朝月夕同游戲，落得逍遥散淡自由心。"
玉樓説："能者多勞，從來如此；家大業大，虧你好精神。"

第四回

從來女兒最情長，幽冥路隔渺茫茫，
青冢有靈娘憐我，紅顔無命我憐娘。

伴香閣,如形不離影,
世間惟有情難盡,
方丈中,四人叙畢家常話,
月娘説:"聞得你父母皆亡故,
玉樓説:"大娘還不懂得姑娘的話,
現在葬埋此寺後,
月娘聞言不發一語,
妗子説:"到底姑娘存心好,
春梅説:"想他當初怎樣疼我,
我若不逢時遇節將他祭,
玉樓説:"我也同着姑娘去,
和尚引路往後走,
早來到寺後荒涼地,
和尚手指説:"此墳便是,
這春梅,一見金蓮的墳墓,
痛哭道:"娘啊! 你的身軀埋在此,
紅顔自古多薄命,
九原陰魂,幽幽蕩蕩,
奴來祭你知道否?
想着你,天香國色無雙艷,
想着你,梳妝打扮風流態,
想着你,靈心巧性諸般會,
想着你,吹彈歌舞天生的妙,

哭墓門,地老又天荒,
就到了萬劫千輪[⑨]永不忘。
春梅説:"我還到寺後祭祭奴的娘。"
又緣何却在此寺内埋藏?"
他説的是潘家六姐,咱家的五娘,
要到墳前燒炷香。"
這纔是,恩怨分明,各有肺腸。
還想着舊日的恩情永不忘。"
到而今,生死離别怎不悽惶?
誰向他墳頭奠酒漿?"
多年的姊妹,也哭他一場。"
二人隨即出了禪房。
見一堆新土靠着環墻。
是府内親隨[⑩]擇的地方。"
由不得點點珍珠落萬行,
你的那魂靈兒在那廂?
不似你飛灾横禍受奇殃。
一條泉路,渺渺茫茫,
還望你,一靈不昧把羹嘗!
今剩了,紅粉骷髏弃道旁。
今化了,血污羅裙委北鄉[⑪]。
今作了,骨化魂消卧冷霜。
今付了,風冷蕭蕭起白楊。

想着你,争强好勝不伏軟, 今成了,鬼哭呦呦恨夜長。
想着你,能言善辯談鋒利, 今變了,夜臺[12]千載抱凄凉。
想着你,描鸞刺鳳勤針黹, 今見了,艷魄芳魂土内藏。
想着你,知書識字通文墨, 今餘了,美人黄土對斜陽。
再不能,翡翠軒中聽私語, 再不能,藏春塢裏戲鴛鴦,
再不能,葡萄架下把風流賣, 再不能,木香棚底會仙郎,
再不能,春晝鞦韆閑戲耍, 再不能,琵琶雪夜寫悲傷,
再不能,打狗傷人消舊恨, 再不能,丫鬟打扮鬥新妝。
可憐你,萬種妖嬈,千般的伶俐, 到頭來,也是南柯夢一場!
從小兒伺候十數載, 同心合意不比尋常。
你疼愛奴家,如同兒女, 我承順娘親,好比爺娘。
還指望,娶你過來常相守, 誰想到,惹下塌天禍怎當!
這是你命中造定難逃躲, 空叫我,眼泪哭乾枉斷腸。”
這春梅哭罷深深拜, 焚錢化紙,在半空裏飛揚。
玉樓也向墳前拜, 止不住秋波泪數行。
剛要轉身回方丈, 稟事的家人跪在一旁,
説:“老爺差人將夫人請 花園中演戲賞春光。”
這春梅慢道説:“起去!” 回身復又到禪房。
擺設酒殽和湯飯, 娘兒盡興飲宴霞觴,
直吃到沉醉東風方歸去也, 向月娘告辭説:“不能再陪娘,
等哥兒的生日我回家去, 那時節,相叙衷情解悶腸。”
月娘説:“貴人若肯臨賤地, 真個是蓬蓽也生光。”
春梅説:“大娘説的是那裏的話? 那有個人兒忘了舊家鄉!”
説罷兩邊纔分了手, 春梅先走,後是月娘。
這纔是:時來頑鐵生光彩, 人情轉眼起炎凉。

兩下裏相逢，都出其不意，　　倒把個和尚，落了一個忙。

說明：

此作係據傅惜華藏清代舊鈔本。百本張《子弟書目録》著録，并注稱："李瓶上墳遇春梅。《遣梅》以後，《池館》以前。四回。"取材於明代蘭陵笑笑生的《金瓶梅》第八十九回"清明節寡婦上新墳，永福寺夫人逢故主"的情節，寫吴月娘清明掃墓，在永福寺中巧遇春梅的故事。此時春梅已不再是丫鬟，而是守備夫人。但她不因自己榮華富貴而瞧不起已經衰敗破落的吴月娘，作品以此"勸世人，放開眼界從長看，莫將這一時貴、賤就定愚賢"，反映了封建社會末期階級分化之劇烈，世道人心之險惡。不過，作品片面地頌揚以德報怨的思想，則顯然是極其錯誤的。

注釋：

①妗子：舅母。

②瞪怔：驚視的樣子。

③青帘：酒帘，酒館的招牌。

④方丈：寺院住持僧居住和接待賓客的處所。

⑤提刑所：官衙名，宋置，掌管獄訟而平其曲直的監察機構。明清時稱爲提刑按察使。

⑥毗盧帽兒：即僧帽。毗盧，梵語 Vairocana 毗盧舍那佛的略語。因帽上有毗盧小像，故名。

⑦隨喜：佛教用語，五悔之一，原來意思是：見人作善事，隨之而生歡喜心；後來也稱游觀寺院爲隨喜。這裏即指後者。

⑧歐做人：猶言嘔逗人、戲弄人。歐，同嘔。

⑨萬劫千輪：猶言千秋萬代。佛家認爲世界一成一毀爲一

劫,歷史的發展是循環輪轉。

⑩親隨:管事的僕人。

⑪北鄉:猶言北邙,泛指墓地。

⑫夜臺:墳墓。参閱本書《露泪緣》篇注㊳。

葬　花五回

無名氏

第一回　傷春

緑碎紅摧景暗遷，　東風薄幸不留連，
痴兒妄冀榆錢買，　倩女空思芳冢全。
春去春來愁漠漠，　花開花謝恨涓涓，
蛾眉始見真情重，　泪灑芳塵倍可憐。
遮莫[①]春歸又一年，　楊花無奈雪漫漫，
鶯狂燕俏香閨麗，　水軟風柔游子歡。
無限豪華榮國府，　一般兒女大觀園，
遇着這淡蕩春光，時芳景美，　一簇簇拈花鬥草各紛然。
蘅蕪院，蘭芷生香凝座右，　秋爽齋，芭蕉分緑上窗前，
稻香村麥浪翻風，平疇縹緲，　怡紅院海棠映日，玉砌暄妍，
花溆兩傍青莎嫩嫩，　菱洲一帶緑水灣灣，
恰正是，春光到處韶華滿，　説不盡，樓榭亭臺景物繁。
林黛玉無聊鬱鬱在瀟湘館，　想起寶玉恨難堪，
爲甚的，一旦之間他心性改？　莫非是，聽信傍人金玉言？

空教奴一念攸關千念切，　百般注意萬般憐。
實指望，痴心相感同生死，　又誰知，如夢無托秋扇捐！
方信道，兒郎到底難深信，　可見我，傾盡了真心是枉然。
恨悠悠，幾回搔耳摸雲鬢，　怔㸌㸌，半晌抬身啓綉簾，
亂紛紛，竹影鋪階篩鳳尾，　一陣陣，香花滿院透龍涎。
痴迷了戲耍的心腸無半點。　泪潸潸，牢騷愁緒有千般。
意遲遲，輕移玉體將行又止，　呆呆呆，步出瀟湘館外邊。
悶懨懨懶玩園中景，　嬌怯怯不住蹙眉尖，
猛然見雙雙蝴蝶穿花過，　斷趕着，行下行高繞面前。
林黛玉强打精神逐蝴蝶，　輕摇羅扇舞蹁躚，
但見那，飄飄粉翅來回游蕩，　引得他，盈盈秋水左右凝瞻，
顧不得，脱落了十分齊楚的羅袂彩袖，　累得他，散亂了千般綽約的雲鬢風鬟。
霎時間，風飄蝶遠飛不見，　到把個窈窕姣娃喘了個難。
獨自個，凝神佇立周圍看，　大觀園風晴日暖更鮮妍。
榆錢兒繁密迷芳徑，　柳絮兒飄揚點翠衫，
繞池塘，垂楊稍吐金絲兒裊，　出粉壁，紅杏枝含緑葉兒尖，
姣滴滴，越顯紅白桃李笑，　唧喳喳，自成腔調燕鶯喧。
猛聽得聲聲笑語，在花間柳外，　遥望見簇簇人影，在樓外庭邊，
離的又遠，分不出是姑娘啊是使女，　林黛玉也無心去相就，他獨步幽然。
仰面見，碧湛湛青天晴而且霽，　淡微微白雲幾片，斷了還連，
蕩悠悠，好鳥高飛如日下，　平穩穩，紙鳶高寄在雲端，
又見那燕子將雛拂面過，　蜂兒戲蕊繞花旋。
無意中，信步來至山坡下，　呀！見落花成霞，片片飛殘。
正所謂：落花滿徑胭脂冷，　春末三分塵土淹。

一陣風來,花翻萬點,
林黛玉儼然不亞如散花仙。
似嫦娥,月明桂馥飄雲外,
凝神看,似水點花飛在目前,
立山坡,凝眸半晌一聲長嘆,
别一樣的婉轉嬌羞畫也難!

第二回　埋花

一夜風吹春早還,
朝來景物頓非前,
園中有卉皆紅減,
眼裏無枝不緑添。
山徑遥凝説法處[②],
池流猛訝避秦源[③],
嬌鶯應解惜花意,
銜取殘紅過畫欄。
説:“花兒呀!怎麽零落如斯也?
天公呵!因何造化不周全?
既布春光把風物點,
爲甚匆匆又唤轉還?
空教人,姹紫嫣紅無意賞。
待等鶯期,燕不成歡。”
探腰肢,微舒玉指拾花片,
把那些敗落殘紅,歸作了 ·攢。
回玉腕,簪髮金釵輕輕兒拔下,
屈香軀,也不顧塵漬污染衣衫,
弄金釵,纖纖素手翻春土,
埋花片,婷婷俏立暗傷殘。
“嘆花兒,一旦之間凋零至此,
追想你,濃艷鮮嬌纔有幾天?
向東風,放蕊弄香真可愛,
恰似那多情知趣有情的男。
今日個,仍是東風將你斷送,
便似那薄幸子,冷落了紅顔。
你那舊日的芳容,往何處去也?
轉眼間,便怎的這樣色退香寒!
人家是,繫鈴驚鳥惜濃艷,
誰似奴,撥土埋護落花殘?
恨東風,等閑不與人方便,
不由奴,不感物生悲意愴然。
眼看這,好花殘落嬌艷散,
使姑娘這弱質雖存,要持久難。
問花枝,花枝不語含愁態,
聽春鳥,春鳥悲啼怨景還。
曲欄辭春春寂寞,
紅塵瀟灑泪悲殘。

古人云:'韶光易過,紅顔易老'。到而今黛玉方知是確談!
奴今何不把花兒埋葬?不過略表痴情一念牽。
也省得,裊娜香魂隨塵飄落,也省得,輕盈芳質和土闌珊[④],
也省得,薄幸東風亂飄亂蕩,也省得,無情蠢物胡踐胡殘,
也爲你,媚態嬌姿與奴恰似,也爲你,分淺緣薄合我一般;
今日個,你卸之時有奴葬你,奴死後,知有何人把我來憐?!
自回思,顰兒果是真薄幸,憔悴奴,蕭條似花片一般。
後事難期,泛泛未準,前途一望,杳杳無邊,
何况這依人形景,孤恓萬種,竟像那細雨斜飛,燕子孤單,
痛父母,雙雙抛我歸泉下,教孤兒,望斷白雲相見難。
更有誰,知心貼己把奴憐念,無非是面皮兒上一點相觀,
怨天公,空賦花月一般的模樣好,到教我,梳妝對鏡自相憐。
更可恨,這織錦的才華埋没也,尚不如花兒還有個艷陽天!
想到此,越逼人家千種恨,况我這軟怯怯的身子兒也難。
到不如,也合花片隨風落,也省得,春感秋愁無限牽。”
痴情女,思前想後添悲嘆,不由得,雙雙珠泪眼中含。
憂容兒,如龍女牧羊[⑤]蓬雲鬢,愁態兒,似西施捧腹蹙春山[⑥],
恨難消,徘徊花冢占詩句,金釵兒,信着手兒亂畫胡圈。
林黛玉,悲慘正在出神處,猛聽得,寶玉的聲音到面前。

第三回　調禽

紋豹誠難一管看,管中窺豹亦斑斕。
因憐紅粉調鸚鵡,學買胭脂畫牡丹。
當日丰神真可憶,而今筆墨總難傳,

傷心夢逝紅樓杳，弄玉臺空秦月寒。
解語曾聞大戴篇，身文性慧惹人憐。
上皇遥問林邱畔，舊樂頻呼殿陛前。
吟偈語移妃子意，唤茶聲代侍兒傳。
佳人别院歸來處，低訝青衣未捲簾。
切碎牙兒蹙損山，閨愁却爲阿誰銜？
佳人歸院調鸚鵡，慧鳥能言弄舌尖，
言言語語喉嚨兒朗，字字聲聲調弄得圓。
佳人點首説："真真慧也！怪不得書籍多將此鳥傳。
又聽他學一回閑語，叫一回侍女，念幾句詞賦，吟幾句詩聯，
多是前人得意的句，半雜黛玉感懷的篇。
佳人帶笑説："真可喜，難爲他靈心記得全。"
紫鵑説："姑娘日誦，他學會，整天家絮絮叨叨，念也念不煩。"
猛然鸚鵡扇雙翅，朗咏唐人詩一聯，
説："愁懷望處春何限，病眼開時月正圓。"
恰恰乎觸起佳人心内的事，一聲長嘆，雙鎖眉尖。
徘徊良久頻移玉，默然不語，自啓湘簾，
進房來，慵眠綉榻思宛轉，倦扶鮫綃[⑦]意黯然。
抱恨的佳人悲枕上，負荆[⑧]的公子到門前，
進院來，遠遠的自語説："竹真好！實在清風勝渭川[⑨]。"
又説是："主人閉門何深也？"又説是："鸚鵡如何不報傳？"
簾兒裏紫鵑猛見忙出迓，説："二爺麽，今日如何這等得閑！"
痴公子，垂顧含慚無話對，上階除，低問："姑娘想午眠？"
侍兒未對，佳人問："紫鵑兒！你在檐下與誰言？"

紫鵑說:“二爺來看姑娘也。” 佳人說:“不許放入我門闌!”
敏侍兒,笑瞅公子把簾輕啓, 痴公子,羞羞愧愧步武遲延。
進房來,見佳人斜卧頭朝裏, 鬢雲半綰,上別着簪,
綉枕兒半按半彈,纖手兒動, 柔氣兒半聞半隱,歎聲兒含,
杏眼兒半掩半開,微微一顧, 泪珠兒半垂半轉,點點相連,
身兒傍,羅帕兒上半帶涕痕半染泪, 手兒邊綉枕兒畔,半邊攤放半邊圓。
這公子忙向床前尊幾聲:“妹妹!” 林黛玉,半晌咳聲似怒如煩。
公子復問:“姑娘可好? 連日睽違貴體安!”
見佳人低遲微哂,說:“真無味! 賤體安否與公子何干?”
寶玉兒就勢兒趣笑說:“真何話! 無干連,我怎問着有干連?
所以纔惡搶白,不敢在心懷記, 志誠心,‘黄昏清旦’,‘廢寢忘餐’。”⑩
黛玉兒一聞此言,嬌聲兒厲, 說:“此爲何語?你有了瘋痰。”

第四回 詭鵑

二八芳年一小鬟, 妝臺日近美人前,
會心善得人頻愛, 解語能將意代傳。
翠鈿可爲閨内友, 素英同是月中仙。
何人翻訝青衣賤, 一種狡猾自可憐。
片言觸起佳人怒, 分雪全憑笑臉含。
公子說:“皆因前日得罪妹妹, 心如蓬舞地,意似絮漫天。
今日來特意陪罪,又失了口, 望姑娘豁達大度,一并包涵。
要打呀,要罵呀,但聽尊便, 惟求妹妹意下釋然!
你衹顧這般光景,無關緊要, 反叫那些别人,説你我變顏。”

林黛玉半晌說:"咳!這又是何苦?
我說了,永世再不敢傍臺前。

寶二爺不見黛玉,也不爲缺典,
我若是不瞻丰度,反省些心煩。
人說衹管由他說去,
况變臉是情真,何懼人言!
多謝你惡語兒傷,甜話兒哄,
忽而天忽而地,主子性兒叫人難,
甜哥哥、蜜姐姐,那裏學會的屈勞兒態[11],
深知你花言巧語,呆裏藏奸。"[12]

寶玉兒笑着點首說:"我又多話。
這兩句可是何書上有的言?"
這黛玉被他問得紅了臉,
泪珠兒乾轉,良久無言。
遲多會,說:"没說,別望我說話,
一個女孩兒家曉甚書篇!
不過是兩句常說的話,
又是書上咧、字上咧,徹底窮源。
奴勸二爺回駕罷,
看再有不妨頭[13]的話語,冒犯尊顏!"

寶玉陪笑說:"又急了,
這裏成了秦國,怎逐客[14]還?"
向床前輕輕坐下,說:"姑娘攆……"
佳人說:"少逞顏色衹胡纏。

奉請速回春雪棹,
莫非等念北詩山?"
公子說:"攆不動身,駡不降嘴,
責打願領,唾面自乾,
想我動身,請息此念。"
佳人說:"找到家裏磨人太罕然,
要不然,我竟躲了你。"
寶玉說:"步步相隨,不怕你嫌。"
黛玉說:"避君明日就歸鄉去。"
寶玉說:"也跟妹妹去回南。"
黛玉說:"莫非二爺磨定了我?"
寶玉說:"實禀姑娘,躲我難。"
黛玉說:"我若死時看你怎樣?
難道還趕我到黄泉?"
遂趣笑說:"那個妹妹先亡故,
爲他削髮便逃禪,
從來釋子[15]無牽累,
那後死的任他死去,與我無干!"
佳人說:"原來是這等!
果然明徹見得寬。"

公子說："無非一派糊塗想， 明徹爲何惹妹妹嫌？"
不多時，紫鵑素手呈靈味[16]， 有一盞白雪清香貯舜盤。
佳人說："他不配喝茶，拿回去！" 紫鵑微笑說："姑娘是何言？
雖則是熟不講理，理固可廢， 但二爺話久，豈不舌乾？！"
公子便贊說："丫頭好， 可意的青衣正是此鬟。
我與你多情小姐同鴛帳， 怎捨得叠被鋪床侍吾眠。"[17]
未説完，又覺失了口， 呆㣼㣼，半晌無一言。

第五回　擲帕

一幅綾綃越女縑， 江頭西子手親浣。
嘗偎素手依紈扇， 偶傍菱花上綉奩。
杏臉半遮人入夢， 蓮塘倒影鯉凝粘。
泪痕點點因何透？ 衹爲青娥有恨銜。
公子知非容似塑， 佳人着氣戰如綿，
惱盈俏臉桃花赤， 嗔透姣眸杏子圓。
唬寶玉，怒聲似驚雨鶯急噪， 坐起來，弱質如因風柳乍翻，
嬌音帶顫說："這是何話？" 柔體微篩，氣咽又無言。
痴公子紅脹脹的面皮，如銷萃體， 急煎煎的心緒，若火炙肝，
暗想道："原爲凑趣招他笑， 豈意無心又失言。
悔衹悔，九州鐵怎鑄一時錯， 千江水難滌滿面慚。"
方欲說："妹妹！恕我……"剛說到妹妹， 因自知失言太重，不敢說完。
見佳人一帕自拿時抹泪雨， 五丁[18]再世，難斷眉山。
恨難消，榴齒欲碎身忽探， 意難堪，春笋微舒臂乍前，

向公子面上額邊，急戳一指，
痴公子怨恨交集，一心似醉，
垂首無言，頻舒襟褶，
漸漸的，一滴滴似珍珠斷綫，
欲擦時，怎奈來時忘記了帕，
無奈何，揑起衣襟頻拭泪，
林黛玉見他的形景心早悔，
信手兒把手中羅帕擲在他身畔，
這寶玉，拾起帕來一聲長嘆，
可見過錯全由我，
而且他身子常常的病，
前日個，一番暴燥就無知得緊，
那一件不因我愚蠢起，

公子越思泪珠兒越滾，
想："寶玉待我的情腸真懇切，
總是奴天生的傲性不容物，
不但説，起事多因奴的語刻，

這佳人，千思萬想心中軟，
兩個一般同悔恨，
香閨頓化迴心院，
正所謂，一腔心事無由訴，
一個兒，深思妹妹適來的意，
一個兒，體貼公子心無二念，
一個兒，想前日的光景是奴暴躁，

惡狠狠，聲含怒意却無言。
悲愁攪亂，五内如煎，
滿眸灑泪，直染衣衫，
越越的，一行行若瀑布出泉。
不擦罷，無如滿面甚是難看。
紗衫染透泪痕斑。
又見他，無物抹泪，手揑新衫，
自己却手抹秋波，把珠泪彈。
暗想："他着惱如此尚知憐，
况妹妹素日厚意甚周全；
我怎該冒犯越理無端？
方纔的，這句言語尤其胡言，
他一個女孩兒家的心性，怎不煩難？"
佳人一見心兒裏一憐，
何時何事都盡讓周旋⑲，
一偏的拗見少包涵，
就便是方纔的光景，也叫他的心寒。"
那公子，泪眼愁眉意下煩。
二人四目共涕連，
綉榻忽成垂泪山。
紛紛紅泪落君前。
一個兒，全忘哥哥已往的愆；
一個兒，細想佳人好有千般；
一個兒，細想方纔話語是我失言；

一個兒,有話欲説,隨口怕錯,
二人悲心相視處,

一個兒,懷情欲吐,啓齒覺難。
聽外面説一聲"好了"! 笑語紛然。

説明:

本篇係據清代百本張鈔本。原分仁、義、禮、信四册,疑本五册,後將禮智合編爲一册。黛玉葬花,見於《紅樓夢》第二十七回下半回"埋香冢飛燕泣殘紅"。京劇、川劇、秦腔、粵劇、越劇均有《黛玉葬花》劇目。本篇實際上是以葬花爲主幹,擷取《紅樓夢》中有關情節,添枝加葉,對寶、黛愛情作了精微細膩、婉轉動人的描繪,尤其是對人物的心理刻劃,探測精蘊,真摯感人。這種痴情如夢、牢騷萬種、傷春悲秋、纏綿悱惻的愛情,既是對封建制度壓制男女自由愛情的血泪控訴,堅定執着地表現了叛逆的傾向,又帶有鮮明的、歷史的和階級的烙印,顯示出頽喪的情緒。我們在汲取其民主性精華的同時,須警惕其消極的影響。

注釋:

①遮莫:儘管。

②説法處:指寺廟。佛家以講道爲説法。

③避秦源:即世外桃源。晋陶潜作的《桃花源記》,稱:武陵漁人入桃花林,遇秦時避亂者,在桃花源過着不受剥削壓迫的太平日子。故後人稱可以避亂的地方爲世外桃源,又稱避秦源。

④闌珊:衰落的意思。

⑤龍女牧羊:據唐代李朝威的《柳毅傳》記載,儒生柳毅應舉下第,回鄉途中遇一牧羊女不勝悲切,問其故,知爲洞庭龍女,婚嫁涇川次子後,備受虐待,被罰爲牧羊奴。柳毅乃爲帶信給洞庭

龍君,使龍女得歸。

⑥西施捧腹蹙春山:西施是春秋越國的著名美女,相傳她有心病,故常捧腹顰眉。春山,指眉。

⑦鮫綃:見本書《露泪緣》篇注⑲。

⑧負荆:荆,指杖。戰國時趙將廉頗肉袒負荆,親自向藺相如請罪。即脱了衣服,背着荆杖,向相如請罪,表示自認有過,願受杖責。後世遂以負荆表示請罪之意。

⑨渭川:即渭河。秦始皇建都咸陽後,在渭南建興樂宫,渭北建咸陽宫,於渭河上建橋相通,成爲古代著名風景區。

⑩黄昏清旦,廢寢忘餐:這兩句見於王實甫《西厢記》第三本第二折《朝天子》曲詞。故後文林黛玉説:"此爲何語?"

⑪屈勞兒態:委曲求全、竭力奉承的樣子。

⑫花言巧語,呆裹藏奸:王實甫《西厢記》第三本第二折《鬥鵪鶉》曲有"巧語花言"和《滿庭芳》曲有"呆裹撒奸"的曲詞,故下文賈寶玉説:"這兩句可是何書上有的言?"

⑬不妨頭:不留神的意思。

⑭逐客:驅逐賓客,見《史記・李斯列傳》。

⑮釋子:佛教創始人爲釋迦牟尼śāk yarn uni,故僧侣稱釋子。

⑯靈味:指茶。

⑰"我與你……"二句:《紅樓夢》第二十六回,賈寶玉曾當着林黛玉的面對紫鵑説:"若共你多情小姐同鴛帳,怎捨得叫你叠被鋪床?"這兩句話原意係出王實甫《西厢記》第一本第二折《幺篇》,寶玉借以公然表示他要與黛玉成婚。

⑱五丁:相傳是古代著名的大力士。

⑲盡讓周旋:猶言謙讓應酬。

椿齡畫薔一回

無名氏

情重失神便似痴，
那知局外也忘機。
女伶魄走何時也？
公子魂消却爲伊！
兩下迷離一樣景，
一番風雨兩不知，
好一幅難描難畫的痴人小像，
全在那，彼此交呼猛省時。
聽我説怡紅院内的賈寶玉，
這一日衹覺静坐無聊無局[①]，
望了望天上紅輪，方纔過午，
對了對房中鐘表，剛交未時，
看了看晴雯、麝月、都酣午睡，
想了想襲人説話，又欠投機。
一低頭，信步出了怡紅院，
胡思想，欲往東來復往西，
欲待要，瀟湘館去把顰兒看，
又恐怕，驚了他的午夢惹嫌疑，
欲待要往蘅蕪院，
寶姐姐心情與我不相宜。
忽又想到園裏無人，這等寂寞，
想必是，處處兒都在垂簾不語時，
到不如，獨自園中閑步步，
就與那花鳥相親，也遣心思。
這公子想到了得意處，
分花拂柳，步兒慢移。
衹見那，垂楊柳深深添蒼翠，
碧苔痕冉冉長了緑泥。
睄一回，蜻蜓鬧處紅蓮放，
看一回，緑波深處戲游魚，
最可愛，鶴自刷翎，鴛鴦自睡，
百鳥兒無聲，花影兒自移。
惟有那，緑陰深處蟬聲噪，
好似那，斷續臨風一管笛。

這公子,去去行行又止,
猛抬頭,一架薔薇把路迷
遥望去,似錦如霞,耀人眼目,
紅紅緑緑,蔓住疏籬,
暗想我,閑常没到這一處逛,
却不知這段幽情,頗有意思。
恍惚見,有個人影在花墻柳壁,
細看去,是個女子默坐把頭低。
慢慢向前走幾步,
偷身兒隱住在隔籬。
見他穿一身素色紗衫,側身而坐,
看他那半面春風,就令人痴,
呆呆呆以手畫地,如寫字的様,
人到近前,他尚不知。
寶玉説:"我不曾見過這女子,
看光景,也是多情一個女痴。
你總不愛在閨中描鸞刺綉,
這早晚[2],也正是紗窗午夢時,
再不然,你也像我散一散步,
你一個女孩家園中走走,有誰不宜?

爲什麽在這裏自尋惱悶?
嫩生生的小手兒畫地,痴也不痴?
莫不是,你的心情與顰兒一様,
也要做首葬花詩?
我何不順着他的玉手兒睄了去,
看看他寫的是什麽詩詞。"
這痴兒,順着筆迹兒留神看,
數了數筆畫兒足够一十七,
但衹是,先後模糊未曾記定,
看他再寫便可知。
衹見他,慢慢蕩平地下土,
再寫時,竟與前番不錯分厘。
自己揣摸着寫了一遍,
是一個薔薇的"薔"字定無疑,
看他又寫,還是一般様,
仍舊是那"薔"字,那有差池[3]。
小椿齡,左畫右寫是一個字,
把一個局外的痴郎着了迷。
暗想道:"這女子一定有什麽心腹事,
斷不是因寫'薔'字忘了機。

莫非你,姊妹行中有些閑氣,
莫非你,父母跟前受了委曲。
你有什麽胸中塊瘰[4]難消化?
你有什麽肺腑衷情,難對人提?
你若肯把一腔心事,泄與我,
能與你排難解紛,也未可知。
似這等,低首無言,衹是亂畫,
我看你,畫到何時是個了時!"

他們倆，畫字的失神，看的也發了怔，　忽然間，一陣暴雨來的甚急。
這痴兒，見傾盆大雨來如注，　那女子渾身濕透，全然不知。
衹見他，烏雲好似方纔綰，　粉面猶如汗淋漓，
身上的紗衣，全貼了肉，　露出了那細膩潔白的嫩膚皮。
急的個痴郎，失聲兒高叫，　說："那女子，你的衣服淋了個精濕！"
椿齡被驚，纔知着了雨，　一回頭睄見了痴郎，說："這更奇，
既知叫我，你還不避避？　你睄睄，你那衣服濕也不濕？"
痴兒猛省，說："我忘情也！"　急回頭，向怡紅院裏跑的急。
羨《紅樓》何處得來生花妙筆，　似這般花樣，他越寫越奇。

説明：

本篇係據清代百本張鈔本。取材於《紅樓夢》第三十回後半回"椿齡畫薔痴及局外"，寫椿齡爲思念情人賈薔，而痴痴呆呆地在地上反復寫着"薔"字，被在園中閑步解悶的賈寶玉發現後，便寄予真摯的同情和深切的關懷。這時突然下雨，賈寶玉提醒椿齡："你的衣服淋了個精濕！"而他自己身遭雨淋却渾然不覺。這裏，把人物寫得如此神情盎然，確實令人由不得不一贊三嘆！真是："情重失神便似痴，那知局外也忘機。"子弟書的改編者熱情謳歌了追求個性解放的"情"的巨大魅力，充分發掘了《紅樓夢》中"椿齡畫薔"這個情節所藴積的深刻含意。這種反封建的"情"與封建統治階級提倡的"理"是針鋒相對的，在當時有其積極意義。

注釋：

①無局：不得安寧。

②早晚：猶言時間、光景，估量之語氣。

③差池：參差、錯誤。

④塊癳：又作塊壘，指心病、心事，思想上的疙瘩。

史湘雲醉酒一回

無名氏

風流名士屬姣娃，一任園中衆口嘩。
不避腥膻真韵事，偶將爛醉作生涯。
燒來一臠[①]嘗新味，夢入群仙數落花。
如此佳人如此醉，古來閨秀總輸他。
史湘雲，仕女情懷名士概，他一生爽快異群娃。
寶釵有量偏憐我，黛玉多心也敬他。
這一日，在阿母房中閑戲耍，見關東的鹿肉[②]味真佳。
他就要了些生肉往園中去，説："看我今日叫你們笑煞！"
這佳人，携肉前行呼寶玉，他們在，假山石畔笑聲嘩。
就着那青花石板，爲條案，撿幾塊太湖石子，把竈搭，
拾些個梅稍與柳幹，掃些個芳草與枯葭。
這佳人，捲高翠袖當爐坐，那寶玉，取送奔馳當火家[③]。
他二人大嚼連稱快，把那些見不慣的姑娘們笑掉了牙。
這個説："雲姑娘那像斯文小姐？"那個説："大觀園竟變了口外[④]人家。"
這個説："唐突煞花姣柳婿，"那個説："賴着算沉李浮瓜。"
湘雲説："自古真人能本色，一味的扭扭捏捏豈是通家[⑤]。
似我這大口吞膻，終不失錦心綉像你們裝模作樣，祇好是弄嘴嗑

口；
我看這生鹿脯，不亞如羊羔美酒，
這湘雲偶爾粗豪，天然姣艷，
又一日，在園中持蟹成雅集，
入座時，翩翩飛絳雪[6]，
嗶哏哏，掌上杯聲敲玉釧，
不一時，玉山齊倒嬌無力，
這湘雲拇戰[8]飛揚，興高彩烈，
不多時，弱體懨懨不勝酒力，
不想他，嬌怯身子被風吹軟，
襯香肩，別樣的錦茵綉褥，
香氣兒，薰透了冰肌玉骨，
這一回，忙壞了風媒蝶使，
衆佳人，忽然不見雲小姐，
轉過了太湖石的假山一座，
正是四面彩雲環落雁，
脉脉春愁探月窟，
津津粉黛殘英膩，
衆人笑説："真真好睡！"
叫了聲："三兒嚇！五兒嚇！"睁睛細看，
這湘雲有黛玉的聰明，又頗爽快，
偶爾超膻，更增嫵媚，
念久困家親，良宵分苦，
嘆人生如此，佳人仍薄命，

牙。
勝似你們冷屋裹掃雪烹茶。"
做的那韵事種種，迴異塗鴉。
真個是，花團錦簇，玉笋蘭芽。
散步處，片片落朱霞。
香馥馥，盤中鬢影照堆鴉[7]。
把一天春色，都醉上海棠花。
他衹顧争勝泛流霞；
想到那花陰深處避喧嘩。
因此上，玉容無主伴群葩。
綰雲髻，天然的翠鈿珠花。
小夢兒，享盡了異彩濃華。
又不知，種下了幾許情芽。
齊來尋覓女嬌娃。
在芍藥叢中睄見他。
一天紅雨[9]罩堆鴉。
沉沉香夢到蜂衙。
楚楚羅衫倩影遐。
忙扶起，他秋波未啓口猶啞，
這纔驚醒了佳人，夢轉《南華》。[10]
負寶釵的温雅，更擅風華。
公然入醉，獨冠群花。
對多情公子，美玉無瑕。
可不腸斷，那連理枝頭日影斜。

說明：

此作係據清代百本張鈔本。又題《湘雲醉酒》《湘雲醉》。故事摭取清代曹雪芹《紅樓夢》第四十九回“脂粉香娃割腥啖膻”、第三十八回“薛蘅蕪諷和螃蟹咏”、第六十二回“憨湘雲醉眠芍藥裀”有關史湘雲的情節連綴而成。在《紅樓夢》中，儘管史湘雲的思想傾向是維護封建仕途經濟的，但由於她處於没落的階級地位，性格豪爽、潑辣，在她身上也表現出有不拘於封建禮教的一面。此作正是突出了史湘雲性格中這一積極的方面。

注釋：

①一臠：一塊肉。

②關東鹿肉：我國東北地方，當地有吃鹿肉的民族風俗習慣。

③火家：即夥計。

④口外：塞外，亦指東北地方。

⑤通家：猶言通人。

⑥絳雪：這裏指落花。

⑦堆鴉：堆起的黑色頭髮。

⑧拇戰：飲酒時的猜拳、搳拳。

⑨紅雨：落花，唐李賀詩有“桃花亂落如紅雨”的詩句。

⑩夢轉《南華》：《莊子》別名《南華經》，這裏《南華》即指《莊子》。因爲《莊子・齊物論》有夢爲蝴蝶等語，故這裏把從虚幻的世界轉醒過來稱爲“夢轉《南華》”。

品茶櫳翠庵一回

無名氏

茶與酒較酒應先，
讀過《茶經》則不然，
酒釀沾唇通血脈，
茶湯入腹免熬煎。
不須濫解相如渴[1]，
何必多嫌陸羽饞[2]，
櫳翠庵幾杯苦茗香而淡，
添上個，劉姥姥無知惹厭煩。
且説那，綴錦堂中晚餐已畢，
賈母説："順便去瞧瞧櫳翠庵。
住持尼姑名妙玉，
這孩子，苦苦的焚修太可憐。
瞻仰我家園裏的廟，
參悟咱們酒後的禪。"
不多時，衆人來至庵門外，
出來個絶俊的尼姑美少年。
劉姥姥跟隨賈母把山門進，
説："家廟兒比野廟兒更新鮮。"
妙玉見這個婆兒出言不遜，
而且是一身俗氣甚腌臢[3]，
仔細端詳心中詫異：
"他也配與賈母同行并同肩？
不是我眼内將他瞧不起，
衹爲他，顛蒜兒一般[4]教我嫌。"
賈母肐就着眼兒[5]看，
真個是：清凉自在，福地洞天。
妙玉命人開正殿，
"老太太請把菩薩的法像參。"
賈母説："我們方纔茹葷飲酒，
阿哩不髒[6]的罪過多端，
不如到你禪堂去，
擾你杯茶兒也算遇緣。"
妙玉命人將茶獻，
茶杯兒一色成窑[7]五彩的花鮮。

一旁裏寶玉忽然抿着嘴笑，	説："老太太，他的清茶非容易餐。"
妙玉連忙瞪了他一眼，	賈寶玉自悔失言，怔了半天。
搭訕着説："聽見丫頭婆子們説道：	這裏烹茶的水最甜。"
笑吟吟即便抽身到妙玉的房屋内，	見寶釵同着黛玉，正把茶端。
手内的兩個茶杯真罕見，	全都是，唐宋的名人賞鑒過一番。
從外邊，妙玉進來，斜瞅着寶玉，	説："這個爺，無故無緣滿屋裏混鑽。"
寶玉説："偏他們飲得高茶，使得古盞？	獨把我這濁物瞧來不奈煩？"
妙玉説："今日你托着他倆的福氣，	給你杯茶吃，免你的怨言。"
向多寶閣[⑧]取下一支碧玉斗，	寶玉説："這般俗器，我不喜歡。"
妙玉説："你家自然少不了翡翠，	不能像我這杯兒顔色可觀。"
寶玉説："雖然的緑了個十分透，	也不過作闊興時，值點子錢。"
妙玉説："你今竟自通的很，	説來有味，是入耳之言。
罷了！合該便宜、便宜你，	我還有個竹根茶海[⑨]，奇古非凡。"
向箱中連忙取出放在几上，	這支海，一百二十竹節、九曲、十環。
向寶玉慢慢將茶斟了半海，	説："這支杯，韞櫝而藏[⑩]十數年。"
賈寶玉剛一沾唇説："好俊水！	難爲你整夏經年把雨水蠲。"
妙玉微哂説："非也，	口中無味，莫胡言。

這是那蟠香寺内梅花上的雪，
雖則不多，可也不少，
收到如今五、六年。
整整的鬼臉兒青磁[11]的一小罎。"
說話間，外面人說："老太太走了。"
他們纔放下茶杯說："另日再談。"
妙玉相送到山門外，
一回身，就把門兒緊閉關。
他三人趕上賈母與王夫人等，
照舊的說說笑笑，唱諾隨班[12]。
賈母說："稻香村裏多清静，
我且去略略的歇歇兒，回來再玩。"

說明：

此作係據清代曲廠鈔本。别題《櫳翠庵品茶》。取材於清代曹雪芹《紅樓夢》第四十一回上半回"賈寶玉品茶櫳翠庵"。主要描寫賈寶玉對妙玉的封建世俗等級觀念（給不同的人用不同的茶杯和茶水）表示不滿，大發"怨言"，生動地刻劃了賈寶玉追求平等的叛逆性格。

注釋：

①不須濫解相如渴：漢司馬相如患消渴疾，據説就是現在的糖尿病。但過去也有人把它當作需要解渴的疾病。這裏用的就是後一義。

②陸羽：唐竟陵人，喜歡飲茶，著有《茶經》三卷，後世奉他爲茶神。

③腌臢：肮髒。

④顛蒜兒一般：意思是説顛顛倒倒的。顛蒜，即砸蒜、搗蒜。

⑤肐就着眼兒：眯起眼睛。

⑥阿哩不髒：給髒了。阿哩不，滿語 alibu"給，呈給"的借譯詞。

⑦成窑：指明代成化窑，是一種名貴的瓷器。

⑧多寶閣：木質的用以陳設珍玩物品的多層格架。

⑨海：一種容量特大的杯。如茶海、酒海等。

⑩韞櫝而藏：出自《論語·子罕》："有美玉於斯，韞櫝而藏諸？求善賈而沽諸？"韞櫝而藏，是説把它藏在柜裏。這裏喻懷才不遇。

⑪鬼臉兒青磁：一種深青色釉的瓷。磁，同瓷。

⑫唱諾隨班：見本書《露泪緣》篇注⑰。

雙玉聽琴一回

無名氏

嗟彼朱弦緑綺琴，數聲高梧少知音。
驚聞卧雪高人[①]夢，彈入悲秋壯士心。
竟日豈無山水志，當年先有武城吟。
何勞彼相多珍愛，軫是羊脂徽[②]是金。
落葉梧桐秋氣深，西風蕭灑到園林。
緑窗朱户增離緒，畫棟雕欄也斷魂。
這寶玉，閑來悶坐怡紅院，寂寞無聊對暮曛。
殘聲已入歐陽[③]耳，感嘆偏生宋玉[④]心。
悶對襲人與麝月，愁看春燕合秋紋。
好嬛識破悲秋意，漫對怡紅公子云，
說："何不暫向亭園閑步步？何須憂慮悶沉沉？"
公子點頭離綉户，好嬛帶笑啓朱門。
這寶玉，步出怡紅花甬路，蹁躚獨自踏芳塵。
但衹見：落葉飄飖階砌下，海棠憔悴粉墻陰，
芭蕉猶展微尋翠，菊蕊纔闓數朵金。
又衹見：疏籬半透闌干遠，衰草斜遮畫閣新；
芳亭寬敞容花影，曲欄幽深接水津。

行步往觀添清興，來到了，沁芳橋上更怡人。
衹見那：鷗鷺夢中荷葉冷，蝴蝶影裏蓼花深，
鶴在松間剔健翅，鹿從洞後避游人，
棲鳥偷將波影照，游魚争把落花吞。
遥望見：緑葉迷離蘅蕪院，白雪環繞稻香村，
凹晶池館晴烟鎖，凸碧山莊落照新。
信步行來迎面望，已到了，蓼風橋外小朱門。
暗思量：多時不見惜春面，何妨順步以相臨。
這公子，隨灣就轉行芳徑，過檻穿廊到綉門。
静悄悄，低垂簾幕無人語，香馥馥，冷墜金英有桂陰。
猛然間，一聲小響穿窗牖，細聽去，半晌方知棋子音。
自啓綉簾輕舉步，悄挨書案慢留神。
左邊是，蓼風軒裏惜春妹，右邊是，櫳翠庵中檻外人，
這一個，香肩斜倚凝神想，那一個，舉手擎棋細思尋。
見妙玉，頭戴翠巾簪别玉，腰籠絲縧穗垂金。
百開仙衣天藍玉色，雙道金沿元素花裙，
内襯着，紅衫露在傍開褉，外罩着，掐牙鑲邊小背心。
真果是，眉蹙春山含嫵媚，眼凝秋水有精神，
濃堆雲鬢青絲潤，艷透桃腮柳色新。
又兼着，絶頂的聰明多穎慧，棋着兒巧妙露芳心。
這公子，痴痴看到忘情處，一笑雙驚兩玉人。
惜春説："何時到此將人嚇？小膽兒，多應被你唬驚魂。"
這公子，見禮已畢忙含笑，早有那，侍女重新設綉墩。
寶玉説："妙姑輕易不游賞，何緣今日下凡塵？"
見妙姑杏臉兒飛紅，羞態兒媚，柳眉兒低翠，眼皮兒沉。

暗悔失言多冒撞，忙陪笑臉又温存，
急説道："心静則靈，靈則慧，出家人遠世俗人。"
這妙玉，一睁杏眼波微動，兩瓣桃腮紅更新。
惜春説："下棋罷！殘局未了。"妙玉説："再下罷，何苦勞神？"
這妙玉，整整衣襟重坐下，向寶玉，細細鶯聲漫漫云：
"你從何處來到此？"語罷痴痴帶笑頻。
寶玉時間心始定，方知道，適纔之語未含嗔。
又思量：或是譏諷怎樣對？霎時間，羞紅滿面口難云。
惜春説："何處而來，至無語，也值得這般害臊發呆，像是見生人。"
這妙玉，芳心一動香腮熱，站起了錦綉場中物外身，
説："出庵已久當迴轉。"這惜春知他的脾氣，也不强親。
衆好嬛，分開了綉幕金鈎挂，打起香簾玉腕伸。
三人笑語離瑶砌，一行隨送到朱門。
妙玉説："多時未走園亭路，曲曲灣灣記不真。"
寶玉説："我來指引何妨也！"妙玉説："有勞前步，我隨後跟。"
向惜春説聲："慢在"移蓮步，與寶玉同行，緩步度芳林。
衫袖兒翠霑白露冷，弓鞋兒紅印緑苔痕。
行行楊柳，柔條兒顫，步近芙蓉，艷影兒分。
二人指點依依景，一派聲音漸漸聞。
寶玉説："凄凄慘慘誰家怨？"妙玉説："冷冷清清何處音？"
隱隱約約難尋覓，渺渺忙忙聽不真。
莫不是，閣内鐘聲報時刻？莫不是，檻外竹敲斷續音？
莫不是，鐵馬悠悠鳴畫棟？莫不是，草蟲唧唧叫花陰？
説話間，轉過假山山脚下，太湖石，一片忽平卧草茵。
粉墻半露朱門掩，竹影千竿翠色新。

順着聲音頻側耳，分開楊柳細留神；
清音恰在瀟湘館，呀！原來是瀟湘妃子理瑤琴。
有時間，急如檐下芭蕉雨，有時間，緩如天涯石岫雲。
輕挑時，依稀花落地，重勾際，仿佛木摧林。
妙玉懶移逍遥步，公子遲留自在身。
妙玉説："你我何妨石上坐。"你看他，細膩光華可愛人。
這寶玉，輕向身邊抽手帕，慢由石上撣撣塵。
衹因爲，一曲琴中新雅調，坐下了，三生石上舊知音。
這時節，萬籟無聲人寂寂，越彈得，數闋古調韵沉沉。
高向枝頭驚鳥夢，低從籬下醒花魂，
慢將隱隱心中事，彈作凄凄弦上音。
半晌停弦歇玉腕，一聲長嘆有低吟。
低吟道："風蕭蕭兮！秋景深，美人千里兮！獨沉吟。
望故鄉兮！在何處？依欄杆兮！泪沾襟。"
寶玉聽來雙垂泪，妙姑站起兩眉顰。
二人轉去一聲嘆，數步行來兩路分。
這一個，走到怡紅天已晚，那一個，歸來櫳翠月黄昏。
惟有那，秋聲斷續如琴韵，不管凄凉憔悴人。
花樣翻新照原本，何時得會曹雪芹？
午悶窗前閑弄筆，串出《紅樓》一段文。

説明：

此作係據清代光緒年間文盛堂刻本。取材於清代高鶚續作的《紅樓夢》第八十七回"感秋聲撫琴悲往事，坐禪寂走火入邪魔"。作品不僅描述賈寶玉對自由愛情和幸福生活的熱烈追求，而且連妙玉也不甘心於尼姑庵的寂寞生活，不免"芳心一動香腮熱”,特别是當寶玉、妙玉聽到林黛玉如泣如訴足以“驚鳥夢”“醒花魂”的琴聲,更是“雙垂泪”“兩眉顰”“一聲嘆”,他們都成了傾訴林黛玉叛逆性格的凄凄琴聲的知音人。作者由此感嘆當時所處的黑暗社會“少知音”,“惟有那秋聲斷續如琴韵,不管凄凉憔悴人”。

注釋:

①卧雪高人:據《後漢書·袁安傳》注,有一年大雪積地丈餘,洛陽縣令去視察,走到袁安家門口没有了路,聽説袁安已死,便令人除雪,見袁安僵卧在家,遂問何以不出來,他説,大雪,人皆餓,不宜求人。高人,高尚的人,指袁安。

②軫,徽:都是琴的部件,軫是琴下轉弦的部分;徽是定音高低的部分。

③殘聲:指秋聲。歐陽:指宋代作家歐陽修,他曾寫有著名的《秋聲賦》。

④宋玉:戰國時代楚國的辭賦家。著有《九辯》等作品。《九辯》以“悲哉!秋之爲氣也”發端,叙述他在政治上不得志的悲傷,流露出抑鬱不滿的情緒。這裏所説的“宋玉心”,當指憂鬱憤懣之心。

石頭記四回

無名氏

第一回

東風憔悴復西風，春去秋來恨轉濃。
一片月明千里夢，半窗花影五更鐘。
淒涼自覺芳心警，婉轉誰憐密意同。
月地花天無限景，牽纏情緣一重重。
且說：林黛玉賦性聰明，心思兒細膩，恰好似，良工施巧琢透的玲瓏，
逐處推敲，時時留意，博學辨問，件件精通。
誰承望，天公也妒傾城貌，埋没殺鍾靈秀氣，無限的風情。
可憐他，身軀兒多病聲氣軟，飲食兒清減，妙藥兒無靈，
强打着精神，似葉底花兒渾不露，同姊妹們依然歡笑若生平。
這一日，薛姨媽欲接寶釵合黛玉，又囑咐相約寶玉一同行。
他三人見了太君請安已畢，承歡侍立，笑語兒輕盈。
賈母問："姐兒三個往何處去逛？花朵兒一般，配着簇新的衣服更鮮明。"
寶玉兒回道說："姨媽請，叫我們任性兒消遣，隨意兒閑

行。”

賈母說：“這幾日，你林妹妹頗覺脾氣兒軟，
狠[①]該散散悶，足感姨媽美盛情。”

說話間，僕婦回說：“宮中有旨，
夏太監要在老太太的跟前稟事情。”

賈母說道：“快些兒請。”
那夏太監把簾櫳掀起進房中，

正立着，先代娘娘相問畢，
他請了安，一一細稟，話語兒從容，

說：“娘娘命我來傳密旨，
狠惦着寶二爺的青春已長成，

急欲給他聯配偶，
說：‘林姑娘倒好呢，又礙着中表的俗傳不便行

惟有寶姑娘端謹大方真淑女，
必能够，舉案齊眉賽孟鴻[②]。’”

他將那項圈、如意恭呈上，
說：“請太太即刻去求親莫暫停。”

賈母聽罷心中喜：
“怎麼娘娘的聖意，就合着我這愚衷？”

忙回首說：“太太你還不快去？
命丫嬛們在耳房款待夏公公。”

不多時，王夫人回來說：“姨太太慨允。”
這賈母隨心恰意樂無窮。

那夏太監自去宮中覆懿旨，
榮國府閤家兒歡悦，喜氣兒盈盈。

惟有那黛玉、寶釵同寶玉，
他三人，明明聽見這細膩的真情。

姊妹們，各人自有縈懷處，
呆呆呆，歡喜憂思各不同。

因此上，三人都不往姨媽家去，
次第回園意不寧。

薛寶釵，羞答答悄覓宮裁閑叙話，
林黛玉，他默默無言，緩步兒行，

慢慢的回到自己瀟湘館，
他斜倚着牙床不作聲。

紫鵑款款將茶獻，
這黛玉勉强接來，吃了半盅。

可憐他好事無成，芳心失望，
向紫鵑總有那萬句衷腸，也難話

明。

他依舊的假作安閑，强餐茶飯，　見寶玉時，倒添了些笑語共歡容。
寶玉他見此神情，更添了愁悶，　漸漸的積成憂鬱似癲瘋。
終朝衹在怡紅院，　呆呆呆一腔心事倩誰憑。
有一時，顛狂花畔環香久，　有一時，寂静窗前待月明。
到後來，咄咄書空[③]無人敢問，　更兼着心思兒紊亂，脾氣兒縱横。
他一味的覓事尋非，損傷器皿，　找丫嬛們的嫌隙，鬧的人都頭疼。
麝月、襲人也都無了主意，　一個個藏藏躲躲，往各處裏潜形。
他找不見人時，就大聲的哭喊，　將一個怡紅院頓然變作了怨愁城。

第二回

蔓草荒爛泣野蛩，　長林落葉叠重重，
秋風送雨幽窗冷，　旅雁穿雲素月溶。
石鏡空餘妃子迹，　琴臺淹没美人踪。
悼今懷古情多少，　蕙損蘭凋兩不逢。
那怡紅院門兒，緊對着瀟湘館，　林黛玉却也深知那些個情形。
慢尋思，等他來時加意兒勸，　這幾天，他未曾到此話衷情。
見夕陽慢轉，竹陰兒碎，　暖閣旁，酉正[④]方交六下鐘，
命紫鵑，去請二爺來叙叙，　唤雪雁，向竹爐細細把茶烹。
説話間，見寶玉行來竹院將房進，　他呆呆呆，獨坐無言泪珠傾。
林黛玉，面帶春風忙稱賀，　説："眼前你得偕伉儷，真是美滿前程，
却因何六親先就不相認，　對着人委曲煩難主甚麽情？"
寶玉着急道："别人不曉我的衷腸　怎麽連妹妹也這樣的相熬，我心

事
裏不明。”
佳人說:“你那樣兒不足還不歡喜?
寶姐姐德容工貌,真是難以形容。
可記得,你自己常說是鬚眉濁物,
蠢笨的像楊柳椿子一樣同。
今配上如花似玉的真淑女,
你還不知福麼?莫再尋人把閑氣兒生!”
寶玉答言說:“何嘗不是?
我有句言詞要請妹妹評評。”
因說道:“薰風都愛嬌菡萏,
我却是秋江獨愛俏芙蓉。
寶姐姐才貌兼全人難比,
却不是我那肝腸畫影,可意的芳容。”
佳人說:“你注意之人,偏是有緣無分,
落絮隨波欲化萍。”
寶玉說:“失却瓊瑶千載恨,
我欲將這恨海愁天一抹平。”
佳人說:“上天注定循環的禮,
怎能够挽回造化,把缺陷填盈?”
寶玉說:“這個雖然不能够,
惟恨那,良緣咫尺竟難成。”
佳人說:“你那注意之人若得了,
自然是愛惜珍護,比衆不同,
於今無分空翹首,
也必有一段憐惜、安慰的情。
怕將來,春歸花卸遭風雨,
但愁你,愛莫能助也難行。
今日個事既無成,莫空鍾私愛,
必須要愛人以德,纔是真情。
似這般鏡花未許輕澆灌,
水月誰能掩却明。
衹要你認真的珍重憐知己,
休被那無稽之語,任意兒形容。”
寶玉猛省道:“妹妹說的很是,
爲甚麼言詞兒掩映,又不肯說明?
求妹妹快快言明,我的心已碎,
切莫含糊要盡情。”
說話間,紫鵑端過茶兩盞,
他二人,默默接杯似啞聾。
這佳人,沉吟了半晌長吁氣,
說:“我這性急的脾氣,怎肯將言語兒朦朧?

咱二人，自幼兒彼此相憐愛，不比尋常一樣的情。
你眼内，長留我薄命的影，我心上，長懷你俊俏的形。
遵禮節，兄妹相依存大體，心兒裏，惺惺到底是惜惺惺。
我合你，彼此痴情應自省，切莫聽旁人議論，污我的清名。
你往常間，在侍女跟前，還殷勤的留意，況是我，你自必婉轉憐惜意至誠。
從此後，須養通靈成大禮，且將這眼前的因果了今生。”
寶玉聞言忽然大悟，就猶如醍醐灌頂[5]棒喝愚懞。
他站起身來連説幾個："是。"鏡兒中猶有憂思不勝情。
寶玉道："今生既已無緣分，惟願來生結蕙盟。"
黛玉説："人到計窮期來世，誰知來世亦虚冥！
現在纏綿皆自苦，來生業果更無窮！
再不必多生煩惱空貽笑，莫把那情欲，模糊了你的性靈。"
這寶玉省悟，低頭無一語，忽聽得蕭蕭竹韵響西風。
紫鵑説："夜深了，姑娘該安歇，你聽那風度蒲牢[6]已四更。"
寶玉站起説："告退。"這佳人，抬身目送意無窮。
紫鵑他，扶侍姑娘安寢畢，嘆佳人，懨懨難寐睡不寧。

第三回

漫將聚散嘆浮生，往事傷心若個評，
憔悴潘郎[7]猶落拓，懵騰倩女[8]自輕盈。
喜逢擲果空餘愛，痴到離魂始謂情，
才子佳人千古恨，此中意味欠人明。
且説那，懸花結彩的榮國府，預備着門前百輛盈，

閤府内，錦簇花團人濟濟，
華堂中，笙簫雅奏韵鉾鉾。
這無限的繁華休瑣贅，
可憐那，瀟湘館内自空明。
更趁着竹韵揺風聲斷續，
那一種的景物凄凉可泪零。
林黛玉，病體懨懨床上卧，
委果是[9]，香消玉損减却了花容。
見紫鵑斜靠床邊頻泣泪，
這佳人，强伸玉腕拉住了春葱。
緊緊的將他攥了又攥，
軟怯怯，傷心欲語泪珠兒傾，
説："我合你名分雖然爲主僕，
就如那姊妹的情腸一様同。
我死後，望你逢時遇節常想念，
到墳前，叫幾聲'姑娘'慰我的魂靈。"
這紫鵑聽着不由得芳心兒痛碎，
止不住泪珠兒，撲簌簌往下傾。
説："姑娘嚇！你要好生將養身子，
從來道，吉人天相，病勢漸覺輕。
我願與姑娘終身一處長厮守，
伏侍的你，朱顔兒依舊，玉體兒康寧。"
佳人笑説："傻丫頭！人生在世誰能够不死？
我倒是有福的，纔能早一步兒行，
嘆塵寰，蒼狗白雲頻變幻[10]，
到頭來，電光泡影相皆空。
又問道："此刻新人過門否？"
紫鵑説："彩轎方纔進後廳。"
佳人不語將頭點，
柔腸兒婉轉暗傷情。
細思量："寶姐姐今朝成大禮，
他自然是，得意佳章賦《采蘋》[11]，
洞房中，對對銀杯傾緑蟻[12]，
雙雙紅燭剪金蟲。
裴航恰是雲英侣[13]，
他兩個，一對仙姿畫不能。
我薄命，今夜欲辭塵世界，
羞從那羅浮夢[14]裏覓相逢。"
命紫鵑將竹院門兒關閉上，
人來時，就説我纔入夢兒中。
這紫鵑正欲關門見探春來到，
他將那吩咐之言細禀明。
探春説："就是睡下何妨礙？
我欲睄氣色看形容。"

那探春,走進房來相問候, 林黛玉輕携素手泪盈盈。
說:"半夜三更你還來睄我, 也不怕露冷苔滑,蓮步兒難行?"
探春見他神情兒委頓,聲氣兒軟, 也就慢慢的告退,還將話語兒叮嚀。
佳人說:"紫鵑哪!你預備香湯,我要沐浴, 這清净的身心,必須要洗濯的晶瑩。"
紫鵑說:"今日有風天氣冷, 姑娘啊!你看仔細着凉,切莫勞形。"
佳人搔頭說:"你那裏知道? 回首時,必須玉潔與冰清;
來時清净,去也清净, 從今消盡玉壺冰。"
這紫鵑,不敢相違將浴盆端過, 奈佳人那有氣力,將皓魄兒滌明。

第四回

溶溶逝水去無聲, 轉眼年華幾度更,
花到榮時偏馥郁, 月當盈處更光明。
痴心須向情中悟, 妄念都從幻境生。
艷魄有知能返本, 何妨百日喚卿卿。
紫鵑他,忙代佳人輕浴畢, 穿好衣裳披上了斗篷。
林黛玉,喘吁了半晌難扎掙, 紫鵑他,輕輕扶定玉芙蓉。
服侍佳人床上卧, 綉枕斜欹嗽不停。
這佳人凝神半晌,將秋波轉, 說:"紫鵑哪!你將燈花兒剪却,我還有話叮嚀。
我春天學描自己的小行樂[15], 記得收藏在樣本中。
尋出來送與三姑娘,傳我的話, 說:'見畫就如同見我的形容。'
還有那些書籍詩稿我也看看。" 又命他,輕輕移進綉花檠。

撿幾本李、杜詩集在旁邊放，
對他說：‘這是我給他留的遺念[16]。’
外打進的工夫却也好，
紫鵑說：“姑娘安歇罷，看傷着身子，
今夜精神雖勉强，
佳人說：“且把那作成的詩稿攢一處，
這正是：落花流水空成夢，
燒殘慧思知多少，
紫鵑不敢相違背，
把詩稿兒，張張理過皆焚却，
半晌燒殘詩百首，
紫鵑他連忙的遞與佳人看，

這佳人戰戰兢兢伸玉腕，
原來是，寶玉春間相贈物，
不覺得一時傷感，神思兒亂，
痛斷柔腸無一語，
懨懨氣喘低聲兒道：

這紫鵑萬種傷心頻墮泪，
他攙扶着玉體臨芳榻，
林黛玉，强合杏眼溶溶泪，
紫鵑他哭泣了一回身子軟，

說：“也要你親身交付與香菱，
往常間，我深憐愛他的聰明，

勸學去，將來怕不作詩翁。”
子初三刻已交了四更。

到明日，姑娘未免又勞形。”
向火盆邊，你一一焚盡了我的聰明。”
苦雨凄風枉動情，
滅燼芳心恨幾重！
將火盆兒輕輕挪近，靠花檠，
那紙灰兒，飄飄盡落火盆中。
忽見詩稿内，半露芙蓉手帕兒紅。
說：“幾乎將綾帕兒隨同付丙丁[17]。”
接看時，止不住的傷心珠泪兒零，
還有那，自題的詩句墨猶濃。
哽咽了半晌，纔微嗽了一聲。
遞與了紫鵑猶自泪盈盈。
說：“是燒啊！”他悲透於中，欲話不能。
百般凄楚不勝情。
慢推綉枕倚輕盈。
迷離恰趁五更風。
不由得，心思兒魔亂[18]，倦眼兒朦

	朧。
乏透的身軀方入夢,	見他姑娘說:"你好好的看家,我欲行。"
猛然驚醒一身香汗	忙向床頭看玉容。
見佳人,輕舒玉體雙合眼,	早已的香消花卸,艷魄兒飄零。
紫鵑他哭倒在床邊,聲氣兒啞,	說:"姑娘啊! 你撇我一人也不願生,
似你這絶代佳人何處覓?	多應是,魂歸離恨,魄返虚靈!"

說明:

此作係據清代百本張鈔本。主要取材於清代高鶚續作的《紅樓夢》第九十七回"林黛玉焚稿斷痴情,薛寶釵出閣成大禮",也涉及到全書其他有關的情節,着重描寫和歌頌了林黛玉對自由愛情熱烈執着的追求和對封建包辦婚姻的悲痛憤絶之情。但描寫林黛玉勸告賈寶玉:"再不必多生煩惱空貽笑,莫把那情欲,模糊了你的性靈",以及林黛玉認爲賈寶玉與薛寶釵成婚,如"裴航恰是雲英侶,他兩個一對仙姿畫不能。"這些對於原著的精神和林黛玉的叛逆性格,顯然是個歪曲。

注釋:

①狠:通很。

②孟鴻:指梁鴻與孟光夫妻恩愛。參看本書《訪賢》注③及《哭城》注③。

③咄咄書空:咄咄,嗟嘆聲;書空,即在空中寫字。據《晋書·殷浩傳》記載,殷浩被黜放後,口無怨言,但終日書空,作"咄咄怪事"四字而已。

④酉正：見本書《一入榮國府》注⑦。

⑤醍醐灌頂：見本書《醉打山門》篇注⑦。

⑥蒲牢：傳説中獸名。善鳴，聲甚大，故以前時鐘上常鑄造它的形象。這裏即以蒲牢比喻鐘聲。

⑦潘郎：即潘岳。相傳他是美男子，出門時經常有女子把果子投擲到他的車上，以表愛慕。

⑧倩女：即唐陳玄祐《離魂記》傳奇中的張倩娘，元鄭德輝《倩女離魂》雜劇中的張倩女。懵騰：形容倩女離魂時昏迷惝恍的狀態。

⑨委果是：確實是，委實是。

⑩蒼狗白雲：蒼狗，本指雲彩變幻的形狀。杜甫詩："天上浮雲如白衣，斯須改變如蒼狗。"後世遂以白雲蒼狗比喻世事變幻無常。

⑪《采蘋》：《詩經》篇名，内容寫大夫的妻子得到周文王的教化，能奉祭祀。後世即以采蘋比喻女子能盡婦道。這裏指寶釵與寶玉得意諧合。

⑫緑蟻：指酒。因爲酒初熟時，浮滓如蟻，故名。

⑬裴航恰似雲英侣：據《太平廣記》記載，唐人裴航科舉落第時，遇雲翹樊夫人使婢女持詩給裴航説："一飲瓊漿百感生，玄霜搗盡見雲英。藍橋便是神仙窟，何必崎嶇上玉清。"後來裴航經過藍橋驛，果真見到一個名叫雲英的少女，艷麗驚人。裴航求得玉杵臼，搗藥百日，終於得娶雲英而仙去。這裏作者是以裴航比喻賈寶玉，以雲英比喻薛寶釵。

⑭羅浮夢：在廣東增城縣有羅浮山，相傳東晉葛洪得仙術於此，故後人把幻想到神仙世界去説成是羅浮夢。

⑮小行樂：這裏指小畫像。

⑯遺念:這裏指遺物、紀念品。

⑰丙丁:《吕氏春秋》:"孟夏之間,其日丙丁。"意思是説,夏天的太陽像火一樣。後來就稱火爲丙丁。

⑱魔亂:猶言迷亂,北京土語。

羅成托夢六回

無名氏

第一回

梨花院落夜如禁，　惨淡天光半是雲。
金闕更闌聲寂寂，　香階人静夜沉沉。
形隨月送梅花影，　夢覺風篩竹子音。
星曜烟花徒斂迹，　失巢歸鳥嘆無林。
且説那，屈死的將軍羅士信，　爲國忘家已喪身，
陰風滚滚隨陰魄，　正氣騰騰擁正神。
千里歸家來看母，　妻單子幼不放心。
不多時，來到長安臨故里，　漏下三更夜已深，
將軍望見國公府，　舊景凄凉夢斷魂。
門前滿地鋪槐影，　階下枯枝帶雪痕，
幾點疏鐘人静悄，　半輪秋月夜深沉。
將軍落泪長吁氣，　一陣陰風進府門，
獨上閑庭聲寂寂，　空梁雪照冷森森。
過屏風，剛入重門腸欲斷，　慟壞了年幼歸家探母的魂。

但衹見,一鈎殘月梅花古,幾縷幽香院宇深,
門關白雪殘萱草,簾挂清風冷翠筠。
國公方到堂門外,忽然止步暗沉吟,
一夢親幃不大緊,豈不哭傷老太君!
欲待不見慈親的面,却爲誰,千山萬水到家門?
蕩悠悠,窗外來回十數遍,難捨難割母子的恩。
無奈何,眼含痛泪門前跪,説:"不孝的兒,今日前來拜母親。
念慈親,開腸破肚將兒生下,吊膽提心到至今。
天大的慈恩無日報,嘆孩兒,已作抛家失業的魂!
誰承望,娘今反倒將兒送,也衹好來生再報我娘的恩。
罷了麽,娘呵!這也由不的我,衹當是,空養了孩兒枉費了心。"
有心留戀生身母,又惦着羅通母子們。
無奈何,拜過太君階下立,風景依然對主人。
夜深深,魂前一個三更月,人寂寂,月下三更一個魂。
回顧徘徊多半晌,又回頭,看看孀居寡婦門。
將軍嘆氣將頭點,走過回廊竹樹陰,
凄慘慘,潜身閃入梨花院,依舊是,緑窗竹影護朱門。

第二回

國公兩眼泪紛紛,上瑶階,雙環輕扣叫夫人。
佳人夢裏聞呼唤,"呀!夜半何人叫妾身?"
細聽却是兒夫聲韵,説:"來了麽,夫哇!我好不放心。"
隔窗道:"公爺萬福身安否?將軍少等妾開門。"
忙下牙床伸玉腕,啓朱扉,佳人一見唬飛了魂,

見將軍，盔殘鳳翅消英氣，
甲落龍鱗少煞神，
眼含慟泪雙眉鎖，
血染征袍箭滿身。
那去了八面威風雄抖抖，
空剩得，一團怨氣冷森森。
這佳人，呆呆呆泪凝雙杏眼，
怔呵呵玉露小硃唇，
軟怯怯，柳腰難動金蓮小，
嬌滴滴，玉腕應嫌翠袖沉。
一跤撲倒郎懷内，
半晌昏迷泪眼分。
叫了聲："將軍疼死妾，
夫哇！你遭了甚麼冤屈對妾云！"
月下的將軍流慟泪，
悲聲慘切叫："夫人！
你兒大奉命爲前部，
保着那，殷、齊[1]兩個去行軍。
明關城，全捷兩陣奸王惱，
倒賴爲夫的有反心。
總有冤屈無處訴，
重責一頓攆出門。
星夜叫我擒敵寇，
孤身不許帶三軍。
賊人設計脱身走，
你兒夫，貪功誤入密松林。
因此未得擒反叛，
天黑夜晚路難尋。
偏遇着，鵝毛大雪從天降，
又搭着，荒郊野外少烟村。
衣袍浸透渾身冷，
甲冑風吹遍體沉。
肚内無食難戰鬥，
衹得勉强去找賊人。
洲西坡當作平川地，
淤泥河陷住不能行，我進退無門。
賊帥蘇烈在岸上睄真切，
叫放箭，大小兒郎就亂射人。
你兒夫，遮前擋後多一會，
怎奈我，力盡筋蘇槍不能掄。
因此渾身全中箭，
命喪明關作鬼魂。
一靈難散隨風捲，
游魂不捨到家門。
可嘆兒夫死的苦，
最傷心是母老、妻單、幼子未成人！
牽連不捨來托夢，
有幾句關心的言語告夫人。"

第三回

“你本是名門的秀女静而且貞，	四德三從自幼聞，
因令尊憐才，卿纔歸了士信，	魚水和偕已數春。
我和你夫妻恩愛深似海，	結髮情腸密如雲。
到而今，短命的兒夫耽誤了你，	還望你，切莫瞞怨改初心。
最要緊，老母年高須盡孝，	晨昏早晚順慈親。
愛子羅通年幼小，	望賢妻，留心照看要殷勤，
長大成人或文或武，	因才教養全在夫人。
切記心：清心寡欲休憂慮，	冰清玉潔守閨門。
除羅成，一家全靠你人一個，	旌節孝，朝廷一定有殊恩。
豈不聞，姜女[②]情真回暴主，	息姬至死爲韓歆。
料夫人，前古後今甚麼不曉，	切休疑惑我多心。
你兒夫，并非有意多言語，	祇因爲，你我同是少年人。
叮嚀一夜如斯而已，	一個字，總而言之心要真。
緊記於心罷！夫去也。	祇因爲，有限的光陰不敢存，
怕的是，鷄鳴犬吠人行走，	你兒夫，不屬陽間是個鬼魂。”
臨去的將軍推一掌，	佳人驚醒一翻身，
口叫：“將軍休要走。”	兩手撲空守在塵。
口内“哎喲”睁杏眼，	半晌呆呆發陣昏。
案頭祇有殘燈影，	不見同床共枕的人。
驚醒了冰琴與小玉，	丫鬟便利撬開門。
見主母，坐在塵埃頻落泪，	向前攙起問緣因。
佳人舉目留神看，	不由得，秋波杏眼泪紛紛。

房中擺設般般在，架上琴書件件存，
單少兒夫羅士信，睹物傷情嘆死人。
我兒夫，剛纔與妾重相見，却如何，轉眼之間就沒處尋？
囑咐奴的言詞猶在耳，句句兒清清白白記得真。
他道說："一旦今遭敵寇手，洲西坡下箭攢身，
游魂不捨來托夢，他叫奴家，養子成人孝母親。
想來此夢真奇怪，莫非是，將軍在外禍臨身？
邊庭若果把兒夫喪，這不抛下了老母、孤兒，就坑死了人！"

第四回

佳人悲切慟傷心，哭的他死去活來，竟自發昏。
嘆壞了冰琴和小玉，一齊解勸叫夫人。
說："作夢原是心頭想，望夫人且請停悲夜已深。"
佳人說："雖然夢境無憑據，往常間，不似今朝這樣真，
明羅眼見他來家内，與奴言，足有一個整時辰。
形容苦楚難言盡，箭似柴棚血滿身。
臨走將奴推一把，他叫我，休推夢裏要留神。"
佳人言罷生悲慟，泪透鮫綃半幅裙。
小玉聞言頻落泪，冰琴聽話也傷心。
這佳人，一直哭到東方亮，不梳不洗挽烏雲。
少魂無魄床頭坐，似醉如痴少精神。
夫人正自心悲慟，見梅香報事，慌忙進了綉門，
張口結舌呼："奶奶！"說："大爺從邊外回家見母親。"
夫人驚異把羅春喚，義子掀簾拜在塵。

祇見他，頭戴白巾身穿孝，
凄惶無限泪淋淋，
説："不孝的孩兒來見母，
父在關邊已喪身。
淤泥河中遭暗箭，
吃虧殷、齊兩個人。"
羅公子話未説完，夫人昏倒，
叫了聲："將軍"，失去了真魂。
牙關緊閉無聲氣，
一個哼哈也不聞。
隨身僕婦魂離殼，
驚慌失色亂紛紛。
這一個，輕按酥胸呼誥命，
那一個，慢盤玉股叫夫人。
説："夫人若有疏虞處，
苦殺了，年幼的嬌兒和老母親。"
這佳人，昏迷半晌纔蘇醒，
杏眼微開把夫主尊。
"奴祇説，你成功奏凱歸來早，
誰知你，命喪明關閃妾身？
你祇顧，青史標名榮自己，
撇下了，寡母姣兒那個是親？"
莊翠瓊，越哭越慟聲悲慘，
拳打酥胸玉腕伸。
兩手抓的烏雲亂，
羅衣扯得碎紛紛，
叫聲兒夫腸寸斷，
哭聲夫主刃剜心，
"你一去時，威風煞氣高千丈，
到而今，絶代英名化作灰塵。"

第五回

"再不得，問安視饍母歡心，
再不得，賞月評花妾伴君。
再不得，燈花慢剪敲棋子，
再不得，焚香放幔撫瑶琴。
再不得，故着郎服招君笑，
再不得，嬌花比貌問奴嗔。
再不得，東除西掃安天下，
再不得，南征北討定乾坤。
再不得，百萬軍中稱好漢，
再不得，千員將内自奪尊。
再不得，金鑾殿上朝皇帝，
再不得，白玉階前會武文。"
佳人哭得肝腸斷，
見羅春止慟含悲尊母親，

說:"我天倫死不復生一定理,
想一想,祖母年高誰侍奉?
夫人止慟腮流泪,
"你的父,遭屈誤落敵賊手,
公子聞言腮流泪,
叫孩兒呈獻與西府賢千歲,
佳人帶慟說:"書何在?
羅春懷内掏書信,
佳人接過留神看,
秋波杏眼雙流泪,
"你死一身留重擔,
使妾悲傷追已往,
再不說,老母跟前行孝道,
再不說,奴僕身上休責備,
再不說,觀看詩書學烈女,
再不說,朝廷今朝議何事,
以往言詞全在耳,
小羅春,正把夫人來解勸,
說道是:"太夫人前來瞄公子。"
太君見佳人泪流滿面容顏改,
忙說道:"冤家今日原何故?
一回頭,又瞄見羅春穿重孝,
公子叩頭尊祖母,
說:"我聽見那丫鬟說你來家内,
我的兒,快些起來我問你:

望夫人休得過慟,仔細傷身。
兄弟羅通靠何人?"
硃唇微啓喚羅春:
未死先,有甚遺言你對我云?"
說:"有一封血字,交兒在身存,
爲的是,叫同朝的伯父盡知聞。"
爲娘的看過,你再收存。"
將半幅白裙奉與母親。
認得是兒夫親筆更傷心,
傷心無限叫將軍:
叫妻兒怎樣肩挑?壓死個人!
想起揉腸惹斷魂!
照管羅通加小心;
寬洪大量待家人;
齊全婦道把聖賢尊;
邊關何處起烟塵。
那去了當初說話的人!"
忽見個,傳事的丫鬟走進門,
佳人聞,搌泪迎接老太君。
衣衫零落散烏雲,
你將那情由告訴娘親。"
衹唬得,三千里外走真魂。
老太太,昏花兩眼泪雙浸。
老身特意來看孫孫。
好端端身穿重孝爲何人?"

第六回

公子聞言兩泪頻，
難把實情告太君，
怎當得，太君催促難相隱，
話未完，太夫人昏倒在埃塵。
佳人一見真魂冒，
唤婆婆，捧定雙腮嘴對唇，
恨不能，一聲唤醒高年的母，
急的他，蓋頂撲頭汗滿身，
說："媳婦年輕，孫兒幼小，
老太君若有差池，坑死了人。"
老誥命半晌還魂睁二目，
一口粘痰啐在了塵。
見媳婦，跪在跟前流慟泪，
叫一聲孝順的姣兒，針刺了心。
"我老來喪子雖不幸，
比上你，青年守寡更苦十分。
生叫那短命的冤家，坑了我，
顧不的妻嬌子幼靠何人。
我娘兒，命中造定該如此，
衹落得，子喪、夫亡泣斷魂。
十月懷胎娘受苦，
三年乳哺母驚心。
肋肩抱胯耽憂慮，
煨乾就濕辨寒温。
攻書在外娘提膽，
日落西山母倚門。
好容易長大成人知禮義，
我衹說，墳前拜孝有了人。
又誰知，孩兒一旦拋娘去，
苦殺了老幼親丁三口人！"
太夫人越哭越慟喉嚨啞，
佳人帶慟勸娘親，
說："勸兒母，不必悲傷休過痛，
聽媳婦，把就裏情由對母云：
你孩兒，雖然命喪蘇賊手，
受害殷、齊兩個人，
必真是，一言難盡傷心事，
他現有血書一件與羅春。
叫獻上西府秦千歲，
好給他，報恨伸冤把賊擒。"
太君聞言將頭點，
老人家腹内明白有十分，
昏花漫展呼公子，
悲聲慘切叫羅春，

說:“既然你父疆場死,
甚情由,靈柩不得到家門?”
羅春落泪呼祖母,
“父臨敵,殷、齊有意要害孫孫,
怕孩兒疆場救父將圍解,
因此上,按兵不舉閉城門。
孫兒實在出無奈,
暗裏吩咐衆家人,
叫他們,出城悄把尸骸找,
圖幽僻,花棺盛殮寄荒村。
等孫兒見過西府秦千歲,
奏明老主降龍恩。
那時節,欽奉御旨搬靈柩,
到京都,花棺也好進城門。”
老夫人,强止着傷心說:“有理,
除非是如此調停,纔慰亡魂。”

說明:

此作係據清代精鈔本。又簡稱《托夢》。取材於清代無名氏的《説唐全傳》,寫羅成被奸王逼迫,孤身擒敵,屈死於戰場,陰魂托夢於他的妻子的故事。作品通過描寫“那屈死的將軍羅士信,爲國忘家已喪身”,“最傷心是母老、妻單、幼了未成人,牽連不捨來托夢,有幾句關心的言語告夫人”,表現了他對昏王奸臣的怨恨以及對母親、妻兒的留戀;但他們依然把希望寄托在反動統治階級身上,羅成要他妻子“冰清玉潔守閨門”,“旌節孝朝廷一定有殊恩”,他母親、妻兒也期望“奏明老主降龍恩”,通過“欽奉御旨搬靈柩”來“慰亡魂”。這種封建正統思想,在他們身上已經嚴重到死不覺悟的程度。然而就是這樣一個對封建統治階級極端赤膽忠心的英雄,竟也被迫屈死於疆場,以致給他全家帶來了不堪忍受的巨大痛苦。作品主題如此鮮明,使人更加深切地感到當時社會的不合理,真是到了令人髮指的地步!

注釋:

①殷、齊:指唐高祖李淵的太子殷王李建成,齊王李元吉。

②姜女：周朝宣王的王后姓姜，賢而有德，周宣王經常晚起早眠，姜女便把簪珥脱下來，在幽禁有罪宫女的永巷待罪，使周宣王感悟，由此成爲中興之主。

羅刹鬼國五回

無名氏

第一回

南無摩訶般若波羅密多，[1]　奉旨西行清净喜佛。
大千世界妖魔廣，　丈六金身[2]智慧多。
白日無光生黯淡，　黑風有意起風波。
却緣何，無端到那羅刹[3]世界，　惹起了，因果糾纏藤與葛。
唐大顛，奉法西行求真解，　師徒們曉行夜住，焉敢擔擱。
祇因萬里出情海，　故此今朝過愛河。
急煎煎，過步恨無橋與杠，　意遲遲，行舟那有船和舵？
此間不是流沙界，　如何又似通天河？
正遲疑，從上流飄來虚舟一個，　猪一戒，長嘴樂了個受不得。
唐大顛，師徒四衆齊將船上，　孫小聖，手執金箍棒，押着後稍舵，
剛要撑船渡彼岸，　無端風浪滚濤波。
一槎浩蕩將千里，　四衆浮沉過九折，
風浪急時馳日月，　波濤緊處滚黿鼉。

唐大顛叫聲徒弟説："怎好？" 孫小聖眼望師尊無奈何，
一直的飄颻三晝夜， 怎奈那，天外黑風氣勢潑。
好容易將船攏了岸， 時運蹇乖，到了羅刹鬼國。
師徒弃舟，脚踏實地， 猪一戒摇頭説："好快活！"
向前行，黑黯風光成地獄， 迷離景色似閻羅，
大顛説："呀！冷森森陽消陰長， 黯黯慘慘，吉少凶多。
縱無萬載山中怪， 定有千年洞内魔。"
小聖説："師傅不須生詫異， 心中秉定彌陀佛，
自然一切消灾障， 决不重新起坎坷。
遠遠露出城一座， 隱隱來了一輛車，
俟等他們來到此， 小徒前去訪問明白。"
近前來，城廓分明，車輛不見， 驚壞了唐僧、沙致和。
一戒心中也納悶， 不住的摇頭幌腦，緊擺耳朵。
大顛害怕呼："徒弟！" 沙彌擔驚叫："大哥！
咱四衆總得齊心努力， 恐一時難免惡怪凶魔。
陰陰城市多凶惡， 淡淡人烟不太和。"
小聖説："自管放心罷，此間是樂土， 不必生憂慮，到處盡佛國。"
長老坦懷將城進， 天黑如墨，雲淡如羅。
真可憐，師徒四人走了個遍， 滿街上連個寺、廟、庵、觀，也找不着。
好容易尋着一所行宫地， 就算了今宵四衆安樂窩。
焚修裏面真雅净， 打掃屋中甚潔白，
當中供着一尊女像， 兩旁塑定兩個青娥。
唐大顛稽了稽首，問了問訊， 從後面轉出個老婆婆。
見四衆，打量了半天，説："從何至 大顛説："我們却是來自中國，

此?"

爲甚麽貴處此間無有廟?"

道婆兒説:"我們這裹不興佛。"

説罷進内預備茶飯,

略用了些須,便欲歇着,

弟兄三個全都睡下,

獨剩了大顛僧,一心入定[④]參禮我佛。

第二回

後果前因報應昭,

冤仇相遇數難逃。

何來父子形相肖?

頓使妖狐氣轉豪。

鞭責也因情可惡,

棍敲總是恨難消。

何當念彼觀音力?

除蓋障,普灑楊枝露一條[⑤]。

唐大顛,打坐行宫參色相[⑥],

猪一戒,私行城外慢逍遥。

衹因他,食腸兒最大,粥不濟事,

出來到外面,心想老饕。

爲口腹,國中惹下無邊禍,

同人争吵,擅起風濤。

恰遇見,黑孩兒太子,夜間游戲,

搜求詳細問根苗。

猪一戒恃强不服約束,

黑孩兒動怒,一陣咆哮。

命人擒拿多被傷損,

自己動手,險被傷着。

無奈何,點下了魔兵魔將,

預備下大戟大刀。

猪一戒衆寡不敵,被他們困住,

登時被獲,繩索縛牢。

抬到皇宫妃子院,

放在白玉小石橋。

太子含嗔開口駡,

軍人着力用鞭敲。

忙亂亂,動手的魔兵加勁打,

鬧嚷嚷,負疼的一戒直聲嚎。

一片聲音連内院,

早驚動,中宫權貴玉面姣嬈。

手扶宫娥離綉幕,

慢移玉體步鮫綃。

見一戒身軀長的多狼犺,

模様生得太雄驍:

長就蓮蓬長嘴巴，
生成蒲扇大耳朵，
脖項上，短短的鬃兒剛二寸，
眼窩中，濃濃的沫子有一條。
見皇娘大叫："女菩薩快來超度，
我小僧被這黑小子，捆縛難逃，
你替我説情將打免，
我爲你回廟把香燒。"
玉面狐滿腹猜疑，安心盤問，
猪一戒一心賣俏，故意妝嬌。
玉面説："看你有些好面善。"
一戒説："説來真個也蹺蹊[7]。"
玉面説："八戒莫非就是你？"
一戒説："不錯，不錯，難爲你記着。"
玉面登時黄了臉，
叫孩兒説："殺身的冤家，定不可饒！
想當年，我招還牛魔王爲壯門户，
你帶領陰兵先搗窩巢。
爲他一柄芭蕉扇，
將我千年道力消。
一耙斷送梨花面，
九齒輕鋤弱柳腰。
致使我夜臺艷魄生悲恨，
古洞孤魂嘆寂寥。
多虧了你皇母羅刹成仙去，
將你父同我，一并度超。
祗望仇人難以見了，
誰想冤家也遇得着。
既然拿住休輕放，
定要殺他莫慢饒！"
娘娘悲啼將翠袖掩面，
太子忿怒拔利刃吹毛。
惡狠狠，太子性情多剛烈，
泪連連一戒心中自慘焦。
説："慢動粗！總不慈悲將我救，
請過目，還須仔細把人瞧。
我雖姓猪，却不是猪八戒，
猪八戒坐享極樂，好不逍遥。"
玉面説："外面面龐真相像。"
一戒説："其間老少也蹺蹊。"
玉面説："你是誰人留的種類？"
一戒説："我乃八戒遺下根苗。"
玉面説："總是冤仇，難將你放。"
一戒説："還求憐念，暫把我饒。"
玉面吩咐將賊禿打，
太子答應拿玉棍敲。
一連打了幾十下，
打的個一戒着疼，直着嗓子嚎。

第三回

法乘西行法力深，法深還慮有魔侵。

佛天有路今生到，鬼國多仇前世因。

一寸靈臺如不暗，幾年冤恨也須沉。

慈航寶筏全都是，誰是迷津渡過人？

猪一戒，被打着急慢發話：“靠你們不過是無知的幼子，年輕的婦人，

衹知此夕威福作，可曉明朝禍患臨！

我師兄乃是大聖的孫子，我師弟乃是侍者的徒門。

上山常常伏龍虎，天外還能使鬼神。

若聞知你等收拾我，難免同你來要人。

金箍棒亘古出名，誰不怕？鐵禪杖到處皆知，誰不聞？

倘然是一時之間，將干戈動，管叫你片刻之功，玉石焚。

後悔已遲，想改也難改，那可是自作之殃，我看你還作什麽人！”

幾句話，黑孩兒太子心焦燥，玉面皇娘意沉吟。

玉面說：“投鼠如今却忌器[⑧]。”太子說：“斬草趁早要除根。”

玉面說：“你一人前去成甚事？”太子說：“衆魔跟隨怕何人？

兒此去，管報大仇全孝道，一雪從前海底冤沉。”

忙點魔兵到羅剎宫内，務將那師徒三衆，早成擒。

總魔奉命私探了一次，見兩個睡着的力士，一個打坐的真人，

神氣充足真可畏，道行高妙令人欽，

舒眉閉眼真入定，正氣逼人難近身。

魔兵幻化多輕妙，化了個，如花似玉兩位佳人，
衹見他，杏靨堆歡桃腮赤，梨花着雨海棠魂，
説："夜深了，師父還不歇覺？人静也，和尚也得安神。
你一人衹顧白熬眼，我兩個倒得緊操心。
我那裏，安排下合歡酒，我那裏，收拾下鴛鴦衾，
我那裏，暖閣正值梅花放，我那裏，翠被常將蘭麝薰。
强如你，一盞油燈照着影，强如你，半個蒲團寄此身，
强如你，萬里風霜，爲人求解，强如你，一天星斗，替佛傳薪[⑨]。
趁今夕，良宵美景休辜負，恰正當，奈何天裏奈何人！"
大顛知是魔頭到，越發秉定向佛心，
面向如來如雕似塑，心念彌陀不見不聞。
一任那，巧語花言張利口，一任他，妝嬌弄美逞丰神，
禪心已似沾泥絮，不逐風狂上下浮沉。
那魔頭原是禪心好圖下手，不思枉費一番心。
説："哎，你不必假惺惺，咱們走罷！且在被底試温存，
咱三人就便鸞顛鳳倒，咱三人今夜握雨携雲。"
説罷忙着伸玉腕，響叮噹，環佩聲音最消魂。
魔頭伸手要拉唐老，大顛含嗔説："少胡云！"
魔頭剛要多言多語，大顛復又不睹不聞。
羞答答，轉身移弱體，意遲遲，移步離屋門。
相幻多端，又成了凶惡樣，方信魔頭，變化通神。

第四回

前生種下一層仇，結怨難釋了無休。

悟徹净緣明佛性，參成色相遇魔頭。
奇險山中真孽怪，温柔鄉裹假骷髏。
獨奈何，大顛秉定三乘教[10]，空色倏然得自由。
魔頭自變凶神後，奈唐僧，見性明心，道體清幽。
不但是美色不生心，而且威武不能動，其心自坦蕩，其氣不輕浮。
説什麽三尸全袪盡[11]，不許那六賊[12]自周流。
不以爲逢危遇難，艱辛的大事，真算是危微精一[13]的生死關頭。
自夜半，作怪的魔頭施手段，到天明，未把唐僧上捆縛。
望望天光清色曉，陰陰霧氣碧空浮，
焰焰勢焰陽光長，冉冉微風陰氣收。
總魔着急一聲怪叫，誰知驚醒渴睡的石猴！
伸腰慢把金睛閃，用手連將火眼揉，
跳起來説："那個魔王來到此？可知道孫家的鐵棒，舊有名頭！"
行者出來，似風馳電掣，魔頭逃走，如雲散星流。
到堂前，見大顛打坐依然無恙，唐僧含笑説根由。
纔知道一戒被人擄去，小行者，提棒到皇宫覓對頭。
牛魔王，位居南面臨朝政，黑孩兒，坐在東宫報母仇。
聞知殿外尋僧侶，隨向宫中細覓搜，
剛命寺人傳太子，誰知内侍請君侯。
進宫中，牛王正要逐一問，玉面他先泪兩流。
牛王説："太子他往何方去？"娘娘説："國君何必苦追求！"
牛王説："他在外閑游，替我惹禍。"娘娘説："并不是惹事，爲妾報仇。"
牛王説："對我寡人言仔細。"娘娘説："細聽小妾訴情由，
翠雲洞中身死後，猪八戒没齒難忘這段仇。

幸虧太子出宫門去，得遇冤家在街市頭。
今日把他拿入宫内，要將他，千刀萬剮恨纔休。
聞國主，傳唤嬰兒因爲此，我小妾，特請君王再四求。
念妾數十年沉淪之苦，憐奴二百載困苦之仇。
將和尚全都剿滅盡，把僧人盡用網羅收。
那時節，此生事業全消雪，那時節，往事恩仇一筆勾。”
牛王聽畢娘娘語，仔細尋思事故搔頭，
説：“外邊的和尚名頭大，乃是悟空的孫子，祖居神州，
往來天下無雙手，拔盡英雄第一儔。
上天入地難纏的漢，换斗移星有藝的猴！
倘然殺不死猴和尚，定要平刦了牛魔頭。”
娘娘説：“當年的藝業今安在？歘氣的言詞豈不羞？
爲芭蕉，翠雲洞外施英勇，火焰山中展經猷[14]。
捨死忘生，幾場大戰，地暗天昏，兩個對頭，
如今想是被天兵唬怕，若不然，畏刀避劍有何情由？”

第五回

大力魔王怒氣發，齊點三軍氣不歇。
魔兵擒定縛人的索，鬼卒拿着傷人的叉。
密密旌旗濃似錦，森森戈甲亂如麻，
烏合之衆成何濟？也想施威把小聖拿。
黑孩兒身帥鬼卒威赫赫，孫小聖，手提鐵棒笑哈哈。
大聲説：“我的師弟何方去？求你國王到處查。”
黑孩兒説：“你兄弟有干皇家律我等前來把你拿。”

例，

言畢指揮魔兵、魔將， 上前來，擁擁擠擠一陣喧嘩。

被小聖一陣殺的屁流尿滚， 一齊四散，東奔西扒。

着急的黑孩兒行法術， 把黑氣迷漫，日月無華。

小聖跳離鬼國地面， 一直的到了陰府，要仔細搜查。

十殿前迎問仔細， 一齊帶笑問根芽。

小聖説："小聖有一事特來請教， 大力鬼王煩煩衆位，替我查查，

他如今困住我師弟， 我現在無法可破他，

奉求十位出些力， 速點陰兵把他等拿。"

十王説："大力鬼王非兒戲， 想當年名頭甚大，磨嘴磨牙。

牛魔王修行已過三千歲， 平天大聖名色不歜。

翠雲洞，令祖調兵惡争戰， 火焰山，如來遣將始究拿。

到西方，性命幾乎登鬼籙， 歸北地，開國於此建邦家。

英雄已壯魔頭聲價， 事業不服冥司管轄。

靠着我無奇無異的冥王輩， 怎奈他，不生不滅的鬼王家。

到不如，尋尋有靈有聖的天王神聖， 再不然，問問大慈大悲的地藏菩薩。"

話未完，但有侍者飄然至， 手把幽冥教主的帖兒拿，

説："此帖奉與孫小聖， 自能够將鬼國離却，把苦海超拔。

南海觀音慈悲廣， 請回去，捧誦真經自可擅壓。"

小聖領命辭冥府， 一筋斗，徑回行宫羅刹家。

冷氣森森，滿天黑霧， 陰雲漠漠，遍地黄沙。

見長老仔細慢將佛言告， 唐半偈虔心捧誦釋迦⑮。

果然佛法真奇妙， 感動了，紫竹林中的自在菩薩。

紅孩兒，半霧半雲解開繩索， 猪一戒，自由自在倒提釘鈀。

紅光普照羅刹界， 黑氣全消普吾沙。

黑孩兒危急思逃遁，	猪一戒得勢便緝拿。
到行宫，長老慈悲止住一戒，	冤仇可解，不宜擅殺。
饒放黑孩回宫院，	感動大力念僧家。
實實是，人家理長，自己理短，	幾幾乎没因小事，鬧得天塌。
備鑾輿，國王夫妻到行宫内，	一番叩謝，感戴無涯。
唐半偈禮昭其隆，制極其備，	大力王心含愧悔，意重釋家。
到關文師徒四衆辭王駕，	出城門，紅光猶在望，白日透光華。
向西行，師弟一齊聲慨嘆，	釋冤孽，多虧慈悲大士菩薩。
從此後，努力向前求净土，	纔信是，佛家道法浩蕩無涯。

説明：

此作係據傅惜華藏清代精鈔本。取材於明代無名氏的《後西游記》。孫小聖是孫悟空的孫子，猪一戒是猪八戒的後代，他們輔助賜號半偈的大顛和尚復往西天取經，途經羅刹鬼國，因當年孫大聖和猪八戒曾跟牛魔王結下冤仇，牛魔王的娘娘和兒子縛住猪一戒，要報仇雪恨，孫小聖向冥府十王求援，依靠大顛和尚念真經，就“感動了，紫竹林中的自在菩薩”，使“猪一戒，自由自在”。作品中雖然散布了“果然佛法真奇妙”的迷信思想，但它着重描寫的是“大千世界妖魔廣”，這種幻想世界的妖魔，實際上乃是人間現實世界統治者的縮影。

注釋：

①南無摩訶般若波羅密多：梵語 namo mahāpraiñā-pāramitā，意爲歸命敬禮，懇求睿智，普渡衆生，到達幸福的彼岸。

②丈六金身：據《傳燈録》：“西方有佛，其形長丈六而黄金

色。”這裏即用以指神佛。

③羅刹:梵語 rākṣasa。其義爲可畏、暴虐。爲惡鬼的通名。

④入定:佛教稱和尚坐禪時進入安静不動的狀態爲入定。

⑤除蓋障普,灑楊枝露一條:佛家認爲普灑楊枝露水,就可以除掉有害的障礙。這是一種封建迷信的説法。

⑥色相:佛家以一切外物凡有形者,皆謂之色相。

⑦蹺蹊:見本書《劉高手治病》篇注④。

⑧投鼠忌器:意爲爲了防止把老鼠身旁的器皿打壞,衹好連老鼠也不打。語出《漢書》。

⑨傳薪:大師把所學傳給弟子叫傳薪。這裏指替佛把佛家教義一代代傳下去。

⑩三乘教:乘可作車解。佛教認爲,修道之士由於天分不同,可以分别乘三種不同的車,以求得真果。這三乘是:聲聞乘、緣覺乘、菩薩乘,亦稱小乘、中乘、大乘。

⑪三尸:道家認爲人體内有三尸,上尸伐人眼,中尸伐五臟,下尸伐人胃。袪盡,即驅逐乾净。

⑫六賊:佛家以色、聲、香、味、觸、法爲六賊,認爲這六賊能劫奪一切善法,對人危害極大。

⑬危微精一:無論多麽危險或微小的問題,都達到精粹純一的境界。

⑭展經猷:施展經書上的謀略。

⑮誦釋迦:即念佛經。釋迦,是佛教始祖Śākya-muni 釋迦牟尼的省稱,這裏用他代佛經。

哭　城五回

無名氏

第一回

萬古羞名呂不韋，
爲貪富貴獻蛾眉[1]，
貪心罪犯春秋筆，
亂種譏喧無字碑。
殃及池魚留後患，
禍胎坑穴作餘煨。
呂不韋，妻懷貪種貪秦業，
貪根子，生出貪種作貪賊。
孟子説："固國不以山溪爲險"，
秦始皇修築長城白骨成堆；
害盡蒼生天下慘，
毒流四海鬼神悲。
傳缺經殘，凌夷教化，
邦分國亂，滅裂綱維，
獨有那，范杞梁[2]的妻兒孟姜女，
是一團乾坤正氣造化的蛾眉。
自從那，夫築長城離別後，
嘆佳人，懨懨瘦損小腰圍。
東樓夢冷，把簾鈎兒挂，
北塞魂迷，到日影兒微。
胭脂有意辭愁臉，
翠黛無心畫恨眉。
泪痕落盡渾身滿，
爲寫思夫的苦句，一個筆頭兒培。
暗想道："夫今受苦於何處？
免不了老大的磚頭，在身上背；
肩頭兒，瘦怯誰憐念？
力氣兒，單薄自痛悲；

書生懦弱焉惜苦，　官長强悍必作威；
打駡難挨君怎受？　令妻兒，連心萬里怎麽追隨？
抛的奴，獨自在燈影兒裏，　每夜常隨到月輪兒垂。
目對天涯，白雲片片，　秋風古道，紅葉飛飛。
似這等，腸斷景况何時了？　嘆我這苦命兒夫，何日歸？
奴不免，一身萬里尋夫主，　便死他鄉，也落得魂魄隨。”
這佳人，一片冰心應鐵膽，　顧不得鞋弓襪小，皓齒蛾眉。
布裙荆釵，含嬌斂艷，　風吹淋雨，淡月斜暉；
獨尋夫主心中怯，　親送寒衣身上背。
但見些：落葉霜林風乍冷，　江楓秋影雁行飛。
茫茫天地夫何處？　但憑奴，一膽烈性，兩道英眉。
嘆佳人，蓮步兒難移，脚掌兒痛，　柳腰兒嬌怯，眼睛兒黑；
袖梢兒，難擋風砂遮杏臉，　裙邊兒，愁拖泥水皺蛾眉；
行囊兒雨蓋，堪堪重，　力氣兒單薄，漸漸微；
泪珠兒，痛灑西風空自苦，　説：“天哪！何日和兒夫把故里回？
曾向奴説：‘歸期萬里應難曉，　王命欽差誰敢違？
夫也衹，但憑一死抛白骨，　再休想，重歸與你畫蛾眉。
奉勸賢妻休固執，　莫思破鏡再光輝；
你就着我不小的家私，能養贍，　妻呀！你莫負青春，料我也難回。’
夫啊！你言雖至此深憐妾，　也想想，你那妻兒素日怎樣個行爲？
不念我，同心恩愛如魚水，　怎看我，結髮妻兒似土灰？
那知我，滿腔熱血懷烈膽，　一片冰心作白圭。
但憑奴力至誠感，　便是天心也挽回。

况孟姜,幼蒙老父垂庭訓,
今尚一心在女規;
又蒙夫婿教導我,
奴怎肯,背父忘夫把禮義虧!
所以不辭千里尋夫去,
少不得,遠向邊庭走一回。”

第二回

樹葉兒刷拉拉的,小膽兒慌,
呀!秋風兒又要送斜陽;
“今夜誰家藏妾體?
他鄉何處有爹娘!
茫茫衰草迷天地,
冷冷寒烟裏孟姜。
歸鴉點點屯林噪,
叫奴一個兒,古道黄昏怎不忙?”
忽聽得,何處鐘聲兒不住的響,
前邊大概有村莊。
奴不免,順着聲音尋下處,
那樹林子裏,隱隱透出一點燈光。
這佳人,走至林中擦眼泪,
是個小廟兒,門前有井,還供着龍王。
“待奴家,供桌兒底下安歇了罷,
餓的我,一片前腔貼後腔。
我且喝些凉水,壓一壓心火,
哎!又無個吊桶兒,叫我怎麽充腸?”
無奈的佳人流痛泪,
神前叩拜,叫聲:“龍王!
念姜女,褻瀆神明休見怪,
也是出於無奈,避避風霜。”
放下行囊,拜罷,把灰塵撣撣,
蜷卧在那神座前邊地冰凉。
强咬着牙兒,蒙矓杏眼,
秋風陣陣透衣裳。
佳人坐起,見一鈎兒斜月,
清光兒,照向酥胸似雪霜。
孟姜女,目對蟾宫長嘆氣,
説:“嫦娥呀,怎不憐弟子,我的娘娘!
普照乾坤臨萬物,
天涯何處有范杞梁?
三寸脚兒天地闊,
一條身子兒路途荒。

求聖意，警警我愚人一個夢，　送寒衣，遮遮他野寒九秋霜。
但念他，一身落難的孤根子，　須憐我，萬里投荒的小孟姜；
雖小妾乍歷風塵，纔十九歲，　憑着我心窩兒一點，泪道兒千行。”
佳人身倦方合眼，　一片迷離入夢鄉；
見個人形兒，雙蹙着眉頭兒，一汪兒眼泪，　渾身襤褸，滿目凄惶；
對佳人點點頭兒，嘆了一口氣，　説：“妻呀！莫非不認得我范杞梁？
難爲你，風塵萬里來尋找，　夫也衹，粉身碎骨報姜娘！”
夢裏的佳人説：“夫來也。”　悲喜交加慢叫郎，
走向夫前説：“君萬福！”　秋聲兒在樹，月影兒横窗，
佳人驚醒睁開眼，　滿天星斗，遍地秋霜。
孟姜追想方纔夢，　説：“好叫我疑心大不祥。
他説：‘粉身碎骨將奴報！’　不由人節節痛斷我九迴腸。
萬一兒夫有個山高水遠，　三千雲水何益地久天長？
自解道：從來夢是心頭想，　大概魂念隨主張。
嘆孟姜，惟恐兒夫身有恙，　所以夢魂顛倒，有這惡思量。
罷了麽，大哪！衹當是尋夫於地下，　倘然合該是命，惟求葬妾與夫傍。
但衹是，令妻兒茫茫何處尋尸骨？　還愁過，妾休早早中途死孟姜。
可憐我，渾身似水澆皮肉，　半夜無糧塞肚腸。”
天也該亮，出出暖日，　地是精濕，化化寒霜。
呀！烏鴉亂起松梢上，　黄土飛空古道傍。
這佳人，立起身來辭小鬼，　復又向上拜龍王。
玉指輕輕兒的携雨蓋，　香肩慢慢兒的帶行囊；

暗傷心說:"小妾方知行路的苦,　　也是出於無奈,夫婦的情腸。"

第三回

落葉蕭蕭天地秋,　　風塵滚滚路途愁。
飄零翠黛,眉頭兒苦,　　冷落胭脂,模樣兒羞。
露透胸脯兒,嬌怯怯,　　風吹身子兒,蕩悠悠。
"又不知存亡未卜夫何處?　　哎!不知何處,掩埋我這臭骨頭?
曾記得,筆畫眉頭山黛冷,　　彈琴花下月明秋。
到而今,城長萬里人何處?　　路入三秋歲未休。
怎能够,有日歸來重舉案[③]?　　大略着,從今未必再登樓[④]。
罷了麼,夫啊!也是你我前生造來的罪孽,　　須得今世夫妻磨去這憂愁!
嘆奴今,下磨脚掌,黄花兒瘦,　　上打肩頭,紅葉兒秋。
憂心處,獨行古道,人烟兒少,　　深入蒼烟,樹行子幽。
斷魂時,人迹板橋霜,鷄聲茅店月,　　犬吠時,門外歸鴉柳梢頭。
這些苦處,奴豈無思過?　　各樣的凄凉,挨着次兒愁。"
日頭兒已經傍午,無吃飯,　　村店上,早晚尋常也賣粥。
這佳人見另有一間堂客座,　　急行幾步板橋頭。
店婆兒見女子的行裝,雖苦淡,　　女子動作自温柔。
說:"問娘子,要甚吃食隨意用。"　　佳人說:"現成的,就好不過大鍋粥。"

佳人飯飽身活動,　　手帕兒,擦乾滿面汗珠兒流。
透真了,兩朵桃花一雙柳葉,　　千般裊娜,萬種風流。
店婆兒說:"好個娘子身兒秀,　　一團正氣,臉皮兒愁。

問娘子，今自何來，還朝那去？”
說：“衹因我夫築長城，離故土，
邊風塞雪寒天地，
寒衣遠送遮夫體，
到長城，水落石出心也死，
店婆兒說：“罷呀，罷呀！不可，不可！
一點點的脚兒，一條條的身子，
西南的風兒，東北的女子，
最能够動客的傷心，招人的痛膽，

佳人說：“夫婦好似鴛鴦同游，
蒙指教那些兒利害，我全思過，
誰情願，一個人影兒在殘照裏，
此一去，便是相逢於地下，

店婆兒見佳人說到傷心處，
眼看着佳人懷揣着熱膽，

事今至此如何好？
若不然，我拼這條老命，隨你一同去，
佳人感嘆說：“奴焉敢！
婆婆厚愛，奴家深領，
店婆兒無奈，收拾佳人歇宿，
呀！鷄聲兒又早催人更鼓盡，

孟姜女一聲長嘆，兩泪交流；
致使我心懸萬里，泪灑清秋。
凉雨荒烟冷日頭，
徒步前來自解憂。
强如愁腸寸結，血泪兒空流。”
一個千萬里的程途，八九月裏的秋。
滿山的賊盜，遍地的魔頭。
出門子是殘夏，行路兒是深秋。
况有拴娘兒的綫索，豈無打扛子的咽喉？”⑤
生生死死，也不能分手！
奈牽連這點子痴心總不休！
忘思量，兩個魂靈兒繞素秋。
自有那情絲兒，繫在鴛鴦塚上連理枝頭。”
不由得嘴唇兒一撇，泪道兒雙流。
說：“叫你一陣絲絲拉拉把我心繫兒揪。
去你是怎去？留呵是難留！
雖也孤單，强如一女流。”

無故的勞動你老人家，理不周。
他日歸來，把此意酬。”
他二人，挑燈對坐話難休。
這佳人，打點行囊奔路頭。

第四回

秋風兒，陣陣吹人，曉氣兒清，　樹葉兒，蕭蕭亂落，露珠兒凝。
殘星兒，隱隱迷離，形影兒淡，　日頭兒，淡淡掩映，樹梢兒橫。
弱體兒，迢迢古道人踪兒少，　瘦影兒，冷冷西風泪道兒紅。
綉鞋兒窄窄，難行途路兒苦，　力氣兒單單，怎奈骨頭兒疼。
嘆佳人，香軀已似黄花兒瘦，　怎當得，撲面的嚴霜透骨的風？
兩脚兒，踏盡寒烟如泛梗，　一身兒，磨殘秋色似飄蓬。
愁懷怕向程千里，　望眼驚看山萬重。
説："奴家這斷腸苦惱憑誰訴？　哎，天哪！不知何處是長城？"
少不得，强撑着精神登古道，　模糊着泪眼任西風。
沿途訪問兒夫的信，　聞聽説："山海關前正動工。"
佳人得信心稍定，　説："幸喜前途有路通。
但能够，前途得見兒夫面，　不枉奴受這跋涉的苦楚，迢迢路程。"

且説那秦始皇，因防國難把長城修，　差遣那蒙恬修城，要不日成。
耗盡民財，勞傷人力，　淘乾骨血，累死生靈。
衆民夫運水搬石，爬山越嶺，　真是披星戴月，那個敢稍停？
將那些累死的民夫，隨溜兒[⑥]砌，　真成了積骨如山，沿路兒横。
怨氣漫天衝碧落，　哀聲震地動蒼生。
那范杞梁，自從充役離鄉土，　也入作場學做工。
怎奈那，書生氣質何曾慣，　衹落得，工尚未完病已成。
瘦弱書生禁不起折磨，　可憐他，魂隨月落氣隨風。
有幾個夥伴，憐他孤又苦，　把尸骸埋在城根瓦礫中。

這一日，節届重陽應挂隊[7]，欽差傳話命歇工。
恰值這佳人方自臨邊地，衹見那，風景人烟果不同。
一帶長城連峻嶺，雄關高聳入雲峰。
佳人觀罷心中嘆，説："必真是倒海移山力竟能。
若非我不辭千里懷誠意，怎能够匆步獨登萬里程！
但衹是，夫君下落難尋問，又無個門路兒，我和那個去究情？"
佳人正自心猶豫，忽然見三、四個工人結伴行。
一個個憔悴形容，衣衫襤褸，手携錢紙，面帶憂容。
一直竟向關前走，説："呀！何不問一個消息，他們定知情。"
孟姜女走近前來忙萬福，説："小婦人有一言求教，請爺們且暫停。"
衆人止步連忙還禮，見佳人，和容之内帶愁容。
雖然是布裙荆釵，一身塵垢，暗合着超群的體度，出類的丰楞。
舉止安詳温柔的氣象，一團和氣滿面和平。
説："問爺們此處興工民夫之内，有個范杞梁是奴的夫主，充役在長城。"
衆人見問齊傷感，説："大嫂原來爲找范兄。
我等是各處的民夫充差到此，與范兄同行同伴同作工。
衹因他不慣勤勞身已故，怎忍得尸骸暴露，所以葬在長城。
今日節正重陽，停工犒賞，約會着燒幾張錢紙，盡盡朋情。"
衆工人正訴愁腸還未畢，見佳人，香軀一仰，杏眼雙瞑。

第五回

人生最苦是離群，况這夫妻的恩愛，分外的磨人。

孟姜女一聞夫主身亡故，
這佳人，魂飛已赴九霄雲。
好一似花經雨打，從頭兒受，
月被雲遮，挨次兒昏。
說："夫呵！……"聲氣兒難出，脖項兒堵，
弱體兒癱軟在地，顧不得眼下多人。
這佳人，半晌昏迷睁杏眼，
桃腮裂破綻朱唇。
哭了聲："夫呵！你坑死了我，
蒼天何意苦良民！
我兒夫，守禮讀書明大義，
修身俟命曉經綸。
實指望，有日歸來輝姓字，
誰知竟成了石沉大海，無影無聞？
曾記得，夫婿長亭別小妾，
叮嚀的言語動人心。
你道是：'夫妻本是同林鳥，
大限來時各自分。
我豈不願夫榮妻貴偕相守，
奈我這冤愆注造怎麼由人？
料着我，此去修城難回故里，
妻呀！你再想相逢，祇除非是夢魂！'
到而今，果中夫言，遭了異變，
叫妻兒，天涯何處吊孤魂？
祇落得，茫茫天地難回首，
落落誰家可寄身？
嘆奴家、進退無門唯一死，
怕不成，一堆白骨任風塵。"
衆人見孟姜哭的肝腸斷，
忙向前說："娘子休悲，且定一定神！"
這佳人强撑着傷心深下拜，
說："蒙衆位葬夫的情義，刻骨銘心。
一言難盡奴心苦，
望爺們指教我，去看看夫墳。"
衆人落泪齊傷感，
說："請娘子我等相陪吊兄墳。"
孟姜女肩負行囊携雨蓋，
泪凝秋水，氣貫蒼旻。
不多時，越過關城臨海岸，
滔滔碧水，泠泠秋林。
長城一道臨東海，
垛口千出倚北辰。
瓦礫成堆，灰塵滿地，
風烟滿目，寒氣逼人。

佳人說:"野地荒凉人怎受?　嘆我夫,一堆黃土卧秋雲!"
孟姜女,眼望工人呼列位,　說:"這荒凉的敞地,那有我夫墳?"
衆人嘆息呼娘子,　說:"此乃是朝廷的重地,誰敢埋墳?
范兄尸骨瘞在城根下,　是我等物類攸關一點心。
埋了條三尺白石爲記認,　上邊有令夫的名字,權作是碑文。"
佳人聽罷心中慘,　蓮步輕移杏眼分。
衆人指道石碣下,　佳人見石條一塊埋在城根。
祇見那,字迹模糊難認識,　半爲風雨半爲塵。
這佳人,撲到城根伏弱體,　好一似,滿腹乾柴烈火焚。
說:"夫啊! 你一點孤魂歸何處?　你妻兒,一場辛苦爲何人?
念奴家,投荒萬里來尋你,　痴心兒,還指望相逢得見君。
誰知你,珠沉玉碎埋荒草,　叫妻兒,月缺花殘付斷雲。
從今後,茫茫天地如蓬梗,　要相逢,縱然有夢也難尋!"
這佳人,爲求夫骨把城哭倒,　驚動了,奉旨欽差奏上聞。
秦天子召見佳人,佳人不允,　懷夫骨,身投大海表清貞。
秦始皇,憐念孤貞嘉節義,　關城外大修祠廟,姜女成神。

說明:

此作係據清經義堂刻本,是子弟書初期的作品,寫孟姜女哭倒長城的故事。這個故事是我國流傳最廣泛的民間故事之一。從敦煌石室發現的唐曲子詞起,唐、宋、元、明、清歷代各種形式的説唱文學,幾乎都反映過這個故事。子弟書《哭城》,不僅寫孟姜女與范杞梁生離死别的痛苦,而且把揭露和批判的矛頭對着封建統治階級殘暴的典型——秦始皇和吕不韋。說:"吕不韋,妻懷貪種貪秦業,貪根子,生出貪種作貪賊","秦始皇修築長城白骨成堆,害盡蒼生天下慘。"這對以後孟姜女故事的流傳和發展,有很大的影響。

注釋:

①吕不韋:本是秦國商人,後爲莊襄王丞相。吕曾納邯鄲姬女,懷孕後獻於莊襄王,生子政,即秦始皇。因此,秦始皇尊吕爲仲父。

②范杞梁:據劉向《列女傳》略稱:"杞梁之妻無子,内外皆無五屬之親,既無所歸,乃枕其夫之尸於城下而哭,内誠動人……七日(一作十日)而城爲之崩。既葬……遂赴淄水而死。"這個記載和孟姜女故事有二點相同:一是孟姜女的丈夫叫杞梁;二是哭崩了城。但它所記載的杞梁,是齊國的一位勇士,是在攻打莒國時戰死的;杞梁妻是一位拘守禮法的節婦。孟姜女故事中的杞梁(有的作喜良),是位書生,是在應徵服勞役中葬身在長城下的;孟姜女哭倒長城,不僅是懷念丈夫的情深,更重要的是對封建勞役壓迫剥削的憤怒控訴。這完全是人民群衆對這個故事的杰出創造。

③舉案:表示夫妻敬愛。《後漢書·梁鴻傳》:"(鴻)爲人賃舂,每歸,妻爲具食,不敢於鴻前仰視,舉案齊眉。"案,有脚的托盤。舉案齊眉,指把托盤舉到和眉毛一樣高的位置,以表示恭敬的意思。

④登樓:漢末王粲作《登樓賦》,表現他對離鄉日久、功業不就、渴望改變軍閥割據的紛濁政局而憤激感傷的情緒。因此,後人常以王粲登樓作爲文人思鄉、懷才不遇的典故。

⑤拴娘兒的綫索:指拐騙婦女的壞人。咽喉:指要路口。

⑥隨溜兒:與衆相合的意思。

⑦挂隊:猶言停工休息。

赤壁賦一回

無名氏

宋室文明儒道昌，
眉山秀氣降黌墻[①]，
學優翰苑驚冠蓋，
才壓詞林感朔方。
一世三蘇[②]聲譽重，
兩朝政治姓名香，
先生志節高千古，
一點丹誠仰聖王。
蘇子瞻謫守黄州，官閑政簡，
無爲而治，風化純良。
這先生，無以爲情，儼然自適，
隨時坐賞無限的風光。
更有知心爲契友，
巢元修學宗孔孟，品重王陽[③]。
還有個士子，陳慥季常雅號[④]，
他三人志同道合，義重情長。
這一日，時正初冬，交十月之望，
蕭條風景，雲物凄涼，
這先生，步自雪堂，欲林皋一往，
同着那巢公、陳子，一杖斜陽。
他三人，徐步而來過黄土之坂，
祇見那空林冷冷，落葉經霜。
不多時，明月升堂，人影在地，
三個人，且歌且咏，興樂非常。
思嘆道：如此良宵，風清月白，
正當開飲，奈少樽觴。
二客答言，適纔薄暮，
有魚入網，狀若松江[⑤]。
肴饌慢愁，但缺美醞，
顧安得酒，一滌俗腸。
坡公他，籌畫多時，歸謀諸婦，
婦曰："我有斗酒，爲子而藏。"
他三人，載酒携魚，復游於赤壁，
祇見那，層崖斷岸，蕩蕩長江。

一霎時，水落石出，波平浪静，
山高月小，林木蒼蒼。
渺渺長江，迢迢銀漢，
沉沉夜色，泠泠山光。
嘆江山，曾日月之幾何，而不可復識！
時遷物换，轉眼的興亡。
這坡公，陟彼巉岩，攝衣而上，
登虬龍、踞虎豹，荆棘牽裳。
攀栖鶻之危巢，俯馮夷[6]之幽室，
探長江之形勝，覽赤壁之蒼凉。
蓋二客，不能相後，劃然長嘯，
山空谷應，木冷林荒。
又見那，瑟瑟風悲，滔滔水涌，
不由得，悄然而懼，心意愴惶。
衹覺得，風景肅然，不堪久待，
携二客，歸舟放楫，再酌樽觴。
三個人，相與舟中，長歌短嘯，
勃然興致，其樂洋洋。
不覺得，斗轉星移，時將夜半，
憑舟四顧，一片蒼茫。
忽聽得，鶴唳一聲，自東而至，
翱翔雲漢，素影横江。
翅若車輪，玄裳縞服，
嘎然長唳，意若徜徉。
向坡公旋繞多時，掠舟而去，
坡公二客，眼望茫茫。
惟見那，林木森森，江濤涌涌，
一天冷露，四野寒光。
二客悚然，坡公悵惘，
衹覺得，夜静寒生風氣凉。
他三人，興盡思歸，返舟上岸，
向林臯，一杯茶罷一爐香。
二客告别，坡公就寢，
恍惚中，夢一道士，鬚鬢蒼蒼。
笑揖坡公説："今朝興致，
赤壁之樂，異乎尋常。"
這坡公忙索姓名，俯而不對，
坡公嘆説："嗚呼！噫嘻！我已曉其詳。
曾記得，疇昔夜深江渚之上，
嘎然而逝，在我舟旁，
非子而誰，今從何至？"
那道士回頭一笑，遁迹而藏。
這坡公正欲追尋，忽然驚悟，
啓扉而視，見一片寒光。
四顧寂寥，一天蕭瑟，
惟見那，疏星明滅，斜月輝煌。

説明：

此作係據清代聚卷堂鈔本。取材於蘇軾《赤壁賦》。作者借蘇軾復游赤壁，感嘆“江山曾日月之幾何而不可復識，時遷物换轉眼的興亡，”抒寫蘇軾雖遭貶謫，而能“隨時坐賞無限的風光”“且歌且咏興樂非常”的情懷，實際上是借此聊以自慰，反映了封建文人對現實的不滿、苦悶和無限惆悵。

注釋：

①羹墻：《後漢書·李固傳》：“昔堯殂之後，舜仰慕三年，坐則見堯於墻，食則睹堯於羹。”這裏指蘇軾才氣洋溢，其精神無所不在。令人千秋想望，仿佛如見其人。

②三蘇：指宋代著名文學家蘇洵及其二子蘇軾、蘇轍。

③巢元修：是蘇軾的好友，爲人耿直不阿，品德高尚。王陽：漢代王吉，字子陽，世稱王陽。漢宣帝時任諫議大夫，直言敢諫，曾上書彈劾外戚把持朝政，皇帝不聽，他就稱病辭職。

④陳慥：字季常。他也是蘇軾的好友。傳説他的妻子柳氏好妒，蘇軾曾有詩嘲笑陳慥懼内。

⑤松江：這裏指鱸魚。

⑥馮夷：水神名。

紅娘寄柬一回

無名氏

嬌花最怕出墻枝，招惹游蜂浪蝶迷。
顛狂柳絮愁風岸，離亂桃花怕雨絲。
曠夫怨女朝朝恨，才子佳人事事遲[①]。
因不能明媒正娶偕連理，纔肯向星前月下去赴佳期。
老夫人在東閣設宴將婚退，嘆張生，西厢抱病染相思。
鶯鶯難違慈母訓，戀戀怎忍與俏郎離。
百慮千思十數日，題寫成四句七言一首詩。
差紅娘，送往西厢書院去，這奉命的丫鬟出了相國的行祠。
手捧花箋離綉户，脚步芳塵轉身軀。
正是爲遵小姐鶯鶯的命，致使的紅娘蓮步兒移。
也顧不得鞋弓、襪小，穿花拂柳，也辭不了星前月下，露冷苔濕。
急煎煎轉過荼蘼架，慌張張已到太湖石。
手持着柬帖兒，看了又看，脚蹬着蒼苔兒，急了又急，
耳聽着樹葉兒，怕了又怕，眼看着花影兒，移了又移。
暗想道：我爲張生擔驚怕，都祇爲，老夫人行事太差遲[②]！
無端行出退婚的策，怎怨紅娘設下這定親局。
把佳期兒，私約翠樓兒裏，好事兒，暗成在畫橋兒西。

不是我巧語花言，説明就裏， 怎得他傾心吐膽，纔不避嫌疑。
兩席酒，雖成結拜義兄妹， 一柬書，倒作了恩愛夫妻。
若不是，夙世的婚姻與今生的緣分， 也難成，星前美景月下佳期。
這紅娘，思思想想心兒喜， 倉倉促促步兒急。
蕩蕩微微風兒細， 交交加加影兒迷，
閃閃耀耀星兒朗， 燦燦淡淡月兒稀。
急急忙忙小鹿兒跳， 慌慌張張大步兒移，
剛剛兒的出了東園，將門兒半掩， 暗暗兒的來到西廂，將步兒緩移。
側身兒閃入重門，聽動静， 隔窗欞，睁開杏眼看虚實。
見張生，獨自房中愁眉泪眼， 竹床斜卧，短嘆長吁。
昏慘慘，床頭一盞燈兒暗， 冷凄凄，窗外一輪月兒西；
塵漫漫，七弦瑶琴無心整， 亂紛紛，五色花箋少興題。
這紅娘，鶯聲低囀輕咳嗽， 病君瑞，腰肢慢起長神思。
忽見那，海棠影裏人一個， 紗窗外人傍映樹枝。
慢整衣冠啓素户， 微開倦眼看虚實，
見是紅娘在窗下立， 慌忙躬身將禮施。
滿面春風尊姐姐： “恕學生倉忙之中禮欠齊。
自從一别芳容後， 時常挂念想姣姿。
怎奈乍離情兒限， 忽爾今逢幸有餘。
敢勞姐姐臨茅舍， 光顧區區降敝居。”
紅娘低聲説悄語： “恕奴前來探望遲。
可是相公的病體可痊愈？ 好生將養莫着急。”
君瑞説：“多謝累累多承指教， 但衹是，病體淹纏强支持。
想小姐，高枕無憂，身體康泰， 嘆學生，他鄉抱病，意亂心迷。
夢魂兒，顛顛倒倒此一句， 鬼病兒，恍恍惚惚這些時。

學生一死何足論，小姐獨身實可惜！”
紅娘説：“先生莫把人錯怪，我小姐，至今胭粉未曾施，
怯怯菱花羞照面，懨懨弱體怕穿衣。
卧牙床，病損了姣容貌，向花箋，纔題成這首詩，
差奴送與先生看。”説罷，從懷中就取出柬詞。
君瑞接來憂變喜，拆封舉目看虛實。
上寫着：“妾感君恩思報久，閨訓豈能忍自持？
月明人静三更後，晚妝樓上候駕時。”
君瑞看罷其中意，霎時間，積恨全消，鬼病兒離。
眼望紅娘説：“多謝！學生的心病，全憑姐姐醫。”
紅娘説：“良醫何須多用藥？妙藥那堪常久吃。
奴是個散相思的五瘟使，奴家手到病就離。
望先生心兒、意兒想着此事，莫因那風兒、雨兒誤了佳期！
夜深也，千萬着意奴告退，我小姐，病卧牙床盼信息。
總而一言超百語，且莫辜負美良夕。
相公早降罷，奴去也！”語罷的紅娘蓮步兒移。
這書生送出書房外，惟盼那，月滿花枝，去赴佳期！

説明：

此作係據清代别野堂鈔本。又題《紅娘下書》《寄柬》。取材於元代王實甫的《西厢記》第三本第四折，寫紅娘爲鶯鶯送書柬給張生的故事。作品突出了紅娘熱心幫助人的正義感和機智勇敢的鬥争精神：“我爲張生擔驚怕，都衹爲，老夫人行事太差遲！無端行出退婚的策，怎怨紅娘設下這定親局。”“不是我巧語花言，説明就裏，怎得他傾心吐膽纔不避嫌疑。兩席酒，雖成結拜義兄妹，一柬書，倒作了恩愛夫妻。”紅娘不僅是用語言揭露了封建統治階

級退婚的背信弃義,而且用機智果敢的行動幫助這一對青年爲實現愛情婚姻自主的美好理想而鬥争。

注釋:

①事事遲:意思是仰望、期待的幸福總是難以實現。

②差遲:又作差池。這裏作差錯、錯誤解。

拷　紅一回

無名氏

峭挂西厢風月柔，
鶯鶯兩字透風流，
秀奪西子眉頭恨，
嬌搶楊妃臉上羞。
欲還柳影花陰債，
有礙閨門秀氣憂，
女孩兒家最怕楊花路，
綉鞋兒若一染蒼苔，就不自由。
鶯鶯自會張生後，
一雙蓮步兒總難收，
漸覺情開雙杏臉，
可憐春透小眉頭。
體態輕盈增俏麗，
腰肢軟款挂風流，
夜去明來一處寐，
别是番氣象，另一樣温柔。
鶯鶯每自臨鸞鏡，
呆呆的獨對着影兒愁：
眉攢兒，攢也攢不成綹，
鈕扣兒，扣也扣不到頭；
鉛華壓不倒寒毛兒乍，
胭脂蓋不住臉皮兒羞。
各樣的方法全試過，
比上紅娘就露了揎頭[①]。
這都是，爲誰吃盡花前苦，
教妾挨殺月下羞。
誰不知，既是個女孩兒當秀氣，
誰情願，出條的模樣兒太風流。
招的那，兵圍普救，魂靈兒乍，
不虧他，書到蒲關，小命兒休，
感飛虎，傍插花兒憂變喜，
恨夫人，破頭楔兒喜成憂。
害得他，一病懨懨人待死，
他又不要紅娘作當頭。

無奈何，自從那夜書房後，
萬一夫人把奴看破，
妾本名門珠玉女，
低眉下眼誰曾慣，
左是②奴家惟一死，
便奴不走那條路，
浪蝶兒，總是頻來眠蕊上，
一心愁似沾泥絮，
女孩兒家太也多嬌嫩，
念妾强留這三寸氣，
燕爾新婚無滿月，
既有今朝，何勞當日？
況且文君爲寡婦，
想鶯鶯，山川秀氣全奪盡，
夫人憐念鶯鶯苦，
無可奈何花落去，
洛陽才子張君瑞，
英雄逃不過奴雙眼，
奴不免，暫卧牙床推有病，
一旦間，夫人未必能識破，
況無礙花梢明月團圓夜，
小姐雖然能掩覆，
小妮子跟前拿話探，
衹見他，弱柳一條雖自嫩，
團弄的，嬌滴滴一朵花枝兒銹，

頓把女孩兒的身分抽；
關係鶯鶯性命憂。
相國的千金，貴到了盡頭
此事兒，也禁得向細處究。
爲何無故搭上那呆頭？
把妾長圈這座樓。
落花兒，安能還象在枝頭？
此命薄於落葉秋。
誰似奴，分外膿包不耐揉。
嘆奴能下了幾回樓？
一朵花兒一旦休。
哄神明，盟山叠叠、誓海悠悠。
猶作佳談萬古留。
蒼天未必就按了奴的頭。
不是淫奔下賤流。
不期而遇燕雙游。
文堪拜相武封侯，
自有鶯鶯得意秋。
下帳垂簾緊閉樓，
且脱奴家目下羞。
夫人睡後再梳頭。
夫人更自會搜求。
女孩兒身上把神留。
海棠半蕊是誰揉？
莫不是，春光點染了杏花樓？

那象從前多秀氣，
祗覺是處漏風流。
細條條的身子兒看看改，
薄怯怯的胸脯兒漸怪浮，
眉梢兒活動，春情兒透，
眼角兒機靈，傻氣兒收。
柳腰雖細，能將裙帶兒緊，
玉項微粗，倒象領條兒抽。
分明已被人欺負，
怪不得女孩大了，就結歡冤仇。
夫人暗把歡郎問，
歡郎説："全是紅娘把小姐勾。
每日花園説拜月，
柳密花深任意兒游。
打探夫人剛自睡，
他二人，趺趺忙忙便下樓，
露重苔滑都不管，
半夜三更在外頭。"
夫人怒令把紅娘唤，
歡郎忙向晚妝樓，
正遇紅娘出小院，
説："夫人立等問情由。"
紅娘驚問："因何故？"
歡郎説："爲你們，花園帶着月兒游。"
紅娘變色説："哥兒先去。"
忙回蓮步奔妝樓。
説且住者，此去見鶯娘我方寸亂，
安能够，平心静氣細搜求？
立身於不敗之地方爲妙，
不然，可奴的一條小命兒休。
思量了半晌，一聲長嘆：
這小奶奶，真是我的魔頭！
每夜離不開那花月影，
一時坐不定這浪妝樓。
難道你，蘭心蕙性比誰傻，
豈不知：人無遠慮，必有近憂。
但看你，春山另換新清秀，
秋水全非舊派頭。
你祗該，妝一個女孩兒把眉頭兒皺，
反倒要，硬叠着胸脯兒去挑風流。
夫人見，露滴牡丹花蕊綻，
你弄個饑荒，叫我撓頭[3]。
此去前堂先拷妾，
嫩皮肉怎禁粗棍兒抽？
若問道：誰許你勾他到明月下，
豈不怕，蜂狂蝶浪柳密花稠？
一個女孩兒拜甚麽月，
心心念念要把誰求？

如此問奴奴怎辦？　象這村言辣語叫我怎麽抬頭？
想來衹恨張君瑞，　你是我那世的冤家結下的仇？
巧語花言纏住我，　姐姐長、妹妹短的苦哀求，
怎奈奴家臉又軟，　空替人家把風月勾。
到而今，大禍臨頭誰顧我？　痴丫頭，心縫兒全無，象個死牛。
細想紅娘何所爲？　風流不到手，灾難我當頭。
獨抱着肩頭兒，明月下，　奴抄着袖口兒，冷風颼，
看他們對頭兒兩個交雙頸，　拴奴家，孤鬼兒一般在外頭。
罷了麽，天！紅娘也是胡埋怨，　怨不得他兩次三番，是我自牛④。
而今倒虧了這牛心的濟，　那象鶯娘把志氣丢。
見夫人，小姐如何有奴硬氣，　哎！但愁賴我是個𦂳頭⑤。
小紅娘，緊步蒼苔歸小院，　輕推綉户入妝樓，
兩條柳葉眉顰蹙，　一朵桃花臉挂愁。
渾身酥軟香魂散，　二日驚慌粉泪流。
衹見鶯鶯臨曉鏡，　碧紗窗下正梳頭。
紅娘嬌喘鶯聲顫，　小姐吃驚杏臉憂。
紅娘說："不好了，小姐那話兒犯！"　這佳人，粉面焦黄氣倒抽，
驚碎芳心愁漠漠，　飄零艷魄蕩悠悠。
一雙杏眼把紅娘看，　撲簌簌泪涌秋波，滿面流。
紅娘說："事至如此怎樣好？　夫人拷妾要情由。
這佳人，杏臉緋紅低玉頸，　峨眉倒翠壓星眸。
一聲長嘆心如醉，　萬種含羞泪又流。
說："此事不知誰泄漏？　奴已成，落葉飛花不自由。
自古紅顔多薄命，　有誰憐，妾到今朝是盡頭。

也是鶯鶯當日錯，
祇爲遵母命，花前奴一立，
一旦芳心他未穩，
不檢點，女孩兒家的真秀氣，
到而今，掌上珍珠身子賤，
小賤人，未心[7]迷入烟花路，
顛狂柳絮隨風舞，
誰許你，殘月曉風楊柳外，
且慢説，鶯鶯的字兒垂千古，
倒不如，妾身一死多乾净，
怕你不，一條薄命兒離慈母，
奴便要，苟延歲月追前過，

不該叫，春風吹我下妝樓。
招的那，狂蜂浪蝶可迷了頭。
引逗的奴家忘了羞。
傻思量，裙帶兒上的苦風流。
千金軟玉價兒抽[6]。
綉閣妝成柳巷樓，
輕薄桃花逐水流。
哎！這一個名兒，厭了妾的頭！
就是這眼前的局面，叫我怎麽收？
恨我娘，不幸生奴這俏骨頭。
每夜魂靈兒繞玉樓。
料我那節烈的娘親，也未必肯留。”

紅娘説：“小姐不必深自悔，
小姐若非奴引誘，
况張生，一枝筆掃烟塵靖，
僧俗滿寺人無數，
他不圖小姐嫦娥貌，
明媒正娶何須愧，
誰不説，夫人背惠把婚姻賴，
放心罷！小姐無妨礙，
説甚麽，蘇秦的舌頭，張儀的口齒[8]，
破着奴今朝闖他個鴻門宴，
紅娘説罷飄然去，
一條兒爲我的痴腸子，

原是我紅娘邁的步兒驟。
怎肯在花陰，和浪蝶兒游！
見夫人，千金女許鳳鸞儔。
誰不知張生爲你把書修？
一書生，怎肯和賊軍作寇仇？
負義忘恩纔是羞！
怎怨我不忿的紅娘，往一處裹勾？
奴要在，四角臺兒上逞風流。
管叫你，把風月的愁腸，一筆勾。
妾自有樊噲的英雄，子房的謀。”[9]
鶯鶯嘆：“真是奴得力的好丫頭！
是處兒[10]虧他的好智謀！

背地裏的黑星兒，無半點，
言無不應，計無不就，
老夫人，素日的心腸原狠，
可憐我連心貼膽的紅娘姐，
村言兒罵、粗棍兒抽，
也想想你那侄兒的尊嘴臉，
細想全因娘害我！
我也曾，苦向窗前學大《易》，
愛讀《國風》將風化體，
要作人間奇女子，
都是娘疼奴的去處，全不當，
强逼人在花前立，
驀然見，五百年前冤孽主，
唬的奴，帶領紅娘忙轉步，
向晚來，隔墻兒月下吟詩句，
論理兒，也不算奴家無主意，
細想奴，誰不願挑一個好女婿，
所以和了他詩一首，
從佛殿二月十五修齋後，
半萬賊兵圍了普救寺，
白馬將軍將圍解，
紅娘請宴，夫人把婚賴，
張生氣病在書房卧，
難道説，救命的恩情全不念？
蠢至畜生知打打劣劣[12]。
侍兒中的真樣子，占頭籌[11]。
但衹是，這遭兒的題目太撓頭。
小賤婢今朝的事又謅，
怎奈他弱體纖腰的嫩骨頭？
牙齒兒咬，頭髮兒揪。
倒和我，親生的骨肉結冤仇。
你孩兒，可憐今作了賤丫頭。
細從燈下看《春秋》，
照依《禮記》把禮義修。
千秋萬載把美名留。
怕奴春睏睡妝樓，
庭院無人聊一游。
温良人物兒，太風流！
不由的衹是要回頭。
一心要把綫頭兒揪，
紅娘又一力攛掇，拿好話兒勾。
少不得小小的聲兒，信口兒謅。
故此他算計搭齋，把長老求。
招的那，將軍飛虎作勾頭。
張生纔爲我，他把書修。
賊兵退，夫人變卦鬧情由。
認爲兄妹，把場兒收。
憑他是誰，到奴這田地也憂愁！
莫非我是個鐵丫頭？
鴑鴑雖笨，未至於牛。

怎叫奴家心不怨？
那一晚，風清月朗墻兒外，
細聽時，纔曉是《鳳求凰》一曲，
奴所以暗地私差紅娘遞簡，
恨張生，不説替我瞞紅娘，
明跳過墻來，我怎不惱？
紅娘閃在角門兒外，

他又説：'呀，今日張兄吃醉了，
還不給小姐陪不是！'
被奴家，搶白了一頓空回去，
夫人聞得張生病，
説：'小姐，夫人叫我去瞧君瑞，

教奴麼，一聞此語心成粉，
難爲他，捨死忘生將我救，

天理良心奴怎忍？
無奈何，寫了封簡帖兒捎將去，
也不知，誰對夫人把奴葬送，
衹恐紅娘牙縫兒漏，
與其我紅顔二指千般愧，
但衹愁，慈母年高誰侍奉？
强如你，舉目無親人一個，
雖有歡郎焉及我，
念鶯鶯，死至跟前還不敢怨，

怎叫奴家泪不流？
琴聲兒，如哭如訴到欄頭，
料張生，欲從弦上引風流。
哄丫鬟是個藥方兒，和他病症投。
反背着奴，倒和紅娘把眼色兒丢。
也不管人家羞不羞。
我説：'有賊！'紅娘説：'誰？'就有了情由。
不分内外，信脚兒游。
教張生跪在我跟前，不許抬頭。
病已着床命欲休。
使紅娘書房問候，他先上了妝樓。
有甚麽話，假作個情兒送一個空頭。
兒女柔情不自由。
人家的命，就推作不知在脖子後頭！
如何還顧得女孩兒的羞！
這難道也説是：女大不中留？
無端搬弄狠舌頭。
好叫奴家把心繫兒揪。
不如奴，白練一條萬事休。
好和歹是自身骨肉，不肖的丫頭。
獨守爹爹土一丘。
一條腸子兩頭兒揪。
也是那，天性相連不自由。

豈是孩兒因怕死，

娘呵！我可不叫你把奴家往死裏揉。”

不講鶯鶯頻自嘆，

輕移蓮步來到前堂上，

太君傍，從容慷慨無拘束，

夫人罵：“賤人大膽，如何不跪？

慣在人前妝秀氣，

女孩兒志氣，全然丟盡，

小紅娘，杏臉緋紅羞答答的跪，

鶯聲未吐先長嘆，

求夫人，明明開導垂恩訓，

怕的是，暗箭難防人葬送，

夫人罵：“硬嘴的賤人還巧辯？

送暖偷寒應已慣，

但看你，鞋兒染透蒼苔緑，

推故在花園内燒香，明月下，

紅娘説：“天！那些是哪裏説起？

舌劍殺人不見血，

紅娘有口難分訴，

偷寒送暖誰曾慣？

且慢説，綉鞋兒濕透蒼苔露，

紅娘在此夫人驗，

夫人罵：“無耻的賤人還嘴硬，

你便無私也有弊，

遞簡傳書的真賤婢，

且表紅娘下了妝樓。

則見夫人怒不休。

亭亭穩立秉温柔。

真是個，調唆風月的小縴頭！

偷從花下聞風流。

羞不羞，辜負了黄花兒戴滿頭？”

嬌含秋水泪凝眸。

説：“夫人話内有情由。

紅娘知罪，死也乾休。

非言壓枉，女孩兒家的頭。”

血絲兒，半點全無總不羞。

月下花前，跑了個熟。

純是些露水寒烟，草上的油。

月輪兒早下了花梢，你還未上樓。”

冤屈我女孩兒家，有甚麽仇。

勢山壓妾怎抬頭？

夫人執意要歪究[13]。

月下花前那個熟？

就是那底印兒也没沾草上的油。

怎麽就辜負了黄花兒，戴滿頭？”

你看那，鶯鶯春色滿身浮。

善會撇清，把風月勾。

偷香竊玉的小縴頭！

此事歡郎親眼見，
老夫人，怒揮家法把紅娘打，
說："打死紅娘何足論？
暫請夫人停貴腕，
但衹是，屈打紅娘心怎忍？
强逼奴婢叫應口，
也不知，夫人貴意立於何處？
出乖露醜夫人想，
夫人說："巧嘴賤人行的好事，
有傷閨秀把家風壞，
引誘鶯鶯何處去？
紅娘說："夫人息怒容奴稟：
夜坐之時，停了針綉，
爲遵母命花前立，
一卧他鄉誰憐念？
靈丹不治心頭病，
眼看恩人惟一死，
爲救他人，翻害了己，
鐵面的紅娘情兒動，
打動天良兒女態，
掌不來素日冰霜，慈母的訓，
虧他故友將軍力，
爲人但若忘恩義，
况又是，夫人的臺命爲兄妹，
因此上，二人纔敢書房去，
小賤人，辱没閨門不可留！"
小紅娘，烏雲散亂泪雙流，
氣着夫人實可憂。
任憑殺斬與存留。
細究小姐主何由？
硬使歡郎作對頭。
一味的聲張鬧不休。
關係何人臉上頭？"
今朝我豈肯善乾休。
辱没門庭把相國羞。
從實招認訴緣由！"
那一日，月明纔上柳梢頭，
閑談無故啓因由，
所以纔提到張生病上頭。
長關書院自幽囚，
妙藥難醫目下愁。
情知苦命已難留。
因施恩義，反爲了仇！
冰心的小姐性兒柔。
把一雙鐵硬的心腸不自由。
說不起閨門節烈，女孩兒的羞。
救我合家把書信修。
枉在人間作女流！
看一看待死的哥哥，也不算謅。
張生苦訴泪交流。

說夫人，堂堂一品太君貴，
非故友白馬將軍把飛虎破，
害的我，一場畫餅心如醉，
蒙小姐若非真正憐張珙，
說紅娘你且先行，留一留小姐，
又說是小姐與小生如骨肉，
我二人，既遵母命爲兄妹，
容小生，小姐的跟前冤訴盡，
好夕的暫向窗前立一立，
你看那，一行雁挂秋聲遠，
强如你，人前伺候多不便，
況且客須從主便，
羞的我，牙兒襯着衫兒袖，
因而小姐落於後，
夫人說："呀，他是個女孩家你豈不知，
紅娘說："奉請夫人休細問，
細聽好象鸞交鳳友，
何曾象兄妹的情腸排雁字，
急的我，兩手推門，門已掩，
誰知他們安然睡，
老夫人，哎喲了一聲渾身軟，
此事分明全是你，
常言道：香惹游蜂，梅傳春信，
不着你，兩處裏勾搭向一處引，

賴了他的婚姻，恩作了仇！
怎能够安枕自無憂？
半榻孤燈命欲休。
肯輕身不避嫌疑，下玉樓。
駭的人，又驚、又惱、又是害羞。
紅娘何必你耽憂？
豈有那，害理傷天的歹念頭？
就死張生也閉眸。
好紅娘，體諒張生你莫牛。
滿地花篩月影幽。
不如你，在月下徘徊也自由。
再不依，柳影花陰是你的對頭。
恨的人，有口難言往外溜，
不叫紅娘在裏頭。"
着他落後甚情由？"

常言女大不中留。
偷看却非燕侶鶯儔。
竟已成夫妻恩愛，配了河洲[14]。
駭的奴，身冷汗，汗直流。
恨的人，牙兒咬到五更頭。"
說："小賤人，巧語花言任意兒謅。
拜月哩，燒香哩，裏往外勾。
梅香就是壞事的班頭。
他是個女孩兒，人家敢下樓？

帶領他,穿花串柳成雙對,
都是你,擔月挑風在兩頭。
便是鶯鶯懷此意,
是會的丫頭,衹管和他牛。
再不然,你到前堂來稟我,
這纔算個好丫頭。
到如今,桃花已被柳絲兒繞,
况你這柳絮,何難水面上流?
你還要立身局外誇乾净,
真是個,撇清的賤婢,總無羞。”
勾得那賤人今如此,
越想這紅娘不可留!
夫人復自揚家法,
説:“我今朝,活活打死這賤丫頭!”
小紅娘,哭奪家法擲於地,
撒潑道:“夫人真是没來由!
却干奴婢甚麽事?
一味摧殘打不休。
你的女孩兒行的事,
死賴在紅娘的身上頭。
那不是小姐麽,夫人去問,
自家的不是,不在自身搜。”
夫人説:“賤人,反賴在老身身上,
倒要你分明説破這根由。”
紅娘説:“并非是我三人的過,
怨夫人,總無個决斷太優柔!
當日兵圍普救寺,
夫人有語在前頭,
若有英雄能文善武,
救我孤孀母女憂,
願將小姐爲婚配,
張生所以纔把書修。
賊兵退,夫人失信把婚姻賴,
叫張生,一場空喜化爲憂。
也衹該,厚贈金帛令其遠去,
絶不該,認爲兄妹把禍根留。
引入書房接内院,
全不思,怨女曠夫兩意投。
使他們,各相窺探生端緒。
因而有此一根由。
夫人反不思遮掩,
倒拷紅娘,向細處究。
豈不怕,紅娘原是個小孩兒口,
老夫人,欲把誰家的體面丢?
爲誰來,死咬着牙兒低着頭兒受?
好一位,崔家一品的大丫頭!
無非感夫人、小姐的恩情重,
不知道,反來一陣苦追求,

分明與相國出乖露醜，那裏是和張生作對頭。
全不想，干連着自己骨肉，輕重遲急總不究。
一味的亂打紅娘真可笑，認準了面計兒[15]似的丫頭，往死裏揉。

我再說，生兒長女因何故？也不過，老來有靠卧床頭。
除小姐，請問夫人還有幾個？老相國，一滴骨血爲誰留？
祖宗香火無人續，殘碑斜日冷荒丘。
留小姐，怎肯枯乾墳上的土，煞强如，絶祭的孤魂泪對流。”
夫人長嘆腮流泪，良久無言面帶愁。
紅娘見夫人已到爲難處，暗喜道：正該此際把功收。
整了整羅裙，挽了挽髮，一雙俏眼泪交流，
夫人膝下慨慨跪，伸玉腕，輕頓夫人的衣袖頭。
哭訴道：“自幼兒紅娘蒙愛養，小賤人，不是忘恩負義流。
人非聖賢誰無過，孔子云：‘成事不説，既往不咎’。
妙莫妙於經權達變，貴莫貴於一舉雙收。
事若三思方有益，願夫人，認取今朝第一籌。
夫人若不納紅娘的話，滔天的禍事自臨頭！
一來，把相國的家聲辱没，二來，與張生恩反變爲仇，
三來，總告到了當官去，請問夫人，如何啓齒訴緣由？
先有治家不嚴的罪，落得人家往艷處究。
那時節，人犯了王法身無主，况有那，白馬將軍作對頭。
連累法本無故爲證見，他豈肯，偏向着夫人信口兒謅。
那其間，異口同音説了實話，官法無情不自由。
將小姐，當官斷與張君瑞，那時節，是死是活？哎，好叫我愁！”

年老的夫人無了主意，一語全無兩泪流。

紅娘說："小賤人，倒有個愚拙之見，
還可以彌縫一天二地愁。
反不如，恕其小過成其大事，
人不知鬼不覺，正好乾休。
一個又是文章魁首，
一個又是仕女班頭；
一個曉盡描鸞刺綉，
一個通徹三教九流。"
夫人良久一聲嘆：
"倒是這丫頭的主意和我相投。
罷，罷，罷！紅娘喚那賤人去！"
紅娘含笑上妝樓。
一見鶯鶯說："大喜！
滴溜溜，一條棍在滿身流，
吃紅娘一頓花言，婚配定，
請小姐，夫人直等咱們下妝樓。"
鶯鶯說："羞人答答的，
夫人擦扛[16]奴怎麽抬頭？
罷呀！紅娘，奴不去。
衆目盯我豈不羞？
你衹說，小姐忽然身有病，
摸摸奴，小鹿兒禿禿亂撞頭。
好紅娘，你替奴家幫一語，
你是我心腹丫鬟，不是我牛。"
紅娘說："罷呀！這小姐真胡鬧，
不知人一些兒甘苦，還火上加油。
好容易費嘴摇唇，把心使碎，
挨打受駡，把事說熟。
你一點油油皮不曾破，
一心心叫别人出臉你抽頭[17]。
娘的跟前反來害臊，
張生的身上倒去温柔。
但看你鞋底尖兒瘦，
叫張生一味恣情總不休。
奴看你蹙着眉頭兒，低聲兒受，
那其間，呸！如何不害半星兒羞！
不信把裙帶兒拴、鈕門兒扣，
出落得精神，别樣兒風流。
可憐我，立蒼苔把綉鞋兒冰透，
獨對花梢一月鈎；
窗兒外誰敢輕咳嗽，
恐唬着小膽兒的姑娘，在夢裏頭。
今朝又是我擋灾難，
受打挨疼何日休？
你還要說這撇清的話，
怎不叫人把腸子揉。
走吧，小姐看夫人怪！"
這佳人，杏臉緋紅不自由，

欲行,又恐怕把夫人見,
無奈何擦乾幾點泪,
綉鞋兒緩步蒼苔上,
慢遲延,低頭走入前堂内,
夫人一見心悲痛,
“孩兒今日被人欺負,
小姐痛哭,紅娘流泪,
夫人說:“待怨誰來? 是老身的孽障,
紅娘去唤那禽獸。”
小紅娘,來到書房見了君瑞,
張生變色說:“因何故?”
快些兒隨我前堂去,
張生說:“那一個天殺的將我害?
無奈何,紅娘姐你爲人須爲徹,
不是恩人爲座主,
誰知今朝春風漏,
紅娘說:“你倒把奴纏了個慣,
張生說:“素聞卿語多的當,
全不想,妨礙着千金人家的令愛,

紅娘帶笑說:“無礙,
何用你假小心,故作這樣腔調,
恨不能帶綫連鈎吞入腹,
到如今,鈎搭魚腮,咽不下去,
張生無奈長吁氣,

不走,怕紅娘拿話兒搜。
伸玉腕,手扶紅娘下了妝樓。
粉蝶兒貪觀小樹頭。
滿臉嬌羞掩泪眸。
叫了聲:“我的孩兒”,把泪流,
這是我養女孩兒的下場頭。”
手攙着鶯鶯把眼揉。
事到其間不自由。

小姐聞聽,躲入後樓。
說:“夫人有請莫遲留。”
紅娘說:“奴是你的冤家惡對頭,
打不了的官司,我替你愁。”
小生今日命必休。
一身全靠你出頭,
怎得小姐把我留?
求姐姐開一開天恩,主一主謀。”
自家的不是,也該自己去求。”
却緣何,今朝辭氣甚粗浮?
哄呆頭,碰甚麽釘子? 還賺個大鵝頭[18]。”
奴與夫人把事説熟,
既如此,柳綫花杆就莫上鈎。
花枝兒上面逞風流。
這纔是,安排香餌釣呆頭。”
説道:“是,既然泄漏怎干休?

但不知，此事何人去出首？
他是我那世的冤家結下的仇？”
紅娘說：“是妾親投首，
相公何必你耽憂。
他如今，倒陪茶酒來成就，
把鶯鶯已許鴛鴦與你并頭。”
張生搖頭說：“難信，
比不得順情、順理，好順水推舟，
況夫人，早與張生緣分盡，
他把我莫大恩人當寇仇！
現成的婚姻還會賴，
何況我，又玷污了他的金雀小丫頭。”
紅娘啓齒腮含笑：
“哄你呢，呆頭不必憂。
到如今，窈窕淑女歸君子，
多虧了，歡郎兒厭物起因由。
他將咱三人告到夫人處，
因此上，拷問紅娘細細究。
早被奴，説轉夫人憂變了喜，
你將我月老冰人怎謝酬？”
張君瑞，躬身道謝，把恩人叫：
“吾何幸，偏勞姐姐挂心頭。
此恩、此德如何報？
俏心肝，你我的情緣分外投。
我將你心坎兒上温存，眼皮兒上供養，
比鶯鶯還該讓你占頭籌。”
小紅娘含羞笑瞅，把張生啐：
“呸！誰是你心肝？信口兒謅！
靠你那呆頭多大的詭，
把奴家，油嘴甜舌往上抽。
念完了經兒打和尚，
真是個苗而不秀，銀樣鑞槍頭[19]。
走罷！空頭情兒不用你送，
今日懼，當初何必逞風流？”
到華堂與夫人見禮，羞愧滿面，
夫人説：“好秀才！你枉讀詩書禮未究，
豈不知，竊玉偷香聖人所戒，
敗行喪品士之羞。
我有心將你送至官中，治非禮之罪，
有關相國素日的名頭，
無奈何，把鶯鶯招你爲佳婿，
你須努力把官求。
我家三世無白衣婿[20]，
你明朝，上京取應莫遲留，

考中狀元來見我，
落第時，休想河洲配好逑！"
張生答應，把夫人拜，
說："托太君洪福，準奪一枝狀元籌。"
夫人令安排酒果，收拾行李，
吩咐紅娘到後樓，
叫小姐，明日長亭餞别君瑞，
諸般打點預爲謀。
夫人别過張君瑞，
紅娘見張生惆悵面含憂。
說："奴問你，今朝是喜還是悶？"
張生道："憂喜交加，祇怕續上了愁。
明日長亭别小姐，
征鞍獨對夕陽秋，
衰草長堤殘照裏，
西風斷雁晚山頭。
回首蒲東烟漠漠，
傷心河漢水悠悠。
人迹板橋霜滿目，
鷄聲茅店月當頭。
相思未已離情續，
怎叫張生不泪流？"
紅娘說："秋風不鼓雙鵬翅，
春雷怎震一鰲頭？
不奮書生鴻鵠志[21]，
安得小姐鳳鸞儔？"
張生說："奉啓芳卿今夜晚，
和小姐千萬留心早下樓。"
紅娘一嘆强陪笑，
說："知道了，冤家不用你求。
請罷，厭物歡郎兒來了。"
他二人夜間約定，各不回頭。

說明：

此作係據清代嘉慶年間北京刻本。取材於元代王實甫的《西厢記》第四本第二折。寫老夫人拷打紅娘的故事。面對着老夫人要"活活打死這賤丫頭"的暴虐行爲，紅娘不僅毫不畏懼，而且義正詞嚴地當面斥責說："夫人真是没來由！却干奴婢什麽事，一味摧殘打不休。""自家的不是不在自身搜"，接着她歷數老夫人的種種不是，説得老夫人"良久無言面帶愁"，最後使老夫人不得不采納紅娘的主意,成全鶯鶯與張生的婚姻。在紅娘的身上,反映了我國勞動人民的智慧和勇敢。

注釋:

①揎頭:猶言真相,本來的面目。

②左是:反正是,横竪是。

③撓頭:這裏指不易解決的麻煩。

④是我自牛:是由我自己執拗、倔强而遭受。

⑤縴頭:猶言撮合婚姻的人。

⑥抽:減低。

⑦未心:不是存心有意。

⑧蘇秦、張儀:都是戰國時代著名的縱横家,能言善辯。

⑨樊噲、子房:樊噲是劉邦的勇將;子房即張良,是劉邦的謀士。在項羽的鴻門宴上,由於樊噲的機智勇敢和張良的巧妙安排,纔使劉邦幸免被害。

⑩是處兒:到處。

⑪占頭籌:見本書《雙玉埋紅》篇注④。

⑫打打劣劣:北京土語,猶言大模大樣,毫不理睬。

⑬歪究:無理地責問究竟。

⑭河洲:見本書《露泪緣》篇注㉓。

⑮面計兒:製做面食時,將合好的面分成爲團塊,稱之爲面計兒。

⑯擦扛:北京土語,擠住的意思。

⑰抽頭:這裏是拿扣頭,暗得好處的意思。

⑱賺個大鵝頭:這裏意思是説碰個大釘子。

⑲銀樣鑞槍頭:意即中看不中用。詳見本書《雙玉埋紅》篇

注⑥。

⑳白衣婿:没有功名、不做官的窮女婿。

㉑鴻鵠志:語出《史記・陳涉世家》。比喻偉大的志向。

春香鬧學一回

無名氏

荏苒光陰冷落多，逝水年華可奈何。
柳勾艷魄成幽夢，梅點香泥染綉閣。
一段風流歸浪子，終身伉儷訪嫦娥。
《小青傳》[①]且留佳句，《牡丹亭》堪作揣摹。
大宋南安一太守，箕裘克紹承家學。
世代書香名杜寶，居官忠藎惠政播；
年過半百缺子嗣，夫人甄氏甚賢德。
獨生一女賢而秀，恰好似那廣寒宫内的美嫦娥。
生成的，杏臉欺桃腰怯柳，比上梨花色更白。
小字麗娘十五歲，描鸞刺鳳廣才學，
凡事兒，有大有小皆拘理，從不知，自尊自重使歪訛，
闔宅内外都欽敬，提起姑娘説好的多。
老夫人，疼愛佳人如至寶，終日家，口内含來手上托。
請了位厚道先生教小姐，陳最良，考老的生員[②]八股兒[③]明白。
侍女春香爲讀伴，也拿本撕去皮兒的舊《大學》。
兩眼機伶，一團野性，十分狐媚，百樣囉嗦，
聽見風兒就是雨，常把個出恭的牌子[④]在手内托，

翠袖兒,滴落硯水是一團墨,
綉鞋兒,來往踢蹬把門坎子磕,
一下臺階使脚掌兒跳,
纔揭書本兒把眼皮合,
背書日日翻白眼,
寫仿[5]遭遭鬧成墨河,
哪象學生活小鬼,
可憐師傅死窮磨,
一半兒認真,一半兒假,
女學生,輕不得來重不得;
一來爲貪圖美館[6],不好加緊,
必真是,人到無錢萬事和,
叙叙家常,談談道理,
師徒投緣,到也甚合。
小姐說:“師母年高康健否?”
先生說:“平頭[7]六十也算多活。”
小姐說:”毫無孝敬如何過意?
奴做雙鞋兒作壽,聊表心窩。
但祇是没有個樣子,可怎麼下手?
肥瘦大小要斟酌。”
先生說:“竟作個‘不知足而爲履’[8],
《孟子》的樣兒倒也明白。
祇是生受小姐多承美意,
無功受禄,怎麼使得!”
小姐說:“慚愧!先生哪裏的話,
自己的門人是墻内的柯[9]。
講書罷!師傅,今日奴家懶臨帖。”
先生說:“任憑小姐,哪不是學?”
開講道:“關關雎鳩,雎鳩是水鳥,
關關是兩鳥同聲相應合。”
春香說:“是怎樣的聲音兒?你叫唤、叫唤。
好師傅!你照樣兒學來,我們快活、快活。”
先生說:“此鳥性幽,喜在河洲之上。”
春香說:“師傅講的到也喲博[10]。
昨日也有兩個班鳩兒在咱衙内,
一個黑來一個白,
被小姐打開籠子將他放去,
忒兒楞楞,一翅飛上墻角,
可可兒的就落在何知州[11]家的那棵柳樹上,
怎麼就與這《詩經》對了個得!”
小姐將袖梢兒掩住櫻桃口,
先生笑道:“莫胡說!

在河之洲乃是《詩經》上的興[12]。" 春香説:"莫非也姓陳麽? 是你當窩[13]。"

先生説:"興者,起也。非人之姓, 引起那淑女窈窕是破説[14]。"

春香説:"鳥兒如何也有姓? 難道説要在淑女頭上起成窩?"

先生説:"窈窕是幽静貞嫻女孩兒的情性, 君子好逑是求得淑女結絲羅。"

春香説:"既是君子,他怎麽又求淑女? 其中細膩費搬駁[15]。

哼! 是個君子,必定是男子, 哦! 不錯,淑女究竟是老婆。

忽喇巴兒[16]窈窕怎麽就是淑女? 君子他好逑求他甚麽?

就是君子必要求淑女, 到底是要把淑女怎麽着?"

先生説:"這樣糊塗怎麽好? 悖逆無知真犟騍[17]!

你如今還不是講書的時候也, 雖有個聰明的模樣,外清而内濁。"

春香説:"師父村粗[18],徒弟才蠢, 傳授的糊塗,自然不明白。"

小姐急忙拿眼瞪, 春香退後不敢説。

小姐説:"體注⑲看書,學生自會, 但衹是大義通篇尚未得。"

先生説:"六經惟有《詩經》趣, 有許多的風雅在閨閣,

一言以蔽詩三百, '無邪'二字總包羅。

久而自明,細心自體, 歸位留神細講説。"

小姐拜揖説:"承教誨, 今世難忘師傅的德。"

説話之間春香不在, 許多時,往園中飛跑去串花棵。

先生出館忙呼唤, 衹叫得嗓啞喉乾把手搓。

小春香方纔答應説:"來了! 誰掉了魂了麽? 叫我作什麽?

你看他,少一刻兒就不住的喊, 捏腔弄調混充鵝!

也有個死釘在書房,動也不動, 難道説一步兒也不許挪?

讀書也不叫人家去撒溺，
難道你終日乾噎，不把水喝？
連一個變化輪迴[20]也不曉，
好一個不知好歹的老駱駝。
也是我命中該交這嘎孤[21]運，
前世的冤家，今世的魔！
縱長遠，也不過一年共半載，
你如今倒有六十多，
長長的綫兒將你放，
短命鬼！怕你還把百歲活？
人家哪有砸不碎的碗，
怕你不一家兒打參兒，各自累各。
這如今少不得由着你，
盼祇盼，厭物離身我就念佛。
拔咧，牌子忘在花園裏，
有了，想起還從袖内摸。”
一壁裏嘟囔，一壁裏走，
口含着裙帶兒在脚上拖。
進門來，低聲説：“我撒溺去。
好一個，地面方圓真快活！
個個櫻桃，紅滿了樹，
片片青萍，緑滿了河，
一園梨花開的不少，
花園蝴蝶兒，成對兒的更多。
柳狗兒[22]多着呢，管揪一捆，
桃花兒當是少麽，够拉一車。
花影兒渾身，由着性兒串，
鶯聲兒滿樹，衝着耳朵歌，
站在那太湖石上真清眼，
坐在那亭子之中好快活！
關了關雎鳩，尚有河洲之興，
‘可以人而不如鳥乎[23]’麽？”
先生聽罷一聲喝，
説：“畜生！該打！欠把皮剥。”
春香説：“女孩兒人家講書什麽要緊？
又不等着趕考去登科！
書宗畫，也有人生行樂也，
桃李園，曾講爲歡能幾何？
上古賢人且如此，
女孩兒家，折柳尋花也不算拙。
識幾個字兒多大事？
有甚麽本事你横虎着[24]？
未曾一點兒就生窮氣，
嚇驚了我的虱子没處摸。
不住的逼人，好象個催命鬼，
終日裏作勢妝胖充阿哥。”
先生大怒摸竹板，
氣的他，渾身亂顫打哆嗦。

趕上前去纔要打，
說："在我的眼前尚且如此，
師傅的跟前敢來頂嘴，
女孩兒家，嘴裏也由着性兒嗷，
倒象個溜繮的野馬撒歡[26]了性，
陪笑道："先生看我，饒了他罷，
先生說："小姐，你看他反倒哭喪着臉，
小姐說："賤婢！過來聽我吩咐，
丫頭！你低頭睄睄你的手，

閑來就把鞦韆打，
放着書房的地兒掃也不掃，
不是與孩子們擲白炮[29]，
小脚兒踢球，碰的石頭山響，
誰家念書的將鶺鴒把？
當真是無所不爲，一言難盡，
再先生一日爲師，終身是父，
還小麽？今年也是十三、四歲，
以後條條都要改，
還不歸位將書念？
小春香，没好謗氣强歸坐，
兩眼發涎，嘴裏胡念，
行念着："心不在焉"，"則近道矣[32]"，
忽聽見賣花兒的吆喝心一動，

小姐說情，在中間隔，
背地裏哪個還敢把你說？
難道丫頭你有了魔！
撒村搗怪[25]信口兒說，
帶鎖猴兒却差不多。"
下遭兒不許再胡說。"
難道姑娘還說不着？"

學生學的是什麽？
抓子兒[27]不算，還要把針兒、鬼兒撥！
瞅空兒時常把花柳捉，
聽見打參兒[28]如同吃蜜餑。
就在那階前打陀螺，
吊猴兒[30]唤六呼麽，頑了個潑。
從没見女孩兒懷内養蟈蟈。
一時間，奴家如何記得許多？
公道說，待你的性兒就是活佛。
由之你的性兒可使不得。
再犯了，奴家總不把情說。
作什麽還在那兒怔着起磨[31]！"
無奈掀開那破《大學》。
渾身不住的後仰前合。
又扯到："人之視己"，"在明明德"。
改不了平常的野性又多說。

說:"小姐!小姐!賣花兒的來了,

"針尖兒刺瞎了你的拈花眼,
香頭兒燒破了你的招風嘴,
春香説:"看看花兒就扎瞎了眼,
説説話兒有什麽妨歹?
唇破、眼瞎成了廢物,
小姐説:"叫你常隨筆硯看書案,
春香説:"伴讀的瞎了,從來没見,
裝烟落得咕嘟着嘴,
早起難端洗臉水,
小姐動氣説:"合誰犟嘴[34]?"
佳人無奈將他打,
春香見小姐真動了氣,
哀求道:"先生説個情兒罷!
小姐從不將人打,
面善心慈從來是你,
不看一時瞧往日,
晚上恐怕先生餓,
今因師傅奴家吃苦,
把先生嘔笑説:"饒他這次,
我與相公説話去,
先生説罷出門去,
指着脊背把先生罵:
小姐説:"一個先生你也罵,
你聽聽,一聲聲入耳鑽心把書韵合。"
不許你一刻偷出把脚步兒挪;
不許你信口胡説巧弄舌。"
這樣的刑罰從哪頭兒説?
犯了什麽横骨插心[33]的大罪過?
白拿着閑飯、閑茶來養活!"
陪伴讀書不許挪。"
豁唇子學生,如何念《大學》?
倒茶還得用手摸,
晚上難擦吐沫盒?"
用手揪髮去掐脖,
嘴巴輕輕往臉上擱。
這纔服軟兒把頭磕,
袖手旁觀也忍得?
爲你今朝把我挫磨。
你忘了:救人急難是帝君説?
難爲我把師傅常在心上擱,
經心用意取餑餑。
頭髮揪秃也梳不得。"
合他生氣枉囉嗦。
小姐!你叫他讀書不許挪。"
小春香用手擦乾眼泪窩,
"老村牛[35]一定出去被過往捉!"
想必丫頭你不想活!"

說話間，奶娘送信把書房進，　　說："先生同老爺飲酒把話說，
夫人請小姐去用晚膳，　　明日清晨再上學。"

說明：

本篇録自清代老聚卷堂鈔本。另有百本張鈔本，分作三回，文字頗異。它取材於明代湯顯祖的傳奇《牡丹亭》第七齣"閨塾"。描寫的是小姐杜麗娘的丫鬟春香，對家庭塾師陳最良的道學迂腐氣，進行百般嘲諷和無情鞭撻的故事。它以諷刺喜劇的誇張筆法，揭露了以"厚道先生"陳最良爲典型的封建教育的腐朽與反動。如恪守封建教條，要求學"《孟子》的樣兒"，"不知足而爲屨"，講解《詩經・關雎》，不怪自己"傳授的糊塗"，却大罵學生"悖逆無知真犟騾"；封建塾規極端專制、荒唐，"讀書也不叫人家去撒溺"，動輒就說"畜生該打欠把皮剥"，搞得"人而不如鳥"，一點自由也没有。作品以滿腔的熱情，謳歌了丫鬟春香的敢想敢説，敢作敢爲，活現了一個聰明伶俐、活潑詼諧、勇於向封建傳統觀念挑戰的被壓迫少女的形象。經子弟書改編後的春香，"兩眼機伶，一團野性"，比原作顯得更爲真實、生動、潑辣、可愛，更加突出地反映了當時廣大被壓迫人民的愛憎感情。

注釋：

①《小青傳》：明戔戔居士撰。小青，係杭州馮生的姬妾，能詩，善音律，爲大婦所不容，年僅十八歲，即憂鬱而死。她作有一首絶句："冷雨幽窗不可聽，挑燈閑看《牡丹亭》。人間亦有痴於我，豈獨傷心是小青。"表現了她對反抗不合理的婚姻制度和追求自由幸福生活的强烈共鳴，被傳爲佳句。明、清以來，寫這一故事的雜劇、傳奇甚多。

②考老的生員：應考科舉而屢試不第、年齡老大的備考生。

③八股兒：即八股文。

④出恭的牌子：請假上厠所的憑證。封建時代塾師規定學生不准擅離坐位，特備“出恭入敬”牌，學生如厠時須憑牌出入。

⑤寫仿：影照一定的字體範本，練習摹寫毛筆字。

⑥美館：報酬優厚的塾館。

⑦平頭：指同歲。凡計算逢十，叫做齊頭數。平與齊同。白居易詩：“火銷燈盡天明後，便是平頭六十人。”見《通俗編》卷三十二。

⑧不知足而爲屨：語本《孟子·告子》。這裏寫陳最良的迂腐、書呆子氣。屨，鞋子。

⑨墻内的柯：自家墻内草木的枝莖，可聽任主人修剪、砍伐。

⑩哟博：逗笑。滿語 yobo“戲謔”的譯語。

⑪可可兒：恰恰兒。“何知州”諧“河之洲”，作調笑用。

⑫興：民歌的開頭，往往即物起興。下句春香借用“興”與“姓”的諧音來進行調笑。

⑬當窩：猶言當家，一家一姓。

⑭破説：八股文的首股，又稱破題；即解析、闡明題目的要義。

⑮搬駁：又作扳駁，意爲辯駁。如《兒女英雄傳》第三十八回：“太太一聽這話，知道是又左了去了，不好搬駁。”

⑯忽喇巴兒：忽然。參閱本書《露泪緣》篇注⑨。

⑰犟騾：罵人的話，意爲倔强愚頑，如騾子一樣。犟，同强。

⑱村粗：傖俗無知。

⑲體注：從注釋中體會文意。

⑳變化輪迴：輪迴，本是佛家語，這裏借用指客觀事物的變化規律。

㉑嘎孤:奇怪。約由滿語 gahū“前方彎曲的”意思而來。

㉒柳狗兒:楊柳的柔荑花序的俗名。

㉓可以人而不如鳥乎:《大學》中的語句。

㉔橫虎着:意爲橫行霸道。

㉕撒村搗怪:説粗俗話。如《紅樓夢》第七十五回:“邢德全也噴了一地飯,説:‘你這個東西,動不動兒就撒村搗怪的。’”

㉖撒歡:高興得奔跑、跳躍,不能自制。

㉗抓子兒:用桃核或小石子反復擲接的一種兒童游戲。下文的針兒、鬼兒,是玩法的名色。

㉘打參兒:休息。

㉙擲白炮:玩摔炮。

㉚吊猴兒:賭博擲骰子的一種玩法。

㉛起磨:磨蹭時間。

㉜心不在焉:這句和以下三句,都出於《大學》,但彼此次序顛倒,并不銜接。

㉝橫骨插心:指禽獸。

㉞犟嘴:固執己見的争辯。

㉟老村牛:粗野無知的老頭。

紅葉題詩六回

無名氏

第一回

深宮抱恨悶懨懨，　拘泥身心不自然，
提心在口舉止内，　吊膽離肝魂夢間。
那如釵荊民女樂，　怎似裙布村婦安，
幽静梅窗題才女，　寫成函紅葉傳詩巧姻緣。
長孫國母入御園，　時逢深秋景色殘。
宫娥彩女分左右，　太監嬪妃列兩邊。
進御園，滿目凄凉金風冷，　見御河，一帶碧清緑水寒，
殘花亂灑鋪滿地，　敗葉風舞飛遍天。
太監先把庭幗放，　宫娥忙將綉座安。
娘娘入席居正坐，　登時間，御宴齊備列擺完。
飲酒間，國母閃目將園景看，　見黄花兒鋪金，菊花兒鮮。
許多樹頭皆落葉，　一園花木半園殘。
東林下，落紅飛成陣，　西岸頭，垂楊柳葉乾。
國母對景嘆了口氣，　説："睹物思人總一般！

光陰易老人易老，園内花開幾日鮮？
最可惜，花至深秋，月到十五，年過中秋，人至中年。
光陰有去無回轉，嘆人生，螢火之光過百年！
一日間，花開花卸，花有千萬，人生人死，人上萬千。
細思量：逢時遇景休虚度，莫使春光嘆容顔。”
國母頻頻將頭點，眼皮兒飄着，把宫娥彩女觀，
見别者的女孩兒還猶可，獨是韓翠瓊，翠黛微颦暗隱煩。
國母窺睄心暗想：“這翠瓊，不比别的女孩兒般，
非係蠢笨遇拙女，宫娥的領袖，彩女中魁元。
眉目聰明心伶透，舉止温柔，性格兒賢。
知書識字通翰墨，骨格兒不俗，模樣兒不凡。
聖上時常言他好，哀家喜愛他，幽静貞嫻。
他今入宫三四載，想是他，思念父母對景添煩。
再此女聰明逢此景，未免感嘆不心酸。”
國母仁慈心不忍，鳳意垂恩吐貴言，
吩咐道：“今日不比宫幃内，不用侍立在此間，
許爾等，各着閑散、閑散，放你們，也去游玩，游玩。”
衆宫女，一聞此言如放赦，分頭四散各西南。
蓮步兒亂踏，一齊兒散，玉佩兒聲敲，滿處兒喧。
一個個，喜上腮邊增歡色，亂紛紛，有在河邊，有在柳邊。
有幾個，掐朵菊花别緑鬢，有幾個，慢向御河照紅顔，
有幾個，倚欄杆自賞秋菊，説又笑，有幾個，幽僻處對坐閑談，叙心田。
講論些，那個主兒性情兒好，那位娘娘，臉皮兒酸；
獨是翠瓊愁默默，對景傷心泪暗含。

說:"終身至死,那是個出頭日?
慮父母近日焦愁,見面難。
在家時,常相守,不離娘寸步,
進宫後,想見面,如隔萬層山。
衹從被選將宫進,
掐指算去,有三四年。
終日裏,謹言慎行,又要急理便,
眼觀六路,耳聽八方,還把驚恐來耽,
想雙親,那討個回家的夢,
思父母,一腔是泪把心淹。"
小佳人,思前想後千般恨,
翠黛雙顰萬種煩。
偏對那,秋氣兒颼颼撲杏臉,
金風兒瀝瀝,擺羅衫。
黄花兒朵朵,勾人慘,
竹葉兒蒼蒼,引奴煩,
翠鳥兒紛紛,竹林哨,
黄鸝兒嚦嚦,樹梢喧。
翠瓊説:"消魂的日光兒,淡淡凄凉狠,
偏有這,攝魄的風絲兒,力力怯膽寒!"
小佳人,芳心兒陣陣增悲慟,
泪珠兒點點透胸前。
信步兒款款撲地岸,
小岸兒慢慢奔河沿。
驚起那,仙鶴兒對對,松梢舞,
麋鹿兒雙雙,遮湖山,
見御河,清水兒滑滑波心冷,
鴛鴦交頸岸上眠。
柳絲兒條條,黄且瘦,
金魚兒水面,去復還。
小翠瓊眼望水皮兒,念慮紛紛呆呆立,
忽一陣刮體凉風,紅葉飄飄墜面前。

第二回

桂花香殘景物幽,
秋光慘慘動人愁。
片片殘花隨風舞,
紛紛敗葉逐水流。
淡淡白雲九月景,
澄澄碧水一色秋。
弱女兒,猛見西風摧敗葉,
冰冷冷的翠袖兒,頻頻沾杏眸。

翠瓊見滿空蕭蕭飛紅葉,	一聲長嘆泪雙流。
説:"睹物嘆奴皆一樣,	人有無常物有休。
天地有窮盡,鐵石有殘朽,	人生青春能幾春秋!?"
小佳人,贊嘆多時,揀了個紅葉,	説:"血點兒般,好似胭脂染上頭。"
手顛着紅葉兒道:"人世花開能幾日?	人過了中年,就似這草木逢秋!
想奴家,不能安樂蓬門静,	衹落得,終年幽困在禁宫囚,
埋没了琴棋書畫,消滅了紅顔緑鬢,	辜負了風花雪月,虚度了春夏冬秋。
尤其這無用的聰明埋没者,	不如從小生來就是個傻丫頭。
奴何不題一首詩兒於紅葉上?	付與河,以泄奴胸中萬種愁。
奈無筆硯如何寫?	有了!奴不免用簪挺兒刺於上頭。"
想罷玉指尋翠鬢,	將一根金耳挖兒用手抽,
玉腕輕舒針尖兒刺,	玲瓏刺透字迹兒熟。
刺的是:"流水何事流太緊?	盡日深宫盡日愁!
殷勤拜謝囑紅葉,	好去人間自在游。"
刺罷的佳人心更慘,	呆對着金風力力水悠悠。
泪眼無神,雙眉蹙恨,	芳心有怨,滿腹堆愁。
愁愁半晌嘆了口氣,	手一鬆,紅葉兒飄飄順水流。
新詩兒四句隨流水,	紅葉兒一個穿御溝。
有一個書生姓于名晋青春二九,	姿格兒俊雅,人物兒風流,
身中解元父去世,	老母在膝下不遠游。
往常間,時在筆下熟文卷,	便從經傳苦追求。
因見這,西風敗葉敲門扇,	書生散步欲消愁。

合書兒,帶門離家下,
信步兒,灑意至御溝。
見凄涼處處蕭條狠,
寂寞家家甚清幽。
書生對景頭連點,
説:"正是梧桐一葉落,天下盡皆秋,
曠夫途間當增恨,
怨女閨中也應愁。"
小書生,正自感嘆秋日景,
見御溝,幾片紅葉往外流。
見這幾片葉兒來的狠[②],
忙找根樹枝兒,向水面去鈎,
鈎取來,把於掌上細觀細看,
色紅可愛,便袖上袖頭。
復鈎幾葉仔細看,
見上面,許多窟窿密又稠,
細睄時,是四句詩兒針尖兒刺,
從頭兒看畢,不由喜氣上眉頭。
思量道:"此必是宫中才女逢秋怨,
這詩兒,却是有意付清流。
想這女孩兒有此才華,必有貌,
芳容兒定美,大概兒温柔。
但衹是,葫蘆題兒無落款,
可從何處訪根由?
恨宫墻,高似青天如何好?
那是個,好消息兒到心頭?
空叫我,圍着宫墻打磨磨,
神思顛倒滿腹愁。
莫非是,聰明的綉女將書愚[③]戲?
故意兒,拋個紅葉難呆頭。
這其間,叫人難猜胡打卦,
衹使我明月蘆花無處求。"

第三回

誰知皇宫有怨女,
佳人暗地想良緣,
空逢紅葉難見面,
無緣怎得見嬋娟?
何不回答詩一首,
叫他存心且着安。
想罷重掐一紅葉,
用簪刺破不費難。
上寫着:"學生致意付紅顔,
耐性昭陽宫院邊。

自古佳人逢才子，　略遲幾日不遲延。
紅鸞高照姻緣動，　芳卿便作并蒂蓮。
那時方遂平生願，　姣姿匹配郎少年。”
寫罷不敢表名姓，　惟恐識破非等閑。
詩罷鬆手抛紅葉，　這水如何進御園？
姻緣造定天助力，　神風一陣捲回還。
翠瓊正在河邊站，　忽然低頭唬一竄，
睄見紅葉漂回轉，　魄散魂飛身軟灘。
慌慌張張探玉體，　不顧宫鞋濕半邊，
伸手撈來藏袖内，　意亂心忙不敢觀。
抽身退步纔要走，　衹見那，許多的宫娥跑上前。
人人口内尊賢姐，　如何孤身獨自玩？
爲什麽，濕了宫鞋髒綉襖？　爲什麽，低頭無語站河邊？
爲什麽，青絲散亂鬆雲鬢？　爲什麽，傷悲珠泪滚腮邊？
爲什麽，娘娘賜宴不飲酒？　爲什麽，不去耍笑倒愁煩？
翠瓊聞聽宫娥語，　偶然一計上眉尖。
口吐鶯聲忙陪笑：　“列位在上納奴言：
因看游魚鞋沾水，　花枝招展鬢雲環，
衹因思家想父母，　故此獨自暗傷殘。
量淺不敢飲御酒，　衆位須當把我耽。”
正是翠瓊閑談話，　忽聽那，娘娘金亭把懿旨傳。
吩咐引路歸正院，　宫娥保駕復回還。
才女聞聽不怠慢，　一個個，來見皇娘到面前。
出了御花園一座，　回宫不覺日垂山。
内院昭陽將燭掌，　彩女宫娥列兩邊。

娘娘玩景身乏倦，　　玉體斜卧床上眠。
内侍宫官都侍立，　　翠瓊退步暫偷閑。
無人之處取紅葉，　　借着燈光用眼兒觀，
睄罷從頭念一遍，　　佳人發怔口無言。
紅葉一般詩兩樣，　　此事蹊蹺真罕然，
未知何人題新句，　　此子一定不非凡。
有意回詩作下韵，　　定然妄想美良緣。
可嘆不得見一面，　　今世相逢衹怕難。
他那裏，畫餅充饑把佳期想，　　我這裏，望梅止渴盼團圓。
小姐想到傷心處，　　不覺珠泪滚腮邊。
緊皺春山眉兩道，　　低頭無語帶愁煩。
玉手托腮長嘆氣，　　腹内沉吟好幾番。
人説紅顔多薄命，　　果然此語不虚傳。
奴家本是聰明女，　　人才相貌兩十全。

第四回

雖無傾城傾國色，　　彩女叢中獨占頭。
我衹説，婚姻匹配風流婿，　　郎才女貌喜關鳩。
誰知命内孤鸞照，　　選進皇宫院裏頭。
伴鳳隨龍爲彩女，　　抛離雙親甚慘憂。
白日裏，耽驚受怕奉國母，　　夜晚獨自睡夢愁。
何年何日出禁地，　　一身好似水面浮。
前生造定該如此，　　妄想婚姻不自由，
算來不如村莊婦，　　婦隨夫唱樂無愁。

小姐越想心越嘆，　杏眼滔滔泪滿流。
自古道："人逢喜事精神爽，　悶來愁腸磕睡熟"，
無精打彩合二目，　玉體斜歪床上頭，
似睡不睡剛然睡，　這翠瓊，夢見書生進院頭。
又見個書生入内院，　摇摇擺擺樂無休，
翠瓊觀瞧嚇一跳，　小鹿兒偷偷，膽氣兒悠。
翻披綾襖迎出去，　又驚又怕細端周。
衹見他，儒巾打扮多美貌，　俊俏非凡甚風流，
面如美玉生光彩，　眉清目秀甚温柔，
潘安宋玉④差多少？　腮邊帶笑喜氣稠。
佳人看罷朝後退，　衹唬得，面色發黄氣兒柔。
"你是何人來到此？　擅撞宫幃罪不休！
内使巡察拿住你，　性命殘生傾刻丢。
奴家看你多文雅，　你竟敢，私進昭陽院裏頭，
暫且開恩行方便，　快些出去莫遲留。
少遲半刻人來到，　無常難脱一命休。"
那生聞聽尊小姐，　躬身控背把禮丢。
"小生家住咸陽郡，　祖父九代作高裘，
在下本是讀書輩，　廣覽詞章習卷讀。
過年聖上開大比，　金榜題名不費愁。
早晨河邊閑玩景，　見一枝紅葉隨波出御溝，
上面寫定詩八句，　字字傷情最慘悠。
小生一見心不忍，　抖愚才，聯詩接韵把字熟。
輕生捨命進内院，　特來此處會風流。
小姐若有憐生的意，　你我便作鳳鸞儔，

芳卿若要難憑信，現有這紅葉詩兒在此收。”
小姐聞聽低粉頸，翠瓊無語帶慚羞。
又驚、又喜心迷亂，腹内奪手三五愁。
驚的是，内院皇宫非兒戲，倘若疏虞性命休；
喜的是，奴家正想他就到，美滿姻緣在眼頭。
欲待今日將他阻，又恐才子把心揉[5]；
有心合偕成恩愛，事犯龍顔把命丢。
女子神慌心不定，左思右想兩發愁。
那生上前忙携手，悄語低言把語周：
“不必着慌心莫慮，天賜良緣喜無憂。
你我今日成夫婦，這便是，舉案齊眉[6]過百年頭。”

第五回

這書生，説着説着朝前走，忙把佳人用手攙，
半推半就將床上，二人解帶把衣寬。
剛然携手成恩愛，韓翠瓊，忽然驚醒把身翻，
慌忙往前撲一把，險些栽倒床下邊。
睁眼纔知是一夢，心内恍惚似油煎，
用手摸胸長吁氣，又不敢悲慟暗傷殘。
夢裏的歡娱還未盡，醒來時，獨自一人床上眠。
奴家夢裏遇才子，妄想痴心水化鹽。
想會多情心迷亂，一夜何曾眠一眠。
這翠瓊，强合杏眼方纔睡，忽見那，宫官兩位到眼前，
高叫翠瓊休遲慢，國母皇娘把你宣。

佳人聞聽説："遵旨。"
不由得，害怕着忙心膽寒。
無奈跟隨朝外走，
逕入昭陽院裏邊。
國母駕前把雙膝跪，
磕頭盡禮把駕參：
"奴婢翠瓊來見駕，
有何鳳諭望傳宣。
長孫娘娘朝下看，
不由的動怒駡一番，
用手指定韓小姐，
説："翠瓊無知膽似天！
夜巡的宮官來啓奏，
説是你，昨宿一晚未安眠。
初更哭到五鼓後，
撫床搗枕暗傷殘。
此時見駕不梳洗，
未搽脂粉主何緣？
哀家爲人多慈善，
從不責打與宮官。
皇家的富貴無窮樂，
日吃珍饈，把綾錦穿。
還有那些不足你的意？
爲什麽背地悲傷泪暗彈？
有甚麽爲難從實講，
一字虚言命活難！"
翠瓊聞聽尊國母，
皇娘息怒請聽言：
"我的父，現今作官食君禄，
身爲節度鎮邊關，
門排畫戟多顯貴，
一家老幼把恩沾。
奴婢入宮爲彩女，
進忠報效理當然。
聖上仁慈國母善，
恩深似海重如山。
傾心吐膽奉母後，
恨不能，身在皇宮住百年！
奴婢昨晚心傷感，
有個緣故在其間。
從實啓奏望赦罪，
國母開恩把奴寬。
祇因奴的心中，難捨父共母，
惟有爹娘我挂牽，
昨夜忽然得一夢，
夢見那，養我的萱堂站面前。
説的是：'想女想的肝腸斷，
盼兒盼的眼兒穿，
母女今朝見一面，
總然一死也心甘。"

正訴離情難割捨，忽然驚醒兩分殘。”

第六回

“床前不見生身的母，剩下我，獨自一人床上頭，
因此夜晚心悲慟，驚動了國母皇娘把事究。
望乞國母，開恩饒奴婢，從今後，再不敢思家把泪流。”
小姐奏罷連叩首，首震金磚碰響頭。
翠瓊討赦腮落泪，把那些彩女、嬪妃心慟揉。
人人眼内流痛泪，對景傷情心慘愁。
長孫娘娘如刀攪，國母聞言也泪流，
口叫：“翠瓊休害怕，宫女兒平身心莫愁，
萬歲回宫我啓奏，恩赦你等回家，喜無憂。
一門老幼重完聚，各尋配偶莫遲扣。
從今後，三年一換選彩女，免的你等思家，心内愁。”
宫女聞聽將恩謝，一齊叩首在下頭。
正然講話聖駕到，貞觀天子轉回游。
娘娘接進昭陽院，一往從前訴根由，
太宗皇帝心大悦，説道是：“御妻賢德情性柔，
你既開恩孤准奏，放他們回家團圓散淡游。
大小宫娥出内院，父母引領轉家頭。”
節度韓爺接愛女，一家重逢喜氣稠。
令人打聽尋佳婿，恐怕婚姻大事丢。
官媒提親來報喜，説：“有個新科的狀元正封侯，
姓于名晋家豪富，才貌雙全甚温柔。”

韓爺聞聽心大喜，　行聘過禮把親求。
翠瓊小姐愁無限，　口叫龍天腹内收：
“奴家今日終身定，　但不知，聯詩之人在那頭？
大約我兩無緣分，　要想相逢，不能到頭。”
小姐愁思吉日到，　洞房花燭甚風流。
夫妻拜罷天合地，　合巹交杯坐帳頭。
翠瓊眼内含珠泪，　緊皺娥眉喜變憂。
于晋低聲呼：“小姐，　不必害臊假慚羞，
宫内思春人難到，　今日故意假妝愁。
那日小生閑玩景，　見一枝紅葉兒，飄飄題詩在上頭，
宫女兒思春吾盡曉，　小姐何必把心收？”
説罷取出一紅葉，　遞與佳人仔細熟。
翠瓊接來從頭看，　不由紅臉强低頭：
“此詩原是奴家作，　幸今朝，你我團圓喜無憂，
今日方遂平生意，　女貌郎才逞風流。”
這正是，紅葉爲媒成夫婦，　直到如今佳話留。

説明：

此作係據清代别野堂鈔本。又題《天緣巧配》《天緣巧合》。故事淵源於元代白樸的雜劇《韓翠蘋御水流紅葉》和明代祝長生的《紅葉記》傳奇。此作着重描寫韓翠瓊作爲宫女生活的痛苦，“終日裏，謹言慎行，又要急理便，眼觀六路，耳聽八方，還把驚恐來耽”，她日夜思念父母，感嘆“人生青春能幾春秋”，在紅葉上題詩表達她對愛情的追求。書生于晋見到她的紅葉題詩，便也以紅葉題詩回贈，然而他們衹能在夢中相會。雖然作品最後使韓翠瓊得巧與于晋“紅葉爲媒成夫婦”，但這不過是人們的美好願望而

已。而韓翠瓊在精神上所受的無窮痛苦和折磨,却是對封建社會宫女制度的强烈控訴。

注釋:

①急理便:伶俐靈活。

②來的狠:猶言來的快。

③書愚:書痴,書呆子。

④潘安、宋玉:都是歷史上有名的美男子。潘安,見本書《石頭記》篇注⑦。宋玉著有《登徒了好色賦》,自稱體貌閑麗,東鄰女爲此登墻偷看他三年。

⑤揉:這裏意思指揉碎。

⑥舉案齊眉:喻夫妻相敬相愛。詳見本書《哭城》篇注③。

廊　會 四回

無名氏

第一回

節孝雙全趙五娘，　生成情性最温良。
孝順公婆不怠慢，　陳留三載遇饑荒。
無奈何，萬苦千辛出頭露面，　祗因爲，一雙父母相繼而亡。
剪髮、築墳、描容、别墓，　懷抱琵琶尋找蔡郎。
路途辛苦言不盡，　非止一朝至雒陽[1]。
這一日正逢七月十五盂蘭會[2]，　彌陀寺内盡超亡。
五娘步入彌陀寺，　超拔親老上西方。
正然熱鬧人回避，　齊説："來了一個狀元郎。"
五娘躲閃偷眼看，　見狀元威勢馬頭昂。
賢人不肯當場認，　怕臨期伯喈含愧，變了心腸。
無奈心中生一計，　我何不把公婆的遺像，挂在東廊。
祝贊道："蒼天若念奴家苦，　使伯喈收取真容到畫堂。"
且説到伯喈進寺還心願，　求的是，家中父母體安康。
拜完佛像把香金放，　游行散步到東廊。

見一軸畫像把僧人問，
和尚説："是個婦人挂的，走的慌忙。"
狀元説："快喚他來拿了去。"
和尚説："不知去向在何方。"
僕人也回報尋不見。
狀元説："童兒拿去暫收藏。"
童兒答應出寺去。
再整賢良趙五娘，
隨後跟尋到牛相府，
妝成個道姑超化站在門旁。
試將曲詞理宫商[③]。
撥動琵琶情慘傷，
賢孝歌兒口内唱，
音清調美韵悠揚。
唱的是，重孝雙親葬白楊[④]，
投荒萬里嘆紅妝。
一身伴影來都下，
不比當年姜氏娘[⑤]。

第二回

莫羡佳人玉作妝，
佳人不以貌爲良。
須教名姓標青史，
要把風流繼孟光[⑥]。
竊玉偷香隨處有，
齊眉舉案在何方？
笑文人，朝朝翻弄崔張案[⑦]，
總不如，老去的篇章滋味長。
且説牛小姐已曉伯喈父母在，
還有前妻趙五娘。
賢惠夫人求老父，
早差李旺上蔡家莊。
迎請公婆與姐姐，
同到京中聚晝堂。
正是："不如意事常八九"真不錯，
"可與人言無二三"更有傷。
又叫那院子連把官媒喚，
尋幾個精細婦女、丫嬛服侍爹娘。
院子答應往外轉，
出門來正遇女紅妝。
見是個年幼的道姑兒身藍縷，
口唱歌詞動感傷。
尖生生十指聰明透，
黄瘦瘦臉皮兒，秀氣兒藏。

眉頭兒雖細,愁容兒鎖, 眼角兒雖媚,泪珠兒汪。
脚兒雖小步兒穩, 裙兒雖破幅兒長。
趙五娘上前稽首尊督管, 説:"貧道飄零在異鄉。
聞得夫人多好善, 前來超化討齋糧。
督管若肯行方便, 將貧道,引見夫人拜綉房。"
督管説:"你要見夫人是極容易, 我夫人齋僧、齋道善心腸。
待我中堂替你稟, 屈尊仙駕暫立門旁。"
五娘回言説:"多謝!" 院子回身入畫堂,
稟夫人:"精細婦人無尋見, 却有個道姑,超化在外厢。"
夫人説:"道姑麼? 你快去唤, 看看如何,是怎樣面龐?"
院子説:"夫人着你進去相見, 小心在意莫慌張。"
趙五娘跟隨院子,把深閨入, 見夫人小立在回廊。
斜倚雕欄朝外望, 恰好是,露井桃花帶雨香。
明珠翠鈿芳容襯, 彩袖湘裙宫様妝。
真果是,九天玉女臨凡世, 仿佛象觀音感應下慈航。
趙五娘,向前施禮忙稽首, 夫人命坐獻茶湯。
但見他,面雖黄瘦含丰韵, 眉頭緊鎖帶愁腸。
不消脂粉容光滿, 行爲動作甚端莊。
身穿孝服雖藍縷, 形容骨格不尋常。
看罷了便問:"道姑有何技藝? 輕身獨自遠走他鄉。"

第三回

五娘説:"非是自誇,夫人莫怪, 婦人之道,我敢承當。
大則琴棋書畫,小則女工針黹, 次則調和滋味,肴饌羹湯。"

夫人聞聽心歡喜：
“既有這些本領妙非常。
何不在我房中吃些現成茶飯？
强如超化在街坊。
你合我，綉榻談心堪遣興，
字帖棋書琴一張。
閑來時，彩筆輕詞臨吴道[⑧]，
悶來時，金針時度綉鴛鴦。
不知你意下如何否？”
趙五娘聞聽心内喜非常，
忙説道：“若得如此，感恩非淺，
但愁貧道不能稱心腸，
還望夫人原諒我，
足見得，恩深德厚，大義賢良。”
我問你：“是在家出家，還是在嫁出家否？”
五娘説：“本是在嫁出家的，公婆早亡。”
小姐聽説叫院子：
“你今作事太荒唐。
他既是在嫁出家的，想是有丈夫的了，
你叫他向別方去超化罷，你可多與他些齋糧。”
佳人説：“苦啊！奴念錯也，
却不爲超化而來，爲尋找夫郎。”
夫人説：“你那夫君作何生理？
可知去向在何方？”
五娘説：“我那夫啊”他又停住了口，
欲言又止暗思量。
我若説出真名姓，
怕他嗔怪奴怎當？
况我臨行蒙太公囑咐，
言如金玉，豈可輕忘！
他説是：“逢人祇説三分話，
未可全抛一片心腸。”
我如今將“蔡伯喈”三字拆開講，
看夫人意下如何嚇，再作商量。
説：“我丈夫姓祭名白皆人人曉，
都説他住在貴府廊房。
可憐我，萬苦千辛來到此，
夫人若肯開恩，我就見着祭郎。”
夫人叫院子替他查查看，
有此人，夫妻完聚早成雙。
院公稟：“查遍廊房無人姓祭，
多管是，旁人的言語錯傳揚。”
夫人説：“既是你丈夫不在此，
我多多贈與你些齋糧。
另向他方尋去罷，
但願你，夫婦團圓鳳還凰。”

趙五娘,一聞此語痴呆了, 搵不住盈盈珠泪落千行

傷心道:"人人都説牛相府,如今無有, 也不知,落絮飄零去那鄉?"

尊了聲:"夫人,坑殺我! 念妾身,萬苦千辛改道妝,

打聽得我兒夫居廊下, 又誰知是道路傳聞,信渺茫。

這而今,天涯有路何方覓? 况又是,四海無家一個女娘。

求夫人,若肯慈心行方便, 借尊府暫且栖身,再作商量。"

夫人説:"你住在我府中但祇一件, 須要屈尊改此裝。"

五娘嘆氣説:"不敢改, 貧道不能换此裝。"

夫人問道:"是何原故?" 遲疑道:"五娘展轉費愁腸。"

第四回

暗思量:何不乘機將情訴, 説:"我有十二載親服不敢當。"

夫人説:"先王制禮如何不過, 重孝三年是所常。"

五娘説:"我公三載,婆三載, 我公姑兩位,相繼而亡。"

夫人説:"依你算來,祇得六載。" 五娘説:"夫人有所不知詳,

祇爲我那薄幸兒夫留都下, 又替他代穿六載,答報爹娘,

所以纔禀告夫人,十二載的孝。" 夫人説:"這般行孝,真正賢良,

雖如此,我老相公不喜這般打扮, 少不得屈尊你,須得略略换换素裳。"

五娘回道説:"遵命。" 説:"待我從權改素妝。"

夫人命惜春把衣服取到, 趙五娘把衣裙换了,暗恓惶。

纔臨妝鏡忽一怔, 見不是當年的趙五娘。

花容兒瘦得實難認, 柳腰兒細到可悲傷。

說:"鏡兒嚇,幾年不照奴家面,
傷心不把釵環帶,
草草的妝就,把夫人謝,
夫人說:"果然玉貌非凡品,
可羨你公婆已死,情尤重,
有心答報,也難答報。"
夫人說:"已遣家人迎請去,
五娘說:"前妻若在應怎處?"
倘若他前妻能似你,
五娘說:"夫人不是真情話。"
五娘說:"夫人願見他前妻否?"
五娘說:"遠在千里,近在目下,
言罷起身忙萬福,

夫人驚駭說:"原來是姐姐!"
說:"恕妾不知失迎迓,
一條身子兒斜陽裏,
受盡風霜吃盡了苦,
你那裏,泪落珠零,把喪事畢,
把你那麻衣穿在奴身上,
五娘說:"事今至此,穿也無益,
奴雖替你行了孝道,
小姐說:"天地神明今共鑒,
說話間,丫嬛早把杯盤到,
五娘飯畢閑散步,

應憐我,粉退香消玉減光。"
怎忍緊鎖的雙蛾,逗晝長。
說:"多承美意賜衣裳。"
也祇用淡掃蛾眉,勝艷妝。
怎似我,雖有公姑在異鄉。
五娘說:"何不接來聚一堂?"
但愁是,迢迢千里蔡家莊。"
夫人說:"一鳳何妨御二凰!
我情願,下氣虛心作二房。"
夫人說:"我若欺心有上蒼。"
夫人說:"欲見知他在那厢?"
祇要你,慈悲憐念舊糟糠[9]。"
說:"奴便是那萬苦千辛的趙五娘。"
急忙答禮,共坐牙床,
難爲你,路遠天涯到此鄉。
三寸脚兒古道旁。
孝義雙全的趙五娘。
我這裏,夫貴妻榮,把倫理喪。
也免得,不孝的名兒天下揚。"
賢妹妹須要從權,最好商量。
你若是疼奴,就盡了情腸。"
奴若欺心,天必降殃。"
二人對坐舉霞觴。
無心偶爾進書房。

忽見真容懸壁上， 趙五娘，霜毫慢拈作詩章。
題上了七言一律在真容上， 真果是，滿紙酸辛惹斷腸。
寫完移步歸綉户， 合牛小姐把往日的傷心，又訴了一場。

説明：

此作係根據清代别野堂鈔本。取材於明代高明的《琵琶記》傳奇。寫趙五娘尋找丈夫蔡伯喈的故事。趙五娘歷盡艱辛，尋找中了狀元的丈夫蔡伯喈，在彌陀寺與其夫相遇，因"怕臨期伯喈含愧，變了心腸"，故將他父母的遺像挂在彌陀寺的東廊，蔡伯喈發現後，却未找到挂像的人，便把父母遺像取回。趙五娘扮作道姑到牛相府超化，被蔡伯喈新婚的牛小姐收留。牛小姐"情願，下氣虚心作二房"，以洗刷他倆"夫貴妻榮，把倫理喪"的罪愆。儘管作者力圖調和矛盾，既頌揚趙五娘的"孝義雙全"，又回護蔡伯喈的忘恩負義，但作品的客觀效果，却描繪了趙五娘的"滿紙酸辛惹斷腸"，從側面反映了封建倫理道德的窳敗。

注釋：

①雒陽：即河南洛陽。

②盂蘭會：見本書《黛玉悲秋》篇注⑬。

③宫商：我國古時以宫、商、角、徵、羽爲五音。五音以音階的高低、清濁爲區分，故後世即以宫商喻音律或樂器。

④白楊：落葉喬木。因爲它多植於墳塋旁邊，所以這裏以喻墳塋。

⑤姜氏娘：這裏指孟姜女。故事參見本書《哭城》《尋夫曲》篇。

⑥孟光：東漢賢女，梁鴻之妻。詳見本書《訪賢》篇注③。

⑦崔張案：指《西厢記》崔鶯鶯和張生相愛的故事。

⑧臨：臨摹。吴道：即唐代著名畫家吴道子。他筆法超妙，被稱爲畫聖。

⑨糟糠：指貧賤時的妻子。據《後漢書·宋弘傳》，後漢光武帝劉秀姊湖陽公主新寡，屬意於朝臣宋弘。劉秀先試探宋弘道："俗語説：'貴易交，富易妻。'合乎人情麼？"弘答道："臣聞貧賤之交不可忘，糟糠之妻不下堂。"故後世遂以糟糠喻妻。

奇　逢一回

無名氏

大宋山河氣敗衰，　　金兵戎馬蕩塵埃。
黎民塗炭多南竄，　　遍地狼烟自北來。
書院人抛奎斗筆，　　綉窗女踏小弓鞋。
蔣世隆曠野奇逢王小姐，　　從那雨蓋兒上，紅絲兒牽扯鳳鸞諧。
蔣世隆一聞此話魂驚碎，　　頭自低下，眼皮兒不抬。
紋絲兒不動，必恭必敬，　　王瑞蘭又一陣心酸，説：“好個秀才！”
説：“君哪！舉案齊眉奴所願，　　但是作夫妻三字交代明白。”
蔣世隆迷離麻亂渾如醉，　　身心一片，無處安排。
意遲遲，一陣子糊塗，一陣子喜，　　目瞪瞪，一會兒也斜，一會兒呆。
因見那，瑞蘭羞答答的話，　　三個字在櫻桃口内，不敢吐明白。
向佳人越看越憐，越睄越愛，　　真是嫦娥飛下廣寒來。
玉容兒，真有傾國傾城貌，　　雲髻兒，蓬鬆兩鬢偏襯歪。
身子兒，裊裊婷婷一條兒瘦，　　眉目兒，兩汪兒秋水，兩攢兒呆。
靈心兒，一會兒蒼滑，一會兒傻，　　説話兒，一半兒剛直，一半兒乖。
且慢説，舉案齊眉同偕老，　　就是眼下的便宜，也想不來。
忽見那，夕陽之下，白雲漸起，　　丹楓樹上，紅葉兒飛來。

耳畔中,金鼓無聲干戈息,	古路上,塵消烟滅滅兵灾。
鬧吵吵,歸巢鴉鳥屯林聚,	恍惚惚,一牙兒新月透出來。
淒慘慘,禾黍離離哭破國[①],	遠迢迢,愁雲怨霧嘆玉階[②]。
冷清清,鷄犬全無人逃竄,	孤零零,荒凉萬頃,兩個形骸。
慟哀哀,死裏逃生魂靈兒定,	愁默默,人離家破慟哀哀。
蔣世隆袖梢兒掩泪,向王小姐,	問:"娘子是誰家的小姐?何處是尊宅?"
王瑞蘭破紅露玉低聲兒應,	説:"家住在汴梁城内鼓樓街,
姓王名瑞蘭,痴長十七歲,	父在朝中奉欽差。
不意金兵來犯境,	我母女相依逃難來。
路途忽被兵衝散,	可憐母女兩分開。
唯不知養我的親娘在何處,	白日分離還怕是有灾。
思兒想女滴紅泪,	抛家失業慟哀哉。
老人家,若有一差半錯,	我王瑞蘭罪深如海,也恕不過來。"
向書生説:"請問君子何處住?"	世隆説:"家住在汴梁城外五里臺。
姓蔣名世隆,虚度十九歲,	我本是黌門一秀才。
不幸父母雙亡故,	衹小生與瑞蓮妹妹,守田宅。
路途中逃難,被兵衝散,"	説到此處,一陣傷心泪滿腮。
"妹妹今已不知在何處,	可憐他,還是閨中弱質小嬰孩。
一聞這金兵犯境,他的魂靈兒碎,	唬的他,骨軟筋灘,就走不上路來。
好容易,一半兒攙扶,一半兒哄,	剛剛兒脱過這場灾。
兄妹歇息在樹林内,	不想那,金兵倉卒又回來。
衹因逃生行岔路,	兄妹分離在兩下裏拆。

小妹他幼年無知，遭了劫數， 我蔣世隆，也難見爺娘，怎入墳臺？
聞聽説金兵已過，烟塵已定， 奉勸娘子放下懷。
我有羅帕兒，與你搵搵香腮擦眼泪， 與你沾香汗，與你撣塵埃。"
佳人説："我前生欠下了路途債， 奈我這脚兒疼痛步難抬。"
世隆説："我勸娘子休悲慟， 你把那纏脚帶兒鬆放開。
頭上取下一根金簪子， 輕輕兒拆開一雙紅綉鞋。
若有那，關津渡口人盤問， 衹説是：親哥哥携帶着小妹來。"
瑞蘭説："君子你好呆也！" 世隆説："娘子，我不呆。"
瑞蘭説："君子你怎不呆也？ 説甚麽，纏脚帶兒鬆放開，
説甚麽，頭上取下金簪子， 説甚麽，輕輕拆開一雙紅綉鞋，
説什麽，關津渡口人盤問， 説什麽，親哥哥携帶着小妹來。
夫前妻後望影而行，君子請！ 待奴一步一步趲上來。"

説明：

此作係據清代百本張鈔本。百本張《子弟書目録》著録，注稱"三回"誤。故事來源於明代施惠的《幽閨記》傳奇，直接取材於清代高腔戲《奇逢扯傘》。寫金兵入侵，蔣世隆與王瑞蘭於逃難途中相遇，結伴而行，遂成夫婦的情節。作品名爲寫愛情，實則描繪了一幅農田荒廢、鷄犬全無、民不聊生、國破家亡的悲慘圖畫；而寫王瑞蘭與蔣世隆的相愛，也比原劇本顯得大膽、主動，毫無封建禮教的束縛和忸怩羞澀之態。

注釋：

①禾黍離離：殷代箕子在殷朝滅亡後，過故殷墟，看到宫室毁

壞,禾黍離離,心裏十分悲傷,乃作《麥秀歌》而哭。後人因此以黍離麥秀作爲傷悼故國之詞。

②玉堦:這裏指皇宫。堦,同階。

宫花報喜三回

無名氏

第一回

鰲頭獨占狀元紅，皆因英姿吐鳳，鋭志囊螢[①]。
劉小姐雖受千般苦，吕蒙正何嘗一世窮。
節義至今標烈女，詩書從不負英雄。
倚閑窗，偶因小傳添新墨，寫一回《宫花報喜》夫貴妻榮。
且不言，蒙正在京師身已中，嘆劉氏，咬釘含鐵破窑中。
到曉來，水照殘妝盆作鏡，到晚來，光篩破壁月爲燈。
這千金，是處睄來皆落泪，無時想去不傷情。
忽一日，寂寞的賢人獨自坐，天氣兒，雲淡風輕細雨晴。
對着那，一捆濕柴堆破竈，半鋪土炕冷如冰。
身邊磨破了衣兩件，眼看吃完了米數升。
門掩蓬蒿空落落，人居曠野冷清清。
一個兒，活脱孤鬼兒樣，滿窑中，真如冰井兒同。
這賢人，傷心衹把天倫叫，悲聲慘慘泪盈盈。
“難道説，我不是你的親生自養？你怎麽，一些兒也就不把奴疼？

你那裏,是相爺的榮耀,無窮的富,
我這裏,比花子也不堪,這樣的窮。
許多時,連然也不然,把孩兒竟忘了,
我那傲性子的爹爹,哎！你也太狠情！
罷了麽,天哪！我也無的怨,
就衹是,想念生身的老誥封。
這也是,要强的丫頭不争氣,
苦命的孩兒把母坑。
難爲你不死痴心,常將錢米送,
贈衣衿,你女婿纔求官上帝京。
又不知,他此去果能身貴顯,
怕衹怕,蒼天有意困英雄。
論兒夫,絶代的文章,凌雲的志氣,
自然是,獨占春闈的一品紅。
就衹愁,八字兒安排時與命,
靠不準,一定的風雲魚化龍。
這些時黄犬音乖,青鸞信杳,
莫非他龍門點額,金榜無名?
果如此,我那好勝的兒夫,要羞歸故里,
叫我劉氏女可如何的尋找?怎樣的調停?”
這賢人,不住的猶疑方寸亂,
忽聽得擊户聲音,心裏一驚。
忙問道:“是誰敲門?”外邊説:“奴婢。”
很像是:相府的丫鬟,説話的聲。
賢人啓户,丫鬟走進,
殷勤叩拜,舉止謙恭。
説:“小姐玉體金安一向好!
呀！怎麽蕭條了月貌,瘦損了花容?”
賢人嘆説:“老爺、太太安康否?”
丫鬟説:“除了想小姐,到也很安寧。”
賢人説:“養我的親娘自然是想,
那心狠的天倫他未必能。”
丫鬟説:“老爺不過是一時的盛怒,
像這父女連心,豈有個不疼!
俗語兒説:‘真親惱不了一百日。’
爺如今想念姑娘,把眼都盼紅。
幾次差人接小姐,
偏偏兒的一天家有事,不得個消停。

今早時，老爺親看題名新録，見姑老爺狀元及第，中了頭名。
差奴婢一則問安，二則是請，甚麼回門對月？這就是歸寧。
再者，老爺、太太給夫人道喜！喜的是姑娘化鳳，女婿成龍。”
劉千金驚喜交加，說：“果如此！”丫鬟說：“可不是真麼？我的誥封！”
賢人說：“謝天謝地呀，梅香你看！是何處紛紛車馬聲？”
丫鬟站起到窑門外，見香車懸錦幕，寶馬帶紅纓，
前打着：狀元及第的牌八面，綉羅旗寫：迎接誥命上京城。

第二回

瓊林宴上狀元郎，遣親隨，南窑報喜與賢良。
十分榮耀接劉氏，一對宫花出玉堂。
高頭大馬，軒昂院子，二人小轎，醜陋梅香。
他二人，恭恭敬敬到寒窑外，吩咐那轎馬人夫，伺候一旁。
見個人，杏眼蛾眉在門外立，湘裙綉帕配羅裳。
醜梅香跪倒磕頭，說：“夫人大喜！奴婢是狀元爺新買的醜梅香。”
俊梅香，帶笑手攙說：“不敢，我是劉丞相府内的丫鬟到此廂。
姐姐平身别折受我，就磕頭，連一聲兒也不問喲，好個快性的姑娘！”
院公大笑説：“有趣！”醜梅香翻身爬起，把臉枯喪，
說：“大天白日，真真的喪氣。”院公說：“姐兒們拜拜有何妨？”
向俊丫鬟執手躬身說：“借重，啓夫人，就說狀元奉請上京邦。”
俊丫鬟走進窑中，向夫人跪倒，說：“禀小姐，姑爺的親命，來請姑娘，
現有那差遣之人在門外候。”劉千金這一番的歡喜，無半點愁

說:"令他們進來。"丫鬟答應。
一個捧着冠帶滿盤,楂楂貴氣,
恭敬敬到主母的跟前,雙雙拜倒,

賢人笑問說:"捷書何在?"
倉卒之間無修華翰,
賢人說:"原來如此,你等免禮。"
醜梅香侍奉賢人把冠帶换,
五鳳冠,翡翠巍峨,珍珠燦爛,
白玉帶,俏束蠻腰,奇珍點綴,
這賢人,花容淡淡花含笑,
那一種大家的舉動,生成冠冕,
忽見那相府的丫鬟輕跪倒,
老相爺,朱門掃徑迎金輦,
請小姐貴體屈尊到家中走走,
劉千金粉面含嗔,鶯聲兒喝道:
你與我多多拜上心慈的宰相,
任憑他錦衣玉食,紅樓翠院,
别管奴,死也罷來活也罷,
豈不聞:嫁出去的女兒是潑出去的水,
他既不留去年階下的寒儒婿,
既有當初又何必今日?
衹當是這破瓦窑中,把奴餓死,
他再要錦上添花,來吵鬧我,

腸,
不多時,進來了院子與梅香。
一個舉着宫花一對,閃閃金光。
齊聲兒道:"願賢德的誥命,福壽綿長!"
院公說:"狀元赴宴,去的匆忙。
這宫花,權作泥金報一張。"
院子平身站一旁。
劉千金真是昨朝地下,今日天堂。
大紅袍,金花繚繞,彩鳳輝煌。
綉羅裙,低垂朱履,環佩叮噹。
玉骨亭亭玉有香。
分明是,廣寒宫裏一位小娘娘。
說:"禀夫人! 暫且消停上帝邦,
老誥命,喜宴懸花設玉堂,
好夫人不必推托,你賜個光。"
"賤丫頭! 信口開合少要狂!
就説奴不勞他這様挂心腸。
自有我裙布荆釵,菽水糟糠。
常言道:自家作事自家當。
就便是爹娘疼愛女,怎奈那愛女倒忘了爹娘!
他怎認得今春榜上的狀元郎?
難爲他,還頂冠束帶立朝綱!
從今後,别想千金轉畫堂。
你就説:姑娘還是舊姑娘。"

俊丫鬟口喚:"夫人"纔要勸,
怒惱了心粗性暴的醜梅香。
怪嚷道:"我是來接你不叫走,
你敢自消停我却忙。
誰許你來閑扯臊?
不管人家的火上了房!
還不快躲開,你再要磨牙我真要打。"
醜梅香瞪眼獰眉,像個鬼王。

第三回

劉千金慢款金蓮動綉裙,
一步步到寒窑外面細留神。
見錦簇簇春滿曠野花林暖,
青茫茫,雨過平原草色新。
想當初,是悲凉的事業,悲凉的日,
到而今,是得意的風光,得意的人。
啓朱唇,吩咐梅香將拜氈伺候,
待奴别一别,這安身立命的破窑門。

醜梅香,洋錦氈鋪芳草地,
這賢人招展花枝拜在塵。
說:"窑哇! 你合奴家的緣分滿,
此一别,答謝你遮風避雨的恩。
我夫妻在此埋頭多借重,
今朝别你好傷心。
奴此去,春風轎馬人千里,
想寒窑,衹有斜陽樹影,落月閑雲。

奴本是,珠圍翠繞多姣女,
誰想到,蓬頭垢面流落風塵。
細想當日,如何來此處?
又誰知,今朝這樣出窑門。
似這等,去住原來皆定數,
窮通到底是前因。
并非我千金,一旦薄情去,
皆因是狀元接我、富貴催人。"
賢人拜起亭亭立,
俊丫鬟撩裙跪倒,口吐嬌音,
說:"丫鬟是雇來的小轎,他先回去,
奴婢討賞,誥命施恩,
將這乘小轎給丫鬟坐。
若不然,叫奴怎樣轉家門?"
劉千金未及開言,見醜梅香冷笑,
說:"好不咧! 我跟着跑不成? 哎

喲！好個不害臊的人！”

俊丫鬟説：“你言語村粗，舌尖嘴大。”
醜梅香説：“你行爲混賬，愛富嫌貧。”

俊丫鬟説：“你醜八怪，可坐的是甚麽轎？”
醜梅香説：“你狐媚子精，别充體面人！”

俊丫鬟説：“偏坐[②]！偏坐！偏他娘的要坐！”
醜梅香説：“妝渾[③]！妝渾！你少合我妝渾！”

劉千金對着那相府的丫鬟，把春山蹙蹙，
説：“小賤人！你休得無禮亂胡云。

可記得，你在彩樓之上的言太冷？
説：吕秀才像個鍩毛的鷄兒被雨淋。

你想想，此處樓頭能有幾日？
狀元郎就鵾鵬飛上九霄雲！

非是我，不肯施恩將轎賞，
祇爲可惱你這刻苦奸酸的小賤人。

看着素日的勤勞，不責備，
且罰你，單身獨步受受風塵。”

誥命發威連聲説：“快走！”
不敢哼的丫鬟站起身。

醜梅香説：“偏坐！偏坐！我看你偏坐！
丢人！丢人！我替你丢人！

愁殺人，那一擰擰的脚兒，難走的很，
我醜可醜，坐轎人抬，那麽怪爽神。

呸！你去罷，哥哥兒！不用瞪眼，
看仔細，路長天短，關了城門。”

俊丫鬟，忍氣吞聲含泪去，
劉小姐，率衆登程氣象新。

吹面緑楊風，沾衣紅杏雨，
亭亭金柄傘，麗麗玉堂人。

韵悠悠，十番樂奏榮華譜，
飄蕩蕩，五色旗摇錦綉雲。

香馥馥，好花有意迎金馬，
翠生生，芳草多情襯畫輪。

路途中，處處争睄賢德的誥命，
人人稱贊，志氣絶倫。

丞相的女兒，是狀元的妻子，
千金的小姐，是一品的夫人。

這正是：苦到盡頭人不曉，　時來那個不相親。
賢良女甘受貧窮，不貪富貴，　美名兒動地驚天，無有不聞。
到京師，和狀元同享千鍾禄，　吕蒙正，御筆親除作了翰林。
果然是，女貌郎才稱二美，　説不盡，夫榮妻貴到十分。
光宗祖，繼世綿綿烏紗象簡，　耀門庭，傳家代代桂子蘭孫。
書中意，會心親友如相問，　無非是表揚賢慧，鼓舞斯文。

説明：

此作係根據清代百本張鈔本。簡稱《報喜》。淵源於元代王實甫《吕蒙正風雪破窑記》和明代無名氏的《宫花報》傳奇，直接取材於清代高腔戲《報喜》。此作寫吕蒙正夫婦家住破窑，生活貧困，"比花子也不堪，這樣的窮"，而岳父"是相爺的榮耀，無窮的富"，却不認親生女兒和女婿。後來吕蒙正中了狀元，他岳父母却派人來接女兒，女兒氣憤地説："他既不留去年階下的寒儒婿，他怎認得今春榜上的狀元郎？""祇當是這破瓦窑中，把奴餓死，從今後，别想千金轉畫堂。"作者的寫作目的很明確："書中意，會心親友如相問，無非是表揚賢慧，鼓舞斯文。"作品反映了封建倫理道德的虚僞性，實質上是以富貴金錢關係爲轉移的。

注釋：

①鋭志囊螢：鋭志，意爲志向堅决。囊螢，晋車胤恭勤不倦，家貧無錢買油點燈，夏天就用布袋盛螢火蟲，借螢火蟲的亮光，夜以繼日地讀書。

②偏坐：猶言一定要坐。

③妝渾：猶言裝糊塗。

昭君出塞五回

無名氏

第一回

且說那苦命的王妃出雁門，　胡兵數萬擁昭君。
皇娘乍入沙漠地，　景物蕭條嘆死人。
野渡無人行客少，　漁調樵歌總不聞。
千頃荒田無人種，　長途那討一莊村。
土嶺層層黄沙滚，　山水蒼蒼接黑雲。
山前有幾家夷人住，　臭氣黑烟熏死人。
看他的房屋真可笑，　頂幔牛皮，氈子擋門。
胡兒睡起無别幹，　不進羊群、進馬群。
煮飯無柴，燒馬糞，　牛肉生吃帶血津。
一般也有年輕婦，　胡語番言混死人。
男女老幼無内外，　糊裏糊塗過光陰。
那有脂粉蘭麝氣，　陣陣腥膻，往鼻内噴。
一年四季穿皮襖，　春夏秋冬總不分。
這娘娘，心煩懶觀化外的景，　急忙忙，越過了山坡一座樺木林。

刷喇喇，敗葉凋零撲人面，冷颼颼，凛烈寒風透體侵。
孤零零，四野胡笳吹斷續，叫喳喳，山中野鳥送悲音。
顫巍巍，枯枝聲憔悴，重叠叠，遥望遠岫長稠雲。
慘淡淡，并無半點融和氣，敗殘殘，一味的露冷霜寒風掩塵。
路迢迢，衹行的身體倦，曲灣灣，過小溪處處擔心。
意懸懸，呆呆懶悶無情趣，寂寞寞，滿懷心事向誰申。
思念念，不見南朝一宗景况，眼睁睁，處處遇胡人。
軟怯怯，身似飄蓬差多少，凄凉凉，就是鐵石之人也怕聞。
想南朝，錦片前程還有不足處，聽的是：細樂笙歌，六律五音，
觀的是：園中四時琪花異草，吃的是：山海奇珍美味馨，
穿的是：錦緞宫衣龍鳳襖，使的是：粉黛胭嬛彩監嬪，
住的是：鳳閣龍樓皇宫院，伴的是：天下君王第一人。
實指望，君妾同歡樂，龍鳳相隨過幾春。
又誰知，從天降下龍泉劍，斬斷恩情兩下分。
到如今，牛乳洗淡胭脂口，羊肉充饑玉體腥。
思想泪落腮邊滚，錦綉宫衣，濕透了幾層。
胡女一見收晚膳，撤去殘席秉上燈。
皇娘悶坐腮流泪，玉腕拳回手打胸。
眼望南朝尊我主："皇爺心狠太薄情。
常言道：社稷原是將軍定，爲甚麽拿着昭君，樂享太平？"
想起父母痴心處，專教我讀書習女工；
琴棋書畫般般會，作賦吟詩件件通；
品竹彈絲常習演，換請名師怕不精。
這是我，志大心高圖名望，要作個，才貌雙全美女名。

第二回

"又誰知,大漢劉主缺妃后,毛延壽送我入皇宮。
我的父,家寒缺少打點,奸賊懷恨改真容。
美人圖,添上個滴泪妨夫痣,獻上當今主至尊。
睄我是閉月羞花貌,現放着沉魚落雁容。
痛恨眼下妨夫痣,因此上,將奴送進養閑宮。
可憐我,冷宮埋没三年半,正遇團圓八月中。
月下幸遇皇爺的駕,苦訴情腸,感動聖明。
皇恩浩蕩如堯舜,封我昭陽掌正宮。
奸賊懼罪逃邊外,私行反上牧羊城。
將我的真容獻與口北[①],單于一見就發兵。
南朝缺少忠良將,坑的我昭君進野宫。
想當初,皇爺看我如珍寶,到如今,舉目無親那個見疼?
想當初,錦帳珠圍恨不暖,到如今,土地無席冷似冰。
想當初,徹夜追歡陪爺的駕,到如今,獨對孤燈宿野營。
想當初,珍饈百味揀様兒用,到如今,牛羊肉腥膻懶入唇。
想當初,可體的宫衣還嫌短,到如今,一領皮襖遮翠裙。
想當初,宫娥彩女侍奉我,到如今,一起貔貅混死人。
千般苦楚向誰訴?萬種焦愁鎖在胸!
欲待要與皇爺捎書信,手下全無得靠人。
北番空對南朝的月,哎!月兒嘛,我怎麽望不見家鄉故土的城?"

黄昏寂寞難消遣,暫借琵琶訴訴苦情。

玉腕取來懷中抱，　合弦對調韵輕清。
彈的是：玉隱昆崗珠沉海，　銀瓶墜落水晶宫。
彈的是：娥皇思舜湘妃怨[②]，　大禹塗山[③]難會逢。
彈的是：三更夢斷芙蓉帳，　二月春風孔雀屏。
點點彈出離恨譜，　句句盡是斷腸聲。
伯牙空有調琴手，　子期不在少知音[④]。
彈罷琵琶心意懶，　自言自語叫昭君：
"口北那有知音客？　枉費勤勞用不中。"
一夜無眠直到曉，　丑末寅初天大明。
畫角驚天一聲響，　數萬番兵投大營。
饑餐渴飲奔途路，　曉行夜宿染風塵。
路迹迢迢多勞頓，　那一日，駕到黑河水孟津。
旁邊有多年一座古廟，　缺少燒香看廟人。

第三回

皇娘下馬離坐騎，　玉體輕摇進廟門。
抬頭舉目觀仔細，　居中并坐二尊神。
這一個，幞頭、象簡文官樣，　那一個，玉帶、簪纓是武臣。
一面石碑階前立，　能工巧匠鑽成文。
上刻着：李陵、蘇武[⑥]忠良的諱，　皇娘一見好傷心。
燕語鶯聲尊二聖，　櫻桃小口叫將軍：
"李陵本是南朝將，　蘇武也是漢朝臣。
你爲安邦到塞北，　奴爲顔色奔西秦。
這便是，樹大招風風損樹，　人爲名高命喪身。

還望你，金光普照我離鄉客，
保佑我昭君回故土，
重修廟宇，把金身塑，
語罷皇娘出古廟，
一望四野真凄慘，
但祇見，青青松柏接山翠，
飄飄敗葉隨風舞，
凛凛風吹如虎嘯，
嗺嗺樹木喳喳烏，
皇娘看罷多傷感，
祇見他，孤身無伴聲慘切，
皇娘點手呼鴻雁，
“我本是，大漢的皇妃遭此難，
一則是，老大不負痴心女，
自古道：雁能通人性，
皇娘一見心歡喜，
“我愛你，行動排行有次序，
我愛你，春來秋去不失信，
我愛你，尋食不落枯焦地，
我愛你，筆管兒似的脖兒，直定頸，
可憐你，整日高飛直到晚，
可憐你，單飛、單，落失偶配，
可憐你，夫妻二雁不得見面，
你身好比奴身苦，
聖手遮攔難中人。
本奏當今，把你墓頂封。
紫降白檀爐內焚。”
抬頭舉目望蒼穹。
山景凄涼好嘆人。
片片殘霞映日紅。
紛紛野鳥樹梢鳴。
滔滔水響似龍吟。
翠翠青山淡淡雲。
回頭忽見一賓鴻。
斜行雙翅向南騰。
禮義的靈禽你是聽：
要與我主，寄個信音。”
二則是，合該鴻雁要表名。
他抿翅收翎墜落塵。
手攬賓鴻叫愛卿：
我愛你，能通人性忒聰明。
我愛你，能知禮義曉人倫。
我愛你，雄死雌單不再婚。
我愛你，黄湛湛的金睛，認的好人。
可憐你，常常隻身南北騰。
可憐你，來往奔波不得入群。
可憐你，兩下裏牽連都不寧。
我昭君恰好似失了群的賓鴻，竟是一樣同！”

第四回

“你暫停片時休性緊，	寫書打發你登程。”
此處那有閑桌案，	缺少文房硯水瓶。
中指咬破流鮮血，	素羅帕上寫分明。
上寫着:“難妃王嬙三頓首，	誠惶誠恐奏明君。
自從那日別爺的駕，	無奈和番出雁門。
雖則妾身離禁地，	何嘗敢忘主的隆恩！
奴本玉潔冰霜女，	可憐今作了，離婚那等背義的人。
都衹爲江山的事大，奴身的事小，	故此含羞擔醜名。
花遭夜雨根猶在，	月被雲遮終久明。
荆山美玉藏土内，	到底無瑕不染塵。
雖在雲山千里外，	夢魂晝夜繞君身。
湘江江水澄澄碧，	終日思君不見君。
腸斷斷腸腸欲斷，	泪痕痕泪泪添痕。
父母若有安身處，	小妃就死也甘心。
皇爺呀！但願你清心玉潔修國政，	但願爺，厚德寬仁敬大臣，
但願爺，禮賢下士招名將，	但願爺，輕减錢糧疼養民。
皇爺但念小妃苦，	速速發兵隨後征。
可恨奸賊毛延壽，	真容圖，害了我昭君。
實指望，比目魚兒常厮守，	到如今，鴛鴦拆散兩離分。
塞北達王猶自可，	自古道:財帛紅粉動人心。
奸賊呀！你衹圖賣國求榮貴，	害的我，粉退香消欲斷魂！

恨不能，寶劍伐盡千山樹，
恨不能，脅生雙翅會騰空，
恨不能，金簪刺破天羅網，
恨不能，稽首長安面見君。
愁鎖雙眉思父母，
妾身晝夜念君恩。
漠海黄河家鄉遠，
千山萬水信難通。
再不得，慶賞元宵看燈火，
再不得，問草尋芳登上林，
再不得，緑柳池塘聽鶯語，
再不得，梨花院賞太平春，
再不得，采蓮折葉穿竹徑，
再不得，艾葉靈符插鬢中，
再不得，避暑乘凉荼蘼架，
再不得，龍舟御水下絲綸，
再不得，穿針乞巧邀妃後，
再不得，丹桂亭前拜月神，
再不得，登高同飲黄菊酒，
再不得，閑步花陰滿地金，
再不得，祭祀先君參太廟，
再不得，陪龍覽本看條陳，
再不得，暖閣紅爐添獸炭，
再不得，觀梅賞雪撫瑶琴。”

第五回

“奴這裏，宫樣眉兒無心整，
奴這裏，緑鬢蓬鬆散烏雲，
奴這裏，妝臺塵埋菱花鏡，
奴這裏，唇洗胭脂色不新，
奴這裏，雲環仿佛金釵墜，
奴這裏，玉簪斜横掃耳輪，
奴這裏，體瘦形衰鬆金釧，
奴這裏，寬褪宫妝綉帶鬆，
奴這裏，青絲頓斷三兩綹，
奴這裏，宫鞋踩綻五七針，
奴這裏，廢寢忘餐精神倦，
奴這裏，夢斷魂勞體不寧，
奴這裏，塞北風高吹骨冷，
奴這裏，身不離病，病不離身。
休怪小妃言煩絮，
皆因是，主上洪福重妾身。
逢時遇節念妃苦，
紙錢一百酒三盅。
但得皇爺親一祭，
小妃就死陰曹，也感聖恩。

書中寫不盡離情苦，　千愁萬恨總難云。”
貼身汗衫撕一幅，　包起家書痛泪淋。
頭上青絲剪一綹，　拴在賓鴻脖項中。
叫了聲："有仁有義仁德鳥，　仗庇你，濟困扶危帶信音。
將書帶上長安去，　聖駕一見必發兵。
哀家若是離虎口，　先把賢卿面奏君。
免死金牌造一面，　賜與卿家常護身。
任憑你，五湖四海閑游玩，　九省八州任意騰。
那怕他公侯宰相子，　任憑他駙馬共皇親。
有人傷着金牌鳥，　斬他的居家共滿門。
這一去，路遇池塘休沐浴，　怕的是，濕了家書字不真。
這一去，夜晚休落山險地，　覓水尋食加小心。
這一去，務要途中高飛起，　準備着開弓射箭的人。
野外荒凉缺食水，　哀家慢待，賢卿莫怪嗔。”
囑咐已畢雙撒手，　賓鴻展翅就摇翎。
左旋三旋辭國母，　右旋三旋别太真。
咊嘮一聲往上起，　悠悠起在半虚空。
賓鴻寄信南朝去，　這娘娘，眼望空中痛泪淋。
“禽鳥尚且知大義，　何况昭君你係人！”
娘娘心中衹一恨，　噗嗵跳在黑河中。
登時水長千層浪，　皇娘大駕影無踪。
黑河蓋下昭君廟，　萬古流傳表美名。

説明：

此作係根據清代百本張鈔本。取材於元代馬致遠的《漢宫秋》雜劇和明代無名氏撰的《和戎記》傳奇。鄭振鐸編的《西調選》

和趙景深編的《鼓詞選》,都收有羅松窗作的《出塞》,跟此篇題材相同,而内容文字全異。此篇寫昭君出塞後,無比痛恨賣國奸賊毛延壽,日夜思念祖國親人,滿腔愛國主義的深情,感人肺腑。當然,在那個封建時代,愛國與忠君總是形影相隨,我們必須加以區分,弃其糟粕,取其精華。

注釋:

①口北:長城以北,泛指塞外。

②娥皇思舜湘妃怨:娥皇,是堯的長女,舜的正妃,又稱湘妃。相傳舜死於蒼梧,湘妃追去,哭帝甚哀。《琴操》有《湘妃怨》曲。

③大禹塗山:大禹,即夏禹。塗山,在安徽省懷遠縣東南八里,又叫當塗山。禹曾會諸侯於塗山。

④伯牙、子期:見本書《露泪緣》篇注㊾。

⑤李陵、蘇武:都是漢代抗拒匈奴的名臣。

僧尼會三回

無名氏

第一回

漢室金人入夢初，中華遍地造浮屠。
緇衣的教法宗禪律，沙門教法净空無。
留下些，經卷咒偈覺迷筏[①]，倒作了，奸盜邪淫護身符。
昨日在梨園看演《僧尼會》，歸來時，竹兒依様畫葫蘆。
不言那小尼，背師將山下，且説這逃走沙彌在路途。
一壁裏行着，一壁裏想，埋怨爹媽太糊塗：
“人家是，爲續香烟兒女盼，他想是，怕添衣飯子嗣逐。
甚麼先生算甚麼卦？聽他説，命中清苦，貌又孤獨。
因此上，送入山中當和尚，老和尚性最慳貪心更毒。
好好的衣衫，换了件破衲，漆黑的頭髮，剃了個葫蘆。
不離手的木魚兒，累的我苦楚，甚麼是摩訶薩[②]，更教我糊塗。
到清晨，掃地焚香收拾佛殿，日高後，揀菜還要造厨。
到晚來，不能睡個安穩覺，老和尚魔人，他不管我困的迷糊。
除甚麼三葷，受甚麼五戒[③]？蒲團一個，佛號千呼。

粗衣稀粥充美味，鹽水豆腐賽肥猪。
熬的我，牙黄口臭腸子細，累的我，筋酥力盡，手皮兒粗。
年節下雖有饅首，吃不够，炸些個擺樣子的素菜，五味俱無。
好容易，師父下山募化，瞅空兒，逃走出來把氣舒。
找一個清閑、幽僻、安身的處，養起頭髮再還俗。
娶一個，嬌嬌滴滴如花的女，陪伴我，朝朝日日有情的夫。
養一個，白白胖胖的小娃子，過兩年，嘟嘟喃喃將父呼。
我抱着他，大街小巷閑游玩，小寶貝，管着我的朋友叫：'大爺、叔叔。'"
正行間，林内恍惚人影兒動，細睄來，却是個小尼姑。
見他的身子輕盈猶如畫，面龐兒俏白世間無。
小沙彌，眼花兒撩亂魂靈蕩，心窩亂跳，骨節兒酥。
腿脚乾抬難移步，軟癱了，有玷清規酒色徒。
又見他，藏藏躲躲怕人睄見，光景兒："莫非心事兒也如吾。
我不免，硬着頭皮迎上去，探他的消息是何如。
倘然他，不守清規情兒動，趁着這，獨走山洼勢正孤。
趕上去，我這麽一來，他那麽一笑，俏心肝，你衹慈悲，便是小僧的福。"
這沙彌向前問訊說："師兄何往？"小尼姑，粉臉通紅一語無。
見了小沙彌年紀不過十七、八歲，聲音兒柔軟，相貌兒不俗，
身子兒不長不短，生的個四趁[4]，袈裟兒不肥不瘦，配了個一都[5]。
雪白的兩手雙合，當胸問訊，最可人，一團和藹氣，自自如如。
頭皮趣青的，臉皮兒粉嫩，牙尖兒似玉，口角兒如珠，
清秀秀帶笑的眉頭兒，機靈活動，水淋淋含春的眼色兒，滴溜都嚕。
不住的念佛，像個出家的樣子，一兜兒透漏，可不糊塗。

第二回

但不知，何處出家當和尚？
那一個有福的長老，和他做師徒？
小尼姑拂塵一揮說："師兄請了！
小尼姑到山下村中，那一草廬。
有些個緣簿須攢凑。
還化些月米，可没有功夫。
山路兒崎嶇，時候兒晚，
身子兒單怯，蟒蛇毒。
失陪罷，師兄請便！吾去也。
再領法教，尊意何如？"
小沙彌忙陪笑臉說："暫留法駕。
方纔說話我好糊塗。
庵中還有何人也？
令師安在？怎叫你獨出？
月米錢糧何勞你化？
望訴實言，切莫支吾。"
小尼姑，嬌羞滿面心頭跳，
香軀一軟把樹枝兒扶。
半晌說："師兄何來，往何處去？"
小沙彌眼珠兒一轉，問的這話推毒[6]。

"我呀，也是下山化月米，
緣簿上，各請施主把姓名書。"
小尼說："寺中難道無人也？
令師怎不與你同出？"
沙彌說："各人自掃門前雪，
自奔前程各分途。"
彼此轉身分頭去，
兩人心事，一樣躊躕。
小尼心中，丢不下和尚，
沙彌意内，放不下尼姑。
不多時，兩下裏回身相顧盼，
沙彌說："何故不行，來偷看吾？"
小尼帶愧說："誰看你！
有個小弟子，恐怕他年輕路不熟。"

沙彌說："既然如此分頭去。"
阿彌陀佛！再要多說，覺着太俗。
溶溶二目情似火，
兩心相應意迷惚。
未行數步又回身望，
小尼說："你來看我意何如？"
沙彌說："我也并非偷看你，
有一個小沙彌，恐怕他失迷錯路

途。”

小尼說：“既然如此分頭去。”
轉香軀，輕移俏步過松竹。
小沙彌乜斜兩眼，呆呆望，
心猿意馬不能伏。
說：“沙彌今日真造化，
那裏來的這樣個俏尼姑！”
半響留連，光景兒順手，
一天丰韵，看了個十足。
“恨祇恨，一見而别，不如不見，
留下這，透骨相思病怎除？
我何不，再趕到跟前睄機會，
料着他，去此不過半里程途。”
轉過松林無踪迹，
一天愁悶，把嘴咕嘟。
但聞山鳥穿林噪，
惟有閑花滿地鋪。
“難道說，飛入雲霄，安翎插翅？
莫不是，歇息弱體，密柏叢竹！”
猛然望見一帶疏林，朱門兩扇，
小廟兒半開半掩，不知有人無？
走入山門，眉開眼笑，
果然在殿前，獨自似躊躕。
牙含着指甲眉雙鎖，
身靠着蒼松第二株，
活脱兒像個嫦娥影，
居然一副美人圖。
見沙彌，又驚、又喜，說：“真奇怪，
好一個善會魔人的小賤徒！”
沙彌說：“爲你幾乎把山跑遍。”
小尼說：“一心找我欲何如？”
沙彌說：“要我告你心懷事。”
小尼說：“當誰和你鬼話符。”
沙彌說：“既然猜透八分也”，
小尼說：“何苦徒勞七竅乎。”
沙彌說：“你敢同行投村落？”
小尼說：“誰有閑心話路途！”
沙彌說：“不肯同行不放你。”
小尼說：“快些去罷，莫纏吾！”
沙彌說：“隻身曠野多寂寞，
叫你同行你又不。”

第三回

“小脚兒難走山崖路，
弱體酸乏倩誰扶？”

小尼說:“受授不親夫子語[7],難道你没見聖人書?”

沙彌說:“我又不是黌門客,誰曉得,酸文假醋,者也之乎!

削髮披緇當和尚,佛門弟子并非儒。

實對你說:我本私逃將山下。”小尼說:“兩人原是一規模。”

沙彌說:“凑巧一時逃至此,便是三年種下福。

望你慈悲救救我,强如修造七級浮屠。”

小尼說:“師兄何事?我年幼小,一個女孩兒家,而今况且又做了尼姑。

并無佛法,你别尋門路,我看看,日影兒西垂,山色都模糊。”

沙彌說:“四野無人空廟宇,雙雙正好拜花燭。

天然配偶男女合,前因注定婦和夫。”

小尼姑杏眼飛紅說:“休亂語!一腔奸詐小賊秃。

既入空門當和尚,千條破戒鬼神誅。”

沙彌說:“任憑打罵情甘受,做鬼花前也自如。”

小尼說:“真涎臉!眉來眼去,胡言亂語太輕浮。”

沙彌說:“既然你是冰清,該藏古刹,免得我熱念似紅爐。”

小尼說:“誰像你無羞又無臊,嘔的人,難笑又難哭。”

沙彌說:“誰叫你風流引逗我,你看那,松蔭石上正好歡娱!”

假怒的尼姑眉倒竪,情急的和尚泪如珠。

雙膝跪倒將頭磞,小尼姑,不忍睄他用手扶。

說:“你既有心,我豈無意?人非草木瞬息枯。

仔細行人來撞見,兩條性命莫輕忽。

請起罷,師兄!從長計議,想一個安身去處,再作别圖。”

小沙彌連忙站起腮含笑,說:“俏心肝!慮遠思深我不如。

男既有心女有意，
那怕他，水涌山高隔路途。
約定夕陽西下會，
有心妻遇有心夫。
暫且相別疏林下，
少時再會月明初。”
一笑而別分頭去，
正行間，一帶清溪去路無。
小沙彌正自徘徊東西望，
猛聽得，人聲隱隱似追呼。
回頭見尼姑冉冉至，
說：“慢走啊，師兄！等候吾。
那壁山高路徑險，
呀，這邊水涌渡船無。”
沙彌說：“這有何妨，全在我。
你小脚兒難蕩，我可以赤足。”
脱鞋襪，背起尼姑說：“須留意，
走到那水深之處，看濕透了衣服。”
一步步渡過河來，穿鞋襪，
說：“兩人勝似一身孤。”
小尼說：“男既有心女有意，
怕什麽，水涌山高隔路途。
約定夕陽西下會，
有心妻遇有心夫。
再世來生情不了，
地久天長願十足。
師兄喲！你抬頭看看疏林下，
日已西沉，月影兒模糊。”

說明：

此作係根據清代百本張鈔本。取材於《目連救母》。寫一對小僧尼自由相愛，結成夫妻的故事。小僧因“老和尚性最慳貪心更毒”，不甘忍受深重的壓迫剥削而逃出僧廟，準備還俗，途中遇到一小尼姑也是私逃下山的，兩人互相愛慕，“約定夕陽西下會，有心妻遇有心夫”。列寧説：“宗教是麻醉人民的鴉片”（《列寧全集》第十卷第 63 頁），此作則反映了身受宗教鴉片麻醉的一對小僧尼的覺醒，揭露了神聖的宗教寺院同樣存在着令人不堪忍受的罪惡和虛僞。

注釋：

①經卷：泛指佛經。咒、偈，是佛經中的一種文體。覺迷筏，這裏指經卷是可使人從迷途中覺悟過來的指南書。

②摩訶薩：摩訶爲梵語，其義爲大、爲多、爲勝；摩訶薩，即大衆的菩薩。

③除甚麽三葷，受甚麽五戒：佛教主張吃素食，不准吃魚、禽、畜等三葷。五戒，即不准殺生、偷盗、邪淫、妄語、飲酒食肉。

④四趁：匀稱而美觀。

⑤一都：即一套。

⑥推毒：猶言特刁滑。

⑦受授不親夫子語：我國封建禮教規定，男女不能相互授受物品。《孟子·離婁》説："男女授受不親，禮也。"

魂　辯一回

無名氏

刷喇喇，竹了聲中月影兒幽，　慘離離，樹根兒底下鬼魂兒愁。
李慧娘自從私放裴生後，　嘆佳人，香魂猶繞舊妝樓。
蕩悠悠，陰風兒怎奈那西風兒緊，　恍忽忽，鬼氣兒難禁這冷氣兒颼。
向花蔭，幾度徘徊忽自省，　說："呀！月輪兒又上柳梢頭。
你看這：迢迢冷夜人初靜，　是誰家，數聲砧杵韻悠悠？"
又祇見，耿耿銀河星光兒閃閃，　沉沉夜色，凉氣兒颼颼。
幾絲絲蛩語兒高低，悲病草，　一行行雁聲兒嘹亮，過危樓。
亂紛紛落葉兒飄零，霜花滿地，　一陣陣凉風兒透體，泪點兒盈眸。
"嘆奴薄命何至此，　自幼兒，抛閃了雙親，苦到個盡頭。

從十幾歲屈身相府陪奸相，　終日裏受怕耽驚，哪是個自由？
無奈何，忍辱含羞挨歲月，　提心吊膽度春秋。
奴祇說，將來熬得個出頭日，　又誰知，天不從人禍暗投。
祇因爲，游賞西湖酬節令，　追隨奸相泛蒲舟。
無心偶遇讀書子，　奴見他有英雄的氣概，名士的風流。

我二人，彼此留心相顧盼，　不提防，奸賊在暗地把神留。
誰料他，心懷嫉妒將我害，　可憐奴，一條小命兒喪吴鈎。

又遣家丁誆秀士，
正遇奴，思念才郎於月下，
又誰知，奸相欺心施暗計，
奴怎忍，目視情郎身被禍，
哎！但是奴茫茫鬼路兒何時了？
這佳人，一縷情思兒凝艷魄，
忽聽得，中堂人語聲淒慘，
芳魂驚訝心中駭，
莫不是，老賊夤夜行凶險？
奴何不，悄步中堂觀動静。”
到中堂，閃進丹墀停脚步，
又則見，老賊堂上把威風抖，
説：“問他們是誰私把裴生放？”
奴不免出首堂前，親告禀，
李慧娘，鬼火兒燐燐，魂靈兒閃閃，
一閃香軀，在燈影兒裏現，
奸相朦朧睁二目，
忙問道：“連日不曾睄見你，
是誰私放裴生也？”
祇因爲，湖頭偶遇風流子，

把裴生在花園幽禁，似宋玉悲秋[1]。
奴和他，在書房私會意綢繆。
差刺客，要把書生一命休。
所以纔私放了裴生，把恩怨收。
像這苦月悲風，那是個盡頭？”
隨風兒飄蕩，在月影兒裏溜瞅[2]。
一陣陣風送悲音，過畫樓。
説：“這深更半夜是甚麽情由？
不知他又與何人作對頭？
這佳人旋風兒一個，在就地兒滴溜[3]。
見衆姬妾：姣殘艷退，散鬢蓬頭。
喝令家丁打不休。
佳人説：“呀！原來却是爲這段根由。
也免得無辜的姊妹，受怕耽憂。”
滿堂前，陰風兒滚滚，凉氣兒颼颼；
忙跪倒説：“太師無恙，賤妾磕頭。”
見佳人在燈光兒底下，越顯得清幽。
賤人膽大，在何處存留？
佳人説：“太師容禀這根由：
也是奴一語之私，把小命兒休。

可憐奴，柳影花蔭藏苦魄，小膽兒，怎耐西風落葉秋。
那一晚，奴偶至西廊閑步月，方曉得書生受難，被幽囚。
也是奴，一點痴情心未死，奴和他，在書房私會兩情投。
又誰知，恩相不容差刺客，所以奴私放裴生暗泄謀。
我二人，美滿恩情雖未久，奴和他，已把平生志願酬。
此事兒依奴看去，不過針尖兒大，勸相爺，不必諄諄往死處裏究。
似這般任意而行，倚威仗勢，要知道善惡昭彰，自有個到頭。
勸相爺不必深究了，奴去也。"冷森森，陰氣兒逼人透骨頭。
昏沉沉，月影兒迷離，燭影兒淡，悲聲兒隱隱，鬼語兒啾啾。
老賊衹覺寒毛乍，一陣迷離把涼氣抽。
半晌發呆説："呀，奇怪！原來是，慧娘魂辯這情由。"
無奈何，喝散家丁衆姬妾，鷄聲兒，早則催人報曉籌。
李慧娘，芳魂一點成佳話，賈似道，朽名千載至今留。

説明：

此作係根據清代聚卷堂鈔本。又題《鬼辨》《慧娘鬼辨》。百本張《子弟書目録》著録，并注稱："李慧娘。一回。"作品取材於明代周朝俊的《紅梅記》傳奇。結尾説："李慧娘芳魂一點成佳話，賈似道朽名千載至今留。"故事寫賈似道任宋朝的右丞相，其妾李慧娘游西湖，與書生裴禹相互顧盼，賈便殺死慧娘，又將裴禹囚禁，圖謀殺害。李慧娘鬼魂出現，怒斥"奸相欺心施暗計"，"奴怎忍，目視情郎身被禍，所以纔私放了裴生，把恩怨收"。奸相令家丁毒打衆姬妾，追問"是誰私把裴生放"，李慧娘的魂出來辯白。作品以"魂辯"的浪漫主義奇妙手法，譴責了奸相賈似道的昏庸殘暴，謳歌了李慧娘對自由愛情的强烈追求和寧死不屈的反抗鬥争精神。

注釋：

①宋玉悲秋：宋玉的長詩《九辯》頭一句就是："悲哉！秋之爲氣也。"後世常以"宋玉悲秋"來形容遭時不幸的悲痛。參閱本書《黛玉悲秋》篇注②。

②溜瞅：形容避開别人視綫，暗地行動。

③滴溜：猶言旋轉。

盗　令五回

無名氏

第一回

"可嘆奴家張紫艷，爹娘空養了我這幾年。
疼如性命心頭挂，愛似珍珠掌上懸。
親口兒教奴十五歲，好書兒，逐日兩三篇。
費工夫，學成綉虎雕龍絶代女，無際遇，覓個能文善武頂天男。
奈楊齡威權硬娶奴爲妾，一朵鮮花兒，零碎東風肯叫惡蝶兒纏。
他見我裙刀兒一把，防着身體，無奈何，把我充作歌妓，纔把身子兒保全。
今日個，爲愛英雄排夜宴，令奴歌舞在筵前。
見將軍，萬丈英風衝碧落，一腔俠氣鎖雲烟。
生成貌秀真絶世，目朗眉高正少年。
美名兒，晃動乾坤叫秦叔寶，老王爺爲籠絡英雄，纔鳳配鸞。
晃將軍，眼角兒留情偷看我，羞答答的叫我好爲難。
蒙王爺，先命妾歸，席未散，又不知，談兵畫策到幾更天。
你看秋月光横，空穿我户，嫦娥呀，今夜這冰輪怎麽滴溜兒圓！

記得昨宵也是今宵月，
照得奴，泪灑胸膛兒總未乾。
西風落葉兒摇秋柳，
斷送悲聲兒哭碧天。
你睄麼，無緣無故的燈花兒爆，
不時不晌的鵲聲兒喧。
奴不免，步到階前閑佇立，
看一看，織女牛郎在那邊。”
張紫艷徘徊月下觀牛女，
來了個驚魂喪魄的小丫鬟。
説：“姑娘啊，不好了！那東方望……”
佳人説：“呀！住口！你悄不聲兒的言。”
丫鬟説：“方纔席散秦爺剛去，
那東方望一片讒言，把我唬灘。
明朝就要把將軍害，
也因事在關心，我在窗外觀。
老王爺，既將姑娘親口兒許，
爲的是姑娘疼我，不似别的丫鬟。”
佳人落泪，把丫鬟攬，
酥胸緊靠侍兒肩。
説：“好妹妹！既有真心憐姐姐，
低低兒的，小小兒的聲兒，和姐姐言。”
丫鬟説：“姑娘在内裹焉能曉？
那東方望舌頭兒滑溜，嘴頭兒尖。
真是王爺的耳朵，他誰不葬送，
就是方纔，不咱他見許姑娘，把眼都氣圓。
嗔瞅着秦爺偷看你，
癞蛤蟆想要往櫻桃樹兒上去搬。
王爺尚且不能够，
他渾身是没有一處不討人嫌。”
佳人説：“那東方望怎樣把讒言進？”
丫鬟説：“他説秦爺是反叛，要處算江山，
説萬歲是昏君，王爺是癞犬，
交結的是山林盜寇，湖海兒男。
兩肋插刀，把賊放走，
慣買人心起禍端。
倒不如，明日先將他殺死，
免得那，八方盜寇，裹外勾連。
這都是那東方望讒害將軍的話。”
佳人不語，皺了皺眉尖。

說："夜深了，你我二人也該睡也。"
不悦的丫鬟看紫艷，
說："姑娘眼看着將軍死也！"
佳人說："你我女孩兒家在少年，
不過苦在心頭而已矣！"
丫鬟說："明日將軍就受不白的冤，
怎奈夫妻的名分定，
姑娘怎的總不以爲然？"
佳人說："也是無可奈何，叫奴怎樣？
真是：奈何人遇奈何天！"
丫鬟泪落長吁了口氣，
一枕昏昏入夢眠。
張紫艷，穩住了丫鬟先去睡，
這佳人，一計方成兩泪漣。

第二回

烈女悲思向碧宵，
說："蒼天哪！何必生我這命一條！
糊裏糊塗個花朵兒樣，
無緣無故個柳條兒腰。
好好姻緣無影向，
哀哀父母枉劬勞。
要這聰明伶俐成何用？
天哇！你空費了工夫把妾描！
念奴家，幼蒙老父傳家教，
閨門道理，誰敢錯分毫。
不幸侯門深似海，
幾死心横，裙帶兒刀。
苦熬得，今宵纔有個出頭日，
分開了，千愁萬恨的兩眉梢。
誰知道，空邀望喜虚名分，
纔得了一會兒舒心，就斷送我命一條。"
張紫艷悄步花蔭，到王寢處，
見兩個值宿的歌妓把手招。
二人迎到臺階兒下，
紫艷低問："哪位公公值此宵？"
二妓說："那酒鬼在班房裏吃醉
佳人說："王爺莫不也眊陶？"

了。”

二妓説:“呼聲震耳如雷吼, 今宵聲氣兒比往常高。
那東方望,未曉和王爺又把誰葬送? 每遭兒見面,就把蛆嚼。
困的人東倒西歪全不管, 你那小丫鬟,向窗縫兒裏巴着往裏睄。
可是姐姐,今朝天大喜, 好個姐夫,真是擎天柱一條。”
佳人笑説:“姐姐私來睄妹妹, 也爲的是眼前要離别,把你們睄睄。
再王爺今朝此舉奴深感, 真是恩同地厚,義比天高。
趁此時,王爺安寢,我將恩謝, 正好把奴家的醜態事兒包。
大天白日裏人睄着厭氣, 好妹妹,你二人替我把内監們睄睄。”
張紫艷,忙入紗厨摸令箭, 拔一枝藏在身邊挺細腰。
走出來説:“奴家好困,失陪了!” 這佳人身歸竹院,月下松梢。
到房中,有那小太監的衣裳合靴帽, 求佳人收放,有好些包。
張紫艷,女扮男妝横俏膽, 形容兒自若,步履逍遥。
唤開王府無人擋, 手擎着令箭肋横刀。
烈佳人,闖出王府長吁口氣, 向虚空説:“天哪! 怎的不把我睄睄?
小妾前生何罪孽, 流離顛沛在今朝。
衹道是,上天憐念奴家孽滿, 誰承望,好事多磨把冤報遭。
見秦郎,未曉奴家如何結果, 怕不緑碎春風斷柳條。”
見兩個夜巡兵,細問秦爺的下處, 巡兵説:“爺從此去,過了大石橋。
過了石橋街北里, 兩顆槐樹大門高。

那是秦爺的下處無多遠，　不然時，小的隨爺效此勞。”

佳人擺手揚長去，　巡夜兵說：“好個小么兒甚受睄！

他必是緊伺候王爺的小太監，　裊娜娜一條兒精細的腰。

外披着，紅猩血染的柔氈套，　內襯着，翠羽花堆的小戰袍。

粉底靴兒能幾寸，　搭肩青笠兒配金銷。

真是人間活寶貝，　獨步天街膽氣豪。”

不言巡夜兵胡講，　佳人果見大石橋。

又見雙槐花滿地，　玉人兒忙把獸環敲。

秦叔寶，忙起開門催點燭，　見佳人，身子兒窈窕不太高。

又見他，秋波杏眼千般姣怯，　羞答答的悲恨，跎就着眉毛。

第三回

月下燈前看美人，　英雄氣短自消魂。

好漢留神觀窈窕，　佳人閃目看將軍。

兩下裏留連心自醉，　二人懇切意雙真。

張紫艷長嘆了一聲說：“王爺喚你。”　秦叔寶遲疑了半晌，他暗自沉吟：

“看此人面龐兒仿佛我佳人也，　怎麼這般個打扮？我好疑心！”

紫艷說：“命你那家丁遠備馬，　接我這令箭細留神。”

好漢聞言復細看，　燈下仔細看來人。

忙問道：“尊官尊姓居何職？”　低對道：“尊兄尊問像何人？”

叔寶說：“愚兄全璧還歸趙[①]。”　紫艷說：“小弟托身也姓秦。”

英雄會意頭微點。　紫艷說：“請兄認認我是何人？”

叔寶說：“卿卿何故這般打扮？　王爺喚我有何因？”

佳人哭道：“那東方望，　私進讒言欲害君。
他説兄兩肋插刀，把賊放走，　欲圖天下買人心。
要害王爺廣交盜寇，　天明了，就要誆君入府門。
願奴兄，早到天涯離虎穴，　再若挨遲，就難脱身。”
秦爺聽罷驚魂膽，　英雄滿面淡如金。
忙穿盔甲睄鞍馬，　向家丁説：“急隨吾走，快開門！”
見紫艷，秋波杏眼含珠泪，　説：“呀！置佳人於何地？好個負心人！”
向虚空，一聲浩嘆雙揮泪，　默呆呆無語自出神。
紫艷説：“將軍何不速速去？”　英雄向烈女一躬身，
説：“兄去後，可憐賢妹歸何處？　鞋弓襪小正青春，
到不如，隨兄遠遁天涯海角，　不知芳卿何處有你的親人？”
紫艷説：“將軍衹管天空海闊，　莫爲奴家枉挂心。
妾身微賤如蒲柳，　君是人間有用人。
一匹馬，如何容得奴同去？　紫艷豈肯累及將軍！
小妾自能尋父母”，　叔寶説：“告訴愚兄同去尋。”
紫艷説：“兒女情長，英雄氣短，　令紫艷深爲不取丈夫心。
似這等，形景安能成大事？　奴願兄，斬釘截鐵莫因循！”
叔寶説：“愚兄寧可同卿死，　不作千秋負義人！
快些上馬休遲滯，　莫叫我叔寶心中烈火焚。
雖難同我去逃灾難，　送你到娘家，我纔放心。”
紫艷落泪説：“敢瞞兄長，　奴家怎肯累及雙親？
生我劬勞曾未報，　至今一十七歲，爹娘總未得舒心。
我便到娘家如何脱得過奸雄的手？　枉斷送爹娘的性命，就斷草絶了根！
不如我一身背去滔天禍，　况一路兒將軍的馬後，有奴的

魂。”

英雄頓足摘心膽，

眼望着佳人，身靠着門。

萬轉千思垂虎目，

佳人掣劍一横心。

杏眼圓挣，柳眉一立，

説：“夫哇！從此休想見妾身！

衹那一條兒飄渺的烟絲兒在君左右，

那就是紫艷氣化的小孤魂。

休動我的尸骸，叫王爺看看”，

烈佳人，劍横玉項散烏雲。

第四回

張紫艷説：“夫哇！”秦瓊眼一睁，

恰似雷從頭頂把魂魄轟。

跑向前，忙抱玉體把姣妻叫，

緊對花容見俏眼紅。

細看眉頭雙動動，

微聞口内一哼哼。

這是佳人的力弱喉未斷，

蘇醒了多時説：“妾好疼。”

張紫艷微開泪眼呆呆看，

見身子兒，在叔寶的胸前掌上擎。

羞答答説：“奉啓將軍鬆了妾，

妹子雖然在患難中，

但是聞：男女授受不親，君自曉，

爲人情理要分明。

奴與兄，夫妻名分雖然定，

奈何雁禮於今尚未行。”

叔寶説：“嫂溺還該援之以手，

况你我是恩義夫妻在顛沛中。”

佳人嘆説：“妾蒙君意今如此，

便紫艷碎骨零軀也閉睛。

夫妻不過恩義耳，

今你我恩情已結，世世生生。

總紫艷未報君恩，我銜環結草[②]，

將軍到處有我的魂靈。

君哪！他年龍虎風云會，

哎，我衹有爹娘少弟兄，

望將軍疼妾的情腸，疼疼我父母，

西郊外，衡門藏處士，到處有聲名。

夫哇！從今莫以奴爲念，

努力國家早立功。

丈夫自有四方志，
回首浮生萬事空。
願將軍，以蒼生爲念尋真主，
太平旗捲萬方兵。
妾在黃泉開笑眼，
功成後，急流涌退，是大英雄。
夫哇！料奴也不久於人世，
你也早些兒去罷，奔你的前程！
守着個，血淋淋的尸骨是何心也，
鷄聲兒各處已啼鳴。
君去奴家心亦死，
何故叫妻兒枉受疼？
帶你那牽馬的家丁，速去罷，
天都待亮了，還隔着一座城。
不然時，借君的鼎力收拾了我，
揪斷了這條腸子任縱横。”
英雄慟道：“教我如何忍？
不如同歸泉下，兩個魂靈！”
好佳人，怒碎冰心，柳眉一立，
嗔零③鐵膽杏眼雙紅，
說：“這般言語出男兒口，
辜負奴家心至誠！
曾聞得，家内抛撇霜鬢母，
别要在懷中，守定血尸靈。
顛倒人情無是理，
頓忘妾體受非刑。
早曉君家絶大本，
奴何必，劍鎖咽喉冒血紅。”
說：“呀！快些兒扶我到墻根兒下。
小賤人這個工夫兒還要見風，”
强咬着牙兒，身子兒趔趄，
偷從裙下取鋼鋒。
好佳人，惟恐英雄被鮮血濺，
一扭身，重複咽喉把玉腕横！
英雄忙把裙刀兒搶，
死尸一仰，在叔寶懷中。
秦瓊大慟摘心膽，
說：“妻呀！”一語無聲兩泪淋。
半晌昏迷睁虎目，
說：“念秦瓊并無好處到芳卿，
爲着個夫妻二字虚名分，
把個嬌滴滴一朵鮮花兒的小命兒傾。
芳魂一縷歸何處，
化一片愁雲、怨霧在虚空。
至死還憐郎頻囑咐，
又惦着，爹娘年老在家中。
真是個，孝義雙全絶代女，
恨蒼天，何忍佳人在刀刃兒上

說：“妻呀！我也難顧你的尸骸了。”

終！”
這纔是，不堪回首處，嘆英雄！

第五回

張紫艷，一個魂靈兒一片屈，
夫哇！你在前途等等妾，
佳人忙找歸家路，
天地昏昏星月冷，
紫艷行到爹娘寢處，
輕跪倒說：“爹娘萬福，兒來了！
奈兒也是出於無奈，
王爺要把兒爲妾，
是我私急裙刀求一死，
那一晚，大宴秦瓊要把英雄籠絡，
不料東方望不忿把孩兒許配秦叔寶，
奴怎肯爲我殺他，況又名分定，
救得將軍存烈膽，
今日個，魂歸故裏睄睄父母，
老夫妻，夢見女孩兒哭拜在床兒

說：“天哪！可憐這就是我的終局。
待我看看，我娘家是怎的個起居。”
滴溜溜煞氣兒一團，小膽兒虛。
到門前，見舊日的長工拉條磨磨的驢。
泪珠兒如雨氣長吁。
不肖女，冷落了親幃把孝道虛。
蒙教導，惟以閨門禮自居。
奴怎肯羞辱爹娘，把身子兒屈。
他纔無奈何，把我充作了歌妓結了局。
惜孩兒這點窮翠悲紅，把大將拘。
恨奸賊，私進讒言把王子愚。
兒所以私偷令箭未爲迂。
顧不得，花殘月冷損身軀。
固缺孝道，不是女孩兒愚。”
聲聲兒慟切，字字兒冤屈。

下，

兩個老人家，齊攬佳人懷内抱，　說："我的兒嚇！一身何處喪溝渠？

空思愛女雙親老，　不見孩兒二載餘，

教爹娘，一遍一聲腸寸斷，　兩泪眼，對着斷烟零靄一茅廬。"

佳人說："爹娘空養了孩兒也，　親恩未得報些須，

願托生一條小犬兒，在親左右，　每夜門前守舊居。

欲報親恩於萬一，　負恩女，就變個畜生也不委屈。

我的爹娘喲！何須怨我，　是我遭來的孽障，撇了晚景桑榆④。

再請安來罷，奴去也！　孩兒還有件未了之局。"

雙流紅泪辭親榻，　一縷孤魂離舊居。

陰風兒滚滚來王府，　怨氣兒悠悠衝太虛。

找到楊齡安寢處，　這佳人泪横粉面，血染香軀。

跪向床前說："王爺萬福！　張紫艷有彌天的大罪，滿腹的冤屈。"

楊齡見佳人遍體皆紅血，　說："呀！何人大膽損我的姣軀？"

紫艷哭道："都是東方望，　讒言惑我王爺把好人屈。

嘆王爺，一本忠心支大厦，　籠絡英雄以義氣居。

所以許妾與秦瓊，爲圖大事，　不料東方望他滿心裏不忿，不辨個賢愚。

紫艷無奈存名分，　見義而爲捐賤軀。

私偷令箭，把秦瓊救，　裙刀兒自刎不含屈。

但紫艷蒙王爺憐念，奴深感，　背主的恩情非自迂。

也衹爲，倫禮攸關將妾耐，　望王爺，恕奴的罪孽，這是女孩兒的愚。"

楊齡長嘆將頭點，
何妨直訴與孤也。
算來總是孤殺了你，
佳人復拜哀哀慟，
賤妾來生銜環結草，
說："你這孩兒真太迂！
可憐你，一朵花兒受無限屈，
超度亡魂葬你的玉軀。"
說："深負王恩似太虛。
求王爺，我爹娘祇剩一所破茅廬。"

說明：

此作係根據清代聚卷堂鈔本。寫楊齡的歌姬張紫艷，盜令義釋秦瓊的故事。淵源於清代李玉的《麒麟閣》傳奇中《征聘》和《姬泄》兩齣。作品譴責東方望私進讒言，要謀害英雄秦瓊；頌揚歌姬張紫艷仗義勇爲，捨生盜令救秦瓊，目的是"願將軍，以蒼生爲念尋真主，太平旗捲萬方兵"。儘管此作未能擺脱忠孝節義的封建束縛，但極爲難得的是作品中描寫的張紫艷，不僅執着地追求自由愛情，而且以憂國愛民，不惜獻身，作爲這種自由愛情的政治思想基礎。

注釋：

①全璧還歸趙：春秋戰國時代，趙國得到楚國的國寶——和氏璧。秦昭王願以十五城與趙交换，趙王不敢不與。趙國的上卿藺相如説：臣願奉璧前往，若趙國得不到十五城，我必將璧完整無損地帶回趙國。後相如果然機智地使璧完整地歸趙。後人常把完璧歸趙作爲原物歸還的代稱。

②銜環結草：見本書《露泪緣》篇注㊲。

③嗔零：猶言怒碎。零，破碎的意思。

④晚景桑榆：本指日落之時，日光尚留在桑、榆樹上，後來常用以喻人的晚年。這裏是説，她死後撇下了年老的父母。

雪艷刺湯二回

無名氏

第一回

半啓芸窗翰墨香，瀟瀟風雨助凄凉。
每向名媛留佳句，今將烈女寄瑶章。
慢道粉黛無杰俊，佳人更自有俠腸。
花箋半幅閑消遣，《搜杯》後，牢騷筆墨寫賢良。
常言道："恩多成怨"今果見，湯裱褙得地忘恩，壞了肺腸。
誣陷慕公身被害，圖謀佳人雪艷娘。
他衹想，巫山一夢會雲雨，又誰知，枉自簫聲引鳳凰。
他自知慕公已陷，雪姬是弱女，那曉得姣嬈婦，竟是個催命惡閻王。
這雪姬，一腔節烈横鐵膽，惡奸賊，痴心妄想作新郎。
正逢洞房花燭日，娶進雪姬拜罷堂。
真果是，華筵盛饌多齊整，那一番，莊嚴陳設不尋常。
瑞靄靄，香燒萬壽焚金鼎，光燦燦，燭點通宵照玉堂。
金鈎帳挂垂綉幕，牙床衾設錦鴛鴦。
這佳人滿面的嬌羞，一心的氣惱，一腔的憤恨，滿腹的思量。

想我今春山再畫,緣因舊主,冤仇未雪,纔做新娘。
恨蒼天,禍及清門無察照,思恩主,怎將鼠輩作賢良!
至使今官無祿去,傾家破產,至使今夫離妻散,業覆人亡。
正思量,賊勢輕薄乜斜鼠眼,聳肩縮背,手足張狂。
不由得,二目通紅切玉齒,無奈何,一身站起整羅裳。
假含春,慢啓朱唇鶯聲兒吐,説:“百歲今成,恭賀夫郎。”
奸賊聞聽陪笑臉,忙忙躬身,尊了聲美娘。
説:“久慕姿容非止一日,渴想之思,常在夢鄉。
今日裏良緣已定,休謙讓,必須要交杯雙喜,暢飲瓊漿。”
佳人意欲將賊灌,少不得忍氣含羞,委曲着心腸。
説:“奴不過陪君飲盡杯中酒,妾不能多飲,我的量兒平常。”
湯北溪立飲了交杯方歸座,烈女執壺,又斟上了瓊漿。
高捧金罇説:“君請飲!”奸賊説:“敢勞貴手捧霞觴。”
佳人説:“妾賀夫君新升榮耀,真乃是,陡然富貴,意外的風光。
妾願君:指日高升,皇恩浩蕩,壽同山岳永,福共海天長。”
佳人見賊飲頭杯,又斟二盞,説:“再賀君,秦樓千里跨鸞凰!”
湯賊説:“今夕之會三生幸也,方消除了朝夕慕想,萬種的思量”
佳人説:“勸君飲盡杯中酒,自今朝,舉案齊眉,地久天長。”
奸賊飲罷二盅,佳人又斟三盞,説:”君先飲此杯酒,妾有一言冒夫郎。
常言道:女自痴心,男多薄幸,但祇愁空樓獨守,緑鬢成霜。”
湯賊説:“卿卿! 你好多疑也,除非我一死,纔了却這情腸。”
佳人説:“酒筵之間戲之耳,君言太重奴怎當?”
忙换大杯説:“君休介意,奴陪罪。”不知死的賊,酒到杯空,得意洋洋。
强撑着精神勉强飲,笑嘻嘻,乜斜二目神色張狂。

說:"我也曾,花街柳巷逐日游蕩,　　仕女、名妓,也見過無數的紅妝。
不過是脂粉塗抹,妝飾的俊俏,　　那似卿,天生秀麗,自然的端莊。
想今宵,春風暖羅幃,揉碎梅花被,　　你看那,月輪往西墜,景色生淒涼。"

第二回

更聲兒,陣陣相催,夜色兒冥,　　月輪兒,堪堪待落,樹影兒横。
洞房兒,迷迷殺氣,燭影兒暗,　　羅幃兒,隱隱呼聲,酒味兒衝。
玉人兒,軟軟香軀,停身兒立,　　杏眼兒,頻頻顧盼,耳輪兒聽。
俏膽兒,怯怯發虚,芳心兒跳,　　纖手兒,輕輕提刀,翠黛兒擰。
見惡賊,酩酊醉入迷離夢,　　這佳人,銀牙緊咬眼圓睁。
說:"可恨你,負義忘恩心特歹,　　竟忘了當初待你,是那樣的恩情!
可恨你,爲趨奉嚴賊施毒計,　　搜玉杯,以怨報德暗調停。
可恨你,謀害恩主,陰毒使盡,　　還逼奴,今夜與你把婚成。
可憐我,那被害的夫君身逃遁,　　他鄉流落去飄零。
可嘆他,舉目無親誰憐念,　　弃職懼罪,隱姓埋名。
可憐那,義僕忠心身替死,　　一腔熱血染鋼鋒。
可嘆奴,爲報夫仇,拋頭露面,　　忘生捨死,也爲的是答報恩情。"
這賢良,滿腔忿恨衝霄漢,　　一點丹心浩氣凝。
忙脱去累手的衣衫,把湘裙拽起,　　將那青絲緊綰,用手帕兒蒙。
取鋼鋒,細聽聽鷄犬無聲人寂静,　　銀臺上,絳燭燒短,半暗不明。
惡狠狠,對準惡賊纔要刺,　　猛聽得一聲響亮,把玉腕擎,
不由得將手腕子一軟,刀垂下,　　險些兒鋼刀落地,猛一驚。
蓮步輕移,躲在了牙床後,　　凝神定氣閃雙睛。
衹聽得,更鼓齊催梆鈴響,　　檐下頻摇鐵馬鳴。

又聽得，微風漸起搖枝顫， 原是那，飄零落葉掃窗櫺。
呆呆呆，半晌遲疑神魂定， 軟怯怯，四肢無力步難行。
咬銀牙，暗駡自己無能的賤婢， 當此際，若不斬釘截鐵事難成。
這正是，狹路相逢，寃家對面， 反到來，畏刀避劍，怕死貪生。
這佳人，想到其間橫鐵膽， 霎時間，凶神附體眼睛紅。
惡狠狠，手提鋼刀，攢盡生平力， 嗤一聲，刀刺賊心數寸零。
負痛的奸賊身翻起， 扎煞兩手，怪叫了一聲。
抖顫顫，摇得金鈎聲亂響， 淋漓漓，沾得翠被色鮮紅。
俠烈女見他挣命，忙伸玉腕， 拼了命的賢人，怎肯相容！
攢氣力，撲向奸賊横玉臂， 這惡賊，身軀一倒再動不能。
怎當這鋼鋒刺穿心窩兒透， 賢人又按住手不鬆。
衹落得，氣絶緊把鬚眉動， 命盡頻將嘴眼睁。
直挺挺，賊尸倒在牙床上， 淋漓漓，鮮血一片染尸靈。
佳人見惡賊氣斷，身不動， 天已待亮，住了更聲。
亂烘烘，鷄聲兒回起啼鳴也， 青虚虚，窗櫺兒發白日將紅。
起身軀，整頓衣襟心中思忖， 説："事當此際，是怎樣的行？
似這般，殺人的凶手應償命， 我怎肯移禍於人去偷生？
斷不肯，在此自盡空埋没， 也不肯，落人手扣弱了名。
總不如，自行檢舉衙門去， 也好把恩夫被害的情辯明。
也訴訴，奸賊的萬惡情種種， 也摘一摘[①]，無辜的旁人帶累的情。
不枉奴出乖露醜，忘生捨死， 那怕就我身遭萬刃，目也瞑。
大事畢，響叮噹，我自刎於堂上， 半酬夫志半留名。"

説明：

此作係據清嘉、道年間文萃堂刻本。又簡稱《刺湯》。光緒二十七年(1901)鈔本不分回,與此事同曲異,實一别本。大抵取材於清初李玉的《一捧雪》傳奇第二十齣《誅奸》,惟結尾稱雪艷在刺死湯勤後不甘自盡,擬親去法堂把事實經過辯明,然後自刎死,則與原劇略異。此作揭露奸賊湯勤"負義忘恩心特歹",頌揚雪艷"有俠腸",在一定程度上反映了舊社會人民群衆反對忘恩負義、要求鋤奸除惡的善良願望。現代"京韵大鼓"中《審頭刺湯》一曲,即依此本改編而成。

注釋:

①摘一摘:猶言洗刷,洗雪。

祭　姬一回

無名氏

義僕捐軀替主亡，冰肝鐵膽薊州堂①。
玉杯賈禍慕懷古，金石論交戚繼光。
一腔浩氣還天地，千古芳名入典章。
紅顏愧死鬚眉客，憑吊當年雪艷娘。
衹因湯裱褙欲謀雪艷偕連理，審人頭，要就中取事，惜玉憐香。
雪艷娘參透機謀，欣然應允，暗藏利刃血濺蘭房。
刺死湯勤，佳人也自刎，滿懷激烈，與日月爭光。
戚總鎮，痛念佳人亡身報主，在西山買一坵香土，把艷骨埋藏。
戚總鎮擬案已完，仍回本任，臨行時，要向雪姬青冢，祭奠一場。

這一日，僕從跟隨向西山而去，正是那，暮秋天氣，滿目淒涼。
數行斷雁哀聲慘，四野悲風古道荒。
衰草寒烟橫遠岫，殘山剩水挂斜陽。
到西山，見斷碑剥落依荒冢，暮靄迷離繞白楊。
戚總鎮，一路徘徊，一聲長嘆，説：“果然是浮生渺渺，幻海茫茫！
不枉你廊廟千官垂紫綬，到頭來，夜臺一夢赴黄粱。
勳名赫赫盈天下，也不過是，鬼語啾啾亂低昂。”

不多時到雪姬冢前，總鎮下馬，　見左右將冥資香帛，設列墳旁。
拈香酬酒，英雄落泪，　說："雪姬呀！你芳魂不遠，來飲椒漿。
念下官，爲救故人施巧計，　驗首級，誰知湯勤作證，要仔細推詳。
若非你，假允姻緣消此案，　險被賊識破機關，我命亦亡。
可憐你，不惜香軀酬大義，　全憑利刃振綱常。
仇報身全，一時稱快，　珠沉玉碎，萬古流芳。
氣薄雲天，心如鐵石，　顏如桃李，凛若冰霜。
衹落得，荒冢迷離藏粉黛，　空山寂寞冷鴛鴦。
堪笑那，終日營營流俗輩，　半生碌碌利名場，
高爵厚禄誇鄉里，　象簡烏紗立朝廊。
太平日，居然慷慨談忠孝，　患難時，各顧身家盡躲藏。
似那樣背義忘恩，抱頭鼠竄，　應笑死，仗義從容的雪艷娘。
大丈夫，轟轟烈烈千秋少，　誰知這小紅裙，一點冰心作主張。
到如今，故主潛踪，一家兒零落，　苦受這陰風兒人春露秋霜。
知汝難忘銷骨恨，　憑誰更覓返魂香！
今佳人夢返九泉，香軀無恙，　一樁樁向人詳叙，往日的悲凉。"
戚總鎮，感念佳人，墳前大痛，　紙錢焚化，重奠椒漿。
止泪含悲，英雄上馬，　重尋舊路下山崗。
流水潺潺幽澗冷，　昏鴉點點墓門荒。
戚繼光，臨行住馬回頭望，　見慘離離衰柳梢頭，日影兒黄。

說明：

此作係根據清代别野堂鈔本。叙雪艷死後，葬於西山，戚繼光感其義烈，特往祭奠事。淵源於清初李玉的《一捧雪》傳奇第二

十一齣《哭瘞》,直接取材於高腔戲《祭姬》。立意在"堪笑那,終日營營流俗輩,半生碌碌利名場,高爵厚禄誇鄉里,象簡烏紗立朝廊。太平日,居然慷慨談忠孝,患難時,各顧身家盡躲藏。似那樣背義忘恩,抱頭鼠竄,應笑死,仗義從容的雪艷娘"。作者以淋漓酣暢的筆墨,爲我們描繪了一幅封建社會末期世道人心險惡的風俗畫。

注釋:

①薊州堂:因戚繼光曾在薊州主守禦,故此處以薊州堂作爲戚繼光的代稱。

盗令牌一回

無名氏

一刻千金話不差，　紅爐煨火自煎茶。
閑翻今古消長夜，　細辨賢愚動暗嗟。
慷慨原關男子氣，　俠腸偏是女孩家。
寫一回，趙氏翠娘將牌盗，　說什麽鬚眉志氣，巾幗英華。
趙翠兒，一心要去求小姐，　熱心腸，衹爲是舊鄰家。
“非是俺小小裙釵偏大膽，　皆因是，不忍見儒流之士，帶鎖披枷。”

這佳人，玉貌冰心懷大義，　休當作路旁細柳，陌上閑花。
到麻府，不煩通報將門進，　天光兒漸晚，日影西斜。
入深閨，假做閑陪話，　不怕那花底吠驚猧。
見小姐，悶悶無語在窗前坐，　翠兒他萬福深深把禮答。
小姐說：“因何翠娘不到此處？　今日是哪陣風兒把你刮？”
說：“翠娘坐了！”佳人告坐。　陪笑道：“小姐在上，聽我細道根芽。

衹因爲舒家那事相煩我，　還求小姐把恩加。
解勸那老爺施恩求放赦，　恩如再造，福壽無涯。”
小姐說：“不必説了，令人可嘆，　可惜那人中麟鳳，作了瓮底魚蝦！
明早五鼓就要處斬，　令牌今日已發到官衙。”

趙翠兒一聞此語，渾身戰，
唬的他，芳心亂跳，兩泪如麻。
戰兢兢，抖捐[①]青衫子，
跄登登，打碎小銀牙。
冷森森，狂風吹落葉，
泪盈盈，細雨灑梨花。
軟怯怯，雙膝跪倒流平地，
顫微微，磕頭碰地鬢雲斜。
説："還求小姐開生路。"
小姐忙將俠女拉，
説："此事看來無更改，
王命如山，誰敢挪他？
趁今宵，老爺赴席無回府，
咱們倆，清談坐伴，笑剪燈花。
休嫌薄淡窗前月，
滿破着[②]一炷爐香一盞茶。"
翠娘無奈强陪坐，
伶心兒一動，把主意兒重拿。
談了些，女紅針指閨門事，
説了些，栖身無奈賣珠花。
他二人，按緣投分多親熱，
生就的面龐相似，心意何差！
忽聽得，喝道之聲相切進，
原來是，麻賊赴宴，酒醉回衙。
又聞説，老爺帶酒書房睡，
明朝五鼓，還要監斬出衙。
小佳人，告别千金出綉户，
潛踪躡足繞過閨闥。
雖無有，神通廣大偷天手，
也學那，盗取金盒紅綫娃。
用金釵，輕輕撥開門兩扇，
一步步慢拽香軀，用玉手去拿。
把一面救命令牌，藏入了懷内，
使的他芳心亂跳，香汗滴答。
出麻府正遇王門斗[③]，
放老儒逃天避難，遠走天涯。
愛煞了小女，作出了天大的事，
最可憐，老婆兒替死染黄沙。
到後來，二女一夫狀元及第，
報仇雪恨，受享榮華。

説明：

此作係據清代曲廠鈔本。寫舒德溥被麻府陷害，俠女趙翠兒計盗令牌，救舒逃生的故事。全以清初朱皠的《翡翠園》傳奇中盗令一段爲藍本，加以敷演而成。作品着力歌頌了趙翠兒不顧"王命如山"，盗出了"救命令牌"的巾幗英雄形象。

注釋：

①抖捐:意思是説抖得掉下來。

②滿破着:意思是所有的都算上。

③門斗:看門的衙役。

刺　梁一回

無名氏

漢室顛危氣未終，
儲君避難脱牢籠。
蒼穹不欲終炎漢，
天使飛霞鳳配龍。
蘭心惟知孝和義，
蕙性獨存烈與忠。
移花接木，假託瑶草，
刺奸雄，全仗着聖母的金針玄妙靈。

且説那，梁冀專權欺弱主，
漸漸國政屬奸雄。
威權日盛行殘暴，
這個賊，放蕩身心任性情。
賢臣畏懼皆迴避，
蕭墻禍起[1]，漢室將傾。
一心篡逆，貪圖大寶，
安排藥酒，鴆死朝廷。
馬融同謀爲主使，
趨奉奸賊，妄想功名。
馬瑶草因懷忠正，良言諫父，
這個賊逆耳忠言，反把怒生。
因賭氣，將愛女撵與了那簡秀士，
敗綱常，又把瑶草獻與奸雄。
烏飛霞，仇懷家國將計就計，
僞稱瑶草假冒真名。
這一日，奸賊在樓上排家宴，
衆歌姬，彩袖翩翻捧玉鍾。
□□□□□□□[2]，
有幾個，檀板輕摇吐嬌聲。
香馥馥，翠帶湘裙噴蘭麝，
一聲聲，金環玉佩響叮咚。
款舞腰肢身裊娜，
慢移蓮步體輕盈。

一個個，春風滿面勾雨意，
一個個，秋水凝眸引雲情。
這奸賊，一雙醉眼神都定，
獨瞅飛霞不轉睛。
暗思量，誰見嫦娥離碧落？
眼前就是玉女降天宮。
但看他兩鬢風流，羞花閉月，
一身俏麗，傾國傾城。
梁冀說："怎麼忘了你的姓字？"
烏飛霞輕移蓮步，慢轉身形。
不由得，怒氣填胸，一腔憤恨，
無奈何，假作歡顔，悦色和容。
向奸賊深深慢拜說："奴是瑶草"，
梁冀說："哎喲！我怎麼就忘了卿卿？
卿真乃仙子離碧落，
孤今爲劉、阮入天庭[③]。"
這佳人，拜罷平身，懷嗔不語，
暗駡道："賊呀！你褻瀆哀家罪怎容？
我本是太子之妻還要臨正院，
皆因復仇於君父，纔有此行。
可恨你，暗使陰謀鴆帝主，
可憐那，幼小的皇爺死的慘情。
可恨你，意狠心毒差刺客，
可憐我，那年邁的天倫箭下坑。
膽大欺心叫奴陪宴，
到袛怕頭上的青天，不肯容。"
又想道："奴何不將計就計，把賊灌醉？
俟他酩酊，好把事行！"
想罷捧杯說："王爺請飲！
今日該放量開懷，多進幾鍾，
賀一賀王爺不久登大位，
真乃是福并天齊，海宇升平。"
梁冀接杯，忙陪笑臉，
一氣而乾，盞到杯空。
連飲數杯，毫無推却，
說："謝卿卿吉言本也接我尊榮。"
霎時間，杯盤狼籍，更深夜静，
這奸賊，後仰前合，醉眼矇矓。
乜斜醉眼說："你等散去，
獨留瑶草住樓中。"
說着歪在床兒上，
一陣迷離，二目雙瞑。
這奸賊醉卧牙床，呼聲震地，
衆歌姬紛紛散去，躲静求寧。
獨剩下佳人，將銀燭花剪，
見老賊，鼻息氣響似雷鳴。

静悄悄，萬籟無聲人寂寂，　夜沉沉，窗弦有影月明明。
恨鎖蛾眉，將燈挪進，　悄移玉體，慢閃雙睛。
目視奸賊，銀牙緊咬，　恨不能，粉碎賊尸氣纔平！
看聽多時，輕舒玉腕，　忙取神針在手中。
衹覺得，四肢無力，心驚膽顫，　目瞪瞪，乾瞅着奸賊步難行。
自恨道："飛霞嚇，無能的賤輩！　似這等，避劍畏刀事怎成？
若不斬釘截鐵將賊刺，　似此機緣難再逢！"
佳人想罷，方欲動手，　猛聽得，窗前響喨似人行。
心虚的佳人忙止步，　噗騰騰，芳心亂跳不能行。
側耳留神觀察動静，　却是那，風擺松竹，招碰窗櫺。
又聽得，一陣陣更鼓齊催聲不住，　韵錚錚，鐵馬兒頻摇響亂鳴。
寧神定志，復反舉步，　惡狠狠，殺星附體，皺皺眉頭。
向奸賊，杏眼圓睁，銀牙緊咬，　擎金針，照準心窩把手一鬆。
果然是，菩薩的至寶，神佛的靈佑。　眼看着刺肉穿腸，鮮血直傾。
奸賊負痛，磣聲岔韵，　手脚張狂，遍體鮮紅，
胡抓亂撓，連磕帶碰，　霎時間，咽喉氣斷聲不哼。
自今日，奸佞伏誅，君父仇報，　從此後，軍民共泰，漢室重興。

説明：

此作係據清代道光年間刻本。另有同樂堂鈔本《刺梁》三回，與此一回本完全不同，實爲别本。此寫烏飛霞冒名馬瑶草，入梁冀府中爲歌姬，因欲替君父報仇，用神針刺死梁冀。取材於清代朱佐朝的《漁家樂》傳奇中《刺梁》一齣。作品不僅頌揚了歌姬烏飛霞"斬釘截鐵將賊刺"的英雄行爲，而且表現了下層婦女勇於力挽狂瀾，反對"漸漸國政屬奸雄"的政治抱負。

注釋：

①蕭墻禍起：見本書《鳳儀亭》篇注⑦。

②原刻本此處遺漏一句。

③劉、阮入天庭：劉晨、阮肇到天庭與仙女結婚的神話傳説。詳見本書《桃洞仙緣》《劉阮入天台》篇。

痴　訴一回

無名氏

落難藏身改玉顔，　無瑕白璧被塵漫。
愁含星眼千行泪，　恨鎖冰心萬點山。
忍辱但知全節孝，　堅貞故作假瘋顛。
可憐綉户千金女，　受盡了，苦雨凄風饑共寒。
蕭惜芬，每日街前妝痴傻，　合那些兒童頑耍，弄瓦抛磚。
白日裏，長街叫化殘羹飯，　夜晚時，古廟存身枕石眠。
皆因是，父掃邊關人遇害，　一家兒骨肉盡凋殘。
欲待要，全節自盡歸陰路，　怕的是，冤仇誰訴與父親前。
因此上，忍辱含羞將父等，　可憐他，咬釘嚼鐵受了熬煎。
曾記得，畢弘替死從説過，　有一個諸葛先生可保全。
這一日，事逢凑巧街前會，　正遇先生把卦占。
走向前，口叫先生："聽奴告訴"，　先生説："呀！你告訴什麽來？休要胡纏！
一個痴丫頭，無耻無羞合孩童鬧，　吵的人頭昏眼花，好討人嫌！"
小姐説："奴家苦苦實無奈。"　先生説："我打卦街前，也是爲難。"
小姐説："奴家本是名門女。"　先生説："可惜了那爹娘把你添。"
小姐説："一言難盡心中苦，　先生呀！你細聽痴兒對你言：

小痴兒也有椿萱在，
小痴兒也有舊家園，
小痴兒，嬌滴滴也是個桃花面，
小痴兒，整齊齊也插過翠花鈿，
小痴兒，架兒上也有那綾花綉，
小痴兒，桌兒上也有那美羹甜，
小痴兒，也曾惜花春起早，
小痴兒，也曾愛月夜遲眠，
小痴兒，也曾松�兔管題詩句，
小痴兒，也曾脂脂粉粉畫容顔，
小痴兒，如珍似寶曾經練，
小痴兒，珠圍翠繞過青年，
小痴兒，何曾背了綱常禮？
小痴兒，豈背偷期濮上[1]眠？
小痴兒，訴不盡仇山怨海心中事，
小痴兒，叫地呼天也是枉然！”
諸葛諳，口内哼哈翻着白眼，
說：“真倒運！遇個瘋顛女子信口胡言。
快走罷！你看天將晚，
闖的我，一天未挣半文錢。”
小姐說：“還求先生給我算一算。”
先生說：“我要回廟了，不得閑。”
這先生收起卦盆，拿明杖，
小姐連忙用手去攔。
牽衣落泪說：“先生且慢！”
先生動怒，把瞽目睁圓。
用手推開忙舉步，
挾起明杖，瞎跑胡顛。
小姐無奈跟隨後，
一直來到古廟門欄。
瞎先生，西鄰乞火將香點，
痴小姐，挨身進廟叩拜神前。
諸葛諳，取火回來將房進，
摸着個香筒把香燃。
手内點香，口中說話，
說：“個個鄰居老嫂，賢惠非凡，
給了我一碗薄粥真有趣，
吃下去精神頓長，又却風寒。”
衹顧他口内咕噥，把香倒點，
燙的他呲牙咧嘴，疼痛難言。
忽聽得，供桌以下把先生叫，
說：“呀！定是痴兒又把我纏！”
無奈何，衹得細問其中故，
小姐說明已往的冤。
這先生，打動慈心收留難女，
衹等那，申冤雪恨，父女團圓。
剪燈花，窗下無非閑破悶，
呵凍筆，直到更深月影闌。

説明：

此作係據清代曲廠鈔本。叙蕭惜芬因避難裝痴，訴説她歷盡的艱辛和“仇山怨海”，終於感動瞽者諸葛，被他作爲“難女”收留的故事。取材於清初朱佐朝《艷雲亭》傳奇第二十齣《痴訴》和二十一齣《點香》，連有些詞句都是據原本溶化而成。“小痴兒，訴不盡仇山怨海心中事，小痴兒，叫地呼天也是枉然！”這就是此作對那面臨没落的封建社會的血泪控訴。

注釋：

①濮上：濮水之上，舊時用指男女幽會之地。

合　鉢二回

無名氏

第一回

從來佛法妙無邊，道體虚空本自然。
一靈不昧誰爲我？四大無空便是禪。
净掃妖氣歸大道，同參覺路向靈山。
世人愛説降魔事，那知道魔在心頭，要除去難！
許宣説："吾師降妖用何物？"法海説："這鉢盂雖小可藏天。
我佛如來親賜我，妙相中空外面圓。
妖邪本相登時現，你不信，捧到房中試一番。"
這許宣，雙手接過高擎在手，直進香閨掀起珠簾。
白娘子抱兒正在房中坐，忽見那，佛門的法寶到了面前。
膽戰心驚失了色，魂飛魄散，變了容顔。
縱有那巧妙神通，無處使，任憑你，掐訣念咒總徒然。
"呀！不好了，金山和尚又來到，這遭兒，殘生性命定難全。
郎君嚇！你的心腸真太狠，空與你恩愛相隨這幾年。
且休提，錦衣玉食常供奉，也休提，堆金積玉有銀錢，也休提，顛鸞倒鳳房中樂，　也休提，對酌高歌月下歡。
我爲你，費盡心機同患難，　我爲你，招灾惹禍討人嫌，
我爲你，破死忘生求丹藥，　我爲你，受怕耽驚性命連。
祇圖個，白頭相隨無更變，　再不料，半途而廢起波瀾。
縱是奴命中注定難逃避，　虧了你，毒心辣手大難臨。
縱然異類，你也該疼愛，　既是夫妻，豈不見憐？
就是那狠心的和尚調唆你，　你也該，代我央求把他苦纏。
你不但袖手旁邊觀成敗，　更還要，從旁加勢往死裏攛。
難爲你，眼睁睁的看着奴死，　就不想想，避雨相逢一段緣。”
白娘子，正然追訴從前事，　哇的一聲，懷中哭醒了小兒男。
這公子，仰視雙睛朝上看，　撲在娘懷要乳餐。
白娘子見此光景心越慘，　恰好似，刀絞柔腸剜肺肝。
叫了聲：“苦命的嬌兒也！　你要想再見親娘，萬萬難。
想當初，十月懷胎將你養，　受了多少苦辣與酸甜！
實指望，長大成人依膝下，　斑衣戲彩待吾前。
還指望，你一舉成名天下曉，　五花官誥受皇宣。
誰知今日拋兒去，　一個月的工夫，就斷了前緣。
這都是你狠心的爹爹幹的事，　不顧妻房，也不顧兒男。
自此後，饑寒飽暖誰來管？　痘疹花瘢，那個愛憐？
早起來，貪玩尋找何人抱？　到夜晚，床上誰人摟你眠？
你看他，兩眼祇顧將娘看，　口含着乳食像喜歡。
地老天荒，也難消此恨，　就如那，萬劍攢心烈火燃！”
白娘子，正在難捨難分處，　那法寶驀地飛來，頂上懸。
骨軟筋酥難存站，　目瞪口呆似痴癲。
房中正然哭聲慘，　那青兒，慌忙移步到窗前。

見許宣,袖手旁觀在床前立, 白娘子,神氣昏迷似軟癱。
那法寶,在空中飛舞盤旋多不定, 不由的,恨氣衝天似火燃。
走向前,意欲行凶把許官害, 白娘子連忙擺手,往死裏攔。
說:"這也不干官人事, 都是那和尚把他攛。
總是我前生造定該如此, 就將他殺害,也是枉徒然。"
青兒無奈纔放了手, 忽看見禪師,立在面前,
將九環錫杖,擊了三下, 果然動地又驚天!
青兒心膽登時唬裂, 起了陣旋風一溜烟。
自往山林逃性命, 顧不得主母恩情,這幾年。

第二回

白娘子,見青兒遁去心越慟, 眼望着官人,泪似涌泉。
說:"我今也不將你埋怨, 總是我大數難逃,扭不過天。
我雖是山中生長林中住, 也虧我,煉性修行幾萬年。
變化通靈到人世, 方能與你結良緣。
從來不起傷你的意, 惡心腸半點全無,可對天。
青兒不忿你行的事, 還說我,面軟心活意兒偏。
如今倒應了他的話, 這是我一輩子的虧心,向那個言?
没有多言相囑咐, 就是這失母的嬰兒要你憐。
倘若是,續弦再娶多姣女, 休要把孩兒下眼觀。
你今日依從這句話, 奴家瞑目在黄泉。
罷、罷、罷! 己身不保,何况身後的事, 總有那萬語千言,也是枉然。"
回身又把姣兒喚: "我合你,死別生離在頃刻間,

百忙裏也無暇留遺念，
他日後見衣如見母，
我算孩兒命裏當榮耀，
有一日，名登金榜來祭母，
母思兒，怨氣沉沉埋十地[①]，
我的那音容面貌無從記，
就是要燒錢化紙何方向，
好親兒！快吃幾口丢開了罷！”
纔待要遞與許宣，又抱住不放，
小狀元，天性通靈真奇怪，
直哭得，天昏地暗愁雲慘，
許郎剛把狀元來接過，
烈焰騰騰，大火飛空紅萬丈，
白娘子支持不住，把原形現，
衆神靈一齊施法力，
但祇見，忽喇喇走石飛沙大風起，
許宣唬的渾身戰：
弟子已看破世間迷眼相，
打轉迷途歸覺路，
禪師摩頂，與他受戒，
説：“成佛作祖無他道，
你孩兒命中注定，大魁天下，
他雖是妖邪，也成外道，
且交與你姐姐代扶養，
你要是，修成正果登大道[③]，

就是這身穿的兜肚，是母縫縺，
休得要痛斷肝腸，把肺腑煎！
祇恐你作得官來，我的骨肉殘。
知道我的魂靈兒在哪邊？
兒思母，血泪漣漣泣九天[②]。
畫像傳真，祇怕追憶難。
還不得南北山頭掃墓田。
你看他，依依不捨又不能言。
撲簌簌，眼泪雙流似涌泉。
也一般呱呱兒泣哭聲喧。
鬼泣神嚎，佛也垂憐。
一霎時，法寶當頭壓泰山。
嘞喇喇，雷聲霹靂震天關。
是一條白丈的長蛇在塔下盤。
禪師合掌，念動真言。
黑沉沉，密霧重雲不見天。
“謝吾師救我性命，醒我愚頑。
從今撒手，跳出塵寰。
脱離苦海上靈山。”
阿彌陀佛！繞佛三匝秉心虔。
返本還原，祇在方寸間。
到後來，顯祖揚名四海傳。
難爲他，十月懷胎産狀元。
行事不可逆蒼天。
一人成佛，九族升天。

救拔你受苦的妻兒出地獄，纔顯得佛法妙無邊。
到那時，大地光明歸極樂，普天歡喜結善緣。
不枉我一片婆心點化你，纔能够，繳旨靈山佛祖前。”
這許宣，謹遵師命將孩兒寄，割斷了恩愛與牽連。
到後來，獨占鰲頭來祭母，就算是夫妻母子再團圓。
佛説白蛇若要重出世，除非是西湖水盡乾。
到如今，塔尖高聳超雲表，夕陽斜照彩爛斑。
留下了“雷峰夕照”一奇景，萬古千秋作美談。

説明：

此作係據清代別野堂鈔本。又題《嗟兒合鉢》。百本張鈔本係一回，與此兩回本文字全異，實一别本。内容取材於清代方成培的《雷峰塔》傳奇中的《合鉢》一齣。叙白娘子與許宣原爲恩愛夫妻，因許宣受“那狠心的和尚調唆”，將如來親賜給禪師法海的鉢盂，拿來高懸於房中，致使白娘子離别丈夫、孩兒而被收壓的故事。作品力圖宣揚“佛法妙無邊”，要求“救拔你受苦的妻兒出地獄”，“到那時，大地光明歸極樂，普天歡喜結善緣”，然而白娘子的不幸遭遇，却是對“佛法妙無邊”的有力揭露和憤怒控訴。

注釋：

①十地：佛家語，菩薩修習所經歷的十種地位。一歡喜地，二離垢地，三發光地，四焰慧地，五難勝地，六現前地，七遠行地，八不動地，九善慧地，十法雲地，見《楞嚴經》。

②九天：舊説天有九重，這裏喻高遠的意思。

③正果：佛家語，學習佛教的人精修有得，叫作證果；爲區别於外道，故又叫正果。

祭　塔一回

無名氏

西湖十景美堪觀，“雷峰夕照”至今傳。
塔影兒倒懸低照水，塔尖兒高聳上摩天。
早晚風光遮日月，陰晴變態起雲烟。
閑同野老談今古，講一段雷峰塔下的舊姻緣。
小狀元思母的心腸情切切，親到雷峰擺祭筵。
一步一拜，來至西湖上，早望見，寶塔出巍上插天。
眼望塔兒心慟碎，説：“我娘親的尸骸在哪邊？”
心忙急步來至塔下，見另一種凄凉的景況，怎不傷慚！
但祇見，稠雲密鎖將塔頂兒罩，黑霧周遭，把塔座兒漫。
起悲風，四下裏金鈴響；飄細雨，十三層碧瓦寒。
萬樹松濤，密密濃蔭難見日；千竿竹葉，蕭蕭暗影不觀天。
幾座山，千秋不動相環繞；一湖水，萬古長流總不閑。
塔旁邊，荒草成叢如人立，塔尖上，怪禽悲噪像呼冤。
金描畫，日久年深光盡落，碧琉璃，雨打風吹色不鮮。
斜挂着，半竿竹葉横殘照，下映着，一道寒泉起暮烟。
就便是旁人，到此堪垂泪，何況是親養的孩兒，怎不悲慚?!
小狀元，跑向塔前哭了聲母，説：“你孩兒今日纔來拜墓前。

可嘆我,生來就不認得娘的形像, 竟是憑空默擬憶慈顏。
要追想父母的音容,兒如何追想? 若提起笑語聲音,兒更渺然。
世間孤兒不似兒的命苦, 我竟成了辟地開天,不孝的男!
想當初,生下孩兒纔滿月, 我的娘親,你遭了天譴受奇冤。
那時節,不知娘流了多少泪, 抱着兒,割肉挖心戳肺肝。
生生在懷中,奪去親親的肉, 隨着那,凶神惡鬼到陰山。
這是兒,命中注定應妨母, 帶累娘,一命夭亡喪九泉。
彼時我若能言語, 一定要,跪叩哀憐我佛前。
便是佛爺定不容求告, 就叫我殺身替母也心甘。
自古道:慈悲佛祖行方便, 怎麽就是我的娘親,你不見憐?
使孩兒空望着塔兒無法兒救, 怎叫兒不一寸心中萬苦攢!
望娘親,靈聖、靈應將兒拿了去, 在泉路上,母子相依也免挂牽。
若不然,這條腸子如何斷? 一天天,零碎的傷心慕慈顏。
見人家,母子團圓常聚首, 斑衣戲彩,盡孝在膝前。
就是那貧家小户,誰無個父母? 一個個,菽水承歡樂晚年!”
悲切切說:“不肖子今朝來祭母, 况我娘親神魂久散也不還。
寂寞重泉,哭着也不理, 黑暗地獄,問着也無言。
想娘親,生前變化神通廣, 死後的英靈也該赫赫然。
要知道,不在空中來享祭, 就衹是,無影、無形見面難。
恨不能,拘五丁力士[1]將塔推倒, 恨不能,請六甲[2]神靈把塔打翻。
現放着,咫尺的音容不能見, 就是要立碑封樹枉徒然。
到不如,一心向善行方便, 還可以,替母懺悔解冤愆。
衹恨我,福分輕微陰德淺, 怎能够救母重生學目連[3]?”
小狀元哭得天地都昏慘, 少不得獻飯、澆羹奠酒筵。
旋風兒刮紙灰兒,滴溜溜在空中舞, 仿佛象,白氏的魂靈兒收紙錢。

到後來，許宣得道成正果，　　度脱了娘子作地仙。
留下這"雷峰夕照"真奇景，　　萬古千秋作美談。

説明：

此作係據清代百本張鈔本。又題《狀元祭塔》。據清代陸次雲的《湖壖雜記》稱，俗傳西湖中有青魚、白蛇二妖，五代時建雷峰塔，鎮壓二妖於塔下，要求俟："塔倒湖乾方許出世。"此作寫白蛇在被鎮壓前化作白娘子與許宣結婚，生下一公子，如今公子中了狀元，前來塔下祭母。作品通過哭訴："我的娘親，你遭了天譴受奇冤"，"恨不能，拘五丁力士將塔推倒，恨不能，請六甲神靈把塔打翻"，從一個側面反映了人民群衆要"推倒""打翻"舊社會的罪惡統治的强烈願望。

注釋：

①五丁力士：見本書《葬花》篇注⑱。

②六甲：即甲子、甲寅、甲辰、甲午、甲申、甲戌，六個神的總稱。《宋史・律曆志》："六甲，天之使，行風雹，筴鬼神。"可見古代把六甲看作是天神。

③目連：佛家以爲是佛的大弟子，有大神通，又稱目犍連，曾入地獄救母。

沉香亭一回

無名氏

千古名姝表太真[①]，楊家有女貌絶倫。
天宫造物非無意，金屋藏嬌[②]信有心。
半媚半痴真悦目，一颦一笑總宜人。
那一種，温柔雅態傾花玉，正所謂：静有幽香動有神。
楊玉環，一朝入選邀君寵，唐天子，不愛江山愛美人。
與楊妃跬步不離，相携共握，不亞如魚游春水，比目難分。
不在花前調玉笛，便從月下弄瑶琴。
真個是，花晨月夕無虚度，説不盡，鶯憨燕婉，暮雨朝雲[③]。
更兼那春色怡人，韶光悦目，雕欄風細，燕子泥新。
興慶池弱柳舒青，翠陰始綻，沉香亭牡丹吐艷，嫩蕊初分。
唐明皇親挽楊妃，花亭設宴，早有那，宫官伺候檀板金樽。
果然是御苑風光，帝王富貴，更何云，珠圍翠繞，玉爇香沉。
花亭上，羅列屏幃，君妻入坐，衆宫官，樽傾美釀，玉盞香噴。
這楊妃，親捧霞觴與明皇祝壽，説："願吾主江山永固，萬載長春。"
天子接杯携玉腕，説："寡人願同妃子，世世相親。"
楊貴妃又進瓊漿，明皇笑飲，李龜年領宫官作樂，似鳳嘯龍吟。

明皇説:"宴賞名花,不宜舊樂,"　命高力士立刻傳宣李翰林。
不多時,李白奉詔將宫進,　至沉香亭舞蹈,三呼拜至尊。
貴妃見李白飄然有仙人的氣度,　那一種倜儻風流鶻不群。
唐明皇笑對李白説:"有勞學士,　作幾章清平新調,方可對此佳辰。"
貴妃説:"學士平身。"命宫人看座,　早有那答應的宫官,設下了綉墩。
李白謝恩一旁侍坐,　高力士已把文房四寶陳。
這太白,慢展金箋,輕拈玉管,　真是筆落驚風雨,詩成泣鬼神。
清平調立進三章,獻在龍書案上,　唐明皇與貴妃賞閲,喜笑吟吟。
第一章是:"雲想衣裳花想容,　春風拂檻露華濃。
若非群玉山頭見,　會向瑶臺月下逢。"
天子點頭説:"真妙句!"　楊貴妃朱唇帶笑,玉臉含春。
明皇説:"天遣文星與我國生色,　不枉他身居翰院,名壓詞林。"
唐天子又與貴妃觀二韵,　端的是龍蛇飛舞,字句兒清新。
首句是:"一枝紅艷露凝香,　雲雨巫山枉斷腸。
借問漢宫誰得似?　可憐飛燕[4]倚新妝!"
楊貴妃笑對明皇説:"可稱妙絶,　果然是詩中有畫,筆下傳神。"
第三章是:"名花傾國兩相歡,　長得君王帶笑看。
解釋春風無限恨,　沉香亭北倚欄杆。"
天子看完清平三調,　説:"今日個,纔不負名花共美人。"
命李龜年倚板而歌,清音裊裊,　唐明皇親調玉笛,真是繞屋停雲[5]。
賜李白御酒金花,亭前侍宴,　有的是佳餚叠進,御酒頻斟。
不多時,月上雕欄花陰滿地,　銀臺高照,寶炬光分。

唐明皇酒興闌珊,李白別駕, 他君妻并輦,回宫夜正深。
沉香亭晏樂清平,深宫雅迹, 表明皇君臣相遇,一段奇文。

説明:

此作係根據清代百本張鈔本。百本張《子弟書目録》著録,并注稱:“召李白吟詩。一回。”李白(701—762年),是我國唐代偉大的浪漫主義詩人。在他四十二歲至四十四歲期間,曾任唐玄宗的翰林,掌管機密詔命的起草工作。有一次,唐玄宗和楊貴妃在宫中沉香亭飲酒看牡丹,李白奉命作《清平調》詞三首。本篇所寫就是這一故事,所引的也完全是詞的原文。據清末王國維的《曲録》記載,清代洪昇撰有《沉香亭》傳奇,唯今已失傳。此篇可能即取材於該傳奇劇本。作品不僅贊美唐玄宗與楊貴妃的愛情,更重要的是歌頌了詩人李白的杰出才華。

注釋:

①太真:即楊玉環。因爲她曾當過女道士,故號太真。

②金屋藏嬌:詳見本書《露泪緣》篇注㉙。

③暮雨朝雲:喻男女歡合。參閲本書《尋夢》篇注①。

④飛燕:漢成帝的皇后趙飛燕,是我國古代著名的美女。

⑤繞屋停雲:形容音調優美動人,使人久而不忘,似乎餘音繞着屋梁,使天空的雲彩都爲之停滯。

驚變埋玉二回

無名氏

第一回

宮殿參差頃刻間，漁陽烽火照寒泉。
遏雲聲斷悲風起，何處黃雲是隴山？
凄涼 片深秋景，督領千軍幸蜀邊。
馬嵬坡下無窮恨，苦壞了絶代的佳人，楊玉環。
安禄山起兵，已把潼關破，堪堪殺奔到長安。
明皇無奈携妃子，君臣避難去西川。
一路上，蕭蕭颯颯西風緊，慘慘凄凄落日寒。
匆匆忙忙離宮殿，奔奔碌碌途路前。
馬上哀哀憐妃子，回首頻頻望長安。
半鈎殘月從東起，一輪紅日墜西山。
行過了，五六搭殘山剩水，又望見，兩三處草舍茅庵。
説不盡，一路的凄涼，奔波的苦，訴不了，滿腹的傷感，跋涉的難。
來到了馬嵬坡下，天色晚，傳令三軍把營安。
君妻携手把驛館進，呀！那一種的凄涼更慘然。

雖然也有桌、椅、床與帳，　不過是了草把事完。
哪裏有，碧森森的龍樓琉璃殿，　巍聳聳的鳳閣玉石欄。
哪裏有，鳳枕、龍床、鮫綃帳，　朱門、玉户、水晶簾。
但祇見數間草舍，幾棵衰柳，　幾杆殘竹，數點凋蘭。
一天冷霧漫紅葉，　四壁寒蛩泣夜寒。
陳玄禮保駕進館回營去，　高力士伺候把茶端。
君妻對訴途中苦，　不覺得，彼此傷心，把珠泪彈。
明皇説："寡人不幸遭驚變，　累妃子玉貌嬌姿受罪愆。
卿在深宫嬌慵慣，　怎樣支持這途路難。
愁煞你，玉軟抱柔要把途路趲，　怎禁得，野外的風霜，九月的寒？"

楊妃説："臣妻自應相隨駕，　焉敢辭勞在駕前？
但祇願，我主龍體安然無恙，　妾雖奔波却安然。
定干戈，再享升平頻樂業，　擒賊寇，重整社稷轉長安。"
君妻正自相叙話，　猛聽得，軍聲大振，喊叫連天，
嚇得個明皇無語，顔色變，　嚇得個楊妃抖戰，在御前。
忙問道："此是何處的兵嘶喊？　莫不是安賊夤夜竊營盤？"
正驚慌，見高力士慌慌從外轉，　大驚失色泪漣漣。
張口結舌忙跪倒，　説："不好了！咱家兵將殺了自己官員。"

明皇説："你快些説來休遲慢，　是什麽兵將？是那個官員？"
力士説："楊國忠專權行奸佞，　私通土番把聖主瞞。
因此上，激惱了軍兵行殺戮，　至使國忠命染泉。
軍心大變還不退，　鬧鬧轟轟在館驛前。
説：'國忠雖死，貴妃尚在，　他兄妹的心腸是一般。
唐家的天下盡被他攪亂，　使我等，母在長安，子在川。

不殺了貴妃，就反了罷，　　休想兵丁保駕還！’”
話未完，把個楊妃魂驚魄散，　　他的那粉面如金，泪似泉。

第二回

馬嵬坡下恨無端，　　天香國色枉徒然。
紅顔斷送西川路，　　白骨怨沉冷驛前。
可憐絶代羞花貌，　　作了凄凉土一攢。
芳魂渺渺隨風去，　　遺恨悠悠在御前。
明皇道："三軍此語從何起？　　斗膽欺君亂胡言！
國忠有罪應該斬，　　現已嗚呼喪九泉。
妃子在宫中相隨朕，　　有何干犯在軍前？"
玄禮説："聖駕受驚，臣該萬死，　　但則是，社稷江山休當玩。
軍心大變難反悔，　　叫微臣，怎樣彈壓去周旋？"
明皇大怒連聲喊，　　大罵那無能的狗佞官。
"與其把貴妃來逼死，　　到不如，殺了孤家萬事完。"
唐君正自發暴燥，　　又聽得，千軍鼎沸在館前。
楊妃無語心驚恐，　　杏眼秋波泪漣漣。
鶯聲哽咽把陛下叫，　　玉手顫軟，把袍帶牽。
説："軍心一變非兒戲，　　到不如我項横素帕，把大事全。
望吾皇總以社稷爲珍重，　　爺嚇！捨了臣妃罷，莫戀我玉環。
况臣妃，一門受恩如山重，　　又係那國忠欺主把事耽。
現如今，軍勢危急無可救，　　小妃就粉身碎骨，也報不全。
倘若稍遲出不測，　　反增奴怕死的污名萬古傳。"
明皇大慟心如醉，　　痴痴呆呆無一言。

高力士一傍流慟泪，嗚嗚哭拜在階前。
說："娘娘既然要行忠烈，望陛下，休把軍國大事耽。"
明皇說："事已至此由他罷，但是，這君妻的恩愛，怎不叫朕牽連?!"
無奈咽咽哭向前邊去，楊妃哀哀轉後邊。
轉過了前層來後院，見一座少窗無户小茅庵。
高力士支撑不住嚎啕慟，跪向佳人把話言。
說："娘娘有甚言詞吩咐幾句?奴婢好緊記在心間。"
楊玉環聽説心如醉，秋波珠泪涌如泉。
半晌道："也無甚别事吩咐你，衹有這幾句關心，要對你言。
我死後，惟你尚能體聖意，早晚間，殷勤侍奉莫偷閑。
聖上的春秋已高邁，不比當初在少年。
又兼這西川蜀道多勞苦，萬望你，留心照應在爺前。
傷心時，必須常解勸，早晚間，務曉饑與寒。
咱主僕相聚十幾載，我也無甚麽好處在你身邊。
我死後，休得記懷，也休想念，總要知：人生的聚散夢一般。"
說話的佳人肝腸斷，不覺的來到了消魂散魄梨樹前。
向腰間，忙忙取下香羅帶，慟哀哀，顫顫玉手把扣拴。
泪漣漣，急忙向北深深拜，急煎煎，心内猶如萬刃攢。
說："萬歲呀！今後永别聖駕也，想見面，也衹好三更魂夢間。"
拜罷的佳人將身起，狠芳心，把絶代的姿容在梨下完。

說明：

此作係根據清代百本張鈔本。取材於清代洪昇的《長生殿》傳奇第二十四齣《驚變》、第二十五齣《埋玉》。寫唐玄宗的寵信將領安禄山率兵叛變，迫使唐玄宗和楊貴妃逃往四川。途中，唐玄宗隨身的將士“軍心大變”，認爲造成安祿山叛變的原因，皆由楊貴妃和她的哥哥楊國忠“專權行奸佞”所致，於是殺了楊國忠，并迫使貴妃楊玉環自縊。作品完全肯定“國忠有罪應該斬”，它之所以對這種“驚變”“埋玉”表示無限的婉惜和深切的懷念，主要是表現了對禍國殃民的叛將安祿山的深仇大恨。

馬嵬驛一回

無名氏

漁陽鞞鼓破霓裳，陷長安，翠華[①]西幸太蒼皇。
連天烽火驚金闕，捲地烟塵入帝邦。
亂紛紛，宫娥太監出青瑣[②]，悲切切，鳳子龍孫下建章[③]。
馬嵬驛，至今千載傷心事，葬真妃，譜入弦歌恨愈長。
唐明皇，駕幸西川思避難，不堤防，在馬嵬驛内有更張[④]。
陳玄禮，不將大義服軍士，他反趁危急制上皇。
高力士，一入保駕在前廳上，楊太妃，在後堂悶坐自思量。
聽外面，谷應山鳴，似江翻海沸，唬的他，小膽兒驚慌玉體凉。
墻兒外，人聲兒可怕，真奇怪！并不是，警蹕[⑤]傳呼起駕忙，
又不是，那萬樹松濤喧雅韵，又不是，千林木葉作清商[⑥]，
又不是，寒生空谷風聲兒緊，又不是，秋老荒山雨勢兒狂。
莫不是，追兵已近劫車駕？御林軍吶喊揚威赴戰場。
莫不是，勤王的人馬朝行在？怎麽又聽不見山呼拜帝王？
正驚疑，見宫女兒傳言説："六軍齊變，他們都不肯西行，戀故鄉。"
亂紛紛説："國運將終，天心已去。"又説："是楊家誤國，患在椒房[⑦]。"
他還説："爲萬民除害，要殺國舅，斬奸臣，扶保儲君整廟堂。"

衆宮人,你言我語傳凶信,
這娘娘,唬的改變朱顏粉黛黄。
暗思量:蒙塵的天子年高邁,
他怎彈壓那要反的軍兵似虎狼?
陳玄禮,你既爲大將,是三軍司命,
怎麼袖手無言在一旁?
高力士,久隨聖駕多才智,
或可調和他把萬歲幫。
皇太子,聰明英武成聾瞶,
衆臣僚,保護身家在各處藏。
想唐家厚澤深恩,禮賢重士,
天哪!誰是擎天玉柱,架海金梁?
忙問道:"此事如何?是何人保駕?"
宫人奏説:"不能探看,難曉其詳。"
這時候,雲迷冷日天容黯,
風透疏欞古驛荒。
睄左右,着急的太監乾撮手,
嗚咽咽,怕死的宫娥泪兩行。
這佳人一聲長嘆説:"天哪,你好狠!
看光景,此地今朝,怕是我的下場。
也不知,楊家的眷屬今何在,
大略難脱此禍殃。
但不知,三軍到底因何事,
我楊家并未欺人把衆傷。
難道説,仁慈的天子無恩惠,
就借着這流離顛沛肆强梁?
看起來,蒼穹有意要催奴命,
不許人榮華富貴,地久天長。
再不能,芙蓉帳裹聽蓮漏[8],
再不能,玳瑁筵邊捧玉觴,
再不能,金籠日永調鸚鵡,
再不能,清華水暖浴鴛鴦,
再不能,自按宫商翻舊譜,
再不能,親調脂粉試新妝,
再不能題紅咏緑,在花陰兒下,
衹剩小魂靈怨雨啼風,在古驛旁。
想當年,長生殿上獨承寵,
對雙星,誓海盟山兩意香。
不成望,玉環薄命風塵死,
想官家,情重焉能把小妾忘?
到將來,干戈平定迴龍馭,
君呵!依然還是舊昭陽[9]。
冷清清,梅花紙帳人孤零,
那裹有,神女陽臺去會楚王?
忽轉念,奴家且莫輕生也,
且待官家作主張。

少不得人情兒一順，軍心兒定，我君妻車輦同行，蜀道長。
若能够，錦官城内春光好，與官家盤桓，共賞碧鷄坊。”
正凝思，左右齊聲説：“力士來了。”高太監氣喘神慌，跑進房。
但見他，兩眼通紅，嘴唇兒亂動，渾身亂抖，步兒踉蹌。
太真説：“甚事驚慌？”力士不語，手擎着一條素絹，眼看屋梁。
説：“有詔賜氣堵咽喉。”泪如雨下。“江山爲重，皇爺無奈，難救娘娘。”
楊太真一聞此語香魂散，軟怯怯，似風雨春寒落海棠。
最可憐，花鈿委地銷紅粉，羅襪埋塵冷艷香。
從今後，昭陽殿裏恩情盡，蓬萊宫中日月長。
月明環佩仙山遠，雨打檐鈴劍閣荒。
要相逢，經年那有三更夢？衹落得，人間天上兩茫茫。

説明：

此作係根據清鈔本。又名《馬嵬坡》。取材於清代洪昇的《長生殿》傳奇第二十四、二十五齣。馬嵬，地名，在今陝西興平縣西二十五公里，今稱馬嵬鎮。唐玄宗爲避安禄山亂，途經此地，被迫賜楊貴妃死。作品以惋惜唐玄宗與楊貴妃愛情生活被毁滅的心情，强烈地表現了對叛將安禄山禍國殃民的“恨愈長”。

注釋：

①翠華：皇帝外出用的旗幟，以翠羽爲飾，這裏用以代表皇帝。蒼皇：倉促、匆忙。

②青瑣：宫門。據《漢書·元后傳注》：“青瑣者，刻爲連環文，而青塗之也。”故名。

③建章:漢宮名。這裏是泛指宫廷。

④更張:這裏喻反復變化。

⑤警蹕:皇帝出入時的警戒。

⑥清商:這裏泛指音樂曲調。

⑦椒房:見本書《遣晴雯》篇注①。

⑧蓮漏:古代一種狀如蓮花的漏水計時器。

⑨昭陽:漢宫名。後用以喻皇后所居之宫。

聞　鈴二回

無名氏

第一回

天子傷心總爲情，　可憐情字未分明。
情通理順方真切，　理與情違費品評。
泪落不因家國喪，　魂飛衹爲美人傾。
李三郎，真真到此無聊賴，　你看他，數落着悲啼哭雨鈴。
唐明皇，一從驚變沉埋玉，　狠着心，相隨儀仗向蜀中行。
雖説是小醜跳梁，禄山入寇，　致使得大唐鼎沸，天子離京。
更兼着，馬嵬驛邸遭奇變，　衆軍兵，趁勢撒潑欲逞凶。
立逼着天子生割愛，　唐明皇縱是英雄，也呼應不靈。
因此上，把貴妃與國忠都賜死，　慘凄凄，無能奈的皇爺也不敢哼。
誰還圖振作施爲，恢復中土，　賭氣子，把傳國的璽册送與東宫。
可憐他，義重恩深滿腔是泪，　致令得國亡家破，閉口無聲。
説："朕如今，歎盡古今天子氣，　管着這逃荒避難，叫作巡行。
眼兒前，多少凄凉難舉目，　心兒裏，萬千壘塊緊填胸。
似這等，重叠峰巒酬密密，　就猶如，縈回愁苦一層層。

更有那無邊落木蕭蕭下，　覷不盡愁雲慘慘生。
算從來，愁聲最怕愁人聽，　何苦呢，此刻還教孤雁鳴！
叫寡人，提繮勒馬頻回首，　還望見，馬嵬公館隱隱的形踪。”
不由人氣堵喉嚨，潸然泪下，　見高力士在鞍心稽首，把萬歲爺稱：

“路途勞頓休傷感，　鞍馬風霜啓聖明。
好趁這緑水青山，請自排遣，　何須嘆，蜀道崎嶇不易行？”
唐明皇拭泪手拉高力士：　“朕從來遍覽山川，在畫圖中。
這西川久識佳名爲鳥道，　還知曲徑號蠶叢。
似這等隻身形影傷懷抱，　匹馬崎嶇怎暫停？
想昔日，君化禽聲，子規啼血，　到今朝，人聞猿嘯，我朕傷情！
高力士，你是朕的知心者，　幾曾慣，獨自孤身按站而行？
雖説是，變生不測安賊反，　尤幸是，朕與娘娘同避兵。
到今日，馬嵬單把你娘娘喪，　叫寡人，有何臉面尚偷生！
總有那，平定干戈還朝的日子，　朕决不作帝主人王，欠鬼的情。”
説話間，劍閣離不遠，峨眉山已過，　冒然間，凉風迎面至，雲傍馬頭生。
雨氣連天山色冷，　秋寒徹骨御衣輕。
亂紛紛，馬嘶人喊途程里，　旗掩旌收山色中。
猛聽得，一聲鑼鳴驚破膽，　原來是，陳玄禮壓住前驅暫落營。

第二回

獨是秋光最可傷，　况兼風雨助凄凉。
誰經天子身爲客，　幾見君王泪滿裳。
切齒不因悲失禄，　關心衹是痛亡楊。

借着這雨點鈴聲交錯響，
衆軍兵，扎住行營暫且避雨，
雖有些唐將、唐兵聲嚷嚷，
烟樹遠遮千里目，
耳邊厢，不知何處風吹雨，
這聲音，斷續淅淋不作美，
力士躬身説："奴婢遵旨。"
原來是檐前鈴鐸，合階前的雨點，
咱不免在萬歲爺跟前，湊一個趣，
轉身形，搶步撩衣忙跪倒：
奴婢聽雨點鈴聲，如泣如訴，
説的個明皇忍不住嗤的一聲笑，
想到此，心中一慟，天顔頓改，
慘凄凄説："天公有眼誠然也，
道寡人，昔年浪蕩今飄蕩，
你娘娘自從一入昭陽院，
實指望，美滿恩情生生世世，
縱便那，禄山占我長安去，
此時若有你娘娘在，
而況朕有東宫在，
朕與你娘娘隱於此地，
到今日，人亡恨在傷懷抱，
既付與九五尊崇天子位，
衷情不二惟妃子，
爲什麽，中途路裏逢不測？

哭壞了，風流皇帝李三郎。
唐明皇，獨自登閣意轉傷。
空對這蜀山、蜀水恨茫茫。
愁城隔斷九迴腸。
好一似，點點聲聲道短長。
"高力士替朕聽聽，是何語何腔？"
轉身軀，連忙用手啓樓窗。
巧成韵調是嗒嘩啷。
請得個天顔有喜，是近臣的吉祥。
"赦奴婢不死，敢奏君王。
字眼兒分明是：三郎啷噹。"
説："快平身，無怪蒼天笑朕當。"
止不住那風流龍目泪成行。
這雨合鈴，觸人心腑痛人腸。
明説破，一朝撒手，撇了你娘娘。
朕合他，形兒相并，影兒成雙。
衹可惜，漁陽戰鼓不曾防。
朕久矣，喜愛西川山水香。
脱了這冕冠龍衮，礙何妨？
他必能，除賊蕩寇理朝綱。
做一個比天子還尊的太上皇。
好叫人，搔首踟蹰問上蒼。
應消受，三千粉黛美人妝。
天寵專一是朕當。
倒象是，我朕的恩情不久常。"

傾刻間，雨止風收天氣爽，　陳玄禮請駕登程把駕央。
聖明君，爲悼楊妃心慟切，　逍遥馬，因登棧道步踉蹌。
旌幟參差，飄飄蕩蕩，　心懷悲痛，恓恓惶惶。
這便是，千秋萬古傷情事，　好叫人，筆墨餘暇寫大唐。

説明：

此作係根據清代精鈔本，與别野堂一回本，文字頗異。取材於清代洪昇的《長生殿》傳奇第二十九齣《聞鈴》。叙述唐玄宗在爲安禄山叛亂而逃難的途中，經過四川棧道，暫登劍閣避雨，聞檐前鈴鐸隨風作響，“這雨合鈴，觸人心，腑痛人腸”，勾起了唐玄宗對楊貴妃的深切懷念。第一回卷首詩説：“泪落不因家國喪，魂飛衹爲美人傾。李三郎，真真到此無聊賴，你看他，數落着悲啼哭雨鈴”，明確地表示了對於唐玄宗的批判態度。

憶真妃一回

無名氏

馬嵬坡下草青青，
今日猶存妃子陵，
題壁有詩皆抱憾，
入祠無客不傷情。
三郎甘弃鸞凰侶，
七夕空談牛女星，
萬里西巡君請去，
何勞雨夜嘆聞鈴。
楊貴妃梨花樹下香魂散，
陳玄禮帶領着軍卒纔保駕行。
嘆君王萬種凄凉，千般寂寞，
一心似醉，兩泪如傾。
愁漠漠，殘月曉星初領略，
路迢迢，涉水登山那慣經！
好容易盼到行宫，歇歇倦體，
偏遇着冷雨凄風助慘情。
劍閣中有懷不寐的唐天子，
聽窗兒外，不住的叮咚作響聲，
忙問道："外面的聲音却是何物也？"
高力士奏："林中的雨點合檐下的金鈴。"
這君王一聞此語長吁氣，
説："這正是斷腸人聽斷腸聲。
似這般不作美的鈴聲，不作美的雨，
乍[①]當我割不斷的相思、割不斷的情！
灑窗櫺，點點敲人心欲碎，
摇落木，聲聲使我夢難成，
鐺啷啷，驚魂響自檐前起，
冰凉凉，徹骨寒從被底生，
孤燈兒照我人單影，
雨夜兒同誰話五更？
乍孤眠，豈是孤眠眠未慣，
慟泉下，個個孤眠合我同。

從古來巫山曾入襄王夢，
我何以欲夢卿時夢不成？
莫不是，弓鞋兒懶踏三更月？
莫不是，衫袖兒難禁五夜[②]風？
莫不是，旅館蕭條卿厭惡？
莫不是，兵馬奔馳你怕驚？
莫不是，芳卿意内懷餘恨？
莫不是，薄倖心中少至誠？
既不然，神女因何不離洛浦？
空教我，流乾了眼泪，盼斷了魂靈。

一個兒，枕冷衾寒，卧紅蓮帳裏，
一個兒，珠沉玉碎，埋黄土堆中。
連理枝，暴雨摧殘分左右，
比翼鳥，狂風吹散各西東。
料今生璧合無期，珠還無口，
就祇願，泉下追隨伴玉容。
料芳卿，自是嫦娥歸月殿，
早知道，半途而廢，又何必西行？
悔不該，兵權錯付卿乾子，
悔不該，國事全憑你令兄。
細思量，都是奸賊他誤國，
真冤枉，偏説妃子你傾城。
衆三軍，何恨何仇合卿作對？
可愧我，要保你的殘生也不能。
可憐你，香魂一縷隨風散，
致使我，血泪千行似雨傾。
慟臨危，直瞪瞪的星眸，咯吱吱的皓齒，
戰兢兢的玉體，慘淡淡的花容。
眼睁睁，既不能救你，又不能替你，
悲慟慟，將何以酬卿？又何以對卿？
嗳！最傷心，一年一度梨花放，
從今後，一見梨花一慘情！
妃子呀，我一時顧命就耽擱了你，
好教我，追悔新情憶舊情。
再不能，太液池觀蓮并蒂，
再不能，沉香亭譜調清平[③]，
再不能，玩月樓頭同玩月，
再不能，長生殿裏祝長生[④]。
我二人，夜深私語到情濃處，
你還説：但願恩愛夫妻合我世世同。
到如今，言猶在耳人何處？
幾度思量幾慟情！”
那窗兒外鈴聲兒斷續，雨聲兒更
房兒内殘燈兒半滅，冷榻兒如冰，

緊，

柔腸兒九轉百結，結結欲斷， 泪珠兒千行萬點，點點通紅。

這君王，一夜無眠，悲哀到曉， 猛聽得，高力士奏請鴐登程！

說明：

本篇係據清同治癸亥二年(1863)會文山房刊本，每欄均有眉批，盛贊其"絶妙好詞"，"句句是情，句句是景，情中景，景中情，雙管齊下，横掃五千"。故事情節雖取材於清代洪昇的傳奇《長生殿》第二十九出《聞鈴》，描寫唐明皇對楊貴妃的深切懷念之情，但本篇側重於對唐明皇的心理刻劃，感情真摯深沉，描寫委婉曲折，語言質樸優美，確實如眉批中所説，達到了情景交融，"雅人深致，綉口錦心"的藝術境界。儘管作品主人公寫的是皇帝、貴妃，然而這種夫妻生離死别之情，在動亂的舊社會却具有普遍的意義，因此，它遠遠越出了皇帝、貴妃的階級界限，普遍爲人們所傳頌。

注釋：

①乍：恰；正。這裏"乍當我"，即恰當我，後面"乍孤眠"，即正孤眠。

②五夜：過去夜間值班打更，分甲夜、乙夜、丙夜、丁夜、戊夜傳班。戊夜畢，即爲五更。

③譜調清平：唐明皇與楊貴妃曾在宫中沉香亭飲酒作樂賞牡丹，召李白作《清平調》詞三首，詳見本書《沉香亭》篇。

④長生殿裏祝長生：這二句連下二句故事詳見本書《七夕密誓》篇。

胡迪罵閻一回

無名氏

宋室洪福與天齊，　天蓬元帥降瑶池，
生在河南彰德府，　湯陰縣内有祖居，
姓岳名飛字鵬舉，　文武全才數第一。
牛皋、姚亨、王貴勇，　張顯英名天下知。
兄弟們大戰雲霞嶺，　祇殺得，三歲番兒不敢啼；
牛頭山前又一陣，　槍挑金環兀术啼。
多虧了，杭州太守將他薦，　吏部申文把本題，
祇因無邊功勞大，　加封武昌國公職；
奉旨威守朱仙鎮，　屢展奇才定華夷。
朝出了奸臣名秦檜，　外壓群臣，内把君欺；
奸黨同謀勾外國，　宋朝的江山平半劈。
惟獨懼怕岳元帥。　東窗定計[1]人不知，
假傳聖旨十二道，　金牌調虎把山離；
風波亭上來審問，　岳家父子死得屈！
合朝文武齊贊嘆，　軍民百姓盡悲啼，
士農工商皆落泪，　氣壞了生員叫胡迪。
揎拳擄袖説："反！反！反！　這樣子情了不的！"

前走三步，後退二步，
街東一頭撞在街西。
一溜歪斜進了廟，
巍峨殿宇甚威儀。
但衹見：明三暗九琉璃瓦，
海馬朝雲滚龍脊，
水磨方磚砌甬路，
玉石欄杆，靠着蓮池，
翠柏蒼松栽滿院，
歷代碑碣立丹墀，
朱紅亮槅畫龍虎，
方磚漫地上油漆，
明柱上挂一聯對，
筆走龍蛇上好詞，
左邊是："忠心映日傳千載"，
右邊是："浩氣衝霄萬古題"；
寶鼎金爐焚紫降，
幢幡寶蓋配龍旗。
銅絲勒就螺螄結，
斗大金錢遮面皮。
胡迪抬頭朝上看，
正面坐着一位神祇。
十二垂珠頭上戴，
身穿一件滚龍衣。
大男小女將香降，
挨挨擠擠似螻蟻。
大把抓錢朝上打，
聚少成多，有三尺餘。
打不着金錢乾生氣，
打着金錢念"阿彌"！
胡迪一見哈哈笑：
"真乃是：哄不盡的愚人，網不盡的魚！

神佛護佑全都假，
便宜看廟的老住持。"
看罷回頭問老道：
"上面坐的什麽神祇？"
老道説："這是東岳帝。"
胡迪説："原來是仁聖大天齊②，
你本是，興周滅紂的黄飛虎，
萬花山前贈了你的職。
壽誕是三月廿八日，
享受人間大祭祀。
你既在此處受香火，
就該查人間冤共屈，
那岳家父子死的苦，
爲何你，袖手旁觀裝不知？
三日你降了秦檜的禍，
一筆勾消没話提；

三日不降秦檜的禍，
怒惱了區區[③]定不依。
狠一狠，大火燒了天齊廟，
打碎金身化爲泥。”
説着、説着，怒從心上起，
走上前，扔了簽筒摔木魚。
嚐唧唧，擊碎神前磬，
搬倒香爐着脚踢，
碟子、碗、盞一齊打，
湯飯、饅首撂在丹墀。
“天大的事情都無報應，
可惜東西與他吃！”
一翻身，跳上供桌上，
“捨着我胡迪，拚了天齊！
世上多少真君子，
誰似我胡迪心性直？
‘人間私語’是混賬話，
‘天聞若雷’信不及，
‘暗使虧心’天下曉，
‘神目如電’總不知！”
指定塑像高聲罵：
“你誆哄銀錢廢土泥！
五色莊嚴將人哄，
世上愚人盡着迷；
大男小女將香降，
叩頭禮拜總愚痴；
求簽打卦是瞎賬，
人人都信哄弄局。”
吩咐老道：“看筆硯！
吾今高興要題詩。”
上寫的：“長脚奸臣、長舌妻，
苦將忠臣受凌逼。
黄柑助謀[④]千載恨，
青衣泪灑兩君凄。
乾坤默默終無報，
地府森森果有私。
胡迪若把閻君作，
拿住奸相定剥皮。”
寫完將筆扔在地，
不覺一陣短神思，
張牙欠口站不住，
上眼皮合下眼皮。
老道服侍去睡覺，
空中來了衆神祇。
閻王奉旨朝玉帝，
跟隨衆師上丹墀。
香烟繚繞進了廟，
一抬頭，看見了墻上的詩；
從頭至尾念了一遍，
墨水未乾是新詩。

"牆上詩句何人寫？
大膽狂徒把我欺！"
香烟童兒跪倒忙回話：
"是個生員叫胡迪。"
閻王聞聽心好惱，
"快拿狂生到陰司。"
兩個小鬼不怠慢，
禪堂之内叫胡迪：
"我奉旨意來拿你，
即速快來莫延遲。"
胡迪夢中哈哈笑：
"我正要見他問端的。"
兩個小鬼頭裹走，
相公隨後到丹墀，
微微冷笑執手問：
"黑臉的，你一向在那裏？"
閻王説："墻上的詩句，可是你寫？"
胡迪説："不敢，就是我區區。"
閻王説："你見孤王不下跪？"
胡迪説："不認的尊駕在那裏。"
閻王説："孤王執掌森羅殿，
專查人間冤共屈。"
胡迪抬頭啐了一口：
"你這樣言詞，休向我提！
你奉我佛牒文，玉皇的旨，
欽命叫你掌陰司。
'既在其位，必謀其政'，
你就該，稽查人間的冤共屈。
岳家父子死的苦，
爲什麽，你裝啞推聾總不知？
天大的事情無報應，
這樣閻羅作不的！
下來罷麽，你下來罷！
我替你斷斷曲共直。"
閻王聽説心好惱，
怒眉緊皺駡胡迪：
"空讀詩書不知禮，
狂徒大膽太無知。"
吩咐兩邊："拿下去！
碓搗、磨研、滚油沏。"
胡迪聞聽微冷笑：
"黑臉的，息怒莫着急。
我若有罪甘心受，
我若無罪定不依。
今日晚上寫了表，
我和你，靈霄殿上見高低。
檢查不明，你該何罪？
玉皇一怒革你的職，
將你打在陰山後，
管教你，永世千年不能離！"

閻王大怒説:“拉下去!” 猛似懸崖把脚失。
“哎喲!”一聲睁開眼, 原來是,在茶堂睏卧纔頓飯時。

説明:

此作係據清代百本張鈔本。罵閻王的故事,早見於元金仁杰(一作孔文卿)《東窗事犯》雜劇,明《東窗記》《精忠記》傳奇以及《古今小説》和《説岳全傳》等,此作直接取材於清代高腔戲《罵閻》或京劇《胡迪罵閻》。寫岳飛父子被害後,書生胡迪痛罵閻王不能查明“人間冤共屈”。作品中的閻王,實際上是封建統治者的化身。神權,是維護封建統治的重要精神支柱之一。在舊社會,被認爲神聖不可褻瀆的閻王,胡迪不僅敢於駡他,公然宣布“神佛護佑全都假”,拆穿封建統治者散布的麻醉人民的宗教迷信,而且“一翻身,跳上供桌上,捨着我胡迪,拚了天齊”,要打碎那“誆哄銀錢廢土泥”!這不能不説是表現了人們的覺醒,和可貴的反抗鬥争精神。

注釋:

①東窗定計:相傳岳飛被害,是秦檜和他的妻子在東窗下定的計謀。

②天齊:據《舊唐書》:“明皇封禪泰山,加號天齊。”故俗稱東岳爲天齊。

③區區:本意是小的意思,這裏引伸作自稱謙詞,猶言小可、鄙人。戲曲、小説、唱詞中常用之。

④黄柑助謀:據戲曲、小説記載,秦檜妻與秦檜在東窗下定計,以密書封在除去瓤的黄柑内,囑勘官當夜將岳飛殺害於風波亭。

連升三級二回

無名氏

第一回

可嗟世上易炎涼，譜入笙歌恨轉長。
名士風流真面目，小人奚落假文章。
翻雲覆雨情不定，送炭添煤事亦常。
看透梨園生覺悟，從來作戲要逢場。
王名芳，千里離家來趕考，三場事畢，去路還鄉。
意遲遲，猶自推敲文欠妥，心切切，忽然疑似未出房。
這些時，得失關心，千般苦處，又搭着，饑寒迫體，萬種凄涼，
衹剩下，斷簡殘篇書一卷，一路上，盤費短少，典盡了行囊。
這一日，趲趕程途天色晚，欲投宿處，没有個村莊。
切愁懷，冷落荒山，崎嶇道路，遮望眼，迷漫秋樹，慘淡斜陽。
最凄涼，舉眼無親，貧落魄，更可嘆，栖身無處，步匆忙。
遥望見，前村一縷炊烟起，說："可好了！那幌兒高懸，大概是一座店房。"
王名芳奔到了店前高聲喚，說："店家哪裏？可有閑房？"
聽裏面答應了一聲，連說："有，出來時，見他鷹眼、鼠耳，小帽、寬

有！”
裳。
他打量：是貴客來投遠方的前站，
却不知，是寒門寄宿，文字酸行。
見名芳，不問來由，先渾身三相，
他打量：是乞兒討他，便厭惡的非常。
說：“朋友哇！靠遠着些兒，店中是包月，
你莫把工夫耽誤，我柜上真忙。”
王名芳諾諾連聲强忍耐，
說：“店家不必錯思量，
我是乍出場的舉子，非討乞，
來此投宿，暫住間房。”
店家說：“啊！你也是個出場的舉子？”
復又把名芳打量，仔細端詳。
翻白眼，一捋髫鬚從鼻孔裏冷笑，
說：“矇人罷，哥哥！你也配作文章？
我店中，舉子若干來投寓，
是何等妝扮，那様的行藏？
一行行衣裳，盡是絲棉裹，
一人人鋪蓋，全將錦綉裝。
人家吃的是黑烟，喝的是南酒，
學官様，撇京腔，使是那等的行妝，定是學問高强。”
指槽頭：“你看車上的黄旗，你且開開眼，
人家是奉旨赴考，不尋常。”
名芳說：“學生無能實可愧，
求主人給我個住處，感激不忘。”
店主人捏弄了半天，似乎不肯，
爲難了多會，象是拿糖[①]，
說：“也罷！我積點兒陰功，給你個住處，
隨我來啊！你倒是慢着，莫要急忙。”
轉重門，一指名芳，說：“這就到了。”
名芳見，通天的草屋，黄土泥墻，
亂紛紛，糞土堆積翻臭氣，
黑洞洞，將壁燈子點起，晃微光。
最難禁，潮氣噴人，半鋪土炕，
更凄慘，灰塵滿地，又没門窗。
王名芳，無奈之何，祇得作揖感謝。
店家說：“你要夜間走動，要你堤防，

本店中一關店門，就撒開狗。
你這身，若要教他睄見，就是個饑荒。

請安歇罷！屈尊貴體，我要失陪了。”
一回身，形容酸態狠輕狂。

王名芳，一腔的氣惱强消受，
又搭着，萬種的饑寒甚慘惶。

對油燈，將破書取出高聲念，
不堤防，店主潛身，悄立在一旁。

猛可的，把名芳一拍：“你且壓静，
這深更半夜的，你唱什麽昆腔？”

名芳説：“我這裏讀書，非演戲。”
店主説：“别嗎，你山嚷怪叫的陣後磨槍，

這半天，甩腿摇頭，越嚎越痛，
想必在本店之中，充在行。

我且問你，有些個典故你可知道？”
名芳説：“願恭承指教，請道其詳。”

店主説：“素富貴怎麽就行乎富貴？
想當初，孟子如何見秦始皇？

有朋自遠方來，下在邦君飯店，
替抄書，把七爺的細净紙，賺了十張。

前四張、後六張，而糊之之也，
怎麽講？這就完了，你的本事，這就收了你的文章。”

王名芳大笑失聲説：“學生不懂，
真是店主人才過北斗，學問深長。”

店家説：“你既不懂，就别來攪。”
一回身，將壁燈子吹滅，大步的出房。

王名芳長嘆一聲：“罷了！罷了！
是學生的命運蹇澀，時氣太平常。”

無奈何將破書收起，渾衣而卧，
冷清清，一枕秋風夢也凉。

不多時，野店鷄鳴天欲曉，
忽聽得門外吵呼説：“喜報！是姓王。”

第二回

勢焰薰人樂自忙，非關情短共情長，
但逢身有金銀器，都令人凝冷熱腸。
花報頻來驚店主，雲程聯步美名芳。
東平寄語芝窗客，鐵硯寒氈當自强。

店主人聞報，驚慌忙往外跑，
見幾人，紅纓秋帽，青布衣裳，
亂紛紛，一齊拱手稱：“驚動！”
手擎着捷報，連升帖一張，
説：“寶店中有位老爺，今科高中，
貴姓王，是江南的籍貫，官諱叫名芳，
求主人替我們通稟一聲，説我們討賞。”
那店家，應聲接報樂非常，
他皆因，貪財心熱希圖賞，
而况且，店居新貴，買賣又增光。
急轉身跑入重門，説：“喜報到了！”
早哄動，各屋内舉子跑出房。
店家説：“王老爺高中，江南的籍貫。”
人叢中擠出個舉子，他神色慌張。
問店主，眼鏡兒頻摇，説：“報人那裏？”
驀然間，向店東跪倒，忙捽挖行[2]。
那店家，未及答言，忙躲閃，
但見他，磕頭碰地，嘴念工秧[3]，
説：“此乃是祖宗的陰功，父母的德行，
神佛的保佑，自己的文章。
感的那，朱衣點首[4]文星現，
纔有這，黄榜題名姓氏香。”
那店家，歪頭低看，連連咂嘴[5]，
説：“實在是王老爺的學問，王府的吉祥。”

那舉子聞聽此言，忙把報看，	吐舌尖説："我姓崔呀！却不姓王。"
那店家眼皮兒一撩，胸膛兒一腆，	説："爺合我套什麽玩笑？也不管閑忙。
此一時，冒名頂替來矇我，	即是盼中啊，你爲什麽早不姓王？
去你的罷！"這舉子羞愧忙躲閃，	招的那，旁觀衆客都笑滿堂。
店家説："壓静着！聽罷，是王老爺高中。"	連嚷無人應，店主着急暗暗思量。
猛想起：草屋借宿的，倒是江南口氣，	莫不是他？裝樣兒又不象。白問問他何妨？
主意兒定，奔向草房遥張望，	早見他，手拂灰塵整破裳。
眼觀天，側耳如聞，凝眸似想，	聞脚步猛然驚慌，往對面端詳。
王名芳，見店家窺探形迹異，	不由得自驚，自顧自己的衣裳。
暗猜疑：又象昨宵來耍戲，	再不然，是清晨逐客，叫我騰房。
無奈何，舉步前迎陪笑臉，	躬身道："奉酬高厚，留宿的情腸。"
那店家，奸猾油透多急便，	也恐是寒儒得志，暫自收斂輕狂。
連擺手説："現成的房屋，何妨住住，	可是嚇，打聽個人，今科高中，想是尊駕的貴同鄉？"
名芳説："纔雖聞報，未詳名姓。"	那店主，隨將捷報遞向名芳。
最暢懷，寒儒一旦登高第，	歡騰之情神轉傷。
對捷報一聲高嘆："吾可幸也！	我王名芳竟有今朝，黑黍黄粱。"
那店家聽名姓，仿佛寒士中，	不由他，磕膝漸軟，臉焦黄。
王名芳，忽覺旁邊人跪倒，	忙驚看，店家那首色驚慌。
連氣兒説："老爺大喜，小人萬死，	恕小人無知得罪，渾似牛羊。"
王名芳點頭帶笑一聲嘆，	説："似這等小人肺腑，真正是反

覆無常!

難怪你乍見寒儒翻白眼,
世情大概易炎凉。

你且起來,人生有過須知改,
也想一想,昨宵苛苦[6]太不良。"

那店家,叩頭平身驚化喜,
那小人的心,得命思財,攬事要沾光,

説:"請爺雅座款息[7],可是那報人還討賞。"
王名芳一聞此話,就勾起愁腸,

那店家,借端漁利多乖巧,
説:"些須事,小人墊辦很應當。

再又説的呢,爺上不能麼,怕趕不上,
莫若請進内,先開喜賞,爺再换换衣裳。

這不過一時將就的,
日後還要望爺將這舊裳、舊衣,賜與小人取個吉祥。"

王名芳襟懷磊落,説:"姑從爾請。"
那店家,歡然引路,得意洋洋。

轉重門,哄動客旅瞻新貴,
不笑他衣裳襤褸,反贊他氣宇軒昂。

進内房,净面、更衣先放賞,
一切的事,店家備用很適詳。

也因他,一朝聯步功名顯,
一捷連升姓名香。

那店家,買馬拴車,情甘陪墊,
他這纔,散盡了家私,就關上了店房。

説明:

此作係據清代别野堂鈔本。取材於京劇《連升三級》,寫書生王名芳中科舉前後飽經世態炎凉的故事。他始因衣衫襤褸,被店主當作乞丐,譏笑刁難;繼因捷報王名芳今科高中,店主便百般逢迎。作品以此諷刺"世情易炎凉","翻雲覆雨","反覆無常";生動形象地反映了封建社會末期人與人之間的關係已完全被金錢、權勢所支配。

注釋：

①拿糖：裝腔作勢，能辦不辦。跟小說中常用的"拿糖作醋"是同樣的意思。如《兒女英雄傳》第三十七回："我們也乾了，也值得你那麽拿糖作醋的。"

②挓行：一作挓杭。見本書《查關》篇注㉕。捽，這裏是放下來的意思。

③嘴念工秧：一作嘴念青秧，意思是口中不住的叨念。

④朱衣點首：據《天中記》卷三十八引《侯鯖録》載，相傳歐陽修知貢舉時，每閲卷，覺座後有一朱衣人，朱衣人點頭的，文章就入格。回頭看，却又不見其人，因有"唯願朱衣一點頭"之句。後因稱科舉考中爲"朱衣點首"。

⑤咂嘴：表示稱贊。

⑥苛苦：刻薄刁難的意思。

⑦款息：暫且休息。

石玉昆一回

無名氏

高抬聲價本超群，壓倒江湖無業民，
驚動公卿誇絶調，流傳市井效眉顰。
編來宋代包公案[①]，成就當時石玉昆。
是誰拜贈先生號？直比談經絳帳人[②]。
可笑我，陋巷埋頭如居井底，焉知井外好大乾坤？
久仰高明得一見，便覺眼界闊十分。
曾到過，關閉多年雜耍館，紅牌斜挑破園門，
多人出入如蜂擁，我暗猜疑，聽書何故往來頻？
進園門一望，院中車卸滿，到棚内遍觀，茶坐過千人。
挨場面，周圍書桌多大老，靠墻根，遠居末座少年人。
似我這布衣寒士，自慚不類，雖慕愛清骨雅調，無處安身。
正着急，既入寶山，焉肯空返？幸遇位相熟屈坐，把凳頭兒匀。
纔知道，紛紛出入因無坐，忽聽説："先生來了。"立刻就閘門[③]。
本館中另有一間歇息所，銀花雪洞，點綴成文。
見幾個，好虚、討臉、攀高客，先備周：美酒、香茶、細點心。
但求先生一領受，便從眉目傲他人。

却也是，先生口福修積厚， 諸公供奉自傾心。
不多時，有信開書，先通知暗號， 拿過把銅底錫壺，亮似銀；
九江瓷，官窑脱胎茶缸兒一個， 十樣錦烟碟兒，預備敬烟的人。
順圍桌，一溜兒擺開，排着次序， 論品級，打頭跟二，按着碟兒聞。
横桌心，退光磨漆三弦一擔， 先令人支起弦馬兒，撣去灰塵。
安場已畢，先生纔上， 好些個，闔家恭惟，如見大賓。
他不過，流水腰兒一咧嘴[4]， 這光輝巴結不上，是幾層兒人。
恨不能，進身承受先生寵， 意欣欣，替他得意，自己也提神。
衹見他，款定三弦如施號令， 滿堂中，萬籟寂寞，鴉雀無聞。
但顯他，指法玲瓏，嗓音嘹亮， 形容瀟灑，字句清新。
令諸公，一句一誇，一字一贊， 衆心同悦，衆口同音。
但聽得，陪着書聲，成群咂嘴， 我暗笑，那裏有塔大的葫蘆，裝這些人。
奈因我，不慣拘束失檢點， 纔抬出滿堂厭氣，一片磕碜[5]。
誰知道，但有聲音全犯惡， 我偏又鼻子一酸，打了個嚏噴。
惹得諸公齊驚看， 神情怪我亂清音。
瞪的我，討愧搭訕望房上看， 忽見那，一事不平心内自云。
暗想道："人愛聽書不足怪， 却怎麽，無情土木也知音？
破罩棚，木戧繩拴，眼睄着落架[6]， 裂山墻，内空外鼓，實在的揪心。
想因爲先生一是光臨此， 他[7]也會自覺骨立，不敢頭沉。
可見得，一人有福壓百禍， 仰賴那，先生法重不砸人。"
正思量，先生交代一回節目， 下場來，諸公拱手道："勞音。"
石先生，無心應酬，推托歇息， 調元氣，不離陳紹泡人參。
接他的場，自稱："賤號車前子[8]，" 走膀胱，專與諸公利水門。
可憐他，以辱爲榮原爲利， 替先生歇歇氣力，演演書文。

真也怪，人有同心如約會， 頃刻間，尿池溺桶擁擠成群。
我得便逃出，將到的岩場下， 暗追求，人情好惡有偏心。
據我聽，先生豈有真學問？ 諸公求免過推尊。
也無非風流討吃，托人的福分。 幸逢那，銅山貴客，肉體財神[9]，
抬舉他，居然自負先生號， 恐將來，茶資各色，改變修金。
論諸公，自從聞教得通野史， 想必有，三節送禮報德恩。
或者他，書通高明非吾解， 自慚有辱對驢琴[10]。
設使他，所遇之人皆似我， 早向那，首陽山[11]下泣孤魂。

説明：

此作係據清代别野堂鈔本。與阿英《小説二談》及陳汝衡《説書史話》中引文所據版本不同。又題《評昆論》。石玉昆是清代著名的説書藝人，亦擅長説子弟書。此作描繪了石玉昆説書的奇妙情景：不僅説書場内"過千人"，座無虚席，還有許多人"紛紛出入因無座"，而且"滿堂中萬籟寂寞鴉雀無聞，但顯他指法玲瓏，嗓音嘹亮，形容瀟灑，字句清新，令諸公一句一誇，一字一贊，衆心同悦，衆口同音"，甚至連"無情土木也知音"。作品不僅塑造了一位"驚動公卿誇絶調，流傳市井效眉颦"的藝人形象，而且爲我們了解和研究當時説書的盛况，提供了重要的資料。

注釋：

①包公案：石玉昆以擅長説包公故事成名。

②談經絳帳人：本指漢代馬融。據《後漢書・馬融傳》："常坐高堂，施絳紗帳，前授生徒，後列女樂。"故後來稱講座叫絳帳。

③鬧門：猶言鬮門。

④流水腰兒一咧嘴：形容一路躬身微笑走過去的樣子。流水

腰兒，行走不停而彎腰致意；咧嘴，微微一笑。

⑤磕碜：北京話招人討厭的意思。

⑥罩棚：搭於院中遮陽的固定大棚。落架：房屋木架倒塌下墜。

⑦他：這裏指破罩棚。

⑧車前子：中草藥名，能利尿。這裏接場人自號車前子，係自謙無能，認爲他的上場説書，僅能爲聽書諸公提供如厠時間。

⑨銅山貴客，肉體財神：指那些有錢有勢的封建統治階級。

⑩對驢琴：猶言對牛彈琴。

⑪首陽山：在山西永濟縣南。史稱伯夷、叔齊餓死於首陽之下。這裏是作者自謙不諳聽書，因此如果所遇之人都像他一樣的話，那説書人没有聽衆，衹好餓死了。

隨緣樂一回

無名氏

天開景運兆豐年，處處笙歌醉管弦，
安樂家庭春似海，太平人物壽如山。
文風日慶熙朝瑞，武備時修盛世安，
人瑞生成堯舜際，出來個隨緣樂的才名衆口傳。
余本是，生成朽木難雕刻，終日裹，醉飽悠悠睡夢間；
幸生在太平世界渾無事，真果是，饑時吃飯困來眠。
這一日，午夢初足，遨游到鬧市，見亂紛紛，馬往車來總不閑。
鬧嚷嚷，許多行路人談講，説："隨緣樂相聲絶妙，巧調絲弦。"

因此上，也想瞧瞧，開開眼界，亦學那斯文隊裹質彩翩翩。
細觀睄，某處茶軒高貼報帖，子弟尊重又粘上紅簽。
到軒前，見車馬迎門，人烟輻輳[①]，盡都是衣服羅綺，文雅的非凡，
也有那，大員子弟功勛後，也有那，老叟尊翁酒肉英賢。
到軒前，見有多人擁擁擠擠，全都是來聽岔曲[②]，瞻仰絲弦。
我也跟着衆公入内，在桌頭兒後，衹覺的擁擠蒸騰，苦熱得難言。
至日西斜，方見把磁壺場上擺，適纔見子弟在房中，把臉洗完。
滿園中，衆人呆呆，聲息不動，一個個，如聾似啞，犯了陳痰[③]。

見一人，像貌清奇，衣冠時樣，　有那些討臉之人[4]，都舉手抱拳；
也有那，趕着請安，連聲的問好，　瞄着想借些仙氣，趁勢趨炎。
這子弟慢坐臺心，摩挲半晌，　方泠泠然如琴似瑟的定絲弦；
説幾句俗白，不過是湊趣，　都是那匪言鄙語，巷論街談。
招的那，滿園之人，齊聲大笑，　都説："司先生珠璣滿腹，名不虛傳。"
適纔這武松殺嫂驚人典，　原出在《春秋·左傳》天啓[5]八年。
他又把在座諸人全都要笑，　都説道："罵得舒服，似得了道的仙。"
那先生，滿場上發脱[6]，太不知耻，　恰象活猴，醜態難言。
見一人，臺前又把揖作下，　我想着，不是同盟，就是同年；
原來是，討臉之人煩妙曲，　他求道："《風流焰口》[7]不接三。"
積作得[8]口眼歪斜，五官挪位，　滿口胡柴[9]，當作美談。
場上説："明朝准演《聊齋》段"，　真是子弟全都不要，衹要車錢。
到處無非交友圓信[10]，　衹備下四輛車儀，大事全完。
學相聲，好似還魂張三禄[11]，　銅騾子、余三勝[12]到象活的一般。
據我觀，如同衆人活寶貝，　每到那破館荒園，座兒擠嚴。
真仰賴，子弟洪福，衆人捨命，　余細瞄，磚瓦房椽都不全。
似我這幼而失學，不通翰墨，　全不知子曰、詩云、孔孟言。
擠得我局促不安，渾身出汗，　眼冒金星，腰背酸。
無奈何，哀告衆人説："我要方便。"　憋得我身似尿泡，臉要藍。
好容易，擠過衆人到園門外，　活象那放出地獄，快樂非凡。
不多時，亂亂烘烘人衆散，　全是些，肥馬輕裘，氣概威嚴，
鬧吵吵，紛紛人講隨緣樂，　明日仍然接演下篇。
余本是乘興而來敗興返，　倒不如，回家自去練絲弦；

從此後，不敢搜奇學雅事，　　再叨音[13]，準是霍亂，定轉傷寒。

説明：

本篇録自清代百本張鈔本。内容係描寫晚清“八角鼓”著名演員隨緣樂（藝名，本名司瑞軒）在書場演唱時的盛况：他以“那匪言鄙語，巷論街談”，“招的那，滿園之人，齊聲大笑，都說：‘司先生珠璣滿腹，名不虚傳。’”儘管作者的立場觀點是粉飾現實，鄙視爲人們所喜聞樂見的説唱技藝，但它畢竟爲我們提供了清代曲藝演唱實况的重要史料。光緒刊《朝市叢載》卷七咏隨緣樂詩説：“技藝京西號隨緣，張貼特請姓名傳，受他刻薄人争樂，子弟明稱暗要錢。”從這篇作品裹的描寫也可得到印證。

注釋：

①輻輳：比喻人和物的聚集，如同車輻之聚於轂。關於以上諸句的描寫，據晚清小説《小額》的叙述：“河沿上通河軒，是初七、初八兩天的隨緣樂”，“那天書座兒上的還是真不少，天纔一點多鐘，人已經快滿啦！”“兩邊柱子上都挂着一個牌子，上頭貼着黄紙的報子，是‘本軒四月初七、八日兩天，特約子弟隨緣樂消遣《風流焔口》《五聖朝天》，别調咤曲（即岔曲），《别母亂箭》’。左邊兒飛了一個簽子是‘外定雙子’，右邊兒寫着是‘每位茶票七百文’。”（見日本波多野太郎教授《中國小説史研究》影印社會小説《小額》）

②岔曲：八角鼓的一種。據一般傳説是在清乾隆時，由阿桂征金川兵丁所唱凱歌發展而成，初由寶恒小岔所編，故名“岔曲”。

③陳痰：氣管積痰，呼吸不通暢的痰喘宿疾。

④討臉之人：阿諛逢迎以博人歡喜的人。

⑤天啓:明朝熹宗朱由校的年號,當公元 1621—1627 年。這裏以武松殺嫂故事出在《左傳》天啓八年,是説笑話的内容。

⑥發脱:賣出去。如《古今小説》第二卷:"存下凡百匹布,不曾發脱,急切要投個主兒,情願讓些價錢。"

⑦風流焰口:八角鼓牌子曲的曲目,現存傳本爲清正修道人作。

⑧積作得:積惡作孽而招至的。如《儒林外史》第五十四回:"而今死了,積作的個兒子,在我家那間壁招親,日日同丈人吵窩子……。"

⑨胡柴:胡説。

⑩交友圓信:交朋友,守信義。

⑪張三禄:清代曲藝相聲著名演員。

⑫銅騾子:一作"銅羅子",清代京劇演員,唱老生,工皇帽戲。余三勝:清代京劇名演員,唱鬚生,咸豐時有余派之稱。

⑬叨音:領教聽唱。

燈謎會一回

無名氏

何事文人特展才，杜家遺韵[1]不沉埋，
得心應手揭將去，摘句尋章作出來。
藥鋪張燈祇自擬，茶房懸壁互相猜。
一般都是文章筆，工拙妍媸細剪裁。
好是燈謎雅社開，大家誰不遣情懷？
主人大起風流興，去把那，潔凈房屋細撿擇。
取一個雅致别名，横書作匾，定一個日期約帖，竪寫如牌。
鎸刻圖章，煩勞朋友，陶鎔印色，破費錢財。
最可憐，一張整紙裁零碎，方信道，小用由來是大才。
舉霜毫，搜索枯腸，如饑若渴，查字匯，研求講意，覆去翻來。
有多少傳記詩書，要言正典，多半是市語俗説，道字拆白[2]。
雖然有，搭題讀句心思巧，終不免，倒韵發圈主意歪。
總無非五律、七絶、泊名、泊號[3]，還有那巧言、諺語、曲牌、骨牌。
是日也，生火烹茶打下漿子，早把那釘兒、錐子，預備出來。
已飯時，三五成群，魚貫而入，人人是，哈腰拉手笑盈腮。
社主讓茶，諸公皆歸坐，且自先閑談心穀，喜笑顔開。
評一番人情，説一番世路，提些個私事，問些個官差。

不多時，窗欞的日影約將半，
那未到的，敢是今朝曬了臺[4]。
社主說："先猜我的，是拋磚引玉，
也須把諸公的佳作，請拿來。"
有幾個，款上毛腰[5]摸靴筒，
有幾個，疾疾回手探襟懷，
有幾個，擺手搖頭說："不曾帶，
下次我補，此次暫該[6]。"
社主說："新添的脾氣是這等的塞虎[7]，
從今後，不帶燈謎不准猜。
這麽長天白白的竟在家中坐，
難道還搖煤、煮飯、哄嬰孩？"
忙又說："衆位拿來交給我，
等着我全釘齊備，大家猜。"
衆人說："目已釘罷，不須勞駕，
似這等外道[8]拘泥，何苦來？"
釘壁子，按墻寬窄分長短，
粘條兒，成排端正莫斜歪。
忽聽得乒乓一陣錘兒響，
頃刻間，柳緑花紅次第排。
真個是，紙色光明奪錦綉，
字迹華麗顯文才。
也有那，五彩洋箋如雲燦，
也有那，一色南宣[9]似雪白。
也有那，字數兒拘泥，章法兒别致，
也有那，筆端兒豪放，題面兒詼諧。
更有那，字小、條寬、行款密，
原來是，杜撰填詞，按着曲牌。
見大家，一齊站起凝眸看，
都作那，面壁的達摩[10]似啞如呆。
那好玩的，偏撿村題的打，
愛小的，專將挂贈的猜。
靈機的，衹用一言揭下去了，
鈍塞的，頻翻兩眼想不起來。
還有那，愛撞釘子的，干不怕，
你看他，并四連三把筋斗栽。
明明的寫着"志目"猜"鐸目[11]"，
而且是，罵題兒把字弄白[12]。
大概那揭字，與他没有分，
眼睜睜，竟瞅着人家打下來。
窘得他，咬牙、搓手千般恨，
衹落得，咂嘴、摇頭衹是咳。
說："這一條兒，據我睄來原也像，
但衹是，有點含糊，我没敢猜。
皆因是，我連日傷風，神思不爽，
并且是，親戚家有事又當差。
也搭着，這本七子[13]我没念過，
《三字經》兒上五言唐詩又不好

摘。

有心要把年下的春聯説一句，　又恐怕本主兒摇頭，斡下我來。

今日個，虎神不在家中值日[14]，　我的那平日的英名一旦衰。

想當初，茶坊、酒肆消閑坐，　那送燈謎的見了我，頭疼叫苦哉。

水滸號，打絶了梁山一百零着八將，　石頭人，猜遍了金陵十二釵。

打一物的，兩山一溪魚兒赴水，　打一字的，三横四竪和尚趕齋。

不是我在衆位跟前胡吹亂道，　我的那心地聰明，本不柴[15]。”

臊搭訕，前摇後擺，東撒西看，　睄見了《千字文》兒説：“快哉。

這一位的條兒合我對勁，　求你老賣點意兒[16]，我們猜猜。

前半本，後半本，求你老指教？　第幾篇，第幾趟，對我們説開。”

他好容易套着口氣，得了一個，　則見他，伸手揭來笑滿腮。

忙掖在帽沿以裏，眉毛以上，　權當個，燈虎兒名公的幌子招牌。

又衹見，山挂斜陽天色晚，　路遠的先將壁子摘。

愛猜的説：“這一條兒我愛他的面，　等等兒，大伙商量往下抬。”

本主兒説：“待要掌燈，你還不餓？　你回去仔細查書，明日再猜。

咱們來收拾燈虎，歸着[17]釘子。”　都把那猜來的條兒，往懷内揣。

社主人，親身相送門兒外，　哈着腰兒説：“還望諸公，下次早來。”

説明：

此作係據清代别野堂鈔本。别題《燈謎社》。猜燈謎是我國民間的一種文字游戲，相傳始於明代初年。此作通過寫燈謎會，爲我們描繪了一幅當時社會的風俗人情畫；説明“小用由來是大才”，諷刺那些“胡吹亂道”，套着人家的口氣，好容易猜着一個，就

"權當個,燈虎兒名公的幌子招牌"的文人。

注釋:

①杜家遺韵:指我國唐代偉大詩人杜甫留傳下來的詩篇。

②道字拆白:把要講的話,用拆字的方法表達出來。這種文字游戲如宋代黄庭堅的《兩同心》詞:"你共人女邊着子,争知我門裏挑心。"就是拆的"好""悶"二字。這在過去戲曲、小説裏常有描寫,如《水滸傳》第六十一回:"拆白道字,頂真續麻,無有不能,無有不會。"

③泊名、泊號:《水滸傳》的人名和綽號。

④曬了臺:意爲不來了。

⑤毛腰:彎腰。

⑥該:欠的意思。

⑦塞虎:滿語 saihū"責罰"的借譯詞。

⑧外道:猶言見外。

⑨南宣:皖南宣城縣出産的宣紙,是書畫最好的用紙。

⑩達摩:見本書《玉香花語》篇注⑨。

⑪志目猜鐸目:用蒲松齡《聊齋志異》的篇目名作謎面,猜沈起鳳《諧鐸》篇目名的謎底。

⑫罵題兒:歪曲了題意。把字弄白:念别字。

⑬七子:漢末建安時期,孔融、陳琳、王粲、徐幹、阮瑀、應瑒、劉楨,同以文學齊名,號稱建安七子。明代又有李夢陽、何景明等稱前七子,李攀龍、王世貞等稱後七子,都是當時有名望的文學家。

⑭虎神:燈謎一名燈虎,又稱文虎。這二句意爲因燈謎神今日不在我家,致使我屢猜不中。

⑮柴:北京話,差的意思。

⑯賣點意兒:請略作提示的意思。

⑰歸着:猶言收拾。

碧雲寺二回

無名氏

第一回

混沌初開天地玄，兩儀四象定支干。
禹治九州湯伐夏，周列分邦降聖賢。
漢武中興遺釋教，修庵蓋寺唪經參[①]。
累朝帝王遵古訓，碧雲古刹設佛禪。
碧雲寺，自元耶律楚材[②]之裔建，名喚那何吉利舍宅開山。
鐵熊山前，興工大建，通風透水，踏定了寶地吉坡，微不正而偏。
廣栽些，凌雲孤直梧桐、白果，架上的，荼䕷、藤蘿繞樹圈。
桃杏花開噴香，微風飄柳絮，引得那百鳥喧，呢喃燕子語梁間。
最可愛，一股活泉相襯真寶地，自廟中曲灣穿繞，從地脉流源。
山門外，橋梁深玄，如嵯峨陡澗，并群墻，隨着山勢，門露金環。
門内的各殿房，盡是畫閣雕梁，金光射目，玉石欄杆，幫襯礓磋，恐防舉步艱難。
到一層佛殿，兩邊是一段古典，進一層門來，另有一番神像莊嚴。
獨有座，九九八十一間，金身羅漢殿，四面有門，四面窗櫺，平日裹封嚴。

兩邊厢，還有泥塑的羅漢，各施法力，二殿中，玄山幻景，日往月還。
早修下善渡痴迷，庸愚男女，設立成，七十二司，鬼怪容顔。
當中有一小亭，是廟中出則來歷[③]，現有碑文刊刻，表明根源。
是哪一朝、哪一代，怎樣重修續蓋，到而今，因有游人纔曉得其端。
洗心亭，泉池圍繞，堪爲一景，養静閣，游廊四面匾額全。
小塔橋，相通石瓮連池水，瓮内是石桌、石像，冷氣增寒。
太湖石上，小亭懸御筆，贊美廟景而題，字刻洋藍[④]。
又搭着，各種奇花異果生别樣，古怪踦蹺，樹中長樹，樹連着山。
池中游魚，休想朝日暖，枝頭栖鳥，昂首何從看見天？
海氣兒衝霄，月光映山景，翠叠重樓，輕風曉日透碧泉。
燈在菩提，却是金剛塔座額，聳轉梯，塔頂兒横雲插碧天。
廟中的景致，無一不吐龍秀氣，真果是，清風明月静參禪。
收拾得，静雅之中多奥妙，可着心[⑤]，監修盡興不惜錢。
引得那，游蜂浪蝶不離花左右，爲采花心兒，留情在花間。
勾惹起，蟬聲恬噪猶在耳，金風吹起，菊花開放在霜前。
臘梅兒，吐玉在枝頭含笑，此光陰瞬息如梭，經立幾多年。
經了些風吹雨灑摧殘舊，原來明初，改换了天年。
明代帝傳至天啓皇帝，有一位總領朝綱太府魏忠賢。
重而興修碧雲寺，委派了屬下于太府督監。
修完畢，吐風號稱于公寺，却把個魏太府，氣乍了肝。
施財帛，安心買改魏公寺，花費了資財幾萬，魏字渺然。
後至了我國定鼎升平日設立下三山并五園。
工程浩大，踩訪[⑥]天宫景，踪絮登高是香山。

位至了乾隆十四年,支干己巳, 聖駕親謁静宜園。
時過碧雲,見殘破的光景, 相距又是經了百餘年。
聖心感念佛身露現, 宣旨重修内外全。
見廟景,相抵御園又咫尺, 就將那碧雲,收交入香山。
差派了内務府的兵丁名苑户, 官員有郎中、員外七八品烏呼拉達[⑦]看守嚴。
北有那:卧佛寺、萬花山、玉皇頂, 山後有:天台山的魔王,坐視斜觀。
南有那:翠微山一帶多風景, 香界寺、寶珠洞的鬼王遠近傳。
三山庵、龍王堂、靈光等廟, 馳名的古迹,人傳二青[⑧]聽經,是秘魔岩。
這山景相通昆明湖水, 中隔座燕地八景中玉泉山。
現當今收回陳設,恩賜與民同樂, 隔斷開御園,任從行人往還。
就將那碧雲寺撥給卧佛寺代管, 算是座散廟,憑着和尚招閑。
這纔哄動左右八旗鄉民男女, 也有那仕、農、工、商大小官。
齊都要來瞻仰碧雲寺, 終日裹是車馬紛紛女共男。
從朝至暮,還留戀不斷, 恨不能也削髮爲僧,長存在此間。

第二回

通衢街道任北南, 安設曲館或茶園,
梨園子弟雖常伴, 原爲怡情心性寬。
不既山景秀而雅, 巍峨花木古佛庵。
野僧合掌生慈念, 指佛穿衣暗喜錢。
引動了,浪子、姣娘春風和暢, 免不掉,痴情放蕩且貪玩。
蓄了些,和尚、尼姑、雲游道, 出了家的習氣,無錢募化有錢酸。

假充正道，察言觀色安不善， 秃厮們，見景兒生情更占先。
出家人的過惡，好歹後再緒， 别忘了，碧雲寺古刹好香烟。
僧尼的用度侍奉香客意， 真乃是，分别之中幾様兒看。
有那些，庸俗游人來入廟， 由着他，前後任意繞空灣。
隔着那窗根破孔，偷睄神像， 皆因是，處處佛殿盡鎖關。
分出了遠近遲急，家前面後， 有僧人，拿着鑰匙現開門。
逛一處來，開開一處殿， 進一層門來，相隨在跟前。
要是那，上等貴客游古廟， 你睄這衆秃，都長笑顔。
知客僧，早就先傳道人開各殿， 一層層殿門，小院挑堂簾。
知客帶領着隨意兒逛， 先進了頭層大殿，遜而謙。
殿名是：静演三寶，釋迦佛祖， 兩邊是七十二司，碓倒磨研。
割舌頭，衹爲挑撥裏外串， 掏心肝，扒腸子，因心嫉妒狗來餐。
不體人情，奸滑暗算，上天秤， 淫污傷德，把銅柱來搬。
最可恨，宋秦檜生前作惡將忠良害， 有好些無頭鬼圍隨着他，賜揮拳；
可笑那，漢王莽頭戴烏紗將形現， 蟒身兒盤在一根殿柱上，皺眉尖。
打公婆，恨丈夫的婆娘，先把油鍋下， 怨父母，害弟兄的郎君，上了刀山。
也有那，孝子、賢孫、賢良婦， 金童兒、玉女兒引路，手持幡。
還有些，胎前産後的在池中泡， 該欠的，討債的，因財相害是前冤。
七十二司，無非是勸人行方便， 大概的事樣，也不必説全。
接連着，就是九九八十一間羅漢殿， 一位位金身裝塑受香烟。
法座前，各有謚號安牌位， 盡皆是，修成大道，舍利金丹。

殿東門,迎衝着是三洲韋陀尊者, 降龍的、伏虎的,倒海移山。
殿北門,迎衝着掃秦的瘋僧羅漢, 兩旁邊,菩薩肩倚菩薩肩。
西殿門,迎衝着目連僧救母, 出家人有孝心,得道手執九連環。
南殿門,迎衝着濟顛僧、紫脚羅漢, 兩邊有,衆羅漢對面打坐,路在中間。
三經路,曲灣轉,乘鶴跨鹿容顔善, 芭蕉扇,花花籃兒,法力催開現白蓮。
開胸膛,現露佛,鬃刷兒在聖手挽, 破面皮,露胎元,白猿獻桃跪跟前。
從頭數,記不全,聞説五百八尊圍繞轉, 獨有一位尊者飛升,暗隱在梲間。
進佛殿,瞻仰全,非得四面來回轉, 好比那《白蛇傳》,禪師法海救許宣。
遣天神,圍四面,白蛇中間數羅漢, 聽了些,合鉢的古典,今日眼見頭眩。
左有那洗心亭,小院多清雅, 右襯着,養静閣中詞賦,名人的贊言。
借活泉,流散源頭濃陰兒稠密, 因樹葉兒相接,不能透天。
山花兒有情,微風叫他點首嘆, 池水兒無憂,游魚擺尾,波面兒生煩。
對經樓的碑亭,刻刊滿、漢字, 石牌樓,玉砌白階在塔座前。
登轉梯,堪把塔座兒上, 衝霄的塔頂,似覺着身體飄然。
遠望着,燕京帝都飛紫霧, 土城兒上,“薊門烟樹”籠莊田。
入景的“金臺夕照”,臨南苑, “蘆溝曉月”占橋間。
目前若有千里眼, 堪比離恨大羅仙。
可惜這山景清幽,心情已亂, 襯着他當時的光陰,盡性而觀。
引出了游客詩情提閑筆, 且將那,粗草文字訛花箋。

題的是：古寺山僧曉鐘起，　　碧雲開户見青天。
皇經跪唪參玄妙，　　撇弃紅塵落清閑。
但恨迷途失正道，　　世人却被利名牽。
今朝暫别歸舊路，　　再復雲庵住有年。

説明：

此作係據清代别野堂鈔本。又題《逛碧雲寺》。碧雲寺，座落於北京附近的西山。作品對寺内各色佛像和寺外各種景色，作了具體生動的描繪，不失爲一篇寫景的杰作。同時通過寫景和叙述碧雲寺修建的歷史沿革，揭露了當時的世態人情。如明代魏忠賢派屬下于太府督監重修碧雲寺，“修完畢，吐風號稱于公寺，却把個魏太府，氣乍了肝，施財帛，安心買改魏公寺，花費了資財幾萬，魏字渺然”；“有那些，庸俗游人來入廟，由着他，前後任意繞空灣”，“要是那，上等貴客游古廟，你瞧這衆秃，都長笑顔”。正如作品結尾説的：“但恨迷途失正道，世人却被利名牽。”

注釋：

①唪經參：誦讀佛經，參拜佛像。

②耶律楚材：元代的名臣。傳説碧雲寺是耶律楚材的後代建造。

③出則來歷：猶言出身來歷，歷史淵源。

④洋藍：西洋產的藍色塗料。

⑤可着心：猶言盡意。

⑥踩訪：查尋。

⑦烏呼拉達：滿語 uherida“總管”。

⑧二青：傳説有大青、二青兩蛇，在秘魔岩聽講經。

逛二閘一回

無名氏

閨中少婦不知愁，凝妝愛上看花樓，
條條楊柳含烟緑，朵朵桃花艷色浮。
粉黛也知適雅興，紅裙却喜是遨游，
芳心兒，選勝尋幽無限樂，悔教夫婿覓封侯。
衹因那，寂寂閨閣生鬱悶，况逢這花明柳媚，四月盡頭，
這佳人，静坐畫堂無個事，忽想起，慶豐閘上好清幽。
趁着這，美景韶光無限意，奴何不，山水風流盡興酬？
忙吩咐，侍女丫鬟傳出去："大奶奶今日出城要去游。"
傍妝臺，從新梳洗多清雅，真正是大家氣概，别様風流。
穿一件，鴨蛋青洋縐厢領袖，更顯得，瓊枝玉貌，雅淡温柔。
青絲巧挽簪别玉，翠鳳斜插兩把頭。
淡掃蛾眉微擦粉，輕匀蓮臉趁星眸。
穿一雙，雪青三厢福字履，扎滿三籃小皮球。
粉頸兒，品藍洋縐綉花手帕，金環兒，玉耳輕排六個勾。
全無半點塵俗氣，打扮得，花容月貌，絶代風流。
不多時，家人回話俱齊備，伺候着佳人前往二閘游。
出綉房，侍女攙扶把香車上，不多時，畫輪轉動，出了皇州。

跟隨着，僕婦丫鬟無其數，　　衆家人，後擁前呼不站休。
這佳人，城中懶睹繁華景，　　芳心兒，惟望把郊原景物酬。
命從僕，前往渡頭將船雇，　　買了些，玩藝花鴨作樂游。
帶了些，美味乾鮮果品，　　預備着，對景開懷遣興幽。
衆家人，船中陳設多齊備，　　這佳人，香車慢下，弃岸登舟。
丫鬟連忙鋪下坐褥，　　佳人坐定，吩咐開舟。
不多時，清風陣陣吹人面，　　仿佛身從鏡内游。
真可喜，新晴一派清凉景，　　遠望郊原豁倦眸。
傍岸野花香氣放，　　沿堤楊柳翠烟浮。
迢迢載米船來往，　　款款尋泥燕子幽。
觀不盡，水碧山青，天然古畫，　　真正是，山外青山樓外樓！
三忠祠，選勝人[①]來争唤酒，　　明月軒，叫會聲喧過渡頭。
弦管嘈雜三塊板，　　笙歌宛轉韵偏幽。
柳陌時看垂釣客，　　花間笑語踏青儔。
這佳人，畫舫已過荷花沼，　　觀不盡，碧葉接天翠色浮。
又祇見，兩岸高桅排燕翅，　　見船家，拽纜停舟到渡頭。
尋茶社，雅座偏宜如意館，　　近水邊，料看[②]相對望東樓。
這佳人，斜倚欄杆觀佳景，　　一望山河愜二眸。
又祇見，幾個兒童浮水面，　　盼望着，下水摸錢把客興留。
這佳人，彩扇輕摇消苦暑，　　冰桃雪藕耍笑竹簍。
不多時，夕陽欲下催歸棹，　　兩岸邊，蟬韵幽揚緑樹頭。
渡頭前，從新復把香車上，　　前後圍隨進了皇州。
因瀟灑，歸來燈下閑揮筆，　　真堪羡，宦室閨門雅興酬。

説明：

此作係據清代别野堂鈔本。又題《闊大奶奶逛二閘》。二閘，即通惠河的慶豐閘,在清代是人們夏季郊游的勝地。清嘉道間得碩亭寫的《草珠一串》竹枝詞中描繪説:"乘舟二閘欲幽探,食小魚湯味亦甘。最是望東樓上好,桅墻烟雨似江南。"本篇爲通過描寫一位闊大奶奶的郊游,不僅描繪了"觀不盡水碧山青天然古畫"般的美景,而且反映了大奶奶這種"雅興"的實質。儘管作者是從"真堪羡"的立場出發的,但它畢竟在事實上寫出了這種闊人的"雅興",正是建立在窮人痛苦的基礎之上的。正在"這佳人,斜倚欄杆觀佳景"的時候,可以看到,窮苦人却爲了賺幾個錢生活,"又衹見,幾個兒童浮水面,盼望着,下水摸錢把客興留",這是多麼明顯的對照呀!

注釋:

①選勝人:尋找名勝游覽的游客。

②料看:猶言瞭望。

大戰脱空四回

無名氏

第一回

天地乾坤日月旋，　下元甲子運循環，
時移今人不似古，　物改初心特不端。
且圖日下多歡樂，　那管日後債如山。
任爾天荒和地老，　借貸銀錢總不還。
汝寧蔡地産英賢，　浄光縣裏有家園。
姓無名恥白賴村住，　性情古怪貌刁鑽。
脖長眼小腮無肉，　撅嘴身材扁又圓，
素性生來好穿緑，　胸堅背硬手指相連。
早亡了父母缺兄弟，　逍遥自過萬餘年。
終朝度日全憑崩騙，　誆哄借貸日供三餐。
日積月累窟窿漸大，　債主填門支應甚難。
起初債少還好擋，　到後來，欠債頗多，往泥裏鑽。
雖然暫躲非長策，　忽想起，有一個朋友法術周全。
躲村中住着個皮厚臉，　我何不尋他把臉全。

想罷了，躲躲藏藏霎時來到，
見皮厚臉的街門實壯觀，
上懸着，“不忝祖風”四個字，
朱紅字對兩邊懸，
左邊是：“仗劍提刀來要賬”，
右邊是：“大戰千合不肯還”。
無耻看罷將門叫，
裏面說：“若是要賬的，請看門聯。”
無耻說：“在下是净光村無耻來相訪，”
門開處，出來了足智多謀的皮老先。
衹見他，生成的天庭飽滿，地閣窄，
大口長牙兩耳尖，
二目焦黄雙顴大，
摇頭擺尾跳連竄。
說：“失迎賢弟，你休見怪。”
忙讓至中堂，訴說心田。
無耻開言先嘆氣，
說：“哥呀，小弟衹爲債牽連，
弟因近日把燈草樓子來蓋，
買了幾匹硫黄馬，還有幾副軟皮鞍，
掩耳偷鈴買了幾串，
衹是馬高鐙短，總不得安。
因此積下了一屁股兩肋巴賬，
任我支吾，可恨賬主兒衹是要錢。
我曾說，尊駕不信請看我兩隻手，
十個指頭，那有長短總是一般。
自古常言說的好，
遲了日子，遲不了錢，
就是天王來要賬，
也須容我數十天。
逼的我軟一陣子，硬一陣子，
出溜鍋[1]，假瞎子，我鬧了個十全。
我也曾，羞惱成怒將土撒，
養家咒兒[2]，起了有萬千；
我也曾，狗窩之中躲過債，
屎遁裏逃生，也溜過幾番；
百樣的方法全使盡，
今無奈，望乞吾兄設法周全。”
皮厚臉聽說忙擺手：
“賢弟呀！此事言來萬萬難。
你的債多饑荒大，
哥哥的本事不似先前。
如今指你一條路，
出離此巷奔東南。

極難之地堪堪近，　行過苦海共愁山。
三挨六債全行過，　那邊有座捕風山，
不志誠中無影寺，　脱空老祖③道術全。
你若是，虔心得見祖師面，　那怕你債中套債，頂塌了天。”
無耻説：“既然如此我今就去。”　連忙告辭直奔東南。
那日走過盡頭路，　無奈河一道把路攔，
向日原有橋，因被過河的拆了去，　波濤一片水連天。
無耻正在爲難處，　從那邊來了下梢子船。
無耻上船將河過，　梢公説：“相公尊重賜船錢。”
無耻慌忙朝前跑，　他倒説：“船家不打過河錢。”
在路行程非一日，　這日來至捕風山。
至城下，見“不志誠”三字門上寫，　門上鑲着：左不環來右不環。
中保二人兩邊立，　見有人窺探，忙問根源。
“小子在白賴村中住，　皮厚臉指引來把師參。”
中保説：“你既來訪道，須遵約束，　這門内三條道路非等閑，
中間一條名收道，　左邊借道，右邊欠道數第三。
你今既是來躲債，　從欠道而進禮當然。”

第二回

無耻説：“謹遵法旨，從欠道而進。”　見黑古隆冬雲霧漫，
陰風慘慘寒透骨，　不辨東北與西南。
不堤防，掉在那無底深坑内，　他忙一拳打破往裏鑽。
脚落了實地，又朝前走，　來至那，且消停畔，放生池邊。

這些人，閑時不肯將香降， 急來時，抱住佛腿泪漣漣。
也有買了乾魚將生放， 也有大尾巴山羊用手牽。
也有掉把蒼蠅空中甩， 也有死猫死狗放池邊。
過了放生池，來至無影寺， 見門外，用棒槌接起一幡杆。
杏黄旗一面，上寫着“豈有此禮”， 四個小鬼把門攔。
是：討吃鬼、業障鬼、刻薄鬼與混帳鬼， 笑面虎兒一個，卧在門前。
見虚支大架子，一張木床全無腿， 癩蛤蟆四個下面按。
床兒上，挂着一領流水賬， 一筆勾消上面懸。
床頭一把可憐劍， 插在那鋸嘴葫蘆肚裹邊。
守殿之人叫現世寶， 問明來歷不敢遲延，
忙拿起草把子將木鐘撞， 驚動了脱空祖師升殿莊嚴。
他頭戴着，撒誰吊皮的巾一頂， 身穿着，補東扯西的破偏衫，
腰中緊繫寬限帶， 倒脱靴子脚上穿。
兩道子火燎眉毛顧眼下， 一雙白眼翻來望青天。
妝聾耳配着推啞膝， 樺皮臉千層，包了個嚴。
磨明了的鼻子光還亮， 他把那豆腐腿一伸便開言。
説：“撞鐘請我因何故？ 莫不是那個冤家敢來要錢！”
無耻跪倒將頭叩， 説：“白賴村無耻，皮厚臉相薦到此間。
祇因弟子的窟窿大， 欠債推多[④]回覆難。
我一秉虔誠來求法術， 望吾師，大發慈悲，聖手遮攔。”
脱空祖師心大悦， 樺皮臉上長笑顔。
説：“你既皈依奉吾教， 我自然妙法有真傳。
吩咐謊精兒，先領他去把菩薩拜， 再預備接風酒飯與他餐，

再領至摩天樓下，與衆弟子相見，
無耻叩頭忙爬起，
見精光王菩薩上面供，
高照一對閑油蠟，
恐後無瓶分左右，
劃皮香爐焚紫降，
泥金大匾“惡習刁風”四個字，
皮磬兒打的連聲響，
油滑嘴，與他稱了幾斤不見面，
悶混鷄、楞鵝、標肚與花肺，
這無耻，風捲殘雲吃了一頓，
見謊張三與李扯泡，
王恩、王義、王三謊，
應二司、生鐵球與胡思賴，
也有學，偷天與换日，
也有學，水面上撇油，石頭上去扎猛，
也有學，活人眼裏去下白蚱，
也有學，指墳賣樹將人哄，
紛紛賭賽争勝負，
一見無耻忙拱手，
“你今既來學法術，
入門先學鐵葉子臉，
再學那，鑽過頭去不顧尾，
再用兩撮子驢毛塞上耳，
俟今夜三更，我再將道傳。”
謊精相引佛殿前。
影子木香几放面前，
緑燈臺兩個供兩邊，
内插着，亂墜天花，地涌金蓮，
斷頭香飄蕩透九天。
兩首變幡挂佛前；
參佛已畢設杯盤。
做了些畫餅充饑與他餐，
不長酒一壺放在桌前。
又來至，摩天樓下會群賢。
無名白、無可奈何、馬扁三，
沉黑炭與愛胡纏，
滚地雷、逢人騙聲名到處傳。
也有學，金斗半空懸，
也有學，没束兒的樹上去掄杆，
也有學，石灰堆内去把眼翻，
也有學，見兔放鷹騙銀錢。
摔打砸喇鬧聲喧。
都説是，新來的師弟兒你聽言：
須將誠意秉心專。
唾面由他自已乾。
再學那，打着不疼駡不慚。
你須要，顧口不顧身，别怕討人嫌。”

第三回

“再學那，滾刀筋與滾刀肉，　還得學，大憨皮中帶點難纏，
還得學，狂浪足美，假豪横，　還得學，奸、懶、屣[5]、毒、猾共饞。
將這幾宗本事全學會，　方顯我輩是奇男。”
無耻説：“這些個法術我全會，　就祇是，負欠頗多搪賬難。”
衆人擺手説：“惟有此事難的很，　你須求老祖將大道傳。”
無耻聞言回至後殿，　見脱空祖師正參禪。
他跪伏於地尊師祖，　乞發慈悲把道傳。
脱空説：“我且試你胸中主見，　譬如説，人來要賬你有何言？”
無耻説：“欠他之錢應還付，　祇等着蒿子長成樹，鋸板打成船，
我乘船去把私鹽販，　賺錢回來還你錢。”
脱空説：“這個主意真不妥，　倘若是蒿子長成樹，鋸板造船去販私鹽，
賺錢回來，須得還他的賬，　這樣不妥，你另想别途再對我言。”
無耻説：“我將泰山作一個石頭帽，　奉與債主算尊冠，
每逢初一、十五戴一戴，　帽子破了我再還錢。”
脱空摇頭説：“更不妥，　你豈不聞，海枯石爛有明言。
倘若一日帽子破，　你依就還得把錢還。”
無耻説：“我刻一個木頭人兒將他叫，　木人説話我便還錢。”
脱空摇頭説：“益發不妥，　你豈不知，丁蘭刻木[6]古今傳？
倘一日木人能説話，　你仍然還得把錢還。”

無耻叩首説:"弟子之才今已盡,
別無妙策衹得還錢。"
脱空坐上哈哈笑,
"無能爲的業障東西快進前,
我今傳你偈言四句,
你須銘諸五内莫當等閑。"
無耻聽説,往前跪爬了半步,
脱空祖用麈尾一指便開言,
説:"我不管海枯合石頭爛,
我不管蒼海變作了桑田,
我不管今生報合來生報,
我衹拿定了主意不還錢。"
脱空説罷四句偈語,
無耻登時心内了然。
磕頭碰地説:"多承指教,
我弟子,今日纔打透這一關。
原來四大皆空,何分你我,
大家錢,大家使,何必又還。"
脱空説:"孺子真可教也,
可羡你,一關打破,諸事洞然。
從今我法門得令子,
我這副衣鉢要把你傳。"
無耻這裏安心學道,
那净光縣内,賬主兒聞聽反了天。
齊説道:"這項賬目無了指望,
誰人敢惹脱空老祖先?"
内有一人説:"此事不難,全在我,
離此不遠有座鄧通山。
神通觀,有一真人會討賬,
道號是:'追魂取命仙'。
捉人全憑錢串子棍,
就是脱空祖,遇着真人也得還錢。"
衆人説:"既然如此,咱們快去。
迎請真人急速下山。"
餐風宿水非一日,
不一日到了鄧通山。
見綉旗飄飄"替天行道"四個字,
山門内,黄金鋪地,白玉爲磚,
蒼松翠柏,奇葩異草,
仙鶴丹鳳,麋鹿白猿,
兩邊俱種摇錢樹,
珊瑚枝對着碧琅玕。
來至金階齊叩首,
真人升寶座,高捲珍珠水晶簾。
見真人,仙衣八卦飛紫霧,
頭戴玲瓏碧玉冠,
足踏飛鳳登雲履,
九股龍絛腰内盤。

神眉電目人欽敬，　　長鬚白面廣財源。
金童玉女分班立，　　聚寶盆放在正中間。
垂玉音，問衆生："因何至此？"　　衆人叩首便開言：
"我等居住浄光縣，　　因刁民無耻借去銀錢總未還。
聞聽他，近日在捕風山内無影寺，　　脱空老祖將他收下把道傳。
求真人速發三千討債鬼，　　若能够原物歸主，感戴深恩海様寬。"
真人説："無耻既然行不道，　　我須得親身走一番。"
吩咐錢成排鸞駕，　　身坐跨有錢的村牛，分外威嚴。

第四回

帶領三千討債鬼，　　扛着追魂取命幡。
請過一條海清賬，　　帶上夾剪、戥子合算盤，
錢串子車拉隨後陣，　　看財奴開路在軍前。
真人執掌着中軍帳，　　衆家債主四面巡攔：
八檔十的債主齊吶喊，　　還有七十二處印子錢；
六個月的轉子拼了命，　　五分重利也要清還；
四季扣除憑中保，　　三節打賬本利完；
二八月俸季挨次兒打，　　一個月浮摘立刻要還。
霎時來至無影寺，　　安營下寨炮連天。
守門的中保二人心害怕，　　一伸手，連忙摘下總不環。
即速報與脱空祖，　　今番此賬必須還。
脱空説："爾等休驚全在我，　　快將摩天樓下的大衆傳，
將我那，三脚毛驢快些備，　　可憐劍拿來腰内懸。"
出門放了一個出溜子屁，　　擺開陣式兩下交談。

真人説:“作孽的冤家不害臊, 該人的錢鈔總不還。
他人之肉,貼不到你身上, 損人利己罪滔天。
你立教傳法該何罪? 趁早回頭免罪愆。”
脱空説:“我坑人、騙人,我遭報, 我騙他人,與你何干?
咱二人河水不把井水犯, 你無故興兵來找尋咱,
我該錢不還是平常事, 十分弓兒你莫拉圓。”
真人説:“該賬還錢休多講, 無有工夫與你歪纏!”
用手一揮討債鬼: “快與我全拿錢串子拴。”
脱空着忙説:“不好, 我的英名一旦完。”
他招架了多時,自覺理短, 從屁遁裏逃生一溜烟,
抛下了衆家徒弟無法術, 盡被真人用錢串子拴。
用火焚燒了那無影寺, 真人駕轉了鄧通山。
衆囚犯裝在囚車内, 交與司官定罪嚴。
追本司、清利司堂堂正氣, 吊考司、比較司表表清廉,
呈告司、勘問司公中執法, 折准司、押借司無黨無偏,
辱駡司、剥脱司自作自受, 變畜司、化卵司歡喜填還。
十二司中生殺氣, 脱空的門徒,俱唬軟癱。
説活該,是鄧通當興,脱空當滅, 從今後,清本清利將債還完。
不多時,鐘鳴鼓響,真人升殿, 衆囚犯帶至玉階前,
十二司中呈稿案, 各有輕重,法不容寬。
也有今生即刻要, 也有來世再填還,
也有押赴原籍,折變田産, 也有押赴輪回,變畜類還,
也有來世變人的兒合女, 也有當面還清免罪愆。
衆人俱已發落畢, 獨有無耻一案甚難完,
家産田園他全無有, 兒女全無,已絶香烟,

來生已無人身分，何世方能把賬還？
真人説："你若能改悔歸吾教，我將你的罪孽盡清完。"
無恥叩頭説："難從命，我脱空教下的法令嚴。
不怕來生變牛馬，不怕陰司上刀山，
不怕現下打與罵，拿定主意不還錢。"
真人聽説將眉皺，説："真是蒸不熟，煮不爛，一味的歪纏。"
吩咐三千討債鬼，將他押赴天齊廟裏邊，
用萬斤的石碑，將他壓住，永世千年不把身翻。
叫他伸頭露臉活現世，風吹日曬萬人觀。
吩咐已畢，真人入殿，十二司神也歸班。
從今日，滅了脱空教，再有了摘挪，是好借好還。

説明：

此作係據清代百本張鈔本。又題《要賬該賬》《要賬大戰》《脱空老祖》。作品塑造了一位專門教人"學奸、懶、屣、毒、猾共饞"，"唾面由他自已乾"，"打着不疼駡不慚"，"顧口不顧身，别怕討人嫌"的"脱空老祖"形象。在以他爲教祖的脱空教中，聚集了王恩、王義、王三謊、愛胡纏、胡思賴、逢人騙等各種醜類；有位"終朝度日全憑崩騙，誆哄借貸日供三餐"的名叫"無耻"者，也慕名投身在其教門下。這些醜類，顯然都是當時的社會渣滓，其本質是屬於封建剥削階級思想的潰瘍，是封建社會一種病態的反映。因此，作品對這些形形色色的醜類，大張撻伐；但是，作品所提出的基本矛盾，却是債主與欠債人的矛盾。解决矛盾的途徑，是"衆家債主"依靠"黄金鋪地，白玉爲磚"，房屋"兩邊俱種摇錢樹"的鄧通山真人，"帶領三千討債鬼"，"安營下寨炮連天"地進行武裝鎮壓，迫使他們“折變田産”,“當面還清免罪愆”,對於“家産田園他全無有”的名叫“無耻”者,則“用萬斤的石碑將他壓住,永世千年不把身翻”。作者的立場顯然是站在維護債主利益的封建剥削階級一邊的。因此,他不僅不可能揭露出那些社會渣滓的階級本質,而且把欠債人寫成所謂無耻“刁民”,暴露了其剥削階級的階級偏見。這是我們所必須批判的。

注釋:

①出溜鍋:溜掉。出溜,走下坡路的意思。

②養家咒兒:以養家安分爲内容的誓言,實際是一種遁詞。

③脱空老祖:意爲撒謊的老祖宗。脱空,即撒謊。如《西厢記》第二本第四折崔鶯鶯唱:“這的是俺娘的機變,非干是妾身脱空。”

④推多:極多。

⑤屣:這裏是指表面軟弱而内藏奸險的一種行爲。

⑥丁蘭刻木:丁蘭是漢代的一個孝子。據孫盛《逸人傳》記載,丁蘭少年時死了母親,他就把母親刻成木像,如同母親生在世上一樣,盡心侍奉。鄰居張叔因喝醉了酒,咒駡木像,并用杖打木像的頭,丁蘭非常氣憤,便用劍把他殺了。官吏來逮捕丁蘭,木像爲之流泪。這顯然是爲宣揚封建孝道而杜撰的荒誕的故事。

KATURI JETERE JUBEN I BITHE
螃 蟹 段 兒

無名氏

Katuri jetere 子弟書

百歲 tangū se 光陰實可嘉，到不如
邂逅相逢[①] ederi tederi 玩景華；
逢着村酒 gašan i nure be tunggalaci 吃幾盞，
見了野花 bigan i ilha be sabufi 戴幾枝花。
陰司何處 hutui be aibide 把鮮花戴？
閻王門前 ilmun han dukai juleri 少酒家。
君若不信 agu i akdarakūci 把菱花照，
今歲容顏 ere aniyai Cira 比去歲還歘。
荒言[②]剪斷 be lashalafi 詩少叙，
接連着吃螃蟹 katur i jetere 笑哈哈；
雖然是幾句 an i gisun[③]平常的話，
到衹怕笑長了 injeme genehei 笑的嘴乏。
有一個阿哥 age 不知是姓什麼 hala ai，
也不知號兒 colo 叫做何人 ai niyalma，

又不知滿洲蒙古 manju monggo 是漢軍[④],ujen cooha

更不知那個佐領那一旗[⑤] niru ya gūsa。

屯裏 tokso de 住了二年半,

娶了個媳婦就是彼處的 gaiha sargan uthai tubai 蠻子家,

也不問娘家姓字名誰 dancan ergi gebu hala 誰家女,

胡裏胡塗 hūlhi lampa i 娶到了家。

這佳人心性聰明 gūnin sure bime 嘴又巧,

滿洲話 manju gisun 不上半年就會了他。bahanaha

也是個有趣兒的奶奶 amtanggai hehe 好玩笑,

到後來成了個半滿、半漢的跌婆[⑥]媽媽。belci mama

不想那年 gūnihakū tere aniya 遭了荒旱,

吃穿二字很艱難。umesi mangga

無方法兒 arga akū ofi 搬進了城內,

住的 tehengge 不遠,就在大街。amba giyai

那一日,戲謔阿哥無事 yobo age baita akū de 出門去,

幾斤 udu ginggen 螃蟹買了 be udafi 拿到家。

進家中 boode dosime 放在盆子内,

跌婆 belci 一見說:"哎呀這 ere 可是甚麽東西 ai iaka?"

阿哥笑 age injeme 說:這個 erebe 休問我,

我也稀罕,bi inu ferguweme 不認得他。"

他夫妻,正自猜疑 jing buhiyeme 胡搗鬼。

那螃蟹,跳掙 patar pitir seme 往外爬,

這佳人吆喝[⑦] esuk iyeme 說:"往那裏跑?"

挽了挽袖子,着了急 hahi cahi 下把抓;

反被他兩個 juwe fali 夾住了手,

跌婆 belci 說:"娘的猴兒[⑧] eniyegei monio 把我好夾。"

疼的他，受不得 hamirakū 忙抬玉腕，
那螃蟹往死夾着 fita saifi，把腿兒搭拉；
age[⑨]一見説："嗳哟 ara waliyaha"往前就跑，
慌忙 ekšeme saksime 就把抓子[⑩]拉。
越拉越嚴 ele tataci ele cira 疼的更緊，
任憑摔奪 eitereme lasihici 再也不撒。
用力一摔，剛剛的 arkan seme 摔在了地下，
疼的他嗳哟直聲大叫 ara fara 呲着牙。
這佳人，涕泪交流 porpon parpan seme 還未了，
那螃蟹，亂亂烘烘 kunggur seme 又圍住了他；
衹唬的身上亂戰 beye šurgeme 更了顏色，
信着嘴 angga ici 村的拉的[⑪]胡嗽拉。
戰兢兢顫哆嗦 derden dardan 滿屋裹轉，
恰好似要舞一般，maksire gese 把手兒扎煞。
若不拿 jafarakū oci 他又趕着咬，
欲要拿 jafaki seci 又怕他夾。
這佳人頭眩腦悶 farfabufi 没了主意，
趕着捉住 nambuha be tuwame 胡摔亂拿；
阿哥 age 在傍邊 dalbade 一見動了氣，
挽了挽袖口 wahan 也去拿。
兩口子 eigen sargan 一齊動了手，
衹聽得五零四散 gari mari 胡鬧叉。
這佳人的鈿子[⑫]擲打 be fahame 打了去，
那阿哥，拿着小刀子 age huwesi be gaifi 用力扎；
這佳人，脱了布衫 gahari be sufi 滿地下握，
那阿哥，摘了衛凉[⑬] age boro be gaifi 扣了又哈[⑭]。

爺爺 eigen 扣來奶奶 sargan 握，
老婆 sargan 按住漢子 eigen 拿。
祇鬧的阿哥頭上 age i uju de 冒熱氣，
姐姐臉上 gege i dere de 汗拉拉[15]。
張羅了半晌剛剛的 arkan seme 纔都拿住，
使的他們喘吁吁的 he fa seme 跳了個乏。
叫了聲："阿哥！你來 age sijio 快舀水，
你把這個東西 ere jaka be 與我煮殺。"
醬棚[16]蓋來 ni daɛifi 又着瓦盆扣，
搬了塊石頭 wehe 擱在上面壓。
撅了把秫秸 šušu orho 架上了火，
盡着力兒 muterei teile 着水喀叉[17]。
煮了多時 kejine bujufi 揭開看，
這佳人回頭 uju marifi 用眼撒：
"這宗魚，實實的 ere nimaha yargiyan i 真有趣，
叫人真真的 niyalma be yala yala 稀罕殺。
活的 weihun de 發青如靛染，
煮了 bujuha manggi 通紅似硃砂。
咱們 muse 嘗嘗是甚麽滋味。"
急急忙忙 ekšeme kas kis 拿筷子夾，
左一筷子，sabka 右一筷子，sabka 夾也夾不住，
罵了聲："怪物東西，aldungga jako 怎麽這麽滑！"
撂下了筷子 sabka 堵了口氣，
衫袖挽袖撩衣 be hetefi 用手抓。
抓了一個 emke gaifi 咬了一口：
"親媽呀 eniyegei haji 猴兒好扛呀！

但祇光骨禿,damu giranggi canggi 哪裹有肉?
挺幫子老硬[18] teng seme mangga 叫我怎麽嚼他。”
這佳人發怒 jilidame 没好氣,
把阿哥 age 駡了一聲:“活王八,aihūma!
這樣的無用的東西 baitakū jaka be 拿錢買,
可惜了錢財 hairakan jiha 無故的花。
蒸又蒸 teliyeci 不熟,煮又煮不爛,
把你的媽媽 eniye 活活急躁殺。”
駡的個阿哥,忍耐 age kiri nakū 撅着嘴,
一聲不哼 emu jilgan tucirakū 似啞巴。
saranju[19] 一見他夫妻 eigen sargan 翻了臉,
慌慌張張 ebuhu sabuhū 去請他二姨媽。
四喜兒一見笑着 syhil sabufi injeme 開言問:
“你來請我又做什麽 geli ai baita?”
使女説:“我主兒家中 mini ejen boode 頻吵鬧,
姨娘啊! 快去 hasa gene 勸勸他。”
這佳人哭聲拉氣[20] miyar seme 就把三孩子[21] 叫:
“快着! hūdukan 拿我的梳頭匣。”
三孩子答應一聲,je seme jabufi 往裹頭屋裹跑,
迭忙兒 kata fata 就把簡妝兒[22] 拿。
各樣 halai hacin 都送過去,
主子 ejen 奶奶的跟前放下他 sindaha。
洋鏨 samsulaha 夔龍臉盆 obokū 盛香水,
綉花 šeolehe 鴛鴦枕頭 cirku 立菱花。
纖手 faksi gala 折開了烏雲髮,
玳瑁梳子 ijifun be 用手拿。

梳了又梳 ijifi geli iji 篦了又篦，
梳通了烏雲 funiyehe 又把桂花搽。
黑真真 subehe[23] 巧挽盤龍髻，
黃澄澄横别着一對 emu juru 金耳挖。
碧沉沉温水 bulukan muke 净了面，
綿軟軟白紡絲手巾 fungku 趕了又擦。
尖生生丁香舌頭 ilenggu 刮了又漱，
白蘇蘇糯米牙 weihe 衹是刷；
姣滴滴芙蓉似的花面 gese dere 匀脂粉，
紅馥馥櫻桃小口 ajige angga 點硃砂。
窄微微髮分道 secen 描香粉，
齊截截鬢角 šulu 淡墨抻。
細微微眉毛 faitan 銀簪畫，
光亮亮寶墜東珠[24] tana 一邊兒仁；
時樣的大花 amba ilha 壓雲鬢，
各樣的 hacingga 簪子滿頭壓。
拿着鏡子 büleku be gaifi 哈了口氣，
盡着細細兒的 emdubei narhūšame 把雲鬢沫擦；
擦亮了鏡子 bulekū 高拿前後照，
閃秋波挨次 ilhi aname 細觀察。
三孩子一見他主子 ejen 梳妝畢，
連忙的柜子裏 horho dolo 把衣裳拿。
這佳人慢慢起身 elheken i ilifi 伸玉腕，
穿了套顏色 boconggo 衣服是内造紗。
三孩子裝烟 dambagu tebufi 遞過去，
輕佻不穩 dede dada 又來獻茶。

這佳人 ning ning niyang niyang[25] 又把三孩子叫：
"你看打扮如何 mini miyamihangge antaka?"
那丫頭見問 fonjire be donjifi 抬頭看，
上下打量良久 šame kejine goidafi 把嘴咂。
滿面上笑盈盈 ijaršame 尊聲："主母！
奶奶的模樣兒 arbun dursun 真可誇。
我衹説花的顔色 ilhai boco 人難比，
又誰知，奶奶的容貌 cira boco 强似花；
怪不的老爺將你疼愛 simbe buyeme gosimbi，
着熱知疼 haji halhūn 把恩愛加。
巫山神女 enduri hehe 誰曾見？
就是 si uthai 廣寒宫下降 ci ebunjihe 一姣娃。"
這佳人聞聽誇獎 saišara be donjifi 腮含笑，
駡了聲："做孽的猴兒 suisiru monio 少嚼牙。
我如今 bi te 要往你姨娘家去，
家内無人 boode niyalma akū be dahame 你看家。
老爺回來 looye amasi jihe manggi 小心侍奉，
奶皮子[26] oromu 多多預備奶子茶。"
交派已畢 afabume wajifi 往外走，
出門就是大街 amba giyai。
未從動身 beye aššara onggolo 先作怪[27]，
兩邊多人 juwe dalbai niyalma 都看着他。
衹見他，形象 arbušarangge 如仙子，
打扮容顔 miyamihangge giru 恰似過花。
身穿着天青紗褂 cece kurume 流雲百福，
内襯着長袖襯衣 camci 月白紗，

手帕圍脖 miyamigan fungku 胸前挂，
明顯着很堪憐 umesi jilacuka 小小的針扎[28]。
又衹見，蛾眉 mudangga faitan 秋波杏眼，
朱唇口内 fulgiya femen jakarame 露着銀牙，
雪白粉面 der seme fiyangga dere 如玉鏡，
漆黑頭髮[29] yar seme saikan funiyehe 似堆鴉。
懶梳妝包頭 šufan miyamihangge 多丰采，
滿頭金寶燦爛 aisin boobai giltari nioweri 起光華。
他的那玉體輕盈 weihuken bime，脚兒又小，
二龍戲珠的鞋 sabu，是海水江涯。
飄飄逸逸的 eyer hayar 輕移步，
掐定脚蹤兒步步 oksoko fatan songko 現蓮花。
陣陣幽香氣味 sur seme hiyan wa 撲人面，
尖尖玉手 suwai sere gu i gala 把彩扇拿。
千般裊娜 haihu icangga 令人愛，
萬種俏浪 goiman ildamu 可人誇。
人人見了 sabufi 都稱贊，
個個稱奇 ferguweme 把嘴咂。
這佳人，一見許多人 utala niyalma 齊喝采，
反倒 elemangga 故意兒把俏步拿。
抖了抖月白手帕 fungku 搭在項上，
纖手 faksikan i gala 把褂衿兒拉。
兩眼機靈 juwe yasa jele mele 胡飄轉，
故意兒整理 jortai 釵環 be dasatame 把鬢角兒刮。
涵容軟款 fuliyara sunggeljere 恰似風前柳，
步步兒安詳甚是風流 nuhan umesi haihūngga。

又聽的姣聲 kiyalang seme 輕咳嗽，
拿着手帕 fungku be gaifi 把嘴擦。
笑盈盈 ijaršame 一轉秋波留情趣，
勾引得衆人 geren niyalma 都看着他；
來往行人 amasi julesi yabure niyalma 齊止步，
登時 dartai andande 擠滿了太平街。
有幾個停車 sejen ilifi 推窗看，
有幾個拉馬 morin tatafi 鞭懶加，
有幾個細細 narhū šame 貪看誤了正事，
有幾個呆呆 menen i gese 愛看站了個乏。
有幾個蒙古 monggo 説聲："厄沛 eboo"[31] 擠了擠眼，
"臺哩布爾漢屋那拉 tairi borhan unir 是個活菩薩。"
還有些買賣人 hūdai niyalma 也都看，
不過是，彼此覿睄 ishunde tuwame 呲呲黄牙。
衆人 geren niyalma 看罷齊散去，
這佳人瞬息間 habtašara sidende 到了他姐姐家。
他夫妻發呆悶坐 munahūn i tefi 正嘔氣，
忽聽得行走聲音 yabure asuki 響擦拉[33]。
阿哥抬頭 age uju tukiyefi 睜睛看，
奶奶端詳 sargan kimcime 用眼撒。
但衹見從外 tulergici 走進一婦女，
打扮的 kuri kari[34] 賽嬌娃。
説："這是誰呢 ere we biheni seme?"留神看，
原來是鄰舍 dule adaki boo 他二姨媽。
進門説："好麼 dosifi saiyūn!"開言問：
"你公母倆拌嘴 jamarahangge 爲什麼?"

這跌婆 belci 叫了聲:"親親妹子 non haji 你來的巧,
認一認這 ere 可是甚麼東西 ai jaka?
圓古倫的身子 beye muheliyeken bime 團又扁,
無有腦袋 uju akū bime,又無尾巴。
你看這啐吐沫的猴兒 monio 真古怪,
又不知 ere waburu gebu[35] 叫甚麽?"
他二姨鍋裏 mucen i dolo 一看是螃蟹,
不由的覲看 lekdeme tuwame 笑了個乏。
笑着,笑着 injeme injeme 把姐姐叫:
"你鄉下人 si gašan i niyalma bime 倒不認的他?
明擺着是姐姐的不是 gege iletu sini waka bime 你不認,
平白的合姐夫 baibi etu i baru 胡鬧叉。
幸虧姐夫老實 efu momokon 由着你嚷,
方纔是你,若是你妹夫 meye bihe bici 就活打殺。
我勸你自今以後[36] ereci julesi 要盡讓,
你再别 si jai ume 閑的磕打呀!"
説罷吩咐薩蘭珠 saranju de hendufi 盛過去,
他夫妻睄着 ini eigen sargan tu wame 把怔發。
二姨兒説:"這個東西名字 ere jaka i gebu 叫螃蟹!
另有個絶妙的吃手兒 mangga jetere 好方法。"
説着、説着,拿了一個 emke gaifi 去了臍子,
蓋子掀了 be hūwakiyafi,去了草牙;
兩手 juwe gala 一掰遞過去,
叫了聲:"姐夫姐姐 efu gege 嘗嘗他!"
跌婆夫妻 belci eigen sargan 接在手,
將黄兒到口 angga de isinafi 把嘴一咂。

gege[37]吃的笑盈盈 ijaršame 心中樂，

age[38]吃的喜悦 urgunjeme 笑哈哈。

叫了聲："親丈夫 eigen haji 再去買，

千萬的莫惜錢 jiha be ume hairara。"

有滋、有味 amtan amtanggai 吃了個净，

彼此 ishunde 笑個不了，纔散了 facaha。

説明：

本篇録自清代文萃堂刻本，另有别野堂和内鈔本，文字稍有歧異①。作品是用"滿漢兼"體裁寫成，内容叙寫一對屯居的滿族青年和漢族妻子夫婦移居城市後，一日，丈夫買蟹歸來，二人不識何物，不知吃法，因而勃溪；經鄰婦相教，最後終於："有滋有味 amtan amtanggai 吃了個净，彼此 ishunde 笑個不了，纔散了 facaha"的喜劇性故事。這裏雖有較大成份的娱樂性，但是它通過這個民族聚居地區日常生活事件的描寫，反映了當時的習俗和各族人民之間日常的交往，表現了各民族團結友愛的主題，却是頗值得珍視的。它以滿語和漢語混合使用，語言交錯，貫串成句，描寫人物生動、細緻、活潑，具有明顯的特色，在現存幾種"滿漢兼"作品中，它是當時最爲流行的一種。因此，爲國外研究中國語言文學的學者們所注意，而撰有專著②。

① 諸本滿、漢語文字的歧異，見關德棟著《曲藝論集》（中華書局，1958 年）。

② 1967 年日本波多野太郎教授撰有《子弟書研究——影印子弟書滿漢兼螃蟹段兒》一書；1978 年英國西蒙《倫敦地區滿文聯合書目》（W. Simon: Manchu Books in London a Union Catalogue）曾予著録。

注釋:

①邂逅相逢:猶言不期而遇。這裏的滿語 ederi tederi 意思是指不嚴肅認真的態度。

②荒言:無稽之談,無可考信的話語。

③這裏滿語旁無漢語。滿語意思是"平常話",與下半句重複,故缺略。

④滿洲、蒙古、漢軍,清代八旗制度(一種社會基層組織形式)的三個組成部分。

⑤佐領:清代八旗組織的基本單位名稱,是滿語 niru 牛録的漢譯。旗:牛録制基礎上的組織,共分爲八旗,每旗下轄參領,參領下轄佐領,滿族成員分隸各佐領,平時生産,戰時出征。旗,滿語 gūsa 或音譯作"固山"。

⑥跌婆:言語行動顛顛倒倒的人。這裏的意思是指言行滑稽的人。滿語 belci 意義是"癲子"。

⑦吆喝:高聲、大聲説話。滿語 esukiyeme 意思是高聲驅趕。

⑧猴兒:猶言討厭調皮的東西。滿語 monio"猴"或是 bonio"猿",它的引伸義:機靈,伶俐;淘氣,調皮,不安静,討厭等等;具有謔詞的意味。

⑨滿語旁漢語缺,應作:阿哥。

⑩抓子:螃蟹的步足和螯足(夾子)。

⑪村的拉的:粗野的語言。

⑫鈿子:滿族婦女頭上戴的一種似帽的首飾。

⑬衛凉:夏季戴的凉帽。

⑭哈:哈氣的意思。

⑮汗拉拉:形容略微有汗的樣子。

⑯醬棚:盛醬盆罐上的蓋子。

⑰喀叉:用水煮的擬聲詞。這裏意思是説去煮。

⑱挺幫子老硬:猶言非常之硬,極其硬。滿語 teng seme 意思是“結結實實的”。

⑲滿語旁缺漢語,據下文應作:薩蘭珠。

⑳哭聲拉氣:抽抽搭搭的哭泣。

㉑三孩子:一般通稱供奔走的童僕。

㉒簡妝兒:奩具,盛婦女用香粉、胭脂等化裝品的器皿。

㉓滿語旁缺漢語,subehe 意義是“鬚頭”,這裏指婦女的長髮。

㉔竇墜:耳環。東珠:産於混同江的珍珠。據清薩英額撰《吉林外記》卷七説:“東珠,盛京以東各河蛤蚌皆産珠,惟吉林、黑龍江界内,松花江、嫩江、艾琿各江河産者最佳。”

㉕滿語旁缺漢語。滿語原是形容婦女體態的柔美,“裊裊婷婷”的意思。這裏指忸怩。

㉖奶皮子:牛乳表面凝結的薄皮,含有較多脂肪,可製做食品。

㉗作怪:作出奇怪的樣子。這裏指故作嬌媚的形態。

㉘針扎:裝縫紉用針、頂針等物的荷包。

㉙滿語旁漢語意思不合。yar seme 是細縷、細裊裊的意思。

㉚滿語 šufan“皺紋;折兒”誤,應作:šufari“婦女用的頭巾”。

㉛厄沛:漢義驚訝聲“哎呀!”

㉜臺哩布爾漢屋那拉:漢義爲,救度、佛母、實在。全句的意思是:“救度佛母實在是個活菩薩。”

㉝擦拉:擬聲詞,脚步的聲音。

㉞滿語旁缺漢語,kuri kari 意思是:采色斑爛。

㉟滿語旁缺漢語,應作:這砍頭的名字。滿語 waburu 是咒駡語:“砍頭的,該殺的。”

㊱滿語 julesi“往前”誤,據別本鈔本應作:amasi“以後”。

㊲滿語旁缺漢語,應作:姐姐。

㊳滿語旁缺漢語,應作:阿哥。

尋夫曲(滿漢合璧)

無名氏

lioi bu wei i gicuke gebu tumen jalan de isitala,

萬古羞名吕不韋,

emu bayan wesihun be hicume gise alibure sahiba,

爲貪富貴獻娥眉,

doosi weile šajingga nomun i jurgan be necihebi,

貪心犯罪春秋筆,

lehele i basucun hergen akū i eldengge wehe i sasa algišaha,

亂種譏喧無字碑。

gashan sui akūngge be ušabufi amala jobocun tutahabi,

殃及池魚留後患,

jobolon bithe deijire ci banjinahai fulenggi ome ubaliyaka,

禍胎坑穴作餘煨。

lioi bu wei sargan i beyede doosi fusi bifi cin gurun i doro bedoosidahabi,

吕不韋,妻懷貪種貪秦業,

doosi ama i banjiha doosi jui naranggi emu doosi hūlha,

貪根子生出貪種作貪賊。

mengdz i gisun“gurun be akdulara de alin bira be haksan oburakū”sehebi,

孟子説“固國不以山溪爲險”,

cin gurun i ši hunwang watai golmin hecen be sahara de filtahūn giranggi muhaliyaha,

秦始皇偏[①]築長城白骨成堆,

geren ergengge be wacihiyame jocibufi abka na munahūn,

害盡蒼生天地慘,

duin mederi de ehe selgiyenefi hutu erduri usatala,

流毒四海鬼神悲。

nomun ulabun eden dadun tacihiyan wa eyeme efujehebi,

傳缺、經殘陵夷教化,

gurun golo delheme dendefi hešen hergen hūlhi lampa,

邦分、國亂滅裂綱維。

damu fan ki liyang ni sargan meng giyang gege danggi,

獨有范杞良的妻兒孟姜女,

abka na i tob sere sukdun be canggi bahafi banjiha saikan hehe mujangga,

是一團乾坤正氣,造化的蛾眉。

ini eigen golmin hecen be cirgere jalin fakcaha ci amasi,

衹從那,夫築長城離别後,

ai,saikan gege kos seme wasikai celmeri dara giyabsaraka,

嘆佳人,懨懨瘦損小腰圍。

dergi taktude tolgin simeli hida i gohon i oron gaihakū,

東樓夢冷,把簾鈎兒挂,

amargi jase de fayangga fambufi šun i helme buru bara,

北塞魂迷，到月影兒微。

ališara cira de fiyan ijure mujilen aibi,

胭脂有意辭愁臉，

hiterere faitan be yacin nirure gūnin usatala,

翠黛無心畫恨眉。

yasai muke i hergen wacihiyame sabtatala beye gubci hūmarafi,

泪痕落盡渾身滿，

eigen bekidure gosihon gisun be baibure jalin emu fi de nike-cina

爲寫思夫的苦句，一個筆頭兒培[2]。

dolori gūnici eigen ne aibide biheni,

暗想到：夫今受苦於何處？

haijung sere feise be beyede unuburengge toktoho bitha,

免不了老大的磚頭身上背；

meiren giyabsahūn seme giljame goinirengge weci,

肩頭兒瘦怯誰憐念？

hūsun niyere ofi beye gosiholome akara dabala,

氣力兒單薄自慟悲。

bithei niyalma eberhun šuburi suilacun de ainahai taciha ni,

書生懦弱焉惜苦，

hafan data ergeletei hafirarade toktofi horolome hacihiyara,

官長强壓[3]必作威；

tantara toorengge adada si adarame alime mutembini,

打罵難挨君怎受？

sargan mimbe tumen bade giyalafi siren tatabure gūnime adarame bahafi emgi sasa

叫妻兒連心萬里，怎麽追隨？

mimbe maktafi dengjan i fejile helmen i teile funcefi，

抛的奴，獨自在燈影兒裏，

doboridari biya i elden tuhetele kemuni hargašame bicina，

每夜常隨到月輪兒垂。

abka buten i ici karahai šanggiyan tugi farsi farsi，

目斷[④]天涯白雲片片，

fe jugūn i bolori edun dekdeci fulgiyan abdaha kiyalmaha kiyalmaha

秋風古道，紅葉飛飛。

ere gese gūnin usacuka arbun muru ai mohon bi，

似這樣斷魂景况何時了？

ai mini tere hesebun gosihon i eigen marikini ya aniya，

嘆我那苦命的兒夫何日歸？

bi inemene emhun beye tumen bade eigen be baihanakini，

奴不免，一身萬里尋夫[⑤]去，

uthai gūwa bade bucehe seme，fayangga oron aicibe inu emgi sasa，

便死他鄉，也落得魂魄隨。

ere saikan gege teng sere jendungge mujilen jilihangga gūnin be tebuhe be dahame，

這佳人，一片冰心懷烈膽[⑥]，

okson sitashūn giru ardashūn be aiseme tuwašatara，

顧不得鞋弓襪小，皓齒蛾眉[⑦]。

muwa suse obume miyamifi hojo saikan be sabuburakū，

裙布荆釵含嬌斂艷，

yabukahai edun de fulgiyebuhai aga de usihibukahai biya tuhetele šun dabsitala,

風吹淋雨,淡月斜暉。

emhun beye eigen be baime ofi,gūnin baibi sengguwendembi,

獨尋夫婿心中怯,

beye tuweri etuku be beneme fisa de unuha,

親送寒衣身上背。

sabuhalangge, damu gecehe bujan i abdaha sihame edun gaitai singkeyen,

但見些,落葉霜林風乍冷,

ula de helmešere bolori helmen, bigan niongniyaha deyere teiledabala,

江含[8]秋影雁行飛。

ai, saikan gege, gaihūnggai okson tame afame bohi fejile cici goci,

嘆佳人,蓮步兒難移,脚掌兒痛,

kanggili beye heiheri haihari yasai faha buru bara,

柳腰兒嬌怯,眼睛兒黑;

ulhi wahan,šurga be dalime muteraku ofi,fur sere dere fonhabi,

袖梢兒,難搪風沙撲杏臉,

hūsihan buten,cifahan de latuburakū seme yar sere faitan jobocun,

裙邊兒,愁拖泥水皺蛾眉。

aciha unuhangge goro ofi,cun cun i ujen serebufi,

行囊兒,路遠[9]堪堪重,

hūšun yadalinggū ome genehei, tuwaha tuwahai wajiha,

力氣兒,單薄漸漸微;

yasai muke,wargi edun i ici sar sehei,beye mekele akambi,

泪珠兒,慟灑西風空自苦,

aya,abka na ya erinde teni eigen i emgi fe gašan de maricina,

說:"天哪!何日和兒夫把故里回?"

minde alaha gisun tumen ba i marire inenggi,ai boljohon,

曾向奴說:"歸期萬里應難定[10],

han i hesei nikebuhe takuran gelhun aku jurcerengge yaka,

王命欽差誰敢違?

eigen bidamu giranggi filtakūn,bucembi dere,

夫也衹但憑一死抛白骨,

dahūme marinjifi sini emgi sasa banjire be jai ume gūninjara

再休想重歸,與你案齊眉[11]。

mergen sargan mini gisun be gaisu,memereci ojorakū,

奉勸姣妻休固執,

gariha buleku dahūme eldeke seme gūnire be joocina,

夢思破鏡再光輝;

gūnici niyalma seme ban jirengge aimaka pio sere toron heni orho de taha adali

想人生好似輕塵栖弱草[12]

ai,saikan ucuri yasa habtalara sidende hercun akū de boihon de umbuha,

嘆韶光展眼浮生入土堆

simini banjishūn i hethe kemuni ujime mutere be amcame,

你就着我不小的家私能養贍,

sargan kai, siasihan se be ume sartabure, bi ainaha seme marirengge mangga,

妻呀！你莫負青春，料我也難回。”

eigen kai, sini gisun clttu henduhengge, mimbe umesileme giljacibe,

“夫啊！你言雖至此深憐妾，

sini ere emu sargan be inu majige gunicina, an i ucuri ai gese niyalma

也想想你那妻兒的素向，怎樣個行爲？

musei emu suihen i haji dushun gūlgirakū babe gūnirakū joo dere,

不念我同心恩愛如魚水，

mini enteke bacihi sargan be ojomburakū obufi tuwahangge ainaha

怎看我結髮妻兒似土堆？

mini tunggen i gubciunenggi mujilen jilihangga gūnin be tebure,

那知我，滿腔熱血懷烈膽，

hing hing sere jekdungge mujilen, gulu beki be ainambahafi sara,

片片冰心作白圭。

damu mini te i unenggi de nikeme acinggiyakini,

但憑奴家至誠感，

uthai abkai toktobuhangge seme, aicibe maribure dabala,

便是天心要挽回。

tere anggala meng giyang bi ajigan ci sakda ama i booi taci hiyan be donjihai bi

况孟姜，幼蒙老父重庭訓，

tetele an i gūnin teng seme hehe durun be tuwakiyaha,

今尚一心在《女規》；

amala geli eigen mimbe jorime tacibure be aliha be dahame

後承夫婿教調我，

bi aide uthai ama be cashūlafi eigen be onggofi jurgan giyan be kokirara,

奴怎肯背父忘[13]把禮義虧！

tuttu ofi, minggan babe goro seraku eigen be baihanafi,

所以不辭千里尋夫去，

jase jecen de erngeri goromime yabuha seme, inu cihangga,

少不得，遠向邊庭走一回[14]。

mooi abdaha sir siyar gelesu gūnin olihadara,

樹葉兒刷拉拉小膽兒荒，

ara, bolori edun šun be šorgime, geli urhume hamika,

説秋風兒又要送斜陽；

ere dobori mini beye ya bade tomombi,

今夜誰家藏妾體？

gūwa gašan de haji niyalma be absi baihara,

他鄉何處有爹娘！

buruhun buruhun i layaka orho abka na de sirabi,

茫茫衰草連天地，

simeli simeli fundehun suman meng giyang mimbe burubuha,

冷冷荒烟裹孟姜。

tomoho gaha emke emken i bujan de isafi jorgindure bade,

歸鴉點點屯林噪，

jugūn kūwangtahūn, erin yamjifi, emu gakda beye yaburengge, esi hasa

叫奴一個兒,古道黄昏怎不忙?

gaitai donjici, yang yang sere jungken i jilgan aibingge,

忽聽得,何處鐘聲不住的響?

julergi ergide amba muru emu gašan falga,

前邊大概有村莊。

bi inemene ere jilgan i ici baime genekini,

奴不免,順此聲兒尋下處,

tere bujan i dorgide murubume dengjan i elden i gese buru bara,

那樹林子裏,隱隱到象[15]有燈光。"

ere saikan gege bujan de isinafi yasai muke be fufi tuwaci,

這佳人,走到林中擦泪眼,

dule ajige mukdehen emke dukai jakade hūcin bici tentedere doborongge muduri enduri mujangga,

見個小廟兒,門前有井,還供着龍王。

terten tortan i bethe tuhašame mukdehen de dosifi boihon i ūren be cincilaci,

戰驚驚,躡足進廟觀泥像[16],

jolhocome dushuteme weihe šakšahun i ekcin hoto juwe ergide faidaha,

惡狠狠,小鬼呲牙列兩傍。

ainara mini beye dobon i derei fejergide majige amgaki bi,

待奴家,供桌兒底下安歇了罷,

omiholohoi mini hefeli dolo untuhuken,

餓的我,一片前腔貼後腔。

bi taka šahūrun muke be majige omifi niyaman i simen be torombumbi,

我且喝些涼水,壓壓心火,

ara emu waidakū inu akū,bi ainarangge de gamara,

噯! 又無個吊桶,叫我怎麽充腸?

umainaci ojorakū i saikan gege yasai muke sar sehi,

無奈的佳人流痛泪,

enduri jakade hengkilefi muduri seme hūlaha,

神前叩拜,叫聲:"龍王!

meng giyang be giljaki enduri de felehudehe babe waliyame gamarao,

念孟姜,褻瀆神靈休見怪,

ineku arga akū ofi,edun gecen ci majige jailara dabala,

也是出於無奈,避避風霜。"

aciha be sindafi dorolome wajifi hukun buroki be dasihiyafi,

放行囊,拜罷龍王把灰塵撣,

ainame enduri tekui julergi falan de,deducibe baibi šahūrusaka,

拳卧在那神座兒前面,地冰涼。

katunjaha katunjahai hojo yasa be eteme nicu nakū,

强咬着牙兒,朦朧杏眼,

bolori edun falga falga etuku hūsihan de hafunara,

秋風陣陣透衣裳。

saikan gege tefi tuwaci emu hontoho biya kelfikebi,

佳人坐起,見一鈎兒斜月,

tungken i jakade fosonjiha genggiyen elden,

清光兒照向酥胸似雪霜。

meng giyang gege biyai elden be tuwame hiyok seme sejilefi，

孟姜女，目對蟾光長嘆氣，

enduri gege aba，šabi mimbe jilacin，mini mama，

説："嫦娥呀！怎不憐憐弟子？我的娘娘！

gubci abkoi fejergide fosome aide jaka de bulekušeci tetendere，

普照乾坤臨萬物，

abkai buten i ya bade fan ki liyang bisire be alara，

天涯何處有范杞良？

okson elhe manda bime abka na kūwangtahūn，

三寸脚兒天地闊，

beye gengge gangga dade jugun on fikatala，

一條身子路途荒。

enduringge ferguwen de bairengge mentuhun niyalma mimde emu tolgin bahabufi ulhibureo

求聖意，警警我愚人一個夢，

tuweri etuku be inde benefi bigan tala i dubei bolori i šahūrun be dalicina，

送寒衣，遮遮他野寒九秋霜。

damu ini emhun beye jobolon de tušaha umudu jui be gilinci ojoro，

但念他，一身落難孤根子，

mini tumenggeri bucetei bigarame yabure meng giyang ni buya beyebe taka waliyan，

莫憐我,萬死投荒的小孟姜。

udu teniken edun buraki de šulubure juwan udu sei asiha oron secibe,

雖小妾乍歷風塵,十幾歲,

mini ser sere mujilen sar sere yasai muke,dembei akdacuka,

憑着我心窩兒一點,泪道兒千行。"

saiken gege beye šadafi yasa nicu manggi,

佳人身倦方合眼,

emu burgin i murhu farhūn i emu tolgin baha,

一片迷離入夢鄉;

murušeme emu niyalma beye juwe faitan hitereki yasai muke yelerembi,

見個人形兒,雙促着眉頭兒,一汪兒眼泪,

beye gubci hešenceli derci gubci jilacuka,

渾身破餒,滿面淒惶。

saikan gege i baru uju gehešeme ai sefi,

對佳人,點點頭兒,嘆了口氣,

aya, sargan kai,si fan ki liyang mimbe takanaraku ainaha,

説:"妻呀! 莫非不認得我范杞良?

si absi manggaburu nikcabume šulubuhai tumen ba i dubede mimbe baihanjihabi,

難爲你,風塵萬里來尋我,

eigen bi manggai beye giranggi meijetele sinde karulara dabala,

夫也衹粉身碎骨報孟姜!"

tolgišara nergin i saikan gege,ara,eigen jihebio sefi,

夢裏佳人説:"夫來也!"

akacun urgun šašafi elheken i eigen na seme hūlaha,

悲喜交加慢叫郎,

eigen i jakade hanci ibenefi agu si saiyūn se manggi,

走向夫前説:"君萬福!"

da na i bolori edun hūjime dame,biya i elden fa de ganbtabuha,

秋聲兒在樹,月影兒横窗。

sailkon gege sek seme getefi tuwaci,

佳人驚醒睁開眼,

abkai gubci usiha oron canggi na i gubci bolori gecen jaluka,

滿天星斗,遍地秋霜。

meng giyang gege teike bitubuha babe amcame gūnihai,

孟姜追想方纔夢,

adada,bi absi gūnin talihūn,ambula faijuma,

説:"好叫我疑心大不祥。

inl gisun beye giranggi meijetele minde karulambi sehebe gūnici,

他説:粉身碎骨將奴報。

niyalma esi seci ojorakū gusiholohoi duha meyen meyen i lakcatala,

不由人,節節慟斷九回腸。

tumen de emgeri eigen aika gūnihakū baita bici,

萬一兒夫有個山高水遠,

fikatala jugūn on yabuha seme,enteheme acarakū ohode ai tusa,

三千雲水,何益地久天長?"

geli beyede andubume tolgin serengge gūnin i gūnigan ohongge,daci uttu,

自解道:"從來夢是心頭想,

ainci fayangga gūnicun mujilen i ici ojoro dabala,

大概魂念隨主張。"

ai,menggiyang gege imata eigen i beye turgun bisirahū sere jakade,

嘆孟姜,惟恐兒夫身有恙,

tuttu tolgin fayangga uttu tuttu seme gūnihai gemu ehe ba,

所以夢魂顛倒,有這惡思量。

usaka joo abka na,uthai na i fejergide eigen be baihanara tan okini,

罷了,天哪! 祇當是尋夫於地下,

aikabade hesebuhe giyan uttu oci, ainame bahafi eigeni dalbde umbuci, wajiha,

倘然合該是命,惟求葬妾於夫傍。

damu sargan mimbe buli butu eigen i giran be aibide baihana sembi,

但是,令妻兒茫茫何處尋夫骨?

jugūn i andala meng giyang bi afanggala buceci ele jobocun,

還愁過,早早途中[17]死孟姜。

jilakan mianggi ini beye gubci niksihai sukū yali niome šahūrun,

可憐我,渾身是水澆皮肉,

dobori dulin kai,heteli jalumbure jeku aba,

半夜無糧塞肚腸。

abka maka gereme hamika halukan šun mukdelki bi,

天也該亮,出出暖日,

na oci dembei usihin šahūrun gecen be majige wembucin,

地是精濕,化化寒霜。”

gaitai donjici gaha pudur seme jakdan,gargan ci deyehebi,

忽聽得[18],烏鴉亂起松梢上,

suwayan buraki untuhun ici dekdehengge fe jugūn i dalba

黄土飛空古道傍。

ere saikan gege beye ilifi ekcin hutu de domnofi,

這佳人,立起身來辭小鬼,

geli wesihun muduri enduri de hengkileme wajiha,

復又向上拜龍王。

sara be elheken i šuwai sere gala de gaibufi,

玉指輕輕携雨蓋,

aciha be mandakan i gei sere meiren de unuha,

香肩慢慢帶行囊;

dolori ušakai ededei sefi fusihūn bi ede teni jugūn yabure gosihon ba sahabi,

暗傷心,說:“小妾方知行路的苦,

ineku eigen sargan i doro giyan de hafirabufi uttu dabala,

也是出於無奈,夫婦的情腸。”[19]

sihara abdaha šor seme abka na šahūrusaka,

落木蕭蕭天地秋,

edun buraki bur bur jugūn on fikatala,

風塵滚滚路途愁。

yacin boco bohon kelfiyen faitan absi jilakan,

飄零翠黛眉頭兒苦，

fulgiyan fiyan fundehun biyargiyan dere fularaka，

冷露[20]胭脂模樣兒羞。

cejen de silenggi akanafi urhu haihū haihūnggai，

露透胸膛兒嬌怯怯，

beye edun de feburengge heiheri haihari aššara，

風吹身子兒蕩悠悠。

ejgen taksicibe gukucibe kemuni onggolo seme muterakū badc，

"又不知，存亡未卜夫何處？

pei，mini are giyabsahūn i giranggi ya bade umbuci umbukini wei guwanta，

哎！不知何方淹埋我這瘦骨頭？

ejehe bade faitan be nirure fonde alin i gese fundehun，

曾記得，筆畫眉山黛冷，

ilhai jakade kituhan fithere erinde bolori biya genggikisaka，

彈琴花下月明秋。

enenggi teile golmin hecen tumen ba i goro，aibade baihanambi，

到而今，長城萬里無處覓，

jugūn de yabuhai uyun biya ohobi ya aniya dube da，

路入三秋歲未休。

adarame bahafi amasi mariha manggi dahūme inenggi banjimbi，

怎能够，有日歸來重舉案？

murušeme tuwaci ereci amasi jai emu bade bici mangga，

大料着，從今未必再登樓。

joocin eigen kai，ainci si bi nenehe jalan ci gajiha sui aise，

罷了，我夫啊！也是你我前生遭來的罪孽，

ere jalan de eigen sargan ere jobocun be dulembuci uthai wajiha，

須得今世夫妻磨去這憂愁！

ai，nebi fejergi oci suwayan ilha ba fehuhei fata nionggajafi，

嘆奴今，下磨脚掌黄花冷，

dergi oci fulgiyan abdoha de goibuhai meiren absa，

上打肩頭紅葉兒飛。

gūnin gusucure be，fe jugūn de emhun yabuhai niyalma falga komso，

憂心處，獨行古道人家兒少，

niohon suman de šumci dosinafi mooi šuwa olhocuka，

深入蒼烟樹行子幽。

niyalma absi usatala，elben booi coko hūlahadari biya fundehun simeli，

斷魂人，寂寞鷄聲茅店月[21]，

indahūn hashan i duka tule guwambime gaha fodoho i gargan de donaha，

犬吠柴門外，鴉歸柳梢頭[22]。

ere utala gosihon i babe bi aika gūninahū semeo，

這些苦處，奴豈無思過？

halai hecin i akacun usacun be emu anan i dosoro，

萬種的凄凉，挨次兒愁。”

šun emgeri inenggishūn oho bime hono erede buda jetere

unde ni,

日頭兒已經挂午,還未吃早飯,

gašan i tatara boode, inu an i jetere uyan bude uncara be wen gūniha,

村店子裹,且喜隨常也買粥。

ere saikan gege tuwaci hehesi tebure boo,encu emu giyalan bifi,

這佳人見另有一間堂客座,

undehen i doohan dari ekšeme udu okson gardara,

急行幾步板橋頭。

tatara booi mama ere gege be tuwaci bigarara arbun dembei yadahūn hoilashūn,

店婆兒,見女子行妝多苦淡,

saikan gege i aššara arbušarangge absi nesuken haihūngga,

佳人動作自温柔。

gege si hendu, aika jemengge be gaiki seci gūnin kekserengge jefu,

説:“問娘子,要什麼吃食隨意用。”

saikan gege hendume,beleningge be gaji,amba mucen i lala uthai icangga,

佳人説:“現成的就好,大鍋裹的粥。”[23]

saikan gege jeme ebihe manggi beye kūnwai fai ohobi,

佳人飯飽身活動,

šufa jafafi hūmbur sere nei be fume bolgosaka,

手帕兒,擦乾滿面的汗珠兒流。

juwe ergi fur sere fulcin emu juru yar sere faitan bultahūn i,

透真了，兩朵桃花一雙柳葉，

tucibume muterakū i hojo giru tolome wajirakū i yebcungge ailunggo,

千般丰韵，萬種風流。

tatara boo mama hendume, ere gege anda saikan beye absi calmari,

店婆兒見説："好個娘子身兒秀，

gubci beye tob sere arbun canggi cira baibi alisara,

一團正氣，臉皮兒愁。"

hendume gege de dacilaki ne aibici jihengge kemuni absi geneki semb,

説："問娘子，今自何來，還朝那去？"

meng giyang gege emgeri hiyok seme sejilenggala yasai muke jurulame waliyatala,

孟姜女一聲長嘆，兩泪交流；

hendume mini eigen golmin hecen sahara jalin da gašan ci aljaha turgunde,

説："衹因我夫築長城離故里，

mimbe tumen ba giyalafi dolo tantabumbime simcukai bolori erinde songgoro de isibuha,

致使奴心懸萬里，泪灑清愁。

jase jecen i edun nimanggi labdu abka na cak sembi,

邊風塞雪寒天地，

aga singkeyen suman hūwantahūn šun geli šahūrusaka,

凉雨荒烟冷日頭，

tuweri etuku be gorokici benefi eigen i beyebe daliki seme,

寒衣遠送遮夫體，

yafahalame yabuhai ubade isinjifi beye beyebe torombure dabala

徒步前旅自解憂。

golmin hecen de isinafi baita be yargiyalaha sehede mujilen inu museke,

到長城，水落石出心也死，

mekele duha lakcatala jobošoho senggi tuhetele songgoho seme ai baita,

强如愁腸寸斷，血泪兒空流。"

tatara booi mama hendume, joo bai joo bai, ume, ume,

店婆兒説："罷呀，罷呀！不可，不可！

minggan tumen ba i jugūn jakūn biyai uyun biya i forgon edede,

一個千萬里的程途，八，九月的秋。

bethe oci urhu haihū beye oci geigehun giyabsahūn,

一點點的脚兒，一條條的身子。

alin de hūlha canggi babade šejintu niša,

滿山的賊盗，遍地的魔頭[24]。

dergi julergi ba i gege wargi amargi edun i ishun yabumbikai,

西北的風兒，東南的女子[25]，

bigarame ucaraha manashūn i juwari yabume teisulehe dubei bolori dembei faijuma,

出門子的冬夏，行路兒的春秋。

baibisaka, jugūn yabure niyalma be mujilen efujebure gūnin usabure bade,

最能够動客的心酸，招人的慟膽，

hehesi be geodebure hūbin bisire dade niyalma be gidanara

况有拴娘兒的綫索，豈無打扛子的咽喉？”[26]

kamni, geli tutala,

saikan gege hendume eigen sargan serengge sunja ciktani uju kai,

佳人説：“夫婦五倫之首，

jing musei hehe oho niyalmai dembei oyonggo fulehe da,

是咱婦女要緊的關頭。

joribume alaha tutala nimecuke babe bi biretei gūnin bicibe,

蒙指教那些利害，我全思過，

ere, heni tang sere gūnin de tatabuhai baibi dumlebuci ojorakū be ainara,

奈牽連這點子痴心總不休！

emteli helmen i teile buruhun foson ifejergide yabure de we cihanggai,

誰情願，一個人影兒在殘照裏，

juru fayangga ome fundehun bolori erinde fumerere be balai gunicina,

妄思量，兩個魂靈兒繞素秋。

ere emu mudan uthai bucefi na i fejergide ucarabuha seme,

這一去便是相逢於地下，

aicibe bailingga talmahan bifi jurutu eifu i dergi holboto mooi gargan de teci wajiha,

自有那情絲兒繫在鴛鴦冢上，連理枝頭。”

tatara booi mama donjihai, saikan gege mujilen efujere babe jonombi nede,

店婆兒見佳人説到傷心處，

esi seci ojorakū, femen emgeri mio sirilaci yasai muke juruleme wasinjiha,

不由得嘴唇子一撇,泪道兒雙流。

saikan gege be menekesaka tuwame dolo šar seme hūsimbi,

眼看着佳人,懷揣着熱膽,

ajaja, si ere emu jergi songgorolame gisurere de mini facuhūn i ba goci tata,

説:"叫你一陣絲絲拉拉,把我的心緊兒揪。

baita uttu oho be dahame ainaci sain ni,

事今至此,如何好?

unggiki seci gūnin sindarakū bibuki seci mujilen manggašara,

去呢,怎去? 留啊,是難留!

akūci bi ere sakda ergen be selefi sini emgi sasa genekini,

若不然,我拼着這條老命隨你一同去,

ineku simeli secibe naranggi juwe niyalma,

雖也孤單,强如一女流。"

saikan gege ai sefi bi ai gelhun akū,

佳人感嘆,説:"奴焉敢!

turgun akū de mama simbe joboburengge giyan waka,

無故的勞動你老人家理不周。

mama i umesileme gosire be bi labdu hukšehebi,

婆婆的厚愛,奴深感,

encu ienenggi ederi marinjiha fonde jai joboho aracina,

他日歸來,把此意酬。"

tatara booi mama umainaci ojorakū saikan gege amgara hacin be icihiyafi,

店婆兒無奈,收拾佳人歇宿,

ceni juwe nofi dengjan i ishun bakcilama tefi emdubei gūdu gada,

他二人挑燈對坐,話難休。

ara, coko geli niyalma be šorgime hūlaha ni ging wajire hamikabi,

呀！雞聲兒又早催人,更鼓盡,

ere saikan gege aciha be dasatafi juraka,

這佳人,打點行囊奔路頭[27]。

bolori edun falga falga fulgiyembime erde sukdun šahūrusaka,

秋風兒陣陣吹人,曉氣兒清,

mooi abdoha sor sar sihambime silenggi sabdan bakjara,

樹葉兒蕭蕭亂落,露珠兒凝。

ser usiha seheri sahari geri gari elden muru buruhun,

殘星兒隱隱迷離,形影兒淡,

erde sun buncuhun buncuhun i gilta gilta, mooi subehe hiyaganjaha,

日頭兒淡淡掩映,樹梢兒横。

geigehun beye yabuha yabuhai, fe jugūn i dele yabure niyalmai songko aibide,

弱體兒,迢迢古道人踪兒少,

simacuka helmen simeli simeli, wargi edun i ishun, yasai mukei hergen fularaka,

瘦影兒,冷冷西風泪道兒紅。

šulehe sabu gahūnggi gahūnggai dame afame jugūn on kūwangtahūn,

繡鞋兒窄窄難行，路途兒苦，

niyere hūsun dordon dardan i eberhun šuburi，giranggi jalan nukacuka，

力氣兒單單懦弱，骨頭兒疼。

ai，saikan gege i kanggili beye emgeri absa wasikabi，

嘆佳人，香軀已似黃花兒瘦，

dere de afanjire bolori silenggi de akanajūn edun de hamici mangga，

怎擋得撲面的秋霜，诱骨的風。

geogeyen bethe simacuka suman nisihai fehurengge weihuken dekdehun，

小脚兒，踏盡寒烟如泛梗，

gakde beye bolori bocoi emgi fumererengge gengge gangga，

一身兒，磨殘秋色苦飄蓬。

ališara gūnin minggan ba i on de isinaci gelehei，

愁懷怕向程千里，

hargašara yasa tumen jergi alin be sabunakū olihadara

望眼驚看山萬重。

ai，mini ere jergi duha lakcatala i gusucun be wede alanambi，

説"奴家這斷腸苦惱憑誰訴？

aya，abka na，golmin hecen sehengge jiduji aba，

哎！天哪！不知何處是長城？

ainara jiya，sime arame fe jugūn de yabumbi dere，

少不得，强撑着精神登古道，

yasai muke suwaliyame wargi edun i ici genere dabala，

模糊着泪眼任西風。

jugūn aname eigen i mejige be werešehei,

沿途訪問兒夫的信,

ne šanaha furdan i šurdere bade jing deribume weileme bi seme curginduha,

聞聽説是:山海關前正動工。"

saikan gege ere mejige donjihade gūnin majige sulakan,

佳人得信心稍定,

hendume julergi baru geneme,isinaci oho kai,absi selacuka,

説:"幸喜前途有路通。

golmin hecen de isinafi,eigen be acafi,tebuhe gūnin wajiha manggi,

到長城尋見兒夫完宿願,

bi ere gese bolori nasara gosihon be dosobure, dembei goro jugūn be dulemburengge mekele akū secina,

不枉奴受這悲秋的苦處,耐這迢遥的路程。"

cin gurun i si hūwang gurun i jobolon seremšere jalin golmin hecen be sahara be taka leoleki,

且説,秦始皇因防國患把長城築,

meng tiyan be tuwame weilebure hafan obume obofi weilerengge hahiba,

差遣那蒙恬監修要不日成。

irgen i ulin be mohotolo niyalmai hūsun cukutele,

耗盡民財,傷人的氣力,

giranggi senggi taran waliyahai olhoho, banjire irgen jobohoi susaka,

淘乾骨血,累死生靈。

geren irgen hūsun muke ganame wehe gajime alin dabagan be dabaneombi,

衆民夫,運水搬石把嶺越,

yala erde weileme yamji weileme,majige ergere šolo we baha,

真是披星戴月,那個敢消停?

tutala jobobume waha irgen i giran be uthai do jukibume sahabi,

將那些累死的民夫,隨溜兒砌,

ededei iktaka giranggi buktan i jugūn unduri giran maktašara,

真成了積骨如山,沿路兒尸横。

korsoro sukdun untuhun sumarafi abka de sucunahabi,

怨氣漫天衝碧落,

gasandure jilgan babe i canggi geren ergengge,

哀聲振地害蒼生。

tere fan ki liyang alban de tucibufi gašan falga ci aliha ci,

那范杞良,自從充役離鄉土,

umainaci ojoraku inu weile i kūwaran de dosifi tacime weilere dabala,

少不得,也入做場學作工。

damu bithe hūlara beye giru ede hamire aibi,

怎奈書生氣質何曾慣,

naranggi weilen wacihiyara undede nimeku emgeri manggalaha,

衹落得,工未成時病已成。

ineku fan ki liyang ni hesebun fudasi ofi bucere gasaha de tušahabi,

也是杞良命蹇遭劫數，

ini fayangga biya i emgi mayaha edun i ici samsihangge yala jilacuka,

可憐他，魂隨月落氣隨風，

udute hoki bifi ini umudu gosihon babe jilara jakade,

有幾個伙伴憐他孤又苦，

giran be hecen i gencehen i weile i hede i dorgide umbuha,

把尸骸埋在城根瓦礫中。

tere inenggi jing sunjangga inenggi ofi hacin i solo šulabufi,

這一日，節正重陽應挂隊，

hesei takūraha ambasai selgiyen weile be naka

欽差傳話命歇工。

lakdari saikan gege jing jasei bade isinjihabi,

恰值着，佳人方纔臨邊地，

tuwaci tenteke erin i tuwabun niyalma i falga cingkai acu mujangga,

衹見那，風景人烟果不同。

emu girin i golmin hecen cokcihiyan dabagan de niketele,

一帶長城連峻嶺，

sehehun i furdan de colgorofi tugi de sisiha

雄關高聳入雲峰，

saikan gege tuwaha amala dolori ferguwehei bi,

佳人觀畢心中嘆，

hendume, mederi be teodenjeme alin be gurime mutere hūsun, yala mujangga,

説："畢真是倒海移山力竟能，

bi aika tafara oloro be sengguweme hing sere gūnin be tebuhekū bici

若非我,不辭跋涉懷誠意,

emhun yafahalame, uthai tumen ba i dubede isinjihangge, muterakū i baita,

怎能够,匆步獨登萬里程!

uttu henducibe eigen i songko be aibideri baime fonjinambi

但是夫君的下落難尋問,

emu ildun i niyalma geli akū, bi yaka de fujurulame dacilara,

又無個門路兒,我向那個去究情?"

saikan gege jing gūnin baharakū bitele,

佳人正自心猶豫,

gaitai tuwaci ilan duin niyalma sasa yabure be sabuha,

忽然見,三、四個工人結伴行。

emte emte, cira fiyan sengsehun bime etuku hešenehebi,

一個個憔悴形容,衣衫破損,

gala de hoošan i jiha jafafi dere de gusucure muru niso,

手携錢幣,面帶憂容。

tondolome furdan i julergi baru yombi,

一直竟向關前走,

bodonime takasu, emu mejige be dacilame cendecina, ce toktofi sara dabala,

説:"呀! 何不問一個消息,他們定知情!"

meng giyang gege gere i jakade ibenefi ekšeme domnombi,

孟姜女,走近身邊忙萬福,

hendume, buya hehe minde, emu gisun dacilaki, wesihun

beyese taka ilinjacina,

說:"小婦人有一言求教,請爺們且暫停。"

geren niyalma deng seme ilinjafi hahilame karu canjurame tuwaci,

衆人止步忙還禮,

saikan gege i cira de keb sere dorgide hir sere be baktambuha,

見佳人,和容之内帶憂容。

udu muwo suse obufi miyamime beye gubci buraki canggi bicibe,

雖然是,裙布荆釵,一身塵垢,

dorgideri baktambuhangge, colgoroko hojo niongnio yang-sangga,

暗含着超群的媚態,出類[28]

aššara arbušarangge ujen jingji banin we nesuken nemegiyen,

舉止端詳,温柔氣相,

tob sere arbun canggi,cira habcihiyan ekisaka,

一團正氣面和平。

hendurengge, wesihun beye sede fonjiki ubai weile arara ir-gen hūsun i dorgi,

說:"問爺們,此處興工民夫之内,

emu fan ki liyang serengge bio,ai serengge mini eigen ong-golo golmin hecen sahara dangnaha alban,

有個范杞良? 是奴的夫主,也充役在長城。"

geren niyalma fonjire be donjici leksei akahabi,

衆人見問齊傷感,

ara,aša sini bairengge dule fan halai agu imbe na,

説:"大嫂原來是找范兄。

meni beyese serengge, meimeni harangga bai irgen hūsun onggolo ubade takūranjihangge,

我等是各處的民夫,充差到此,

fan halai agu i emgi tataci sasa yabuci sasa hūsun weileci inu sasa,

與范兄同住、同行、同作工。

damu ini beye obome suilara de hamirakū ofi nimeme akū ohobi,

衹因他,不慣勤勞身病故,

tuttu hecen i gencehen i fejergide umbuha, ini giran filtahun i tuyembu be ai jempi tuwambi ni,

怎忍得尸骸暴露,所以葬在城根。

enenggi oci sunjangga inenggi sere hacin ofi joboho arame ulebufi weile iliha

今日個,節正重陽停工犒賞,

sasa guilefi udu afaha hoošan i jiha deijiki seme gucu i gūnin be majige akūmbucina,

約會着燒張錢紙,盡盡朋情。"

geren hūsun niyalma jing gusucuka gūnin be alame wajin undede,

衆工人正訴愁腸還未盡,

tuwaci saikan gege i celmeri beye emgeri saksari tuhefi hojo yasa ujeleme nicuha

見佳人,香軀一仰,杏眼雙瞑㉙。

説明：

本篇爲現存子弟書中唯一的“滿漢合璧”作品，今據清代舊鈔本移録①；滿語文字采用國際通行的穆麟德夫拉丁代字轉寫。關於“滿漢合璧”子弟書的問題，現代國際間學者的研究曾有論述，如日本波多野太郎教授説：“原來子弟書的形式，都是這樣的。以後兼用滿洲語的唱法，漸漸唱不上了，而且漢族作家也漸漸寫子弟書，漢族唱書的也講唱起來，因此滿漢合璧的唱本也一年比一年減少了。尤其是到了滿族自由講起漢語來的時候，這類‘滿漢合璧’的本子就没有了。”②根據它與滿語歌曲的比較研究，這篇作品對於子弟書體裁的創興、發展的探討，是提供了一份嶄新的資料。本篇不分回，内容和本書選録的《哭城》前四回相同，但在漢語文字間有歧異，這本優勝處略多。

注釋：

①偏：“偏築長城”滿文本作：watai golmin hecen be sahara，滿語 watai“狠狠的；偏偏的，偏執”，有往死裹去作的意思。

②培：滿語 nikecina，“裝上吧；帶上吧”。這裹曲意是説没帶着，故别種漢語鈔本或作“没”。

③强壓：滿語 ergeletei hafirarade 是極其逼勒壓迫的意思。

④目斷：滿語 ici karahai 意思是不住的向着瞭望。

⑤夫：滿語均作 eigen。而漢語本多作“夫主”（如《哭城》）。

---

① 此本現藏德國，幾種國内外滿文書目均未著録。（原鈔本書題《尋夫曲》，爲後人擬添。）

② 見波多野太郎撰《滿漢合璧子弟書尋夫曲校證》序（頁二十八。日本横濱，1973 年）。

⑥懷烈膽:滿語 jilihāngga gūnin 意思是節烈的意志。

⑦皓齒蛾眉:滿語無相應的詞語。這裹是漢語修辭的潤飾;下文類似的敘寫均不再注譯。

⑧江含:滿語 ulade helmešere,意思是:江上回光蕩漾。在此句之下,《哭城》尚多兩句:"茫茫天地夫何處?但憑奴一膽烈性,兩道英眉。"這種曲詞的增添在全漢語本裹主要是由於結構和歌唱的需要。

⑨路遠:滿語作 unuhangge goro ofi,意思是:因爲馱的遠了。

⑩應難定:滿語 ai boljohon 意思是;如何約定。

⑪與你案齊眉:《哭城》作"與你畫蛾眉"。這句滿語僅是共同生活的意思,從修辭角度看,合璧本漢語比較貼切。

⑫此句和下一句,漢語本如《哭城》均缺。

⑬據滿語,eigen be onggofi,這裹"忘"字下脱落"夫"字。

⑭到此句完,漢語押韵用灰堆轍爲第一回;滿語叶韵不變。

⑮到象:這裹滿語 gese 是"相似,好像"的意思。

⑯此句和下一句,漢語本如《哭城》均缺。

⑰早早途中:滿語 afanggla 是預先發作的意思,全句并無"休"意。

⑱忽聽得:滿語 gaitai donjici,是忽然聽見的意思。

⑲到此句完,漢語押韵用江陽轍,爲第二回;滿語叶韵不變。

⑳冷露:滿語 fundehun biyargiyan 是指容顏淡白的意思。

㉑此句《哭城》作"斷魂時,人迹板橋霜,鷄聲茅店月"。合璧本漢語比較符合滿語原意。

㉑此句《哭城》作"犬吠時,門外歸鴉柳梢頭"。合璧本漢語比較符合滿語原意。

㉒大鍋裹的粥:滿語 amba mucen i lala 意思是大鍋的黄米飯。

㉔魔頭:滿語 šejintu,意義爲“獬豸的别名,任法獸”。

㉕此句漢語本如《哭城》作:“西南的風兒,東北的女子。”誤。

㉖綫索:滿語 hūbin“圈套”的意思。咽喉:滿語 kamni“隘口”的意思。

㉗到此句完,漢語押韵用由求轍,爲第三回;滿語叶韵不變。

㉘此句漢語意未完,應據《哭城》補“的丰楞”三字。

㉙到此句完,漢語押韵用中東轍,爲第四回;滿語叶韵不變。

附　录

書詞緒論

金臺顧琳玉林氏著
鐵嶺李鏞東序氏評

李　序

……(前缺一面,約一百一十二字)似者。然性粗豪,不奈久習,得少輒止。凡昆曲、南詞,以及粵調、楚腔,無不涉獵。辛亥夏,旋都門,得聞所謂子弟書者,好之不異曩昔,而學之亦不異曩昔,於杯酒言歡之下,時快然自鳴,往往爲友人許可,而予意頗自得。後與顧子玉林,訂莫逆交。顧子,倜儻士也,幼鶩雜技,廢讀,長頗悔,力摒一切煩囂,矢志筆墨,邇來多所獲。予每造文軒,瀹……(缺一面,約一百二十八字)吾過矣。前此之自爲有得者,實不免妄人之態矣。因回思往日聽予之書者,睨笑腹非者,不知幾何人;撻看欲逃者,不知幾何人;出而哇之者,又不知幾何人,而予竟握弦高坐,恬不爲怪。兹承顧子教,甫知前此之造孽匪淺,而後乃今,當箝口捫舌,以爲飲酒吃飯具,不復呶呶聒人耳。此書之效,於余非略見一斑也哉。想此書一出,意見吻合,擊節稱賞者,必大有人,而讀之如余汗下者,諒復不少。顧子以説書三昧告人,余以不説書三昧告人,風雅之爲,予亦不敢多讓矣。同人慫恿附剞劂,囑弁於予,遂書巔末以序。

時嘉慶二年歲次丁巳上元前二日白山李鏞東序氏拜書

自　序

人生宇宙間一瞬耳，而此一瞬之中，又有聲色貨利，以及身家子孫，種種擾累，紛集一身，欲不同於蜉蝣、木槿之朝榮夕瘁，烏可得哉！故古人於性靈發覺之初，即孜孜焉求所樹立。大而平成天地，治國化民，聲名文物，直與河岳日星，共昭千古；次則著書立説，闡揚經義，使千百年上之精神，爲千百年下之引導；下則於富貴場中，别尋蹊徑，載酒邀朋，吟風弄月，或借山水以爲樂，或因竹石以陶情，如登山屐，書畫舫，無弦琴，以及好酒、好茶、好笛、好劍、好菊、好蓮，是皆耽樂成癖，而終不失雅人深致。

在當世固不啻候蟲時鳥，自鳴自息於天地之間，而餘韵流風，迄今未嘗不令人神往。然則人生之湮没無聞者，是皆自相纏繞耳彼充膏粱而衣錦綉者，日陶情於孌童季女之間，楚館秦樓，燈明酒碧，偎紅倚翠，玉軟香温，視清凉國如苦海，望羅刹獄如天台。彼其人未嘗不於酒酣耳熱時，拍案絶叫，曰："人生行樂耳！須富貴何時？"嗚呼！是真能行樂者哉。予一介庸愚，材如樗散，不堪中繩墨。紆青拖紫之榮，久不萌此妄念。月支餉費，足敷衣食用：妻孥兄弟，日笑語於蓬門蓽牖間，歡然自足，視豪門氣象，其樂亦不是過矣。

賦性拙，平生無他好，該值之暇，惟以説書爲消遣計。無寒與暑，吟哦不輟，雖夢寐不能忘，雖非笑不暇顧。噫！此則予酷好成癖,亦不自解其何意也。然余之癖好,實非貿貿焉一無所得。此中本有况味,凡局中之好余之好者,自必深悉,不更僕數;而局外之非予之好者,有告之而不及備述。爰憑固陋之見,著爲八條,題之曰《書詞緒論》,於書之精藴,誠不免挂漏之差,俾觀之者諒予之好。雖不敢擬於古人風雅之倫,而較之争逐於狹邪之途者,相去未免勝一籌矣。是爲序。

時嘉慶二年歲次丁巳人日金臺顧琳玉林氏撰

一　辨古

書者，先代歌詞之流派也。古歌爲類甚夥，不能枚舉。其大義不出勸善懲惡之兩途[①]。書之派起自國朝，創始之人不可考。後自羅松窗出而譜之，書遂大盛。然僅有一音。嗣而厭常喜異之輩，又從而變之，遂有東西派之别。其西派未嘗不善，惟嫌陰腔太多，近於昆曲，不若東派正大渾涵，有古歌遺響。近十餘年來，無論搢紳先生，樂此不疲，即庸夫俗子，亦喜撮口而效，以訛傳訛，雖好者日見其多，而本音則日失其正矣。

夫書本小技，余非敢自闢門户，别唱新聲[②]，不過由近日諸公之音聲得正者，從而效之，其間有訛舛者，擬而更之，數年中微得個中意趣，遂不揣固陋，漫伸拙見。卜子云："雖小道必有可觀者焉。"欲求可觀，本不在獨出心裁，正在於善能法古。苟得古人遺音，細加體會[③]，不敢以附會而亂真，亦不敢以訛傳而誤信，庶可得中，閑窗默坐，既可陶一己之情，杯酒言歡，亦可供知音之耳。不然，新聲日起，轉相效尤，其愈失而愈遠，雖名具而實亡，一經説來，使聽者茫然，不知是書是戲，則不免博大方之嘔噦耳。

【眉批】

①提出古歌，立意正大；提出懲勸，尤與風化相關。

②凡别倡新聲之人，其意必不可問，何也？翻新之念一萌，凡日用經常之道皆欲翻新，其害豈淺鮮哉！

③"細加體會"四字不惟爲説書之秘訣，實吾人處世之要道也。誠能由此悟入，誰謂游戲之事，無關於身心性命者耶！

【總批】

此開首第一義，劈口即言辨古二字，可見萬事萬物，無非古人製作留貽後者。第以後人習而不察，所以古人之命意措詞茫然不解。小技尚然如此，又安望其通經貫史也哉！即如古人稿砧一詩，實開後世燈謎之宗，然今之以燈謎自詡者，而以此詩問之，每不能答，此即不能辨古之一證矣。

二　立品

人生宇宙間立品爲要。其品一正，雖百無一能，不失爲君子；其品不正，縱才擅八斗，學富五車，亦不免爲小人①。况書之一道，果能掩其惡劣之迹耶！

立品之道，明眼人自能觑透，餘不多贅。兹就説書論，如古人歌詞，原寓一段勸善懲惡隱衷。言忠言孝，悲痛淋漓，説之者既足以理性情，而聽之者忠孝之心，油然而生，亦可爲身心之小補。今見人每喜説淫邪之書，不惟不能勸善，直欲引人惡念；雖其中不無警戒，然爲儆戒則不足，爲引誘則有餘。此説書一大忌也，吾輩切宜爲戒。

更有一等，以説書爲奇技②，不肯輕易示人。甚至説之之際，目空一切，以親友皆非知音，説之有不屑者，使親友惡之如鴟梟，嫉之如仇敵。書以遣興，今反招尤，總由品之不正，以致此耳，可不慎哉！

【眉批】

①以立品爲君小人出入關頭，真醒世至文，不可以緒論視之。

②此等人未嘗不詡爲立品，而其品究不能立者，因彼將説書

一技，視爲至高，致生此弊。若以太虚浮雲視之，又何衆論之紛紛哉！

【總批】

立品一論，直是大學誠正功夫，修齊治平，皆由此出。捨此不講，本原已失，而欲以説書小技，自鳴得意於世，是妄人之見矣。昔人論古今書法，以爲蔡襄筆力峭拔，不在右軍之次，而右軍獨高千古者，其品勝耳。由此觀之，立品之要，不已得其一概耶。

三　脱俗

天壤間惟俗之爲害甚大。俗與雅相對，不俗即雅，非雅則俗，是在明眼人善於脱之耳。夫脱之之説有二[①]，其一如脱衣服，有常服之衣，忽染污穢，漫雲再穿，即睹之已覺惡極，脱而濯之可也；其一如脱灾難，一旦身遭無妄，悲苦萬狀，幸而理直事白，得出苦海，即偶然談及往事，亦覺色動，又何敢復蹈前轍耶！必如此深惡痛絶，而後俗之累，庶幾可脱。

萬事萬物，皆當脱俗，而書之道亦不可不講。往往有説書未嘗不工，而音聲眉目間，有一段不可言喻之狀[②]；亦有本不工於此道，偶然握弦，摹仿一聲半句，即覺悠然可聽，無他，俗不俗之分也。

此原不在讀書不讀書之故。目不識丁之人，每多出風雅之士；淹貫古今之客，何嘗無俗惡之徒[③]。總因眼界不明，遂染此惡習而不覺，病入膏肓而不可救也。

更有以不順乎世故人情爲脱俗。夫不順乎世故人情者，此矯情之人。彼自以爲脱俗，而不知其心腹腎腸之内，正種一俗根而不能拔去矣。至如效新聲以悦人,弄繁音而鬥巧,塵俗滿面,未免唐突古人,又安望其俗之脱哉? 可哀也已!

【眉批】

①比擬切當,醫俗針砭。

②誠是至情,非明眼不能道破。

③以讀書爲雅,不讀書爲俗者,世俗之見也。能於雅中見其粗俗,更能於俗中定其風雅,以此法觀人,真百不失一耳。

【總批】

前既論立品矣,兹復以脱俗繼之。二者名異實同,似乎多贅,而不知立品者舉其人綱也,脱俗者核其細目也。古人中學問事功,振動耳目,其品未嘗不立。嗣因薰於習俗,遂苦於俗之不能盡脱矣。况説書小技,本於世俗中自尋樂境,苟少不振刷,必致墮落塵障。山谷老人云:惟俗不可醫。此甚言之以警人耳。果能知此爲害,藥石相投,安見沉疴者不能痊可也哉!

四　傳神

凡物必皆有神,如雲霞之色,蟲鳥之聲,波浪之紋,人之眉目鼻口,以至一草一木,皆造物自然之神③,而自爲傳者。至於書,則古人之性情,賴後人以文詞傳之;文詞之精藴,賴説之者以抑揚而傳之。苟直説而不傳,與童子背書何異? 即使字斟句酌,板眼不紊,亦非妙品。又况二者亦不能工,安得不使人掩耳疾走也哉!譬如作畫,絹素具矣,顔色備矣,是在善畫者,筆擲寰中,神游象外,寫一山水,則真有峰嶂瀠洄之趣,寫一人物,則真有起居喜怒之情。知不傳神之不可爲畫,則知不傳神之不足爲書矣。

或曰:規模具矣,即可稱善,又何必格外苛求?試思古名人之畫,一筆兩筆,後人寶若隋珠荆玉。如以規模論之,反不若印板者之纖毫不遺。曾未見以今之衛畫,裝以綾錦,懸之中堂,何也[②]?由此觀之,可見在神韻,而不在規模之具不具明矣。

然傳神之道,可意會不可言傳。如以説之者之喜怒,狀古人之喜怒,則近於優孟。如以説之者之聲音,狀古人之聲音,則又類於口技[③]。惟在説之之際,設身處地,無論立心端正者,我當代生端正之想;即立心邪僻者,我亦當捨經從權,代生邪僻之想,務使古人之心曲隱微,隨口唾出,方稱妙品。如得其道,則爲畫龍點睛;不得其道,則爲畫蛇添足。細心人辨之可耳。

【眉批】

①自然之神,人人皆見,而曾不能一一領會,殊負造物苦心。

②以俗情詮至理心思,如建昌宫殿,七通八達。

③聲音象貌,皆非傳神,然則傳神之道,明明在是,而聞之者不能不愈滋其惑矣。

【總批】

神者無聲可聞,無形可見,不能實指而論之,亦不能比擬而言之,傳之者豈易易哉!然形者,迹之粗者也:神者,理之精者也。人無神則爲行尸,物無神則爲木偶,又烏可不傳之也哉!顧子凝神渺慮,不知費幾許苦心,忽揭出設身處地四字。嗚呼!此千古文章之秘訣也,不意於此遇之,咄咄怪事。

五　詳義

書必有文，文必有義。一句有一句之義，一字有一字之義，非如近時之秦腔、小説，較俗談尤俗者。既有文義，則未説之前，當細爲推究。文義了然於心，於説之之際，自有一番斷續輕重之致。如古人詩篇之"冷落梅花冷落春"一章，其結句云"杜麗娘堪作妙文"。上三字一讀，下四字一句。而説者每以"杜麗娘堪"四字爲一讀，"作妙文"三字爲一句。試想"作妙文"三字，固可成句，請問"杜麗娘堪"四字，成何語氣？此斷續之不明也①。如書中之兒字，除作兒女、娘兒等實字外，如琴兒、枕兒，花兒、月兒等字，皆虚字也，不過於上字之尾音，一帶即過。而於此一字，着力出之，必使聞者噴飯。此輕重之不明也②。

一句之中，有賓有主。其字爲句中之主，必須鄭重分明，得其款會，使一句之全神畢露。其字爲句中之賓，則當輕揚婉囀，烘托襯映，使一句之大義著明。苟用之顛倒，則主侵客位，客擅主權，縱使娓娓可聽，終屬無倫無次，此賓主之不明也③。

如斯類者衆矣。且説書之時，設有人從旁問之，某一句作何講解？用何典故？而茫然莫對，未免貽識者羞。

總而言之，説書要如説話，總要句句成話。設以上句拉下句，下句纏上句，在説者自以爲聯貫，而聽者正如對吃口之人，不知其所説何語，不掩耳疾走者，未之有矣。

【眉批】

①斷續者如峰巒掩映，自有起伏之勢。

②輕重者如八音齊奏，自有鏗鏘。

③賓主二字，天地自然之理。萬事萬物，皆有賓主，人自不察耳。

【總批】

義者，一定不易之理也。其義未詳，縱使胸藏萬卷，亦不能斷其是非，又何能委宛周詳，傳其神理哉！故傳神必本於詳義，而詳義必本於讀書。平日虛心講貫，其義已詳，凡所謂斷續、輕重、賓主者，稍稍留心，自有水到渠成之妙。若以陶元亮讀書不求甚解語，藉爲口實，則吾不知所從事矣。

六　還音

音聲出於天籟，本不必矯揉造作。因土俗相攙，遂漸失其真，竟有失之懸遠，迥非其字本音者。然説書必拘於五音四聲，未免過刻。其尖團二聲，凡有志聲律者，自能明辨，并有《尖團音要》可考，余不復贅。至還音一説，人固知之未詳，余不可不妄爲表白也。

南詞即南人之書，而書即北人之詞。既以南北限之，故不妨攙以方音[①]。如南詞中之湖、蘇等字，入於五歌韵讀之；冰、青等字，入於真文等韵讀之。如書中之俗、熟、足等字，本屬入聲，而入於魚虞二韵，亦如南詞之從方音故也。從方音之字，則可通而論之；不從方音之字，斷不可訛而傳之。

凡字之上、去、入三聲，本有萬韵歸平之義。至平聲反歸於仄聲，則斷無是理。往往不講此道，但謂其字已脱於口，遂無事矣，不知字雖完而音未盡。一字之神，恒賴其餘音以托之。任意纏繞，竟失所宗而不覺，此目今説書之通病。

其所以不能還音者,乃不能調氣之故耳。凡説一字,無論脣、喉、牙、齒、舌,總要以氣運之。氣和則音圓,音圓則字正。上字音完,而下字有不能不出之勢,圓轉如珠,似斷實連,不求還音,而音自得正。氣促則音濁,音濁則字硬,上字餘音未了,而中氣已乏,欲説下字,而上字之音未還,欲了上音,而氣則不能不换,氣换則音走②,倉忙失措,欲求還音,無如力不從心矣。此予獨得鄙見,質之同人,定不以此言爲河漢也。

【眉批】

①音韵分别在毫厘之間,而能言之,條分縷析,知作者於此道三折肱矣。

②氣换音走之弊,誰能知之,而誰能言之耶?

【總批】

還音者,説書一大要也。字從音出,神賴音傳。音不能還,是字之粗迹尚不能傳,又安能傳其字之神乎!此篇以調氣爲還音之本,誠爲不刊之論。盡氣者,藴蓄之天機;音者,自然之天籟。試驗之氣,濁音濁氣,清音清之,效曾子所謂誠中形外之説,益信然矣。

七 調絲

夫書必有弦以隨之者,欲氣之舒暢也。古之人撫琴而歌,鼓瑟而歌,葉笛而歌,倚洞簫而歌,譜箜篌而歌,以及彈鋏擊築,無不倚器成聲。蓋以徒口而歌,毫無節奏,欲氣之舒暢,不可得耳。弦之隨書,其義亦不外此。然弦貴正大而忌纖巧,貴和平而忌躁率[①]。無論其音調高下，總要與聲氣相調。驟聽之，其音裊裊，惟知説之者之技神；細按之，書中字字之頭尾腰韵，無不畢具。宛如弦之説書，而非人之説者，方爲盡美盡善。其習之之法，總要一字一音，均得乎正，然後久而熟之，自然手口相應，不爽毫厘。即或不能如是，寧可缺而勿彈[②]。其音調踈踈落落，若斷若連，未嘗不妙。切不可信手胡彈，以圖藏拙。更不可刻意求工，以圖鬥巧。往往有定弦之後，即縱肆繁音，直如游街之瞽，令人生厭。在其人未嘗不栩栩自得，竟不知其口未開，其俗態早隨弦音而流露矣。

【眉批】

①正大和平二語，包括音樂全旨。

②世上妙事，被人信意作壞，古今妙文，被人信口讀壞，信手胡彈，真人生之通患，殊爲可惜。

【總批】

説書末技也，而調絲又説書之末技。乃説來如許關係，如許親切。蓋絲竹無情而人有情，人之情至絲竹即代爲傳之。苟非素月涵養深醇，必不能傳其妙處。然此可爲知者道，不可爲不知者言也。

八　立社

社者，以文會友之意也。古者有文社，有詩社，有燈社，以爲考證得失，亦如春秋社之賽神飲酒之義。書雖小技，亦不妨立社。然立社甚難，余不過姑存是説，以俟高明裁酌可耳。

其一立社不過借説書一節，以聯朋友之情，并非耑以説書爲事。設擇日訂期，少長咸集，呶呶成陣，與梨園子弟排戲何異！彼排戲者，原爲習熟此道，以圖射利。請問吾輩終日較演，其意何居？往往有不喻此意，但以既入書社，則當耳聞目睹者書也，口談者、手比者無非書也①，必如此庶不愧爲社中人。嗚呼，謬矣！此等人本不可以入社，而有關情面，又不能拒絶，此品格之難擇一也。

其一既以立社通朋友之情，必平日氣味相投，彼此相喻，毫無參商態。一朝立社，高談雄辯，興會淋漓，或爲勸勉之言，或設懲戒之論，總使個中朋友，各知警省。乃往往友朋相遇，除説書外即互相嘲笑，并市井俗談，一齊攔入。《語》云："群居終日，言不及義，難矣哉！"又何取乎擇期選地，以爲戲謔之場也哉！

總而論之，立社可，不立社亦可；如必欲立之，則社規不可不嚴，僅擇知好五、六人，或八、九人，餘有情面莫却者，均爲附社。擇清净禪房，每月一社，或一歲八社。其社長按人輪推，至期，同人各解杖頭若干，湊交社長，以爲壺酒盤蔬之費②。喜説者説之，不喜説者聽之。其説者之工妙與否，不許譏評。飲酒寂寞，即行一二小令，未爲不可。如此整肅，庶社中人可以有益身心；即社外人觀之，亦不失爲雅道，然而難矣！

【眉批】

①此等情狀，大抵皆然，此社之所以不可立也。

②如此設想，如此布置，真與名園雅集無異，豈泛泛書社之足云？此社之所以不能立也。

附書社引

我有逸趣，非爲管弦，用修静室，以爲盤桓。或日或月，不必拘牽。并無罰約，總以悠閑。至則歡笑，煮茗爲筵。或吟數句，或吟一篇。不雕不斫，不巧不纖[①]。不來者不招，勿令攢眉而出；來之者不拒，任其傾耳相參。若以爲擊壤而鼓太平，庶乎得耳。倘以爲謳歌而變風俗，則豈其然。

【眉批】

①讀此小引，足見作者心思高曠，不屑屑以音律争長，更足令人心折。

【總批】

區區書社耳，説來如此鄭重，而不知鄭重此事者，實以鄭重擇人。如捨此不論，逢人招聚，雅俗不分，酒肆茶寮，嘻笑怒駡，直無賴結黨耳。何難之有！觀“然而難矣”一結可知。顧子之心，實醉翁之意不在酒。若必以説書爲顧子之能事，則大謬。

附餘説一則

有客問余曰：“子言説書之道，務須如字還音，細聽之竟有不然者。如《摔琴》内有：‘梧桐常引鳳來儀’之句，‘梧桐常’三字，俱屬平聲。又有，四氣光浮潤瑞枝’之句，‘四氣’‘潤瑞’四字，均係去聲。而説之竟不雷同，較之如字還音之論，似未吻合。敢請？”予笑曰：“子誠細心人，竟有此問也。蓋字之有音，即如人物之有影。形圓者其影絶不至方。然而日之出也，自晨至夕，照人不同，或形本長而忽短，或形原短而反長者何也？此無他，天時有早晚，故所照之影，不無差别也。更有二人并立，影應無異，而其影又有不同者何也？此無他，地勢必有高下之異也。由此觀之，天時地勢之使然，而有不得不然者也。

"相時作宜，凡事皆當如此，而書之道亦不外是。情事比於天時，板眼格局比於地勢，字仍其字，而音韵之抑揚，自必相情事、格局之當而發之，總期中節。此即天地自然之理，不可使毫厘差謬。凡書中重字，皆可類推，要在明眼人善爲斟酌。倘少有不妥，則圓形方影之譏，又豈能幸免也哉！"客聞之稱善，適訂《書詞緒論》，書此以殿。顧琳識。

【總批】

天時地利，變化無方。究其變化無方者，不過順自然不易之理而能事畢矣。人處天地之間，果能以己之心，静體天地之心，縱萬事萬物紛集於前，各以自然不易之理還之，無乎不當。顧子此論，非止説書之理，實借此説法耳，不可輕易讀過。

白山東序妄評